KB092855

특공황비

초교전

特工皇妃

楚喬傳

4

특공황비 초교전 4

ⓒ소상동아 2018

초판1쇄 인쇄	2018년 8월 1일
초판2쇄 발행	2019년 8월 8일

지은이	소상동아潇湘冬兒
옮긴이	이소정

펴낸이	박대일
편집	이문영 · 임유리 · 신지연 · 박현주 · 전보라
교정	김미영
마케팅	임유미
디자인	김은희

펴낸곳	파란미디어
출판등록	2004년 9월 14일 제313-2004-00214호

주소	03992 서울시 마포구 동교로23길 14, 국제빌딩 6층
전화	02.3141.5589 영업부 070.4616.2012 편집부
팩스	02.3141.5590
전자우편	paranbook@gmail.com
카페	http://cafe.naver.com/paranmedia
페이스북	http://www.facebook.com/paranbook

ISBN	978-89-6371-531-5(04820)
	978-89-6371-519-3(전6권)

특공황비

초교전

特工皇妃

楚喬傳

4

소상동아 장편소설

이소정 옮김

파란

4부 연북

차
례

제4장 출정길에 오르다

초교는 북삭문 앞에 서 있었다. 바로 앞에 제1광복군의 3천 선봉대와 철응군 휘하의 2만 전사가 있었다. 연순은 갑옷 위에 먹색 외투를 걸치고, 칼과 무기를 갖추고 있었다. 얼음처럼 차가운 바람이 그의 머리를 스쳐 가고, 그의 마른, 그러나 단호한 얼굴이 살짝 떨렸다.

초교는 갑자기 온몸이 떨려 와 가볍게 입술을 비죽였다. 무슨 말이라도 하고 싶었지만, 마치 목이 굳어 버린 것 같았다. 해야 할 말은 이미 모두 말한 것 같기도 했다. 그녀의 마음속에 남은 것은 그저 걱정과 아쉬움뿐인 것 같았다.

"함께 가게 해 줘."

결국 이 말을 하고야 말았다. 사치스러운 소망이라는 것을 분명히 알면서도, 그녀는 간절하게 연순의 소매를 잡고 차마 놓지 못하고 있었다.

"아초, 착하지."

연순이 그녀의 손을 잡아 입가로 가져가 입김을 불어 준 후, 사랑스럽다는 듯 문지르며 부드러운 목소리로 달랬다.

"미림관은 천 리 밖이고, 올해 날씨는 예년보다 훨씬 추워. 네 건강이 좋지 않은데 어떻게 그 먼 길을 함께 갈 수 있겠어? 게다가 이곳에는 내가 믿을 수 있는 사람이 필요해. 전체를 판단하고 통솔할 수 있으며, 언제고 소식을 나에게 보내 줄 사람이. 대하는 잠시 동안은 쳐들어오지 않을 테고, 북삭이 주요한 전장이 되기까지는 아직 시간이 좀 남아 있어. 나는 곧 수하를 시켜 너를 후방의 람성으로 보낼 생각이야. 우가 그곳에 있으니, 우가 너를 보살펴 주겠지. 그렇게 되면 나도 안심할 수 있고."

전날 밤 이 이야기를 이미 몇 번이나 했는지 모른다. 초교는 더 이상 말한다 해도 아무 희망이 없다는 것을 알면서도, 여전히 마음속이 편하지 않았다. 그녀는 울적하게 고개를 숙인 채 대답하지 않았다.

"전하, 출발할 시각입니다."

아정이 다가와 작은 소리로 말했다.

"기다려라."

연순이 고개를 들고 극히 기분 나쁜 듯한 태도로 말했다.

"내가 초 대인과 중요한 군사 기밀을 의논하고 있는 게 보이지 않느냐?"

아정은 서둘러 조심스럽게 허리를 굽혔다. 그는 더 이상 연왕 전하가 참모처의 초 대인과 '중요한 군사 기밀'을 의논하는 것을 방해할 엄두를 내지 못했다.

"아초, 아이처럼 굴지 마. 길어 봤자 한 달이면 돌아올 거야."

연순은 허리를 굽히고 고개 숙인 초교의 얼굴에 머리를 가져다 댄 후 가볍게 문질렀다. 그의 웃는 얼굴은 마치 꿀을 훔친 쥐처럼 온화해 보였다.

"네 능력이 아주 훌륭하다는 것은 물론 알고 있어. 강력한 군대 열과 경쟁하더라도, 다른 참모 백 명이 오더라도 아초 한 사람만 못하지. 네가 미림관 앞까지만 가면, 안에 있는 이들은 즉시 손을 들고 투항할 테지. 모든 저항은 바로 무너져 버릴 테고, 대하의 개새끼들은 성을 나와 스스로를 형틀에 묶고 너의 위엄 앞에 엎드려 애원하겠지. 하지만 어쩌지? 이곳도 너를 필요로 하는걸. 네가 여기 있지 않으면 나는 내내 정신을 집중하지 못하고 좌불안석일 거야. 그러니 우리 아초 대인께옵서는 소인을 가련하고 또 가련하게 여기셔서 이 소박한 소원을 들어주시길 바라옵니다. 나를 대신해서 북삭, 이 어수선한 곳을 제대로 관리해 줘."

피식, 초교도 마침내 웃어 버리고 말았다. 그녀는 연순의 어깨에 주먹질을 한 번 한 후 입술을 비죽였다.

"말만 번지르르하기는."

연순은 과장되게 한숨을 내쉬며 손으로 이마를 한 번 훔친 후, 마치 흠뻑 젖은 땀을 털어 버리려는 듯 손을 흔들었다.

"겨우 비 온 후 하늘이 맑아진 것 같군. 전쟁을 치르는 것보다 더 힘들다니까."

초교가 연순을 노려보았다.

"또 무슨 말을 하는 거야!"

"아아, 그만할게, 그만한다고."

연순이 서둘러 사죄했다.

"다 내가 쓸데없는 말을 한 거야. 내가 말이 많았지. 초 대인 께서 너무 시시콜콜 따지지 않아 주셨으면 하는데."

초교는 코웃음을 치며 '너를 용서하겠다'는 몸짓을 해 보였 다. 연순이 하하 소리 내어 웃었다. 멀리 병사들은 연왕 전하와 초 대인이 대체 무슨 군사 기밀을 논하기에 이리도 의기양양해 하는지 머리를 기웃거리며 살피고 있었다. 잠시 후 연순이 고 개를 끄덕이며 읍하고, 또 희색이 만면한 것을 보고 다들 초 대 인이 진황성에 가서 대하의 황제를 암살하기로 결정하기라도 한 모양이라고 여겼다.

"조심해야 해. 전장에는 칼날이 무수히 많으니까. 가벼이 여 겨 위험에 빠지는 일은 없도록 해."

아무리 강한 여인이라 해도 이런 상황 앞에서는 정신이 없 기 마련이건만, 자신이 연순과 함께 갈 희망이 없다는 것을 알 고 나자 초교는 다시 쉴 새 없이 이야기하기 시작했다.

"응, 알았어."

연순은 진지하게 고개를 끄덕였다. 초교의 마음에 흡족한 태도였다.

"제1군은 오 선생이 주관하고 있지만, 군단 내부의 파벌이 복잡해. 대동회도 너무 깊이 침투해 있지. 후방에 일이 생길 수 있으니 조심해야 해. 내부도 불안정하니 경계해야 하고."

"안심해도 좋아. 꼭 기억할 테니까."

"미림관은 북쪽이라 날씨가 아주 춥지. 당신 몸에 아직 병이 있으니 늘 따뜻하게 하고 다녀야 해. 옷을 많이 입고, 밤에는 이불을 많이 덮어. 의원이 약을 올리면 제때 먹고."

"그래, 꼭 주의할게."

"잠을 잘 때도 머리맡에 물 한 그릇 놔두는 것을 잊지 마. 항상 기침을 하니까. 화로의 연기도 너무 많으면 몸에 좋지 않아."

"응, 기억할게."

"견융인과 만나는 일은 다른 사람을 시켜. 절대로 직접 만나서는 안 돼. 견융족이 언제 변할지 모르니 늘 경계해야 해."

"안심하도록 해."

"매일 나에게 서신을 보내는 것을 잊지 마. 만약 사흘 동안 당신 소식을 듣지 못하면 나는 바로 미림관으로 찾아갈 테니까."

연순이 무력하게 신음하며 말했다.

"만약 내가 죽게 되면 먼저 너에게 서신을 보내 통지한 다음에 죽을게."

계속 잔소리를 늘어놓던 초교가 즉시 폭발했다.

"죽는다는 소리는 또 뭐야? 다시 한 번 그런 말을 하면 내가 바로 짐을 챙겨 따라가겠어!"

연순이 서둘러 태도를 바꿨다.

"내가 허튼소리를 했어. 내 죄가 너무 깊다. 아초, 내가 다시 그런 말을 하면 하늘도 모두 어두워질 거다."

"하늘이 어두워지면 또 뭐가 문제야? 하늘이 어두워지면 내일 가면 되지."

연순은 거의 눈물을 흘릴 지경이었다. 그러나 그는 그저 어쩔 수 없다는 듯 웃으면서, 더 이상 어떤 반대 의견도 내지 않았다.

"외투는 몇 벌 챙겼어?"

"다섯 벌."

"장화는? 어딜 가도 다 눈이니, 불을 피우면 눈이 녹아 질척 거릴 거야. 젖은 신발을 신어서는 안 돼."

"응, 알았어."

"손 보호대는 가져가는 거야? 몇 개 가져가지? 충분할까?"

"아초."

연순이 미간을 찡그리며 말했다.

"내 짐을 싸 준 사람이 바로 너잖아."

"아? 그랬나. 잘 기억이 나지 않아서."

초교의 태도는 매우 담담했다.

"보자, 무릎보호대는? 아, 있네. 버선은 넉넉한 거지? 아, 여든 켤레나 넣었네. 바람을 막을 모자는 충분히 두툼할까? 아, 곰 가죽으로 만든 거니 괜찮을 것 같아. 바깥쪽으로 내가 여우 가 죽도 덧대어 놓았어."

초교는 마차에 실려 있는 짐을 풀고 바닥에 쭈그리고 앉아 살펴보기 시작했다. 한바탕 다 살펴본 후에야, 그녀는 마치 무 엇인가를 떠올린 듯 큰 소리로 외쳤다.

"숯은 충분히 챙겼어? 내가 마차 한 대분을 챙겨 줄게."

연순이 힘없이 대답했다.

"충분해, 아초, 정말 충분해. 너무 긴장하지 마. 가는 길 내내 우리 군대가 주둔하고 있어. 충분하지 않으면 군대 내에서 보급 받으면 돼."

"그건 안 될 말이라고!"

초교가 미간을 찌푸렸다.

"우리가 쓰는 건 백란탄이라고. 연기가 제일 적게 나는 거. 하지만 군대에서 쓰는 건 사토탄이야. 피우면 연기가 너무 많이 올라와. 사토탄을 쓰면 당신 기관지가 상할 거야."

연순이 말리기도 전에, 초교가 뒤에 있던 시위에게 분부했다.

"너, 그래, 너 말이다. 이리 와. 군수처에 가서 두 대 분량의 숯을 받아 오너라. 반드시 백란탄이어야 한다. 어서. 이건 우리 군의 생사존망과 관련된 큰일이야. 전하께서 너를 신임하시니 너에게 이 임무를 맡기는 거다. 가능한 한 빠르게 이 임무를 완성하도록. 알았나? 연북의 하늘이 네 충성심을 기억할 것이다."

어린 병사는 감동으로 얼굴마저 붉히며 한참 동안 숨도 제대로 못 쉬더니, 맹렬한 기세로 경례하고 큰 소리로 외쳤다.

"연북을 위하여!"

말을 마친 병사는 나는 듯이 달려갔다. 비록 그 병사는 이 수레 두 대 분량의 숯과 연북군의 생사존망이 어떤 관계가 있는지 알 수 없었지만, 군사의 천재인 초교가 하달한 임무니 분명 심각한 의미가 있을 거라고 믿고 있었다. 병사는 미래의 전투 중에

이 두 대의 백란탄이 승패를 가르는 결정적인 작용을 하리라고 믿었다. 그는 혁명적인 열정에 가득 차서, 가슴 가득 감동을 품고 달렸다. 심지어는 말에 올라타는 것도 잊고 달리고 있었다.

불타는 아침 해가 온 대지를 황금빛으로 비쳤다. 아득한 설원에서 두 사람은 아쉬워하며 작별했다.

"연순, 조심해야 해. 사방에 위기가 잠복하고 있으니까. 주변의 모든 사람을 조심해야 해."

연순이 고개를 끄덕였다.

"알고 있어. 너도 마찬가지야. 내가 여기 없으니 누군가가 기회를 봐서 너를 괴롭히려 들지도 몰라. 그들과 충돌하지 말고 이름을 기억해 두도록 해. 돌아와서 내가 하나하나 손을 봐줄 테니까."

"응, 그래. 우리 그때가 되면 그들의 집을 털어 버리자. 재산도 모두 빼앗고."

"좋아. 그리고 그들을 묶어 줄게. 네 마음대로 때리도록."

"좋아, 그렇게 하자."

초교는 고개를 끄덕이며 계속 말했다.

"궁수 4천 명을 배치해 놨어. 신변을 보호하는 금위로 삼고, 가볍게 전장에 투입하지는 마. 그들의 무기는 내가 개량한 거라서 전투력이 좋은 편이야. 그들은 비밀 무기로 남겨 두어야 해."

"좋아. 기억할게."

"차가운 건 먹지 말고. 몸에 좋지 않으니까. 잠도 잘 자야 해. 너무 피곤하게 일하지 마."

"응, 안심해."

"말은 적게 타고, 마차 안에 있는 시간을 늘리도록 해. 바람이 너무 세니까. 옷이 아무리 두툼해도 소용없어."

"그래."

"차가운 물도 마시지 마. 내가 꿀을 넣어 놨으니까 꿀물을 많이 마셔. 최근 너무 수척해졌어."

"응……."

"군대에서 누군가가 기녀를 권하면, 그를 베어 버려. 그런 여인들에게는 병이 있을 수도 있으니까 조심해야 해. 알겠어?"

"아……. 알겠어……."

"만약 가는 길에 지방의 관리가 미녀라도 바치면, 그들의 이름도 모두 기억해 두었다가 돌아와서 나에게 말해 줘. 그 여인들은 아마 당신을 감시하려는 첩자일 거야. 한 명도 곁에 두어서는 안 돼. 이건 다 당신을 위해 하는 말이야."

"……."

"미림관을 공격한 후, 반란군의 가족들을 모조리 멸절시키지는 마. 그들을 광산에 보내 노역을 시키는 건 괜찮아. 여자들은 군대 안에 남겨 두지 말고 변경으로 보내 버리고. 여인들을 군대에 남겨 두면 병사들의 마음을 미혹하게 될 테니까…… 좋을 일이라고는 없어."

초교는 차분하게 이야기하고 있었다. 그러나 그녀의 얼굴에는 병사들의 마음을 미혹시키는 여인들에 대한 경멸이 배어 있었다. 하지만 그녀는 잊고 있었다. 그녀도 군대에 남아 있는 여인이고, 높은 직위를 맡고 있으며, 더욱이 거대한 권력을 쥐고 있다는 사실을……

"연순."

초교의 눈빛이 그윽해졌다. 그녀는 간절한 표정으로, 의미심장하게 말했다.

"군대와 정치의 순결성은, 최고 통치자에 의해 결정이 나기 마련이야. 당신은 연북의 왕이고, 당신의 삶과 도덕은 연북 정권의 앞날에 직접적으로 영향을 끼치게 되어 있어. 그리고 연북 미래의 운명에도 영향을 끼치게 될 거야. 아니, 서몽 대륙 전체에도 셀 수 없는 효과를 만들어 낼 거야. 진황성의 그 난봉꾼들은 마음대로 행동하며 부패한 생활을 하고 있지. 사람의 도리를 지키지 않고, 무책임하게 남녀관계를 맺고. 그런 것에 물들어서는 안 돼. 비록 당신이 지금 높은 지위에서 대권을 쥐고 있지만, 편안한 곳에서도 항상 위험에 대비해야 해. 반드시 기억해 줘! 이것은 당신과 어린 시절부터 함께 지내고 전투를 치러 온 친우로서, 가장 진실한 마음으로 권고하는 거야."

연순은 너무 곤혹스러운 나머지 아무 대답도 하지 않았다. 초교는 그의 태도가 불만스러운 듯 눈썹을 세우며 노한 소리로 물었다.

"내 말을 제대로 듣고 있기나 한 거야?"

연순은 거의 울 것 같은 심정이 되어, 지극히 고통스러운 표정으로 대답했다.

"아초, 듣고 있어."

초교의 노기가 조금 가라앉았다. 그녀는 그를 흘기며 조금은 애정이 담긴 목소리로 말했다.

"오늘 낙안성에 도착하면 바로 서신을 써서 나에게 날려 줘. 나를 걱정하게 하지 마."

연순은 피를 토할 것 같았다. 낙안성에 도착하면이라니, 그건 또 언제란 말인가. 지금 연순의 말에 다리 네 개가 더 생겨난다 해도, 오늘 밤 안에 낙안성에 도착하지는 못할 것이다.

숯을 가지러 갔던 젊은 병사가 기쁜 표정으로 돌아왔다. 초교는 어쩔 수 없이 길고 긴 말을 끝냈다. 그녀의 눈이 붉어졌다. 연순의 소매를 잡은 손을 놓고 싶지 않았다. 지금 초교는 도무지 평소의 그녀 같지 않았다.

그런 그녀의 모습을 보고 연순이 속으로 웃고 있을지도 모른다. 아정 등도 분명 웃고 있겠지. 그런데도 도저히 손을 놓을 수가 없었다. 바로 얼마 전에도 그렇게 오래 헤어져 있었는데…….

초교와 연순은 오랜 세월을 함께 보내며 그렇게 긴 시간 동안 헤어져 있었던 적이 없었다. 그래서일까? 초교는 본능적으로 작별을 거부하고 있었다. 표현하기 어려운 걱정이 계속 그녀의 마음속에 도사리고 있었다. 이유는 알 수 없었지만 무서웠다. 무서워 죽을 지경이었다.

초교는 계속 어색하게 할 말을 찾지 못한 채, 고개를 숙이고 중얼거리고 있었다. 연순은 그녀가 입 안으로 무슨 말을 하고 있는지 도저히 알아들을 수가 없었다.

"차라리…….'

연순이 탐문하듯, 아주 작은 목소리로 속삭였다.

"나를 좀 바래다주는 것은 어때? 하지만 낙일산까지만이야. 낙일산에서는 반드시 돌아와야 해!"

휙 소리와 함께, 갑자기 흰 그림자가 번득였다. 연순은 순간 자신이 귀신을 보았다고 생각했다. 찰나의 시간, 초교는 이미 본래 있던 곳에 있지 않았다. 연북의 왕이 잠시 얼이 빠져 있는 동안, 초교는 이미 대오 근처까지 가서 말에 올라타고 있었다. 그리고 몸을 당당하게 세우고, 손을 흔들며 연순을 불렀다.

"어서 와! 아직도 꾸물거리다니! 대체 언제 갈 생각이야?"

다른 병사들도 연순을 흘겨보았다. 그들 모두 이렇게 말하고 있는 것 같았다. 전하께서는 아무래도 전장에 나가 보신 적 없으니, 무서워서 떠나기 싫으신 모양이군!

순식간에, 연순은 울고 싶은 심정이 되었다.

"초 대인! 우리와 함께 가시나요?"

연순 일행이 마침내 움직이기 시작했다. 초교와 친숙한 철응군의 전사가 웃으며 물었다.

"아니다. 나는 그저 너희들을 낙일산 부근까지만 바래다줄 것이다."

"초 대인께서 함께 가시면 참 좋을 텐데요. 대인께서는 정말 대단하시니까!"

진황에서부터 계속 연순을 따라온 노병이 순수한 마음으로 말했다.

"그렇지, 내가 그날 봤습니다요. 초 대인 혼자서 백 명도 넘는 사내들을 물리치는 것을 말입죠. 그 사내들 모두 하나하나 작은 산만큼 키가 크고, 눈은 동으로 만든 종처럼 툭 튀어나오고. 아, 그 사내들의 주먹은 한 번 내리치면 사람의 머리가 부서질 것 같은 그런 주먹이었는데요. 이 늙은이는 그 사내들 중 하나도 당해 낼 엄두가 안 나더라는 말입니다. 그런데 대인께서는 정말 대단하셨죠. 아주 재빠르게 전부 다 때려눕히시고 말입니다. 그 사내들이 모두 쓰러졌을 때 대인의 몸에는 피 한 방울도 안 묻어 있었어요. 제가 다 봤다니까요!"

"아? 그렇게 대단하셨군요!"

진상을 모르는 젊은 병사들은 눈을 휘둥그렇게 떴다.

"그럼, 너희는 보지 못했으니 상상하기도 어렵겠지. 초 대인의 그 모습은! 헤헤, 절대로 허풍이 아니라고."

초교는 민망한 나머지 겸손하게 말했다.

"하하, 그렇게 대단하지는 않고, 그냥 보통이었지. 보통."

"대인께서 우리와 함께 가시면 정말 좋을 텐데."

전사들은 다시 한 번 다 함께 탄식했다. 초교는 즉시 기고만 장하여 눈을 깜빡이며 연순을 흘겨보았다. 연순, 이 이야기 들었어? 들었냐고? 모든 이들이 내가 함께 가기를 바라고 있다고!

"어서 움직여라! 허튼소리들은 그만하고!"

연순이 얼굴을 굳히며 질책했다. 마치 초교의 눈길은 보지 못한 것처럼, 그리고 방금 있었던 대화를 전부 식사나 날씨 이야기처럼 한 귀로 흘려버리려고 하고 있었다.

한 시진이 지나지 않아, 대군은 서쪽에 위치한 낙일산에 도착했다. 부대를 먼저 들여보낸 후, 연순과 시위들은 잠시 발을 멈췄다. 연순은 초교가 살짝 눈을 붉히며 고개를 숙이고 손가락을 꼬고 있는 모습을 보자 자신도 모르게 한숨을 쉬며 말에서 뛰어내렸다. 그는 초교를 가볍게 품에 안고 부드러운 목소리로 말했다.

"약속할게. 반드시 건강에 주의하고, 조심스럽게 행동할게. 만약 전황이 불리하면 바로 말 머리를 돌리겠어. 절대로 객기를 부리거나 하는 일은 없을 거야. 반드시 완전무결한 상태로 돌아와 너를 만날 거야. 내가 조금이라도 다쳐서 돌아오거나 하면, 마음껏 욕해도 좋아. 아초, 그런 표정은 짓지 마. 네 이런 모습을 보고 내가 어떻게 마음을 놓을 수 있겠어? 아초는 항상 가장 강한 사람이잖아. 네가 나를 지지해 주어야지. 너는 내게 가장 친밀한 전우야. 그리고 가장 믿을 수 있는 연인이야. 그렇지?"

"응."

초교는 연순의 가슴에 머리를 기대고, 울적하게, 그리고 고통스러워하며 말했다.

"약속을 꼭 지켜야 해."

"반드시 지키겠어!"

연순은 성실하고도 진실하게 맹세했다.

"대장부가 한번 뱉은 말은 반드시 지켜야지. 내가 이 맹세를 지키지 못한다면 다시는 두 다리로 길을 걷지 못할 것이다."

"좋아, 이만 가도 좋아."

"아니, 아직 중요한 일이 하나 남아 있어."

연순이 갑자기 정색하고 말했다.

"아주 중요한 일이야."

"응?"

초교가 갑자기 고개를 들고, 물기 어린 큰 눈을 깜빡였다.

"무슨 일인데?"

"너와 어린 시절부터 함께 지내고 전투를 치러 온 친우로서, 가장 진실한 마음으로 권고하는데, 네가 반드시 기억해야 할 것이 하나 있어."

초교는 미간을 찌푸렸다. 영리한 그녀는 이미 음모의 냄새를 맡은 후였다. 그녀는 의아한 눈빛으로 물었다.

"대체 무슨 말을 하려는 거야?"

"나에게 좀 솔직하게 굴어 봐!"

연순이 갑자기 고개를 숙이더니 그녀의 머리를 잡고 입을 맞췄다. 사나운 숨결이 갑자기 쏟아졌다. 연순의 혀가 그 기세를 타고 초교의 안으로 들어오는데, 어찌나 사납고 강력한지 그녀의 연약한 방어선은 순식간에 무너지고 말았다. 초교는 그야말로 속수무책으로, 숨도 제대로 쉬지 못하고 헐떡거릴 뿐이었다. 그녀의 가슴은 격렬하게 오르락내리락했다. 아득한 설원은 은빛으로 빛나고, 연북의 왕은 5백의 시위들이 보는 앞에서 참모처의 초 대인에게 그렇게 입을 맞췄다.

초교가 숨이 막혀 기절할 지경이 되어서야 연순은 겨우 그녀를 놓아주었다. 초교가 얼굴이 새빨갛게 달아올라, 도둑질을 하다 들킨 것 마냥 주위를 두리번거리는 것을 보고 연순은 갑자기 큰 소리로 웃기 시작했다.

"대체 뭐가 무서운 거야? 연북이 나의 땅인데."

초교는 즉시 폭발했다. 그녀는 귀까지 새빨개진 상태로 외쳤다.

"아! 이 바보! 당신 때문에 내 깨끗한 명예가 훼손되었잖아!"

연순이 그녀의 허리를 끌어안고, 눈꼬리를 살짝 치켜세웠다.

"아초, 설마 몰랐던 거야? 네가 나와 함께 성금궁에 들어간 순간부터, '깨끗한 명예'라는 단어는 이미 너와 작별한 상태라고."

"바보!"

초교는 주변 사람들이 모두 웃으며 자신을 보고 있는 것을 깨닫고는 더욱 화가 난 나머지 아정 등을 가리키며 외쳤다.

"웃지 마라! 웃는 것을 허락하지 않겠다! 아무 말도 하지 마! 너희들을 흠씬 때려 줄 테다! 거기 너, 너, 거기는 또 누구야, 잇몸까지 보이고 있는 자는! 네 이름이 뭐냐? 어느 부대 소속이지? 여전히 웃고 있는 것이냐? 바로 너 말이다!"

"아초! 괜히 저들을 탓하지 마!"

연순이 정색하며 단숨에 그녀를 잡아끌었다.

"너는 좀 더 솔직하게 굴어야 해. 네가 없는 곳에서 여색을 밝히기라도 할까 봐 전전긍긍하면서, 무슨 이야기를 그렇게 길게 늘어놓는 건지. 그것도 아주 진지하고 엄숙한 표정으로 말이야. 내 생각엔 저들이 아니라 너야말로 혼나야 해."

"이봐!"

초교는 당혹한 나머지 얼굴이 새빨갛게 달아올라 펄쩍 뛰었다.

"연가의 아드님, 내가 그동안 너무 오래 손을 봐 주지 않았던 모양이지? 나를 혼내겠다고? 나를 한 번 이겨 본 적이나 있나?"

연순이 슬쩍 놀리듯 말했다.

"그동안은 내가 너를 봐준 거였지. 아직도 자신이 천하무적이라고 생각하고 있는 거야?"

"그래, 강을 건너면 다리를 부순다더니, 배은망덕하기는! 승복할 수 없다면 한번 제대로 붙어 보든가!"

연순이 다시 큰 소리로 웃었다.

"아초, 내가 가는 것이 싫어서 그러는 거 맞지? 일부러 꾸물거리면서 우리의 시간을 뺏고 있잖아."

초교가 노기등등하여 소리쳤다.

"누가 당신이 떠나는 걸 아쉬워한다고? 어서 가 버려! 당신을 조금이라도 더 보고 있으면 짜증 날 것 같으니까!"

"그럼 나 진짜로 간다?"

"가라고. 아무도 당신을 보고 싶어 하지 않는다고!"

"후회하기 없기다!"

"귀신이나 후회하겠지."

"내가 간 다음에, 혼자 몰래 울거나 하면 안 돼!"

"갈 거야, 안 갈 거야? 허튼소리 그만하고!"

"하하!"

연순이 쾌활하게 웃으며 말 위에 올라탔다.

"아초, 이만 간다. 내가 개선할 때까지 기다려 줘! 이럇!"

수백의 기병들이 먼지를 일으키며 달리기 시작했다. 말발굽 뒤로 순백의 눈보라가 일어났다. 하늘에는 매가 가지런히 날고, 멀리 바람 소리가 소슬하게 들려왔다. 뜨거운 태양이 떠나가는 전사들의 뒷모습을 황금빛으로 비춰 주었는데, 마치 눈물에 젖은 거대한 그림 같았다. 그리고 그 그림은 눈 깜짝할 사이에 옅은 그림자만을 남기고 사라졌다.

초교는 그 자리에 서서 연순을 보냈다. 그녀는 조용히 두 손을 모으고 눈을 감았다. 그리고 깊은 그리움을 담아 온화한 목소리로 기원했다.

"신이여, 제 연인을 지켜 주세요. 그가 원하는 모든 일이 순조롭도록 지켜 주세요. 그가 무사히 돌아오도록 도와주세요."

➤━━

연북이 대설이 잇달아 날리는 추운 날씨를 버티고 있을 때, 회송은 비바람이 몰아치는 어두운 나날이 계속되었다.

등을 달지 않은 전각에 초의 그림자만이 그윽했다. 넓은 맥희전에 푸른 휘장이 가득 넘실거리고 있었다. 백화리 나무를 깔아 놓은 긴 회랑은 소박한 매력이 있었지만, 사실 백화리 나무는 황금만큼이나 비싼 나무였다. 복도 위를 걸을 때면 독특한 소리가 예스러운 대들보를 휘감고 올라갔다. 상고 시기부터 내려오는 듯, 마치 저 하늘 누군가가 부르는 제례용의 노랫소리 같은 소리였다.

각 궁은 일찌감치 새하얀 등불을 걸었다. 오늘은 선대 황제인 납란렬의 기일이었다. 궁인들도 모두 새하얀 제례복으로 갈아입고, 성대하게 피어난 붉은 국화도 모두 흰 비단으로 감싸 놓았다. 빗소리가 세차게 들려오는 가운데 황궁 전체에 슬프고 처량한 기운이 감돌고 있었다.

옥패 소리가 들리더니, 난새 모양의 옥으로 머리를 장식하고 궁중 의상을 입은 여인이 천천히 대전으로 들어왔다. 잘 정돈된 눈썹에 얇은 입술, 눈은 마치 별과 같이 반짝이고 있었다. 비록 화려한 절세가인은 아니었지만, 눈처럼 새하얀 얼굴이 마치 난초처럼 우아하고 차분했다.

대전 끝에 네모난 자리와 작은 상이 있었고, 그 상 옆에 몇몇 궁중의 어린 하인들이 큰 소리로 외치고 있었다. 모두의 얼굴에 푸른 힘줄이 튀어나오고, 이마까지 붉게 달아올라 있었다. 용포를 입은 소년이 그들을 이끌고 한곳에 모여 덩실덩실 춤을 추고 있었는데, 분명 열여덟에서 열아홉 정도의 나이였지만, 그 모습은 마치 예닐곱 살 먹은 개구쟁이 같았다.

여인의 왼쪽에 있던 여관이 미간을 찡그리며 외쳤다.

"장長공주께서 오셨는데 어찌 예를 행하지 않느냐?"

함께 놀고 있던 아이들이 이 말을 듣고 서둘러 고개를 돌려 중앙에 선 여자를 보더니, 다들 대경실색하여 땅에 엎드렸다.

"장공주 마마를 뵙사옵니다. 천세, 천세, 천천세."

"모두 일어나라."

소복을 입은 여자가 조용히 고개를 끄덕였다. 그녀의 목소리는 담백했다. 마치 새벽안개처럼 희미한 느낌이기도 했고, 동시에 신령한 느낌마저 우러나왔다. 그녀는 아이들 사이에 우두커니 서 있는 소년에게 가볍게 손짓했다.

"욱아, 이리 오련."

소년은 머리를 긁적이며 자못 오기 싫다는 기색을 보였다. 여인 곁에 있던 하인들이 서둘러 예를 행하며 외쳤다.

"황상께 문안 올리옵니다."

젊은 황제는 그들에게 대강 손을 내저은 후 고개를 들었다. 그의 입가에는 침이 흐르고 있었다. 황제는 마치 선생을 무서워하는 어린아이처럼 여자에게 말했다.

"누이, 나 잘못한 거 없어."

촛불이 만들어 내는 희미한 빛 속에서, 여자는 난초를 수놓은 손수건을 꺼내 가볍게 소년 황제의 침을 닦아 주었다.

"누이도 안단다."

황제는 고개를 숙이고 무슨 말인가를 중얼거렸지만, 무슨 말인지 도저히 알아들을 수 없었다. 여자가 탄식하듯 물었다.

"오늘은 부황의 기일인데, 욱아는 어째서 향을 사르러 능에 가고 싶지 않은 걸까? 그리고 로 공공을 때리라고 했다면서?"

황제는 고개를 숙이고 아주 작은 목소리로 속삭였다.

"나, 나는 가기 싫어……."

여자는 고개를 숙이고 매우 인내심 있게 물었다.

"왜일까? 누이에게 말해 주면 안 될까?"

"왜냐하면…… 왜냐하면……."

황제가 고개를 들었다. 새하얗고 잘생긴 얼굴이 새빨갛게 물들어 있었다. 황제는 스스로를 변론하듯 말했다.

"왜냐하면 장릉왕이랑, 그 애들이 항상 나를 비웃어서…… 난 걔들이랑 놀기 싫어."

바깥의 빗소리는 듣기 좋았고, 회랑으로 불어오는 바람에는 축축한 느낌이 서려 있었다. 한참 후, 여자가 고개를 끄덕이며 말했다.

"그렇다면 가지 않아도 좋다."

그녀는 곁에 무릎을 꿇고 있는 어린 하인들에게 말했다.

"황상과 잘 놀아 드려야 한다."

"예!"

열두어 살 남짓한 아이들이 이구동성으로 답했다. 여자는 몸을 돌려 궁인들을 이끌고 자리를 떠났다. 얼마 지나지 않아, 뒤에서 다시 시끌벅적한 소리가 들려왔다. 너무나 기쁘고 즐거운 듯한 소리였다.

과연 그 누가 상상할 수 있을까. 대륙에서 가장 부유한 회송의 당금 황제가 명실상부한 바보라는 것을. 젊은 황제의 마음은 영원히 열 살의 어린 시절에 머물러 있었다. 이 일은 회송 황실의 최고 기밀이었다. 회송의 장공주는 다년간에 걸쳐, 갖은 수단을 사용하여 이 일을 계속 비밀에 부쳐 왔다. 그러나 이제 납란홍욱이 성년이 되어 친정을 해야 하는 시기가 되었다. 조정에서는 나날이 의혹을 제기하는 목소리가 높아지고 있었고, 그녀는 마침내 혼자서는 더 이상 버티기 어려운 상황이었다.

평생 호쾌하게 내달리며 동쪽의 거대한 해역과 강토를 개척했던 납란렬은 죽기 직전, 어린 딸과 바보 아들을 바라보며 길게 탄식했다.

'내 업보가 너무 과했구나!'

납란렬은 슬픔에 젖어 세상을 떠났다. 회송의 드넓은 강산을 그해 아직 열다섯도 되지 않은 소녀의 어깨 위에 남긴 채. 그리고 그 후로 5년이 지났다.

앞에서 천천히 걸어가는 납란홍엽의 수척한 뒷모습을 바라보는 운 여관은 마음이 아련해졌다. 세월이 얼마나 흐른 것일까. 양옆으로 머리를 늘어뜨리고 있던 어린 소녀가 이제 스물의 나이를 넘기고 있었다. 꽃과 같은 청춘인데, 장공주는 이 깊은 궁궐에서 천천히 걷고 있을 뿐이었다.

사람들은 장공주가 얼마나 영명하고 과감한지 이야기했다. 얼마나 지혜롭고 대단한지 이야기했다. 최근에는 장공주가 황제를 유폐하고 정권을 농단하고 있다는 의심의 목소리마저 있었다. 그러나 운 여관만은 알고 있었다. 회송의 장공주, 그녀의 마음속에 어떤 고통이 도사리고 있는지.

5년, 한 여인의 일생에 이처럼 꽃과 같은 청춘이 대체 몇 번이나 있단 말인가?

"공주 마마, 밤이 깊었습니다. 궁으로 돌아가 쉬시지요."

납란홍엽이 가볍게 고개를 저었다.

"어학전에 아직 비준해야 할 공문이 남아 있다."

운 여관이 서둘러 물었다.

"침궁으로 가져가 비준하시면 어떨까요?"

어린 시절부터 자신을 돌보아 온 늙은 유모의 간절한 얼굴을 보고, 납란홍엽은 희미하게 미소 지었다.

"그러자꾸나."

운 여관이 서둘러 하인에게 어학전에 가서 공문을 가져오라고 분부했다. 잠시 후, 유부전에는 밝은 등불이 휘황찬란한 빛을 내고 있었다. 납란홍엽이 자신의 신분을 자랑하기 좋아하는 사람은 결코 아니었지만, 궁에 있는 이들이라면 이 궁의 진정한 주인이 누구인지 모두 알고 있었기에 납란홍엽의 시중을 들 때면 매우 조심스럽게 굴었다.

이미 삼경에 가까운 시간이었다. 운 여관은 몰래 몇 번이나 방 안을 들여다보았다. 탁자 위에 아직 비준하지 않은 공문들이 조금씩 줄어들고 있었다. 그러나 최후의 최후까지, 장공주는 변경에서 온 서신에 오래도록 붓을 대지 않고 그저 보고만 있었다. 마침내 운 여관이 참지 못하고 방 안으로 들어와 미간을 찌푸리며 물었다.

"공주 마마, 무슨 일이기에 이리도 결단을 내리지 못하시는지요. 이미 삼경입니다. 내일 아침에도 조회가 있지 않으십니까."

"아? 변읍의 상인이 보내온 공문이다."

납란홍엽은 약간 멍해 보였다. 뜻밖에도 조금 당황하고 있는 것 같기도 했다. 그녀는 머리카락을 정리하며, 숨기지 않고 말했다.

"대하가 이미 연북을 공격했다는구나. 연북은 급히 약과 양식이 필요하다고 하고. 광물을 우리의 무기와 바꾸고 싶어 해."

운 여관도 보통 여인은 아니었다. 그녀는 가볍게 미간을 찌푸렸다.

"며칠 전에 상당량을 보내지 않았었나요?"

"얼마 되지 않는 물건이었지. 아마 그 정도 양으로는 한 잔의 물로 수레에 붙은 불을 끄려고 하는 거나 마찬가지였을 거다. 장락후와 진강왕이 계속 동해의 전투를 핑계로 삼아 물자가 너무 부족하다고 말하며 연북을 지원하는 것을 막고 있어. 지금 북방의 전란으로 인해 물가가 너무 올랐으니, 예전에 연세자의 금을 받아 놓은 것도 이미 거의 다 쓴 셈 아니냐고 하면서 말이야."

납란홍엽은 살짝 미간을 찌푸렸다. 그때 심안전 방향에서 시끄러운 소리가 들려왔다. 납란홍엽이 몸을 일으키며 물었다.

"밖에 무슨 일이지?"

운 여관이 서둘러 밖에 다녀오더니, 웃으며 말했다.

"별일 아닙니다. 어린 전하께서 밤에 우셔서, 황후 마마께서 전하께 병이라도 든 것은 아닌가 근심하셔서 태의를 부르시는 소리였어요."

납란홍엽이 눈썹을 치켜세우며 물었다.

"태의가 뭐라 했다던가?"

"별일 아니라고 합니다. 전하께서 배가 고파 우신 거라고 하네요."

납란홍엽이 눈을 반짝이며 맑은 얼굴로 미소 지었다.

"그 아이는 우리 대송의 희망이다. 황후께서 지나치게 신경을 쓰는 것도 탓할 수 없지. 유모는 아이를 키워 본 경험이 많으니, 평소에도 시간이 나는 대로 가서 도와주도록 해."

"예."

납란홍엽은 천천히 자리로 돌아와 앉아 가볍게 숨을 내쉬었다. 괜찮아, 욱아에게 아들이 있으니까. 욱아가 제대로 황제 노릇을 하는 것이 불가능하니, 희망은 욱아의 아들에게 걸 수밖에 없지. 하지만 욱아의 아들이 황제로 즉위할 때까지 대체 몇 년이나 필요할까?

납란홍엽은 살며시 고개를 저었다. 더 이상 이런 일을 생각하고 싶지 않았다. 그녀는 자신이 읽어 주기를 기다리고 있는 문서들을 집어 비준하고는 곁에 내려놓았다.

운 여관은 무슨 말인가 하려다가 결국은 아무 말도 하지 않았다. 이 몇 년 동안 공주는 계속 연북의 일에 너무 신경 쓰고 있었다. 더군다나 연북이 독립한 후, 회송은 과거와 달리 거대한 위험을 무릅쓰고 그 소용돌이 안으로 말려 들어가고 있었다. 운 여관은 지혜로운 공주가 아마 자신으로서는 이해할 수 없는 깊은 뜻을 품고 그런 행동을 하는 것이리라 생각하기로 했다.

회송 백성들이 말하는 것처럼, 공주는 하늘의 별이 내려온 존재였다. 공주는 거울처럼 현명한 사람이었다.

납란홍엽은 창가로 다가가 휘장을 걷었다. 비가 파초 잎을 때리는 소리가 들렸다. 먼 곳 연못이 넘쳐흐르며 빛을 발하고 있었다. 때때로 잉어들이 물 위로 튀어 올라 눈처럼 하얀 배를 드러냈다.

납란홍엽의 마음이 서늘해졌다. 운 여관이 침상을 정리한 후 방을 나서고 나니, 일순간 온 세계가 고요해진 것만 같았다. 그저 이따금씩 빗방울 떨어지는 소리와 개구리 우는 소리만 들릴 뿐이었다. 그녀는 창가에 묵묵히 서 있었다.

갑자기 아주 오래전의 일이 떠올랐다. 파초 나무 아래 비가 쏟아지던 밤이었다. 소년의 눈은 별처럼 반짝였고, 두 아이는 어깨를 나란히 하고 서로의 하얀 손바닥을 부딪쳤다…….

의형제의 결의를 맺은 이상, 결코 서로를 저버릴 수 없는 것이다.

그때, 부황은 아직 살아 계셨고, 그녀는 황실의 금지옥엽으로 수많은 이들의 사랑을 한 몸에 받고 있었다. 숙부인 안릉왕을 따라 대하에 가게 되었을 때, 그녀는 변장을 하고 안릉왕의 아들인 현묵이라고 자칭했다. 그리고 우연히 진황에 인질로 와 있던 연북의 세자를 만났다. 한 달의 시간을 함께 보내는 동안, 그들은 의기투합하여 의형제의 결의를 맺었다. 그 후로 연락은 수년에 걸쳐 이어졌다.

그때의 자신은 재치 있는 악동 같았고, 연순은 명랑하고 대범했다. 목합가의 아이들은 비록 장난이 심하고 거만했지만, 그렇게까지 나쁜 꿍꿍이를 꾸미지는 않았다. 제갈회는 소년이었지만 성숙한 느낌이었고, 제갈월은 괴팍하여 어울리기 힘들었다. 조철 등은 비록 고고한 척했지만, 항상 자신과 연순, 목합서풍 등의 무리에게 희롱당하고 화가 머리끝까지 치밀어 핏줄을 세우곤 했다.

한 번은 조철이 검을 들고 목합서풍을 궁의 대문 서른 개를 지나도록 쫓아오며 사생결단을 내자고 한 적도 있었다. 그리고 조승, 그 아이는 당시 하루 종일 코를 흘리면서 사람들에게 같이 놀아 달라고 울먹이곤 했다. 그러나 모두 조승이 너무 어리다고 피하면서 함께 놀아 주려 하지 않았다.

10년의 세월이 눈 깜빡할 사이에 지나갔다. 세월이란 얼마나 무상한 것인가. 그때의 얼굴들은 모두 변해 버렸다. 누군가는 대권을 움켜쥐었고, 누군가는 고난을 겪었으며, 누군가는 야심을 키우고 있었다. 또 누군가는 마음에 상처를 입었고, 또 누군가는 이미 백골이 되어 버렸다.

납란홍엽은 품 안에서 오늘 아침 궁으로 들어온 서신을 꺼냈다. 단지 하루 동안 품에 품고 있었을 뿐인데 서신의 끄트머리는 이미 조금 구겨져 있었고, 종이는 여인의 그윽한 향을 풍기고 있었다. 서신을 열어 보니 가느다란 글씨체가 눈앞에 나타났다.

현묵 동생, 전쟁이 곧 시작될 거야. 이 형은 가까운 시일 내에 전장으로 달려가야 하겠지. 가기 전에 몇 번이고 고심해 보았지만, 다시 한 번 동생에게 도움을 청하지 않을 수가 없네. 바로 군수품과 양식에 대한 청이야. 보름 전, 형은 회송에 가서 귀국의 장공주를 만나 뵈었지. 공주께서는 의를 중시하시어, 연북에 양식을 지원하기로 허락하셨어. 그러나 귀국 동해안에서도 곧 전쟁이 일어날 듯하니, 귀국의 조정에 반대하는 말이 생길 것이 걱정되는군. 만약 장공주의 뜻이 변할 것 같으면, 동생이 중간에서 조절을 좀 해 주었으면 좋겠네. 조정의 대신들도 가라앉혀 주면 더 바랄 나위가 없고. 이 일은 연북의 생사와 관련된 일이니, 이 형은 부득불 부탁하지 않을 수 없군. 바라건대 동생이 오랜 세월에 걸친 우리의 교분을 생각해서 도움을 주었으면 하네. 형은 비록 만 리 밖에 있지만, 항시 동생의 은혜와 의리에 감사하고 있다네.

동생이 한 달 전 혼례를 치렀다는 이야기를 들었네. 회안의 양갓집 규수를 맞이했다지. 형은 더할 나위 없이 축하하는 바이네. 옥비녀 하나를 보내니, 제수에게 주시게나. 언제나 동생 부부의 화목과 백년해로를 기원하겠네.

추신: 마침내 동생이 항상 세상에서 다시 구할 수 없을 만큼 아름답다고 칭찬하던 귀국의 장공주를 만나 보았지만, 그날 쓰고 있던 면사가 손가락 절반은 되게 두껍더군. 말을 할 때는 단정하고 정중했지만, 마치 노파처럼 활력이 부족하더군. 동생의 심미안이 보통 사람과 다르다는 사실을 깨달았네. 다음날 우리가 재회할 기회가 있으면, 동생의 품위를 위해 건배하도록 하지.

납란홍엽은 얼굴을 찡그린 채 몇 번이나 반복하여 '그날 쓰고 있던 면사가 손가락 절반은 되게 두껍더군. 말을 할 때는 단정하고 정중했지만, 마치 노파처럼 활력이 부족하더군'이라는 문장을 읽었다. 납란홍엽은 분노한 나머지, 평소에 파란을 드러내지 않는 얼굴에 불쾌한 빛마저 떠올랐다.

밤바람 사이로 그윽한 정란의 향이 풍겨 왔다. 그녀는 서탁에 백지를 펼치고, 먹을 갈아 붓을 들었다. 그리고 한참 말없이 생각한 후 적어 내려갔다.

형의 친필을 받고, 곧 멀리 전선으로 떠난다는 소식을 들으니 동생은 심히 근심하지 않을 수 없습니다. 전쟁터는 음험하고 칼에는 눈이 없으니, 바라건대 반드시 스스로를 아끼시기 바랍니다. 동생은 아직 15년 후 모이자는 약속을 기억하고 있습니다. 봉선루에서 형과 함께 대취하고, 함께 가을의 호수를 감상하고, 또 함께 금을 타며 강과 달을 노래하기로 했지요. 결코 식언하고 동생을 버리고 가서서는 아니 됩니다.

우리 회송의 장공주는 단정하고 고아하며, 현숙하고 덕이 높으니 여인의 모범이라고 할 만합니다. 회송의 귀하고 아름다운 꽃이 어찌 함부로 쉽게 얼굴을 내보일 수 있겠습니까? 형이야말로 항시 전장을 도시다 보니 심미안에 큰 손상이 있는 모양입니다. 형의 말씀을 들으니 동생은 비통하기 그지없으며, 형의 미래를 근심하지 않을 수 없습니다.

양식과 군수품 관련해서는 절대로 근심하실 필요 없습니다. 장공주께서 이미 승낙하셨다면, 반드시 지키실 것입니다. 만약 변동 사항이 생기면 동생이 전심전력으로 형을 위해 대책을 궁리해 보겠습니다. 연북의 전쟁이 다가왔으니, 동생은 밤마다 누각에 앉아 서북을 바라보며 형의 승전보를 기다리겠습니다.

서신을 다 적고 나니 바깥의 빗소리가 이미 멈춰 있었다. 납란홍엽은 옥비녀를 손에 든 채 조용히 앉아 있었다. 눈처럼 새하얀 비녀를 손에 쥐고 있으니 따뜻한 기운마저 돌았다. 비녀 끄트머리에 매화 한 송이를 조각해 두었는데, 꽃잎의 결 하나하나 섬세하고 단아했다. 화려한 장신구는 아니었지만, 극히 정교하고 아름다웠다.

제수에게 주라고? 그럼 정말 현묵의 새 신부에게 보내야 하는 걸까?

납란홍엽은 평소에는 잘 드러내지 않는 미소를 지으며, 되는 대로 서탁 위의 공문을 집어 적어 내려갔다.

비준한다.

창밖으로 하늘이 이미 희뿌옇게 밝아 오고, 기나긴 밤이 지나가고 있었다. 납란홍엽은 몸을 일으켜 창가로 다가가 말없이 서북을 바라보았다. 하늘에 꽃구름이 보이고, 비 온 후의 공기는 맑고 상쾌했다. 새벽의 종소리가 유유히 울려 퍼지고, 멀리서 아침을 알리는 딱따기 소리가 들려왔다.

납란홍엽은 깊이 숨을 들이마시고 눈을 감았다. 다시 눈을 떴을 때는 이미 세상이 밝아진 다음이었다.

어떻게든 대하와 연북 사이의 전쟁에 끼어드는 것을 반대하는 노신들을 설득해야 했다. 납란홍엽은 눈가를 문질렀다. 아무래도 회송의 장공주는 앞날을 멀리 내다보며 책략을 꾸미는 데 능하니, 장공주의 결정에는 깊은 뜻이 있으니 반대해서는 안 된다는 이야기를 퍼뜨려야 할 것 같았다.

납란홍엽이 살며시 웃었다. 그녀의 얼굴에 소녀다운 장난기가 드러났다. 사람이란 가끔은 제멋대로 굴고 싶을 때도 있는 것이다.

어떤 사람은, 그리고 어떤 일은, 평생을 걸어도 얻지 못할 것이다. 납란홍엽은 지나친 바람을 갖고 있지는 않았다. 그녀는 분명히 알고 있었다. 그녀는 회송을 지켜야 하고, 황제를 지켜야 하며, 동생의 아이를 지켜야 하고, 또한 납란의 명맥을 이어 나가야 한다.

하늘은 맑은데, 납란홍엽의 안색은 고요해졌다. 그녀는 천천히 휘장을 열고, 담담한 목소리로 명령했다.

"아침 준비를 시작하라. 조회에 나가야 하니까."

제5장 다시 칼날을 겨누고

"북삭이 아닙니다! 대하의 다음 목표는 적원 나루터입니다!"

초교가 미간을 찌푸리며 사납게 소리쳤다.

"이미 사흘이나 지났습니다. 대하군은 계속 정식 공격을 하지 않고 있어요. 소규모의 소란을 피우며 이리저리 옮겨 다니기만 할 뿐입니다. 이건 절대로 정상적인 상황이 아닙니다. 결코 아니에요. 대하의 병력을 생각하면, 그들은 예전에 이미 맹렬한 공격을 시작했어야 했습니다. 그러나 지금 이 상황을 보면, 분명 이런 것입니다. 대하 내부의 군령이 통일되지 않았고, 여기에 모인 병력은 주요 병력이 아니라는……."

"뭐 새로운 정보는 없나?"

조맹동 대장군은 마치 아무것도 듣지 못한 것처럼, 하품하며 다른 수하들에게 말했다.

"조제 형제는 우리 대군을 보고 놀라 간담이 서늘해진 것은 아닐까? 그래서 제 아비가 무엇을 하라고 여기 보냈는지조차 잊은 것은 아닌지?"

사람들이 즉시 소리 내어 웃기 시작했다. 이 사흘 동안, 연북군은 연전연승했다. 대하의 군대는 조금 부딪치기만 하면 마치 두부처럼 바로 흩어져 버렸다. 조제와 조양의 부대는 분열된 것 같았다. 서북연합군은 명백하게 대하의 새로운 별, 즉 십사황자 조양에게 기울어져 있었고, 파도합 가문의 군대는 조제의 꽁무니를 쫓아다니고 있었다. 매 돌격 때마다 그들은 두 편으로 나뉘어, 네가 쳐들어가면 나는 진열을 가다듬는다거나, 내가 쳐들어가면 너는 측면을 맡는다거나 하는 식으로 따로 놀았다. 그들은 절대적인 진형을 잡지 않고, 그저 모양새만 갖추는 것 같았다. 누구도 솔선하여 희생양이 되거나 자신의 병력을 소모하려 하지 않았다.

연북군이 첫 번째 화살을 쏘기도 전에, 대하의 군대는 높은 소리로 외치곤 했다.

"안 되겠다! 이길 수 없어!"

그리고 그들은 서둘러 물러났다. 열 살 남짓한 소년병으로 이루어진 군대도 그들보다는 강할 것 같았다.

북삭성 내에는 30만이 넘는 정규군이 모여 있었고, 또 민병도 30만이 넘게 있었다. 정말로 명실상부한 대군이었다. 대하의 철혈 강병을 맞이하여, 연북군은 염려하며 두려워하고 있었다. 그러나 몇 번 전투를 겪고 나니, 농민병들조차 곡괭이를 바깥쪽을 향해 휘두르려 하고 있었다.

"보아하니 전하께서 돌아오시기 전에 대하의 개새끼들을 진황으로 도망치게 만들 수 있겠어."

모두 큰 소리로 웃었다. 조맹동 휘하의 대장 노직은 한 술 더 떴다.

"제가 보기에는 지금 병사를 반으로 나눠, 절반은 전하께서 미림관을 치시는 것을 돕는 것이 나을 것 같습니다."

"그럴 필요 있나. 그보다는 대하 도망병들의 꼬리를 잡아서 진황까지 쭉 쳐 버리는 것이 좋겠지."

"옳습니다!"

모두 이구동성으로 맞장구쳤다. 모두 왁자지껄하게 이야기하는 품이 마치 이미 대승이라도 거둔 것 같아 보였다.

"조 장군!"

초교가 몸을 일으켰다. 두 눈은 번개처럼 번쩍였지만, 그녀는 가라앉은 어조로 이야기했다.

"장군, 그리고 여러분, 만약 방금 제가 한 이야기를 여러분이 제대로 듣지 못했다면, 저는 다시 한 번 이야기해도 괜찮습니다! 현재 우리는 적들의 주력이 어디 있는지 제대로 파악하지 못하고 있어요. 우리가 본 돌격대나 공격대는 모두 1만 이하의 작은 부대였고, 그들이 중군 대기를 가지고 있었다 해도 우리는 정말로 적군의 주력 기병대를 만난 적 없습니다. 대설로 인해 우리가 소식을 전달하는 경로는 봉쇄당한 상태고, 우리는 적들이 어디에 주둔하고 있는지도 모르고 있어요. 지금까지의 전투는 그야말로 연극에 지나지 않습니다! 파도합 가문과 서북연합군에 대해서는 저는 잘 모릅니다만, 삼황자 조제라면 잘 알고 있어요. 더군다나 전장에서 십사황자 조양과 직접 맞부딪쳐 본 적도 있습니다. 조제는 신중한 사람입니다. 결코 경계심 없이 대규모로 전투를 걸어 올 사람이 아닙니다. 설령 대규모의 공격을 감행한다 해도, 결코 이런 식으로 졸렬한 수단을 쓸 사람이 아닙니다. 그리고 조양은, 비록 젊긴 하지만, 대하 상무당 출신의 장수입니다. 심모원려深謀遠慮*가 깊고, 병법에 숙련되어 있으며, 병사들도 엄격하게 관리하고 있는 데다 수단도 변화무쌍한 사람이죠. 진지전과 공성전 모두 능숙하고, 대규모의 군대를 지휘하여 전투를 해 본 경험도 풍부하고요. 개인적으로는 인내심도 강하고 매복에 능해, 대하군 안에서 '살무사'라 불리는 사람입니다. 이렇게 자살과도 같은 공격 방식은 그 사람의 방법이 아닙니다!"

초교가 차분히 말을 이었다.

"모두 세세하게 생각해 보세요. 대하가 패자를 자청한 지 이미 오랜 세월이 흘렀는데, 어찌 이 정도밖에 실력이 안 되겠습니까? 그들은 우리의 눈을 가리고 있는 겁니다. 우리를 소홀하게 만들고자 하는 것입니다! 만약 제 생각이 맞는다면, 지금 조제와 조양은 아마 우리가 대치하고 있는 군대 내에 아예 없을 것입니다. 연북에 진입하는 방법은 북삭관 하나만 있는 것

---

* 깊이 고려하는 사고와 멀리까지 내다보는 생각.

은 아니니까요. 제가 대하의 지휘관이라면, 저는 하란산을 넘어 상음산 골짜기를 돌파구로 삼아 적원의 나루터를 공격하겠습니다. 그곳에 주둔할 수만 있다면 양쪽에서 북삭관을 협공할 수 있고, 그렇게 되면 북삭은 스스로 무너질 테니까요! 우리는 사흘의 시간을 그르쳤지만, 아직 늦지 않았습니다. 지금 병사 10만을 보내 적원을 방어하기만 하면, 지리적으로 우세하니, 대하군을 막아 낼 수 있습니다. 전투를 벌일 기회는 조금만 늑장을 부려도 사라지기 마련이니, 모두 꼼꼼하게 고려해 보시기 바랍니다!"

회의실이 고요해졌다. 마치 죽음과도 같은 적막이었다.

모두 고개를 들어 군복을 입은 초교를 바라보았다. 거대한 회의실에 서 있는 사람은 그녀뿐이었다. 그녀는 등을 꼿꼿하게 세우고, 횃불처럼 눈을 빛내고 있었다. 몸을 살짝 앞으로 기울이고 엄숙한 표정으로 모두를 바라보는 초교의 얼굴에는 기대와 분노가 함께 서려 있었다.

조맹동 얼굴 주름이 가볍게 떨리더니, 그가 갑자기 몸을 일으켜 한 마디 말도 없이 문밖으로 나가 버렸다. 지휘관의 불쾌함을 표현하는 완벽한 방식이었다.

얼마 지나지 않아, 그 거대한 회의실에 초교를 제외하면 단 한 사람도 남아 있지 않았다. 그녀는 길게 탄식하며, 힘없이 의자에 주저앉아 손으로 이마를 받쳤다. 눈가에 경련이 일고 있었다.

1백만에 달하는 생명을 이런 오합지졸의 무리에 맡겨 두어야 하다니, 그야말로 아군을 해치는 행위나 마찬가지였다. 연북 군인의 수준은 뜻밖에도 이 지경까지 떨어져 있었다. 전투 경험이라고는 전혀 없는 사람이 대군을 지휘하여 전쟁에 나서 다니, 정말 상상하기 어려운 재난이었다.

만약 연순이 여기 있었다면, 그의 위엄으로 그들을 억제할 수 있었을 것이다. 그러나 초교로서는 이 모든 것을 돌려놓을 방법이 없었다. 군대 내의 이런 상황을 연순은 알고 있었을까? 만약 알고 있었다면, 그는 어떻게 북삭성을 조맹동과 같은 자에게 맡길 수 있었을까? 만약 알지 못했다면…….

초교는 어쩔 수 없이 미간을 찌푸렸다. 조맹동이 어떤 자인지, 연순이 어떻게 모를 수 있겠는가? 그는 바로 연순이다! 그러나…… 연순은 왜 아무 설명도 없이 미림관으로 가 버린 걸까? 왜 초교에게는 람성으로 가서 우를 찾으라고 한 것일까? 만약 초교가 북삭성을 떠난다면, 연북 국토의 절반을 앉은 채로 상대에게 넘겨 버리는 상황이 되었을 것이다.

연순, 대체 무슨 생각을 하고 있는 거지?

대동회의 늙은이들은 다투고, 사건을 만들고, 상대를 공격할 때는 누구보다 용맹했다. 구호를 외칠 때는 세상에 대적할 자가 없을 것만 같았고, 민란을 선동하는 능력만은 당대 일류였다. 그러나 그들에게 병사를 맡겨 전쟁을 치르게 한다면, 그들에게 작전 계획을 짜게 한다면, 그들에게 적들의 군사 방어를 꿰뚫게 한다면…… 그것은 안 될 말이었다!

초교의 마음속에 불길이 일렁이고 있었다. 어떻게 해도 도저히 끌 수 없는 불이었다. 초교는 지금까지 일곱 번이나 우에게 상황을 알리는 파발을 보냈다. 그러나 지금까지 단 한 명도 돌아오지 않았다. 만약 지금 이 상황을 억누를 수 있는 사람이 오지 않는다면, 이번 전쟁에서 연북이 패할 것은 자명했다.

황혼 무렵의 태양이 핏빛으로 빛나고 있었다. 밖에서는 병사들의 기쁨에 찬 노랫소리가 들려왔다. 그중에는 아이들의 맑은 웃음소리도 섞여 있었다. 이 노랫소리는 대체 얼마나 지속될까? 밖에 있는 저들은 얼마나 살 수 있을까? 그녀에게 단 백 명이라도 마음대로 운용할 수 있는 군대가 있었다면, 초교는 바로 저 극악무도한 장수들을 포박해 버렸을 것이다. 그러나 그녀에게는 아무것도 없었다. 연순이 그녀에게 남겨 둔 친위대는 이미 우에게 보낸 후였다. 지금의 그녀는 소식을 전할 병사 하나조차 곁에 두고 있지 않았다.

오늘 밤 몰래 잠입해서, 저 늙은이들을 전부 해치워 버릴까? 머릿속에는 이 생각만 맴돌고 있었다. 초교는 울적하게 얼굴을 찡그렸다. 기관총 한 자루만 있어도, 그녀는 정말 그렇게 했을 것이다.

하늘이 점차 어두워졌다. 초교는 천천히 몸을 일으켰다. 새하얗게 밝은 달빛이 창을 통해 바닥을 비춰 주었다. 어둠 속 초교의 뒷모습은 유난히도 수척하고 외로워 보였다. 그녀는 깊은 무력감과 외로움에 싸여 있었다.

막 관저를 나왔을 때, 소년병 몇 명이 허둥지둥 달려오다가 제일 앞에 있던 아이가 초교에게 부딪쳤다. 초교의 옷이 화려한 것을 본 아이들은 쿵 소리가 나도록 땅에 무릎을 꿇고 잇달

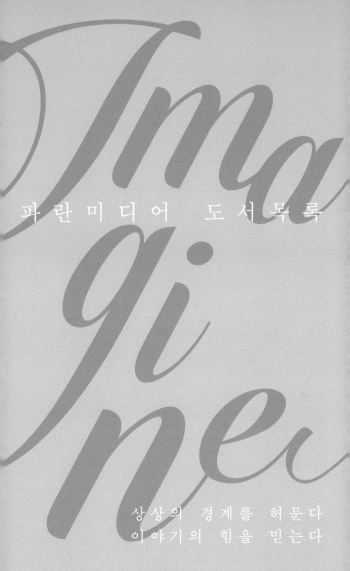

파란미디어 도서목록

상상의 경계를 허문다
이야기의 힘을 믿는다

새파란
상상

e-mail paranbook@gmail.com
cafe cafe.naver.com/paranmedia
facebook facebook.com/paranbook
tel 02. 3141. 5589 fax 02. 3141. 5590

인간의 모험 본능을 자극하는 최고의 장르, SF
휴고, 네뷸러, 디트머, 로커스 상을 휩쓴 SF 대작 〈링월드〉

SF의 대가 래리 니븐 컬렉션

링월드 프리퀄 1 **세계 선단**
래리 니븐 & 에드워드 M. 러너 공저 | 고호관 옮김 | 값 14,000원

우주적 규모의 적자생존 서사시, 세계 선단 시리즈의 서막!
《링월드》에 숨어 있던 이야기들,
파란만장 흥미진진한 미스터리의 시작

링월드 프리퀄 2 **세계의 배후자**
래리 니븐 & 에드워드 M. 러너 공저 | 고호관 옮김 | 값 15,000원

은폐되고 삭제되고 망각된 진실을 찾아서

십팔 세에 무제한 출산권을 획득한 천재 물리학자 카를로스 우,
은하핵의 붕괴를 촬영한 전설의 조종사 베어울프 섀퍼,
모든 것을 의심하는 편집증 수사관 지그문트 아우스폴러,
세 사람의 진실을 향한 대도약이 시작된다!

링월드 프리퀄 3 **세계의 파괴자**
래리 니븐 & 에드워드 M. 러너 공저 | 고호관 옮김 | 값 15,000원

영원한 적도 영원한 아군도 없다!
아주 다른 무대의 전혀 새로운 이야기

어디 있는지도 모를 고향 지구와 새로 찾은 고향 뉴 테라, 지켜야
할 모든 사람들을 위하여! 낯선 우주의 한복판에서 치밀하고도
집요한 지그문트의 작전이 펼쳐진다.

링월드 프리퀄 4 **세계의 배신자**
래리 니븐 & 에드워드 M. 러너 공저 | 김성훈 옮김 | 값 15,000원

《링월드》는 루이스 우의 첫 모험이 아니었다!
이번 위기에는 세계 선단 일조 퍼페티어의 운명이 걸려 있다!

이름을 잃고 자기 정체도 모르는 채 백삼십 년을 망명자처럼 떠
돌던 루이스 우. 분더란트 내전의 포로로 약물중독의 나라에 빠
져 있던 그에게 퍼페티어 정찰대원 네서스가 던진 거부할 수 없
는 제안!

브레인 임플란트 이혜원 지음 | 값 10,000원

백두산 폭발로 벌어진 아비규환!
거대한 음모 속에 숨겨진 살인극

"이젠 학습법이 아니라 뇌를 바꿔야 합니다!"
우리의 삶을 바꾸는 브레인 임플란트의 세계에 오신 것을 환영
합니다.

초인은 지금 김이환 지음 | 값 10,000원

우리 시대의 모순을 안은 초인이 온다!

하늘을 날고 모든 것을 듣고 모든 것을 보는 초인이
시민들을 지켜준다.
초인은 무엇 때문에 사람들을 위해 봉사하는 것일까?
그를 믿어도 되는 것일까? 초인은 선한 사람인가?

킬러에게 키스를 김상현 지음 | 값 11,000원

그동안 고마웠어. 그 말을 끝으로 이메일 주소 하나 남기지 않고
깨끗이 사라졌던 여자 친구가 실은 킬러였다!

그녀에게 묻고 싶은 말이 있어 국가정보부의 작전에 동참한
평범한 한 남자의 슬프고도 웃긴 이야기.

고스트 에이전트 김상현 지음 | 값 12,000원

《킬러에게 키스를》 두 번째 작품.

당안리 화력발전소를 노린 폭탄 테러, 서울 전역에서
테러리스트가 출몰하고 급기야 국가정보부가 공격당한다!
그 누구도 절대 막을 수 없다!

이순신의 나라 임영대 지음 | 각 권 12,000원 (전2권)

이순신이 살아남은 조선!
새로운 바람이 분다. 새로운 나라가 온다!

임진왜란이라는 절체절명의 국난에서 우리 민족을 구원한
이순신 장군. 그런 이순신 장군이 만일 죽지 않고 살아남았다면
과연 무슨 일이 벌어졌을까?

태릉좀비촌 임태운 지음 | 각 권 13,000원 (전3권)

대한민국 최강 좀비 군단이 몰려온다!
네이버 화제의 연재작 – 영화화 결정

올림픽을 대비로 맹훈련 중인 태릉선수촌에 좀비 바이러스가 발
생했다. 운동으로 단련된 역대 최강의 좀비들이 몰려온다. 사랑
하던 동료들에 맞서 사랑하는 사람들을 지켜야 하는 이야기!

체탐인 – 조선스파이 정명섭 지음 | 값 11,000원

얼굴도 이름도 바뀐 복수의 화신이 돌아오다

아무 것도 할 줄 모르는 백면서생에서 난데없이 야생의 현장에
떨어진 병조판서의 아들 조유경. 하지만 이대로 죽을 수는 없
다. 자신의 모든 것과 사랑하는 약혼녀까지 앗아가버린 원수들
에게 복수를 해야만 한다.

붉은 말 백성민 이야기그림집 | 값 22,000원

네이버 한국만화 거장전 제호 작가 백성민의 새로운 만화 모음집.

〈장길산〉, 〈싸울아비〉, 〈광대의 노래〉 등 역사만화의 거장 백성
민이 새롭게 선보이는 이야기그림 〈붉은 말〉. 우리나라의 신화
와 전설, 전래동화 등에서 폭넓게 소재를 취하여 새로운 해석을
내보이는 만화들에서 삶의 위안을 찾아낼 수 있을 것이다.

살해하는 운명 카드 윤현승 지음 | 값 11,000원

다섯 장의 카드, 다섯 개의 운명.
모두가 승리할 수도 있고, 모두가 패배할 수도 있다.

인생 막다른 골목에서 받아들인 위험한 초대.
오직 운명을 거역한 사람만이 승자가 된다!

루월재운 이야기 조선희 지음 | 각 권 11,000원 (전2권)

한국판타지문학대상에 빛나는 조선희 작가의
치밀하고 놀라운 환상의 세계를 만난다!

가장 많은 눈물을 흘린 자가 주인이 되느니,
사랑을 위해 목숨을 버리는 사람들!
그들의 운명이 아로새겨진 서라벌의 하늘.

아 사과했다.

이 아이들은 예전에 농노였기에 아직 연북의 개혁에 익숙하지 않았다. 길에서 군관을 만나면 항상 습관적으로 무릎을 꿇고 머리를 조아리며 인사했다. 이 소년병들 중 나이가 많은 경우는 열서너 살쯤 되어 보였고, 어린아이는 열 살도 채 되어 보이지 않았다. 그들 모두는 병사들이 손에 들고 다니는 창보다 키가 작았다.

소년병들은 모두 손에 나무 몽둥이를 들고 있었는데, 그 몽둥이에 철로 만든 조각을 끼워 무기라고 들고 있었다. 이런 무기로 전장에 나선다면 적에게 제대로 한 번 휘둘러 보기도 어려울 것이다. 대하의 칼은 현 시대에서 가장 날카로운 무기였다. 모든 갑옷을 쉽게 꿰뚫어 버리는 대하의 칼은, 이 아이들의 손에 들린 '창' 정도는 쉽게 부러뜨리겠지.

아이들은 병사라기보다 거지 무리라고 하는 것이 더 적합한 몰골이었다. 그러나 이 아이들이 바로 소위 북삭의 1백만 대군을 이루는 중요한 부분이었다. 초교는 다시 깊은 무력감을 느꼈다. 바다에 빠졌는데 해초에 발이 묶인 것 같은 기분이었다. 아무리 발버둥 쳐도 물가로 헤엄쳐 나갈 수가 없었다.

초교는 얼굴을 찡그렸다. 누군가가 자신의 심장을 꽉 잡고 놓아주지 않는 것만 같았다. 연순이 떠난 후, 조맹동은 마음대로 병사를 징발했다. 사방 100리 내에 있는 난민을 모두 징발하여 여자는 군대의 기녀로 삼고, 남자는 군대에 편입시켰으며, 노인들에게는 노역을 시켰다. 북삭은 단숨에 마귀의 소굴 같은 곳이 되었다. 대동회의 장수들은 마치 아무것도 가진 것이 없는 거지에서 갑자기 만인지상의 제왕이 된 것처럼 굴고 있었다. 그들의 포학한 행동은 대하의 귀족들이 보아도 부끄러워할 정도였다.

초교는 몇 번이나 간언했지만 모두 냉정하게 거절당했다. 초교는 백성들을 괴롭히는 사병 몇 명을 베었고, 노역에서 도망치려는 백성들은 성 밖으로 도망치거나 초교의 참모부에 몸을 숨겼다. 현재, 참모부는 인산인해를 이루고 있었다.

이것이 연북의 자유 정권이었다. 저들이 수년 동안 연북을 위해 독립을 쟁취한다고 외치던 지도자들이었다. 이 모습이 연북의 백성들이 온 마음을 다해 열렬하게 비호해 온 미래의 희망이었다!

초교는 깊이 숨을 들이마셨다. 고난에 지친 사람들, 그들은 자신들을 무너뜨릴 자들을 구원자라 믿으며 환영했던 것이다!

초교는 주먹을 꽉 쥐었다. 연순이 돌아오면, 그가 돌아오기만 하면, 반드시…….

"대인."

제일 앞에 있던 아이가 겁먹은 듯 불렀다.

"참모부의 초 대인이세요?"

아이는 이제 열한두 살로 보였다. 가느다란 팔은 초교가 힘을 한 번만 주어도 부러질 것처럼 약해 보였고, 얼굴은 굶주림으로 인해 누렇게 떠 있었다. 그저 두 눈만이 아이 특유의 생동감을 발하며 반짝이고 있을 뿐이었다. 아이가 입고 있는 솜저

고리는 다 해져서 안에 있는 솜이 드러나 보였다.

"나를 어떻게 알고 있지?"

"군대에 여자 대인은 한 사람뿐이니까요!"

아이가 즐거운 듯 외쳤다.

"대인, 우리 모두 들었어요. 대인은 아주 좋은 분이라고요!"

뒤에 있던 아이들이 앞으로 밀고 나오며 왁자지껄하게 말했다.

"우리 누나도 참모부 안에 있어요. 대인께서 구해 주셨다고 했어요! 혹시 우리 누나를 아시나요?"

"우리 엄마도 거기 있는데!"

"대인, 그저께 그 나쁜 병사를 베시는 걸 보았어요. 정말 대단하세요!"

"그러니까요, 대인, 우리에게 무술을 조금만 가르쳐 주세요. 우리도 곧 전쟁터에 나가야 해요!"

"맞아요, 대인, 우리에게 적을 죽이는 법을 알려 주세요!"

갑자기 심장이 멈춰 버리는 것만 같았다. 초교는 아이들의 얼굴을 바라보며 처음으로 의심하기 시작했다. 스스로의 믿음을, 스스로의 가치를. 그동안 자신이 해 왔던 모든 행동은 옳았던 것일까?

초교는 방금 회의실에서 떠올렸던 생각을 현실에서 실현하고 싶었다. 그러나 생각은 생각일 뿐, 그녀는 그저 그곳에 서 있을 수밖에 없었다. 움직이지 않고, 아무것도 하지 않고, 그냥 그렇게. 그녀의 얼굴에 비친 횃불이 핏빛으로 흔들거렸다.

초교는 감정을 간신히 억누르며, 그러나 단호하게 말했다.

"적진으로 돌격할 때, 앞으로 달려 나가지 말거라."

이제 더 이상은 견딜 수 없었다. 초교는 바로 몸을 돌렸다. 아이들은 빠르게 걸어가는 그녀의 뒷모습을 바라보며 이상하다는 듯 머리를 긁적였다. 그들은 초교의 말이 군관의 말과 다른 이유를 이해할 수 없었던 것이다.

거리 모퉁이까지 나온 초교는 발걸음을 멈췄다. 그녀에게는 아이들의 눈을 계속 바라볼 용기가 없었다. 아이들에게 전쟁터에서 이기고 돌아오라고 용기를 북돋아 줄 만큼 염치없지도 않았다. 초교는 스스로가 단단하게 연마된 강철 같은 사람이라고 생각해 왔다. 그러나 그녀는 이제 깨닫고 있었다. 이런 세상에서, 초교는 충분히 단단한 사람이 아니었다.

"조 대인이 가까스로 한 번 승리를 거뒀는데, 회의에서 대하가 우리 모두의 신경을 마비시키기 위해 일부러 약한 척한 것이라 했으니, 조 대인은 당연히 당신을 믿고 싶지 않겠지요."

갑자기 냉담한 목소리가 귓가에 들려왔다. 초교가 고개를 돌려 보니, 설치원이 팔짱을 끼고 벽에 기대어 그녀를 쳐다보고 있었다. 설치원의 표정은 마치 그녀가 괴로워하는 것을 즐기는 것 같았다.

초교는 지금 대동회의 본토 군관들에 대한 혐오감이 가득한 상태였다. 그녀는 차갑게 코웃음 치며 몸을 돌렸다.

"전하께서 우리들을 버리신 겁니까?"

그녀가 막 한 걸음 떼었을 때, 설치원이 갑자기 말을 고르고 고른 것처럼 물었다. 초교는 바로 발걸음을 멈추고 천천히 고개를 돌려 사나운 눈빛으로 그를 바라보았다.

"뭐라고?"

"전하와 오 선생은 연북의 본토에는 얼마 없는 군사 지도자인데, 함께 제1군 정예 부대를 이끌고 미림관을 공격하러 가면서 북삭을 지킬 사람을 남겨 두지 않으셨습니다. 그것은 바로 제2군의 주력 부대와 대하군이 서로 싸우며 전투력을 소모하고 있으라는 의미지요. 우 아가씨와 같은 군사의 고수 역시 람성에서 좌시하며, 북삭에 구원의 손길을 보내지 않고 있지 않습니까. 또한 초 대인과 같은 병법가에게는 권력을 주지 않고, 온 북삭성을 전쟁이라고는 전혀 모르는 오합지졸의 무리에게 넘겨 버리지 않았습니까. 하하! 만약 초 대인이 북삭에 남아 있지 않았다면, 저는 정말로 전하께서 제2군을 버리기로 결심하셨다고 믿었을 겁니다."

순식간에 머릿속에 벼락이 친 것만 같았다. 그녀라고 같은 생각을 떠올린 적 없었던 것은 아니었다. 그러나 초교는 믿고 싶지 않았다.

조맹동이 어떤 부류의 인간인지, 제2군의 상태는 어떠한지, 또한 대동회의 장수들이 어떤 자들인지 연순이 몰랐을까? 그가 모를 수 있었을까? 그가 이 시점에서 미림관을 공격하러 간 것은 대체 어떤 의도에서 나온 행동이었을까? 정말로 미림관에서 경계를 풀고 있을 대하군을 공격하여, 양쪽에서 협공당할 위급한 상황을 없애고, 서쪽으로 우회하여 대하의 북벌군을 협공하기 위해서였을까? 그것도 아니라면…… 대하의 북벌군과 제2군이 모두 피해를 보게 하기 위해서였을까?

연순은 무엇 때문에 조맹동에게 병권을 넘긴 것일까? 대체 왜 오 선생을 북삭에 남겨 두지 않은 것일까? 자신에게 람성에 가서 우와 함께 있으라고 한 의미는 무엇일까? 자신이 우에게 보낸 일곱 번의 파발은, 대체 무슨 연유로 단 한 명도 돌아오지 않는 것일까?

대체 무엇 때문이지? 설마, 정말로 설치원이 말하는 것처럼 이 모든 것이 연순의 안배인 것일까? 대하의 손을 빌려 제2군의 주력 부대를 소모시켜, 연북에서 스스로의 지위를 굳건하게 다지기 위해?

연순이…… 그런 목적을 위해 저 수많은 백성들도 돌아보지 않고, 연북을 위험에 빠트린다고? 그게 그럴 만한 가치가 있는 목적일까? 연순은…… 그런 일을 할 수 있는 사람일까?

"전하께서는 영명하시지만, 조 대인 역시 바보는 아닙니다. 한 달 정도라면, 인해전술로 병력을 소모하기만 해도 대하를 감당할 수 있을 것입니다. 전하께서 돌아오셨을 때 사라진 것은 그저 민병대뿐일 것입니다. 제2군의 주력 부대는 조금도 손상을 입지 않고 전하를 기다리고 있겠지요. 전하의 이 계책은, 별로 좋은 생각은 아닌 것 같습니다."

"내 고향에서는, 자신의 상관에 대해 함부로 입을 놀리면 군법처의 처벌을 받게 되어 있지!"

초교는 눈꼬리를 치켜세우며 차갑게 외쳤다.

설치원이 멈칫했다. 초교가 차가운 목소리로 계속 말했다.

"도발할 필요 없다. 연북 내부가 안정되지 않고, 대동회에서 권력을 다투는 일이 심하다 해도, 전하께서는 북삭성 전체를 들어 이런 소모적인 도박을 하실 리는 없으니까! 비록 모든 일이 네 생각대로라고 해도, 전하께서는 이익을 위해 수단을 가리지 않는 사람이 결코 아니시다. 전략 측면에서 이야기하자면, 전하께서 미림관을 공격하시는 것은 완벽하게 훌륭한 기습작전이고, 전술상으로 아무 문제도 없지. 우 아가씨가 회신을 보내지 않는 것은, 분명 우리가 알지 못하는 원인이 있기 때문이다. 이 전쟁은 연북 전체의 생사와 관련이 있어. 맹목적이고 무지몽매한 이만이 이 상황에서도 권력이 어쩌고 서로를 속고 속이려 하겠지. 일단 연북이 패망한다면, 연북 정권은 순식간에 무너지고, 우리 모두 함께 황천으로 가게 될 것이다. 너도 나에게 이런 말을 할 시간이 있다면, 차라리 신병이나 훈련시키러 가는 것이 나을 것이다. 장래에 모두 처참한 죽음을 맞지 않도록!"

설치원이 눈을 차갑게 빛내며 냉랭하게 말했다.

"대인께서 그리 자신감이 넘치신다면, 무엇 때문에 우 아가씨에게 몇 번이고 파발을 보내셨습니까? 사흘의 시간이면 이곳에서 람성까지 왕복하고도 남는 시간입니다. 우 아가씨는 어찌 지금까지도 보이지 않는 건가요? 우 아가씨가 상부의 명령을 받아 칩거하고 있는 것이 아니라면, 이렇게 좌시하고 있을 성격이라고 생각하십니까?"

초교의 심장이 내려앉았다. 그래도 어떻게든 입을 열어 변명하려 했을 때, 갑자기 전마 한 필이 빠르게 달려오는 소리가 들렸다. 말 위의 사람은 큰 소리로 외치고 있었다.

"초 대인! 초 대인은 어디 계십니까?"

"여기 있다!"

초교는 만면에 희색을 띠며, 발꿈치까지 들어 가며 외쳤다.

전마가 나는 듯이 달려오더니, 말 위의 남자가 초교 앞에 뛰어내려 큰 소리로 외쳤다.

"대인!"

"어찌 된 일이냐? 왜 지금에야 온 거지? 다른 이들은? 우 아가씨는 뵀었고?"

"대인, 길에서 도적을 만났습니다. 모든 형제들이 도적에게 잡혀 있어요!"

"뭐라고?"

초교와 설치원이 동시에 외쳤다. 초교는 도저히 믿을 수 없다는 듯 물었다.

"어떤 도적이기에 그렇게 날뛰고 있는 거지? 너희들은 최소한 5백은 넘었는데, 어떻게 도적에게 잡힐 수 있지?"

"대인, 저희의 수가 적지 않았지만 상대의 수가 더 많았습니다. 7천이 넘었어요."

"헛소리!"

설치원이 차가운 목소리로 외쳤다.

"너희들, 경계심이 소홀해져 스스로를 도적에게 밀어 버린 것은 아니냐? 지금 연북 도처에 의군이 넘치는데, 대체 어디서 도적이 7천이 넘게 나왔다는 말이냐? 분명히 책임을 미루는 것이겠지!"

그 시위는 눈썹을 세우며, 엄숙하게 선언했다.

"설 대인, 우리 형제들이 비록 재주는 없으나, 전하를 따라 이리저리 종횡무진 하던 정예들입니다. 우리는 전사한다 할지라도 결코 눈살을 찌푸릴 만한 일은 하지 않습니다. 오늘 제 말에 거짓이 있다면, 제 심장이 만 대의 화살을 맞아 편한 죽음을 맞지 못할 것입니다!"

초교가 깊이 숨을 들이마시고 나지막하게 물었다.

"우리 형제들은 지금 어떤 상태지? 그 도적들은 무엇을 요구하고 있지? 형제들을 죽였나?"

시위는 즉시 정신을 집중하고 서둘러 답했다.

"아닙니다. 단 한 사람도 죽지 않았습니다. 그들은 매복하고 있었고, 우리 형제 중에 상처를 입은 이들은 아주 적습니다. 본래 그들은 아주 사납게 굴며 우리에게 말을 전하게 하려 했으나, 후에 우리가 대인의 수하인 것을 알자 태도가 상당히 좋아졌습니다."

초교가 당황하여 물었다.

"뭐라고?"

"대인, 그들은 우리가 누구인지 모르고 있었습니다. 그들은 우리들을 겁박하여 그저 말을 전하려 했을 뿐이라고 합니다. 그들은 대인을 만나고 싶어 합니다."

"나를 만나고 싶어 한다고?"

"그렇습니다."

초교는 미간을 찡그리며 물었다.

"그들의 수령은 어떤 자였지?"

"서른 살이 좀 넘은 사람으로, 매우 용맹한 자였습니다. 얼핏 보기에는 보통의 마적 같았지만, 정규 훈련을 받은 병사인 것 같습니다. 그들의 대오는 전체적으로 수준이 아주 높습니다. 병사 하나하나의 무예도 매우 훌륭하고, 무기도 완벽하게 갖추고 있었습니다. 그러나 정규군의 복장을 입고 있지는 않았습니다. 그들은 자신들의 신분을 이야기하려 하지 않고, 그저 자신들에게는 악의가 없으며, 대인께서 그들을 보면 바로 알아보실 거라는 말만 되풀이했습니다."

초교는 미간을 찌푸리고 한참 신음하다가 갑자기 말했다.

"말을 준비해라. 그들을 보러 가야겠다."

"제정신입니까!"

설치원이 그녀의 손을 잡았다. 비록 두 사람은 적대적인 관계였지만, 어쨌든 같은 전장에 있는 전우였다. 설치원이 나지막하게 말했다.

"지금 성을 나가겠다니, 목숨이 아깝지 않은 겁니까?"

초교가 진지한 표정으로 말했다.

"내 부하들이 그들에게 있다."

"그게 또 무슨 상관입니까? 혼자 힘으로 그들을 구할 수 있습니까?"

"그렇다면 설 장군이 나에게 군대를 빌려주는 것은 어떨지? 많이도 필요 없고, 5천이면 되는데."

설치원은 말문이 막혀 버렸다. 그는 일개 선봉대의 장수였고, 제2군은 지금 조맹동이 장악하고 있었다. 5천은커녕 5백의 병사도 징발할 수 없었다.

초교는 차갑게 코웃음 치며 말 위에 올라 차갑게 외쳤다.

"이랴!"

말은 성 밖을 향해 먼지를 일으키며 달리기 시작했다.

설치원은 눈썹 끝을 치켜세웠다. 마침 이때 한 병사가 말을 끌고 근처를 지나고 있었다. 그는 단숨에 병사의 말을 빼앗아 탄 후, 초교의 뒤를 따라 서성문을 향해 나는 듯이 달리기 시작했다.

북풍이 소슬하게 불어오고, 깃털 같은 눈이 하늘을 가득 채우며 흩날리고 있었다. 사방은 아득하니 흰빛으로 물들어 동서남북조차 분별하기 어려울 정도였다.

이렇게 뼈가 에이게 추운 밤, 끝이 보이지 않는 인파가 장사진을 이루고 있었다. 바람은 사나운 소리를 내며 칼날처럼 사람들의 얼굴을 베고 있었다. 사람들은 눈도 뜨기 어려운 지경이었지만, 전투에 대한 열정만은 전혀 줄지 않았다. 연북의 백성들은 제2군 조 대장군의 징발령을 받자마자 자신이 가진 가장 건강한 말을 타고 북삭성으로 달려왔다. 마음속에 품고 있던 꿈, 대동에 충성을 다하기 위하여.

용맹한 민족이었다. 이곳에서 사는 이들은 어린 시절부터 말타기와 활쏘기에 능했다. 저들을 조금만 훈련시킨다면, 그 누구와도 비할 수 없이 강력한 군대가 탄생하리라. 그러나 지금, 자신만만하게 연북의 노래를 부르는 저 사내들을 보는 초교의 마음은 찢어질 듯 아파 왔다. 그녀는 그들을 막고 싶었다. 그러나 그러한들 경멸이 담긴 눈빛을 받을 뿐일 터였다.

누군가가 그녀와 설치원, 그리고 시위, 도합 세 명이 서쪽으로 달리는 것을 보고는 침을 뱉으며 저주했다.

"도망치다니!"

"대인, 어서 가시지요."

연순이 남겨 둔 시위가 고개를 돌려 간절하게 말했다.

그러나 바로 그 순간, 초교는 눈썹 끝을 살며시 올리고 말고삐를 꽉 잡아 말을 멈췄다. 시위가 스무 걸음쯤 가다가 멈춰서 고개를 돌리고 물었다.

"대인, 왜 그러십니까?"

초교는 미간을 찡그리고 귀를 기울이며 설치원에게 물었다.

"들리나?"

우르릉! 쾅! 우르릉!

연이은 천둥소리 같은 거대한 굉음이 멀리서 들려왔다. 굉음은 점점 더 커져 갔다. 마치 땅 아래에서, 사람들의 다리를 뚫고 척추 위로 기어오르는 것만 같았다.

설치원이 눈썹을 치켜세우고 즉시 말에서 뛰어내렸다. 그가 몇 걸음 달려 옆의 높은 비탈로 가서 사방을 조망했다. 그리고 바로 굳어 버리고 말았다. 그는 멀리 서쪽을 바라보며, 미동도 하지 못하고 있었다.

이 굉음을 들은 백성 몇 명이 설치원을 따라 비탈 위로 올라가 같은 방향을 바라보았다. 고요했다. 죽음과도 같은 적막이 내려앉았다. 곧 누군가가 악몽에서 깨어나려는 듯 사방을 둘러보고, 손을 뻗어 서쪽을 가리키며 물었다.

"군대인가? 우리의 대군인가?"

서쪽에서 수많은 말발굽 소리가 들려오더니, 곧 지평선에 검은 그림자들이 나타났다. 그림자들은 하나의 선을 이루다가, 곧 하나의 면이 되었다. 그 수는 최소한 수천은 되어 보였다. 그들의 말발굽 소리는 우렛소리처럼, 멀리 낙일산맥에서부터 달려오고 있었다.

"어서 도망쳐!"

여자의 사나운 목소리가 갑자기 울려 퍼졌다.

모두 깜짝 놀라 소리 난 곳을 보았다. 군장을 입고 말 위에 앉은 여자가 이미 패검을 꺼내 들고, 서쪽을 가리키며 큰 소리로 외쳤다.

"대하의 군대다! 어서 도망쳐! 북삭성 방향으로 달려가라!"

사람들은 한바탕 혼란에 빠졌다. 그러나 곧 누군가가 외쳤다.

"대하의 군대가 어찌 연북 내륙에 있다는 말인가?"

"그렇다."

누군가가 맞장구쳤다.

"그들은 북삭관 밖에 있다고!"

이미 늦어 버리고 말았다. 저 익숙한 말 다루는 모습이며, 마치 찍어 내리듯 돌격해 오는 방식은 한눈에도 정규 훈련을 받은 대하의 변경 수비대였다.

초교의 안색이 창백해졌다. 칼을 든 손바닥에서는 땀이 배어 나오고 있었다. 저들은 누구지? 저들이 어떻게 북삭관을 돌파하고 연북 내륙에 나타난 것일까? 이곳에는 정규 부대조차 없는데, 만약 그들이 연북의 후방에서 밀고 들어온다면 어떤 국면이 펼쳐질 것인가?

찰나의 순간, 모든 생각이 전광석화처럼 그녀의 뇌리를 스쳐 갔다. 초교는 패검을 높이 들고 외쳤다.

"나는 연북 참모부의 군관 초교다. 모두 내 명령을 따르라!"

그러나 광풍이 몰아쳐 와 그녀의 목소리는 북풍 속에 흩어져 버렸다. 이제 보이는 것은 전방의 검은 그림자 무리가, 돌격 대형으로 밀어닥치는 것뿐이었다. 수천수만의 무리가, 마치 산을 무너뜨리고 바다를 메울 듯한 기세로 달려오고 있었다!

"어떻게 이럴 수 있지?"

사람들 사이에서 갑자기 비명 소리가 울렸다. 나라의 부름에 응해 천릿길을 달려온 연북의 사내들이 기습을 받아 허둥거리고 있었다.

"도망쳐!"

이미 때는 늦었다. 인파는 그야말로 붕괴해 버렸다. 사람들은 도망치던 중 서로가 서로에게 짓밟힐 뿐이었다. 초교가 몸을 돌려 큰 소리로 외쳤다.

"도망치지 마라! 저들을 막아야 해!"

그러나 아무도 그녀의 목소리를 신경 쓰지 않았다. 시위가 다가와 그녀의 말고삐를 잡고 외쳤다.

"대인, 어서 도망가야 합니다!"

"어서 북삭의 본대에 통지해야 해!"

"대인! 늦었습니다!"

마치 그 말을 증명하듯, 적들의 고함 소리가 굉음처럼 울려 퍼졌다. 이제 더 이상 의심할 수 없었다. 바로 대하 정규군의 돌격 구호였다.

세찬 말발굽 소리가 순식간에 다가와, 당황하여 이리저리 뛰는 백성들을 추격했다. 칼날이 칼집에서 나오더니 번개처럼 빠르게 번득였다. 연북의 백성들이 정신을 차리기도 전에, 눈 앞에 이미 흰 빛들이 번쩍이고 있었다. 핏물이 솟구치고, 목에서 머리들이 베여 하늘로 날아갔다. 머리가 잘려 나간 목에서 흘러나온 피가 사방으로 튀어, 새하얀 설원에 흩뿌려졌다!

용기를 내어 맞붙는다 해도, 적의 말은 빠르고 칼날은 악랄했다. 연북의 백성들은 반격할 수 없었다. 날카로운 비명 소리조차 시끄러운 말발굽 소리 속에 묻혀 버렸고, 백성들은 하나하나 쓰러져 갔다. 그 위로 수백 수천의 말발굽이 그들을 짓밟고 지나갔다.

초교는 눈을 붉혔다. 갑자기 맞이한 적들 때문에 그녀조차도 전열을 가다듬을 수 없었다. 이런 흉포한 공격을 받을 때, 개인의 힘이란 아주 미미한 것이다.

젊은이 하나가 말을 타고 앞으로 달려 나오다가, 뒤에서 따라오던 적에게 목을 베였다. 선혈이 솟구쳐 초교의 외투에도 튀었다. 그녀는 바로 검을 들어 그 대하 병사의 가슴을 찔렀다. 초교의 검이 눈처럼 희게 빛나며 핏물로 꽃을 피웠다.

"설치원! 바로 돌아가라! 본대에 이 사실을 알려라!"

상대 기병은 1천이 넘었고, 모두 푸른 바탕에 흰 무늬가 있는 대하 정규군의 군복을 입고 있었다. 그들은 도망치는 백성들을 쫓느라, 이곳에 아직 반격할 능력이 있는 자들이 있다는 사실에 주의를 기울이지 않았다. 설치원은 세 명의 대하 병사에게 포위당해 있었다. 초교가 검을 휘둘러 포위를 풀어 주며 외쳤다.

"어서 가라!"

"여자에게 엄호받으라고? 그럴 수는 없지!"

설치원은 과연 경험이 풍부한 정예 군인이었다. 그의 동작은 민첩하고 재빨랐으며, 군더더기 없이 깔끔했다. 그가 칼을 움직일 때마다 대하 병사의 머리가 하나씩 날아갔다.

초교는 미간을 찌푸리며, 갑자기 외투를 벗어 바닥에 내던지며 큰 소리로 외쳤다.

"수치를 모르는 자들! 백성을 학살하다니! 죽여 버리겠다!"

말을 마친 그녀는 패검을 높이 들고 의연하게 대하군을 향해 달려 나갔다.

"대인!"

친위대가 그 장면을 보고 눈이 충혈되어 나는 듯이 초교의 뒤를 따랐다.

두 사람이 소리치며 수천의 군대를 향해 돌진하는 모습은, 얼핏 보기에는 마치 그림 속의 장면처럼 우습기 그지없었다. 그러나 이 순간, 누구도 웃지 않았다. 대하의 병사들은 이제야 군복을 입은 초교를 발견하고 소리쳤다.

"여기 연북의 군관이 있다!"

삽시간에, 대하의 병사들이 물밀 듯이 몰려와 초교를 포위했다. 아무 저항도 하지 못하는 평민들에 비하면, 연북의 군관이 갖는 의미는 각별했다.

설치원은 눈을 휘둥그렇게 뜨고, 자신을 포위하고 있던 병사들이 순식간에 자신을 버리고 초교를 포위하러 가는 것을 보았다. 그의 가슴속에 뜨거운 피가 솟구치기 시작했다. 초교는 자신의 생명을 걸고 설치원에게 도망칠 시간을 벌어 주고 있었다. 그저 전우의 동지애 때문만은 아니었다. 초교는 북삭성에 있는 군대와 백성들을 위해 그리 하고 있었다!

사나운 북풍 속에서, 설치원의 눈이 붉어져 갔다. 그는 고함을 치며 북삭성을 향해 나는 듯이 달리기 시작했다.

그는 아주 빠르게 달렸다. 만약 그가 조금만 더 머뭇거렸다면, 아마 상황은 전혀 달라졌을 것이다. 그러나 운명은 이리도 기이한 법. 그가 북삭성을 향해 몸을 돌린 바로 그 순간, 저 멀리 서북쪽에서 어두운 먹빛 선이 다시 한 번 나타났지만 설치원은 그 장면을 보지 못하고 달렸다.

대지가 진동하고 광풍이 울부짖는 가운데, 피를 탐하는 살기가 바람에 섞여 자욱하게 퍼져 왔다. 차가운 달빛 속에 각양각색의 평상복을 입은 대오가, 대지를 휩쓰는 싹쓸바람처럼 경천동지할 기세로 달려오고 있었다!

"앞에 있는 군대는 어느 군이냐? 군번과 장령의 이름을 대라!"

순박하고도 성실한 목소리가 차가운 바람을 뚫고 귀에 들려왔다. 초교는 일검에 대하의 병사 하나를 쓰러뜨리면서, 그 목소리가 매우 익숙하다는 생각이 들어 얼굴을 들었다.

상대편 인마는 최소한 5천 이상이었고, 진형을 보기만 해도 그 용맹함을 알 수 있었다. 대하의 병사들은 어쩔 수 없이 백성들을 학살하던 것을 멈췄고, 대하의 지휘관이 외쳤다.

"우리는 연북에 주둔하는 대하의 제18구 제21중대다. 너희들은 누구냐?"

연북 내륙에 주둔하는 대하의 병사들이라고?

그 순간, 초교는 모든 조각을 맞출 수 있었다. 연북은 하룻밤 사이에 각 성과 군에서 정변을 일으켜 독립했다. 연북은 보름도 되지 않는 시간 내에 본래 주둔하고 있던 대하의 관병들을 변경으로 쫓아내거나 모두 죽였다. 그러나 연북이 독립하는 데 걸린 시간이 너무 짧고, 대하의 병사들이 너무나 순식간에 밀려났기 때문에, 연북은 내부를 완벽하게 숙청할 여유가 없었다. 그렇기에 지금까지도 연북의 내지에 대하의 기병들이 잔류하고 있었던 것이다.

아마도 이들은 정변 중에 공격을 받아 붕괴한 대하의 군대일 것이다. 그리고 지금 대하가 북벌하러 올라오는 것을 보고

집결했을 것이다. 대하의 대군이 북삭성 밖에서 공격해 올 때 안에서 내응하면, 공로를 세울 수 있다고 생각했던 것이 분명했다. 그들은 북삭으로 향하던 중 우연히 제2군이 징집한 백성들을 만났고, 자신들에 관한 정보가 새어 나가는 것을 막기 위해 학살을 자행했을 것이다.

지금 눈앞에 있는 자들의 내력은 이제 확신할 수 있었다. 그렇다면 상대편의 저들은 어떤 이들일까?

대하의 군대가 자신의 소속을 밝히자, 상대편은 무서운 침묵에 빠져들었다. 대지는 광활하고, 시끄러운 바람이 땅 위에 쌓인 눈을 말아 올렸다.

"저들을 죽여라!"

크고도 정제된 고함 소리가 갑자기 들려왔다. 바로 대하 정규군의 구령이었다. 그리고 이 구령은 지금까지 초교가 상대하고 있던 이들이 외치는 구령과 일치했다. 그러나 그들의 빛나는 칼은 전혀 의심할 바 없이 적의를 내뿜고 있었다. 대하의 병사들은 모두 당황했다. 그들의 장령이 앞으로 나가 큰 소리로 외쳤다.

"우리는 연북에 주둔하는 대하의 제국군이다. 그대들은 누구인가? 제국군이 아닌가? 더 이상 전진하지 마라! 전진하지 마라!"

휙 소리와 함께 화살 한 대가 날아와 그 대하 군인의 가슴을 꿰뚫었다. 핏줄기가 하늘로 솟아오르고, 대하 군인은 말 아래로 떨어져 땅에 사납게 처박혔다.

"응전하라! 응전!"

대하군도 칼과 창을 휘두르며 순식간에 진형을 바꿨다. 그러나 이미 늦은 다음이었다. 그들은 너무 가까이에 있었고, 상대의 말들은 나는 듯이 달려왔다. 기세로 보나 인원수로 보나, 대하군은 이미 바람에 떨어지는 낙엽과 같은 신세였다. 인과응보가 이리도 빨리 올 줄이야. 학살극이 다시 한 번 시작되었다. 그저 쌍방의 역할이 바뀌었을 뿐이었다. 도처에 칼날이 부딪치는 소리가 들려왔다.

새로 온 군대는 비록 복장은 제각각이었지만, 칼 솜씨가 능숙하고, 장비도 훌륭했으며, 동작도 매우 빨랐다. 그들은 칼을 휘두를 때마다 상대의 급소를 정확하게 베고 있었다!

칼날이 만들어 내는 흰 빛이 도처에서 번득이고 있었다. 그들의 공격을 받은 대하군은 마치 추풍낙엽과도 같이, 차 반 잔 마실 시간도 지나지 않아 사분오열되어 더 이상 군대라고 부를 수 없는 지경이 되었다.

날카로운 칼날 같은 바람이 불어왔다. 어두운 하늘 아래 대설이 분분히 흩날리고, 칼날은 은빛으로 빛났다. 새로운 군대의 전투력은 공포스러울 정도였다. 도처에 베고 베이는 소리가 가득했다. 북삭성에서 50리도 채 떨어지지 않은 설원 위에, 격렬한 전투가 진행되고 있었다.

"보고드립니다!"

서둘러 지은 막사 안에서, 장령은 마치 누군가를 기다리는 것처럼 계속 어슬렁거리고 있었다. 그때 전령이 들어와 큰 소리로 외쳤다.

"대인께 보고드립니다. 투항한 포로가 대인을 뵙겠다고 요청해 왔습니다."

대인이라 불린 남자는 아직 젊은 나이였다. 잘생긴 얼굴에 눈은 가늘고 길었으며 입술은 매우 얇았다. 얼핏 보기에도 매우 강인하고 과감한 성격으로 보였다. 그러나 이 순간, 그는 초조한 듯 미간을 찌푸리며 물었다.

"대하군의 포로인가? 나를 무엇 때문에 찾는 거지? 그 연북 병사는 아직도 돌아오지 않은 건가?"

"연북 병사는 아직입니다, 대인. 그 포로는 이유는 밝히지 않고 계속 대인을 만나게 해 달라고만 하고 있습니다."

장령은 되는 대로 손을 내저었다.

"데려와 봐라."

초교가 들어섰을 때, 장령은 전에 사로잡은 연북 병사들에게 매우 예의 바르게 묻고 있었다.

"아가씨의 건강은 괜찮으신지?"

"건강은 괜찮아요. 하지만 운수는 별로 좋지 않네요. 잠시 방심했더니 이렇게 다른 이의 포로가 되었으니까요."

초교의 말이 떨어지자마자 남자가 몸을 떨더니 재빨리 고개를 돌려 보았다. 서른에 가까운 사내가 갑자기 눈을 휘둥그렇게 뜨면서 앞으로 달려 나왔다. 무슨 말인가 하려는 듯 입을 벌렸지만, 혀가 굳기라도 한 것처럼 아무 말도 하지 못했다.

"하소, 그 멀리서 나를 부른 이유가 여기 서 있으라고 그런

건 아니겠지요?"

"아가씨! 어째서 여기 계신 건가요?"

하소의 얼굴은 고되어 보였지만, 도저히 감출 수 없는 기쁨이 드러나 있었다. 초교가 모자를 벗으며 웃었다.

"나야말로 묻고 싶은데요. 대체 어찌 된 일이죠? 좋은 군인이 되지 않고, 병사들을 이끌고 도적 패거리가 되었다니 말이에요. 직접 본 것이 아니라면 도저히 믿을 수 없을 정도예요."

"아가씨, 아가씨가 계시지 않는데 우리가 어찌 안심하고 돌아갈 수 있었겠습니까?"

하소가 한숨을 내쉬었다. 초교는 하소가 연순이 진황성에서 서남진부사를 버린 일을 마음에 걸려 하고 있다는 것을 알고 있었다. 아마 그는 지금도 걱정을 버리지 못한 모양이었다. 초교는 하소의 어깨를 두드렸다.

"내가 돌아왔으니, 이제 안심해도 괜찮아요."

"그렇습니다. 아가씨를 뵈었으니 이제 안심이지요. 우리는 그동안 감히 북삭성에 접근하지도 못했습니다. 오해를 살까 두려워서 말입니다. 이런 방식으로 아가씨께서 오시기를 청할 수밖에 없었으니, 너무 탓하지 말아 주십시오."

하소가 공손하게 말했다. 초교가 웃으며 대답했다.

"하소, 언제부터 이렇게 나에게 예의를 갖추게 된 거죠? 우리는 생사를 함께했던 전우잖아요. 한 참호에서 함께 밥을 먹고, 생사를 함께한 우정이 있는데, 지금 이런 시기에 찾아와 주다니, 정말 감사할 뿐이에요."

하소도 진심에서 우러나는 미소를 지었다.

"그러게 말입니다. 생사를 함께한 우정이 있는데, 무슨 감사를 하십니까."

초교는 손을 내밀었다. 공중에서 그녀의 주먹과 하소의 주먹이 부딪쳤다. 그들은 회심의 웃음소리를 내기 시작했다.

자정 무렵, 초교의 인도하에 서남진부사는 북삭성을 향해 전속으로 전진하기 시작했다. 그들은 의연한 태도로 곧 전투가 벌어질 전쟁터로 향하고 있었다.

제6장 낙일의 전투

이경 무렵, 북삭성에 갑자기 한바탕 급한 북소리가 울려 퍼졌다. 회의실은 침묵에 잠겨 있었다. 각 군단에서 온 장수들은 아무 말도 하지 않았다. 방금 한 기병의 보고에 따르면 대하군이 도착했고, 곧 북삭성에 강력한 공격을 가할 예정이었다.

막 농민에서 척후로 승진한 중년의 사내가 성실하게, 맹세하듯 말했다. 상대는 강력한 기병군단을 보유하고 있으며, 족히 스물이 넘는 깃발을 세우고 있노라고. 그리고 셀 수 없이 많은 보병 군단과 중갑사단이 함께 왔는데, 끝이 보이지 않았다고 말했다. 그들의 횃불은 해보다도 밝고, 10여 리에 걸쳐 이어져 있으며, 선봉대는 이미 성 아래까지 와 있고, 후속 부대는 여전히 10리 밖 화뢰원에서 달려오는 중이라고 하였다.

만약 초교가 이 자리에 있었다면, 아마도 이 정보의 허점을 한눈에 알아냈을 것이다. 설치원이 있었다면 그도 이 정보에서 취할 수 없는 부분을 대담하게 이야기했을 것이다. 그러나 안타깝게도 그들은 이 순간 이 자리에 없었다. 조맹동은 턱을 쓰다듬으며, 북삭성의 성주 하안을 곁눈질하며 나지막하게 물었다.

"하 장군, 그대 생각은 어떠한가?"

하안은 눈을 반쯤 감고, 마치 치매라도 앓는 노인처럼 흥얼거리며 말했다.

"장군께서는 주도면밀하게 생각하시고, 지혜 역시 대단하시니, 장군의 바람이 저희의 바람입니다. 저희는 그저 장군의 안배를 따르겠습니다."

조맹동은 눈을 살짝 치켜세우며 속으로 '교활한 늙은 여우 같으니'라고 중얼거렸다. 그 다음 냉소를 지었다. 그렇게 나온단 말이지? 좋아!

조맹동은 이미 젊지 않았다. 그의 출신으로 장군의 자리에까지 오른 것도 결코 우연은 아니었다. 모두 아는 사실이었지만, 조맹동은 연북 고원의 유일한 불패 장수였다. 그는 평생 크고 작게 백여 번의 전투를 치르면서 단 한 번도 패한 적이 없었다. 이것은 오도애조차도 근접하기 어려운 기록이었다.

그러나 패한 적 없다는 것이 반드시 승리했다는 것을 의미하는 것은 아니었다. 오히려, 그가 승리한 경우는 가련할 정도로 적었다. 우의 말을 빌리자면, 제2군이 가장 잘하는 전술은 합리적으로 진영을 옮기는 것이었다. 그들은 평생 거의 이 위대한 전투 방식을 따라왔다. 제2군이 진짜 칼과 창으로 적에게 대항한다? 농담도 그런 농담이 없었다. 그리고 조 대장군은 연북 군대의 정수라 할 만한 힘을 여전히 지킬 생각이었다.

만약 예전에 북삭을 지키면서 대하의 1백만 정예 기병에 대항하라는 명을 받았다면, 조맹동은 일찌감치 꼬리를 말고 줄행랑을 놓았을 것이다. 그러나 지금 그는 오히려 용감해지고 있었다. 그 누구도 평생 '도망대왕'이라는 이름을 갖고 살고 싶지는 않은 것이다.

예전의 연북군은 거지꼴이었다. 돈이 필요했지만 돈이 없었고, 사람도 필요했지만 사람이 없었다. 그러나 지금은 연순이 경제적인 면에서 지원해 주었기 때문에, 그들은 우수한 장비를 갖추게 되었다. 이제 날카로운 칼과 견고한 갑옷이 있고, 셀 수 없이 많은 전마가 있으며, 1백만에 가까운 병사가 있다. 그리고 항상 연순 곁에 붙어 다니던 젊은 여인까지 있었다. 그 여인은 성을 방어하기 위한 신기한 방책을 많이 만들어 냈는데, 비록 그 많은 것들을 전부 다 이용해 본 것은 아니었지만, 몇 가지 써 보니 위력이 이만저만 강한 것이 아니었다. 게다가 그 여인이 이미 성벽도 보수해 두었다. 지금 성벽 밖은 얼음으로 봉쇄된 것이나 마찬가지니, 적군이 침공해 들어오기 매우 어려울 것이다.

대하군은 설원 위에 공개적으로 자신을 드러내고 있는 것이나 마찬가지였다. 그들이 먼 길을 달려온 데 비해 자신의 병사들은 쉬면서 힘을 비축하고 있었다. 조맹동은 이제 피로한 적을 맞아 싸우면 그만이었다. 1백만의 병사에 두툼한 성벽, 날카로운 칼날에 양식마저 충분한데, 승리를 거두지 못할 리 있겠는가?

조맹동의 혈관 내에 피가 끓고 있었다. 만약 이번 전쟁에서 승리를 거둔다면, 그는 연북에서 명성을 드높이게 될 것이다! 대동회, 그 목청이나 돋우는 늙은이들도 자신의 발아래 철저하게 엎드리게 될 것이고, 연순, 그 털도 안 난 애송이도 더 이상은 자신 앞에서 방자하게 굴지 못하리라. 연북 정권은 강대해지고, 대하는 점차 약해지겠지. 심지어 연북에서 나가 진황을 치는 것도 더 이상 꿈이 아닐지도 모른다. 300년 전 배라진황이 홍천으로 들어가 황제라 칭했던 역사가 그의 머릿속에서 메아리치고 있었다. 일개 백성의 신분으로 태어나, 한 걸음 한 걸음 승리하며 정상으로 올라가는 모습은 얼마나 아름다울 것인가! 북삭의 전투는 그 아름다운 그림을 위한 첫 걸음일 수도 있다!

조맹동은 흥분하고 말았다. 그의 눈이 붉게 충혈되고, 이마에 푸른 힘줄이 돋아났다. 마침내 그는 맹렬한 기세로 몸을 일으켜, 눈앞에 있는 수십 명의 연북 장수들에게 단호한 목소리로 말했다.

"대하는 인의를 잃었고, 잔혹하며 포학하다. 북삭의 일전은 연북을 지키기 위한 성전이 될 것이다. 연북의 흥망이 이 전쟁에 달려 있으니, 이 전투는 피할 수가 없다. 나는 이미 결단을 내렸으니, 제군들이 힘써 나를 도와주기를 바란다!"

"자유를 위하여!"

회의실에 정연한 외침이 울려 퍼졌다. 문을 지키던 시위들이 슬며시 고개를 돌려 보자, 머리 위로 주먹을 치켜들고 있는 장령들이 보였다. 북삭 전투의 서막이 올라가고 있었다!

전쟁의 신호는 빠르게 북삭성 전체로 퍼져 나갔다. 북소리가 힘차게 전 군영에 울려 퍼졌다. 바로 이때, 제2군 선봉군의 부효장 설치원이 바람처럼 성 안으로 들어와, 성 밖에 대하 병사 수천이 잠복하고 있다는 소식을 전했다. 일순간, 본래 완전히 개방하고 있던 서쪽의 성문이 봉쇄되었고, 사람들의 내왕도 금지되었다.

설치원은 몸에 예닐곱 군데의 상처를 입고 있었다. 그는 가까스로 성을 지키는 장령에게 대강의 사정을 이야기한 후 말에서 떨어져 정신을 잃었다. 그 후로 대하군의 학살에서 간신히 도망친 백성들이 북삭성 아래로 달려와 징집령에 응해 왔노라 외쳤지만, 이미 닫힌 무거운 성문은 더 이상 열리지 않았다.

한 시진도 지나지 않아 성 아래 이미 3천이 넘는 백성들이 모여 있었다. 그들은 북풍을 맞으며 몸을 떨고 있었다. 누군가는 큰 소리로 성 안의 수비대를 욕했고, 또 누군가는 울먹이며 애걸했다. 그러나 이 모든 것은 아무 소용 없었다.

대략 두 시진이 지나, 하늘이 이미 어슴푸레 밝아 오고 있었다. 서쪽의 지평선 아래로, 희미하게 검은 그림자들이 나타났다. 아득한 설원에 7천 필의 전마가 극히 빠른 속도로 달려왔는데, 어떤 방어의 자세도 취하고 있지 않았다. 은은한 안개 속에서 그들은 눈 깜빡할 사이에 성 아래까지 달려왔다.

북삭성의 연북군은 바쁘게 뛰어다니며 소식을 알렸다. 적이 쳐들어왔다는 소식이 빠르게 전군에 퍼졌다. 동쪽의 대하군이 손을 쓰기도 전에, 서쪽에서 잠복하고 있던 대하군이 이미 칼날을 빛내고 있다는 소식이었다. 서쪽의 방어를 맡은 수비군 장수 정원은 두려움으로 가슴이 두근거림을 느끼면서, 설치원에게 먼저 보고를 받아 다행이라고 생각했다. 그렇지 않았으면 어떤 결과가 있었을지 감히 상상조차 하기 두려운 상황이었다.

백성들이 먼저 공포에 찬 비명을 지르며 성문으로 달려왔다. 그러나 그 누구도 그들을 위해 성문을 열어 주지 않았다.

성벽 위에 무거운 쇠뇌를 펼치는 소리가 들렸다. 정원이 푸른 갑옷을 입은 채 성루에 서서, 손에 칼을 쥐고 무시하듯 전방의 대오를 바라보며 코웃음 쳤다. 채 1만도 안 되는 기병의 대오로 감히 북삭성을 공격해 오다니, 정말이지 허황되기 그지없었다.

그는 수하들에게 분부했다.

"인정사정 볼 것 없다. 전부 토벌해 버려라. 북삭 전투의 첫 공로는 반드시 우리 북삭 전사들이 세워야 한다!"

그의 수하인 손하가 의심스러운 듯 미간을 찡그리며, 자못 난감한 표정으로 말했다.

"그러나 성 아래에 백성들도 아주 많습니다."

정원이 눈 끝을 추켜세우며 차갑게 말했다.

"백성이라고? 내 눈에는 보이지 않는데."

그리고 정원은 휴식을 취하러 군영으로 향했다. 날씨가 정말 추워 견딜 수 없을 지경이었다. 상대방이 얼마 되지 않으니,

그가 군이 여기서 전투를 지켜볼 필요는 없을 것 같았다.

손하는 정원의 뜻을 깨닫고, 뒤에 있는 장령들에게 분부했다.

"성 아래의 백성들은 대하군이 분장한 것이다. 우리를 미혹시키기 위한 연막에 불과하다. 저들은 백성으로 변장하여, 우리가 저들에게 화살을 쏘지 못하게 하려는 것뿐이다. 우리가 성문을 열면 저들은 모두 적군으로 돌변하여 우리를 죽이고, 북삭성을 부술 것이다!"

모두 잇달아 말했다.

"대하의 개새끼들……. 이리도 교활하다니. 정말 너무 심한 자들입니다. 저들을 모두 죽여 버리지 않으면 우리는 세상에 얼굴을 들 수 없을 것입니다."

성루는 시끌벅적해졌다. 사람들은 격분하여 이를 갈며 아래를 향해 소리를 내질렀다. 그러나 바로 이때, 기병들이 멀지 않은 곳에 멈추더니, 검은 갑옷을 입은 기병 하나가 앞으로 나와 모자를 벗고 아름다운 얼굴을 드러냈다. 여자는 낭랑한 목소리로 외쳤다.

"나는 참모부의 군사참모 초교다. 뒤에 있는 이들은 나의 군대 서남진부사다. 예전에 이미 대하군을 물리친 바 있는 군대다. 성을 수비하는 군관은 성문을 열고, 우리를 들어가게 하라!"

그녀의 목소리는 크지 않았지만, 성루 위의 사람들은 누구나 똑똑히 들을 수 있었다. 그녀의 말이 끝나자, 성벽 위에서는 왁자지껄한 웃음소리가 퍼졌다. 만약 설치원이 먼저 달려와 보고하지 않았다면, 정말로 저들에게 속아 넘어갈 뻔하지 않았는

가. 초 참모는 이미 순국했다. 그런데 저들이 뜻밖에도 초 참모의 이름을 구실 삼아 우리를 속이려 하고 있지 않은가? 서남진부사라고? 그건 또 무슨 군대인가? 역적의 무리들 아닌가?

손하는 정면으로 초교를 본 적 없었고, 그저 멀리서 몇 번 뒷모습을 보았을 뿐이었다. 더군다나 성루에서 성 아래 기병까지의 거리는 아주 멀었고, 새벽의 안개가 짙어 초교의 얼굴을 구분할 수 없었다. 그는 먼저 받아들인 정보에 사로잡힌 데다 정원의 의도까지 파악한 다음이었기에 대담해질 대로 대담해진 상태였다. 그는 차갑게 소리 내어 웃으며 손을 휘둘렀다.

"자유를 위하여! 죽여라!"

굉음이 울려 퍼졌다! 초교의 말에 대한 대답으로, 3백이 넘는 화살이 동시에 발사되었다. 화살들은 검은 구름처럼 해를 가리며 광풍 속 사나운 빗줄기처럼 쏟아져 내렸다!

"대인을 지켜라!"

서남진부사의 병사들은 눈이 튀어나올 듯 격노했다. 모두 고함을 지르며 말을 달려 앞으로 나왔다. 열이 넘는 젊은 병사들이 즉시 초교 앞을 가로막아 그녀를 둘러싸고 사람의 장벽을 세웠다.

성벽에서 날아온 화살들은 바로 초교가 개량한 것이었다. 연속해서 서른여덟 대를 쏠 수 있었고, 그 힘도 대단했으며, 속도도 극히 빨랐다. 그야말로 이 시대의 성을 방어하기 위한 최고의 무기였다. 새까만 화살비가 마치 울부짖는 광풍처럼 즉시 병사 10여 명의 몸을 꿰뚫어 버렸다. 병사들의 몸은 마치 고슴도치가 된 것처럼 화살을 몸에 잔뜩 꽂은 채 기이하게 일그러지고 있었다!

"대인을 보호하라!"

하소가 검을 들고 앞으로 달려 나왔다. 검을 한 번 휘두를 때마다 날아오는 화살 하나를 막아 냈다. 1백이 넘는 병사들이 생사를 돌아보지 않고 달려 나와 초교를 단단히 둘러쌌다. 그들은 모두 경장비를 입는 기병이었기에, 방패도 갑옷도 없었다. 또한 초교를 따라 북삭성에 몸을 의탁하러 온 것이었기 때문에 방어하기에 적합한 진형조차 짜지 못한 상태였다. 화살비 아래, 그들은 넘어지고 나뒹굴기 시작했다.

한 젊은 병사가 초교를 안아 들고 뒤를 향해 말을 달리기 시작했다. 화살이 그의 가슴을 꿰뚫자, 대량의 선혈이 초교의 얼굴로 쏟아졌다. 그러나 그 병사는 여전히 초교를 안은 손을 놓지 않고 말을 달리며 큰 소리로 외쳤다.

"대인을 지켜라! 모두 뭉쳐라!"

그러나 그들의 말은 곧 화살을 맞아 땅에 쓰러지고 말았다. 그 병사는 심지어 눈 한 번 제대로 들지도 못한 채 땅에 곤두박질친 후, 다시 몸을 일으켜 초교를 안고 달렸다.

"적의 습격이다! 대인을 보호하라!"

점점 더 많은 이들이 앞으로 다가왔다. 마치 출렁이는 검은 파도처럼. 첫 줄에 있던 이들이 죽으면 그 다음 줄이 이어졌다. 그들은 결코 겁약하지 않았다. 두려워하지 않았으며 후퇴하지 않았다. 그들이 사정거리 밖으로 도망쳐 나왔을 때는, 이미 수많은 병사들이 쓰러진 다음이었다.

"하하하!"

성루 위 연북군의 웃음소리가 귀를 찌를 듯 울려 퍼졌다.

초교는 쿵 소리를 내며 땅에 쓰러졌다. 하소가 사람들을 헤치고 달려와 긴장한 표정으로 외쳤다.

"대인! 괜찮으십니까?"

병사들이 사방으로 흩어졌다. 하소가 막 달려오다가, 젊은 병사가 초교를 안고 있는 것을 보고는 즉시 눈에 노기를 담고 큰 소리로 외쳤다.

"감히 대인에게 불경한 짓을 하다니!"

"하 장군, 더 이상 아무 말도 하지 말아요."

초교는 자신을 끌어안고 있던 젊은 병사의 품에서 간신히 머리를 내밀었다. 그녀의 목소리는 슬프고 우울했다. 그녀가 눈에 가득 고인 눈물을 억지로 참으며 말했다.

"이미 죽었어요. 그가 나를 구했어요."

초교가 병사의 손을 풀고 천천히 몸을 일으켰다. 사람들 속에서 한바탕 짧은 외침이 들려왔다. 그 병사의 등은 고슴도치라도 된 것처럼 열 대도 넘는 화살이 박혀 있었고, 그중 서너 대는 심지어 심장을 꿰뚫고 있었다. 화살 대부분은 이미 부러져 있었는데, 그가 뛰는 중에 몇 번이나 곤두박질쳤을지 알 수 있었다. 그의 표정은 흉악해 보일 정도로 일그러져 있었다. 그는 죽기 직전의 그 순간까지도 여전히 미친 듯이 달리고 있었던 것 같았다. 아니, 그는 죽은 다음에도 여전히 달리고 있었던 것도 같았다.

대체 그를 달리게 한 것은 무엇이었을까. 초교는 자신의 외투를 벗어 병사의 몸에 덮어 준 후 무릎을 꿇고 병사의 눈을 감겨 주었다. 그리고 몸을 일으켜 북삭성의 성문을 향해 걷기 시작했다.

"대인!"

병사들이 이구동성으로 외쳤다. 하소가 제일 먼저 초교 앞을 가로막았다.

"대인! 안 됩니다!"

초교의 눈은 얼음처럼 차가웠다. 분노의 화염이 그녀의 심장에서 타오르고 있었다. 방금의 화살비로 인해 그들은 백이 넘는 수가 죽고 3백 이상이 다쳤다. 당초 그녀를 따라 만 리 길도 마다 않고 진황을 탈출해 연북에 온 이들이었다. 그녀를 위해 도적떼가 되었고, 심지어 변당과 전쟁을 벌일 뻔했다. 그리고 지금 그들은 연북이 매우 위험한 상황이라는 것을 알면서도, 조금도 주저하지 않고 새로 태어난 연북 정권을 지키기 위해 의연하게 돌아왔다.

그들은 과거에 반역을 저질렀기에, 세상 그 누구도 그들을 받아 주려 하지 않았다. 그들은 결코 사면받을 길 없는 반역자들이었다. 대하에서의 그들은 그 누구도 상대하려 하지 않는 사냥개였고, 모두가 경멸하며 욕하고 저주하는 쓸모없는 이들이었다! 그러나 바로 그들이, 대하에 반항하는 첫 번째 기치를 들어 올렸고, 처음으로 연순의 인도대로 진황성 전체에 대항하여 칼을 휘둘렀으며, 세상을 경악시킨 '진황지변'을 일으켰다. 그들은 서북 수십 개의 성이 연합한 군대를 쓸어버렸고, 연순에게 버려진 후에도 여전히 책임과 충성심을 잊지 않았다.

그들은 그녀를 세상 그 무엇보다 믿고 있었고, 그녀에게 의지하고 있었다. 그러나 바로 지금, 그녀는 그들에게 학살을 선사한 셈이었다!

초교는 분노에 가득 차 하소를 밀치고 고집스럽게 앞으로 걸어갔다. 하소가 재빨리 몸을 일으키더니 그녀 앞에 무릎을 꿇고 큰 소리로 외쳤다.

"대인! 지금 피아를 구분하기 어렵습니다. 북삭성은 아마 우리 군을 오해한 것이 분명합니다. 지금 성 앞으로 가시면 길흉을 점치기 어려우니, 절대 가셔서는 아니 됩니다!"

휙 소리와 함께 초교가 보검을 뽑았다.

"비켜요!"

"대인! 절대 안 됩니다!"

말이 떨어지자마자 다른 병사 수십이 나란히 앞으로 나와 무릎을 꿇었다. 초교는 어떻게든 앞으로 가려 했다. 그러나 갑자기 대군 전체가 땅에 엎드렸다. 7천 명의 목소리가 함께 외쳤다.

"대인! 안 됩니다! 만약 가시려거든, 우리의 시체를 밟고 가십시오!"

초교는 맥이 풀려 땅에 주저앉았다. 그녀는 눈도 감지 못한 채 죽은 젊은 그 병사를 바라보다가, 천천히 고개를 들고 두 눈을 감았다. 마음속에 분노의 불길이 활활 타오르고 있었다. 그녀는 천천히 숨을 내쉬었다. 모든 것을 억누르고, 억누르고, 또한 번 억누르려는 것처럼.

"말에 올라타라! 돌격 진형으로!"

휙, 날카로운 파공음이 갑자기 들려왔다. 북삭성의 성루에 있던 병사들은 모두 깜짝 놀랐다. 저리도 먼 거리에서, 자신들의 중장비 쇠뇌로도 도달할 수 없을 정도로 먼 거리에서, 상대가 보통의 활을 쏘아 자신들의 중군 대기를 맞힌 것이다. 정말이지 놀라운 힘이었다!

하소가 활을 내려놓았다. 북삭성 앞은 온통 죽음과 같은 적막에 휩싸여 있었다. 성 앞에 모여 있던 백성들조차 놀란 나머지 입을 다물고 있었다.

초교는 말을 탄 채로 천천히 앞으로 나갔다. 그녀의 머리 위로는 흰 바탕에 붉은 구름이 그려진 깃발이 펄럭이고 있었다. 그녀는 쇠뇌 사정거리에서 100보 떨어진 곳에 선 채, 낭랑한 목소리로 외쳤다.

"나는 참모부의 군사참모 초교다. 너희들의 최고 지휘관을 만나고 싶다!"

이때, 정원이 휴식을 취하던 군영에서 나왔다. 그는 외투의 띠조차 제대로 묶지 않은 상태였는데, 초교의 목소리를 듣자마자 그야말로 굳어 버리고 말았다. 먼 곳에서 펄럭이는 홍운기는 마치 새벽안개 속에서 불타오르는 화염 같았다. 초교가 이끌고 있는 병사들은 강철과 같고, 군대의 분위기는 엄숙했다.

그리고 그 침묵 속에 숨어 있는 분노는, 마치 하늘을 무너뜨리고 땅을 뒤덮을 것같이 정원을 압박해 오고 있었다.

정원은 상대를 보자마자 알아차렸다. 자신의 오합지졸로는 눈앞에 있는 이 군대를 상대할 수 없다는 것을. 자신에게 병사들이 많다는 점을 제외하면 우세한 부분이 전혀 없었다.

"나는 참모부의 군사참모 초교다. 너희들의 최고 지휘관과의 면담을 요구한다!"

초교가 다시 한 번 외쳤다. 정원의 안색이 창백해졌다. 곁에 있던 손하는 정원의 표정을 보고, 두려운 한기가 가슴에서 피어오르기 시작했다. 무서운 생각이 그의 신경을 갉아먹고 있었다. 만약 정말이라면, 저 여인과 전하의 관계는……. 칼을 쥐고 있는 그의 손이 덜덜 떨리기 시작했다.

"대인, 저…… 저 여인이……."

"미련한 놈! 네가 큰 사고를 쳤구나."

정원이 천천히 실눈을 뜨고 중얼거렸다.

"말을 준비하라. 전군은 나를 따라 성을 나가 전투를 벌인다. 적을 하나라도 도망가게 한다면, 우리도 살아서 돌아오지 못할 것이다!"

정원이 차가운 소리로 외치며 성큼성큼 성루 아래로 내려갔다.

손하가 앞으로 달려 나가 급하게 이야기했다.

"대인! 진짜로 밝혀졌으니, 그럼 우리는……."

철썩, 정원이 손하의 따귀를 때렸다. 그리고 그의 옷깃을 잡고 차갑게 외쳤다.

"이 바보 자식! 너는 저 여인이 누구인지 모르느냐? 저 여인과 전하의 관계를 모르냐는 말이다! 만약 저 여인이 죽지 않는다면, 전하께서 돌아오시는 날이 바로 우리의 제삿날이 될 거란 말이다!"

이리 되었으니 목숨을 건지려면 결사의 각오로 임해야 했다. 성 밖의 여인이 이미 가짜라고 판정을 내려 버린 이상, 그대로 가는 수밖에 없다!

정원은 몸서리를 치면서도 냉랭하게 외쳤다.

"서성방군! 전체 집합!"

그리고 바로 그때 설치원이 정신을 차렸다. 둥둥, 북소리가 온 성에 울려 퍼지고 있었다. 설치원은 상처로 인한 고통을 참으며 몸을 일으켰다. 그리고 서쪽 성벽 위로 올라간 그는 얼이 빠져 버리고 말았다. 설치원은 눈을 휘둥그렇게 뜨고 건너편에서 들려오는 익숙한 목소리에 귀를 기울였다. 그리고 성 아래 집합하여 진형을 짜고 있는 군대를 보고, 순식간에 모든 것을 깨달았다. 그는 시위를 제치고 서둘러 성루 아래로 달려 내려갔다.

"대체 무엇들 하는 것이냐? 성문을 열어라! 저분이 바로 초 참모 대인이시다!"

그러나 정원이 앞으로 나와 곧바로 그의 입을 틀어막았다. 설치원은 중상을 입은 상태였기에 저항할 힘이 없었다. 정원이 차가운 목소리로 그의 귓가에 속삭였다.

"이 일이 위에 알려지면, 네가 바로 가장 먼저 재난을 피할 수 없을 것이다! 군사 정보를 잘못 보고하여 군대가 소란을 피우게 만들었으니, 전하께서 너를 그대로 놔두실 것 같으냐? 살고 싶다면 즉시 입을 다물어라. 아니면 내가 직접 너를 황천으로 보내 줄 테니!"

정원의 눈길은 차가웠다. 그는 살기등등하게 걸어가며 병사들에게 분부했다.

"내 지휘대로 행동하도록. 우리는 일단 아군인 척하며 저들에게 접근한다. 그 후 손하는 병사들을 이끌고 저들의 측면을 공격하고, 이로가 병사들을 이끌고 후방을 공격하여 성곽 아래에서 포위하여 섬멸해 버릴 것이다. 저 중 단 하나도 살려 두어서는 아니 된다!"

설치원은 멍하니 그 자리에 서 있었다. 가슴에 가득 찬 뜨거운 피가 점차 차갑게 얼어붙고 있었다. 그는 얼떨떨한 표정으로, 그 짧은 순간에도 여러 가지 일을 떠올리고 있었다. 어린 시절의 굶주림과 궁핍함, 처음으로 대동의 사상을 배웠을 때의 흥분과 열정, 그리고 그 사상을 위해 감내해 온 고난과 괴로움. 그는 언제나 현실에 부딪쳐 꺾이지 않기 위해 노력해 왔다. 그러나 바로 이 순간 그의 신념, 그의 이상, 그의 모든 것이, 모든 것이 무너져 내리고 있었다!

설치원의 안색은 점차 창백해졌다. 갑자기, 그는 비틀거리며 몸을 돌려 성벽 위를 향해 달리기 시작했다. 마치 맹호처럼 빠른 속도였다.

정원이 그 모습을 보자마자 몸을 돌리며 고함쳤다.

"저자를 잡아!"

그러나 설치원은 이미 성루에 오른 후였다. 설치원은 있는 힘을 다해 큰 소리로 외쳤다.

"초교! 도망쳐!"

화살이 날아오는 소리가 들렸다. 순식간에 화살들이 설치원의 온몸을 꿰뚫었고, 그의 어깨며 손발에서 흘러내린 선혈이 성벽을 적시기 시작했다. 젊은 남자의 뜨거운 피는 마치 선홍빛 씨앗처럼, 우뚝 솟은 성벽에서 뚝뚝, 새하얀 설원 위로 떨어져 작고 붉은 소용돌이를 이루기 시작했다!

그 장면을 지켜보던 모든 이가 얼어붙고 말았다. 차가운 바람이 설치원의 옷을 휘날렸다. 앞날이 창창했던 청년의 젊은 몸이 바람에 흔들렸다. 그 순간에도 그의 눈빛은 맑고, 결코 굽히지 않는 의지를 품고 있었다. 설치원의 귓가에 수년 전 자신이 대동회를 향해 맹세하던 목소리가 메아리치고 있었다.

'나는 평생을 연북에 대동을 이루는 일에 바칠 것이다. 사사로운 이익을 탐하지 않고, 평생 동안 분투하리라. 자유를 위하여!'

온 세상이 순간적으로 텅 빈 것만 같았다. 고요한 세상에서, 바람에 흔들리던 그의 몸이 성벽에서 떨어져 내렸다. 얼음처럼 차가운 연북의 대지 위로!

성 아래 있던 백성들은 공포에 질려 비명을 질렀다. 그들은 혼란에 빠져 그 높고 우뚝한 성벽에서 도망치기 시작했다.

이 장면을 바라보는 초교의 눈은 붉어져 있었다. 그녀의 손도 얼음처럼 차가웠다. 그녀는 강철 같은 눈빛으로 앞을 바라보고 있었지만, 가슴속에는 마치 화산에서 쏟아져 나오는 듯한 화염이 춤을 추고 있었다. 마침내, 그녀는 신중하게 손바닥을 세우고, 짧고 명쾌하게 군령을 외쳤다.

"후퇴!"

그녀 뒤에 있던 기병들이 즉시 진열을 정비하고 가지런히 몸을 돌려 떠날 준비를 했다.

북삭성 앞을 떠나는 그 순간, 초교는 고개를 돌려 마지막으로 바람에 나부끼는 연북의 전기를 바라보았다. 성루 위는 수비군으로 빽빽했다. 그녀는 마지막으로 땅에 낭자한 시신들을 바라보았다. 그리고 북삭성 아래에 누워 있는, 그녀에게 뺨을 두 대 맞았던 젊은 청년도 바라보았다. 그녀는 깊이 한숨을 토해 냈다. 가슴이 더욱 무거웠다.

"이 원한을 갚지 않는다면, 나는 사람이 아니다!"

태양이 마침내 지평선 위로 솟아올라 온 세상을 황금빛으로 물들였다. 마치 하늘의 신이 대관식을 주관하고 있는 것 같았다.

초교가 이끄는 군대의 이동 속도는 극히 빨랐다. 북삭성 수비군이 지금부터 전속력으로 추격한다 해도 이미 초교의 군대를 포위하여 섬멸할 가능성은 없었다. 정원의 심장은 마치 얼음동굴 속에 빠져 버린 것 같았다. 손하가 멍하니 초교의 군대를 바라보다가 고개를 돌려 물었다.

"대인, 어쩌지요?"

정원이 손하를 차가운 눈빛으로 바라보았다. 얼음같이 쌀쌀맞은 눈초리였다. 정원은 천천히 몸을 돌리더니 한 마디 말도 없이 자리를 떠났다.

"어쩌냐고?"

정원은 남몰래 자기 자신에게 물었다. 정원은 어떻게든 스스로를 위해 출로를 찾아야만 했다. 반드시, 무슨 방법을 써서라도!

하늘 위에 태양이 황금빛으로 빛나고 있었다. 새로운 하루가, 마침내 시작된 것이다!

한 시진도 지나지 않아, 북쪽 하늘가에 다시 검은 구름이 잔뜩 몰려오고 있었다. 우렛소리 같은 낮은 굉음도 들렸다.

동쪽의 지평선 아래로 잿빛 바다가 천천히 나타났다. 마치 광활한 초원 위, 한눈에 그 끝을 볼 수 없는 풀의 파도처럼, 잿빛 바다는 하늘을 가리며 계속 넓어지고 있었다. 셀 수 없이 많은 말발굽 아래 새하얀 눈보라가 일어나고 있었고, 거센 바람을 맞아 달리는 그들 전체의 모습은 마치 날개를 활짝 편 참매 같았다!

우수한 전마, 견고한 갑옷, 반짝이는 무기, 정제된 진형. 평생 지방에 주둔하던 군대만 상대해 왔던 연북 제2군은 진정한 의미에서 소위 대군이라는 것을 처음 보게 되었다. 노병 하나가 놀란 나머지 성루에 엉덩방아를 찧고 눈에 핏발을 세우며 중얼거렸다.

"마귀가 왔다!"

깃발은 바다와 같이 끝없이 펼쳐져 있고, 도검은 숲을 이루고 있었다. 어디를 보아도 하늘을 덮을 듯한 잿빛이 가득했다. 그들은 점차 평원 전체를 덮으며 다가오고 있었다. 그들의 진형은 삼엄하고 정제되어 있었다. 중군은 호랑이처럼 웅크리고, 양쪽으로는 매처럼 펼쳐진 진형을 짜고 있었으며, 후방에는 예비 부대로 가득했다. 병사들 하나하나 날카로운 칼과 창을 지니고, 갑옷을 펄럭이며 앞뒤로 5리에 가까운 장사진을 이루고 있었다. 그 후방에는 아직 화뢰원조차 채 밟지 못한 부대가 더 있는 것 같았다.

직접 목도하지 않은 사람이라면 상상조차 하기 어려울 정도로 웅장한 광경이었다. 한순간, 모든 이의 얼굴에 경악과 공포가 떠올랐다. 100년 동안 대동회가 누차 도전했지만 대하는 그저 몇 번 소규모의 전투로 응답했을 뿐이다. 예전에 연세성을 공격할 때도 그저 상징적 의미에서 몽가의 군단을 파견했었다. 그러나 이번에는 10만 이상의 정규 군단 넷이 출정했고, 그 측면을 보호하고 호응할 후속 부대는 셀 수도 없었다.

대하는 정말로 분노했던 것이다. 대하 역사 300년 동안, 이렇게 제국의 존엄에 도전해 온 자는 처음이었다. 대하 역시 결사의 각오로 북벌을 시작했던 것이다!

연북의 하늘에 매서운 바람이 불어왔다. 북삭성이 덜덜 떨고 있던 그때, 멀지 않은 낙일산 기슭 검은 구름 아래 서남진부사의 군기가 펄럭이고 있었다. 초교는 말 위에 앉아 7천여 쌍의 눈을 바라보며 명령을 내렸다.

"북삭은 지킬 수 없을 것이다. 지금으로서는 적원 나루터와 적도성을 점령하여 연북 내륙의 두 번째 방어선을 수호하는 수밖에 없다. 이에 군령을 내린다! 이 군령은 지금부터 효력을 발휘한다! 전군, 출발하라!"

서남진부사가 채찍을 휘두르며 적원의 나루터로 향하고 있을 때, 대하 본진에서 조제가 미간을 찌푸리며 행군 작전도에 원을 하나 그리며 중얼거렸다.

"열넷째가 도착했을 것이다."

조제가 원을 그린 곳은 바로 리강, 참서강, 오강, 세 줄기 강의 지류가 함께 모이는 곳이었다. 세 줄기의 지류가 합쳐져 서몽 대륙 전체를 꿰뚫는 적수가 되는 그곳에 작은 성곽이 하나 외롭게 있었다. 그 성은 아주 좋은 이름을 가지고 있었는데, 바로 적도성이었다.

매가 날카롭게 울부짖고, 제1차 북벌 전쟁이 정식으로 시작되었다. 이미 이 차가운 대지에 죽음의 신이 왕림해 있었다. 얼어붙은 강물 위로 흰 눈이 쌓여 있었다. 양쪽의 인마는 모두 군사적 요충지를 차지하기 위해 전력으로 달리고 있었다.

두 명장이 곧 충돌할 예정이었다. 세상을 경악시킬 적도 쟁탈전이 곧 시작되려 하고 있었다. 차가운 바람 속에 전투를 알리는 나팔 소리가 들려왔다. 역사의 물결이 세차게 밀려오는 가운데, 조맹동은 연북군 앞에 서서 신성한 깃발을 흔들며 큰 소리로 고함쳤다.

"하늘이여, 연북을 보우하소서! 우리의 승리를 지켜 주소서! 용사들이여, 연북을 위하여! 자유를 위하여! 싸우자!"

제7장 전쟁터의 신성한 빛

오후가 되자 눈이 내리기 시작했다. 북풍이 눈꽃을 말아 올려 얼굴을 칼날처럼 베어 왔다.

눈보라 속에서 서남진부사가 나타났다. 사람들이 빽빽하게 모인 사이로 새하얀 칼날이 어둠 속에 흔들리며 예리한 빛을 발하고 있었다. 초교의 얼굴은 나는 듯이 말을 달려오는 내내 바람을 맞아, 얼어서 마비가 될 지경이었다. 그녀는 커다란 외투에 푹 싸여 있었지만, 아홉 시간 동안 연속해서 적을 급습하다 보니 그녀는 물론이고 모든 이의 손발이 딱딱하게 얼어 있었다. 차가운 바람이 뼈에 스며들고, 모두의 눈이 새빨갛게 충혈된 상태였다. 서남진부사는 마치 대들보가 없는 건물 안에 서 있는 기분으로, 싹쓸바람을 맞으며 광야에 서 있었다. 언제 갑작스러운 변고가 생길지 두려운 상황이었다.

척후 하나가 급하게 돌아왔다. 눈이 매우 맑은 젊은이였다. 나이는 채 열여덟도 넘기지 못한 것 같았다. 그는 초교 앞으로 말을 달려와 손가락으로 동쪽의 하란산을 가리켰다. 입술이 얼어붙어 아무 말도 나오지 않는 것 같았다.

"대하가 또 가까이 왔나?"

척후는 말을 하지 못하고 그저 고개만 끄덕였다. 너무나 추웠기 때문에 그의 목도 이미 뻣뻣하게 굳어 고개를 끄덕이는 자세도 기이해 보였다. 마치 실로 연결해 움직이는 나무 인형 같았다.

"얼마나 멀리에? 50리?"

상대가 고개를 끄덕이지 않자 초교가 다시 물었다.

"30리?"

여전히 대답이 없었다. 초교의 심장이 철렁 내려앉았다. 그녀는 걱정스러운 목소리로 나지막하게 물었다.

"20리?"

척후가 말없이 고개를 끄덕였다. 초교는 모자를 벗어 그에게 깊이 몸을 숙여 절하며 말했다.

"고생했다."

툭 소리와 함께 병사가 말에서 떨어졌다. 곁에 있던 병사들이 서둘러 말에서 뛰어내려 그를 부축했다. 그러나 그의 몸은 이미 얼음처럼 차가웠고, 이미 숨도 쉬고 있지 않았다. 이 기이할 정도로 추운 날씨에, 척후병들은 몸을 눈 속에 파묻은 채 적들의 사정을 탐문한 후 좁은 길로 돌아와야 했다. 척후가 지금까지 버틴 것만으로도, 이미 등불이 기름이 없는 상태에서 타오르는 것과 마찬가지였다.

20리. 좁은 산길이라 하지만, 대하의 기병들 수준을 생각하면 반각의 시간이면 충분히 이곳까지 올 수 있었다. 반각의 시간 동안, 그들이 적도성으로 공격해 들어갈 수 있을까?

초교의 눈이 예리한 칼날처럼 빛났다. 멀지 않은 곳에 적원 나루터를 지키는 적도성이 보였다. 그녀는 이미 협상을 위해 사람을 보내 놓은 상태였다. 그러나 향을 하나 피울 시간이 지났는데도 여전히 아무 소식도 들려오지 않았다.

손바닥에서 차가운 땀이 배어 나오고 있었다. 검을 쥔 손은 얼음처럼 차가웠다. 성에서 그들을 받아들여 줄 가능성은 아주 낮았다. 그들에게는 연순이 친필로 쓴 명령서가 없었고, 본진에서 내려 준 문건도 갖고 있지 않았으며, 대동회가 서명한 지시문도 없었다. 그때 북삭성을 너무 급하게 나오다 보니, 초교는 자신의 신분을 증명할 만한 물건을 하나도 지니고 있지 않았다. 다시 말하자면, 그들은 자신들이 연북군의 일원이며, 적도성의 평안을 지키기 위해 이곳에 왔다는 사실을 적도 성주가 믿게 만들 그 어떤 것도 갖고 있지 않았다.

만약 적도성의 연북군이 그들을 성에 들여 주지 않는다면, 대하의 병사들이 도착하는 순간 그들은 이 광대한 평원에서 고작 7천의 기병으로 수만의 대군을 상대해야 했다. 그렇게 되면 그들에게 남은 것은 죽음뿐이었다. 초교는 이 사실을 다른 누구보다도 명백하게 알고 있었다.

"대인."

하소의 부장인 갈제는 스물 남짓의 젊은 장수였다. 대다수 서남진부사의 병사들처럼, 그의 부친은 과거 대하에 투신했던 연북군 중 한 사람이었다. 갈제는 어린 시절 연북에서 자랐다. 그는 아버지의 치욕을 씻고 싶은 꿈을 품고 연북으로 돌아왔고, 굳센 의지와 용기로 견디고 있었다.

"대인, 대하군이 가까이 왔습니다."

초교는 아무 말도 하지 않았다. 갈제가 계속 이야기했다.

"적도성은 열리지 않을 겁니다. 가야 합니다."

초교는 여전히 적도성을 응시하며 평온하게 말했다.

"좀 더 기다려 보자."

시간이 조금씩 흘러갔고, 바람은 미쳐 버린 야수처럼 울부짖었다. 온 세상은 그렇게나 고요하고, 그렇게나 시끄러웠다. 하늘에는 매들이 새하얀 날개를 펼치고 격렬하게 날고 있었다.

갈제가 미간을 찡그렸다. 이제 심지어 대하군의 말발굽 소리마저 들려왔다. 그가 다시 한 번 말했다.

"대인, 지금 간다 해도 늦었습니다."

"좀 더 기다려라."

"대인, 대하의 병력이 너무 많습니다. 평원에서 정면으로 마주치면 우리로서는 대항하기 어렵습니다."

"조금만 더."

초교는 냉정하게 말했다. 거센 바람이 그녀의 모자를 날려 아름다운 얼굴을 드러냈다. 말은 불안하게 발굽을 움직이며 듣기 좋은 소리를 내고 있었다. 거친 바람이 대지를 스쳐 가며,

눈 아래 마른 풀까지 모두 말아 올렸다. 초교의 심장 부근이 뜨끈해 오며, 핏줄이 격렬하게 요동치기 시작했다. 한 번, 두 번, 세 번…….

"대인!"

갑작스럽게 외침이 들려왔다. 황갈색 옷을 입은 척후가 빠른 속도로 돌아오며 외쳤다.

"대하군이 이미 하란산을 넘어 적원 나루터를 향해 전속력으로 달려오고 있습니다. 선봉은 2만 경기병이고, 그 뒤로 수많은 중갑기병과 보병단이 따라오고 있는데 수를 세기 어렵습니다. 대인, 그들은 이미 적도성을 수비하는 일선협에서 연북군 수십을 죽였습니다. 그리고 우리 척후병을 발견했고, 지금 더욱 속도를 내고 있습니다. 그들은 이미 일선협을 넘었습니다!"

대오에서 갑자기 놀란 비명이 터져 나왔다. 대하군의 속도가 그리도 빠를 줄이야! 게다가 2만의 경기병에 셀 수 없는 중갑기병, 그리고 10만에 달하는 보병 군단이라니. 그렇게 무서운 군대와 이곳에서 맞붙는다면 서남진부사는 아마 비명조차 제대로 질러 보지 못하고 무너질 것이다.

"대인."

갈제가 미간을 찌푸리고 말했다.

"푸른 산을 남겨 두면……." *

---

* '푸른 산을 남겨 두면 땔나무 걱정은 없다'라는 중국 속담의 일부분으로, 가장 근본적인 것을 남겨 두면 이후의 일은 걱정할 필요가 없다는 의미다.

"대인! 보십시오!"

소대장 하나가 갑자기 소리쳤다. 그는 얼굴 가득 놀라운 빛을 담고 적도 성루를 가리키고 있었다.

적도성 높디높은 성루 위에, 서남진부사의 홍운기가 나부끼고 있었다. 두툼하고 소박한 적도의 성문이, 모두가 바라보는 가운데 천천히 내려오고 있었다. 적도성이, 열렸다!

"와아!"

전사들은 기뻐하며 이구동성으로 환호했다. 초교도 안도의 한숨을 내쉬었다. 그녀는 재빨리 채찍을 휘둘러 말을 달리며 낭랑한 목소리로 외쳤다.

"성으로 들어가자!"

성문이 닫히는 바로 그 순간, 평원에 갑자기 한 줄기 검은 선이 나타났다. 아득한 대지 끝, 눈 덮인 적수 위에 우레와도 같은 소리가 귀까지 들려왔다.

"자네들은 누구인가? 쿨럭쿨럭, 나는 연북 적도성의 성주라네. 나는 연왕 전하께서 친히, 쿨럭, 친히 봉해 주신 3품 관원이지. 나는 748년에 일등광록학사가 되어서 전전에서 직접 책봉을 받았지. 태평성세인데, 자네들은 무엇 때문에 이리도 날뛰는 건가? 이리도 점잖지 못하게, 쿨럭쿨럭…….

예순을 훌쩍 넘긴 노인 하나가 난폭하게 큰 소리로 고함을 지르고 있었다. 노인이 입고 있는 관복은 병사들에게 잡혀 잔뜩 구김이 가 있었고, 관모조차도 비뚜름하게 쓰고 있었다. 신발도 제대로 신은 것은 한 짝뿐이었고, 다른 한 짝은 발로 밟고 있었다. 서남진부사 병사 두 명이 그가 경거망동하지 못하도록 그를 잡고 있었다.

초교는 그 노인 곁 성문 수비대 수십 명이 처음부터 지금까지 미동조차 하지 않는 것을 보고 실망했다. 그들은 몸을 웅크린 채, 제가 입고 있는 군복을 벗어던지지 못하는 것이 한스럽다는 표정을 짓고 있었다. 그들에게서는 어떤 전투력도 기대할 수 없을 것 같았다.

전략적으로 이리도 중요한 위치의 성을 이런 식충이들에게 맡겨 두었다니! 초교의 마음속 불길이 다시 일렁이고 있었다. 이런 자들이 성을 차지하고 있는 것이 아니라면 서남진부사가 지금 이 순간 적도성에 들어올 수 없었으리라는 것을 잘 알면서도.

"대인, 다행히도 명을 욕되게 하지 않았습니다!"

하소가 앞으로 다가와 낭랑한 어조로 이야기하며 한쪽 무릎을 꿇었다. 그가 입은 짙푸른 군복 위에 커다란 핏자국이 있었다. 그것을 보면 그들이 아무 제지도 받지 않고 들어온 것은 아닌 모양이었다.

초교는 목이 메어 옴을 느끼며, 손을 뻗어 하소를 일으켜 세우며 천천히 말했다.

"하 통령, 연북이 이번 겁난을 피할 수 있다면, 모두 당신의 공입니다."

"나…… 나는 대동회 장로석의 제48석인데, 쿨럭쿨럭, 나는 연북의 주축이고, 나는 30년이 넘는 경력이 있고, 지금 군대의 장령들 중 많은 수가 내 제자라네. 쿨럭쿨럭, 자네들 나에게 이리 대하다가는 반드시…….."

"닥쳐!"

초교가 날카롭게 소리쳤다. 그녀는 냉랭한 눈빛으로 적도성의 성주를 바라보았다. 그녀는 비록 젊었지만, 그 눈빛 속에는 위엄이 서려 있었다.

연로한 성주는 초교의 눈빛을 받자 목소리가 점점 작아지기 시작했다. 그러나 그는 숨을 헐떡이면서도 체면이 깎였다는 생각에, 제법 강단 있게 몇 마디 더 뇌까렸다.

"대동회가 자네들을 심판할 걸세! 자네들, 반역도들을!"

용맹한 군인 7천이 성에 들어왔기 때문에, 이 크지 않은 성에 살던 이들 모두 깜짝 놀란 상태였다. 남녀노소 모두 집 밖으로 나와 멀리서 초교를 바라보고 있었다.

초교는 차갑게 웃으며 한 손으로 노인의 옷깃을 잡고 성루 위로 걸어가기 시작했다.

"아니! 자네 뭐 하는 건가?"

연로한 성주가 비틀거리며 끌려오다 하마터면 땅에 넘어질 뻔했다. 그는 돼지 멱따는 듯한 소리로 고함쳤다.

"대담하고 방자하구나! 감히 나에게 이리 무례하게 굴다니! 나는 장로회의 제48석이고, 이미 서른세 해나 있었고, 군 장령 중에는 내 제자들이…… 쿨럭쿨럭…… 나는 일등광록학사고, 대동회 심판원에 열두 표를 낼 권리가 있네. 자네는 자네의 사익을 위해 병사를 쓰고 동료를 속이고 있으니, 내가 대동회를 대표해 자네를 심판할 것이야. 나는 자네를 유배 보내고, 자네의 군권을 삭탈하겠네. 그리고 자네의 가산을 몰수하고, 또……."

시끄럽던 목소리가 갑자기 멈췄다. 그는 갑자기 목이 막힌 것처럼, 멍하니 앞을 바라보았다.

높디높은 성루 위에, 초교의 곧추세운 몸과 늙은 성주의 구부린 몸이 나란히 서 있었다. 거센 바람이 불어오며 그들이 입은 연북의 제복을 나부꼈다. 그리고 그들의 검은, 그리고 한때는 검었을 머리카락을 흩날렸다. 그들 중 누구도 말을 하지 않았다. 그저 함께 높은 성루 위에 서서 멀리를 바라볼 뿐이었다.

적도성의 병사들과 백성들은 기이한 눈초리로 두 사람을 바라보았다. 마침내 대담한 자 하나가 성루로 올라왔고, 그도 바로 아연실색하여 말을 잃고 말았다.

점점 더 많은 이들이 성루로 올라왔다. 한 사람, 두 사람, 세 사람, 열 사람, 백 사람, 천 사람……. 사람들은 성루 위를 가득 채우며, 모두 공포에 질린 표정으로 눈만 크게 뜨고 있었다. 절망의 기운이 사람들 사이에서 감돌기 시작했다. 그들은 죽음의 냄새를 이 순간만큼 가깝게 느낀 적이 없었다.

석양이 피처럼 붉은 빛을 모두의 머리 위로 흩뿌리고 있었다. 그 얼룩덜룩한 빛은 마치 화뢰원에 가득 피어난 화운화처럼, 새하얀 설원 위를 물들이고 있었다. 거센 바람이 불어와 하늘 가득 대설이 어지럽게 흩날리고, 자욱한 안개 속에 잿빛 군대가 마치 홍수처럼 설원 전체를 뒤덮고 있었다. 높이 솟은 장창이며 눈처럼 희게 빛나는 칼날, 새까만 사람의 머리들이 가득했고, 도처에 강건한 말들이 발굽을 울리고 있었으며, 깃발이 나부끼고 있었다. 눈을 들어 보아도 끝이 보이지 않아, 마치 단숨에 결코 끝나지 않을 악몽에 빠져든 것만 같았다. 눈이 닿는 곳마다 피를 탐하는 칼날이 차가운 빛을 내뿜고, 또 앞뒤로 10여 리에 걸쳐 강건한 기병단이며 웅장한 중갑단, 그리고 숲과 같이 빽빽한 궁수들, 단단한 방패를 들고 있는 병사들이며 후방에 진을 치고 있는 수많은 보병단, 예비 병단, 후방 보급 병단, 거마단⋯⋯.

대하의 정예병이 모두 여기에 모인 것만 같았다. 적도성의 병사들은 얼이 빠졌고, 백성들도 멍하니 굳어 버렸다. 미리 마음의 준비를 했던 서남진부사마저 말을 잇지 못하고 있었다. 그들은 그제야 자신 앞에 있는 것이 얼마나 무서운 적인지 깨달을 수 있었다. 대하는 홍천에 300년을 도사리고 있던 나라였다. 서몽 대륙에서 300년이나 패자의 자리에 있었고, 변당, 회송, 그리고 동해안과 남해안을 300년 동안 위협해 왔던 나라다! 그 누적된 힘이 있는데, 어찌 진황지변 한 번의 사건으로 온전히 무너져 내렸겠는가. 지금, 그들은 정신을 다잡고, 마침내 그들의 권위를 의심했던 자들을 깨끗하게 뿌리 뽑으러 달려온 것이다!

"이번 전투가 끝난 후에도 당신이 살아 있다면."

초교가 담담하게 고개를 돌려 연로한 노인을 바라보았다. 그리고 평온한 어조로 말했다.

"나는 당신의 심판을 받아들이지."

쿵, 늙은 성주가 힘이 빠진 듯 땅에 주저앉았다. 초교는 그를 쳐다보지도 않고 몸을 돌려 성의 중앙 광장으로 향했다. 가는 길 내내 모든 이들이 그녀에게 길을 열어 주었다. 거센 바람이 그녀의 머리카락과 외투를 휘날려, 그녀는 마치 날카로운 전투용 참매처럼 보였다.

초교에게는 사람을 압도하는 영웅의 기운이 있었다. 그녀는 고개를 들고 가슴을 편 채 광장 중앙으로 걸어갔다. 그리고 광장을 가득 채운 인파를 바라보았다. 그들은 마치 벌벌 떨며 불안해하는 토끼 같아 보였다. 이러한 모습을, 초교는 지금까지 아주 많이 보아 왔다. 과거 중동에서, 아프리카에서, 혼란한 황금 삼각 지대에서, 그녀는 전쟁의 불꽃에 갈 곳을 잃고 헤매는 사람들을 너무 많이 보았다.

그리고 지금 이곳에서, 그녀는 스스로를 어떻게 정의 내려야 할지 알 수 없었다. 그녀는 저들에게 있어 신성한 해방자일까? 아니면 재난을 몰고 오는 훼멸자일까? 그러나 그녀에게는 이미 물러날 길이 없었다. 이제 전투에 임하는 수밖에는 없었다. 적들은 이미 가까이에 있었다. 그들의 으르렁거림이 사람들의 고막을 꿰뚫고 있었다.

초교는 고개를 들었다. 그녀의 눈빛은 맑고 완강했지만, 입가에는 냉담하고 슬픈 미소가 천천히 어리기 시작했다. 그녀는 알고 있었다. 내일이 지나면 이곳에는 무수한 비극이 발생할 것이다. 수많은 가정이 파괴되고, 셀 수 없이 많은 가족들이 영원히 서로를 만나지 못하게 되겠지. 그러나 그녀에게는 다른 방법이 없었다.

초교는 천천히 고개를 돌렸다. 더 이상 그 희망에 가득 찬 얼굴들을 보고 싶지 않았다.

연순, 어디 있는 거지? 대체 언제 돌아오는 거야? 우리는 아득히 먼 곳에서 함께 전투를 치르고 있는 것일까!

주둔병이 고작 3천도 되지 않는 작은 성을 빼앗기 위해 20만의 대군이 움직인다는 것은, 대하의 입장에서 보자면 몹시 쉬운 일이었다. 그러나 조양은 적도성에 도착한 후, 공격하라는 명령을 바로 내리지 않았다. 그는 적도성이 뜻밖에도 꽤 견고한 것을 보며 무시하듯 웃었다. 그의 마음속에는 어두운 기쁨이 스멀스멀 피어오르고 있었다. 적의 수비군이 굳게 저항할수록, 그에게는 적도성 앞에서 시일을 끌 이유가 생기는 셈이었다. 북삭의 뒤를 치러 가는 일이 늦어지면 늦어질수록 자신에게 유리했다. 조양은 조제가 파도합 가문의 바보를 데리고 연북과 맞서기를 바라고 있었다.

조양은 부대에 참호를 파라는 명을 내렸다. 말을 묶을 밧줄도 설치하고, 박차도 제대로 달고……. 조양은 견고하게 방어하려는 모양새를 갖췄다. 삼황자 조제의 부대에서 나온 군관이 몇 번이나 어서 적과 전투를 시작하고, 북삭의 뒤를 치러 가자고 재촉했다. 조양은 의아하다는 표정을 지으며 그에게 물었다.

"내가 지금 공격을 하고 있지 않다는 말이냐?"

"속하의 뜻은, 뜻은…… 좀 더 적극적으로 공격했으면 하는 것입니다."

새로이 두각을 드러내고 있는 대하의 십사황자를 앞에 두고, 독군은 식은땀을 흘리며 더듬거렸다.

"삼황자님의 대군이 이미 연북과 전투를 시작했으니, 십사황자님께서 일찍 북삭에 도착할수록 서남군의 피해가 적어질 테니까요."

"그렇다면 서북군의 피해는 어찌 계산할 건가?"

조양이 날카로운 눈썹을 세우며 위엄 있게 물었다.

"한 군단의 총지휘관으로서, 나에게는 아주 막중한 책임이 있다. 바로 최소한의 대가를 치르면서 최대한의 승리를 거둬야 한다는 것이지. 나는 내 부하들 한 사람 한 사람의 생명을 진심으로 아끼고 있다. 그러므로 나는 현재 내가 쓰고 있는 전략이 지금의 상황에 아주 적합하다고 생각한다. 내가 경솔하게 공격하여 적들의 매복에 걸리기라도 하면, 우리 서북군의 피해가 많아지겠지. 그렇게 되면 전체적인 전략을 실현하는 일도 어려워질 것이다. 그렇게 되면 누가 책임을 질 수 있겠는가. 독군, 네가 질 것인가?"

독군은 거의 울먹일 것만 같았다. 그는 말에 올라 채찍을 휘두르며 조제에게 소식을 전하기 위해 돌아갔다.

조양은 차갑게 웃은 후, 의자의 등받이에 기대어 눈앞에 있는 군사 전략도에 선을 몇 개 긋기 시작했다. 젊은 황자는 슬며시 눈을 가라앉히고 조용히 중얼거리기 시작했다.

"북삭, 적도, 람성, 순우역, 요수, 미림관……."

조양이 잠시 공격을 늦춘 원인이 무엇이건, 지금 상황에서는 일분일초가 초교에게 있어 하늘이 내린 선물과도 같았다. 그녀는 적극적으로 뛰어다니며, 성을 지키기 위한 각종 설비며 방어 체제를 정돈하고, 백성들을 대피시켰다. 그리고 새로운 병사들을 뽑아 대오에 합류시키고, 각 군대 간 전략을 수립하는 등, 땅에 발붙일 틈도 없이 바쁘게 돌아다녔다.

밤의 장막이 내려왔다. 성 안의 울음소리도 점차 희미해지고 있었다. 초교는 텅 빈 거리를 걷고 있었다. 문득 한기가 느껴졌다. 갈제가 빠른 걸음으로 다가와 그녀에게 외투를 덮어 주었다. 두툼한 옷이 바람을 막아 주었다. 초교는 고개를 끄덕여 고마움을 표시했다.

거리 양쪽의 가게들은 모두 문이 열려 있어, 바람에 문이 끼익거리는 소리만 들릴 뿐이었다. 문 앞에 놓인 대야가 거친 바람에 데굴데굴 구르는 것이 보였다. 적막하고 외로웠다. 도처에 처량하고 참담한 기운이 감돌고 있었다.

"대인, 우리는 이길 수 없습니다. 맞습니까?"

초교가 멈칫하며 고개를 돌렸다. 갈제의 젊은 눈이 그녀를 보고 있었다. 그는 평화롭게 미소 지으며 말했다.

"대인께 이길 자신이 있었다면, 백성들을 이렇게 대피시키지 않으셨을 테니까요."

초교는 대답하지 않고 조용히 고개를 돌렸다. 그녀는 현대화된 군사 교육을 받은 고급 지휘관이었고, 전쟁이 무엇인지 잘 알고 있었다. 물론 약소한 세력이 강대한 세력을 이기는 기이한 일이 벌어지기도 하는 것이 전쟁이다. 그러나 그것도 최소한의 자본이 필요한 일이었다. 쌍방의 세력이 대등하지는 않더라도, 최소한 전투를 한 번 치를 능력은 있어야 그런 기적을 노려 볼 수 있었다.

1만도 되지 않는 병력으로 이 낡은 성을 지키면서 20만의 정예병에게 대항한다는 것은, 더군다나 상대의 병력이 끊임없이 계속 밀려오는 상황에서는, 도저히 이길 수 있다는 자신감을 가질 수가 없었다. 그러나 초교는 이런 기분을 드러낼 수도 없었다. 그녀는 그들의 지휘관이었고, 이곳 모든 이들의 희망이었다. 그녀가 확신에 찬 태도를 보여 주지 않는다면, 다른 이들이 어떻게 버틸 수 있겠는가.

초교가 희미하게 한숨을 내쉬었다. 그때 갑자기 작은 그림자가 하나 움직이는 것이 보였다. 초교가 미간을 찡그렸고, 뒤에 있던 갈제가 신중하게 한 걸음 앞으로 나서서 초교 앞을 막아섰다.

"누구냐?"

빛이 번쩍이고, 병사들이 앞으로 달려 나왔다. 그러나 그 그림자의 정체는 겨우 열두어 살 먹은 작은 아이였다. 아이는 겹저고리를 입고 작은 보따리를 들고 있었는데, 얼굴은 새빨갛게 얼어 있었다. 제법 잘생긴 데다 목도 꼿꼿하게 세운 것이, 고집이 매우 세 보이는 아이였다.

초교가 이맛살을 찌푸리며 물었다.

"어느 집안의 아이냐? 어째서 사람들을 따라가지 않았지?"

아이는 말없이 고개를 숙였다. 십중팔구는 서성문에서 뛰어 돌아온 것이 분명했다. 그녀는 더 이상 아무 말도 하지 않고 몸을 돌렸다.

"이봐요! 왜 나를 무시해요?"

그 아이는 초교가 자신을 아랑곳하지 않자 몇 걸음 앞으로 달려 나와 궁금한 듯 물었다.

"나를 성에서 내쫓지 않을 거예요?"

초교는 담담하게 말했다.

"네가 죽건 살건, 나와 무슨 관계가 있겠니? 나는 할 일이 너무 많다. 너까지 신경 쓸 시간이 없어."

그 아이는 잠시 멈칫하더니, 마치 모욕이라도 받은 것처럼 큰 소리로 외쳤다.

"나는 올해 열다섯이라고요! 남아서 병사가 될 수도 있잖아요!"

초교는 계속 담담한 표정으로 아이를 한번 훑어보기만 했다. 아이도 자신의 거짓말이 너무 터무니없다는 것을 알면서도, 여전히 강한 어조로 말했다.

"내 키가 작다고 무시하지 말아요. 난 힘이 아주 세다고요."

초교는 여전히 아이를 상대하지 않았다. 아이는 조급한 나머지 그녀를 따라오려고 했다. 그러나 갈제에게 가로막혔다. 그 아이는 갈제에게 제지당하면서도 팔짝팔짝 뛰며 소매를 걷고 초교에게 자신의 팔 근육을 보여 주려고 했다.

"왜 성을 떠나지 않았지?"

초교가 나지막하게 물었다. 아이는 멈칫하더니, 곧 굳은 듯 그 자리에 서서 한참을 생각하다가 마침내 중얼거렸다.

"여동생이 아파서…… 두고 갈 수 없었어요."

초교의 심장이 갑자기 조여 왔다. 최근 몇 년 동안 이런 일 이라면 이미 너무 많이 봐 왔다. 그녀는, 지금까지보다 더 많은 살업을 짓게 되더라도 아마 가치 있는 일일 거라고 생각했다. 낡은 것을 깨트리고 새로운 것을 세우기 위해서는, 한 민족이 독립하기 위해서는 그만한 대가를 치러야 하니까.

아마도 아주 오랜 세월이 흐른 후에, 이 세계에도 그녀가 오 늘 했던 행동으로 인해 변화가 발생할 것이다. 그때가 되면 아 이들이 지금의 이 아이처럼 갈 곳을 잃고 헤매지 않게 되겠지. 그때가 되면 백성들도 더 이상 좌불안석하며 살지 않아도 될 것이다. 그렇게 되면, 그렇게만 된다면, 충분한 것이다.

"이름이 뭐지?"

"두구자杜狗子*예요."

초교는 미간을 찡그렸다. 이렇게 잘생긴 아이에게, 어째서 개를 뜻하는 이름을 붙여 주었을까?

"그 이름은 듣기에 좋지 않구나. 내가 너에게 새로운 이름을

---

* '구자狗子'는 일반적으로 개를 의미하지만, '개새끼'와 같이 경멸의 뜻을 담아 쓰기 도 한다. 여기서는 아무렇게나 대충 지은 이름이라는 것을 보여 주는 것으로, '개 똥이' 정도로 풀이할 수 있을 것이다.

지어 주면 어떨까?"

아이가 잠시 생각에 잠겼다가 대답했다.

"좋아요. 어쨌든 제 성은 두씨예요."

초교는 먼 곳을 바라보며 말했다.

"평안이라고 하자꾸나."

두평안, 두평안. 바라건대 연북의 대지에 정말로 평안한 하루가 오기를.

반 시진 후, 서성의 광장 한곳에 서남진부사 전체 병력이 집결했다. 밝은 횃불이 밤하늘에 번쩍이고 있었다. 초교는 군장을 갖춰 입고 임시로 만든 대 위에 올라서서, 죽음을 맹세하고 자신을 따르는 병사들을 바라보았다. 이윽고 그녀가 가라앉은 눈빛으로 이야기하기 시작했다.

"여러분, 그대들이 나에게 보여 준 신뢰에 감사한다. 대하의 진황성에서, 홍천 평원의 서북 대지에서, 그리고 북삭 서문의 성문 밖에서, 우리는 어깨를 나란히 하며 전투에 임했고, 화와 복을 함께 나눴다. 그대들이 계속 이렇게 나를 믿어 주고 따라 주어 고맙다. 궁지에 몰린 이 상황에서도 여전히 나와 함께 가려 하니, 나는 그대들에게 깊이 미안할 뿐이다."

초교는 천천히 허리를 굽혀 절했다. 그리고 다시 몸을 편 후 말을 이었다.

"나는 그대들을 속이고 싶지 않다. 그러므로 결전이 시작되기 전에 말해 두고 싶다. 나는 그대들에게 거짓말을 했다. 우리에게 구원병은 오지 않을 것이다. 우리는 어떤 지원도 받지 못할 것이며, 고립된 상태에서 전투를 치러야 한다. 그 누구도 우리에게 도움을 주지 않을 것이다."

한바탕 당황한 목소리가 터져 나왔지만 금세 가라앉았다. 서남진부사는 초교를 응시하며 아무 말도 하지 않았다.

"대하의 병사들은 둘로 나뉘어 있다. 하나는 북삭 동문에서 정면으로 침공해 오는 주력 부대로, 병력은 40만에 달한다. 물론 그 40만 안에 예비군과 후방의 민간 부대는 포함되어 있지 않다. 다른 하나는 바로 우리 성 아래 있는 저 20만 정예군이다. 그들이 하란산을 넘어 적도성을 기습해 온 것은 바로 적원 나루터를 통해 연북 내륙으로 들어가기 위해서다. 그렇게 동서 양쪽에서 북삭성을 협공할 예정이지. 동시에 후방에서 연북에 혼란스러운 상황을 만들고, 전방의 군심을 강타할 예정인 것이다. 일단 적도성이 무너지고 나면, 북삭 1백만의 백성들은 더 이상 도망갈 곳이 없고, 결국은 대하군에게 학살당하고 말 것이다. 연북의 정예병들도 크게 손해를 입을 것이고, 국토의 반이 대하군의 손에 떨어지고 말 것이다! 그리고 후방의 람성은, 연북 내륙의 제2방어선이다. 그렇기 때문에 그곳에서 우리에게 지원군을 보내 줄 수는 없다. 그들도 겨우 10만이 안 되는 병력으로 낙일산맥의 긴 봉화선을 수비하고 있으니, 다른 곳을 생각해 줄 여력이 없다. 전하께서 이끌고 가신 제1군단은, 지금 머나먼 미림관에 있으니 우리를 도우러 올 수 없을 것이다."

불빛이 초교의 작은 얼굴을 비추고 있었다. 등을 꼿꼿하게 세운 그녀의 눈이 별처럼 반짝이고 있었다.

"그렇기에, 이 전장은 아주 고통스러울 것이다. 그대들이 마주해야 하는 적은 그대들의 스무 배에 달한다. 아니, 후에 더 많아질 수도 있다. 그러나 우리는 물러설 수 없다. 일단 우리가 물러서면 북삭의 백성들은 퇴로를 봉쇄당해 죽게 될 테니까! 우리 뒤에 있는 낙일산 일대의 백성들도, 우리가 없다면 저 무정한 대하의 말발굽에 짓밟힐 것이다. 노인, 아녀자, 아이들, 모두 치명적인 재난을 맞이하게 될 것이다. 그 누구도 그 재난에서 벗어날 수 없을 것이고, 연북은 생사존망을 가르는 대참사를 맞게 되겠지."

초교의 눈가가 붉어졌다. 그녀는 계속 말을 이었다.

"서남진부사의 전사들이여, 그대들은 계속 반란군이라 불려 왔다. 그대들의 부친들은 과거 연북을 배신하고, 자신들의 혈맥과 고향을 배반했다. 그랬기에 그 후로 8년 동안, 대륙 전체가 그대들을 경멸했다. 그대들은 사람들의 저주와 무시를 감내해야만 했지. 그대들이 전하께서 진황을 탈출하는 것을 도왔다 해도, 그대들이 진황지변을 일으켰다 해도, 그리고 그대들이 그대들 수십 배에 달하는 서북군단을 물리쳤다 해도, 반역자라는 이름은 언제나 그대들을 억누르고 있을 것이다. 그 누구도 그대들을 믿지 않고, 그 누구도 그대들을 받아들이지 않을 것이다. 그러나 오늘 이후로 모든 것이 달라질 것이다. 그대들 앞에 기회가 펼쳐져 있는 것이다. 이곳에서 버티기만 하면, 그대들은 연북의 공신이 될 것이다! 만민이 우러러보는 영웅이 될 것이다!"

전사들의 눈에 불길이 일기 시작했다. 거센 바람이 불어와 대설이 흩날리는 가운데, 어두운 밤하늘 아래 초교는 마치 단단한 창처럼 버티고 선 채 격앙된 목소리로 외쳤다.

"전사들이여! 창을 들고 나를 따르라! 연북을 지켜 다오! 아녀자들과 노인들을 지키자. 우리의 선혈로 과거의 치욕을 씻어 내자. 우리의 군기를 지키고, 서남진부사, 이 영광스러운 이름을 빛내자! 이 전장에서 우리 중 누군가는 죽을 것이다. 우리 중 누군가는 내년 겨울에 내리는 눈을 보지 못할 것이다. 그러나 백성들은 그대들에게 감사할 것이다. 연북은 그대들을 기억할 것이다! 그대들의 이름은 연북의 공로자들 명단 위에 새겨져, 대대손손 추앙과 경배를 받을 것이다! 전사들이여, 나는 그대들과 함께할 것이다. 생사를 함께하며, 결코 그대들을 떠나지 않을 것이다!"

"생사를 함께한다! 서로를 떠나지 않는다!"

병사들이 큰 소리로 고함쳤다. 그들은 두 손을 높이 들고, 눈을 붉히고 있었다. 누군가는 심지어 눈물마저 흘리고 있었다. 수년에 걸친 치욕이 마치 불길처럼 그들을 휩쓸고 터져 나왔다. 그들은 큰 소리로 고함쳤다.

"연북을 지키자!"

그들의 목소리는 길게 울부짖는 바람에 섞여 하늘 높이까지 울려 퍼졌다. 그들의 목소리가 그렇게나 컸기 때문에, 성 밖의 설원에서도 충분히 들을 수 있었다. 눈처럼 하얀 여우 모피를 입고 있던 조양은 그 소리를 듣고 무시하듯 냉소했다. 시간은 이미 다가와 있었다. 더 이상 미루다가는 조제와의 사이가 완전히 틀어질 수도 있었다.

조양은 냉랭한 얼굴로 눈앞의 낮은 성벽을 바라보며, 모피 위에 붙은 눈꽃을 가볍게 털어 냈다. 그의 눈에 적도성은 성으로 보이지도 않았다. 그는 어둠 속의 적도를 힐끗 바라본 후, 곁에 있는 장수들에게 분부했다.

"가라. 가서 저 눈에 거슬리는 담장을 밀어 버리고 오도록."

"존명!"

장수들이 이구동성으로 응답하고 성큼성큼 자리를 떠났다. 전사들은 전투 시작의 명령을 받고, 즉시 칼과 창을 휘두르며 열 지어 전진했다.

우르릉! 쾅! 쾅!

발아래 대지가 천천히 떨리기 시작했다. 병사들은 하늘도 놀랄 만큼 큰 소리로 고함을 질렀다.

"적을 죽여라!"

크고 맑은 구령이 울려 퍼지는 가운데, 놀란 매들이 하늘 위로 날아올랐다. 이 스산한 설원, 초목이 부러지는 가운데 대설이 분분히 흩날리고 있었다.

어두운 밤이여, 네가 왕림한 것을 환영한다!

제8장 무서운 속임수

"풍정은 척후 1천 명을 집결시킨 후, 다섯 대대로 나누어 제각기 출격한다. 지형에 익숙한 점을 이용하여, 적의 후속 부대에 유격전을 실시하도록. 적의 양식 부대의 전진을 최대한 막아야 한다. 어떻게든 적을 하란산 일대에 묶어 두어야 해. 최소한 이틀 동안은 버텨 주어야 한다."

군복을 입은 젊은 장령이 고개를 끄덕였다.

"예!"

"모용은 새로 징발한 민병 2천을 이끌고, 백장애에 매복을 설치하도록. 그리고 돌과 통나무들을 많이 모아 두도록. 이틀 후 적들의 후방 보급 부대가 풍정의 방어선을 뚫으면 노목이 너에게 합류해 다음 행동을 지시할 것이다."

두 병사가 동시에 답했다.

"존명!"

초교는 지도를 펼치고 새하얀 손가락으로 동남쪽 일대에 선을 하나 그었다.

"오단유는 궁수 5백을 데리고 송엽림에 숨어 있다가, 궁수들로 적의 측면을 유격하도록 한다. 일단 적이 공격을 시작하면 바로 물러나라. 절대로 적과 정면에서 응전해서는 안 된다. 알겠나?"

젊고 말쑥한 용모의 오단유가 나지막하게 대답했다. 그는 본래 서남진부사의 전사가 아니라 하소 등이 후에 모은 병사로, 본래 하란산 일대의 유명한 도적이었다.

"대인, 가능하다면 제가 방법을 생각해서 적들을 천빙담으로 유인해 보겠습니다. 저는 지형에 익숙하니 가능할 겁니다. 일단 그들이 천빙담으로 들어오기만 한다면, 빠져나갈 수 없을 것입니다!"

초교는 잠시 말없이 생각하다가, 고개를 들고 말했다.

"기회를 보아 행하도록. 그대에게 전권을 주겠다."

오단유가 웃으며 답했다.

"감사합니다!"

"하기는 제3대를 데리고 북쪽 성벽을 사수하도록. 전투할 때 전력으로 적도를 수비하는 제1대와 내응하도록. 하소 통령, 적도 성루 전체를 당신의 형제들에게 맡기겠다. 연북 전체가 그대들을 주시하고 있음을 잊지 말도록."

하소의 눈이 진지하게 빛났다. 그는 초교에게 경례한 후, 형제들처럼 낭랑한 목소리로 외쳤다.

"대인의 기대를 저버리지 않겠습니다!"

"이 전투에서 중요한 것은 결코 적들을 포위하여 섬멸하는 것이 아니다. 계속 소규모로 기습하며 적들의 사기를 교란시키고, 그들 후방 부대의 양식 보급을 끊어 적들의 전투 의지를 무너뜨리는 것이다. 적들이 지쳐서 어쩔 수 없이 물러나도록, 잠시라도 적도를 공격하는 시간을 늦추도록 해야 한다. 여러분, 우리의 유일한 무기는 바로 시간과 인내다. 우리가 이레만 버틴다면, 전하의 구원병이 반드시 도착할 것이다!"

초교는 고개를 들었다. 촛불이 그녀의 얼굴을 비추고 있었는데, 마치 이 세상에서 유리된 것 같아 보였다. 젊은 군인들이 결연하게 눈을 빛내며, 자신들보다 젊은 이 여인을 진지한 표정으로 바라보았다.

방은 아주 작았지만 등불은 밝았다. 초교는 천천히 손을 뻗어 가슴에 얹고 나지막하게 말했다.

"여러분, 대전이 곧 시작된다. 이미 우리에게는 망설일 시간이 없다. 나라가 위급한 시기야말로 사람이 충의를 보일 시기다. 군인으로서, 우리는 국토와 백성들을 지키는 것을 스스로의 사명으로 여겨야 한다. 이 전투의 승부가 어찌 되건, 우리는 결코 연북에 부끄럽지 않을 것이며, 우리의 양심에 부끄럽지 않을 것이다. 또한 우리의 머리 위에 나부끼는 군기에도 부끄럽지 않을 것이다! 생사존망이 바로 이 전투에 걸려 있으니, 여러분 모두 스스로를 아끼도록!"

"대인께서도 조심하십시오!"

10여 쌍의 손이 함께 주먹을 쥐었다.

문밖에서 북풍이 길게 울고 있었다. 실내에는 불빛이 타오르고, 성 밖 멀지 않은 곳에서 적들은 이미 공격할 시기를 노리고 있었다. 초교의 명을 받은 전사들이 잇달아 몸을 돌려 각자의 전장으로 향했다. 이 전투가 끝난 후, 그중 얼마나 살아 돌아올 수 있을지는 아무도 알 수 없는 일이었다.

그날 밤 전쟁이 시작되었다. 본래 적도를 지키던 수비군은 대하의 기세를 보고 깜짝 놀라 덜덜 떨고 있었지만, 전투는 그들이 상상했던 것처럼 그렇게 격렬하지는 않았다. 대하의 후방 병력이 견제당하면서, 대하는 어쩔 수 없이 대규모의 군대를 후방 방어를 위해 돌려야 했던 것이다.

후방의 진형에는 계속 소규모의 소동이 있었다. 풍정이 하란산 부근에서 기습한 결과였다. 대하군은 낯선 곳에서, 현재 연순과 제2군의 소식을 얻지 못하고 있었다. 그러니 조양의 신중한 성격을 감안하면 분명 조심스럽게 행동하고 있을 것이다. 초교가 유격대를 다섯 군데로 나누어 보낸 것은 바로 조양의 신중함을 이용하여 견제하기 위함이었다.

그러나 조양은 확실히 우수한 장수였다. 풍정이 군령장을 세웠고, 초교도 공격과 방어의 계책을 때때로 바꾸며 주도면밀하게 전략을 세웠다. 그러나 하란산의 공격은 다음 날 아침 결국 끝났다는 선고를 받았다. 본래 이틀로 정해 두었던 방어 체계는 하루도 채 버티지 못했다. 하룻밤 만에 서남진부사 1천 명이 몰살당했다. 살아 돌아온 자는 단 한 명도 없었다.

풍정이 패배했기 때문에, 모용과 노목은 예상보다 빠르게 대하의 전력 공격을 받아 내야만 했다. 전투는 아침 무렵부터 시작되어 정오까지 계속되었고, 점차 사그라들었다. 노목의 동생이 오솔길로 도망쳐 와서 전투의 실패를 알렸다. 2천 명의 민병 중 사상자가 절반이었고, 나머지는 흩어져 어찌 되었는지 알 수 없다는 소식이었다.

대하의 기세는 무서웠다. 그들은 전력으로 적도 성문으로 밀려왔다. 그러나 대하군은 송엽림 부근에서 다시 한 번 제지당했다. 부대 하나가 갑자기 뾰족한 칼처럼 대하군 측면으로 돌격해 왔던 것이다. 그들은 5백도 안 되는 인원으로 숲의 지리적 우세를 이용하여 대하군의 측면을 모두 세 번이나 오가며 공격했고, 심지어 중앙의 깃발과 중군의 막사를 불태우기도 했다. 그들의 우두머리인 듯한 젊은 장수가 화살 한 대로 대하군 부통수의 태양혈을 꿰뚫었다. 화살에는 밧줄이 달려 있었는데, 화살을 쏜 장수가 밧줄을 잡아당기자 대하군 부통수의 머리가 함께 따라갔다.

대하군이 술렁거리기 시작했다. 그 부통수의 친위병들이 앞장서서 추격했다. 조양이 그 모습을 보고 제지하려 했을 때는 이미 너무 늦어 있었다.

그날, 대하군은 그 5백의 병사에게 유인당해 8천에 달하는 정예병을 잃었는데, 전부 천빙담의 얼어붙은 물속에서 익사하거나 얼어 죽었다.

대하군은 20만 대군으로 공격하면서 이런 패퇴를 겪으리라고는 생각도 못했기에 격노했다. 조양도 복수를 원하는 병사들의 의견을 통제할 수 없었다. 그는 어쩔 수 없이 발걸음을 조금 늦추고, 창끝을 이 유격군에게 향할 수밖에 없었다.

그러나 오단유의 사람들은 수는 적었지만 기동성이 좋았고, 부근의 지형과 환경을 잘 알고 있었다. 오단유는 고작 5백의 인원으로 대하군의 소탕 작전 속에서도 이틀이나 유격 활동을 펼쳤고, 여전히 전투력을 상실하지 않은 채 적도성 방어를 위해 귀중한 시간을 벌어 주었다.

이틀 후, 조양은 갑자기 모든 공세를 거뒀다. 연북군이 의아해하고 있는 동안, 대하군은 전군에게 벌목을 명했다. 20만 대군이 모두 출동했다. 반나절도 지나지 않아 광활한 송엽림이 전부 깨끗하게 베어졌고, 오단유의 5백 유격군은 적들의 눈앞에 완전히 드러나고 말았다.

초교는 높은 성루 위에 서서 눈을 크게 뜨고, 오단유가 이끄는 5백 명이 대하군에 의해 몰살당하는 것을 지켜보았다. 말발굽이 끊임없이 움직이는 가운데 단 한 번의 충격으로도 그 작은 물보라는 곧 사라지고 말았다.

"자유를 위하여!"

적도성 전체가 죽음 같은 적막에 빠졌다. 전사들은 투구를 벗고, 성 밖의 전우들이 살해당하는 것을 지켜보았다. 수많은 노병들이 조용히 눈물을 흘렸다.

불같은 석양이 지고 있었다. 장장 사흘 만에, 대하군은 마침내 적도성을 처음으로 완벽하게 포위했다. 조양 곁에 서 있던 사도경이 공손하게 말했다.

"십사황자님께 보고드립니다. 이미 잡아 온 민간인의 입을 통해 정확하게 조사했습니다. 성 안에 있는 수비군은 제국의 반란군인 서남진부사고, 그들을 통솔하는 장수는 여자로, 역시 제국의 반역자인 초교입니다."

"초교라고?"

조양이 아주 평온한 어조로 그녀의 이름을 되풀이했다. 조양은 눈을 가늘게 떴다. 채 1년도 되지 않은 시간이 흘렀을 뿐이지만, 아주 오랜 세월이 흐른 것만 같았다. 조양은 연순이 진황을 탈출하던 그날 밤의 일을 여전히 기억하고 있었다. 조철이 초교를 가리키며 했던 말 역시 또렷하게 기억하고 있었다.

'기억해 두거라. 저 여자는, 장래 대하에 가장 큰 위협이 될 것이다. 우리가 잃은 땅을 수복하고 강산을 통일하려 할 때, 저 여자는 아마 쉽게 넘을 수 없는 높은 산이 되어 있을 것이다!'

일곱째 형인 조철은, 불세출의 재능을 지니고 있었으나 임기응변이라는 것을 몰랐고, 권모술수에도 능하지 않았다. 조철과 같은 자는 난세에 태어난다면 미증유의 일을 할 수 있지만, 조정에서는 영원히 발붙일 곳을 찾지 못할 것이다.

어쨌든 조양은 인정하지 않을 수 없었다. 조철의 안목은 지극히 정확했다. 그날 조철의 말 그대로, 마침내 오늘 초교와 이렇게 맞닥뜨리게 된 것이다.

"황자님, 황자님?"

사도경이 나지막하게 말했다.

"군령을 내려 주시지요."

조양이 걸어온 길은 녹록치 않았다. 수년에 걸친 궁정 생활에서, 그에게 구원의 손길을 건네려 했던 자는 아무도 없었다. 각박한 인정과 야박한 세태라면 그는 이미 너무 많이 보고 너무 많이 겪어 왔다.

기억 속의 장면이 점차 사라졌다. 조양은 눈길을 가라앉히고 천천히 말했다.

"전력으로 공격하라. 적도를 공략하면 성 전체를 학살할 것이다."

거센 바람이 불어와, 군기가 차가운 바람 속에서 맹렬하게 나부꼈다.

앞을 가로막는 것이라면 무엇이든 쓸어버리리라! 성, 군대, 적, 혈육 간의 정, 유약함, 머뭇거림, 그리고…… 양심까지도!

석양이 비추는 가운데, 대하군은 마침내 적도성에 첫 번째 맹공을 퍼부었다. 평원 가득 천군만마가 날개를 펼치고, 빽빽하게 늘어선 사람들은 그 수를 도저히 셀 수 없을 정도였다. 말들은 말발굽 소리를 우레처럼 울리며 거칠게 내달렸다. 기병단은 모두 통일된 군복을 입고 있었다. 박차는 차갑게 빛나고, 칼날도 삼엄하게 빛났으며, 갑옷은 석양을 받아 선혈 같은 붉은 빛을 반사하고 있었다. 하늘에 연북의 매들이 길게 울고, 차가운 바람이 잇달아 대설을 말아 올려, 온 천지가 기이한 흰 눈 안개로 뒤덮였다. 눈안개 속의 거대한 군대는 더욱 위협적으로 보였다!

"적을 죽여라!"

하늘도 놀라게 할 만한 고함 소리가 들렸다. 대하의 병사가 전투를 알리는 나팔을 불었다. 제1기병단의 전사들이 칼을 뽑아 머리 위로 휘두르며, 맹호처럼 사납게 낮은 성벽을 향해 돌격했다. 중갑기병단이 그 뒤를 따랐고, 보병들도 양쪽으로 나뉘어 포진했다. 궁수들은 둔갑병의 비호를 받으며 앞으로 나왔고, 참호 아래 엎드려 공격을 준비했다.

눈이 닿는 곳마다 적들의 갑옷이 있었고, 어디에나 대하군의 이름을 새긴 칼날이 있었다. 병사들은 분노하여 소리 질렀고, 대지는 멈추지 않고 흔들리고 있었다.

포효하는 대하병들과는 달리, 적도성의 성루는 죽음과 같은 적막에 휩싸여 있었다. 서남진부사의 전사들이 성루에서 수비하고 있었다. 그들은 조용히 명령을 기다렸다.

하소가 눈을 가늘게 뜨고 천천히, 단단한 석궁을 당겼다. 그리고 석궁이 보름달처럼 늘어났을 때, 마침내 현을 놓았다!

대하의 기병대에서 가장 선봉에 섰던 자가 하소의 화살에 맞아 넘어지고, 말도 나뒹굴었다. 그자는 말에서 떨어져 네다섯 번 구른 후에야 겨우 멈췄다.

대하군은 즉시 눈을 휘둥그렇게 떴다. 하소의 힘은 정말이지 놀라웠다. 그러나 그에 바로 반응을 보인 자는 1만 명 중 하나도 채 되지 않았다. 대하군은 즉시 다시 돌격하기 시작했다.

"준비!"

하소가 차갑게 소리치며 손을 들었다.

"발사!"

갑자기 석양이 보이지 않았다. 천지간이 어두워졌다. 빽빽한 화살비가 하늘을 뒤덮으며 놀라운 기세로 날아왔다. 그 속도는 경악스러울 정도로 빨랐다. 서봉 대륙을 종횡하며 그간 적이 없다 여기던 대하의 기병들조차 끝이 없는 악몽에 빠져 버리고 말았다.

선봉에 섰던 병사들은 날아오는 화살에 꿰뚫려 쓰러지고, 빠르게 달리던 동료들과 서로 부딪쳤다. 말들이 엎치락뒤치락 하며 참혹하게 울부짖는 소리가 연이어 들렸고, 기병들은 명실상부하게 화살의 과녁이 되어 버리고 말았다. 그들은 고슴도치 꼴이 되어 새하얀 눈 위에 선혈을 흘리고 있었다. 선혈의 그 붉은빛은 눈을 찌를 듯이 자극적이었다.

조양이 미간을 찡그리며 긴급하게 명을 내렸다. 중갑기병과 방패병이 서둘러 선봉대를 엄호하기 위해 앞으로 나왔다. 그러나 그들이 앞으로 나오기도 전에, 다시 한 번 화살비가 쏟아졌다. 대하의 병사들이 소리 내어 웃기 시작했다. 중갑기병들은 자신의 무거운 갑옷을 흔들면서, 연북군이 제 능력도 제대로 헤아리지 못한다고 마음껏 조소했다.

그러나 그들의 웃음소리가 끝나기도 전, 연북군의 화살이 무서운 힘으로 그들의 갑옷을 꿰뚫어 버렸다. 그들은 살려 달라는 비명 한 번 지르지 못하고, 당황하여 서로가 서로를 짓밟고 짓밟혔다. 죽음, 비명, 선혈, 시체, 이 잔혹하고 무서운 공격 앞에서 누구도 감히 앞으로 나서지 못했다.

앞쪽에 있던 대오는 즉시 붕괴되었다. 대하의 군관들은 칼을 휘둘러 10여 명을 베고 나서야 겨우 병사들이 도망치는 상태를 억제할 수 있었다.

"앞으로! 나를 따르라!"

말을 타고 있던 장령 하나가 칼을 들어 용맹하게 자신의 갑옷 가슴 부분을 두드리며 외쳤다. 그러나 사람들의 용기를 북돋우던 그의 구호가 끝나기도 전에 날카로운 화살 한 대가 소리 내며 날아와 그의 머리에 박혔다. 그의 머리에서 선혈이 줄줄 흘러내려 갑옷의 문양을 따라 시냇물처럼 흘러내렸다.

"후퇴하는 자는 죽는다! 후퇴하는 자는 죽는다! 상대는 1만 명도 되지 않는다! 저 성벽만 넘으면 너희들은 영웅이 된다!"

군관들이 쉰 목소리로 외쳤다. 대하군의 혈기가 다시 끓어오르기 시작했다. 그들은 제국의 정규 부대였고, 이런 강력한 공격을 받으면서도 여전히 그 날카로움을 잃지 않았다. 그들은 계속 말을 달렸고, 수많은 대열이 흉포하게 밀려왔다. 마치 홍수라도 난 것처럼, 도저히 막을 수 없을 것 같은 기세였다.

성루 위에서는 하소가 계속 손을 흔들며 연북 병사들을 독려했다.

"쏴라! 쏴! 저 개새끼들을 쏴 죽여라!"

"장군! 장군!"

전령병이 앞으로 달려와 큰 소리로 외쳤다.

"대인께서 명을 내리셨습니다! 투석기를 준비하겠습니다!"

열 자 이상 높이의 투석기들이 성루 위로 끌어 올려졌다. 이
것은 보통 전장에서 쓰는 투석기가 아니었다. 이것들은 좀 더
크고, 좀 더 거칠고, 좀 더 힘이 있었다. 축바퀴를 세 개 더 써
서 지탱하면서 용수철을 이용해 움직였기에 스무 바퀴가 넘게
회전할 수 있었다. 사정거리는 족히 4백 걸음이 넘었는데, 보
통의 투석기보다 두 배는 날아가는 셈이었다.

병사 하나가 성루에 섰다. 그의 이마에서는 땀이 배어 나오
고 있었지만 그의 눈에는 광적인 기대가 어려 있었다. 그는 단
도를 높이 들더니, 큰 소리로 외치며 밧줄을 잘랐다.

용수철이 튕겨 오르는 소리가 들리더니, 투석기가 사납게
움직이기 시작했다. 탕탕 소리가 그 뒤를 따랐다. 모든 이들이
눈을 휘둥그렇게 뜨고 있는 동안, 맷돌 크기의 거대한 바위가
성루에서 날아가 두 기병의 몸 위로 잔혹하게 떨어졌다. 하늘
을 찌를 듯한 참혹한 비명 소리가 들렸고, 모든 이가 경황 중에
도 고개를 돌렸다. 바위를 맞은 기병뿐 아니라 그들이 타고 있
던 말들까지 동시에 뼈가 산산이 부서져, 그야말로 핏덩이로
변해 있었다.

"대인 만세!"

성루 위 사람들이 즉시 커다란 환호성을 질렀다. 대하군에
게 포위된 후, 그들은 처음으로 '우리가 승리할지도 모른다'는
생각을 품게 되었다.

이 두려운 무기를 보고, 덜덜 떨며 몸서리치지 않는 자가 없었다. 대하군은 사방을 두리번거리며 돌격하는 것조차 잊고 있었다. 그리고 바로 이 순간, 진정한 악몽이 마침내 시작되었다. 거대한 투석기가 동시에 발동했고, 수많은 바위가 하늘에서 쏟아져 내리기 시작했다.

공포스러운 장면이었다. 그 투석기는 보통의 돌뿐 아니라 집에서 쓰던 맷돌이며 집 안 천장에서 떼어 온 대들보, 쪼개진 기왓장까지도 모두 발사했다. 정체를 알 수 없는 무거운 물건 하나에 열이 넘는 병사가 동시에 타격을 입기도 했다. 간신히 목숨을 부지한 근처 생존자들이 살펴보니, 그 무거운 물건은 바로 저택의 문 앞에 세워 놓곤 하는 위풍당당한 돌사자였다!

이런 무기에 대항할 수 있는 갑옷이나 방패는 세상에 존재하지 않았다. 칼도 으스러져 쓸모없는 쇳덩이로 변했고, 장창도 불이나 피우기에 적합한 땔감으로 변해 버렸다. 으스러진 핏덩이며 뇌수가 사방에 넘쳐흘렀고, 대하군은 하나하나 피 웅덩이 속에 쓰러졌다!

조양은 두 눈이 붉어진 채, 병기를 감독하고 제조하는 수하의 멱살을 잡고 외쳤다.

"저건 무슨 무기냐? 무슨 활인 거지? 어째서 저렇게 멀리서 쏠 수 있고, 저렇게 속도가 빠른 것이냐? 말해라!"

머리가 반백이 된 수하는 안색이 창백해져, 숨조차 제대로 쉬지 못하고 답했다.

"황자님, 용서해 주십시오. 제발 용서해 주십시오. 속하는 정말 모르겠습니다!"

"쓸모없는 것들!"

"황자님! 병사들을 후퇴시켜 주십시오. 이대로는 근본적으로 가까이 갈 수 없습니다!"

사도경이 울상을 하고 말했다.

"물러서지 마라!"

조양은 완강한 눈빛으로 차갑게 말했다.

"한 걸음이라도 물러서는 자는 그 자리에서 죽여도 무방하다!"

"적을 죽여라!"

대하군이 죽음의 공포에 질려 절망하며 울부짖었다. 성에서 가까운 곳에는 화살이 날카롭게 쏟아지고, 먼 곳에는 거대한 바위가 쿵쿵 내려앉았다. 광활한 설원 위, 도처에 죽음의 비명만이 가득했다.

격전은 장장 사흘 밤낮 동안 계속되었다. 여명이 밝아 올 무렵, 적도성의 성루에 있던 병사들과 백성들은 눈을 비비며 대하군이 물러나는 것을 지켜보았다. 적도성의 백성들과 서남진 부사의 병사들은 기쁨이 극에 달해 울먹이며, 환호성을 지르고 서로를 끌어안았다.

"대하가 물러간다! 대하의 병사들이 물러갔어!"

기쁨의 파도가 성루에 넘쳐났다.

초교는 중군 총부에 앉아 공격 명령서를 쓰고 있다가 이 기쁜 소식을 들었다. 사흘 밤낮 동안 눈 한 번 붙이지 못했던 초교는 바로 넋이 나간 듯한 표정을 지었다. 그녀는 등을 곧추세운 채 멍하니 앉아 있었다. 창밖의 아침 햇살이 불처럼 대지를 비추고, 그녀의 얼굴 위로는 피처럼 쏟아졌다. 그 모든 것이 그녀를 현실 속의 인물이 아닌 것처럼 보이게 했다.

"대인! 대인! 대하 병사가 물러났습니다! 우리가 이겼습니다!"

전령병의 군복을 입은 평안이 그의 키 절반만 한 칼을 휘두르며 달려 들어왔다. 그리고 문 앞에서 멈칫하며 멈춰 서고 말았다. 초교는 서탁 앞에 앉아 평온한 얼굴로 투명한 눈물을 흘리고 있었다.

"대인! 대인!"

서남진부사의 병사들이 뒤이어 달려왔다. 초교는 눈물을 훔치며 일어섰다. 그녀는 재빨리 매섭고도 과감한 장수의 얼굴로 돌아왔다.

초교가 성큼성큼 방에서 걸어 나가자 거대한 환호성이 그녀를 맞이했다. 백성이건 군인이건 모두 그녀를 둘러싸고 기쁜 표정으로 승전보를 알렸다.

이들이 감동한 것을 탓할 생각은 없었다. 확실히 누구라도 자랑스러워할 수밖에 없는 승리였다. 그들은 정규군도 아닌 1만의 병사로 20만 정예 대군에 대항하여, 먼저 내보냈던 3천 5백 사람을 제외하면 사상자는 2백도 채 되지 않았다. 그들이 죽인 적은 5만이 넘었고, 도합 열일곱 번에 걸쳐 상대방을 공격하여 붕괴하게 했다.

지금부터 서남진부사는 대륙 정예군의 하나로 편입될 터였다. 적도의 일전은 사서에 기록되고, 제1차 북벌 전쟁의 위대한 전환기로 이야기될 것이다.

그날 밤, 두 군대는 잠시 휴전했다. 초교는 다른 군관들처럼 그렇게 흥분하지는 않았다. 그녀는 알고 있었다. 조양은 오늘 자신에게 졌지만, 그것은 조양이 초교의 작전 방식과 선진화된 기술에 익숙하지 않았기 때문이었다. 내일 다시 전투가 시작되면, 그는 분명 전략을 바꿀 것이고, 그녀는 더 이상 이렇게 가볍게 승리를 취하지는 못할 것이다.

오늘의 전투로 쇠뇌 3백이 손상되었다. 그들이 보유한 쇠뇌의 사분의 삼에 해당하는 수량이었다. 화살도 절반은 써 버렸다. 투석기는 다행히도 고칠 수 있었지만, 지금 성 안에 있는 기왓장은 물론이고 거대한 바위나 나무토막도 이미 다 써 버린 다음이었다. 불을 댕길 탄약을 제외하면 공격에 쓸 만한 물자는 얼마 남아 있지 않았다.

그나마 이런 물자들은 그녀가 북삭에 있을 때 미리 만들어 놓은 것들이었다. 그녀는 적도가 전략의 거점이 될 거라는 사실을 이미 예상하고 병기들을 쌓아 두었던 것이다.

초교는 태양혈을 문지르며, 미간을 찌푸린 채 행군도를 바라보며 계속 전략을 생각했다. 평안이 살며시 들어와 주전자 안의 찻물을 바꾸더니, 화로 안의 불이 꺼진 것을 발견하고 서둘러 바꾸려고 했다.

"평안, 지금 시간이 어떻게 되지?"

평안이 고개를 들고 답했다.

"이미 이경입니다. 대인, 쉬셔야 합니다. 이미 며칠이나 잠을 주무시지 않았잖아요."

초교의 두 눈은 붉게 충혈되어 있었고, 눈도 거의 뜨지 못할 지경이었다. 그녀는 서탁에 엎드리며 말했다.

"삼경이 되면 깨워 다오."

"예."

그녀가 막 잠이 들었을 때, 바깥에서 공문을 지니고 온 자가 긴급하게 초교를 만나고 싶다고 말하는 것이 들렸다. 평안이 참을 수 없다는 듯 속삭이는 소리도 함께 들려왔다.

"대인께서는 이제 막 잠드셨는데, 대체 무슨 일이죠? 날이 밝을 때까지 기다릴 수는 없나요?"

"평안, 그들을 들라 해 줘."

"초 대인!"

젊은 병사 네 명이 평안을 따라 방으로 들어왔다. 그중 우두머리로 보이는 자가 앞으로 나와 말했다.

"저희는 우 아가씨의 부하입니다. 우 아가씨께서 대인의 서신을 받고, 전갈을 보내셨습니다."

"우 아가씨가 내 서신을 받았다고?"

초교가 매우 기뻐하며 즉시 몸을 일으키고는 급히 물었다.

"아가씨가 뭐라시더냐? 언제 우리에게 호응해 주실지? 자세한 전략은 있나?"

"대인, 아가씨께서는 아무 설명도 하지 않으셨습니다. 그저 대인께서 람성으로 오시기를 청하셨습니다. 함께 의논하실 일이 있다고요."

초교가 미간을 찡그리며 천천히 말했다.

"뭐라고?"

"대인, 아가씨께서는 대인께 즉시 람성으로 오시라 하셨습니다. 대인과 직접 하실 이야기가 있다고 합니다."

병사가 다시 한 번 되풀이했다. 초교는 고개를 끄덕이며 말했다.

"다른 말씀은 없으셨고?"

"없습니다, 대인."

"그래, 그럼 잠시 기다려라. 행장을 꾸릴 테니."

초교가 평안에게 말했다.

"평안, 가서 방에 있는 외투를 가져와 다오."

평안은 살짝 미간을 찡그렸다. 그는 상당히 영리한 편으로, 아무 말도 하지 않고 바로 방 안으로 들어가려 했다. 그러나 바로 이때, 바닥에 무릎을 꿇고 있던 병사가 평안의 손을 잡고 고개를 들었다.

"대인, 그러실 필요 없습니다. 저희가 모든 것을 준비해 왔으니 그저 이대로 가시기만 하면 됩니다."

차가운 빛이 번득였다. 병사의 말이 끝나기도 전에 초교가 손을 흔들었고, 벼루가 빠른 속도로 날아가 그 병사의 손목을 맞혔다. 손목뼈가 부러지는 소리가 들렸지만, 병사는 신음 소리 한 번 내지 않았다.

영리한 평안은 재빨리 땅에 몸을 굴려 그들의 공격을 피한

뒤 창을 넘어 도망쳤다.

"잡아라!"

우두머리는 자신들의 계획이 드러난 것을 보고, 더 이상 숨기지 않기로 한 모양이었다. 그들이 초교를 덮쳐 왔는데, 모두 무공이 뛰어난 육박전의 고수들이었다.

초교는 재빠르게 움직였다. 그녀가 손을 한 번 떨자 팔에 묶어 두었던 비수가 즉시 미끄러져 내려왔다. 그녀의 움직임을 따라 비수의 차가운 빛이 등불에 반짝였다.

어느새 한 남자가 비수에 찔려 신음 소리를 내고 있었다. 다행히도 그는 무예가 뛰어나, 어깨 쪽으로 칼을 비껴 맞았다. 초교는 두 손으로 서탁을 짚고, 다리로 서탁을 쓸면서 한 다리로 자객의 배를 찼다. 배를 차인 남자는 뒤로 날아가 서가에 부딪쳤고, 서가에 있던 화병 두 개가 땅에 떨어져 깨졌다.

바로 이때, 문이 열렸다. 서른이 넘는 시위들이 안으로 들어와 몸싸움을 한 후 그들을 제압했다. 이들은 모두 연순이 떠나며 초교에게 남겨 준 시위들이었다. 시위장인 송기풍이 앞으로 다가와 긴장한 듯 나지막하게 물었다.

"대인, 괜찮으십니까? 상처라도 입으신 건 아니겠지요?"

"아무 일 없다."

초교는 고개를 저었다.

"저들이 살수를 쓰지는 않았어."

초교는 앞으로 두어 걸음 걸어가, 자객들의 우두머리에게 물었다.

"누가 보내서 왔지?"

그자는 씁쓸한 표정으로 웃었다.

"대인의 무예가 뛰어난 것이야 알고 있었지만, 오늘 보니 과연 비범하십니다."

"솔직하게 말하면 목숨만은 살려 주마."

"대인, 제가 사실대로 이야기하면 믿어 주지 않으실 테니, 저도 방법이 없습니다."

초교는 살짝 미간을 찡그렸다. 어수선한 생각이 그녀의 머릿속을 스쳐 갔지만, 그 속도가 너무 빨라 도무지 갈피를 잡을 수 없었다. 초교가 고개를 돌려 송기풍에게 물었다.

"누가 이들을 성에 들여보냈지?"

송기풍이 기괴한 표정으로 나지막하게 말했다.

"속하는 알지 못합니다."

초교는 주위를 살피다가 갑자기 물었다.

"평안은?"

"평안이요?"

송기풍이 답했다.

"속하는 보지 못했습니다."

"보지 못했다고?"

초교는 눈을 빛내며 송기풍을 바라보다가, 갑자기 온화하게 웃기 시작했다.

"아마도 사람을 부르러 간 모양이지. 분명 서남진부사로 갔을 것이다. 너희와 엇갈린 모양인데, 나가서 찾아보는 것이 좋겠군."

그러나 그녀의 말이 끝나기도 전에 휙 소리와 함께, 열 개도 넘는 칼날이 초교의 목에 와 닿았다. 송기풍이 쓰게 웃으며 말했다.

"대인께서 이미 눈치채신 바에야, 저희도 연극을 계속할 필요는 없겠지요."

초교는 얼음처럼 차가운 얼굴로, 송기풍이 자객 네 명의 포승을 풀어 주는 것을 지켜보았다.

"대인, 죄송합니다. 기풍은 명을 받들어 행하는 것뿐이니, 그저 대인의 용서를 바랄 뿐입니다."

초교는 냉랭한 목소리로 물었다.

"대체 누구를 위해 이런 짓을 하는 거지? 대동회? 아니면 대하인가?"

송기풍이 공손하게 허리를 굽혔다.

"저희를 따라오시면, 자연히 아시게 될 것입니다."

그리고 초교에게 다가왔다.

"대인의 무예가 고강하신지라, 부득이하게 이럴 뿐이니, 대인께서 협력해 주시기 바랍니다."

말을 마친 송기풍은 초교의 눈과 입을 가리고, 그녀를 꽁꽁 묶었다.

"가자!"

송기풍이 명령하자, 모두 방문을 나섰다. 얼마 지나지 않아 마차 한 대가 달려왔고, 초교는 마차 안으로 옮겨졌다. 마차는 빠른 속도로 북쪽을 향해 달리기 시작했다.

"멈춰라! 누구냐?"

북성문을 지키던 병사가 외치는 소리가 들렸다. 말 위에 앉아 있던 송기풍이 말했다.

"나는 초 대인의 시위장이다. 이 사람은 람성 우 아가씨의 사절이다. 우리는 지금 람성으로 갈 것이다. 여기 초 대인의 증표가 있다."

병사는 송기풍을 알아보았는지 공손하게 대답했다.

"송 대인이셨군요. 기다리십시오. 소인이 바로 성문을 열겠습니다."

북성문은 전장이 아니었기에, 문을 지키는 이도 원래 적도성을 지키던 이들이었다. 송기풍이 물었다.

"대인의 증표를 조사하지 않는 건가?"

"송 대인이 직접 오신 것이 증표지요. 물건을 볼 필요가 있겠습니까?"

"하하, 고맙다, 형제여."

초교가 품고 있던 마지막 희망이 무너졌다. 말은 나는 듯이 달렸고, 새외의 삭풍은 얼음처럼 차가웠다. 초교는 어쩐지 처량한 기분이 들었다. 내가 사라지면 적도성은 어떻게 될까? 서남진부사의 병사들은, 나에게 다시 한 번 버림받았다고 여기지는 않을까? 또한 나를 믿고 있던 백성들은, 어쩌면 좋지?

하늘이 점차 밝아 왔다. 기나긴 밤이 지나가고 있었다. 여명이 밝아 올 무렵, 초교는 사람들의 부축을 받아 마차에서 내려

장막 안으로 들어갔다. 포승이 풀리고, 눈앞을 가리고 있던 검은 천을 떼어 낸 초교는 깜짝 놀라고 말았다.

우가 온유한 표정으로 초교에게 따뜻한 수건을 건네며 담담하게 말했다.

"얼굴을 닦아요. 밤새 오느라 고생했어요."

"우 아가씨?"

우는 목화솜을 넣은 흰 장포를 입고 있었다. 얼굴은 수척했고, 눈은 푹 꺼져 있었으며, 눈가에는 희미하게 주름도 잡혀 있었다.

"그래요, 나예요."

초교는 믿을 수 없다는 표정으로 나지막하게 물었다.

"어째서인가요?"

"이곳도 결코 안전하지 않아요. 북삭은 이미 얼마 남지 않았고, 당신이 없으면 적도 오늘을 버티기 어렵겠지요. 일단 나와 함께 가요. 내가 가는 길에 제대로 설명해 줄 테니까."

"먼저 말해 주세요. 어째서죠?"

초교는 이 연북 무장 병력의 가장 강력한 인물을 얼음처럼 차가운 눈빛으로 바라보며 한 마디, 한 마디, 또렷하게 말했다.

"당신은 북삭의 전황을 예전부터 알고 있었지요? 그곳 사람들이 제멋대로 굴고 있다는 사실도?"

우는 고개를 끄덕이며 평온하게 말했다.

"그래요, 알고 있었어요."

"대하는 병사를 양쪽으로 나눠, 하란산을 넘어 적도성을 공격했어요. 알고 있었나요?"

"알고 있었어요."

우는 평온하게 말했다.

"북삭성에서는 조맹동이 마음대로 병사를 징발하고, 민병들을 방패로 쓰고 있어요. 제 손으로 연북의 백성들을 학살하는 것과 마찬가지예요."

"알고 있어요."

"적도의 백성들은 고향을 등지고 떠나 람성으로 향했죠. 길에서 얼어 죽거나 굶어 죽은 이가 셀 수도 없이 많아요."

"알아요."

"일단 대하가 적도를 공격하고 나면, 양쪽에서 북삭을 협공하겠지요. 북삭의 병사들과 백성들은 시신을 눕힐 땅조차 얻지 못할 거예요. 연북 동부의 땅이 대하의 손에 들어가게 되고요. 대하의 병사들이 연북 내륙으로 돌진하면, 낙일산 동쪽의 백성들은 모두 대하군에게 학살당하겠지요."

"알고 있어요."

처음부터 끝까지, 우의 안색은 너무나 평온했다. 그녀는 마치 그들이 일상의 자질구레한 일들을 이야기하는 것처럼 조용히 듣고 있었다.

초교의 가슴이 거칠게 오르락내리락했다. 그녀는 주먹을 쥐고 얼굴을 찌푸린 채 속삭였다.

"어째서죠? 모든 것을 알면서 어째서 막지 않은 건가요? 어째서 괜찮았던 국면을 이런 피폐한 상태로 만들고, 백성들을 전쟁의 불길 속으로 떨어뜨린 거죠?"

우가 조용히 초교를 바라보았다. 그녀의 눈빛은 온화하고도 지혜로웠고, 목소리는 시냇물이 흐르는 것처럼 평온했다.

"아초, 아직도 모르겠어요?"

초교는 그만 말문이 막히고 말았다. 마음 깊은 곳에서, 한 가지 무서운 생각이 계속 올라오고 있었다. 그 생각은 마치 칼날처럼 사납게 그녀의 연약한 신경을 난도질하고 있었다.

우는 담담하게 미소 지었다.

"람성에는 지금 병사가 한 명도 없어요. 낙일산맥의 병력도 모두 철수했고요. 람성뿐 아니라, 지금 연북 내륙에는 단 한 사람의 군인도 없어요. 내륙은 지금 텅 빈 것이나 마찬가지니, 대하군 한 명이 들어와 공격한다 해도 승리할 수 있을 거예요. 나에게 조 장군을 제지할 권한은 없었어요. 그리고 내가 여기 남아 있었던 이유는 오직 당신을 데려가기 위해서예요. 이 일 외에 나는 어떤 지령도 받은 바 없어요."

갑자기 얼음 구덩이 속에 내팽개쳐진 것 같았다. 초교는 비틀거리다가 하마터면 땅에 넘어질 뻔했다. 심장이 마치 단단한 얼음에 둘러싸이기라도 한 것처럼 굳어 가고 있었다. 심장이 한 번 뛸 때마다 온몸 핏줄 하나하나가 모두 고통스러웠다. 가슴이 꽉 막힌 것만 같아 초교는 깊이 숨을 들이마셨다. 그녀는 입을 열었다가, 다시 미간을 찌푸렸다. 점차 모든 조각을 맞출 수 있었고, 무서운 생각의 흐름을 잡아낼 수 있었다.

"연순은……."

"전하께서도 미림관에 계시지 않아요."

그 짧은 말에 초교의 모든 믿음이 일시에 무너지고 말았다. 그녀의 머리를 스쳐 갔던 모든 생각이 날카로운 화살이 되어, 잔혹하게 그녀를 찌르고 있었다. 초교는 고통스러운 나머지 입을 벌리고도 아무 소리도 내지 못했다. 몸이 휘청거렸다. 그녀는 막사의 기둥을 잡고서야 간신히 버틸 수 있었다. 가슴이 격렬하게 뛰는 가운데, 숨을 헐떡이며 무슨 말이라도 하려 했다. 그러나 아무 말도 할 수 없었다.

우가 조용히 말을 이었다.

"전하께서 떠나시기 전에 저에게 설명해 주셨지요. 그리고 반드시 당신을 데려오라고 하셨어요. 저는 람성에서 꽤 오래 기다렸지만, 당신은 오지 않았지요. 후에야 무슨 일이 생겼다는 것을 알았지요. 또한 지금 북삭군이 함부로 행동하고 있으니, 이런 방식으로 당신을 데려올 수밖에 없었어요. 용서해 줘요."

"당신들은 미쳤어!"

나지막한 목소리가 울려 퍼졌다. 초교의 목소리는 야수의 투박한 헐떡거림처럼 들렸다. 그녀는 허리를 펴지 못한 상태에서도 고개를 들었다. 눈이 새빨갛게 충혈되어 있었다. 초교는 냉랭하게 우를 응시하며, 계속 머리를 저었다.

"미친 짓이야!"

"비록 미친 짓이지만, 아주 효과적이죠. 전하의 대군은 이미 장정성을 돌파했어요. 서북의 서른이 넘는 성이 이미 고개를 숙이고 신하가 되기를 자청했고요. 파도합 가문도 이미 역사의 일부가 되었어요. 지금 대하의 주요 병력은 전부 연북에 집결되어 있죠. 또 변방군은 변당과 회송의 접경에 모여 있는 상태고요. 대하의 내부는 놀라울 정도로 텅 비어 있어요. 회송은 우리에게 협력하기 위해 대하의 접경에서 일부러 몇 번 대규모의 군사 훈련을 실시하여 대하군의 시선을 끌어 주었어요. 지금 대하의 병력이 연북 경내에 들어오기만 하면, 대설과 척후병의 도움으로 그들의 연락망을 끊을 수 있어요. 군사 행동은 신속한 것이 최고죠. 보름이 지나면 우리는 진황성에 들어가게 될 거예요! 우리가 진황을 점령한 후 북벌군이 소식을 듣는다 해도, 그때는 대하의 국토 절반 이상이 이미 우리 군의 손 안에 들어와 있겠지요. 그때가 되면 그들은 반격하고 싶어도 응명관 밖에 발이 묶이게 되어 있어요!"

우가 다가와 초교의 이마에 흘러내린 머리카락을 가볍게 넘겨 주며 속삭였다.

"아초, 전하께서는 당신이 이 제안에 찬성하지 않으리라는 것을 알고 계셨어요. 그래서 당신에게 숨기기로 한 거예요. 하지만 전하께서 당신을 신뢰하지 않기 때문은 아니에요. 생각해 봐요. 대하가 온 힘을 다해 공격해 오면, 우리가 한 번은 막을 수 있을 거예요. 하지만 두 번은 막을 수 없겠죠. 연북의 땅은 지독하게 춥고 척박해요. 그런 것들이 우리의 발전을 극도로 제한하고 있고요. 우리가 아무리 노력한다 해도 대하와 균형을 이룰 방법은 없어요. 하물며 우리에겐 끊임없이 우리의 땅을 넘보는 견융인들마저 있지요. 그렇기 때문에 우리는 대하가 방심한 틈을 타서 역습할 수밖에 없었어요. 서로가 처한 자리를 바꿔야만 우리는 진정으로 불패의 자리에 서서, 철저하게 국면을 바꿀 수 있을 거예요! 당신은 전하께 있어 가장 친밀한 사람이죠. 당신은…… 전하를 이해할 수 있을 거예요."

"그 전략을 위해, 1백만이 넘는 연북의 병사들과 백성들을 당신들의 미끼 겸 방패로 쓴 건가요?"

초교의 목소리는 얼음같이 차가운 동시에 짙은 피로감이 배어 있었다. 그녀가 천천히 고개를 들었다. 눈이 빨갛게 충혈되어 있었다. 오랜 세월에 걸친 고난과 희망이 순식간에 아무 가치 없는 것이 되어 버린 것 같았다.

초교도 연순을 의심한 적 있었다. 연순이 군대를 이끌고 미림관을 공격하는 것은, 제2군의 주력 부대를 소모하여 연북에서 자신의 지위를 안정시키기 위한 목적이 아닐까라고. 그러나 그녀는 미처 생각하지 못했다. 연순의 뜻은 아예 연북에 있지 않았다. 그는 1백만의 연북 군인과 백성들을 미끼로 사용하여, 북삭에 거대한 함정을 파고 대하의 병력을 유인한 것이다. 그리고 온 세상 사람들의 비난을 감수하고, 제1군과 람성, 낙일산 일대의 정예병을 이끌고 그 무엇보다 빠르게 대하의 중심지로 향했던 것이다.

연순은 병력과 눈보라의 힘을 빌려 대하의 통신을 단절한 사이에, 강력하게 대하 내륙을 공격하고 대하의 땅을 완벽하게 점령할 계획이었다.

이 얼마나 호방한 계획인가? 그리고 이 얼마나 미친 계획인

가. 이것은 미국이 이라크를 공격하는데, 이라크가 본토를 버리고 미국으로 군대를 보내 미국을 점령하는 것이나 마찬가지였다. 미국의 원정군이 승리를 선포한 후 고개를 돌려 보면 미국 본토는 이미 함락된 후일 것이다. 정말 천 년에 한 번 만나기 어려울 대담한 계획이었다.

그래서였던 것이다. 그가 큰 전투를 앞두고도 병사를 나누어 미립관을 공격하러 갔던 것은. 그래서 연순은 초교를 데려가지 않았던 것이다. 그래서 그는 조맹동과 같이 우둔한 인물로 하여금 북삭을 지키게 했던 것이다. 그리고 조맹동이 마음대로 병사들을 징발하는 것을 방임했던 것이다. 그 모든 것은 단지 대하의 시선을 끌기 위해서, 그리하여 연북이 전력으로 역습할 국면을 만들기 위해서였다.

그래, 그래서였다. 초교의 구원 요청에 계속 답이 날아오지 않았던 것은. 그녀의 시위들은 모두 연순이 남겨 준 연순의 측근들이었다. 람성이 북삭의 소동을 보면서 어떤 목소리를 내지 않았던 것도 당연했다!

이리도 깊은 계책이라니. 이리도 깊은 꿍꿍이라니. 이렇게나 무섭고 엄밀한 계획이라니. 그녀처럼 현대화된 군사 교육을 받은 고급 지휘관조차 상상해 낼 수 없는 계책이었다. 연순, 정말 대단한 사람이었다.

"우 아가씨, 우리가 처음 만났을 때, 당신이 내게 했던 말을 기억하고 있나요?"

우의 표정이 굳기 시작했다. 안색도 조금은 창백해 보였다.

그러나 우는 여전히 평온한 목소리로 말했다.

"내가…… 당신에게 그렇게 말했었죠. 언젠가는 연북에, 당신 같은 고아가 더 이상 없기를 바란다고."

"그랬지요."

초교가 처량하게 미소 지었다.

"당신들은 정말 잘해 냈어요. 일단 이 전쟁에서 승리하면 연북에는 더 이상 나와 같은 고아가 없겠지요. 연북 사람들은 이미 모두 죽은 다음일 테니까요."

우의 표정이 울적해졌다. 그녀는 한참 말없이 생각하다가, 마침내 나지막하게 속삭였다.

"한 민족이 자유를 얻기 위해서는, 언제나 대가를 치러야 하는 법이에요."

초교는 혐오스럽다는 듯 우를 바라보며 냉랭하게 말했다.

"그래요. 연북, 이 민족이 전부 죽어 버리고 나면 당신들은 부귀영화를 누리게 되고, 만인지상, 지존의 자리에 오르게 되겠지요. 그리고 그에 대한 대가는 연북 백성들이 치르게 될 거고요! 자유를 갈망했다는 이유로!"

"아초!"

우는 초교를 잡고 간절하게 말했다.

"그렇게 격하게 생각하지 말아요. 이 일은 전략상으로는 아무 문제 없는 거예요. 이건 거사예요. 설마 전체적인 국면을 보지 못하는 것은 아니죠? 대하의 국문이 열릴 거예요. 성금궁은 연북의 철기병 앞에서 덜덜 떨게 될 거예요!"

"나를 건드리지 마!"

초교가 차가운 칼처럼 예리한 시선으로 우를 노려보며 외쳤다.

"전략상으로야 아무 문제 없을 수도 있겠지. 하지만 당신들은 당신들을 옹호한 사람들을 버렸어! 당신들이 가장 곤란했던 때에 시종일관 단호하게 당신들을 지키고 지지했던 백성들을 버린 거야! 당신들은 사람들의 기대를 저버렸고, 수많은 이들의 믿음을 속였어. 그리고 그들을 불구덩이로 밀어 넣었지! 당신들은 스스로의 부귀영화를 위해, 당신들의 권력 투쟁을 위해, 그 많은 사람들을 죽게 만들 생각인 거야! 우 아가씨!"

초교의 붉어진 눈에서 눈물이 흐르기 시작했다. 그녀는 입술을 꽉 깨물었다가 다시 천천히 말을 이었다.

"대체 무엇 때문에? 당신들 모두 어떻게 된 거지? 예전에 했던 말들은 모두 잊은 거야? 나는…… 아무리 곤란한 환경에 처하더라도, 아무리 괴로운 상황이 닥쳐오더라도, 당신들이 나를 구원해 주리라고 굳게 믿었는데! 서남진부사와 같은 반란군도 이런 시기에는 사람들을 지켜야 한다는 사실을 알고 있어! 그런데 당신들이 어떻게 그들을 버리는 거지? 알고 있어? 적도성에서는, 당신과 오 선생이 장수하기를 기원하며 가가호호 위패를 세우고 있어. 그들은 아침저녁으로 향을 세 번 사르고, 당신들이 백 살까지 살기를 기도해. 백성들은 당신들이 연북을 지키는 신이라고 말했어. 당신들이 있기에 연북에 희망이 있다고! 그들이 갈 곳을 잃고 집을 떠나 람성으로 갈 때, 심지어 식량조차 제대로 챙기지 못하면서도 당신들을 위한 위패만은 잊지 않고 가져갔지. 가서 봐, 보도록 해. 적도에서 람성까지의 그 길에 당신을 위해 타오른 초가 얼마나 많은지. 그걸 보고도 당신이 그들 앞에서 고개를 들 수 있을까?"

우는 깊이 숨을 들이마시고 수려한 미간을 꽉 찡그린 채 간신히 말했다.

"나는 천하인의 대동을 꿈꾸고 있어요."

"하하."

초교는 냉소하며 몸을 돌렸다. 그녀의 뒷모습은 피로하고 연약해 보였다.

"당신을 따르는 무리조차 지켜 주지 못하면서 천하인의 대동을 입에 담다니, 정말 가소로워."

초교는 몸을 돌려 막사의 발을 걷고 밖으로 나갔다. 우가 미간을 찌푸리며 서둘러 달려와 물었다.

"초교, 가려는 건가요?"

"연북은 내 고향이 아니지만, 내 인생 전체에 걸쳐 나의 신앙이었어요. 당신들은 연북을 원하지 않는지 몰라도 나는 연북을 원해요. 당신들이 연북을 버려도 나는 연북을 지킬 거예요. 연순에게 전해 줘요. 내가 죽는 일이 생겨도 나를 위해 복수할 필요는 없다고. 나는 다른 이의 손에 죽는 것이 아니라 바로 연순, 그의 손에 죽는 것이니까."

"멈춰요!"

우가 나지막하게 말했다.

"당신이 가도록 내버려 둘 수 없어요!"

초교는 고개를 돌리고 냉랭하게 웃었다.

"그럼 죽이시든가요. 시체가 되어서가 아니라면, 나는 절대로 연북에서 한 발짝도 떠나지 않을 테니까요."

초교는 장화 속에 숨겨 두었던 비수를 뽑아 제 목에 들이대고 처연하게 웃었다. 그리고 그녀는 천천히 말을 향해 걸어가 그 위에 올라탔다.

"가장 큰 잘못은 아직 저지르지 않았으니, 지금 돌아온다면 아직은 늦지 않았어요. 위험에 직면해서야 정신을 차리는 수도 있는 거니까. 그래요, 아직 늦지 않았으니 그에게 전해 줘요. 북삭 성루에서 그를 기다리고 있겠다고! 이랴!"

초교의 외투가 바람을 맞아 나부꼈다. 말은 눈 먼지를 일으키며 눈 깜빡할 사이에 사라졌다.

송기풍이 다가와 답답한 표정으로 말했다.

"우 아가씨, 어째서 초 대인이 가도록 내버려 두는 겁니까? 전하께서 신신당부하지 않으셨습니까. 이 일을 결코 초 대인께 이야기하지 말라고……."

우가 미소 지으며 천천히 고개를 들었다. 새벽의 햇빛이 그녀의 얼굴을 비춰 주었다. 우의 안색은 종이처럼 창백한 동시에 몹시도 투명해 보였다.

나는 그 무엇보다 연북을 사랑하지. 하지만 나는 무능하니, 이렇게 하는 수밖에 없었어.

"전하께 서신을 보내라. 북삭은 위급하며, 초 대인은 적도를 지키고 북삭을 지원할 것을 고집하고 계시노라고. 전하께서 닷새 내에 도착하시지 않으면 연북은 필히 무너질 것이며, 이 연북 땅에 있는 그 누구도 재난을 비껴가지 못할 것이라고."

제9장 외로운 나무, 하늘을 떠받치고

적도성은 죽음과 같은 적막에 휩싸여 있었다. 온 성을 이 잡 듯 뒤져도 초교는 그림자조차 보이지 않았다. 그들은 북성문 시위를 다그쳐, 어젯밤 초교의 시위가 마차 한 대를 호위하며 성을 떠났음을 알게 되었다.

남루한 옷을 입은 병사가 부들부들 떨며 말했다.

"대인께서 우리들을 버리셨다는 말인가?"

그의 말이 끝나기도 전에 서남진부사의 병사가 그를 걷어찼 다. 하소의 동생인 하기가 냉랭한 목소리로 말했다.

"대인께서 우리를 버리실 리 없다! 진황성에서, 그런 상황에 서도 우리를 버리지 않으셨던 분이다. 이제 와서 우리를 버리 실 리 없다!"

"그럼 어디로 가셨단 말이오?"

군수를 맡은 병사가 울먹이며 물었다.

"원래 관리들이란 다 이 모양이라고!"

민병들까지 옥신각신하기 시작했다. 누군가가 되는 대로 병사의 말을 따라 했다.

"분명 그런 게지! 우리가 질 것 같으니까 몰래 내뺀 거 아닌가!"

"내 그럴 줄 알았어. 원래 관리들 말은 믿을 게 못 된다고. 게다가 여자잖아!"

"세상에! 대인께서 정말 우리를 버리신 거라고? 그럼 우리는 이제 어떻게 하지?"

목소리는 점점 더 커졌고, 누군가가 절망적으로 울기 시작했다. 하늘에 어두운 구름이 잔뜩 몰려오고, 거센 바람이 땅 위에 쌓인 눈을 말아 올리고 있었다. 마치 죽은 이 무덤 앞에 놓아 둔 지전이 날아가는 것 같았다.

"다들 여기 서서 무엇 하는 것이냐? 적이 곧 올 것이다!"

하소 통령이 성큼성큼 걸으며, 음울한 안색으로 소리 높여 외쳤다.

"하 통령!"

누군가가 달려 나와 말했다.

"대인께서 우리를 버리고 도망가셨소!"

"말도 안 되는 소리!"

하소는 냉랭하게 그의 말을 잘랐다.

"나는 믿지 않는다. 서남진부사 모두 믿지 않는다. 대인은 그런 분이 아니다."

"하지만……."

"더 이상 듣고 싶지 않다. 앞으로 내 앞에서 대인을 모함하고, 대인의 명성에 누가 되는 행동을 하는 자는 우리 서남진부사를 적으로 삼을 각오를 해야 할 것이다!"

하소가 칼을 뽑아 들었다. 눈처럼 새하얀 칼날이 공중에서 번쩍번쩍 빛났다.

"아직도 꾸물거리는 것이냐? 성루로 올라가라!"

하룻밤 휴식을 취해서일까. 대하의 군대는 어제처럼 무지막지하지는 않았다. 그러나 서남진부사의 그 맹렬한 공세도 단지 어제의 일이었을 뿐이었다. 화살과 돌이 동났고, 탄약도 오후에는 거의 다 소진되었다. 정오 무렵, 대하 병사들이 성루를 공격하기 시작했다. 그들은 사람으로 사다리를 만들어, 죽음도 불사하고 성벽을 기어오르기 시작했다. 대하의 궁수들은 계속 활을 쏘아 그들을 엄호했다. 높이 치솟은 화살이 마치 억수같이 퍼붓는 비처럼 날아왔다. 성벽 위는 엉망진창이었고, 병사들은 화살에 맞아 성벽 아래로 떨어지기도 했다.

한 젊은 병사가 십여 군데 화살을 맞았다. 전부 급소였다. 다른 병사가 자리를 바꿔 주려고 했지만, 그는 성벽에 기댄 채 순박하게 웃기만 했다. 그는 손을 저으며 흰 이를 드러내고 눈을 빛내며 말했다.

"대인께서 돌아오시면 이 말을 전해 줘. 우리 군영 병사들은 전부 대인을 몰래 사랑하고 있었다고."

말을 마친 그는 몸을 날려 성벽 아래로 뛰어내려, 자신의 몸을 돌로 삼아 맹렬한 기세로 대하군의 인간 사다리에 부딪쳤다. 성벽 위에서 슬픈 비명이 들렸다. 마치 절망에 가득 차 부르는 군가 같았다.

마침내 육박전이 시작되었다. 수많은 적들이 성루로 올라왔다. 성벽의 첫 방어선이 붕괴되고 있었다. 화살이 어지럽게 날아다니고, 고함 소리며 비명 소리가 도처에 가득했다.

대하군의 수는 점점 늘어났다. 선혈이 성벽 전체를 붉게 물들이고 있었다. 민병들도 성루로 올라왔다. 그들은 더 이상 두려움에 떨지 않았다. 칼을 내려놓아도 칼을 들어도 죽을 수밖에 없는 운명이었다. 다만, 칼을 들면 최소한 아내와 자식이 도망칠 시간을 조금이라도 더 벌 수 있었다. 그들은 칼로 베고, 검으로 찌르고, 벽돌로 으스러뜨리고, 이로 물었다. 가능한 것이라면 사용하지 않는 것이 없었다. 전쟁의 참담함이 이 순간 적나라하게 드러나고 있었다.

그 광경을 멀리서 바라보던 사도경이 깜짝 놀라며 부하에게 물었다.

"저자들이 정말 민병이라고 확신하느냐?"

그날, 적도의 강물은 엄동의 계절에도 녹고 있었다. 뜨거운 피가 차가운 얼음층 위에 흐르며 표면을 녹였던 것이다. 비록 금세 다시 얼어붙긴 했지만.

세상은 온통 핏빛이었다. 도처에 시신들이 어수선하게 흩어져 있었다. 병사 하나가 두 다리를 잘렸다. 그는 뜻밖에도 얼굴 한 번 찡그리지 않고 자신의 잘린 다리를 집어 성 아래로 던졌다. 막 성루로 기어오르던 대하 병사는 그 다리에 맞고 놀라서 눈을 크게 뜬 채 꼿꼿한 자세로 떨어져 차가운 설원에 처박혔다.

서남진부사 제7소대 병사들은 모두 죽고, 연락병 하나만 남아 있었다. 그는 성루 위에서 형제들의 시신을 무기로 삼아, 기어오르는 대하의 병사들을 사납게 후려쳤다. 마지막에는 시신도 없어졌고, 그도 여러 곳을 칼에 찔렸다. 젊은 전사는 큰 소리로 "대인 만세!"라고 외친 다음 대하 병사 하나를 끌어안고 성 아래로 뛰어내렸다.

성벽은 여러 번 공격을 받았고, 또 여러 번 다시 되찾아왔다. 하소도 여러 군데 베여 상처를 입었지만, 여전히 완강한 태도로 외쳤다.

"형제들이여! 대인 앞에 부끄러울 것이냐! 우리 모두 오늘 여기서 죽는다 해도, 대인께서 복수해 주실 것이다! 죽여라!"

병사들은 맹렬하게 몸을 일으켰다. 곧 쓰러질 것 같던 몸에 갑자기 힘이 넘치는 것처럼, 그들은 칼을 휘두르며 적을 맞아 싸우기 시작했다.

세상은 온통 어두운 누런빛이었다. 거센 바람에 눈보라가 휘몰아치고 피비린내가 전장에 자욱했다. 대하의 군대는 계속 늘어나고 있었다. 쌍방은 새벽부터 정오까지, 정오에서 황혼까지 살육을 계속했다.

조양이 높은 비탈에서 바라보며 자신도 모르게 탄식했다.

"서남진부사는 정말로 용맹한 군대로군!"

성루를 다시 잃었다. 적도 성루에 마침내 절망의 기운이 흐르기 시작했다. 한 젊은 병사가 칼을 휘두르며 적에게 돌격했다. 이미 온몸에 힘이 빠진 상태였다. 그는 죽을 자리를 찾기 위해 최후의 일격을 가할 생각이었다. 그러나 바로 이때, 갑자기 눈앞에 차가운 빛이 번쩍이더니 한 매서운 그림자가 갑자기 앞으로 뛰어나와 그 병사가 베려던 대하군의 머리를 베어 버렸다.

병사의 눈앞이 어질했다. 그때 그 사람이 고개를 돌리고 노한 소리로 외쳤다.

"멍하니 서서 뭘 하고 있지? 나를 따르라!"

"대인?"

병사는 믿을 수 없다는 듯 외쳤다.

"대인! 대인께서 돌아오셨다!"

전투에 지쳐 차라리 죽음을 맞이하려던 서남진부사 병사들이 모두 몸을 돌렸다. 혼란한 인파 속에 한 여인이 날카로운 검을 들고, 몸을 곧추세운 채 매서운 초식을 펼쳐 내고 있었다. 저런 여인이 초교가 아니라면 또 누구겠는가?

"대인께서 우리를 버리지 않으셨다!"

누가 먼저 고함을 질렀는지 모를 일이었다. 그 후, 적도 성루 전체가 기뻐 날뛰기 시작했다. 본래 힘이 다했던 전사들이 갑자기 흥분하여 몸을 일으켰다. 일순간, 몸에 이루 말할 수 없는 힘이 다시 넘치기 시작한 것 같았다.

대인께서 계시니 우리는 질 수 없다!

이 생각이 물밀 듯이 밀려 들어왔다. 대하군은 공포에 젖어 이 모습을 바라보았다. 성루를 지키던 병사들은 마치 한순간에 환골탈태한 것처럼 칼을 들고 고함을 질렀다. 마치 늑대나 호랑이처럼 흉포했다. 방금까지 피로했던 기색은 찾아볼 수 없었다.

"형제들이여! 나를 따르라!"

하소가 큰 소리로 고함쳤다. 그가 칼을 휘두를 때마다 대하군의 머리가 하나씩 베여 나갔다.

"대인 만세!"

"대인 만세!"

"대인 만세!"

귀청이 터질 것 같은 환호성이 온 세상을 뒤덮고 있었다. 대하의 병사들이 물러나는 것을 보며 조양은 천천히 고개를 들었다. 마침내 그는 이 무서운 사실을 인정하지 않을 수 없었다.

"황자님."

사도경이 미간을 찡그리며 말했다.

"우리가 여기를 점령하지 못하면, 삼황자님 쪽에 뭐라 설명할 방법이 없습니다."

"나라고 여기를 점령하고 싶지 않은 줄 아느냐?"

조양은 천천히 탄식하며 그다지 높지도 않은 적도성을 바라보았다.

마침내 밤이 왔다. 대하군이 물러갔다. 초교는 양식 창고에서 묶여 있는 평안을 발견했다. 평안은 잠들어 있다가 눈을 뜨더니 초교를 보고 즐거운 듯 소리쳤다.

오늘 전투에서 적도성의 손실은 막대했다. 주력군인 서남진 부사도 2천이 넘게 사망했다. 예전에 죽은 1천5백을 더하면, 남은 서남진부사는 3천이 되지 않았다. 그나마 전투를 할 수 있는 인원은 2천 정도에 지나지 않았다. 민병들이 다치고 죽은 수도 족히 2만은 넘었다. 성벽이 입은 손상도 엄중했다. 상대가 투석기 등 대형 공성병기를 사용한다면 성벽은 아마 하루를 견디기 힘들 것이다.

도처에 피비린내가 가득하고 시체가 널려 있었다. 약도 이미 바닥을 보였다. 부상병들은 그저 깨끗한 물로 씻고, 거친 천으로 상처를 싸맬 수밖에 없었다. 밤이 되자, 두려움에 가득 찬 비명과 고통을 호소하는 울음소리가 들려왔다. 골목에는 움직이지도 말하지도 못하는 이들이 누워 있었다. 사람들은 시신들을 가지런히 한 줄로 눕혔고, 하나하나 누런 마대로 그 젊은 전사들의 얼굴을 가려 주었다.

길을 걷는 내내 초교의 발걸음은 무거웠다. 머리 위에는 칠흑 같은 하늘이 펼쳐져 있었고, 까마귀는 북풍 속에서 매섭게 울며 사람들의 마음을 뒤흔들고 있었다.

이곳에 온 후 10여 년 동안, 초교는 지금처럼 이렇게 고립무원한 적이 없었다. 그녀의 희망과 꿈은 모두 부서져 버렸다. 그래도 그녀는 전사들에게 희망을 보여 주기 위해 허리를 펴고 서 있어야만 했다. 그리고 계속 말해야 했다. 우리에게는 아직 가능성이 있다고, 초교는 아직 버티고 있다고. 그녀는 모두를 이끌고 어떻게든 살길을 찾아내야 했다.

차가운 바람이 허약해진 몸으로 불어오고, 전사들이 낮게 읊조리는 노랫소리가 멀리서 들려왔다. 초교는 노래에 담긴 슬픔의 냄새를 따라 걸어가기 시작했다. 모퉁이를 돌자 다리가 잘린 젊은 병사가 보였다. 매우 잘생긴 젊은이였다. 아직 수염도 자라지 않은 말쑥한 얼굴은, 마치 책을 읽는 선비 같아 보였다. 한쪽 다리가 잘려 나가 무릎 아래로 텅 비어 있었지만, 그는 고통스러운 표정을 짓지 않고 오히려 희미하게 미소 짓고 있었다. 그의 눈길은 순수하고도 명쾌했다. 그는 예전의 즐거웠던 나날을 떠올린 듯 웃으며 흥얼거리기 시작했다.

"그러지 마라, 사랑하는 아가씨야, 내가 창을 잡고 고향을 지킬 터이니. 적들의 칼이 머리 위에 번득일 때 나는 우리의 천당을 지킬 터이니. 다시는 네 아름다운 두 눈을 볼 수 없겠지. 다시는 네 노랫소리를 들을 수 없겠지. 그래도 나를 믿어 주렴. 나는 영원히 우리들의 그곳을 기억할 거야. 두견새 가득한 그 산에서 웃으며 손을 흔들어 주렴. 어서 빨리 고향에 돌아오라고 말해 주렴……."

초교는 한참을 말없이 그대로 서 있었다. 병사의 목소리가 점차 낮아지더니 결국에는 사라졌다. 눈꽃이 천천히 병사의 얼굴에 내려앉아 녹지 않고 조금씩 쌓이기 시작했다.

바람이 그녀의 옷자락으로 불어와 마치 오랜 꿈처럼 흔들리고 있었다. 하늘은 쓸쓸하고 아주 광활했다. 이 세상이 이리 큰데, 그들은 온 세상에서 버림받은 것만 같았다. 초교는 아주 많은 것들을 떠올렸다. 어린 시절의 그 동경, 그 인내, 그 열렬한 기대와 갈망.

아주 오래전, 그 춥고 어두운 뇌옥에 갇혀 있던 때도 떠올랐다. 소년은 초교의 손을 가슴에 품어 주었다. 아주 따뜻했었지. 연순은 눈을 빛내며 초교에게 연북에 대한 수많은 이야기를 해주었다. 연북의 새하얀 설원, 연북의 푸른 풀, 연북의 야생마 떼, 연북의 화뢰원, 연북의 회회산, 연북의 성실한 백성들, 연북의 선량한 사람들, 연북에는 전쟁도 없고 평화롭고 안정되어 있노라고. 마치 세외도원처럼.

연북, 연북……

초교는 천천히 고개를 들었다. 눈에서 맑은 눈물이 흐르기 시작했다. 그녀는 한 자루 창처럼 등을 곧추세우고 있었다. 흩날리는 대설이 그녀의 어깨 위로 내려앉았다.

아무도 너를 지켜 주지 않으니, 그렇다면 내가 너를 지켜 주기로 하자. 우리는 함께 기다릴 거야, 그들이 돌아오기를.

그 누구도 북삭성이 그렇게 빠르게, 그리고 그렇게 차마 눈을 뜨고 볼 수 없을 만큼 참혹하게 무너져 내리리라고는 생각지 않았다. 닷새도 채 되지 않아 북삭성은 조제의 흉포한 공격 아래 철저히 무너져 내리고 있었다. 만약 초교가 미리 만들어 남겨 둔 방어용 도구들이 아니었다면, 지금 연북의 성루에는 분명 대하의 깃발이 꽂혀 있을 터였다.

조맹동은 성루에 서서 몰려오는 대하군을 바라보고 있었다.

이 순간 천지도 함께 떨고 있는 것만 같았다. 아무리 생각해도 이해할 수가 없었다. 1백만 대군이 어떻게 이 지경에 이르렀는지. 자신에게는 웅장한 관문도 있었는데, 어찌 이렇게 철저하게 무너져 내린 것일까? 그러나 지금 그는 이미 이런 것들을 생각할 여유가 없었다. 노직이 다가와 소리쳤다.

"장군, 어서 도망치십시오! 곧 대하군이 올 것입니다!"

"도망치라고?"

조맹동이 고개를 돌리고 멍하니 되물었다.

"도망?"

"그렇습니다!"

노직이 외쳤다.

"북삭 성주 하안도 북삭군을 이끌고 도망쳤습니다. 적도성은 아직 빼앗기지 않았다고 합니다. 그 초교라는 계집이 병사들을 이끌고 계속 수성 중이라고 하더군요. 그곳을 통해 람성으로 도망칠 수 있습니다. 대인, 어서 가셔야 합니다. 더 꾸물거리면 늦습니다!"

"도망친다고?"

조맹동은 굼뜨게 반응했다. 이 며칠 동안 그의 머리카락은 모두 하얗게 세어 버렸다. 그가 중얼거렸다.

"안 돼. 도망칠 수 없어."

"장군! 하안, 그 늙은이도 도망쳤습니다. 그가 바로 북삭성을 지키는 책임 장수였는데 도망쳤다고요. 우리가 여기 남은들 무엇 하겠습니까?"

조맹동은 처량하게 한숨을 내쉬며, 노쇠한 눈으로 노직을 바라보았다.

"그가 도망쳤다고 나까지 도망칠 수는 없다. 노직, 나는 대하 북벌군에 항거하는 총통령이야. 내가 도망친다면 북삭성은 끝나고 만다."

"장군께서 떠나시지 않아도 북삭은 끝입니다. 장군, 고집 부리지 마십시오!"

조맹동은 고개를 저었다.

"안 된다. 노직, 가려거든 너만 가거라."

노직이 당황하여 계속 외쳤다.

"대인, 정말 아니 가실 것입니까?"

조맹동은 완강하게 답했다.

"가지 않겠다."

"그렇다면 저도 가지 않겠습니다!"

이 거친 사내가 큰 소리로 외쳤다.

"기껏해야 죽기밖에 더 하겠습니까? 대인께서 저를 뽑아 주시고 보살펴 주셨습니다. 대인은 제게 아버지나 다름없는 분이십니다. 저는 죽더라도 대인과 함께하겠습니다!"

조맹동은 감동한 나머지 눈에 눈물이 가득 차서, 노직의 어깨를 두드렸다.

"재난이 오면 사람의 진면목을 볼 수 있다더니, 노직, 내가 자네를 허투루 아꼈던 것이 아니었구나."

"대인, 저에게 군사 2만만 주십시오. 제가 성 밖으로 나가 결사의 일전을 벌이겠습니다!"

"좋다!"

조맹동은 호기가 하늘을 찌를 듯이 말했다.

"내 최후의 친위대를 주겠다. 그들은 연북에서 가장 충성심이 강한 제2군의 정예 부대다. 노직, 나의 희망을 저버리지 말아 다오!"

"결코 장군의 바람을 저버리지 않겠습니다!"

반 시진 후, 북성문이 열렸다. 노직은 조맹동 최후의 친위대를 이끌고, 성 안의 금은보화를 모두 긁어모아 창황 간에 도망쳤다.

조맹동은 성루에 서서 그가 아끼던 장수가 떠나는 것을 바라보다가 입에서 피를 토하고는 맥이 빠져 땅에 주저앉았다.

대하군이 다시 공격해 왔다. 성 전체가 술렁이고 있었다. 모두 대경실색하여 사방팔방으로 뛰어다녔다. 북성문은 조맹동이 보낸 군법부 관원들에 의해 다시 봉쇄되었다. 이제 누구도 더 이상은 도망칠 수 없었다.

이리저리 나뒹굴고, 포효하고, 고함을 치고. 온 성에 선혈이 가득했다. 대하군이 성 앞 200보 거리까지 다가와 사다리를 세우고 기어오르기 시작했다. 해가 점차 서쪽으로 저물어 온 세상은 핏빛으로 물들고 있었다. 오늘의 마지막 공격이 시작되었다. 적군이 돌격 나팔을 불었고, 대하군 병사들은 반드시 오늘 북삭성을 탈취할 작정이었다!

"투항하라! 항복하면 목숨은 살려 주겠다!"

3백이 넘는, 목청이 좋은 대하 병사들이 성 아래에서 반복하여 고함쳤다. 북삭성 백성들은 성문을 열고 투항하려 했지만 군법부 군관이 그런 그들을 죽였다. 비명 소리와 고함 소리가 점차 가까워졌다. 대하 병사들의 몸에서 풍겨 오는 피비린내마저 맡을 수 있을 만큼 가까운 거리였다.

　"장군! 장군! 제3사단이 증원이 필요합니다!"

　온몸이 피범벅이 된 군관이 구르듯이 기어 올라와 말했다. 조맹동은 그를 바라보며 천천히 고개를 저었다. 연로한 장군은 보검을 뽑아 살기등등하게 앞으로 두어 걸음 걸어갔다.

　몇 년이던가. 그동안 진을 치고 적을 상대한 적이 없었다. 오랜 세월 동안, 그는 사람들에게 비웃음을 당해 왔다. 다른 이들은 그를 '도망장군'이라 불렀다. 그런데 평생 유일하게, 단 한 번 용기를 내었더니 이런 거대한 잘못을 범하고 말았다. 처음부터 그 초교라는 계집의 말을 들을 것을……

　지금 그는 자신도 모르게 이런 생각을 떠올렸다. 그리고 다시 웃으며 고개를 저었다. 지금 이런 생각을 한들 무슨 소용이 있겠는가? 그는 쓸쓸하게 웃으며 천천히 말했다.

　"내가 바로 최후의 증원군이다."

　"장군!"

　군관이 당황하여 눈물을 흘렸다.

　"장군께서 육순의 몸으로 직접 전투에 임하시는 것은 속하가 무능하기 때문입니다!"

　조맹동은 팔을 떨며 천천히 말했다.

"함께 죽도록 하자!"

"예!"

바로 이때, 성 밖에서 날카로운 소리가 울려 퍼졌다. 대하군의 퇴각을 재촉하는 북소리도 들렸다. 성 아래 대하군도 모두 당황하여 고개를 돌렸다. 그리고 그들의 얼굴에 공포의 빛이 떠올랐다.

조맹동과 제3사단 군관도 얼이 빠진 표정으로 고개를 들고 있었다. 멀리 지평선 아래, 검은 그림자가 갑자기 나타났다. 그림자는 한 줄기 시냇물로 변했다가, 한 점에서 한 면이 되어 가며 점차 커졌다. 삽시간에, 검은 갑옷을 입은 군대가 지평선 위로 나타나 번개와 같은 속도로 달려오고 있었다. 흰 바탕에 붉은 구름이 그려진 깃발이 그들의 머리 위에서 나부끼고 있었는데, 그것은 마치 활활 타오르는 열화와도 같았다!

"원군이 도착했습니다!"

북삭의 성루에 갑자기 귀청이 터질 것 같은 환호성이 폭발했다. 전사들은 기쁨이 극에 달해 눈물을 흘리며 큰 소리로 외쳤다.

"우리 부대다! 원병이 도착했다!"

"서남진부사! 초 대인이다!"

"초 대인이 왔다! 우리는 살았어!"

삽시간에, 검은 갑옷을 입은 기병대는 경천동지할 만큼 커다란 소리로 포효했다.

"자유를 위하여!"

가지런한 군용, 재빠른 돌격 속도, 그리고 하늘가에 낮게 울리는 희미한 우렛소리마저 함께하고 있었다. 대오는 점점 더 커졌고, 수도 점점 많아졌다. 족히 2, 3만은 될 것 같았다. 모두 속도가 빠른 기병이었다. 그들은 칼을 비껴 세운 채 능숙하게 두 다리만으로 말을 제어하고 있었다. 황혼의 석양 속에서 전사들은 거세게 내달리며 다가와 밀집한 진형으로 적을 상대하기 시작했다. 그 속도는 마치 폭풍 같았다!

"서남진부사! 반란군 서남진부사다!"

북삭성의 환호성과는 대비되게, 대하군에서는 통곡 소리가 나왔다. 그들의 대오는 넓게 흩어져 있었는데 갑자기 후방에서 적이 기습해 오니 진형을 잡을 수가 없었다. 게다가 조제가 이끄는 서남군은 전투력 면에서 조양이 이끄는 서북군에 미치지 못하는 상태였다. 서남진부사는 명성과 위엄을 더욱 드높이며 일순간에 그들의 후방을 붕괴시켰다.

"초 대인 만세!"

북삭 성루의 병사들이 큰 소리로 환호했다. 수많은 이들이 서로 끌어안고, 성루에 눈물을 흩뿌리고 있었다.

"대인!"

하소가 다가와 큰 소리로 외쳤다.

"적과 병력 차이가 큽니다. 정면 대결은 좋지 않습니다!"

초교는 냉정하게 고개를 저으며 말했다.

"우리는 새로 전투에 참여했으니 상대의 허점을 찌를 수 있다. 우리 기세가 무서워 상대는 우리의 허실을 제대로 보지 못한다. 이건 하늘이 내려 주신 기회다. 이런 전투에서 우리가 이기지 못한다면, 앞으로 어떤 전투에서 승리할 수 있겠는가!"

초교의 군대가 산을 무너뜨리고 바다를 메울 듯한 기세로 달려들었다. 대하군 중앙 막사에서 내린 군령이 후방에 도착하기도 전에, 후방에 있는 10여 만 군대는 초교군의 첫 공격을 받고 있었다. 초교는 흩어져 도망치는 병사들은 신경 쓰지 말고 전군이 중앙으로 돌격할 것을 명령했다. 중앙 막사를 무너뜨려라!

대하군의 악몽이 시작되었다. 상대는 수만도 되지 않았지만 그들의 기치는 선명했다. 그들은 불가사의할 정도로 민첩하고 빠른 속도로 움직였다. 그들이 지나는 곳마다 모두 혼란에 빠져 허둥거렸다.

"전군은 진형을 유지하라! 나를 따르라!"

하소가 말을 타고 앞으로 달려 나갔다. 한 병사가 홍운기를 높이 들고 그 뒤를 따랐다. 초교는 전군의 상황을 직접 살피며 나는 듯이 말을 달렸다. 전사들은 분발하여 스스로를 돌아보지 않았다. 오래도록 압제당해 온 침묵과 고통이 마침내 폭발하고 있었다. 대군은 마치 하늘을 노니는 용처럼 울부짖으며 대하의 진형을 석권해 갔다.

"반격! 진형을 정돈하라!"

조제가 온 힘을 다해 고함쳤다. 그는 전심전력으로 대군을 안정시키려 했다. 친위대들이 말리는 것조차 듣지 않고, 직접 전장 끝까지 달려오기까지 했다. 그러나 바로 이때, 화살 한 대가 마치 눈이라도 달린 것처럼 그에게 날아왔다.

친위대 하나가 달려와 자신의 몸으로 조제의 앞을 막았다. 화살이 그 친위대의 가슴을 꿰뚫었고, 피가 사방으로 튀었다. 조제는 대경실색한 나머지 그만 말에서 떨어지고 말았다. 그는 낭패한 몰골로 도망치기 시작했다.

대군이 빠른 속도로 순식간에 휘몰아쳐 왔다. 초교는 조제의 얼굴을 알고 있었다. 그녀의 눈길이 예리하게 빛나는가 싶더니 다음 순간, 말에서 뛰어내려 단숨에 남자의 등을 걷어찼다. 은빛 광선이 한 번 번쩍이고 검이 스치는 소리가 들렸다. 조제가 비명 한 번 지르기도 전에 초교는 바로 그의 머리를 베어 버렸다!

"조제가 죽었다! 너희들은 스스로 결박하고 투항하라!"

우르릉! 우레 같은 소리가 대지에 울렸다. 40만 대군이 상대의 공격 한 번에 무너지고 말았다. 초교의 호리호리한 몸은 높디높은 말 위에 앉아, 조제의 머리를 높이 들고 있었다. 그녀는 매서운 눈빛을 빛내며 등을 곧추세우고 있었다.

대하군은 바로 혼란에 빠졌다. 성루에서 지켜보던 조맹동은 시기를 놓치지 않고 소리쳤다.

"성문을 열어라! 성문을 열어! 전군 돌격!"

북삭 성문이 마침내 열렸다. 전의가 없던 병사들도 모두 달려 나왔다. 대하군의 패배는 기정사실이 되었다.

10월 27일, 초교는 적도성을 포기하고 성에 불을 질렀다. 거대한 불길이 조양의 발걸음을 묶어 놓았다. 그는 초교가 1만도 채 되지 않는 병사들을 이끌고 사라지는 것을 그저 지켜볼 수밖에 없었다.

초교는 북삭으로 향하던 길에서, 북삭을 탈출해 적도로 말을 달리던 노직과 조우했다. 노직이 조맹동을 배반하고 북삭을 버렸다는 것을 알고, 조맹동의 친위대는 즉시 반란을 일으켜 노직을 죽여 갈기갈기 찢어 버렸다. 2만의 친위대는 즉시 서남진부사에 편입되었다.

그들이 초교의 인도하에 대하군의 후방으로 돌아와 기습을 감행했고, 북삭 성문 앞 화뢰원에서 대하군에게 엄청난 타격을 입혔다.

이 전투에서 적은 7만이 넘게 죽었다. 대다수는 도망치던 중 말에게 밟혀 죽었다. 포로는 3만이었다. 그리고 무엇보다 서남진부사의 장수인 초교가 직접 적의 주장이자, 대하의 황위 다툼에 있어 가장 강력한 경쟁자였던 삼황자 조제를 죽였다. 이 사실이 대하군에 가한 타격은 도무지 헤아리기 어려운 것이었다.

그날 밤, 대하의 십사황자 조양이 병사들을 이끌고 달려와 서남군의 잔병을 정리하고, 50만의 병사로 북삭성을 다시 한 번 단단히 포위했다.

그리고 바로 이때, 연순은 대하 내륙의 몽래성에서 우가 날린 매에 묶인 서신을 받았다. 서신을 읽은 그는 짙은 눈빛으로 멀지 않은 곳에 있는 진황성을 바라보았다. 한참을 홀로 서 있던 연순은 마침내 중군의 대막사로 돌아와 모두를 경악하게 만들 명령을 내렸다.

"밤을 새워 주둔지를 옮긴다. 북삭을 구원하러 돌아갈 것이다!"

제10장 북벌이 끝나다

　북삭성으로 돌아온 후, 초교는 영웅과도 같은 예우를 받았다. 방어를 위한 필수 인원을 제외한 북삭성의 모든 군민이 성문 앞에 모였다. 모두 기쁨의 환호성을 지르는 등, 마치 북삭이 전투에서 승리를 거둔 것처럼 흥분의 도가니였다. 제2군 부군단장인 노직이 죽었기 때문에, 새로 부군단장을 맡은 윤량옥이 부대를 이끌고 질서를 정돈했다.

　초교는 냉정하게 상황을 살펴보았다. 그녀가 북삭성을 떠났던 때와 비교하면, 제2군의 절반 정도가 손상을 입은 상태였다. 남아 있는 병사들의 몸에도 상처가 많았다. 의복은 남루하고 핏물로 얼룩져 있었다. 군사들의 얼굴은 피곤해 보였고, 멍하니 겁에 질린 표정을 짓고 있기도 했다. 온갖 불안한 정서가 그들 눈에서 뚜렷하게 요동치고 있었다. 먼지가 가리고 있기는 했지만 사람들의 안색이 창백한 것도 눈에 띄었다. 군사들 중 칼집을 잃어버려 칼을 아무렇게나 허리춤에 매달고 있는 경우가 많았는데, 그들이 움직일 때마다 무기가 서로 부딪치는 소리가 쟁쟁하게 들렸다. 그들에게 전의라고는 전혀 없어 보였다. 그들은 그저 경황이 없는 무리에 불과했다.

서남진부사 병사들은 이 겁에 질린 토끼 같은 제2군 전사들과 선명한 대조를 이루고 있었다. 그들의 갑옷도 똑같이 피에 물들어 있었고 얼굴에 먼지가 가득했다. 그러나 그들은 자신만만했고 침착했으며 정제된 진형과 엄격한 군기를 유지하고 있었다. 그들은 굳건하게 말을 탄 채 초교의 뒤를 따르고 있었다.

북풍이 불어와 그들의 외투를 펄럭였다. 선혈의 냄새가 밴 먹빛 바람막이는 스산하고 적막했다. 사람들은 그들을 향해 우레와 같은 환호성을 질렀다. 1백만 대군이 붕괴하고 연북의 군사들이 잇달아 도망친 상황에서 오로지 그들만이 정의를 위해 뒤돌아보지 않고 사지에 투신했으며, 의연하게 나라를 지키는 중임을 짊어졌다는 것을 모두가 알고 있었다.

윤량옥이 성큼 앞으로 걸어왔다. 어지러운 인파에 투구마저 비뚤어져 있었으나 그는 제대로 고쳐 쓸 여유도 없는 듯했다. 젊은 군관이 서둘러 말했다.

"좋은 일을 함께 기뻐하기는 쉽지만 곤경에 처한 다른 이를 돕는 것은 어려운 법입니다. 초 대인께서 위기에 때맞춰 와 주셔서 북삭을 궁지에서 구해 주셨으니, 제2군 모두가 대인의 은

의에 감사드립니다!"

초교는 조용히 웃으며 말에서 뛰어내렸다.

"윤 장군의 말씀이 과하시군요. 우리 모두 연북을 위해 충성하는 입장이니, 서남진부사와 제2군은 같은 나무의 가지와 같은 사이지요."

초교는 말을 하며 모자를 벗었다. 그렇게 처참한 교전을 겪었음에도 불구하고 그녀는 여전히 단정하고 깨끗했다. 그녀가 입은 군복은 그녀의 몸을 더욱 꼿꼿하고 아름다워 보이게 했다. 그녀에게서는 군인 특유의 늠름하고 당당한 자태와 여인만의 아름다움이 아울러 가득 드러나고 있었다. 수려한 얼굴에 눈과 같이 하얀 피부, 주위를 둘러보는 눈동자는 별처럼 반짝이고 있었다. 자신감에 가득 찬 모습에 목소리는 평화롭고 선량했으며, 진심으로 가득 차 있었다.

사람들 사이에서 경탄의 소리가 흘러나왔다. 지금까지 그녀를 본 적 없던 전사들과 백성들이 이런저런 이야기를 주고받기 시작했다. 그녀의 아름다움을 찬탄하는 소리가 흘러나왔다.

진황에서 변고를 일으킨 후 서북 전장에 이르기까지, 그리고 변당의 병란에서 적도의 전투까지, 초교에게는 너무도 많은 빛나는 전투의 기록이 있었다. 그랬기에 사람들은 오히려 그녀의 나이와 생김새에는 주의를 기울이지 않았던 것이다. 그러나 지금 이 순간, 이 불안정한 전장에서 초교의 아름다움은 밝은 등불처럼 사람들을 비춰 주고 있었다. 모두 참지 못하고 감탄했다.

"저 사람이 초 대인이라고? 저리 젊다니!"

"그러게! 정말 믿을 수가 없군. 너무 예쁘잖아!"

조제가 이끄는 서남군과 파도합 가문의 군대를 물리치긴 했지만, 초교는 이 전투의 뿌리를 근본적으로 흔들지는 못했다는 사실을 알고 있었다. 대하군이 붕괴한 이유는 당시 대하군이 북삭성을 향해 최후의 강도 높은 공격을 하고 있었기 때문이었다. 대하군은 선봉대와 기병대가 전부 전장에 나와, 날이 어두워지기 전에 전투를 끝내려고 서두르면서 후방은 아무런 걱정도 하지 않았다. 예비군까지 모두 전투에 나서면서 후방에는 물품을 운송하는 일을 맡은 병사들뿐이었다.

서남진부사는 전부 기병으로, 속도가 매우 빨랐다. 그들은 표범처럼 빠른 야생마를 타고 달렸고, 게다가 우연히 조제를 죽였다. 그런 이점을 줍다시피 해 승리한 것이었다.

그러나 대하의 수십만 대군의 이름은 결코 헛된 것이 아니었다. 조양이 곧 도착할 것을 생각하니 초교는 초조할 수밖에 없었다. 그러나 그녀는 표정에 이런 기분을 드러내지 않고 윤량옥에게 말했다.

"조 장군은 어디 계신가요? 긴급하게 보고드릴 군사 정보가 있어요."

윤량옥이 나지막하게 대답했다.

"회의실에 계십니다. 대인께서는 따라오시지요."

북삭성의 성주 장군부는 바닥을 새까만 흑요석으로 가지런하게 깔아 놓았다. 높고 거대한 건축에 횃불이 유유히 빛나고 있었다. 회랑을 따라 무겁고도 피곤한 발걸음 소리가 울렸다.

회의실 문 앞까지 가자, 두 젊은 시위가 바로 윤량옥에게 경례를 하며 낭랑하게 외쳤다.

"윤 장군!"

윤량옥이 고개를 끄덕이더니 초교를 가리키며 말했다.

"참모부의 초 대인이시다."

두 시위는 아마 초교를 본 적 있는 모양인지 바로 웃으며 경례했다.

"초 대인을 뵙습니다!"

초교도 경계를 되돌렸다.

"고생하는군."

"장군께서는 안에 계신가?"

"예, 장군께서는 두 분을 한참 동안 기다리고 계셨습니다."

윤량옥이 고개를 끄덕였다.

"우리가 왔다고 말씀드려 주게."

시위 하나가 고개를 끄덕이고는 가볍게 문을 두드리며 큰 소리로 외쳤다.

"대장군께 보고드립니다. 윤 장군과 참모부 초 대인께서 오셨습니다!"

회랑에 맞바람이 웅웅거리는 소리를 내며 스쳐 갔다. 그러나 그 외에는 아무 대답도 돌아오지 않았다. 그저 사방으로 젊은 시위의 목소리만 바람 소리를 따라 메아리칠 뿐이었다.

윤량옥이 미간을 찌푸리며 앞으로 나가 나지막하게 말했다.

"조 장군, 참모부의 초교 대인께서 오셨습니다."

안에서는 여전히 아무 소리도 없었다. 윤량옥이 인상을 쓰며 계속 말했다.

"장군, 안에 계십니까?"

초교가 눈썹 끝을 치켜세우며 앞으로 다가갔다.

"이상하네요."

그리고 그녀는 힘을 주어 회의실 문을 열었다.

끼익 소리를 내며 문이 천천히 열렸다. 안에는 바람이 거친 소리를 내며 불고 있었다. 문 앞에 있는 창이 닫혀 있지 않았던 것이다. 회의탁상 위에 있던 종이들이며 물건들이 바람에 날리고 있었는데, 마치 새하얀 나비들이 계속 맴돌고 있는 것 같았다. 거대한 회의실은 텅 빈 것만 같았다. 탁자와 의자들은 제자리에 놓여 있었고, 조맹동은 그가 평소에 앉아 있던 자리에 모두를 등진 채 앉아 전혀 움직이지 않았다. 아무 말도 하지 않고, 그저 벽에 걸어 놓은 지도를 바라보고 있었다.

윤량옥이 길게 숨을 내쉬고는 두어 걸음 나아가 공손하게 말했다.

"장군, 초 대인께서 오셨습니다. 중요한 보고가 있다고 합니다."

그러나 조맹동은 아무것도 듣지 못한 것처럼 앉은 자세조차 바꾸지 않았다. 초교가 이맛살을 찌푸리며 바로 앞으로 나갔다. 그녀 뒤에 있던 시위가 깜짝 놀라 서둘러 앞으로 따라 나오며 불렀다.

"초 대인……."

그러나 시위는 말을 채 끝맺지 못하고, 그대로 멈추고 말았다. 그는 경악하여 눈을 크게 뜨고 입을 크게 벌린 채 더 이상 한 마디도 토해 내지 못했다.

조맹동은 새 군복을 입고 있었다. 소매 끝은 위로 한 단 접어 올려 팔이 약간 드러나 있었다. 그의 왼쪽 손에는 칼자국이 하나 있었는데, 아주 오래전에 생긴 상처인 듯했다. 옷은 구김 하나 없이 단정했고, 옷깃 왼쪽에는 새하얀 손수건까지 나와 있었는데, 손수건도 아주 가지런하게 접혀 있었다. 검은 옷깃 양옆으로는 모두 아홉 마리의 크고 작은 매가 금사로 수놓여, 이 노인이 군단의 총장군이라는 고귀한 신분임을 드러내고 있었다.

그는 환갑의 나이였다. 얼굴에는 주름이 가득했고 근육도 늘어져 있었다. 눈가의 주름은 아래로 늘어졌고 머리도 하얗게 세어 있어, 비록 단정하게 빗긴 했지만 노쇠한 분위기를 가리지는 못하고 있었다.

그의 가슴에 비수 하나가 꽂혀 있었다. 선혈은 구불거리며 흐르다가 이미 굳어 가고 있었다. 방 안은 아주 추웠고, 검붉은 피는 빠르게 얼어붙어 차가운 얼음이 되어 가고 있었다. 생명은 이미 몸에서 빠져나가 외로운 그림자 하나만을 남겨 둔 상태였다. 달빛 아래 그의 모습은 늙고 처량해 보였다.

그의 앞에 커다란 연북 지도가 걸려 있었다. 지도 위에는 수많은 도랑과 골짜기가 그려져 있고, 산맥이 기복을 이루고 있었다. 그리고 가느다란 선이 지명들을 연결하고 있었는데, 최

북단의 미림관에서 시작하여 회회산, 상진 고원, 서구란능, 낙일산맥, 람성, 적도, 북삭으로 이어지고 있었다. 그리고 붉은 먹으로 선명하게 그려 놓은 화살표도 하나 있었다. 커다란 화살표는 바로 부유하고 광활한 동쪽을 가리키고 있었다.

윤량옥과 시위들은 모두 얼이 빠지고 말았다. 상관의 갑작스러운 죽음을 마주하니 경황이 없는 듯했다.

초교는 천천히 앞으로 걸어가 손을 뻗어, 채 감지 못한 눈을 가볍게 감겨 주었다.

그는 스스로의 이익을 위해 군대와 백성들을 돌보지 않았다. 사람을 알아보는 안목도 없고, 적조차 제대로 판단하지 못하는 아둔하고 거친 자였다. 스스로를 너무 과대평가하는 케케묵은 사람이기도 했다. 그리고 바로 이 사람 때문에, 이자의 무능함과 자만심 때문에 유리했던 국면이 완전히 망가져 버렸고, 연북군은 헤아릴 수 없는 대가를 치러야만 했다. 그의 죄는 일일이 다 적을 수도 없을 정도였고, 만 번 죽는다 해도 그 죄를 용서할 수는 없었다.

이곳에 오기 전, 초교는 수많은 방법과 계책을 생각했다. 그녀는 어떻게든 조맹동을 잡아넣고 북삭성에서의 지휘권을 빼앗을 생각이었다. 초교는 심지어 날카로운 말들도 아주 많이 생각해 놓았다. 그에게 한바탕 퍼부어 마음속 분노를 달랠 생각이었던 것이다. 그러나 지금 이 순간, 차가운 바람 속에 조용히 앉아 있는 환갑노인을 보니 그녀의 모든 분노가 갑자기 헛된 것이 되어 버리고 말았다.

정말로 잔혹한 전쟁이었다. 모든 이가 잔혹한 대가를 치러야 했다. 살아서건 아니면 죽어서건.

"장군, 보십시오!"

눈이 날카로운 시위가 탁자 위의 종이를 한 장 집어 윤량옥에게 내밀었다.

윤량옥이 재빨리 받아 들어 빠르게 한번 훑더니, 곧 다시 초교에게 건네며 말했다.

"초 대인, 지금부터 초 대인께서 바로 제2군의 최고 지휘관이십니다. 말장 윤량옥, 대인께 보고드립니다!"

초교는 종이를 받았다. 그 위에는 공식적인 언어로 제2군과 북삭군의 지휘권을 인계한다는 내용이 간단하게 적혀 있었고, 그 외에 초교가 영웅적으로 분투하여 연북을 위해 공을 세우기 바란다는 등의 말이 적혀 있었다. 이보다 더 공식적일 수 없는, 지휘권 인계 공문이었다.

초교는 보검을 풀어 옆에 두고 천천히 한 걸음 물러나 몸을 바로 세우고, 깔끔한 동작으로 경례했다.

"조 장군께서는 나라를 위해 대하군에 대항하셨으며, 전투에 임하여 최후의 순간까지 위축되지 않으셨으니 연북군의 본보기입니다. 말장 초교, 반드시 장군의 기대를 저버리지 않고 충성을 다하며 결코 물러서지 않겠습니다!"

그날 밤, 군영 참모부 서기관은 다음과 같이 적었다.

북삭 전투에서, 조맹동 장군은 장수의 몸으로 병사들보다 앞장

섰다. 환갑의 나이로 북삭 성루에서 결전을 벌이며 물러서지 않겠다고 맹세하였고, 완강하게 대하군에 저항하였다. 그러나 몸에 중상을 입고 회복하지 못하여, 10월 27일 밤 회의실에서 죽었다. 죽기 전 제2군의 지휘권을 참모부 군사참모이자 서남진부사의 고급 통수인 초교 대인에게 넘겼다. 조 장군은 일생 충성심이 강하고 용감하였으며 연북을 위해 온 힘을 다하였다. 환갑의 나이에 나라의 대문을 지켰고, 마지막 순간에도 사직을 걱정하였으니 연북 군인의 본보기라 할 만하다.

세 시진 후, 적도의 화재로 발이 묶였던 조양이 화뢰원에 도착했다. 그는 서북군단과 붕괴한 서남야전군을 집결시켜, 50만의 무리로 양쪽에서 협공을 시작하였다.

회의실 안, 조맹동의 자리는 주인이 바뀌어 있었다. 초교는 검은 군복을 입고 몸을 쭉 편 채 상석에 앉아 있었다. 그녀는 눈빛을 반짝이며 아래를 내려다보았다. 예전에 익숙했던 얼굴들은 대부분 보이지 않았다. 십여 부족 수령들은 부족 병마들을 이끌고 황급하게 도망친 상태였고, 제2군의 고위층 장령들도 거의 보이지 않았다. 제3군 지원부대의 수령 우칙기는 수하의 5만 병력을 이끌고 대하에 투항했다. 북삭 성주 하안은 북삭이 붕괴하려는 것을 보고, 이틀 전 도망병을 쫓는다는 핑계로 원래 북삭성을 방어하던 군대를 이끌고 연북 내륙으로 도망친 다음이었다.

지금 회의실에 앉아 있는 이들은 대부분 중간 계급 이하의 장령들이었다. 제2군의 제8사 제7대대의 자리에는 뜻밖에도 뚱뚱한 요리사가 한 명 앉아 있었다. 그들 부대의 대대장은 부하 5천을 이끌고 전장에서 도망쳤다. 요리사는 도망치지 않고 전우들에게 남아서 북삭을 지키자고 했으나, 오히려 두드려 맞아 하마터면 죽을 뻔했다. 지금 제7대대에 이름을 남기고 있는 사람은 그 한 사람뿐이었다. 초교가 각 군의 대표들에게 회의에 참석할 것을 통지했을 때, 그 외에는 다른 사람이 없었기 때문에 이 요리사가 앞치마조차 풀지 않고 서둘러 달려왔던 것이다.

나라가 위기에 처하고 생사존망의 기로에 섰을 때 충성심을 보이는 자들은 관직과 봉록을 누리던 높은 관원들이 아니었다. 관원들은 도망치거나 투항하거나 혹은 동포를 팔아넘기거나 아니면 생존의 길을 찾느라 바빴다. 오히려 평소에는 사람들에게 존중받지 못하던 인물들이 앞으로 달려 나와, 약한 팔과 단순한 머리로 나라를 지키는 중임을 맡았다. 세상일은 이리도 기이하고 우스운 것이다. 정말이지 배꼽을 잡을 일이다.

"장군, 이제 우리는 어떻게 해야 합니까?"

윤량옥은 본래 군수처의 문서참수였고, 주로 양식과 건초의 출납 상황을 기록하는 일을 했다. 그의 상사가 도망치면서 자신의 일을 전부 그에게 떠맡기고, 아주 호쾌하게 자신의 자리를 그에게 주었다. 윤량옥이 입을 열어 반대하기도 전에 그 상사는 이미 그림자도 보이지 않게 도망쳐 버렸다. 이런 이유로 윤량옥은 이 며칠 동안 연이어 20등급도 넘게 관직이 오른 상태였고, 제2군의 부군단장이 되어 현재 북삭성에서 두 번째로

높은 지휘권을 가진 인물이 되어 있었다.

초교가 평온한 어조로 말했다.

"여러분도 자신의 생각을 말해도 된다."

사람들은 침묵하며 조심스럽게 서로를 바라볼 뿐이었다. 그들은 본래 낮은 계급의 사람들로, 적진으로 돌격할 때도 제일 앞으로 달려가던 사람들이었다. 그렇기 때문에 자신만의 생각은 없었다.

한참 후에, 한 성실해 보이는 민병 대표 하나가 갑자기 몸을 일으켰다. 그는 결이 거친 천으로 만든 옷을 입고 있었는데, 옷에는 핏자국이 잔뜩 있었다. 그 피가 자신의 피인지 타인의 피인지도 모를 일이었다.

모든 이가 자신을 바라보자 그는 조금 부끄러워하기도 하고 어색해하기도 하면서 한참 머뭇거리다가, 마침내 용기를 내어 작은 소리로 물었다.

"저는 서도촌에서 온 민병입니다. 촌장이 부상을 입어 저를 대신 보냈습니다. 촌장이 대신 물어보라고 했습니다. 장군이 혹시 후퇴하실 생각인 건 아닌지, 혹시 우리를 버리지는 않을지."

"그렇습니다!"

누군가가 동의하듯 외쳤다.

"대인께서 하안 대장군처럼 하실지도 모르잖습니까? 하안 대장군은 사람들을 이끌고 도망병을 쫓는다더니, 돌아오지 않으셨어요."

초교가 평온한 어조로 답했다.

"모두 안심해도 좋다. 우리가 후퇴한다면, 나는 북삭 성문을 빠져나가는 최후의 한 사람이 될 것이다."

"그렇다면 좋습니다!"

모두 즉시 안심했다는 듯 안도의 한숨을 내쉬었다.

얼굴에 구레나룻이 가득한 사내가 갑자기 말했다.

"저는 뭐 그리 대단한 것은 알지 못합니다. 장군께서 어떻게 싸워라 하시면 그렇게 싸우겠습니다."

"옳습니다!"

"그래요, 우리는 장군 말씀을 들을 겁니다!"

초교는 말없이 한참 생각하다가, 천천히 몸을 일으키더니 나지막하게 말했다.

"그렇다면, 모두 돌아가 인마를 점검하라. 날이 밝은 후 우리는 대하군과 결사의 일전을 치를 것이다!"

모두 이구동성으로 승낙했다. 그들은 의견을 내는 것보다는 명령을 듣고 싶은 듯했다. 얼마 지나지 않아 그들이 빠져나가고 회의실은 조용해졌지만, 윤량옥만은 여전히 자리에 앉아 있었다. 아무래도 하고 싶은 말이 있는 듯했다.

"윤 장군, 할 말이 있는가?"

윤량옥은 한참 생각하다가 마침내 말했다.

"장군, 저는 군사상의 일은 잘 모릅니다. 그러나 사흘 전, 제3군의 우칙기 장군이 우리를 배반하고 도망치면서 양식 창고의 절반 이상을 불태웠습니다. 지금 성에 전투력으로 칠 수 있는 방어군은 아무리 더해도 4만이 되지 않고, 장군이 데리고 돌아오신 3만을 더해도 7만이 되지 않습니다. 게다가 대부분은 민병이고요. 대하의 병력은 아주 강력한데, 우리가 그들과 맞선다면, 과연 이길 수 있겠습니까?"

초교가 살짝 미간을 찌푸렸다. 그녀가 입을 열려고 했을 때, 윤량옥이 서둘러 변명했다.

"말장은 도망치고 싶은 것이 아닙니다. 다만, 다만 조금 걱정되어서……."

초교는 살짝 미소 지으며 말했다.

"나도 윤 장군이 도망칠 생각이 아니라는 건 안다. 그러나 그렇게 비관적으로 생각할 필요 없다. 내가 남겠다고 했으면, 그만큼 가능성이 있기 때문이니까."

윤량옥이 즉시 몸을 일으키며 감동한 듯 물었다.

"대인께 필승의 방법이 있으신가요?"

"필승의 방법이라면 없다. 하지만 네가 듣고 싶어 하는 소식이라면 알고 있지."

"어떤 소식인가요?"

"전하께서 데려가신 제1군, 그리고 우 아가씨가 이끄는 낙일군이 우리를 지원하러 올 것이다. 우리가 열흘만 버티면, 구원병은 반드시 온다."

윤량옥이 즉시 희색이 만면하여 물었다.

"정말입니까? 그게 정말이지요, 대인?"

"정말이다."

초교가 미소 지었다.

"이 좋은 소식을 모두에게 알려도 좋다!"

윤량옥은 나는 듯이 회의실을 빠져나갔다. 그러나 그의 그림자가 회의실 복도 끝으로 사라지는 것까지 보고 나자, 초교의 얼굴에 떠 있던 미소는 점차 사라지고 표정은 굳어 버렸다.

연순이 제1군과 낙일산 람성 일대의 병력을 이끌고 대하의 내륙을 공격한 이 일은, 지금 아무도 아는 이가 없었다. 그녀가 가장 두려워하는 일은 군대 내에 반역자가 나오는 것이었다. 일단 연순과 관련한 소식이 조양의 귀에 들어간다면, 비록 북삭을 둘러싼 포위는 풀 수 있겠지만, 그들은 분명 연순의 후방을 공격할 것이다. 그렇게 되면 연순이 위험한 지경에 빠질 것이다. 이것이 바로 그녀가 지금 가장 걱정하는 바였다.

두 번째로, 일단 이 일이 새어 나간다면 모든 이는 연순이 연북을 팔아넘겼다는 사실을 알게 된다. 군심이 흔들릴 것이고, 이 전투에서는 결코 이길 수 없을 것이다. 예전에 그녀가 적도를 지켰던 것은 연북의 내륙을 지키기 위해서였다. 북삭군이 패할 경우를 대비해 그녀는 퇴로를 만들고 있던 셈이었다. 그러나 병사들이 내륙이 텅 비어 있다는 것을 알게 된다면, 낙일산 일대를 아무도 지키고 있지 않다는 것을 보여 준다면, 도망친다 해도 이미 어떤 의미도 없다는 것을 알게 된다면, 도망친다 해도 그것은 결국 적들을 내부로 끌어들여 연북의 상황을 보여 주는 것에 지나지 않았다. 연북의 무장 병력은 모두 북삭성에 집결해 있고, 북삭을 잃는다면 연북은 멸망할 수밖에 없으니 퇴로를 만든들 아무 소용 없는 일이었다. 그래서 그녀는 적도를 버리고 북삭으로 왔다.

하지만 연순은, 그는 돌아올까? 원대한 패업을 이루기 직전에 원수를 갚을 절대적인 기회마저 포기하고 돌아올까?

문밖에 대설이 분분했다. 초교는 의자에 기대앉았다. 촛불이 그녀의 깨끗한 이마를 비춰 주었다. 마음속에서 일종의 신념이 다시 솟아올랐다. 마치 불꽃처럼, 그 믿음이 그녀의 오장육부를 불태우고 있었다.

"돌아올 거야. 반드시 돌아올 거야."

새벽 햇빛을 맞아, 먼 곳 지평선에 대하군의 대오가 점점 가까이 오는 것을 볼 수 있었다. 한 열, 또 한 열 계속 이어지며 깃발이 숲을 이루며 나부끼고 있었다.

연이은 전투 때문에 전장에는 시체가 산처럼 쌓여 있었고, 칼이며 장창도 꽂혀 있었다. 밤새도록 눈이 내렸지만 북삭성 앞은 여전히 붉은 피가 낭자했다. 그 요염한 꽃송이들은 엄동설한에도 화려하게 피어, 서서히 떠오르는 아침 해조차 이 핏빛에 물든 것 같았다. 광활한 전장 전체에 요사스러운 빛이 감돌고 있었다.

전쟁은 생각보다 빨리 진행되고 있었다. 연이은 패배로 조양은 인내심을 잃은 상태였다. 그는 더 이상 진을 치지 않았고, 계책을 세우지도 않았다. 더 이상 조심스럽게 상대를 탐문할 생각도 없었다. 그는 50만 대군으로 순식간에 포효하며 연북을 압박했다. 그들의 갑옷은 산처럼 단단하고, 분노에 넘치는 고함 소리는 마치 우렛소리 같았다.

이 50만 대군은 평원에 열을 지으며 가지런하게 돌격 구호를 외쳤다. 북삭성 성벽 위에 있던 전사들은 한순간에 모두 몸을 떨었다. 성벽조차 상대의 포효에 덜덜 떨며 그들 발아래 무너져 내릴 것만 같았다.

북삭성의 병사들의 얼굴은 하얗게 질렸다. 조제의 서남군이 수적 우세로 승리해 왔다면 조양의 서북군은 확실히 용맹한 호랑이 같았다. 초교가 1만도 안 되는 서남진부사를 이끌고 대체 어떻게 이런 군대를 상대로 그렇게 오래 버텨 낸 것인지 그들은 상상조차 할 수 없었다. 하지만 그들은 계속 궁금해할 힘도 없었다. 천군만마가 내달리고, 대군은 온 천지를 뒤덮을 기세로 압박해 왔다. 마치 하늘조차 집어삼킬 홍수 같았다.

"적을 죽여라!"

대하의 군대가 폭발하는 화산처럼 고함쳤다.

"준비하라!"

하소는 성루에 서 있었다. 이 젊은 장수는 단기간에 수많은 전쟁을 겪으면서 상당히 성장했다. 그는 칼을 휘두르며 외쳤다.

"준비!"

"제1대 공격 준비 완료!"

"제2대 공격 준비 완료!"

"제3대 공격 준비 완료!"

"제4대 공격 준비 완료!"

......

"제17대 공격 준비 완료!"

거대한 구호가 연이어 울려 퍼졌다. 서남진부사의 장병들은 지금 겨우 3천도 남아 있지 않았다. 다른 7천 명은 적도의 민병 중에서 뽑아 충원한 군대였다. 여기에 조맹동의 제2군 호위단이 초교의 위병이 되어, 모두 합쳐 3만이었다. 이 3만이 이 전투의 주요 병력이 될 터였다.

그리고 이 순간, 그들 앞에는 족히 사람 키의 절반은 될 대형 쇠뇌기들이 놓여 있었다. 초교가 예전에 설계도를 그려, 군수품을 맡은 이들에게 제작하게 한 것이었다. 그러나 그녀가 떠나자 아무도 사용법을 알지 못해 3천 대의 쇠뇌기가 완벽한 상태로 보존되어 있었다.

화살이 한 줄, 한 줄, 줄을 맞추어 쇠뇌기 안으로 들어갔다. 이 화살들은 현대 과학 기술의 개량을 거친, 시대를 초월한 무기로, 축바퀴가 밀어 주면 동시에 스물여덟 발을 쏠 수 있었다. 축바퀴 세 개를 한꺼번에 돌려 쏠 수 있었고, 네 개의 줄을 이용해 방향을 바꿀 수 있었다. 즉, 숨 한 번 쉴 사이에 쇠뇌기는 연속해서 여든네 발의 화살을 쏠 수 있는 데다, 네 곳 다른 방향으로도 조준할 수 있었다. 화살의 힘도 아주 세서 상상하기 어려울 정도였다. 탄두의 힘을 생각하지 않는다면, 기관총과 비교할 만한 무기였다.

쇠뇌의 현을 튕기는 소리가 계속 귀에 들려왔다. 곧 전투가 시작될 참이었다. 적들이 가까이 다가오고 있었다. 기병들은 보병들보다 훨씬 빨라, 가장 앞에서 달려오고 있었다. 대하병의 우두머리인 듯한 군관이 큰 소리로 고함쳤다.

"북방 오랑캐 놈들을 전부 죽여라!"

그러자 병사들이 물밀 듯이 소리쳤다.

"죽여라!"

그 고함은 마치 해일처럼 덮쳐 왔다.

그러나 하소는 안색 하나 변하지 않았다. 그리고 얼마 지나지 않아, 마침내 낭랑한 목소리로 크게 외쳤다.

"공격!"

찰나의 순간, 윙 하는 소리가 들리더니 온 천지가 갑자기 어두워졌다. 마치 거대한 검은 천으로 세상을 덮은 것만 같았다. 3천 개의 화살이 한꺼번에 발사되었던 것이다.

피와 살을 가진 존재라면 이런 공포스러운 화살 폭풍을 견뎌 낼 수 없었다. 도망치려 해도 도망칠 수 없었고, 물러서려 해도 물러설 곳이 없었다. 적도성 아래에서 벌어졌던 일이 다시 한 번 재현되고 있었다. 수많은 기병군단이 굉음과 함께 쓰러졌다. 마치 거인이 주먹을 내리쳐 으스러뜨린 것 같았다. 누구도 피할 수 없었다. 날카로운 화살이 지나간 후, 400보 이내에는 더 이상 서 있는 생물이 없었다.

모두 눈을 휘둥그렇게 떴다. 뒤에서 밀려오던 대하병은 마치 턱이 빠지기라도 한 것 같았다. 아무도 감히 앞으로 한 걸음도 나오지 못했다. 이런 광경을 본 적 없는 서남군은 더했다.

조양은 화가 난 나머지 검을 쥐고 앞으로 나오려 했다. 그는 밤을 새워 달려와 재빠르게 병마를 정돈하고 공격을 시작했다. 초교가 적도에서 쓰던 그 무서운 공격 무기를 다시 만들어 낼

까 봐 무서웠기 때문이었다. 그러나 생각지도 못하게 그는 한 걸음 늦었다. 그는 북삭성에도 이런 무기가 있을 거라고는 생각지 못했다. 아니, 조양뿐 아니라 수많은 이들도 생각하지 못한 바였다. 이런 무기가 있는데 조맹동이 그 전의 전투에서 그렇게 비참하게 패배했을 리 없지 않은가?

"돌격! 후퇴하는 자는 죽는다!"

대하 군영에서 다시 한 번 날카로운 돌격 구호가 들렸다. 중갑군과 방패수가 앞장서서 다시 공격을 시작했다.

초교는 높디높은 성루에 서 있었다. 북삭성 전체가 환호하고 있었다. 사람들은 승리할 가능성이 있다고 생각하며 하나하나 성루로 올라왔다. 그리고 초라한 투석기를 세운 뒤, 완강하고 단호하게 방어를 시작했다.

화살이 새까맣게 발사되었다. 적들은 마치 풀처럼 쓰러져 갔다. 초교는 흰 갑옷을 입고 무표정하게 서 있었다. 수많은 사람들이 그녀 앞에서 죽어 갔다. 그녀가 손을 내젓기만 하면, 수많은 머리가 땅 위에 떨어졌다. 선혈이 시내를 이루고, 작은 강을 이루고, 호수가 되었다가 마치 둑이 터진 홍수처럼 흘렀다. 사람의 목숨은 개미 목숨 같고, 아무 가치도 없는 폐지 같았다. 전쟁은 사람을 잡아먹는 마귀였다. 전쟁이라는 이름의 마귀가 피비린내 나는 입을 벌리고 정면에서 사람들의 목숨을 앗아 가고 있었다.

그녀는 점차 감각을 잃고 있었다. 두려움도 혐오도, 심지어 피로감도 느끼지 못했다. 전쟁이 그녀를 마비시켰다. 지금 이 순간 그녀의 손발은 뻣뻣하고, 견딜 수 없이 차가웠다. 전쟁은 잔혹했다.

이틀 후 화살이 떨어졌다. 다시 하루가 지나자 투석기에 쓸 돌과 나무토막도 깨끗하게 소모해 버리고 말았다. 이를 위해 대하군은 7만 명의 생명을 대가로 지불해야 했다. 피비린내 나는 시체들이 드넓은 전장을 덮고 있었다. 부러진 칼이며 화살들이 계속 지평선 아래까지 빽빽하게 늘어서 있었다.

북삭의 군인들과 백성들은 견디지 못할 정도로 피로했다. 그러나 저녁을 한입 먹기도 전에 어두운 그림자들이 다시 덮쳐 왔다. 초교는 탄식했다. 이제 최후의 돌마저 던졌고, 마지막 화살도 쏘아 버렸다. 적에게 큰 타격을 입혔지만, 적들은 여전히 빠르게 기세를 회복하고 덮쳐 왔다.

그녀와 조양 모두 대부분의 전쟁은 결국 인내력을 시험하는 거라는 사실을 알고 있었다. 더 길게 버틸 수 있는 자가 최후의 승리자가 되는 것이다. 대하는 이렇게 거대한 손실을 입은 상태에서도 모든 것을 걸고 최후의 승부를 내려 하고 있었다.

"대인, 어찌하면 좋겠습니까?"

부하가 서둘러 다가와 기대에 가득 찬 눈으로 그녀를 바라보았다. 이 여장군은 언제나 위급한 때에 거대한 위력의 비밀 무기를 가져와서 그들을 구원했다. 제2군 전사들은 초교를 마음으로 우러러 섬기고 있었다. 그러나 지금 초교는 그저 고개를 흔들며 담담하게 말할 뿐이었다.

"이제는 방법이 없다. 싸워야지."

근거리 공성전이 마침내 시작되었다. 온 천지가 적막함 속에 구슬피 울고 있었다. 발아래 대지도 격렬하게 떨고 있었다. 귓가에는 말들의 울부짖음이 들렸고, 대하의 군단은 마치 우뚝한 높은 산과 같았다. 그들은 격렬하게 북삭의 성벽 아래를 치면서, 파도가 밀려오듯 하나하나 앞으로 다가왔다.

시간이 갈수록 전투는 참혹해졌다. 성벽은 몇 번이나 빼앗겼고, 또 몇 번이나 전사들의 피를 대가로 다시 찾았다. 서남진부사의 병사들은 사람을 놀라게 할 만한 공포스러운 전투력을 선보였다. 그들은 3천이 안 되는 병력으로 성벽의 절반을 지키고 있었다. 다른 절반은 6만에 달하는 수비군이 지키는 중이었다. 그 와중에도 서남진부사는 여러 번에 걸쳐 다른 쪽에 도움의 손길까지 베풀었다.

이틀 후, 조양은 성의 동쪽에 관개 수로를 파게 하여, 소규모지만 성벽의 일부를 무너뜨렸다. 무너진 성벽 틈으로 2천이 넘는 병사들이 성 안으로 밀고 들어왔다. 이들은 모두 대하의 정예 부대였고, 전투는 두 시진이 넘는 시간 동안 시체가 작은 산만큼 쌓일 때까지 계속되었다.

"장군! 제3대대가 전멸했습니다. 궁노영과 민병 제4대가 우장군의 인도하에 성을 나가 공격하다가 성 아래 참호에 있던 대하병들에게 몰려서 전부 사망했습니다. 소림영도 전부 전사했습니다. 제11대도 동쪽 성루에서 전멸했습니다……."

"장군, 버틸 수가 없습니다. 길어야 두 시진입니다. 후퇴해야 합니다!"

하소가 앞으로 나왔다. 젊은 남자의 몸에는 상처가 가득했고, 핏물로 얼룩져 있었다. 그는 쉰 목소리로 나지막하게 말했다.

"대인, 서남진부사 병사 전원은 후퇴하실 것을 청원합니다. 저희가 서성문에서 죽음을 각오하고 길을 뚫겠습니다."

윤량옥의 안색은 창백했다. 글재주가 탁월했던 이 문관은 군복을 입은 채 미간을 찌푸리며 앞으로 나와 말했다.

"장군, 구원병은 오지 않습니다. 우리에겐 시간이 없습니다. 청컨대 서남진부사를 이끌고 성에 남은 부녀자들과 아이들을 위해 길을 뚫어 주십시오. 람성까지만 가면, 우 아가씨께서 그곳에 계시니 재기할 기회가 있습니다. 속하는 여기 남겠습니다. 저는 북삭과 존망을 같이하겠습니다."

초교는 천천히 고개를 저었다. 람성은 비어 있다. 그곳까지 도망해 봐야 그저 대하 병사들을 연북 내륙까지 끌어들일 뿐이다. 그녀는 낮은 목소리로 말했다.

"후퇴할 수 없다."

"장군께서는 대국을 보십시오! 감정적으로 일을 처리하실 때가 아닙니다!"

초교는 고개를 들었다. 그녀는 결연한 눈빛으로 먼 곳을 바라보며 천천히 말했다.

"구원병이 올 것이다."

"대인!"

하소가 조금 격동한 듯 말했다.

"우리는 기다릴 수 없습니다. 시간이 없어요. 지금 가지 않으면 늦습니다."

그러나 초교는 여전히 같은 말만을 되풀이했다. 그녀는 기묘한 자신감에 가득 차 있었다. 아니, 심지어 편집광적인 집착마저 내보이고 있었다.

"구원병이 올 것이다."

사람들은 어쩔 수 없이 물러났다. 전군에게 죽음을 각오하고 사수하라는 명령이 하달되었다. 일순간 성 전체에 미친 듯한 포효가 울려 퍼졌다. 그러나 초교는 사람들이 어떤 기분으로 포효하는지도 알 수 없었다. 분노, 슬픔, 공포, 혈기, 두려움, 원한, 절망, 어쩌면 그중 어떤 것도 아닐지도 모른다. 그저 죽기 직전에 고함을 한번 질러 본 것뿐인지도 모른다.

하늘이 점차 어두워졌고 석양은 핏빛으로 붉었다. 전투는 격렬함의 정점에 이르렀다. 제8사 제7대대의 대장 겸 요리사는 손에 돼지를 잡는 큰 칼을 든 채 미친 듯이 포효하며 성루로 기어오르는 대하군을 죽이고 있었다. 열 명이 넘는 대하군이 일렬로 올라왔고, 그 뚱뚱한 요리사는 단숨에 달려가 그 열 명을 한꺼번에 모닥불로 날려 버렸다. 불길이 그들의 몸에 빠르게 붙어 타오르기 시작했고, 대하군은 대경실색하여 몸에 붙은 불씨를 두드렸다. 그 요리사는 아무것도 신경 쓰지 않고 다른 사람들을 계속 밀었는데, 기세가 아주 흉흉하여 자신의 몸에 불이 붙는 것조차 개의치 않았다. 대하군은 깜짝 놀라 어쩔 줄 몰라 했다. 그가 가는 곳마다 아무도 피할 수가 없었다. 그리고 마침내 그 요리사는 한 마디 말도 없이 대하군이 기어오르던 사다리를 잡은 채 자신의 몸을 날려 미끄러져 내려갔다. 사다리로 막 기어오르던 스물이 넘던 병사가 그와 함께 성벽 아래의 바위로 떨어져 으스러졌다. 선혈이 사방으로 튀고 골이 깨져 뇌수가 흘렀다.

이날, 양편에 있던 수많은 병사들이 한 요리사의 충성과 용기의 증인이 되었다.

"대인! 제8대 전군이 몰살당했습니다!"

"구원병이 올 것이다."

"대인, 동쪽 2성의 성벽이 붕괴되었습니다. 적이 3백 넘게 들어왔습니다. 9대대와 10대대가 막으러 갔습니다."

"구원병이 올 것이다."

"대인, 어서 도망쳐야 합니다. 대하병이 최후의 예비역 3대대까지 전투에 투입했습니다!"

"구원병이 올 것이다."

"대인, 지금 가지 않으면 늦습니다. 구원병은 오지 않을 것입니다. 철수를 명해 주십시오!"

"구원병이 올 것이다."

"대인……."

모두 절망했다. 그들은 초교가 북삭과 생사를 함께하기로 결심했다고 여겼다. 전투는 점점 더 참혹하게 격렬해졌고, 도처에 미친 듯한 비명 소리가 가득했다. 연북의 군인들은 그야말로 미쳐 버리고 말았다. 그들은 있는 힘을 다해 최후의 포효를 내지르며 칼을 휘둘러 적들과 육박전을 벌였다.

중군 통수라면 전투에 참가하지 않아야 했다. 그러나 초교는 천천히 허리의 보검을 뽑아 들었다. 이런 순간에도 그녀는 스스로에게 당부하고 있었다. 최대한 버텨야 한다고.

그녀는 천천히 중군 대영을 나와 성루의 가장 높은 곳으로 올라갔다. 그녀의 보검은 날카롭게 은빛 광선을 뿌리고 있었다.

하소가 갑자기 뛰어 올라왔다. 얼굴이 격렬하게 떨리고 있어 도저히 희로애락을 구분할 수 없었다. 그가 큰 소리로 외쳤다.

"대인!"

"더 이상 말하지 마라!"

초교가 그의 말을 자르고 나지막하게 말했다.

"나는 후퇴하지 않는다. 구원병은 반드시 온다."

"대인."

하소가 새하얗게 질린 입술에 침을 바르며 천천히 말했다.

"구원병이 왔습니다."

초교가 몸을 떨며 하소의 손가락을 따라 고개를 돌렸다. 화뢰원 지평선에 가느다란 먹빛 선이 희미하게 보였다. 그 위로 먼지가 날리고 있었다. 대하군은 귀를 찢을 듯 나팔을 불었다. 그 나팔 소리가 어찌나 처절한지, 결코 승리하는 자들의 나팔 소리가 아니었다. 전령병들이 뛰어다니는 것이 보였다. 군관들도 목이 빠지도록 무엇인가를 외치고 있었다. 무슨 말인지 알아들을 수는 없었지만 혼란스러웠다. 대하군은 물밀 듯이 퇴각했다. 대하 병사들은 망연자실하여, 무슨 일이 발생했는지도 모르고 나팔 소리를 따라 뛰었다.

대지가 떨리고 있었다. 우르릉! 쾅! 쾅!

모두 동작을 멈추었다. 죽을 각오를 하고 있던 북삭의 수비 군들은 잇달아 고개를 들었다. 멀리 동쪽, 붉은 화뢰원에 길고 가느다란 선이 점차 검은 강물이 되고 있었다. 검은 참매 한 마리가 멀리 하늘 끝에서 갑자기 날아오른 것 같았다. 참매는 두 날개를 활짝 펴고 웅장한 위용을 자랑하며, 끝이 보이지 않는 검은 바다를 이뤘다!

산을 밀어 버리고 바다를 메울 기세였다. 마치 폭풍우와도 같았다. 검은 깃발이 검은 바다 위에서 나부끼고 있었고, 매는 흉포하게 깃발을 찢고 날아오르는 것만 같았다. 전사들은 두 다리로 말을 제어하며 칼을 뽑아 들고는, 몸을 앞으로 세우고 우레와 같이 외쳤다.

"자유를 위하여!"

귀청이 터질 듯한 돌격 소리가 순간적으로 온 대지에 울려 퍼졌다. 북삭 성루에 별안간 거대한 환호성이 하늘을 찌를 듯 터져 나왔다.

"철옹기! 철옹기다! 전하! 전하께서 오셨다!"

"구원병이 왔다!"

전사들은 환호하며 깡충깡충 뛰었다. 사람들은 성벽에 눈물을 흩뿌렸다. 짧디짧은 며칠 동안, 이 오래된 성은 생사의 기로를 겪었다. 지금 갑자기 희망이 밀려와 사람들은 서로 뭉쳐 환호성을 질렀고, 열정적으로 서로를 끌어안았다.

북삭 성루의 환호성과 대조되게, 대하군은 경황을 잃고 분노의 포효를 했다. 조양은 도저히 믿을 수 없다는 듯 물었다.

"이게 어찌 된 일이지? 저들이 어떻게 뒤에서 나타난 것이냐?"

"전하! 전하!"

한 전령병이 다급하게 뛰어왔다. 그는 진황성의 군복을 입고 있었다. 객지를 떠돌며 고생한 듯 얼굴에 먼지와 서리가 가득했다. 그는 큰 소리로 외쳤다.

"진황성에서 명을 내렸습니다. 전하께서는 당장 본토로 돌아가셔서 지원하셔야 합니다. 연순이 군대 50만을 이끌고 제국 내부를 공격했습니다. 서북 일대가 초토화되었습니다!"

쿵, 조양이 그 전령병을 발로 차서 말에서 떨어뜨린 후 노하여 외쳤다.

"어째서 연순이 내 군대를 모두 죽인 다음에야 느지막하게 나타난 게냐?"

"소인은 밤을 새워 달려왔습니다. 그간 보낸 전령들은 모두 연북군에게 잡혀 죽었습니다. 남은 것은 속하 하나뿐입니다. 속하는 어쩔 수 없이 신중하게 굴 수밖에……."

전령병은 서둘러 변명했지만 말을 채 끝내기도 전에 다시 한 번 조양에게 걷어차였다. 대하의 십사황자는 서둘러 명을 내렸다.

"각 군단은 바로 결집해 진을 친다. 도망쳐서는 아니 된다. 내부의 진영을 공고히 해야만 적들과 맞붙을 수 있다."

그러나 그의 말이 끝나기도 전에 서남군, 북방연맹, 파도합 가문의 잔병들이 잇달아 도망쳐 흩어지고 있었다. 오로지 서북

군만이 자리에 남아 진을 치고, 가까이 다가오는 연북 대군에 저항하려 하고 있었다.

조양은 절망하여 눈을 감았다. 하늘은 정말 대하를 멸망시키려는 것인가?

대하군은 처참하게 패퇴했다. 어떤 저항도 연북군 앞에서 너무나 쉽게 분쇄되고 말았다. 연북군은 수적으로도 우세했고, 전투력도 우세했다. 더구나 막 등장하였기 때문에 사기가 충만한 상태였다. 그런 그들이 돌연히 기습해 오니 연북군이 승리할 수밖에 없는 상황이었다.

두 시진 후, 대하군은 화뢰원에서 빠져나와 하란산 방향으로 도망쳤다. 연북군은 10만의 병사를 내어 꼬리를 급하게 추격했다.

이날은 백창력 778년 11월 3일이었다. 대하 내륙 깊이까지 들어갔던 철응군이 갑자기 연북 본토로 돌아왔다. 연순은 돌아오는 내내 소식을 엄밀하게 봉쇄하며 빠르게 말을 달렸고, 먹고 자는 것도 모두 말 위에서 해결했다. 그리고 화뢰원에 도착하자마자 휴식을 취하지도 않고 바로 전투에 들어갔다. 조양이 알아채지 못한 사이에 연순과 초교는 양쪽에서 협공을 한 셈이었다.

서남군, 북방연맹, 파도합군은 마치 물처럼 흩어져 버렸다. 조양 한 사람의 힘으로는 전체를 감당할 수 없었고, 어쩔 수 없이 하란산을 향해 퇴각했다. 연순이 그 뒤를 좇아 적 20만여를 죽였고, 조양의 서북군을 제외한 다른 세 군대의 주력은 거의 모두 붕괴되었다. 연순의 병사들은 계속 대하의 서북 내륙까지 추격했고, 응명관에 이르러서야 겨우 멈췄다. 그 후, 철응군은 응명관 이북의 안영찰채安營札寨*에 주둔했다.

조양은 강 건너편에서 그것을 바라보며, 제국의 서북부가 이미 연북군에게 점령당했음을 깨달았다. 서북의 관원들이며 귀족들 중 두 손을 맞잡고 투항하지 않은 자가 없었다. 분노가 극에 달한 나머지 조양은 울컥 피를 토했다. 그의 피는 적수 위로 떨어져 얼어붙고 말았다.

이것으로 제1차 북벌 전쟁이 끝났다. 연북군은 북삭과 적도 두 곳에서 병력 40만을 잃었다. 적도는 빈터로 변했고, 수많은 백성들이 이동하는 중에 죽었다. 연북은 본래 재정이 부유하지 않았기에 더욱 궁핍해질 수밖에 없었다.

연북에 비해, 대하의 손실은 헤아리기 어려웠다. 북벌군의 절반 이상을 잃었을 뿐 아니라 황자 하나가 참수당했다. 또한 국토의 절반인 서북 강산이 적의 손에 떨어졌다. 만약 연순이 진황성 앞에서 칼끝을 돌려 북삭을 구하러 가지 않았다면, 아마 진황성도 연순의 손에 떨어졌을 것이다.

온 서몽 대륙의 시선이 모두 이곳으로 집중되고 있었다. 서북의 하늘에 장엄하고 아름다운 붉은 해가 천천히 지고 있었다. 대하 제국 300년에 걸친 영광과 꿈이 도저히 막을 수 없는 쇠락의 길로 향하는 중이었다.

---

* 임시 숙소.

조양이 진황성으로 돌아오자 대하의 황족들은 분노했다. 장로회는 더 이상 빠를 수 없는 속도로 조양을 뇌옥에 가둔다는 결의안을 만장일치로 통과시켰다. 사흘 후, 제국은 빠르게 동남군, 동북군, 그리고 각 세가의 군대를 징집하여 30만 대군을 조성한 후, 칠황자 조철로 하여금 다시 한 번 서북 전장으로 떠나게 하였다.

그리고 제갈가의 첫째 아들 제갈회는 제1차 북벌 전쟁 중 예비역을 관리하는 임무를 맡았기에 이번 패전에 연루되지 않을 수 없었다. 제갈가는 장로회의 배제와 탄핵을 받았고, 제갈목청은 넷째 아들인 제갈월을 기용하지 않을 수 없었다. 제갈월은 이번 대군의 예비역을 관리하는 일과 군수품을 주관하는 일을 맡아 조철과 함께 서북으로 향하게 되었다.

그 누구라도 다시 한 번 거대한 전쟁이 벌어질 것을 예상할 수 있었다.

제11장 내가 돌아왔어

　방 안은 고요했다. 때때로 창밖에서 갈까마귀가 날개를 퍼덕이는 소리가 들려올 뿐이었다. 바람이 눈을 말아 올렸고, 달빛은 창의 격자를 통해 들어와 바닥을 비추며 어스레한 빛을 만들어 냈다.

　연순이 돌아왔을 때는 이미 아주 늦은 시간이었다. 시간을 알리는 북소리처럼 발걸음 소리가 드문드문, 멀리서 고요하게 들려왔다. 문 앞의 시녀들은 모두 눈 위에 무릎을 꿇고 앉아 있어, 눈이 바스락거리며 부서지는 소리가 들렸다.

　"전하, 아가씨께서는 주무시고 계셔요."

　시녀의 목소리에는 희미하게 경외심과 두려움이 서려 있었다.

　바람이 갑자기 세게 불어와 침묵과 어색함을 약간이나마 덮어 주었다. 나무들이 흔들리고 달빛도 어두운 가운데, 창을 통해 회색 그림자만이 어른거릴 뿐이었다. 그 회색 그림자는 창 앞에 서서 아무 말도 하지 않고, 그렇다고 그 자리를 떠나지도 않았다.

"아가씨는 잘 주무시고 계신가?"

잠시 후, 순박한 목소리가 들렸다. 그 안에는 기쁨도 원한도 없었다. 그저 평온하게 물을 뿐이었다.

"의원은 와서 보고 갔나?"

"아가씨께서는 자잘한 부상을 좀 입으셨지만, 그렇게 심하지는 않습니다."

시녀가 영리하게 대답했다.

"그렇군."

연순이 다시 물었다.

"저녁은 무엇을 먹었지?"

"흰죽만 반 그릇 드셨어요."

연순은 묵묵히 고개를 끄덕였다.

"아마 밤에 배가 고플 거다. 음식을 준비해 데워 놓도록 해라. 정신을 차리고, 잠에 빠지는 일이 없도록."

"알겠습니다."

연순은 낭하에 서 있었다. 밖에서 들어오는 공기는 그렇게나 차가웠고 그는 몹시 외로워 보였다. 눈보라가 땅 위에서 소용돌이치고, 몽롱한 달빛이 세상을 희게 비추고 있었다. 그는 그 빛 가운데 서서 살짝 고개를 숙이고 꽉 닫힌 창을 바라보며 속삭였다.

"아초, 이만 갈게."

바람이 불어와 연순의 검은 머리카락을 불어 넘겼다. 연순은 몸을 돌려 계단을 걸어 내려갔다. 그의 발걸음은 겉보기에는 가벼워 보였지만 실제로는 매우 무거웠다.

연순이 조금씩 멀어져 가는 그 순간, 초교는 침상에 누워 있었다. 하늘에 차가운 달이 갈고리처럼 걸려 있는 것이 보였다. 오래전, 성금궁에서 바라보던 그 달 같았다. 희미하게 빛이 들어오던 앵가원에서, 손가락 끝에서 붉은 핏방울을 떨어뜨리면서도 아이의 검은 눈동자는 별처럼 반짝였다.

초교는 눈이 붉어질 정도로 미간을 찌푸렸다. 마음 깊은 곳에서 차가운 기운이 스멀스멀 올라왔다. 세월은 뒤엉킨 채 물처럼 멀리 가 버려도 사람의 마음은 흘러가 버린 적이 없었다. 그저 변했을 뿐이다. 그런데 변한 사람이 그 한 사람뿐일까?

그녀는 허둥지둥 이불을 제치고 일어났다. 그리고 옷도 걸치지 않고 맨발로 내실을 뛰어나갔다. 소리 나도록 문을 열자 거친 바람이 맹렬하게 그녀의 머리카락을 흩날렸다. 시녀들이 모두 날카롭게 비명을 질렀지만 초교를 막을 수는 없었다. 그녀는 얇은 옷만 걸친 채 이미 정원까지 달려 나간 참이었다.

"아가씨!"

시녀들이 당황하여 소리치며 쫓아왔다. 그들의 목소리가 컸기 때문에 앞에서 걷고 있던 연순도 들을 수 있었다.

연순이 고개를 돌렸을 때 호리호리한 그림자 하나가 갑자기 그의 품으로 달려들었다. 아주 힘차게. 연순은 순간 중심을 잡지 못하고 비틀거렸지만 얼굴은 기쁨으로 가득 차 있었다. 그러나 제 손이 닿는 곳에 아주 얇은 옷 한 벌만이 있는 것을 보고 인상을 쓰며 가볍게 질책했다.

"아초, 왜 이리 얇게 입고 나온 거지?"

초교는 대답하지 않고 두 팔을 벌려 연순의 허리를 꽉 끌어안고 이마를 그의 가슴에 문질렀다. 익숙한 냄새를 맡을 수 있었다. 그의 품이 너무나 따뜻해서 그녀는 다시 잠들어 버릴 것만 같았다. 눈시울이 젖어 왔다. 결국 그녀의 눈물이 그의 옷자락을 적시고 말았다.

초교가 고개를 들었다. 그리고 눈가를 붉히며 연순을 가만히 바라보았다. 여전히 익숙한, 그 얼굴이었다. 다만 힘들고 피곤해 보였다. 얼마 전 갑자기 주둔하고 있던 곳에서 자리를 옮기는, 병가의 큰 금기를 범한 것만으로도 얼마나 많은 심혈과 정력을 기울였을 것인가. 군대를 안정시키는 것만으로도 큰일인데, 하물며 빠르게 연북으로 돌아오기까지 했다. 연순이 얼마나 힘들었을지, 그녀로서는 전부 짐작할 수 없었다.

"돌아온 거야?"

연순은 살며시 미소 지었다. 그의 미소는 따뜻했고, 그녀가 겪은 모든 피로와 고생을 하나하나 다 덮어 버릴 것만 같았다. 그는 조용히 고개를 끄덕였다.

"네가 여기 있는데, 내가 돌아오지 않을 수 없지."

아련한 순간, 그들은 8년 전 그 눈 오는 밤으로 돌아간 것만 같았다. 병사들에게 쫓기던 소년이, 옛 주인의 손에 떨어진 어린 노비를 구하러 돌아왔었지. 그리고 어린 노비의 질문에 소년은 그저 웃으며 이렇게 대답했었다.

'내가 오지 않으면 너는 어쩌란 말이냐?'

세월이 눈 깜빡할 사이에 흘러갔다. 8년 동안, 이 세상 수많은 것들이 모두 변해 버렸다. 그러나 그들은 여전히 한곳에 서 있었다. 어깨를 나란히 하고 손을 잡고 있었다.

연순은 초교의 몸을 가볍게 안아 올리며 미간을 살며시 찌푸렸다. 그는 고개를 숙여 품 안의 초교를 보며 물었다.

"아초, 어째서 이렇게 마른 거지?"

초교는 손으로 가볍게 그의 옷자락을 잡고 속삭였다.

"당신을 그리워하느라."

연순의 표정이 살짝 굳었다. 감동하지 않아서가 아니었다. 수년 동안, 그들은 계속 서로를 의지하고 서로를 지키면서도 이런 말은 잘 하지 않았다. 따뜻함은 언제나 한 층 한 층 덮이기 마련이었다. 마치 끓는 물처럼. 그는 바람막이로 초교를 잘 감싸며 미소 지었다.

"나도 말랐다."

하인들은 안도의 한숨을 내쉬었다. 바람도 멈춘 듯했다. 연순은 초교를 끌어안고 성큼성큼 방 안으로 들어갔다. 연일 말을 달려온 후 다시 군대를 통솔하여 대하병을 추격하고, 내부를 방어하느라 일이 많았다. 그러나 마음을 가득 채운 그리움 때문에, 연순은 이 늦은 밤에 다시 초교에게로 달려올 수밖에 없었다.

연순이 바람막이를 벗자 안에 입은 옷은 먼지로 가득했다. 두 사람은 하인에게 물을 끓이라고 명한 후 서로를 마주 보며 앉았다. 서로에게 해야 할 수많은 말이 있었지만, 어디서부터 시작해야 할지 도무지 알 수가 없었다.

"아초……."

"아무 말도 필요 없어!"

초교가 서둘러 그를 제지했다. 마치 아무 말도 하고 싶지 않다는 듯. 그녀의 목소리는 조금 쓸쓸하게 들리기도 했다.

"당신은 돌아왔어. 그거면 충분해."

등불이 그녀의 창백한 얼굴을 비추고 있었다. 연순은 갑자기 마음 한구석이 서늘해졌다. 이 며칠 동안, 아초는 대체 얼마나 괴로웠던 것일까?

"근본적으로, 나는 너를 속였어. 미안하다."

"나도 당신을 위협했잖아."

초교는 희미하게 웃었다.

"그때 정말 그렇게 생각했어. 내가 여기 남아 가지 않고 있으면서, 어디 당신이 돌아오는지 돌아오지 않는지 한번 두고 보자고."

연순이 고개를 끄덕이며 웃었다.

"어릴 때부터 지금까지, 네가 화를 내면 나는 한 번도 이길 수 없었지."

대하가 징병하여 대군이 공습해 왔고, 연북은 벽력같은 기세로 전쟁을 시작했다. 연순은 군대를 이끌고 대하 내륙으로 들어갔다. 이 기간 동안 얼마나 많은 사람들이 전쟁터에서 죽었던가. 또 얼마나 많은 사람들이 비명에 갔으며, 얼마나 많은 전사들이 다시는 고향의 연인이며 아이들을 보지 못하게 되었는가. 선혈이 땅을 적시고 백골이 높은 산처럼 쌓였다. 대륙의 명운을 바꿔 놓기에 충분했던 전쟁이 두 사람의 입에서 아주 가벼운 이야기처럼 흘러나왔다.

"아초, 너에게 줄 것이 있어."

하인들이 뜨거운 물을 가져와서 거대한 욕조 안에 쏟아 부었다. 초교는 그 곁에 서서 손을 넣어 수온을 재고 있다가, 연순의 말을 듣고 자신도 모르게 고개를 돌려 물었다.

"뭔데?"

아주 단순하게 생긴 반지였다. 화려한 장식도 없이 그저 흰 옥을 깎아 만든 것이었다. 반지 위에는 자잘한 문양이 새겨져 있었는데, 자세히 살펴보니 아주 단순한 자미화 한 송이였다.

"언제 산 물건이야?"

"기억나지 않아."

아주 오래전일 것이다. 그녀에게서 우연히 그녀 고향의 풍속이며 예의를 들은 후, 연순은 시간이 날 때마다 이 화전 지방의 옥을 연마했다. 한 해, 두 해, 세 해……. 이 반지는 예전에 완성했지만, 연순은 그녀에게 반지를 건넬 자신이 없었다. 그때 자신은 너무 몰락한 상태였고, 원한 외에는 가진 것이 아무것도 없었다. 그래서 그는 계속 기다렸다. 계속, 계속. 언젠가 반지를 건넬 적합한 때를, 적합한 장소를 기다리면서. 그렇게 오랫동안 기다려 왔다.

초교는 당연하다는 듯 반지를 왼손의 무명지에 끼고, 손을 들어 멍하니 바라보다가 웃기 시작했다.

"정말 예뻐."

휘장을 내린 채 연순은 안에서 목욕하고 초교는 밖에서 기다리고 있었다. 아주 오래전처럼. 목욕을 할 때는 방비하기 가장 어려울 때이니, 그들은 항상 한 사람이 목욕을 하면 다른 사람은 밖에서 지켜 주곤 했다.

휘장 한 겹, 또 한 겹 사이로 좋은 향이 풍겨 왔다. 방 안에는 바람이 없었지만 휘장은 가볍게 흔들리고 있었다. 안에서 연순의 목소리가 들려왔다.

"아초, 수건을 줘."

초교는 재빨리 흰 수건을 잡아 휘장 안으로 넣었다. 손가락 끝끼리 닿았을 때 마치 불에 덴 것처럼 뜨거운 기분이 들어, 초교는 서둘러 손을 거둬들이고 어색하게 물었다.

"물이 뜨거워?"

"괜찮아."

물 흐르는 소리를 들으며, 초교는 턱을 받친 채 앉아 있었다. 두 사람은 이런저런 잡담을 나누고 있었다.

"연순, 부상을 입은 건 아니지?"

"그래, 난 전선에 나서지 않았으니까."

수증기가 안에서 자욱하게 흘러나와, 방 안이 따뜻해졌다.

"회송이 무엇 때문에 우리를 돕기 위해 변경에서 군사 훈련을 한 거지? 회송의 장공주랑 아는 사이야?"

연순이 답했다.

"그저 얼굴을 본 적이 있을 뿐이고, 안다고 말할 만한 사이는 아니야. 하지만 회송에 친우가 하나 있어. 이 일은 그가 암중에서 도와주었지."

"아, 그랬던 거구나."

"아초, 상처가 심해? 어디에 상처를 입은 거지?"

"대수롭지 않아. 작은 찰과상들뿐이야."

방 안은 점차 고요해졌다. 한참 후, 초교가 갑자기 입을 열었다.

"연순, 이후로는 나를 속이는 것을 허락하지 않겠어."

안에 있는 이는 아무 대답도 하지 않았다. 초교는 한참을 기다려도 답이 돌아오지 않자 참지 못하고 다시 물었다.

"연순?"

여전히 대답이 없었다. 초교는 조급한 나머지 휘장을 들추고 맨발로 안으로 들어갔다. 연순은 욕조 안에 앉은 채 머리를 벽에 기대고 자고 있었다. 미간은 살짝 찌푸리고 있었고, 얼굴에는 피곤한 기색이 역력했다. 닷새 밤낮을 쉬지도 자지도 않았으니 피로할 만했다. 지금 이 순간까지 마음속에는 걱정과 경계로 가득 차 있다가 이제야 겨우 잠든 것이다.

갑자기, 모든 원망스러운 마음이 흔적도 없이 사라져 버렸다. 모든 시비곡직을, 어떻게 한마디 말로 분명하게 가를 수 있을까? 구유대에 흐르던 선혈, 적적한 궁정 안에서 걸음걸음 마음을 졸이던 일, 그녀는 그 모든 것을 그와 함께 겪었다. 그것이 어떤 원한인지 그녀가 알지 못할 수는 없었다.

'연순, 살아남아. 살아남아서 그들을 전부 죽여 버려!'

그 말은 지금까지도 그녀의 귓가에 메아리치고 있었다. 그 수많은 비웃음과 욕설들, 그 수많은 모함과 무시, 그 수많은 치욕과 원한, 모든 것이 그들이 쥐고 있는 칼의 씨앗이 되었다. 그때부터 그들의 마음속에 그 씨앗이 자리를 잡았던 것이다.

성금궁의 높은 궁문을 무너뜨리고, 진황성의 그 담장을 부수는 것은 얼마나 유혹적이었을까? 그러나 그는 그녀의 한마디 때문에 군대를 돌렸다. 연순의 그 마음을 그녀가 어찌 모를 수 있을까?

여러 날 계속되던 신념은 오늘에 와서 발버둥치고 있었다. 원한, 낙담, 기쁨, 슬픔, 마음에 엉킨 매듭이며 감동. 그녀는 계속 두 가지 확연하게 다른 기분 속에서 방황하고 있었다. 방금 전 그가 시녀들에게 신신당부하고 떠나는 것을 들었을 때에야 그녀는 겨우 스스로의 진심을 알게 되었다.

석양, 전마, 칼, 전사들의 고함, 평민들의 비명 소리. 전쟁은 모든 것을 삼켜 버렸다. 사람의 신념과 양심까지 모두 삼켜 버렸다. 그러나 그들 사이의 감정까지 삼켜 버리지는 못했다.

그녀는 자신에게 충성을 다하는 이들의 신임을 잃어 가며 최후의 최후까지 성을 사수했다. 수많은 전사들이 이로 인해 생명을 잃었고, 온 강토에 피가 넘쳐흘렀으며 백골이 쌓였다. 장수로서 그녀는 분명 원한을 품어야 했다. 그녀에게는 짙은 원한과 달갑지 않은 감정이 쌓였다. 그러나 그녀는 여인으로서 넘기 어려운 산과 같은 애정을 얻었다. 강산과 미인, 패업과 두 마음 사이에서, 그는 단숨에 그녀를 선택했다. 그가 그녀에게 긍정적인 답을 준 이상, 그녀에게 달갑지 않아 하거나 원한을 품을 자격이 있을까?

잠에서 깨어나 보니, 초교는 그의 곁에서 자고 있었다. 그녀는 작은 몸을 웅크린 채 그의 손을 꽉 잡고 있었다.

밖은 여전히 어두웠다. 연순은 넉넉한 품의 옷을 걸치고 창 앞에 섰다. 밖에는 눈이 쌓인 산이 보였고, 여전히 연북의 하늘과 땅은 바람마저도 얼음처럼 차가웠다. 이곳은 척박하고 추운 곳이었다. 아마도 계속 이럴 것이다.

당초에 부친이 이곳에서 널리 의로운 정치를 폈다 하나, 이곳의 삶은 계속 가난하고 고통스러웠을 것이다. 그런데 어째서일까. 과거 자신은 연북을 떠올릴 때마다 항상 고집스러울 정도로 이곳은 새가 지저귀고 꽃향기가 넘치는, 부유하고 아름다운 곳이라고 생각하고 있었다.

아마도, 아마 정말로, 우가 말한 것처럼 그가 이미 변했기 때문일 것이다. 마음이 너무 많이 변한 것이다. 눈을 들어 멀리까지 보게 되면서, 그는 너무나 많은 것을 원하게 되었다. 복수라든지 원한을 씻는 일 외에도 쉽게 흔들리지 않는 어떤 것들이 그의 안에 뿌리를 내려 버렸다. 그는 이것이 옳지 않다고 생각하지는 않았다. 여러 해에 걸쳐 그는 권력과 힘이 얼마나 중요한지 깨달아 버렸던 것이다. 권력과 힘 없이는, 모든 것은 날개 잃은 새와 같아 그는 날 수 없는 것이다.

하지만 지금, 그는 두려움에 젖어 있었다.

하마터면 그녀를 죽일 뻔했다. 이것을 생각하면 솜털마저 쭈뼛 서는 기분이었다.

그는 어두운 창밖을 바라보았다. 적수 동쪽의 그 광활한 토지가 보이는 것 같았다. 그는 병사들을 이끌고 응명관에 도착한 그날 아침을 기억하고 있었다. 그가 얼마나 의기양양했는지, 그의 피가 어떻게 끓어올랐는지, 안타까운 심정으로 기억하고 있었다.

그러나 지금 대하를 얻지 못했다 해도, 대하는 여전히 그곳에 있었다. 만약 하루라도 늦게 도착했더라면, 아초는 어떻게 되었을까?

연순은 깊이 숨을 들이마셨다. 다행이야…….

손가락 사이가 차가웠다. 더듬어 보니 침상 옆자리도 비어 있었다. 초교가 눈을 떠 보니 연순은 창 앞에 서 있었다. 어둠 속 그의 뒷모습은 조금 무거워 보였다.

"연순?"

초교가 작은 소리로 물었다. 그녀의 목소리에는 여전히 피곤함이 묻어 있었다.

연순이 고개를 돌렸다.

"깼어?"

"응, 무슨 생각을 하고 있었어?"

연순이 걸어와 가볍게 그녀를 끌어안고 담담하게 말했다.

"아무 생각도."

초교는 그의 가슴에 얼굴을 기댔다. 얇은 옷을 통해 그의 강건한 심장 박동을 들을 수 있었다. 그녀는 이제야 겨우 안심할 수 있었다. 그가 정말로 돌아온 것이다.

"연순, 후회하고 있어?"

연순은 단호한 표정으로, 팔에 조금 더 힘을 주었다.

"아니."

"그럼 나중에 후회할 것 같아?"

연순은 침묵했다. 초교의 심장이 점차 차가워지고, 온몸도 긴장으로 굳어 갔다. 한참 후에야, 연순이 작은 소리로 말했다.

"내가 늦게 돌아온 것을 후회하고 있어."

코끝이 갑자기 시큰해 왔다. 초교는 머리를 묻은 후 눈을 감았다. 입가가 살며시 올라갔다.

무엇을 더 바랄 수 있을까? 처신할 때 너무 자신만을 위할 수는 없는 것이다. 아무리 밤낮으로 함께했다 한들, 그녀는 그의 마음속 고통 중 얼마만큼을 나눠 질 수 있을까? 온 가문이 참혹하게 살해당한 슬픔과 상처를, 오랜 시간에 걸쳐 쌓인 원한을, 그녀는 대체 얼마나 풀어줄 수 있을까? 그러니까…… 그가 그녀를 기억하기만 한다면, 그리고 그녀를 생각해 준다면, 그리고 그녀를 배려해 준다면, 그걸로 족한 것이다.

"연순, 다시는 나를 속이면 안 돼."

"응."

연순이 고개를 끄덕였다.

"그럴게."

초교는 다시 꿈속으로 빠져들었다. 꿈은 따뜻하고 달콤했다. 누군가가 그녀의 손을 잡아끌었다. 아주 단단하게, 마치 일생 놓지 않을 것처럼.

그녀는 어렴풋한 가운데 생각했다. 이런 꿈을 꾸어 본 것 같은데, 어디서였지?

그래, 변당에서였다. 따뜻하고 아름다운 고장에서, 꽃들이 비단처럼 피어난 그곳에서.

그러나 초교는 변당도 연북처럼 따뜻하지는 않았다고 생각했다. 그녀의 심장은 이 땅에 있을 때에만 따뜻하게 젖어들었다. 비록 밖에 보이는 것들이 강철 같은 산맥이라도, 눈이 쌓인 설원이라도.

눈이 처음으로 개었다. 옅은 안개 같은 햇빛이 나무 그림자 사이로 드문드문 떨어져 따뜻했다. 연순이 돌아온 후, 날씨마저 쾌청해지기 시작한 것 같았다. 하늘은 파랗고 높았으며, 해는 고운 빛을 비춰 주었다. 광활한 설원이 밝은 빛을 투명하게 반사하여 보는 이의 눈이 부실 정도였다.

연이어 큰 전투를 치렀기 때문에 연북은 보이는 곳마다 엉망진창일 뿐 아니라, 초교도 정신적으로나 육체적으로나 모두 지쳐 있었다. 긴장이 풀리자, 그녀는 갑자기 병에 걸리고 말았다. 오한, 고열, 거기다 밤에 계속 기침을 했다. 약을 먹었지만 효과가 보이지 않았고, 의원들은 계속 바뀌었다. 방문은 항상 닫혀 있었지만, 초교는 연순이 의사들에게 화를 내는 목소리를 들을 수 있었다. 그러나 연순은 초교 앞에서는 아무 일도 없는 것처럼 평온한 목소리로 그녀를 위로했다.

"아무것도 아냐. 그저 가벼운 감기일 뿐이야. 잘 쉬면 곧 나아질 거야."

그녀는 꽤 오랫동안 이렇게 아파 본 적이 없었다. 그녀는 어린 시절의 일을 떠올렸다. 연순이 병이 났고, 그녀는 약이 없어 훔치러 갔다. 사람에게 들켜 사납게 두드려 맞았지만 천신만고 끝에 약을 훔쳐 올 수 있었다. 그러나 그 약으로 연순의 병을 낫게 하지는 못했다. 오히려 연순은 초교를 구하기 위해 다시 한 번 찬바람을 맞았고, 밤에 열을 내며 헛소리까지 하는 지경에 이르렀다.

차가운 물로 직접 자극할 수 없어 그녀는 눈이 내리는 밖으로 뛰어나가 쪼그리고 앉아 있다가 제 몸이 차가워졌다 싶으면 돌아와 그를 안아 주었다. 이런 식으로 하룻밤을 고생했더니 다음 날 연순이 깨어났을 때 이번에는 그녀가 병에 걸려 일어나지 못했다. 그때 이후, 그녀는 계속 추위를 많이 탔다. 심지어는 불을 쬘 때에도 사지에 한기가 돌곤 했다.

그러나 오랜 세월 동안, 생활은 궁핍하고 삶의 여정이 힘든 데다 계속 변고와 살육이 끊임없이 엄습해 왔다. 그래서 아프면 아픈 대로, 힘들면 힘든 대로, 계속 의지력으로 버텨 왔던 것이다. 그러나 오늘 이렇게 쓰러지니 병상에서 일어나지 못하고 있었다.

과거, 그 조심스럽게 고생하던 나날을 떠올리니 마치 아주 먼 예전의 이야기 같았다. 그때는 그렇게나 힘들고 괴로웠는데. 그때 초교는 남몰래 맹세하곤 했다. 언젠가 이 곤경에서 벗어나는 날이 오면, 자신을 괴롭힌 모든 이들에게 응분의 대가를 치르게 하겠다고. 그러나 지금은 그때를 늘 그리워하고 있었다. 온 세상이 적막하고, 두 사람만이 남아 있던 것 같은 조용한 나날을, 의지할 곳이라곤 전혀 없어 서로 등을 맞대고 따뜻함을 취하던 나날을.

오후의 햇살이 창으로 쏟아져 내려 바닥에 얼룩덜룩한 그림자를 만들고 있을 때 우가 도착했다. 그녀는 평소와 같아 보였다. 점잖은 눈매에 가을의 물과 같이 깊은 눈, 긴 목과 뾰족한 턱. 안색은 조금 창백해 보이고, 흰 옷을 입고 있었다. 우는 소리 없이 방 안으로 들어와 문가에 선 채, 아무 소리 없이 조용히 초교를 보고 있었다.

초교는 우를 발견하고 살짝 놀라 침상의 기둥을 잡고 몸을 일으켰다. 그리고 약간 쉰 목소리로 말했다.

"우 아가씨, 언제 온 거죠? 왜 기척을 하지 않고……."

우가 살며시 미소 지으며 앞으로 걸어왔다.

"온 지 얼마 되지 않았어요. 그저 당신을 보고 싶어 온 거예요."

"앉으세요."

우가 침상 앞으로 다가와 앉더니 초교를 자세히 살펴보고는, 살짝 미간을 찌푸리며 물었다.

"어째서 이렇게 심하게 아픈 거죠?"

그녀는 초교의 어깨에 외투를 걸쳐 주고는 베개에 기대게 했다. 초교의 안색은 창백하고, 입술에도 혈기가 하나도 없었다. 초교가 살며시 웃었다.

"얼마 전에 바람을 너무 쏘여서 감기가 든 것 같아요."

우는 초교를 바라보며 희미하게 한탄하고는 속삭였다.

"당신은 항상 강하고 고집이 센 아이였죠. 이렇게 젊은데, 병의 근원이 생겼을 줄이야."

우는 올해 스물여섯이었다. 결코 많은 나이는 아니었지만, 그녀의 말투며 행동은 세월의 흔적이 묻어 있는 것 같았다. 우의 눈에 초교는 정말 아이로 보이는 모양이었다.

"괜찮아요. 좀 쉬면 나을 거예요."

"그것도 맞지만, 병은 산이 무너지는 것처럼 급작스럽게 오고 실을 뽑는 것처럼 천천히 가는 법이에요. 안심하고 요양하도록 해요. 아무것도 생각하지 말고. 너무 깊이 생각하면 또 몸을 해칠 테니까."

초교는 고개를 끄덕이다가 갑자기 떠오르는 생각이 있어 물었다.

"우 아가씨, 서남진부사의 병사들을 본 적 있나요?"

우의 눈빛이 살짝 흔들렸지만 말소리는 담담했다.

"방금 너무 생각하지 말라고 했는데, 이리도 빨리 잊다니요?"

초교는 살며시 고개를 저었다.

"그저 좀 걱정이 되어서요."

"전하께서는 당신을 위해 응명관에서 병사들을 돌리셨어요. 그런데 일개 서남진부사를 설마 용납하지 못하실까요?"

갑자기 속으로만 걱정하던 것을 들킨 것 같아서 초교는 민망한 나머지 잠시 침묵하다가, 나지막하게 속삭였다.

"나는 그저 그들이 고집스럽게 굴거나, 연순에게 무례하게 굴까 봐 걱정하는 거예요. 그래서 연순이 화를 내게 될까 봐……."

우가 미소 지었다.

"안심해요. 모두 자기 분수를 지키고 있으니까."

초교는 안심하며 고개를 들고 물었다.

"아가씨는 북삭에 계속 있을 예정인가요?"

방 밖의 햇빛이 찬란하게 비춰 들어와 우의 눈길 속에 흔들렸다. 우가 나지막하게 말했다.

"동쪽에서 다시 전쟁이 일어날 거예요. 나는 여기 오래 있을 수 없어요. 아마 며칠 지나지 않아 응명관으로 주둔하러 갈 거예요."

초교가 정색했다.

"대하가 이렇게 빨리 병사들을 일으킬 수 있을까요?"

"전하께서 서북을 점령하셨는데, 대하라고 어찌 쉬고만 있겠어요? 그들은 이미 병사들을 징집하기 시작했어요."

"이렇게 빠르다니. 누가 오는 거죠? 조철인가요?"

우가 웃었다.

"그를 제외하면 이제 올 사람이 없겠죠. 몽전은 이미 늙었으니까요. 성금궁의 그분은 다른 사람을 믿지 못하겠죠. 심지어 아들조차도 믿지 못하고, 조금은 꺼리고 있을 거예요."

초교는 고개를 끄덕였다. 방 안은 따뜻했다. 구들에서 따뜻한 향이 올라오고 있어, 따뜻한 나머지 다시 자고 싶었다.

"조심하세요. 조철은 조제와는 달라요. 정말 상대하기 어려운 인물이에요."

"걱정하지 말아요. 도애 사형이 나와 함께 가니까요."

우가 희미하게 미소 지었다. 그녀의 눈빛은 조금 경쾌해 보였고, 표정도 안정되어 있었다. 초교는 마음속으로 짚이는 것이 있었지만 드러내지는 않고 말했다.

"오 선생께서 함께 가신다니, 그럼 일이 다 잘 풀릴 거예요."

"좀 더 쉬도록 해요. 나는 일이 있어 이만 가 보겠어요."

초교는 고개를 끄덕였다.

"우 아가씨, 일전의 일, 정말 고마워요."

우의 발걸음이 잠시 멈췄다. 그녀는 고개를 돌리고, 경쾌하면서도 담담하게 말했다.

"아초는 정말이지 영리한 심장을 가졌군요."

초교는 병중이었기 때문에 일어나지 않고 그저 고개를 끄덕였다.

"살펴 가세요."

우가 떠난 후, 시녀가 들어와 약을 건넸다. 초교는 약 그릇을 받아 한 모금 마셨다. 약은 아주 썼고, 입 안에 계속 씁쓸한 맛이 감돌았다.

사실 추측하기 어려운 일도 아니었다. 연순의 총명함을 떠올려 보면, 그가 만전을 기하지 않았을 리 없었다. 그가 우를 남겼던 이유는 초교를 데려가기 위해서였을 것이다. 그러나 북삭에 있을 때, 우는 스스로 초교를 람성으로 데려가려 하지 않았다. 일이 있은 후에도 다시 초교의 행동을 묵인했다. 그리고 연순이 대하를 공격하려 하는 일을 사실대로 전해 주었다. 그 안에 숨은 깊은 뜻을 당연히 말하지 않아도 알 수밖에 없었다.

연순이 이 일을 우에게 맡긴 것은 우의 충성심을 믿었기 때문이었을 것이다. 우는 충성스러웠으나 연북과 연순이 충돌하자 그녀의 충성심은 꺾이고 말았다. 초교도 이해할 수 있는 이런 것들을 연순이 모를 수는 없었다.

연북이 지금 미림관과 동쪽 양쪽에서 전투를 벌이고 있는 상황에서, 연순이 오도애를 우 곁으로 보내는 것은 결국 우가 단독으로 권력을 쥐지 못하게 하려는 것이었다. 우는 분명 이 모든 것을 알고 있었지만 지적하고 싶어 하지는 않았다. 아마도 그녀는 정말로 개의치 않고 있을 것이다. 아마도 우는 권력보다도 오도애와 함께 있는 것이 더욱 즐거울 것이다.

우는 확실히 지혜로운 사람이었다. 그녀와 오도애는 모두 와룡 선생의 문하였다. 와룡 선생은 불세출의 은자로, 이미 나이가 백이 넘었다. 그는 평생 제자들과 천하를 두루 다니며 위로는 황족이나 세도가, 아래로는 소상인이나 일반 병졸까지 폭넓게 사귀었다. 이 선생은 가슴에 천하를 품고, 제자들을 받아

들일 때는 가문이나 신분을 따지지 않았다. 그리고 문하 제자들의 서로 다른 자질에 따라 서로 다른 학식을 전수하였다. 그렇기 때문에 그의 제자들 중에는 높은 학식과 경륜을 갖춘 유학자도 있었고, 천하를 다스릴 뜻을 품은 재상과 공경도 있었으며, 전쟁터에서 병사들을 지휘하는 장수들도 있었고, 무술이 뛰어난 협객이나 자객도 있었고, 부유함을 추구하는 거상들도 있었다…….

와룡 선생은 제자가 아주 많았다. 그중에는 좋은 이와 나쁜 이가 섞여 있었다. 예를 들자면 현재 변당의 칠순 먹은 재상 정문정은 40년 전 대하를 배반했으며, 견융족을 대륙 동쪽으로 끌어들인 반역도 악소총 같은 이는 당대 제일의 반역자라 할 만했다. 대동회의 젊은 세대인 오도애나 중우 같은 경우는 우수한 제자들이었다. 그리고 또 한 사람…….

초교는 기억하지 않을 수 없었다.

대하 제갈가의 넷째 공자인 제갈월도 와룡 선생의 제자였다.

조철이 병사들을 이끌고 온다면, 그도 함께 오게 될까?

초교는 가볍게 한숨을 내쉬고, 그릇 안의 약을 단숨에 마셨다.

전쟁터는 위험하고 도검은 무정하다. 오지 않기를, 바라건대 오지 않기를.

오후에 잠을 좀 더 잔 후 깨어나니 정신이 상당히 맑아져 있었다. 며칠 내내 방 안에 있었던지라 나가서 좀 움직이고 싶었던 초교는 푸른 옷을 입었다. 가장자리에는 백옥란 자수가 있고, 소매와 어깨가 모두 좁은 옷을 입자 그녀의 모습은 더욱 호리호리하니 한 손에 잡힐 것 같아 보였다.

시녀가 초교의 머리를 틀어 올려 양쪽으로 살짝 늘어뜨린 후 붉은 구슬 몇 개를 달아 주고 연푸른 옥비녀를 꽂아 주었다. 그리고 가느다란 술 장식을 가볍게 늘어뜨려 주었는데, 술이 계속 그녀의 새하얀 귓불을 쓸었다.

평소 여성스러운 옷을 거의 입지 않던 초교는 거울을 한참 동안 들여다보았다. 조금 신기하기도 하고 살짝 즐거운 마음도 들었다.

문을 열어 보니, 바람이 조금 센 편이었다. 초교는 시녀들이 따라오는 것을 말리고 자기 혼자 작은 양뿔로 만든 풍등을 들고 조용히 걷기 시작했다.

눈이 흩날리는 연북의 풍경은 자못 처연한 아름다움이 있었지만, 실제로는 너무 추웠다. 다행히도 옷을 두툼하게 입고 겉에 다시 바람을 막기 위한 여우 모피를 걸쳤다. 가느다란 달이 하늘에 걸려 온 세상에 흰 빛을 뿌려 주었다. 오래도록 문밖출입이 없었기 때문에 계속 약 냄새 아니면 향 내음만 맡다 보니 머리가 심하게 어지러울 정도였다. 지금 나와서 좀 걸으니 정신이 맑아지고 병도 조금 나아지는 것 같았다.

달빛은 마치 하늘색 휘장 틈으로 스며 들어오는 촛불처럼, 마치 연기처럼 희미했다. 나뭇잎에 바람이 불어오는 소리를 들으며 초교는 천천히 걸었다. 그리고 멀리 연순의 서재 창 아래까지 가서 섰다. 그는 아마도 막 군영에서 돌아온 듯 아직 잠들지 않은 모양이었다. 등불이 환하고, 긴 그림자가 흔들리는 것이 보였다. 서재 안에는 다른 사람이 있었는데 아마도 뭔가를 의논하고 있는 것 같았다. 바람 소리에 가려 그들의 목소리는 잘 들리지 않았다.

마음이 갑자기 평온해졌다. 마치 아침에 일어나 창문을 열었더니 온 세상이 밝고, 햇볕이 따뜻하게 얼굴에 내리쬐고, 하늘은 새파랗고, 눈처럼 새하얀 매가 날개를 펼치고 날아오르는 그런 느낌이었다. 서탁 위의 찻잔에서는 따스한 김이 마치 노니는 용처럼 피어오르고.

아주 오랫동안, 아주 오랫동안, 그녀는 연순에 대한 스스로의 감정을 구분할 수 없었다. 이곳에 처음 왔을 때 그녀는 현대인의 시선을 견지하며 차가운 눈으로 이 세계에서 벌어지는 불공정함을 수수방관했다. 그러나 그녀도 결국 그 안에 말려들었다.

그녀는 슬퍼했고, 분노했으며, 원한을 품고, 은혜를 입고 감사했다……. 점점 많은 감정들이 그녀를 이 세상에 붙들어 놓았고, 점차 가까운 사람들이 생겨났다. 그녀는 더 이상 자신을 세상과 유리된 곳에 둘 수 없었다. 그리고 연순에 대해서라면, 최초의 원한이 감사가 되고, 동정과 연민이 되었다가, 서로 생명을 의탁하는 관계가 되었다. 연순에 대한 감정은 점차 자라났고 천천히 변해 갔다. 말로는 표현하기 어려운 그 감정들은, 자신도 모르는 사이에 그녀의 마음 깊은 곳을 파헤치고 새로운 싹을 틔웠다. 차가운 서리를 맞고 엄동설한을 버티면서, 시체의 산과 피의 바다를 건너고 생사를 건 살육을 겪으면서, 그 싹은 마침내 거대한 나무로 자라났다. 그녀가 고개를 들 때면 무성한 가지와 잎사귀를 볼 수 있었다.

그녀는 계속 이렇게 조용하면서도 고집스러운 사람이었다. 항상 그래 왔다.

서재의 문이 열리고 누군가가 나왔다. 아정의 날카로운 눈이 매화나무 아래 초교를 한눈에 알아보고 깜짝 놀라며 소리쳤다. 그 소리에 연순이 서둘러 달려 나와서는 얼굴을 찡그렸다.

"어째서 여기 서 있는 거지? 아픈 것도 잊은 건가?"

초교는 웃으며, 연순이 자신의 손을 잡도록 내버려 두었다. 연순이 그녀의 손을 더욱 꽉 쥐며 원망스러운 듯 말했다.

"이렇게 차갑다니. 온 지 얼마나 된 거야?"

"얼마 되지 않았어."

방으로 들어가니 따뜻한 향기가 갑자기 풍겨 왔다. 초교가 향을 맡으며 중얼거렸다.

"무슨 향이기에 이렇게 좋지?"

연순이 그 말을 듣더니 갑자기 안색이 변해 서둘러 초교를 문가로 밀어내고, 찻주전자를 향로 안에 부었다. 향로에서는 흰 김이 나왔고, 연순은 서둘러 창을 열었다.

초교가 미간을 찡그렸다.

"연순, 뭐 하는 거야?"

연순이 손을 두드리며 나와, 나지막하게 말했다.

"이 방에 있는 건 좋지 않아. 가자."

그러고는 초교를 끌고 침실로 향했다.

연순의 침실에는 향을 피우고 있지 않았고, 상쾌한 기운이 감돌고 있었다. 초교는 여전히 의아하여, 연순이 시녀인 난향에게서 수건을 받아 얼굴을 닦는 것을 보며 물었다.

"연순, 서재의 향은……. 대체 왜 그랬던 거야?"

"새로 보내온 소합향이야. 반 조각을 태웠는데, 사향 성분이 있더군."

"사향?"

초교는 향료에 대해서는 잘 알지 못했기에, 미간을 찌푸리며 다시 물었다.

"사향이 뭐가 문제인데?"

시녀 난향이 생글거리며 설명했다.

"아가씨, 여인은 사향을 맡으면 안 된답니다. 사향을 많이 맡으면 아이를 가지기 어렵거든요. 전하께서는 당연히 긴장하실 수밖에 없지요."

말을 마친 난향은 부끄러운지 얼굴을 붉혔다. 다른 시녀들이 즐겁게 웃기 시작했다. 연순은 화내지 않고 아무렇지 않은 척하면서도 슬쩍 초교의 반응을 살펴보았다.

이 이야기를 들은 초교는 살짝 멍해지고 말았다. 아무래도 여자다 보니 얼굴에 홍조가 떠오르지 않을 수 없었다. 얼굴이 발갛게 달아오른 그녀는 마치 해당화의 꽃술처럼 더욱 고와 보였다. 촛불이 그녀의 흐르는 물처럼 푸른 옷을 비춰 주어 마치 비단처럼 광채가 흐르고 있었다.

귓가에 놀리는 듯한 웃음소리가 들렸다. 연순의 따뜻한 숨결이 파도처럼 계속 밀려왔다.

"아초, 오늘 밤은 정말 아름다워."

초교는 눈썹 끝을 치켜세웠지만 눈은 기쁜 빛을 담고 있었다. 연순의 침실은 무척 넓었다. 부드럽고 두툼한 깔개를 바닥에 깔아 둔 후 한 겹 한 겹 비단 휘장을 늘어뜨렸다. 휘장에 금빛 갈고리를 달아 술을 늘어뜨렸는데, 몹시 화려했다. 침상에는 자수를 놓은 보랏빛 이불이 깔려 있고, 푸른 비단이 주위로 넘실거렸으며, 비단 이불은 아주 따뜻해 보였다.

연순이 손을 펴자 시녀들이 구름처럼 다가와 그의 옷을 갈아입혀 주었다. 초교는 멍하니 그 장면을 보다가 바로 몸을 돌렸다. 연순은 그런 그녀를 보며 나지막하게 웃었고, 초교의 얼굴은 점점 더 달아올랐다.

전생과 이 생을 합하면 초교는 결코 어린 나이가 아니었다. 남녀 간 애정사도 꽤 보아 왔다. 연순과 오랜 세월을 함께 보내면서 계속 삼가고 예절을 지키며 살아온 것은 아니었다. 그러나 오늘, 그녀는 갑자기 당황하여 어찌할 바를 몰랐다.

시녀들이 따스한 눈빛으로 방에서 물러나며 한 겹 한 겹 휘장을 내려 공간을 더욱 은밀하게 만들어 주었다. 따뜻한 숨결이 목 뒤로 다가오는가 싶더니 연순이 잠긴 듯한 목소리로 웃었다.

"나의 아초가 자랐군. 부끄러워할 줄도 알고."

평소라면 재빠르게 말을 받아쳤을 테지만, 초교는 갑자기 아무 말도 할 수가 없었다. 연순이 뒤에서 그녀를 끌어안았다. 그리고 입술이 그녀의 귀에 와 닿는가 싶더니 그가 가볍게 한

숨을 쉬었다.

"하루 종일 너를 보지 못했지."

초교는 조금 무서웠다. 그녀는 일순간 어떻게 답해야 할지 몰라 허둥거리며 말했다.

"동쪽 전장은 어떻게 될 것 같아? 준비 상태는 어때?"

"하……."

연순은 어쩔 수 없다는 듯 탄식했다.

"아초, 꼭 그렇게 살풍경하게 굴어야 해? 정말 사랑이라곤 모르는군."

모래시계의 모래가 천천히 흘러내렸다. 한 알, 한 알, 끊일 듯 끊어지지 않았다. 밖에서는 바람이 조용히 불어오고, 때때로 처마에 쌓인 눈이 떨어지며 사락거리는 소리가 들렸다. 연순은 조용히 초교를 안고 있었다. 그의 몸에서 피어오르는 향이 가볍게 사방을 감싸고 있었다. 마치 여름날 바람에 팔랑이는 치맛자락처럼. 그의 목소리도 젖은 듯 부드러웠다.

"오늘은 기침을 하지 않았어?"

초교는 고개를 저었다.

"많이 좋아졌어."

"그럼 좋아. 시간에 맞춰 약은 먹었어?"

"응, 아주 썼어. 정말 먹기 힘들었어."

연순이 웃었다.

"아이 같기는. 약이야 당연히 쓴 거잖아? 몰래 버린 건 아니지?"

"하늘을 걸고 맹세하지."

초교는 가슴에 손을 얹고 말했다.

"약 찌꺼기까지 모두 다 삼켰다고."

"그랬어?"

연순이 눈썹 끝을 살짝 치켜세웠다.

"방이 아주 답답했던 모양이지?"

"마음이 조급한 것뿐이야. 동쪽에 전쟁이 있는데 내가 계속 이렇게 병으로 누워 있으니. 도울 수가 없잖아?"

연순은 마치 따뜻한 물이 천천히 자신을 적시는 것처럼 마음이 따뜻해졌다. 그는 초교의 목을 입술로 비비며 속삭였다.

"네가 잘 쉬고 있으면, 그게 나를 돕는 거야."

연순의 옷이 아주 얇았기 때문에 그의 근육 윤곽까지 느낄 수 있었다. 초교는 그의 품 안에 웅크리고 앉아 고개를 꼬고 있었다. 몸이 살며시 따뜻해졌다. 그녀가 속삭였다.

"내가 좀 더 쓸모 있는 사람이면 좋겠어."

"너는 충분히 쓸모 있는 사람이야."

연순이 따뜻하게 말했다.

"최근 몇 년 동안, 너는 한마음으로 나와 함께 있어 줬잖아. 스스로를 생각하지 않고. 지금 연북을 얻었으니, 너도 이제 스스로를 위해 계획을 세워야 해."

"나 자신을 위해?"

초교는 조금 망연한 기분이 들었다. 이것은 정말 신기한 문제였다. 사실은 그녀도 알고 있었다. 그녀는 겉으로 보기에는 그렇게나 강해 보이지만, 사실 그녀는 다른 이에게 의지하고, 다른 이의 명령을 듣고, 하나의 목표를 위해 노력하는 습관이 있었다. 예전에 국가에 충성을 바칠 때도 그랬고, 연순과 함께 하면서도 그랬다. 그녀가 가장 능숙하지 못한 일은 바로 스스로를 위해 무엇인가를 생각하고 계획하는 것이었다.

나 자신을 위해? 나 자신을? 나 자신이 무엇을 할 수 있지?

"그래."

연순이 나지막하게, 살며시 웃음기를 담고 말했다.

"여자는 항상 자신을 위해 계획을 세워야 하는 법이지. 예를 들자면, 좋은 혼처를 찾고, 좋은 남자에게 시집가서 남편을 돕고, 또 아이들을 키우고, 안락한 일생을⋯⋯."

초교는 가볍게 쳇 소리를 냈다.

"세상이 전란으로 어수선한데, 좋은 남자가 세상에 어디 있다고?"

"그도 그렇지."

연순이 싱글거렸다.

"사람을 알 때 그 얼굴은 알아도 마음은 알 수 없으니. 10년 정도의 시간을 들여 천천히 알아보지 않는다면 한 사람을 꿰뚫어 보기는 어려운 법이지. 젊은 여인이 마음을 잘못 준다면 그건 평생의 행복을 그르치는 일이고 말이야."

초교가 몸을 돌려 생긋 웃었다.

"그럼 어떻게 하는 것이 좋을까?"

"아무래도 내가 너를 위해 고생을 좀 해야 할 것 같군."

연순의 눈이 가늘어지며 희미하게 빛났다. 그는 마치 교활한 여우처럼 입가에 웃음을 띠고 있었다.

초교가 눈을 흘겼다.

"마치 내키지 않는데 나 때문에 억지로 고생하겠다는 말 같은데!"

"아주 내키지 않는 것은 아니고."

연순의 목소리는 마치 푸른 물결처럼 공기 중에 부드럽게 맴돌고 있었다.

"고생이야 많건 적건 조금은 하겠지."

초교의 안색이 변하는 것을 보고, 연순은 웃으며 그녀를 끌어안았다.

"사람들은 왕후귀족이라면 삼처 사첩을 들인다고 하잖아? 하지만 나는 평생 단 한 사람의 아내만 맞이할 텐데, 그건 고생하는 게 아닌가?"

초교는 코웃음을 쳤다.

"그럼 가서 첩을 맞든지. 누구도 막지 않을 테니."

연순은 초교를 더욱 세게 끌어안으며 귓가에 속삭였다.

"난 그럴 생각 없어. 나는 결코 너에게 그런 굴욕을 맛보게 하지 않을 거야."

가느다란 팔 굵기의 붉은 초가 타오르며 방 안이 밝아졌다. 초교는 마치 온몸이 물에 잠긴 것처럼 힘이 없었다. 그때 연순의 따뜻한 목소리가 들렸다.

"아초, 나에게 와 줘."

마음이 따뜻해졌다. 초교의 눈가는 이미 젖어 있었다. 지금까지 걸어온 길이 얼마나 힘들었던가. 9년 전의 사냥터에서 만난 후, 눈 깜빡할 사이에 벌써 이렇게 오랜 세월이 흘렀다.

"응."

초교는 속삭이며 그의 어깨에 기댔다. 갑자기 하늘이 그녀에게 꽤나 후하다는 생각이 들었다.

연순의 가슴이 살며시 오르락내리락했다. 그가 다시 속삭였다.

"항상 너에게 아주 잘해 줄 거야."

초교가 미소 지으며 보일 듯 말 듯 고개를 끄덕였다.

"나는 항상 당신을 믿을 거야."

사방은 아무 소리 없이 고요했다. 비단 휘장이 바닥에 늘어져 있고, 때때로 황동으로 만든 모래시계에서 소리가 날 뿐이었다. 가느다란 모래가 흘러내리는 소리는 마치 이른 봄의 뽕잎이 바스락거리는 소리 같았다.

"아초, 동쪽의 전쟁이 끝나면, 우리 혼례를 올리자."

초교는 고개를 들어 그를 바라보았다. 연순도 그녀를 바라보고 있었다. 그의 눈빛에는 희미한 빛이, 깨끗하고도 따뜻하게 흐르고 있었다. 아련하게, 아주 오래전의 그 표정이 보이고 있었다. 소년은 어린 여자아이를 바라보며 이를 악물고 맹세하고 있었다.

'누구라도 너를 상처 입히려 한다면, 내가 반드시 죽을 각오로 막을 것이다!'

지금, 연순은 그녀를 끌어안고 속삭이고 있었다.

"아초, 비바람은 지나갔어. 그리고 우리는 여전히 함께 있지."

그래, 누구라도 변하기 마련이지만, 너와 나는 변하지 않아.

"응."

초교는 활짝 웃으며, 팔을 뻗어 연순의 젊은 몸을 끌어안았다. 숨을 헐떡이면서도 그녀는 만족하고 있었다. 나는 항상 당신을 믿을 거야. 항상 당신을, 당신을 믿을 거야.

삼월의 봄바람 같은 바람이 휘장 사이로 소리 없이 불어왔다. 초의 그림자가 희미하고, 휘장이 가볍게 흔들렸다. 마음은 그저 평온하기만 했다.

제12장 그대를 사랑해도 그대는 알지 못해

저녁이 되자 연순이 돌아왔고 두 사람은 함께 식사했다. 풍치와 아정이 서둘러 연순을 위해 물건을 정리하고 있는 것을 보고 초교가 물었다.

"떠나야 해?"

연순은 식사하며 동쪽에서 온 서신을 뜯어보면서 담담하게 고개를 끄덕였다.

"곧."

"나도 함께 갈래."

연순은 고개를 들더니 손에 들고 있던 서신을 내려놓고 나지막하게 말했다.

"동쪽에는 전쟁의 불꽃이 계속 피어오르고 있어. 대하의 군대는 아주 용맹하지. 너는 몸이 좋지 않고. 네가 그 길고 고된 여정을 하도록 둘 수 없어. 연북에는 전쟁이 없을 테니, 이곳에 남아 있도록 해."

초교는 미간을 살짝 찌푸리며 간절하게 말했다.

"내 몸은 아무 문제 없어. 함께 가게 해 줘. 나는 도울 수 있어. 나는……."

"아초, 네 능력을 의심한 적은 한 번도 없어. 하지만 너는 쉬어야만 해."

연순의 목소리는 낮았지만 이 말에는 매우 힘이 있었다. 그의 두 눈이 빛나고 있었다.

"아초, 너는 충분히 고생했어. 남은 일은 나에게 맡겨. 나를 믿지 못하는 것은 아니겠지?"

일순간, 마음에 무어라 표현할 수 없는 감정이 용솟음쳐 초교는 살짝 멈칫했다. 젓가락을 쥔 손도 떨리고 있었다. 그녀는 심호흡을 한 후 천천히 말했다.

"나는 당신을 걱정하고 있는 거야."

연순의 안색이 부드러워졌다. 그는 탁자 너머로 손을 뻗어 초교의 손을 잡고 미소 지었다.

"안심해도 좋아."

초교도 살짝 미소 지었다. 어떻게 대답해야 좋을지 알 수 없어서. 그녀는 문득, 연순이 돌아온 후로 자신이 군대와 관련된 일을 한 번도 묻지 않았다는 사실을 떠올렸다. 대하군이 지금 어디에 주둔하고 있는지도 그녀는 알지 못했다.

바깥에서 차가운 바람이 불어왔다. 불을 활활 지펴 놓았지만 방 안에는 여전히 한기가 돌았다.

연순은 밤을 좋아했다. 낮에 일이 없을 때면 초교는 침상에 앉아 밤 껍질을 하나하나 벗겼다. 그렇게 있다 보면 하루의 절반이 가 버리곤 했다. 껍질을 벗긴 밤은 무척 향기로웠고, 그 향은 소리 없이 코를 감돌아 사람을 취하게 만들었다. 침상 위, 서탁, 다탁 등 손이 닿는 곳이라면 어디든 껍질을 벗긴 밤이 있었고, 방 안은 점차 밤의 향기로 가득 찼다.

이불은 두툼했고, 그 위에 금사로 상서로운 구름이며 승천하는 용의 문양을 섬세하게 수놓아 두었다. 침상은 거대하여 예닐곱 사람은 잘 수 있을 정도였다. 초교는 연순을 위해 한 층 한 층 이불을 깔아 주며 평소라면 느끼기 어려운 평온함을 느끼고 있었다. 아마도 그를 위해 이런 일들을 해 줄 때, 그녀는 마음이 평화롭다고 느끼는 것 같았다.

뒤에서 갑자기 발걸음 소리가 들렸다. 초교는 고개를 돌리지 않고 말했다.

"물은 데워 두었으니, 일단……."

누군가가 그녀의 허리를 감싸 안았다. 초교의 새하얀 목에 남자의 따뜻한 호흡이 와 닿았다. 그녀는 몸을 일으키고는 웃으며 연순을 밀어냈다.

"방해하지 마. 침대를 정리 중이니까."

"다른 이들은 상상도 못하겠지. 북삭을 지키는 혁혁한 전공을 세운 초교 대인이, 이런 자질구레한 일을 할 줄 안다는 걸."

그가 자신을 놀리는 것을 알고, 초교도 웃으며 질책했다.

"양심이 없군. 10년 동안 내가 당신을 돌봐 줬는데, 마치 내가 전쟁 빼고는 아무것도 못하는 야차 같은 여자인 것처럼 이야기하네."

연순이 웃었다.

"그럴 리가. 나는 내 행운에 감사하고 있는 중인데."

초교가 갑자기 몸을 돌려 그를 바라보았다.

"그럼 나를 데려가. 당신을 계속 돌봐 줄 수 있게."

연순도 그녀를 바라보았다. 얼굴에 떠올라 있던 웃음기는 갑자기 사라지고 말았다. 그는 한참 동안 초교를 응시한 후, 천천히 말했다.

"아초, 근 몇 년 동안, 내 가장 큰 소망이 무엇이었는지 알아?"

초교는 살짝 미간을 찡그릴 뿐 아무 말도 하지 않았다.

연순도 그녀에게 답을 들을 생각이 없는 듯, 혼잣말하듯 말했다.

"이 몇 년 동안, 매번 네가 먼지를 뒤집어써 가며 나를 위해 동분서주할 때마다 마음속으로 맹세했어. 언젠가 나 연순이 곤경에서 벗어나는 날이 오면, 반드시 너에게 어떤 힘든 일도 당하게 하지 않고, 조금도 상처 입지 않게 하겠다고. 나는 너에게 비단옷을 입히고, 맛있는 음식을 먹이고 싶어. 그리고 편안하고 즐겁게 생활하게 하고 싶어. 여인으로서 누릴 수 있는 모든 영광과 기쁨을 모두 누리게 하고 싶어. 아초, 나는 남자야. 네가 나를 위해 적진으로 돌격하는 것보다, 나는 네가 나를 위해 침상을 정리하고 식탁을 차려 주는 것을 보고 싶어."

그렇게 말하는 연순의 표정은 매우 평화로웠고 눈빛에는 진심이 담겨 있었다. 초교는 그런 그를 보며 한순간 무어라 말해야 좋을지 알 수가 없었다. 그녀는 고개를 숙였다. 마음에 너무도 많은 감정이 하나하나 스쳐 갔다. 마침내, 그녀는 천천히 손을 내밀어 연순의 마른 허리를 끌어안았다.

"알겠어. 여기 남아 기다릴 테니, 꼭 안전하게 다녀와야 해. 빨리 돌아와."

초교의 목소리는 부드러웠다. 연순은 그 목소리를 듣자 표정이 바뀌더니, 감정을 주체하지 못하고 긴 손가락을 뻗어 천천히 그녀의 턱을 들어 올렸다. 그리고 깊은 눈빛으로 그녀의 눈을 바라보았다. 곧 부드러운 입맞춤이 그녀의 머리카락에, 눈꼬리에, 앵두 같은 입술에, 하얀 목에 떨어졌다. 팔은 그녀의 허리를 꽉 끌어안고, 입술이 스치는 순간순간, 그 소곤거리는 듯한 작은 소리는 그렇게나 유혹적이었다. 초교는 자신의 이성이 전부 부서져 내리는 것만 같았다.

연순의 호흡이 거칠어지고 있었다. 그의 배 근처에서 작은 불길이 일어나고 있었다. 그의 손은 그녀의 등을 힘차게 쓰다듬었다. 그래도 부족한지 몸 깊은 곳에서 간절한 갈망이 생겨나고 있었다. 연순은 이제 입술로 맛보는 촉감만으로는 만족할 수 없었다. 그는 더 많은 것을, 더, 더 많은 것을 바라고 있었다.

겹겹이 내려오는 휘장 사이에 거대한 침상이 있었다. 평소와는 다르게 유혹적인 분위기가 풍겼다. 연순은 초교의 부드러운 몸을 안아 들고 침상 위에 내려놓았다.

몸이 침상에 닿았을 때, 초교는 당황해서 어쩔 줄 몰랐다. 몸이 갑자기 차가워지는 기분이었다. 그녀는 어쩔 줄 몰라 하며 눈을 크게 떴지만 곧 타오르듯 뜨거운 숨에 뒤덮이고 말았다. 그를 밀어내는 척했지만, 갑자기 타오르기 시작한 욕망의 불꽃을 멈출 수는 없었다. 연순이 그녀를 내리눌렀다. 얇은 옷만 입은 서로의 몸이 스칠 때마다, 피부는 불에 덴 듯 뜨거워졌다.

"연…… 순……."

초교의 가쁜 숨소리가, 마치 파도처럼 가늘게 연순의 귓가로 밀려왔다. 연순은 일순간 그 숨소리가 품고 있는 것이 기쁨인지 분노인지, 아니면 거절인지 승낙인지 분별할 수가 없었다.

항상 검을 쥐고 있던 손이 그녀의 옷자락을 풀고, 천천히 안으로 미끄러져 들어갔다. 그가 그녀 가슴의 매끄러운 피부를 어루만졌을 때, 초교는 그의 귀에 대고 가벼운 비명을 질렀다. 그러나 그녀는 더 이상 그를 제지할 수 없었다.

연순의 숨소리가 갑자기 더할 나위 없이 급박하게 바뀌었다. 그 부드러운 감촉이, 그의 머릿속에 있던 최후의 이성마저 불태워 버렸다. 그는 잠긴 목소리로 초교의 귀에 대고, 마치 꿈을 꾸는 것처럼 속삭였다.

"아초, 더 이상 참을 수가 없어."

초교는 이미 움직일 힘을 전부 잃어버린 후였다. 살짝 열린 그녀의 입술을 연순이 살짝 깨물었다. 그러나 그녀는 그저 신음 소리만 낼 뿐이었다. 연순의 혀가 가볍게 그녀의 이를 핥자, 찌릿찌릿한 감촉이 오며 피부가 전율했다. 몸 아래 비단 이불은 매끄럽고, 그녀의 몸에 얹힌 연순은 그렇게나 무겁게 느껴졌다. 그리고 그렇게나 안전한 기분이 들었다.

그녀의 옷자락이 어깨 아래로 흘러내리고 마치 등불 아래 빛나는 아름다운 도자기 같은, 눈처럼 새하얀 어깨가 드러났다. 그러나 그 순간, 머릿속에 한 가지 생각이 스쳤다. 초교는 있는 힘을 다해 연순의 입에서 자신의 입술을 해방시킨 후, 가라앉은 목소리로 소곤거렸다.

"연순, 형월아가 몇 살이지?"

연순은 살짝 당황했다. 초교는 초교가 몇 살이냐고 묻지 않고 형월아가 몇 살이냐고 묻고 있었다. 이게 대체 어떤 차이가 있는 것일까? 사실을 알지 못하는 남자는 조금 원망스러운 표정으로 그녀를 질책했다.

"아초, 네가 유혹했잖아!"

초교는 가련하게 고개를 저었다.

"내가 언제?"

"네가 그렇게 아름다운 모습으로 내 앞에 있는 것 자체가 유혹이라고!"

연순은 깊이 숨을 들이마시더니 초교의 하얀 귓가에 가볍게 입을 맞췄다.

"그리고, 너는 매번 유혹해 놓고는 책임을 지지 않지."

눈앞에 갑자기 별이 반짝이며 온몸이 떨리기 시작했다. 초교는 자신도 모르게 살짝 몸을 움츠리며 입으로는 여전히 중얼거렸다.

"너는…… 너무…… 제멋대로……."

"나는 너무나 사리분별을 잘하고 있지. 그래서 너에게 아무 짓도 못하는 거라고."

연순이 소리 없이 한숨을 쉬었다.

"아초, 정말로 너를 바로 맞이하고 싶다."

"그럼 맞으면 되잖아."

초교는 자신도 모르게 말을 고르지 않고 소곤거리고 말았다. 말을 마친 그녀는 얼굴이 새빨개져 바로 이불 속으로 머리를 묻었다. 연순은 잠시 얼이 빠진 것 같더니 곧 큰 소리로 웃었다. 그의 목소리는 더할 나위 없이 명랑했다.

초교는 정말 스스로 얼떨떨했다. 어떻게 내가 연순보다 더 기다릴 수 없는 것처럼 굴고 있지?

"그럴 수야 없지."

연순이 그녀를 이불 속에서 끌어내 자신의 무릎 위에 앉혔다.

"지금의 연순은 그저 연북이라는 편벽한 지역에 있는 반역자라고. 연북은 황무지고, 해야 할 일들도 너무 많아. 내가 어떻게 이렇게 누추하고 보잘것없는 곳에 내 아내를 맞이할 수 있겠어? 동쪽의 전쟁이 끝나고, 연북이 안정되면, 나는 황금 궁전을 세워서 너를 맞이할 거야. 대하의 서북 창고가 내 혼례의 예물이 되겠지. 나의 아초, 너는 반드시 온 서몽 대륙에서 가장 존귀한 지위의 신부가 될 거야. 바로 나, 연순에게 있어 평생 유일한 연인으로 말이지."

초교는 그의 마음을 예전부터 알고 있었지만, 갑자기 이런 이야기를 들으니 심장이 떨려 왔다. 눈시울 역시 붉어졌지만 그녀는 간신히 눈물을 참고 천천히 고개를 숙여 그의 어깨에 기대며 속삭였다.

"나는 아무것도 필요 없어. 그저 당신이 잘 지내면, 평안하기만 하면 돼."

"네가 필요 없다고 해도, 내가 안 줄 수는 없는걸."

연순은 미소 지으며 그녀의 이마에 입을 맞췄다.

"네가 이 몇 년 동안 어떻게 지내 왔는지 알고 있어. 이건 내 꿈이야. 아주 오랫동안 꾸어 온 꿈. 나는 너에게 빚을 아주 많이 졌고, 남은 생 동안 열심히 갚아 갈 거야."

그녀의 심장은 따뜻한 물속에 잠겨 있는 것 같았다. 한없이 따뜻했다. 초교는 다시 속삭였다.

"우리 사이에 빚이라는 단어가 존재할 이유가 있을까?"

연순의 안색이 조금 울적해지더니, 목소리가 낮아졌다.

"네가 얼마나 고생했는지, 모두 알고 있어."

촛불이 기분 좋은 소리를 내며 타올랐다. 겹겹이 늘어진 휘장 안에서 두 사람은 한참 동안 서로에게 기대어 있었다.

목욕이 끝난 후 연순은 잠옷을 입지 않고 평상복을 입었다. 초교가 궁금해하며 물었다.

"뭐 하려는 거야?"

연순이 바람막이를 그녀에게 걸쳐 주며 미소 지었다.

"너를 데려다주려고."

"데려다준다고?"

초교는 당황했다. 이 며칠 동안 그녀는 계속 연순 곁에 머물러 있었다. 사실 같이 잠을 잔다고 해서 별일도 아니었다. 어린 시절 그들은 계속 함께 잤으니까. 최근 초교가 병이 들었기 때문에 연순은 주야로 그녀를 간호했고, 계속 그녀와 함께 식사하고, 함께 잤다. 오늘 이렇게 늦었는데 왜 방으로 돌려보내려는 것일까?

"왜? 안타까워?"

연순이 초교를 놀리더니 순식간에 괴로운 듯 말했다.

"아초, 우리 모두 아이가 아니야. 이 며칠 동안 나는 잠을 아예 이루지 못했어. 진황성에서 인질로 있던 8년보다 더 괴로웠다고."

초교의 고운 얼굴이 빨갛게 달아올랐다. 주위에 있던 시녀들이 모두 입을 가린 채 몰래 웃었다. 초교는 입술을 비죽이며 투덜거렸다.

"대체 무슨 소리를 하는 거야?"

"모두 웃지 말도록. 초 대인께서 부끄러워하시지 않느냐?"

연순이 갑자기 고개를 돌리더니 일부러 그 시녀들을 질책했다. 시녀들은 더 크게 웃기 시작했고, 연순은 어쩔 수 없다는 듯 초교에게 어깨를 으쓱해 보이며 말했다.

"어쩔 수 없어. 아무도 내 말은 안 듣는다고."

"허튼소리만 하다니. 저리 가."

초교는 재빨리 방문을 빠져나가 자신의 방을 향해 걸어가기 시작했다. 그러나 연순이 큰 소리로 웃으며 뒤에서 달려와 그녀를 안아 올렸다.

"데려다준다고 했지. 감히 군령을 위반하다니! 그 죄가 크다!"

연순이 떠난 후, 방 안은 썰렁해진 것 같았다. 초교는 자신의 방으로 돌아온 후 오히려 피곤함이 가신 것 같았다. 그녀는 방금 전의 일들을 떠올리며 자신도 모르게 얼굴을 붉히고, 계속 뒤척거리며 잠을 이루지 못했다. 결국 다시 서탁 앞에 기대앉아 멍하니 정신을 놓고 있었다.

이번에 연순이 돌아온 후 무엇인가가 달라졌다. 그들의 관계는 더욱 친밀해졌지만, 무엇인가가 점점 변하고 있었다.

연순이 방금 했던 말을 떠올리고 초교는 미소 지었다. 됐다. 아마 내가 지나치게 걱정하는 걸 거야. 남자들은 모두 그런 법이지. 자신의 연인이 전장에 나가 적진으로 돌격하는 것을 좋아하는 남자는 없을 거야. 지금 그가 가진 힘도 강해졌고, 그러니 연순은 나를 보호하려 하는 거겠지.

초교는 그를 이해해야만 했다. 그는 그녀가 평온하고 행복하게 살기를 바라고 있었다. 보통 여자들처럼. 차를 마시고 꽃을 감상하며, 비단옷을 걸치고 하인들의 시중을 받으며. 그야말로 비단옷과 미식의 생활을. 단지 그녀가 과거 고생했던 것을 보상하기 위해 그러는 것일 뿐이다. 비록, 그런 생활이 그녀가 원하는 것이 아니라 해도.

그래도 초교는 그의 소원을 들어주고 싶었다. 그녀는 연순을 이해하고 있었다. 그는 결코 그녀를 배제하려는 것이 아니라, 그녀를 지켜 주려는 것이다.

여기까지 생각하고 나니 마음이 꽤 편해졌다. 초교가 다시 잠을 청하려 했을 때 밖에서 발걸음 소리가 들려왔다. 창을 여니 냉기가 훅 끼쳐 왔다. 연순의 방을 향해 등불들이 몰려가는 것이 보였는데, 아주 다급해 보였다.

"녹류!"

초교가 부르자, 시녀가 졸린 눈빛으로 뛰어왔다.

"아가씨, 무슨 일이세요?"

"밖에 무슨 일이지? 이렇게 늦었는데 왜 저렇게 많은 사람들이 온 거지?"

"아, 아가씨께서 모르셨군요. 전하께서 오늘 밤 장군들과 함께 밤을 새워 군대의 일을 토론한다고 하셨어요. 아마 동쪽 전장의 작전 방안 같은 것을 짜시려는 것 같아요. 장군과 대인들이 전하의 방 근처에서 아주 오래 기다리셨다고 해요."

초교는 그만 얼이 빠지고 말았다. 창밖에서 바람이 거칠게 불어와 그녀의 옷을 펄럭였고, 머리카락도 바람을 따라 춤을 추었다. 초교는 아주 연약해 보였다.

"아이고, 아가씨, 병에서 겨우 좋아지신 참인데 어찌 이리 바람을 맞으세요?"

시녀가 서둘러 창을 닫으며 간절하게 불렀다.

"아가씨? 아가씨?"

"아?"

초교는 정신을 차리고 말했다.

"아, 아무것도 아니다. 가서 쉬어라."

녹류가 머뭇거리며 물었다.

"아가씨, 정말 괜찮으세요?"

"응, 괜찮아. 가서 쉬도록 해."

"예. 아가씨도 어서 쉬세요."

연순의 서재 쪽은 등불이 아주 밝았다. 초교는 잠시 지켜보다가 이불 속으로 들어갔다. 잠이 들기 직전 그녀는 생각했다. 오늘 밤 연순이 군대의 일을 의논할 생각이었기에 내게 돌아가 자라고 했던 걸까?

한참 생각하던 초교는 돌아와 자는 편이 나았던 거라는 결론을 내렸다. 저들이 저곳에서 저리 시끄러우니, 연순의 침실에 있었다면 제대로 잠을 이루지 못했을 것이다.

잠에 빠져드는 순간, 초교는 꿈속에서 갑자기 이름을 알 수 없는 망연한 감정과 공포심을 맛보고 있었다. 그녀의 마음은 거친 파도 위에 흔들리는 배처럼 방황하고 있었다. 그러나 그녀는 결국 조금씩 마음을 가라앉힐 수 있었다.

초교는 아침 일찍 눈을 떴다. 마음에 담아 둔 것이 있으니 어떻게 해도 제대로 잠을 이룰 수가 없었다. 사흘만 있으면 연순은 떠날 터였다. 그녀는 계속 안절부절못하고 불안했다. 아침 일찍 일어난 그녀는 세수조차 하지 않고 연순의 방으로 달려갔다. 그러나 그는 낙일군영으로 갔고, 아직 돌아오지 않았다는 말을 들었다.

식사를 끝내도 연순은 여전히 돌아오지 않았다. 할 일이 없었기 때문에 그녀는 서탁 앞에 앉아 멍하니 있었다. 머릿속으로는 계속 북벌 전쟁 이후 대하의 병력 분포를 분석하기 시작했다. 양쪽의 정보, 후방 보급, 병기 등 다방면에서 비교하다 보니 머릿속에 자연스럽게 작전 지도 하나가 떠올랐다.

그녀가 생각하고 있노라니 녹류와 풍치가 웃으며 들어왔다. 녹류는 손에 위패를 하나 들고 있었는데, 초교를 보고 웃으며 말했다.

"아가씨, 이게 뭔지 보실래요?"

초교는 당황했다. 그 위패는 장수를 비는 것으로, 뜻밖에도 초교의 이름과 직위가 새겨져 있고, 아래에는 작은 글씨로 빽빽하게 장수를 비는 상서로운 말들이 적혀 있었다.

"내 장생패?"

초교가 웃으며 말했다.

"너희 둘이 만든 거야? 나를 즐겁게 해 주려고?"

녹류가 매우 즐거워하며 말했다.

"그럴 리가요. 풍치가 사 온 거예요."

"샀다고? 이런 걸 누가 팔고 있다고?"

"정말 모르고 계셨습니까?"

풍치는 나이가 아직 어렸다. 그는 풍민이 떠난 후 연순이 거둔 서동이었다. 그가 하하 웃으며 말했다.

"아가씨께서는 북삭성의 은인이시잖습니까. 백성들은 가가호호 모두 아가씨를 높이는 위패를 세우고 아침저녁으로 공양을 하고 있답니다. 성 남쪽의 충의당이 무너져서 최근 부호들이 돈을 내어 새로 짓는다는데, 아가씨의 모습도 조각해서 그곳에 둔다는군요. 바로 연 대왕전하의 곁에 말입니다. 살아서 충의당에 들어가는 경우는 처음이라고 합니다. 소상인들이 이게 꽤 이익이 되겠다 싶었는지, 잇달아 아가씨의 장수를 비는 위패며 평안을 비는 옥패를 만들어서 팔고 있어요. 심지어 병사들 중에서도 옥패를 사서 지니고 다니는 경우가 있다고요!"

이 이야기를 들은 초교는 살며시 당황했다. 그녀는 풍치와 녹류가 생각한 것처럼 즐거워하지 않았다. 오히려 살짝 미간을 찌푸리고 있다가 한참 후에야 나지막하게 물었다.

"내 위패 말고 또 다른 사람과 관련한 물건도 팔고 있어?"

풍치는 초교의 표정이 진지한 것을 보고 조금 조급한 마음이 들어 속삭이듯 말했다.

"있지요. 제2군의 노직 대인의 진흙 인형을 팔고 있어요. 백성들은 그걸 사다가 집 안의 아궁이에 넣어 불태우기도 하고, 변소 안에 던져 버리기도 해요."

"아가씨, 괜찮으세요?"

녹류도 조그만 소리로 물었다. 초교는 고개를 저었다.

"아무것도 아냐. 먼저 나가 보아라. 그 물건은, 불태우거나 버리도록 해. 저택 안에 두지 말도록."

"네."

두 사람은 근심스러운 표정으로 대답하고, 몸을 돌려 나갔다.

초교는 불안해졌다. 이번에 연순이 후방에서 대하군을 공격하여 포위를 풀었으니, 그가 북삭을 재난에서 구한 셈이었다. 그가 그 전에 연북을 포기하려 했던 것을 아는 사람은 없었다. 이치대로라면 백성들은 당연히 그에게 감사해야만 옳았다. 그런데 어째서 연북의 백성들은 그에게 고마워하지 않는 것일까? 분명히 문제가 있다. 아무래도 자세히 연구해 봐야 할 것 같았다.

초교는 미간을 찌푸렸다. 자신의 명성이 이리 높아져도 연순이 어떻게 생각할지는 걱정되지 않았다. 그러나 다른 사람들에 대해서는 달랐다.

보아하니, 연순을 위해 좀 더 많은 일을 해서 기세를 올리고, 군대의 일에서는 손을 떼었어야 했다.

한참을 생각하다가, 그녀는 갑자기 한기를 느꼈다. 혹시 이 일들을 연순도 알고 있을까? 만약 그가 알고 있다면, 자신을 군대의 일에서 멀어지게 한 것에 다른 생각이 있었던 것은 아닐까?

하지만 여기까지 생각한 그녀는 재빨리 이 생각을 지워 버리고, 억지로 웃으며 머리를 흔들었다. 내가 미쳤지. 연순이 그럴 리가 없잖아?

그녀는 창을 열었다. 내리던 눈은 이미 멈춰 있었다.

◆━━━▶

거대하고 적막한 청원전은 10리에 걸친 연못 중앙에 있는 누각으로, 질이 좋은 녹나무로 만들어져 사방에서 바람이 들어왔다. 사방의 호수는 모두 푸르고 맑았다. 상비의 대나무로 만든 발은 반쯤 말려 올라가 있었는데, 마치 난초처럼 고상한 느낌이었다.

이 계절에 연꽃은 이미 피어 있지 않았지만, 궁중의 솜씨 좋은 궁녀들이 흰색과 푸른색 비단으로 비단 연꽃을 만들어 물 위의 띄워 놓았다. 멀리서 바라보면 바람이 연잎을 스쳐 갈 때마다 연잎의 푸른빛이 더욱 돋보이는 것이 진짜 같았다. 회송 황궁의 아름다움은, 감히 변당의 금오궁에 비할 만했다.

흠원전이 현재 수리와 중건 중이었기 때문에, 납란홍엽은 조당을 청원전으로 옮겼다. 아침 조회를 끝낸 후, 그녀는 천천히 휘장을 젖히고 밖으로 나갔다. 납란홍욱이 휘황찬란한 용상에 앉아 고개를 젖히고 있었는데, 턱으로는 길게 침이 흐른 자국이 보였다. 코를 고는 소리도 살짝 들려오는 것이, 잠이 든 지 오래된 것 같았다.

대신들이 떠날 때의 시선을 떠올리니 장공주의 미간은 어쩔 수 없이 조금 일그러졌다. 어린 태감이 그것을 보고 서둘러, 그러나 조심스럽게 납란홍욱의 어깨를 밀며 속삭였다.

"황상? 황상?"

젊은 황제가 몽롱한 표정으로 잠에서 깨어나 마치 화가 난 듯 미간을 찌푸리다가, 장공주가 서 있는 것을 보고는 바로 두려운 표정을 짓고 비틀거리며 몸을 일으킨 후 눈을 비볐다.

"누님."

대전에 있던 이들이 모두 물러가 이제 이곳에는 납란홍엽과 황제, 그리고 곁에서 시중을 드는 어린 태감뿐이었다. 납란홍엽이 살며시 미간을 찡그리며 조용한 어조로, 그러나 무어라 부를 수 없는 힘을 지닌 말투로 물었다.

"누이가 말하지 않았나요? 조당에서는 잠을 자서는 아니 된다고?"

황제는 고개를 숙였다. 그는 마치 잘못을 저지르다 잡힌 어린아이 같은 모양새로 중얼거렸다.

"말…… 말했어요."

"그런데 왜 또 어기셨나요?"

젊은 황제는 고개를 숙이고 잘못을 인정했다.

"누님, 내가 잘못했어요."

납란홍엽은 다시 미간을 찌푸렸다.

"누이가 스스로를 어떻게 칭하는지 말해 주지 않았나요?"

"응?"

납란홍욱은 멈칫했다. 아무래도 납란홍엽의 말의 의미를 이해하지 못한 것 같았다.

어린 태감이 서둘러 그의 귀에 대고 속삭였다. 황제는 즉시 고개를 끄덕였다.

"누님, 내가, 아니, 짐이 잘못했어요. 짐이 잘못했어요."

"잘못한 것을 알았으니 돌아가 《도덕기》를 열 번 베껴 쓰세요. 다 베끼기 전에는 식사를 하면 안 됩니다."

"아?"

황제의 얼굴이 바로 일그러졌다. 납란홍엽은 그런 황제의 표정을 보지 못한 척, 몸을 돌렸다. 대전 안은 휑뎅그렁했고,

밖에서 들어오는 햇빛은 매우 좋았다. 바람이 사방에서 불어와 대나무로 만든 발 위를 스쳐 가며, 그 위에 달린 황금 방울을 흔들어 맑은 소리를 냈다. 납란홍엽은 짙푸른 조복으로 두툼한 바닥을 쓸며 걸었다. 그녀가 입은 옷에는 매우 정교한 솜씨로 흰 새 모양의 자수가 놓여 있었고, 금사가 반짝였다. 어디를 보아도 황실의 존귀함과 위엄이 보이지 않는 곳이 없었다.

"공주 마마."

운 여관이 밖에서 기다리다가 납란홍엽이 나오는 것을 보고 달려와 바람막이를 걸쳐 주었다. 지금은 이미 11월, 회송의 기후가 온화하다지만 아침저녁으로는 바람이 꽤 쌀쌀했다.

"마마, 궁으로 돌아가시는지요?"

납란홍엽은 고개를 저었다. 오늘 장릉왕과 진강왕 등 몇몇이 말을 하면서도 상세하게 말하지는 않고 계속 에둘러 표현했다. 동해의 도적들에 대해 어느 정도는 숨겨야 했기 때문에 그녀도 방어하지 않을 수 없었다. 납란홍엽이 나지막하게 말했다.

"현묵을 궁으로 불러라. 그와 의논할 일이 있으니."

"예."

운 여관이 서둘러 답하고 다시 물었다.

"공주 마마, 청원전에서 현왕 전하 보셨습니까? 그게, 황상께서 아직……."

운 여관이 말을 하려다 멈췄다. 납란홍엽은 운 여관의 말을 따라 몸을 돌려 바라보았다. 거대한 궁전은 적막하고 고요했다. 칠흑의 나무 바닥이 그 사이로 깔려 있어, 전각을 더욱 삼엄하고 차가워 보이게 했다.

젊은 황제는 홀로 계단 위에 앉아 고개를 숙이고 있었다. 황관 위에 반짝이는 구슬들이 양쪽으로 내려와 투명하게 빛나고, 햇빛이 구슬들을 통해 눈부신 빛을 흩뿌리고 있었다. 그 빛줄기를 따라, 심지어 공중에 떠도는 먼지까지도 보였다. 밝은 노랑의 용포는 그의 처연한 표정을 더욱 부각시켜 주었다. 젊은 황제는 마치 아무도 돌봐 주지 않는 어린아이 같았다.

그러나 그가 괴로워하는 것은 결국 《도덕기》를 열 번 베껴야 하기 때문이지, 구북의 홍수 때문도, 동해의 도적 떼 때문도, 제형사에서 올린 송장 때문도 아니었다. 더더군다나 조정에서 있었던 분쟁 때문은 결코 아니었다. 그는 그저 글을 베껴 쓰기만 하면 마음 놓고 밥을 먹고, 잠을 자고, 귀뚜라미 싸움을 붙이고, 아무 근심도 걱정도 없이 즐겁게 날을 보낼 수 있었다. 설령 그에게 일국의 중임이 맡겨져 있다 해도.

납란홍엽은 희비를 드러내지 않고 외롭게 서서, 푸른 물결과 비단으로 만든 꽃들을 바라보았다. 멀리 이락전에서 사죽 소리며 태평성대를 노래하는 가무 소리가 장황하게 들려오며, 짙고 짙은 화려함이 이 창백한 황궁을 뒤덮기 시작했다.

"청식궁으로 가자꾸나."

저녁 무렵, 현묵이 황궁을 떠났다. 운 여관은 궁녀들에게 미리 준비해 두었던 식사를 들려 들어왔다. 납란홍엽은 위가 좋지 않아, 그저 몇 입 먹었을 뿐이었다.

그때 갑자기 문밖에서 다급하게 뛰어오는 발걸음 소리가 들렸다. 그리고 태감이 헐떡이며 외쳤다.

"공주 마마! 공주 마마, 큰일 났습니다!"

"무슨 일이지?"

납란홍엽이 눈썹 끝을 치켜세웠다.

운 여관이 서둘러 문밖으로 나갔다. 그러나 운 여관이 입을 열기도 전에, 그 태감이 눈물을 흘리며 방 안으로 들어와 쿵 소리가 나도록 무릎을 꿇고 대성통곡하기 시작했다.

"공주 마마, 큰일 났습니다. 황상께서 방금 이락전 지붕에서 떨어지시고 말았습니다!"

저녁 해가 궁정을 핏빛으로 물들이고 있었다. 황궁 내의 금위병은 삼엄했고, 도처에 순라와 초소가 있었다. 궁문은 전부 봉쇄되었고, 출입이 통제됐다. 조정 중신들은 이미 절반 이상 도착해 새까맣게 땅에 무릎을 꿇고 있었다.

그녀가 들어가자 그 고개 숙인 머리들이 잇달아 고개를 들었다. 그들의 눈빛은 모두 달랐다. 전각 밖 차가운 냉기와 석양이 함께 뒤섞여, 경외심, 두려움, 질투, 무시, 분노, 인내, 그 모든 감정이 힐긋 쳐다보는 한 번의 눈길에서 새어 나오고 있었다. 그리고 그들은 재빨리 평온한 눈빛으로 돌아가 다시 고개를 숙였다.

납란홍엽은 짙은 자색 바탕에 금빛과 은빛 구름무늬가 있는 비단옷을 입고 있었다. 그녀의 우아한 옷깃에는 커다란 장미 자수가 송이송이 정교하게 놓여 있어 길고 하얀 목을 더욱 돋

보이게 했다. 그녀의 얼굴은 무엇과도 비교할 수 없을 정도로 단정했다. 그녀는 한 걸음 한 걸음 백희전으로 올라갔다. 주위에는 모두 차갑고 스산한 공기가 흐르고 있었다.

진강왕이 신하들 중 가장 앞에 서 있다가 그녀가 급하게 오는 것을 보고 두어 걸음 앞으로 나오다가, 짙푸른 망포를 입은 젊은 남자에게 밀려 하마터면 넘어질 뻔했다.

현묵의 눈빛은 초조했다. 그는 뒤에 있는 진강왕의 분노한 눈길은 신경 쓰지 않고 먼저 앞으로 나왔으나, 차마 아무 말도 하지 못하고 있었다.

"황상께서는 어떠하시냐?"

납란홍엽이 나지막하게 물었다. 그녀의 표정은 아주 평온했다. 어떤 무너지는 느낌도, 동요하는 빛도 없었다.

사방팔방에서 탐문하는 눈빛이 쏟아지다가 실망스러운 빛을 띠었다. 현묵은 고개를 저으며 나지막하게 말했다.

"태의는 이미 되돌릴 방법이 없다 하였습니다. 마마, 들어가 보시지요."

순식간에, 겨우 잡아 놓았던 심장이 떨어져 내리는 것 같았다. 그러나 안타깝게도 먼 곳에 떨어지지 않았다. 사람들의 눈이 모두 예리한 칼날을 품고 그녀에게로 향하고 있었다. 납란홍엽은 갑자기 수년 전의 일을 떠올렸다.

부친이 세상을 떠나던 그날 밤, 그때도 백희전이었다. 이렇게 조복을 입은 이들의 눈빛을 받아야 했고, 이렇게 비가 부슬거리며 내렸지.

사방은 온통 차갑기만 했다. 그녀는 호흡이 힘들어 천천히 숨을 들이마시고 다시 내쉬었다. 숨과 함께 모든 감정을 내쉬었다. 고통스러워 차라리 죽고 싶은 그 감정을, 자신의 이성 속에 함몰시켰다.

그녀는 사람들을 헤치고 천천히 발걸음을 옮겼다. 양편의 궁녀가 휘장을 들었다. 그녀는 홀로 휘황찬란한 침전으로 들어갔다.

찬란한 금빛이 그녀의 눈을 아프게 찔러 왔다. 그녀는 입술을 깨물고 겹겹이 걸린 휘장을 지나갔다. 전각 안은 답답할 정도로 더웠다. 그녀의 동생은 거대한 용상 위에 누워 있었다. 얼굴은 창백했고, 눈은 놀란 듯 빛나고 있었다. 그는 똑바로 누워 있었는데, 눈가는 푹 꺼지고, 두 뺨은 파랗게 멍이 들어 있는 데다, 입술은 찢어지고, 머리에도 검붉은 피가 묻어 있었다.

눈시울이 뜨거워져, 납란홍엽은 그만 발걸음을 멈추고 말았다. 사방팔방에 모두 헤아리기 어려운 눈길이 있었다. 그녀의 손이 가볍게 떨리고 있었다. 그녀는 손을 뻗었지만, 어디를 쓰다듬어야 할지 알 수 없어 그저 작은 소리로 물었다.

"욱아?"

목소리를 들은 황제가 서서히 고개를 돌리더니, 그녀를 보자마자 겁먹은 표정을 지었다. 황제는 쉰 목소리로, 어떻게든 변명하려고 노력했다.

"누님, 나…… 나 아직 쓰지 못했어……."

하마터면 눈물이 떨어질 뻔했다. 납란홍엽은 침상 옆에 앉아 손을 뻗어 그의 어깨를 어루만지며 말했다.

"쓰지 않아도 좋다. 누이가 다시는 벌하지 않을 거야."

"정말?"

젊은 황제의 눈에 갑자기 짙은 광채가 어렸다. 그는 기뻐하며 되물었다. 마치 건강한 사람처럼 힘차 보였다.

"정말로? 누님?"

수년 전의 일이 아련하게 떠올랐다. 부친이 세상을 떠나던 그 순간. 납란홍엽의 마음 깊이 얼음처럼 차가운 한기가 쌓이고 있었다. 그녀는 입술을 깨물며 고개를 끄덕였다.

"그럼, 누이는 약속을 꼭 지키니까."

"진짜 좋다!"

황제는 바로 누운 채 침상 꼭대기의 휘장을 바라보았다. 겹겹이 늘어진 휘장에는 황금빛 용이 수놓여 있었는데, 그 용의 발톱은 흉악하여 마치 사람을 잡아먹는 괴수 같았다.

"정말 좋아, 그럼 나도…… 할…… 수 있……."

그는 결국 말을 끝맺지 못했다. 황제의 눈이 이상하게 빛났다. 그의 일생 중 눈빛이 그렇게 형형했던 것은 이번이 처음이었을 것이다.

그는 목을 쭉 폈다. 눈동자는 격동한 듯 붉어지기 시작했다. 그는 힘차게 납란홍엽의 손을 잡았다. 무슨 말인가 하고 싶은 듯했지만, 마치 생선가시라도 목구멍에 걸린 것처럼 잘게 부서진 소리만 나올 뿐이었다. 그는 아무 말도 할 수 없었다.

태의들이 갑자기 앞으로 달려 나왔다. 사람들이 눈앞에 새까맣게 몰려 허둥지둥하기 시작했다. 어릴 때부터 황제의 곁을 지키던 태감이 바닥에 무릎을 꿇고 대성통곡했다.

"황상! 황상!"

"황상께서 무슨 이야기를 하려 하셨던 거지?"

납란홍엽이 사납게 고개를 돌렸다. 그녀의 눈이 살짝 붉어져 있었다. 그녀는 다시 그 태감에게 물었다.

"모르느냐?"

"공주 마마……."

태감이 무릎을 꿇은 채, 마치 바보가 된 것처럼 동문서답하며 슬프게 울어 댔다.

"황상께서 이락전 지붕에 올라가시면서, 궁 밖이 어떤 모양인지 보시고 싶으시다고, 황상께서는 태어나서 한 번도 황궁 밖으로 나가 보신 적이 없으시다고, 황상…… 황상……."

슬픔은 마치 차가운 눈이 내리듯 가슴에서 흘러나와 온몸으로 퍼져 갔다. 태의들이 허둥지둥하는 가운데 납란홍엽의 얼굴이 붉어지고, 그녀는 여전히 쉰 목소리로 반복했다.

"된다……. 되고말고……."

납란홍엽은 황제의 손을 잡고 말했다.

"욱아, 아픈 것이 다 낫고 나면, 누이가 궁 밖으로 데리고 나가 주마!"

황제의 눈에 기쁜 빛이 스쳐 갔다. 그는 입을 다물고 눈을 빛내며 납란홍엽을 바라보았다. 그 맑은 눈빛은 여전히 자라지 않은 아이 같았다.

순식간에, 납란홍엽의 소매를 잡고 있던 손에서 힘이 풀리며 그의 숨이 멈추고, 머리가 무겁게 떨어졌다.

"황상!"

"황상!"

거대한 울음소리가 전각 내에 갑자기 울려 퍼졌다. 죽음을 알리는 종소리가 황궁 전체에 길게 울려 퍼졌다. 석양이 최후의 빛마저 모두 거둬 가 버리고, 온 세상이 어두운 밤이 되었다. 새하얀 등불이 걸리고, 도처에 통곡 소리였다. 다만 그중에 얼마나 진심이 있을지, 또 거짓은 얼마나 될지, 이미 누구도 분별할 수 없었다.

"성상께서 서거하셨노라."

내시가 날카롭고도 길게 황제를 보내는 노래를 부르기 시작했다. 납란홍엽은 사람들 사이에 서 있었다. 눈앞에는 눈물 흘리며 비명을 지르는 노신들이 있었다. 그들은 이미 몇몇 파벌로 갈라져 있었고, 아주 분명하게 한곳을 둘러싼 채 슬프게 울고 있었다. 사람이 이리 많은데, 그녀는 여전히 대전이 휑뎅그렁하게 빈 것 같았다. 저녁 해가 지고 밝은 달이 솟아올랐다. 창백한 빛이 창을 통해 들어와 그녀의 연약한 뒷모습을 비춰 주었다. 마치 얼음처럼 차가운 눈처럼. 그렇게나 차갑게 뼛속 깊이 시려 왔다.

회송의 황제가 서거하니 거국적으로 모두 슬퍼하였다. 한 달 동안 혼례가 금지되었고, 사람들은 모두 흰 옷을 입고, 흔히 보기 어려운 이 후덕했던 황제를 위해 제사를 지냈다. 차가운 바람이 풀을 스쳐 가고 서북에서는 전쟁이 벌어지기 시작할 무렵, 회송에서는 국상이 시작되었다. 본래 연북을 도와 대하의 병력을 견제하기 위해 변경에 집결하여 군사 훈련을 했으나, 어쩔 수 없이 중지되었다. 회송 전체가 우울하고 참담해하고 있었다.

명인제 서거 후 납란홍엽이 황제의 유조를 읽었다. 선제의 장자인 납란화청이 대를 이어 즉위하고, 연호를 명덕으로 바꾸게 되었다.

황제가 세상을 떠난 그날 밤, 납란홍엽은 중병이 들어 일어나지 못했다. 수년에 걸쳐 고생했던 일이 마치 큰 화재를 만난 것 같았다. 그 불은 참혹하게 그녀의 마음 전부를 태워 버렸다.

백희전에서 나오던 그 순간, 그녀의 목구멍에 피비린내가 감돌더니 하마터면 피를 토할 뻔했다. 그녀가 살며시 비틀거리자 운 여관이 달려와 그녀의 팔을 부축했다. 주변에는 온통 차가운 의혹의 눈길을 보내는 대신들뿐이었다. 그녀는 이 피를 토할 수 없다는 것을 알고 있었다. 그래서 그녀는 간신히 피를 삼키고 아무렇지도 않은 듯 운 여관의 손을 밀어냈다.

납란 일맥은 아무도 없었다. 현재 병중인 모친, 채 한 살도 되지 않은 조카를 제외하면 그녀뿐이었다. 납란씨의 족보는, 만 리에 걸친 강산은, 다시 한 번 그녀 한 사람의 어깨 위로 떨어졌다. 그녀는 무너질 수 없었다. 연약해질 수도 없었다. 심지어 울 수도 없었다. 만약 그녀가 무너진다면, 천 년에 걸친 납란 일맥은 여기서 붕괴하고 말 것이다.

그녀는 척추를 곧추세우고, 절도 있게 조서를 낭독했다. 뒷일을 안배하고 인심을 안정시켰다. 그리고 자신의 침전으로 돌아와 높은 곳에 등을 걸고 밤새도록 조용히 앉아 있었다. 촛물이 흘러내리고 그녀의 눈빛은 외롭게 텅 비어 갔다. 그러나 이미 흘릴 눈물도 말라 있었다.

황제의 후사와 관련해서는 안릉왕과 현묵 부자가 맡게 되었다. 다음 날, 각지의 관리들이 모두 제사를 위해 사람을 파견해 왔다. 납란홍엽은 진중궁에서 모든 일을 통솔했다. 황제가 비록 서거하였으나 태자가 어린 나이에 보위에 올랐기 때문에 납란홍엽은 여전히 나라의 기둥 노릇을 해야 했고, 회송에 커다란 변화는 없었다.

다음 날, 납란홍엽은 황후 최 씨의 침궁으로 향했다. 신임 황제를 데리고 태묘로 가기 위해서였다. 그러나 침전에 발을 들이기도 전에, 날카로운 비수 한 자루가 납란홍엽의 얼굴로 날아왔다.

휙 소리와 함께 현묵이 패검을 뽑아 비수를 쳐 내고 납란홍엽의 앞을 막아섰다. 주위의 시위들도 모두 깜짝 놀랐다. 누군가가 소리쳤다.

"자객이다!"

그들이 침전으로 달려 들어갔을 때, 황후가 날카로운 목소리로 소리쳤다.

"널 죽일 거다! 널 죽일 거야!"

최완여가 산발을 하고 뛰쳐나왔다. 그녀는 한 손에는 아이를 안고 있었고, 한 손에는 가위를 들고 있었다. 그녀의 눈은 새빨갛게 충혈되어 있었고, 쉰 목소리로 계속 소리쳤다.

"네 이년! 황제 폐하를 해치고, 이제 내 아이까지 해치려는 게지! 널 죽여 버리겠다! 죽일 거야!"

납란홍엽은 창백해진 얼굴로 입술을 꽉 깨물 뿐이었다. 운 여관이 서둘러 외쳤다.

"황후 마마, 대체 무슨 이야기를 하시는 겁니까?"

"내가 허튼소리를 하는 것 같으냐! 내가 다 안다!"

최완여는 냉소했다.

"야심이 넘쳐나서, 제가 황제가 되려고 황상을 해친 것이 아 니냐. 지금 다시 내 아들을 해치러 왔구나. 내 결코 그 꼴을 두 고 보지 않을 것이다!"

납란홍엽은 갑자기 너무 피곤해졌다. 햇빛은 그렇게나 자극 적이고, 도처에 분노와 저주가 가득했다. 그녀는 차갑게 몸을 돌리고, 담담한 목소리로 분부했다.

"황후께서 몸이 불편하시어 황상을 돌보실 수 없으니, 황상 을 모시도록 하라."

현묵이 공손하게 답했다.

"예. 그럼 황후 마마는 어찌할까요?"

황제가 막 세상을 떠난 지금, 조정은 안정되지 않은 상태였 다. 최완여의 부친은 조정의 태위였다. 만약 그녀가 태후가 되 어 섭정을 하게 된다면, 외척의 세력이 즉시 일어나리라. 하물 며 최 태위는 진강왕의 스승이 아닌가……

"황후께서는 대의를 아시는 분, 선황을 따라가시기로 맹세하셨다. 황후께 독주와 흰 비단을 드리고, 가시는 길을 배웅해 드리도록 해라!"

햇빛이 눈을 찔렀다. 서북에서 거대한 검은 구름이 불어왔다. 납란홍엽의 뒤로 그녀를 저주하는 목소리가 들려왔다. 납란홍엽은 고개를 들고 남몰래 생각했다. 비가 내리려나 봐.

억지로 정신을 차리고 조정의 일을 처리한 후 전전에서 돌아왔을 때는 이미 깊은 밤이었다. 현묵이 그녀의 뒤를 따라왔다. 그는 몇 번이나 입을 열었으나 결국 아무 말도 하지 못하고 어쩔 수 없이 한숨만 쉬었다. 그리고 떠나기 전 당부했다.

"사람은 세상을 떠나면 다시 올 수 없는 법입니다. 슬픔을 참으시고, 비통하여 몸을 상하는 일이 없도록 하십시오."

납란홍엽은 고개를 끄덕이며 사무적으로 답했다.

"현왕, 고생하셨네."

현묵은 대답하지 않고 그저 조용히 그녀를 바라보았다. 납란홍엽은 고개를 들었다. 현묵의 얼굴은 어쩐지 외로워 보였고, 예전의 그 젊고 활발하고 명랑한 분위기는 보이지 않았다. 세월이 그들을 스쳐 가며 결국 모두 변해 버리고 말았다.

"공주 마마께서는 옥체를 보존하시고, 모든 일은 소신에게 맡겨 주십시오."

말을 마친 그는 몸을 돌려 자리를 떠났다. 옅은 달빛이 외롭게 내려와 그의 그림자를 소슬하게 비춰 주었다.

침전에 돌아왔을 때 멀리서 아이 우는 소리가 들렸다. 유모가 청아를 안고 달래고 있었는데, 아이는 여전히 큰 소리로 울고 있었다. 작은 얼굴은 심지어 새빨갛게 달아올라 있었다. 이틀 동안 아이는 부모를 모두 잃었다. 그리고 그의 모친은 바로 친고모의 손에 의해 세상을 떠났다. 이 아이가 성장한 후 이 모든 일을 알게 된다면 그녀를 원망하게 될까?

납란홍엽은 창 아래 기대 홀로 생각에 빠졌다. 달은 마치 옥쟁반처럼 맑은 빛을 땅에 뿌려 주어, 온통 밝았다.

운 여관이 청아를 안고 들어와 조심스럽게 웃으며 말했다.

"공주 마마, 황상께서 웃으십니다."

납란홍엽은 아이를 안아 들었다. 과연 그는 새까만 눈동자를 뜬 채 또렷하게 그녀를 보고 있었다. 입을 벌리고 웃는 것이 매우 즐거워 보였다. 납란홍엽의 마음에 가득했던 근심이 저절로 사라져 갔다. 그녀는 아이를 안아 들고, 익숙한 눈매를 보며 문득 동생을 떠올렸다.

동생이 살아 있던 무렵 그녀는 때때로 원한을 품기도 했다. 어째서 하늘은 동생에게 남자의 몸을 주시고는 백치로 만드신 것일까. 동생은 세상의 질곡을 몰랐고, 아무것도 분별하지 못했다. 아무 이유 없이 회송의 계획을 망쳐 놓았다. 그리고 자신은, 보기 드문 재주를 가진 자신은 어찌하여 여자의 몸으로 태어난 것일까. 여러 해 동안 힘들게 일했지만 결국은 제위를 노리고 권력을 탐한다는 더러운 오명이나 얻기 마련이었다.

그러나 동생이 가 버린 지금 그녀는 깨닫고 말았다. 그들은 본래 하나였던 것이다. 하나가 실패하면 모두 실패하고, 하나가 영광되면 모두가 영광된. 홍욱이 있었기에 그녀는 회송의 강산을 안정시킬 수 있었고, 납란씨의 명맥을 지탱할 수 있었다.

다행히도, 다행히도 아직 청아가 있다.

납란홍엽은 고개를 숙여 강보에 싸인 어린아이를 바라보았다. 자신도 모르게 눈가가 시큰해 왔다. 다행히도 아직 이 아이가 있다. 지금 납란씨는, 자신과 조카 둘만이 남아 있었다.

"공주 마마, 어린 성상께서 얼마나 귀여우신지 보세요!"

운 여관이 웃으며 황제의 작은 얼굴을 쓰다듬었다. 청아는 매우 기쁜 듯 하얗고 통통한 손을 내밀며 깔깔 웃더니, 새까만 눈동자로 납란홍엽을 바라보았다. 마치 그녀가 마음속으로 무슨 생각을 하는지 아는 듯한 눈빛이었다.

바로 이때였다. 뭔가가 깨지는 소리가 들렸다. 납란홍엽과 운 여관 모두 깜짝 놀라 고개를 돌려 보니, 한 궁녀가 찻잔을 떨어뜨린 참이었다. 운 여관이 노하여 말했다.

"정말 쓸모없는 것! 황상과 공주 마마를 놀라게 하다니."

납란홍엽은 살며시 미간을 찌푸리며 청아가 놀랐을까 봐 염려되어 강보를 가볍게 두드렸다. 그러나 청아는 여전히 웃고만 있었다. 아무것도 무섭지 않은 모양이었다.

운 여관이 웃으며 말했다.

"공주 마마, 성상께서 담력이 어찌나 세신지요. 자라시면 분명 영명하신 황제 폐하가 되실 것입니다."

납란홍엽이 희미하게 미소 지었다. 그러나 그녀의 눈은 웃고 있지 않았다. 오히려 잠시 얼이 빠진 듯하더니 안색이 점차 창백해졌다.

운 여관이 그 모습을 보고 이해할 수 없어 물었다.

"공주 마마, 왜 그러시나요?"

납란홍엽의 손발이 얼음처럼 차가워졌다. 그녀는 계속 마음 속으로 자신을 위로하며 아이를 재빨리 운 여관의 품으로 넘긴 후, 옆에 서서 힘차게 박수를 치기 시작했다.

짝! 아이의 귀 바로 옆에서 울려 퍼졌지만 아이는 전혀 놀라지 않고 그저 통통한 손을 내밀어 운 여관의 옷자락에 달린 매듭을 만지작거렸다.

납란홍엽은 조급한 나머지 계속 박수를 쳤다. 그녀의 눈이 붉게 충혈되었다. 그녀는 계속 박수를 치며 불렀다.

"청아! 청아! 여기를 보렴, 고모가 여기 있잖니!"

그러나 아이는 결코 돌아보지 않았다. 아이는 졸린 듯 하품을 하더니 운 여관의 품에 기댄 채 눈을 감고 잠이 들었다.

"청아, 자면 안 돼! 청아, 고모가 여기 있어!"

"공주 마마!"

운 여관의 얼굴에는 이미 눈물이 가득했다. 그녀는 쿵 소리가 나도록 땅에 무릎을 꿇고 통곡하기 시작했다.

"부르지 마세요. 부르지 마세요……."

납란홍엽은 경악한 표정으로, 운 여관의 어깨를 잡고 분노하여 소리쳤다.

"이게 어찌 된 일이냐? 대체 어찌 된 일이란 말이냐?"

운 여관은 눈물 흘리며 말했다.

"황제 폐하께서 이곳으로 오시자마자 저는 바로 알아보았답니다. 황후궁의 태의를 심하게 고문한 끝에야 들을 수 있었습니다. 황후 마마께서도 이미 알고 계셨답니다. 다만 계속 숨기고 말씀을 아니 하셨다고요. 황후 마마께서는 이 일이 알려지면 아들이 태자가 되지 못할까 두려워하셨다고 합니다. 1년 동안 계속 치료하였지만 태내에서 생긴 병이라 근본적으로 치료할 수 없다고……."

한순간, 납란홍엽은 하늘이 빙글빙글 도는 것만 같았다. 청아가 듣지 못한다고? 청아가 듣지 못해!

이 사실은 철저하게 그녀를 붕괴시켰다. 며칠 동안 간신히 억눌러 왔던 비통함이 마치 거대한 홍수처럼 밀려왔다. 입 안에 달콤한 비린내가 풍기는가 싶더니 선혈이 맹렬하게 뿜어져 나왔다.

"마마! 공주 마마!"

운 여관은 깜짝 놀라 황제를 내려놓고 그녀를 부축했다.

청아는 갑자기 땅에 내려놓아지자 눈을 뜨고 궁금한 듯 주위를 둘러보다가 큰 소리로 울기 시작했다. 시녀들이 모두 달려 들어왔고, 방 안은 어수선해졌다. 운 여관이 외쳤다.

"태의를 불러와라! 태의를!"

납란홍엽은 정신을 잃는 중에도 예전에 들은 격언을 반복해서 떠올렸다. 하늘의 이치는 밝고 또 밝아서, 반드시 인과응보를 내린다. 그렇다, 내가 최완여를 죽였다. 그래서 최완여, 황후가 나에게 이런 무서운 재난을 남겨 둔 거야.

만약 이 사실을 좀 더 일찍 알았더라면, 그녀는 아무리 홍욱이 싫다 했어도, 그리고 홍욱과 관련한 일이 새어 나가는 일이 있다 해도 홍욱에게 후궁과 비빈을 더 많이 들이게 하였을 것이다. 홍욱이 대를 이을 아이를 더 많이 낳도록. 그러나 지금은, 모든 것이 늦었다. 모든 것이 다 늦어 버렸다.

마침내 그녀의 눈에서 눈물이 비 오듯 쏟아지기 시작했다. 더 이상은 제어할 수가 없었다. 그녀는 입가를 피로 물들인 채 슬프게 소리쳤다.

"부황, 부황, 제 죄는 만 번 죽어도 씻을 수가 없습니다!"

몇 번이고 정신을 잃었다 깨어나니 곁에는 사람들이 모여 있었다. 납란홍엽은 그러다 계속 눈을 감았다. 그녀는 5년 만에 처음으로 이렇게 멋대로 굴고 있었다. 자고 싶었다. 아무것도 신경 쓰고 싶지 않았다.

주변이 점차 조용해졌지만, 단 한 사람만이 그녀 곁에 서서 오래도록 떠나지 않았다.

눈을 떠 보니 달빛이 꽃 모양으로 조각한 창을 통해 들어오고 있었다. 거센 바람을 타고 태묘의 경전 외우는 소리가 높고 두꺼운 담장을 넘어 그녀의 귀까지 들어왔다. 그녀는 자신이 어디에 있고, 지금이 언제인지 깨닫고 말았다.

"황상께서 듣지 못하시는 일은, 소신이 감춰 두었습니다. 이 궁 사람들을 제외하면 누구도 알지 못합니다."

현묵이 침상 앞에 서서 나지막하게 말했다. 그의 목소리는 마치 가볍게 부는 퉁소 소리처럼 편안하고 듣기 좋았다. 촛불이 윤곽이 분명한 그의 옆얼굴을 비춰 주며 은은하게 담담한 빛을 투과하고 있었다.

"황상께서 성년이 되어 친히 정치에 나서시기 전에 우리에게는 최소한 10여 년의 시간이 있습니다. 황상께서는 비록 듣지 못하시지만, 열다섯이 되어 혼례를 치르시고 아이를 낳으시면, 회송에는 아직 희망이 있습니다. 공주 마마께서는 우리 회송의 지주십니다. 만약 공주 마마께서 무너지신다면, 황상께서도 분명 폐위당하실 것입니다. 황실은 쇠락하고, 다른 이들은 기회를 보아 권력을 탐하니, 회송도 분열되고 전란이 일어나겠지요. 백성들은 편안히 생활할 수 없을 것이며, 선조들께서 세우신 나라는 하루아침에 무너지고 말 것입니다. 공주 마마께서 천하를 다스리실 뜻을 품으시고, 결코 회송이 무너지도록 좌시하셔서는 아니 됩니다."

납란홍엽은 고개를 들고 어린 시절부터 함께 자란 사내를 바라보았다. 마음 깊은 곳에서 어찌할 수 없는 슬픔이 배어 나왔다.

그렇다. 그가 한 말이 옳다. 그녀라고 어찌 생각하지 못했겠는가? 그러나 이것은 대체 또 얼마나 어려운 길이란 말인가!

"현묵, 고마워."

그녀는 이미 아주 오랫동안 그를 현묵이라 부르지 않았다. 현묵이 살짝 멈칫했다. 그의 눈에 동요하는 빛이 스쳐 갔지만, 여전히 공손하고 예의 바르게 답했다.

"이것은 소신의 본분입니다."

납란홍엽은 몸을 일으켜 앉은 후 가볍게 두어 번 기침했다.

그녀는 종이처럼 창백한 안색으로 살며시 미소 지었다.

"너는 아주 성숙해졌어. 숙부와 비슷한 분위기가 풍겨."

안릉왕은 현묵의 부친으로, 납란렬 휘하의 대장이었다. 남강 전역에서 납란렬의 생명을 구해 내는 공을 세웠기에 납란이라는 성을 사사받아 황실의 족보에 들어오게 되었다.

현묵이 몸을 굽혀 인사했다.

"공주 마마께서 칭찬해 주심에 감사드립니다."

"옥수가 아이를 가졌다고 들었는데, 정말이야?"

현묵의 표정이 잠시 굳었다. 그는 미간을 찌푸리더니 한참 후에야 나지막하게 말했다.

"그렇습니다."

납란홍엽이 웃었다.

"옥수는 덕도 높고 재능도 겸비했으니, 그녀에게 잘해 주도록 해."

현묵은 기쁘지도 슬프지도 않은 딱딱한 어조로 답했다.

"공주 마마께서 사혼을 내려 주신 은혜에 감사드립니다."

대전은 광활하고, 불경 외우는 소리는 점차 커졌다. 그 사이사이로 군신들의 통곡 소리가 들렸다. 그들은 서로를 마주 보았다. 그들 모두 무슨 말을 해야 할지 알 수 없었다. 현묵이 품 안에서 아직 밀봉을 뜯지 않은 서신을 하나 꺼내 납란홍엽에게 건넸다.

"연북에서 온 서신입니다."

죽은 듯했던 납란홍엽의 눈에 갑자기 빛이 반짝였다. 그녀는 조급하게 서신을 받았다. 현묵의 시선이 희미하게 굳어 갔다. 그의 얼굴도 마치 영원히 녹지 않을 얼음처럼 일그러졌다. 그는 조용히 뒤로 물러서서 말했다.

"소신은 이만 가 보겠습니다."

"그래."

납란홍엽이 답했다. 비록 얼굴은 미소 짓고 있었지만, 신경은 이미 딴 곳에 가 있었다.

등불은 적막하게 마른 그림자 하나만을 비출 뿐이었다.

운 여관이 들어왔을 때, 납란홍엽은 이미 평소와 같은 상태를 회복한 다음이었다. 태의의 진맥을 받은 후 그녀가 약을 마시자 궁녀들은 모두 물러갔다. 그녀는 서탁 앞에 앉아 그 서신을 몇 번이고 쓰다듬었다. 마음 깊은 곳에서 슬픔이 점차 올라와 감히 서신을 뜯어 볼 엄두도 나지 않았다. 촛불 타오르는 소리가 온 세상을 더욱 적막하게 만들었다. 방 안 가득 미합 향이 마치 푸른 구름같이 피어오르고 있었다.

현묵 동생, 연북의 전쟁은 이미 끝났네. 형은 평안 무사하니 결코 근심할 필요 없네. 이번에 동생의 도움을 받아 양식이며 군수품을 준비할 수 있었고, 또한 회송의 병력으로 대하의 군대를 견제할 수 있었지. 그러나 연북과 대하의 전쟁은 지금 승부가 양분된 상태고, 형은 결코 완벽하게 장악하지 못하고 있네. 그러하니 현명한 동생은 절대로 지나치게 연북을 비호하지 말게. 조정 사람들이 이 기회를 빌려 동생을 공격하는 것을 방지하기 위해 말이야. 관료들은 음험한 법이니 동생은 항상 조심하기를 바라네. 만약 이 아둔한 형으로 인해 동생이 연루되는 일이라도 생긴다면, 형은 만 번 죽어도 마음속 후회를 씻을 길이 없을 것이네.

대하의 병력이 물러가는 날, 형은 혼례를 치를 예정이네. 만약 동생이 올 수 있다면 형은 맨발로 달려 나가 맞이하겠네. 우리 형제가 만나지 못하고 10년이 흘렀으니, 형은 동생이 매우 그립다네.

마침내 눈물이 방울방울, 새하얀 종이 위로 흘러내렸다. 마음에 가득하던 슬픔이 모두 맑은 눈물로 변해 버렸다. 그녀는 이미 너무 오래 참아 왔다. 너무 오래 억눌러 왔고, 너무 오래 견뎌 왔다. 마음속에 무겁게 쌓인 것들은 바로 피눈물을 흘릴 듯한 피로감과 처량함이었고, 나라와 가문에 관련한 일들이었다. 지금 여기에 그가 스스로 밝힌 '대하의 병력이 물러가는 날, 형은 혼례를 치를 예정이네'라는 문구를 보니, 눈앞이 점차 흐릿해졌다. 창밖의 비바람은 마치 그녀의 심경처럼 몹시 차갑고 희뿌옇기만 했다. 그녀는 붓에 먹을 가득 찍어, 쓰게 웃으며 적어 내려갔다.

"오늘 밤은 어떤 밤인가요……."

마지막까지 적고 나서 보니 그녀의 필적은 평소와 달리 어지러웠다. 그녀는 맥이 풀려 서탁 위에 엎드린 채 계속 눈물을 흘리다가 그대로 잠이 들었다.

잠시 후 들어온 운 여관은 하마터면 눈물을 흘릴 뻔했다. 납란홍엽이 집정을 시작한 후, 이런 모습을 보인 적은 단 한 번도 없었다. 운 여관은 납란홍엽을 침상까지 부축한 후 다시 서탁으로 돌아왔다. 이미 연북의 연왕에게 보낼 회신을 적어 놓은 것을 보고 운 여관은 기분이 별로 좋지 않았다. 그녀는 서신의 내용을 살펴보지 않고 잘 접어서 봉투 안에 넣어 봉한 후, 궁녀에게 건넸다.

"현왕부로 보내라. 평소대로 보내시면 된다고 이르고."

"노비가 명을 따르겠습니다."

비가 내리는 어두운 밤, 현왕부에서 검은 매 한 마리가 칠흑 같은 밤의 장막 속으로 날아올라 서북을 향해 빠르게 날아가기 시작했다.

제13장 어찌 된 것일까

북삭성을 떠나기 하루 전, 연순은 납란홍엽의 서신을 받았다. 한참 동안 미간을 찌푸리고 서신을 들여다보던 그가 갑자기 피식 웃으며 곁에 있던 풍치에게 말했다.

"어느 규방 여인의 원망을 베끼다가 실수로 나에게 보낸 모양이야."

풍치가 서신을 받아 읽어 보더니 역시 웃으며 답했다.

"전하, 현왕의 필적이 어지러운 것을 보니 아마 술에 취해 쓰신 듯합니다."

연순은 고개를 흔들며 웃었다. 이 의동생과 10년을 사귀다 보니 연순은 그에 대한 감정이 꽤 깊었다. 그는 즐거운 듯 말했다.

"현묵이 흥이 꽤 있는 편이었군."

말을 마친 연순에게 갑자기 장난스러운 생각이 떠올랐다.

이 서신에 대한 답을 그대로 적어 보낸다면 이 의동생이 화가 나서 미칠 지경이 되지나 않을까? 연순은 붓을 들어 회송에서 날아온 서신 위에 일필휘지로 적어 내려갔다.

내용을 본 풍치가 큰 소리로 웃으며 말했다.

"전하, 현왕께서 보시면 화가 나서 펄펄 뛰시겠는데요."

"현묵이 화내는 꼴을 한번 구경해 보자고."

연순은 서신을 단정하게 접은 뒤 문진을 그 위에 올려놓고는, 역시 큰 소리로 웃었다. 연순은 기분이 아주 좋아진 상태로 풍치와 아정 등을 이끌고 문을 나섰다.

최근 초교는 몸이 좋지 않아 계속 누워만 있었다. 오늘은 해가 좋아 그녀는 침상에서 내려와 옷을 입고 막 껍질을 깐 밤을 들고 연순의 방으로 향했다. 녹류는 피곤한 듯 낮잠에 빠져 초교가 일어나는 소리조차 듣지 못했다.

연순의 방문을 열어 보니 안에는 아무도 없었다. 초교는 밤을 연순의 서탁 위에 놓았다. 공문서가 번잡하게 많았고, 촛불의 밀랍은 손톱만큼만 남아 있었다. 연순이 밤을 새워 고생한 모양이라는 생각이 들어 마음이 슬며시 아파 왔다. 주방에 가서 연순을 위한 보양식이라도 준비시켜야겠다고 생각하며 몸을 돌리다가, 실수로 소매로 서탁 위에 있는 봉투 하나를 건드리고 말았다.

그 봉투는 아주 정교하고 아름다운 데다 그윽한 향기마저 풍겨 왔다. 바닥에 떨어진 봉투의 입이 비죽 열리고, 그 안에 있는 흰 편지지가 드러났다. 편지지 위에 쓰인 두 줄의 글자가 눈에 들어오자 초교는 살짝 당황하여 자신도 모르게 그 자리에 쭈그리고 앉아 봉투에서 서신을 꺼냈다.

'산에는 나무가 있고 나무에는 가지가 있는데, 그대를 좋아해도 그대는 알지 못하고'라는 구절을 보는 순간 갑자기 심장이 아파 왔다. 서신 위의 필적은 초교의 것이 아니었다. 그녀는 시의 대구를 맞추는 일에도 능숙하지 않았다.

손가락이 점차 차가워지고 있었다. 서둘러 봉투를 뒤집어 보니 회송의 현왕부에서 보내온 것이었다. 한순간에, 모든 일이 머릿속에서 뒤섞이더니 점차 분명해졌다. 초교는 깊이 숨을 들이마시고 다시 천천히 토해 냈다. 마음속에 품은 달갑지 않은 모든 것을 토해 내려는 듯이. 그러나 그녀의 마음은 더더욱 무거워지기만 할 뿐이었다.

서신 아래쪽에 연순의 필적이 보였다. 머릿속에 거대한 소리가 울리며 제대로 자세를 잡을 수도 없을 지경이었다. 초교는 그저 얼굴을 찌푸리고만 있었다. 수많은 생각이 그녀의 머리를 스쳐 가고, 다시 수많은 이유를 생각해서 그 모든 것을 이겨 보려고 했다. 하지만 그 모든 이유는 결국 눈앞에 있는 연순의 글씨를 이기지 못했다.

한기가 피부를 타고 엄습해 왔다. 마치 셀 수 없이 많은 얼음같이 차가운 손이 그녀의 심장을 타고 기어올라 병으로 약해진 그녀의 몸을 완전히 얽매는 것 같았다. 눈앞이 어질해 아무것도 보이지 않고 마음속은 점차 칠흑처럼 어두워졌다. 세상에 남은 것은 그저 새하얀 빈 공간뿐이었고, 그 공간은 처참하게 그녀의 넋 나간 눈동자를 비추고 있었다.

한 가지 생각이 마음 깊은 곳에서 천천히 떠올랐다. 원래 평생 함께하겠다는 맹세는 이런 것에 지나지 않는 거야.

"아니야!"

초교는 갑자기 몸을 일으켰다. 그녀 눈에 몇 오라기 빛이 반짝였다. 그녀는 도저히 이 일을 믿을 수 없었다. 연순이 그녀에게 직접 이야기하지 않는 한은! 초교는 결코 이렇게 어설프게 다른 이에게 속을 사람이 아니었다!

병도 사라진 것만 같았다. 그녀는 몇 걸음 뛰어 방 안으로 돌아와 외투를 걸치고는 다시 문밖으로 나섰다. 녹류가 깜짝 놀라 뒤를 따라오며 외쳤다.

"아가씨! 몸도 안 좋으시면서 어디를 가시는 거예요?"

초교는 녹류를 돌아보지 않고 말에 올라타 제1군영으로 향했다.

군영에 도착했지만 그녀는 안으로 들어갈 수 없었다. 제1군 병사들은 그녀를 알아보지 못했을 뿐 아니라 그녀의 말도 믿어 주지 않았다. 그들은 결연하게 그녀를 문밖으로 밀어냈다.

바로 그때 익숙한 목소리가 초교를 부르는 것이 들렸다. 초교가 돌아보니, 뜻밖에도 두평안이었다.

평안은 그녀를 보자 매우 기뻐하며 몇 걸음 달려 나와 큰 소리로 외쳤다.

"대인, 겨우 뵙게 되었군요. 전하의 저택을 사흘이나 배회했는데, 아무도 저를 들여보내 주지 않았어요. 대인이 오셨으니 이제 되었습니다!"

초교는 살짝 당황해 물었다.

"무슨 일로 나를 찾았는데?"

평안도 당황하여 반문했다.

"대인께서는 모르셨나요?"

"무엇을?"

갑자기 두평안의 안색이 크게 변하더니 큰 소리로 외쳤다.

"대인, 큰일 났습니다!"

하늘은 잿빛이었고, 바람이 땅에 남은 눈을 말아 올리고 있었다. 제2군 중군 광장에, 2만에 달하는 무리가 조용히 대치 중이었다. 짙푸른 소가죽 갑옷을 걸친 젊은 장수는, 칼을 쥔 손에 푸른 힘줄마저 돋아 있었다. 휘장이 올라간 중군 막사 안에는 연순이 검은 전포를 걸친 채 백호의 가죽을 깔아 놓은 의자 위에 앉아 있었다. 그는 얼음처럼 차가운 눈빛으로 밖에 있는 이를 바라보며 평온한 어조로 말했다.

"그래, 다시 반란을 일으키겠다는 것인가?"

삼엄한 기운이 엄습해 왔다. 연순의 말에는 칼날이 숨어 있어 사람들을 날카롭게 자극하고 있었다. 서남진부사의 병사들은 파랗게 질린 채 극도의 자제력으로 자신의 기분을 제어하고 있었다.

하소는 모두의 앞에 서 있었다. 이 젊은 장수는 잘생겼다고는 할 수 없었지만 선명한 윤곽이며 철혈의 군인다운 분위기가 있었다. 하소는 손을 뻗어 등 뒤에 있는 격분한 병사들을 막고는 미간을 찌푸리며 천천히 말했다.

"전하, 전하께서는 과거의 일을 다시는 묻지 않겠다고 약속하셨습니다."

"나는 식언하지 않는다."

연순이 냉담하게 웃으며 눈썹 끝을 추켜세웠다. 그의 눈빛 속에 경멸의 빛이 스쳐 갔다.

"저기 꿇어앉아 있는 자들은 반란군은 아니지. 도망병일 뿐."

"우리는 도망병이 아니다!"

갑자기 분노한 목소리가 들려왔다. 광장 중앙에 서남진부사의 군복을 입은 병사 서른 이상이 한 줄로 꿇어앉아 있었다. 그리고 그들 뒤에 제1군의 칼이 번득이고 있었다.

젊은 병사 하나가 격동하여 외쳤다.

"그 누구라도, 우리의 군기를 불태울 수는 없다!"

바닥에는 핏물로 얼룩진 홍운기가 떨어져 있었다. 귀퉁이가 불에 타고 까맣게 그을려 있어 제대로 형태조차 갖추고 있지 못했다.

연순은 담담한 눈길로 그들을 흘깃 바라보더니 무시하듯 코웃음 쳤다.

"서남진부사는 사흘 전 세상에서 사라졌는데, 군기를 남겨둔들 무슨 소용 있다는 말이냐? 너희들은 아군을 습격하고, 대전이 벌어지기 전 밤을 틈타 성을 나섰다. 그것은 곧 배반이지.

너희들이 이렇게 군의 규율을 무시하는데, 이대로 넘어간다면 연북에 군법이 있다고 할 수 있을까?"

연순의 목소리가 갑자기 사나워졌다. 그는 날카로운 눈빛으로 반대편에 있는 그 달갑지 않는 눈길들을 바라보며 귀찮다는 듯 손을 내저었다.

"배반은 가장 큰 죄다. 나는 너희들을 한 번은 용서해도 두 번은 용서할 수 없다. 여봐라! 저들을 군법에 따라 처단하라. 불복하는 자가 있다면, 같은 죄로 처벌할 것이다!"

"전하!"

하소가 눈썹을 세우며 한 걸음 앞으로 나왔다. 그러자 휙 소리와 함께, 눈처럼 빛나는 칼들이 갑자기 눈앞에 나타났다. 2만 금위군의 칼이 동시에 칼집에서 나온 것이다. 그들의 동작은 정말 놀라울 정도로 재빨랐다. 눈 깜빡할 사이에 칼이 온몸을 겨냥하니 그 누구도 목소리를 낼 엄두를 내지 못했다. 제1군의 병사들이 나란히 한 걸음 나왔고, 궁수들은 이미 활에 화살을 메기고 있었다. 그 빽빽한 화살들은 너무나 흉악하게 보였다.

제2군의 군사들은 모두 멍한 표정을 짓고 있었다. 최근, 그들은 계속 서남진부사와 함께 지냈다. 북삭성에서 어깨를 나란히 하고 전투를 치른 전우애도 있었다. 오늘도 그들은 서남진부사를 돕고 싶은 마음에 이곳에 왔으나, 연순과 제1군의 기세를 보니 그저 속수무책으로 서 있을 수밖에 없었다.

서남진부사는 이제 1천5백도 남아 있지 않았다. 그들은 수만 명에 달하는 대군의 중앙에 무기도 없이 그저 맨주먹을 쥔 채 서 있었다. 그들 모두 벌게진 얼굴로 삼엄한 화살이며 칼들을 마주하고 있었는데, 분노한 두 눈에서는 불길이 쏟아져 나올 것 같았다. 하소는 주변을 둘러본 후 깊이 한숨을 내쉬며 나지막하게 말했다.

"전하께서는 우리를 멸절시키려 하심입니까?"

연순의 얼굴에 도무지 의미를 짐작할 수 없는 미소가 떠올랐다. 그의 어둡고 깊은 눈빛은 마치 그 바닥을 알 수 없는 바다 같았다.

"하 통령은 공로가 있는데, 당연히 저들 반역자들과 똑같이 취급할 수는 없지."

"전하!"

하소가 눈이 붉어진 채 천천히 한 걸음 앞으로 나왔다. 스무 명의 금위군이 즉시 그를 막아서며 새하얀 칼날을 그의 목에 들이댔다. 그러나 하소는 두려워하는 빛 없이, 한 글자 한 글자 뚜렷하게 말했다.

"진황의 전투에서 서남진부사 6천이 죽었습니다. 적도의 전투에서도 전사자는 4천에 달했습니다. 풍정 장군은 몸에 수십 대의 화살을 맞은 상태로도 전투에 임해 쉬지 않았으며, 모용 장군은 백장애에 매복하여 화살과 돌을 모두 쓴 다음 불을 질러 적들을 막던 중 스스로 그 화염 속에서 산 채로 타 죽었습니다. 오단유 장군은 군사 5백을 이끌고, 대하의 수십만 대군의 발을 장장 사흘이나 묶어 두었고, 마지막에는 고립된 상태로 혼전 속에서 죽었습니다. 북삭의 전투에서 우리는 성을 지키는 것을 돕고, 죽음을 각오하고 성벽을 지키며 단 한 걸음도 물러서지 않았습니다. 서남진부사의 충성은 하늘과 땅이 알 것이며, 해와 달이 비추는 바입니다. 북삭성의 수만 병사들이며 백성들 모두가 목격하였습니다. 전하께서 충신을 이리 대하신다면 하소는 불복합니다!"

"대담하다!"

제1군 제3위대의 소장인 구의가 한 걸음 앞으로 나와 큰 소리로 외쳤다. 현재 그는 연순 금위군의 부군장으로, 최근 연순이 아래 계급의 장수들 중에서 새로 뽑은 젊은 장수였다.

"일개 통령이 감히 전하께 불손한 말을 내뱉다니. 네가 수하들을 엄히 관리하지 못했음에도 전하께서는 너에게 그 죄를 묻지 않겠다 하셨는데, 지금 감히 이렇게 하극상을 범한다면, 대체 군법을 무엇이라 생각하는 것이냐?"

"전하!"

하소가 한쪽 무릎을 꿇고 단호한 눈빛으로 낭랑하게 외쳤다.

"서남진부사 2천 병사는 모두 진심으로 전하께 귀순하였습니다. 전하께서 이리하심은, 천하의 인심이 얼어붙는 것이 두렵지 않으신 것입니까?"

"말이 점점 더 과해지는구나!"

구의 곁에 있던 제1군부사 풍로가 외쳤다.

"저자를 끌어내라!"

금위군이 즉시 앞으로 나와 하소의 팔을 잡았다. 하소 뒤에 있던 서남진부사의 병사들은 이 모습을 보고 개미떼처럼 밀려 나왔고, 상황은 혼란해졌다. 하소가 큰 소리로 외쳤다.

"전하! 파도합 가문의 투항병조차 용납해 주신 전하가 아니십니까! 어찌하여 우리 서남진부사를 멸하려 하십니까? 하소는 불복합니다! 불복합니다!"

"멈춰라."

연순이 말했다. 그의 목소리는 크지 않았지만 위엄 있게 들렸다. 그는 차가운 눈빛으로 하소를 바라보며 천천히 말했다.

"하 통령, 오늘의 처벌은 어제 북삭을 도망친 병사들에 한할 뿐 그대들과는 무관하다. 나는 그대가 이 일에 끼어들지 않았으면 좋겠다. 아니라면, 그대에게 군심을 어지럽힌 죄를 묻는다 해도 원망하지 마라."

"전하, 저들은 도망친 것이 아닙니다. 그저 군기를 지키고 추격을 피하다 보니 황급한 가운데 택한 길이 성을 나가는 것이었을 뿐입니다."

"군령은 군령이다! 나는 변명은 듣고 싶지 않다. 나는 그저 결과만을 볼 뿐이다! 만약 모든 이에게 변명할 기회를 준다면, 나 연순은 대체 어떻게 군대를 다스려야 할까?"

연순이 눈썹 끝을 추켜세우며 사납게 말했다.

하소는 눈이 붉어진 채 외쳤다.

"전하!"

"형을 집행하라!"

"전하!"

하소가 큰 소리로 외치며 앞으로 달려 나왔다. 서남진부사의 병사들이 나란히 그의 뒤를 따랐다. 그 상황을 본 금위군이 허리춤의 칼집을 들고 물밀 듯이 달려왔다. 그들이 무력을 행사하기 시작하자, 열 명으로 한 명을 대적하는 셈이니 한순간에 선혈이 사방으로 튀고 엉망진창이 되었다. 제1군은 밖에서 그들을 포위한 채 전투를 시작했고, 광장은 순식간에 시끄러워졌다. 그저 제2군 병사들만이 이 상황에 끼어들지 못하고 멍하니 바라보기만 할 뿐이었다.

구의는 군법을 집행하는 병사에게 큰 소리로 외쳤다.

"아직도 뭘 꾸물거리고 있는 게냐? 죽여라!"

"토끼가 죽으면 사냥개를 삶고, 일이 성공하면 공로가 있는 이들을 저버린다더니. 연순, 이 배은망덕한 자식, 신의를 배반하다니. 우리가 너를 잘못 보았다!"

서남진부사의 서기관 문양은 전날 밤 제1군이 그들의 군기 스무 장을 거두어 가서 제1군 군영에서 불태우는 것을 가장 처음으로 발견한 자였다. 당시 상황이 너무 급했기 때문에 그는 하소 등에게 보고하지도 못하고, 서기실에 있던 문관 서른 남짓을 이끌고 제1군으로 달려 들어갔다. 그는 군기를 되찾는 데는 성공했지만, 쫓기다 보니 성 밖으로 나가게 되었다. 지금 문양은 사람들에게 억눌린 자세로 땅에 쓰러져, 차가운 눈 위에 얼굴을 묻은 채 큰 소리로 외치고 있었다.

구의가 대로하여 문양의 입을 발로 찼다. 선혈이 사방으로 튀었다. 문양은 입이 찢어져 계속 피를 흘리면서도 멈추지 않고 외쳤다. 구의가 분노하여 외쳤다.

"저자를 죽여라! 어서!"

"개 같은 자식! 내가 너를 죽여 버리겠다!"

서남진부사의 병사 하나가 사람들 무리에서 나와, 피를 뒤집어쓴 채로 구의에게 달려들었다.

구의가 깜짝 놀라 연순을 바라보았다. 그러나 연순은 평온한 표정으로, 손가락으로 책상 위를 가볍게 두드리며 아무 말도 하지 않았다. 구의는 눈치 빠르게 노한 목소리로 외쳤다.

"서남진부사가 반란을 일으켰다! 저들을 죽여라!"

본래 칼집으로 공격해 오던 금위군은 그 명령을 듣자마자 바로 칼을 뽑아 들고 서남진부사의 머리 위로 휘두르기 시작했다. 군법을 집행하는 병사들도 큰 칼을 들고 처형대 위로 올라갔다. 그중 한 사람이 문양 앞에 서더니, 얼굴색 하나 변하지 않고 칼을 들어 내리치려 했다.

밖에서 포위하고 있던 제2군은 멍한 표정을 짓고 있었다. 그들은 상황이 이렇게 빠른 속도로 급변할 줄은 생각도 하지 못했던 것이다. 그들은 그저 제1군이 학살을 시작하는 것을 보고만 있었다. 그리고 바로 이때, 군영의 문밖에서 여자의 맑은 목소리가 차갑게 들려왔다.

"멈춰라!"

찰나의 순간, 그 목소리는 허공을 가르고 차가운 눈보라를 뚫어 모든 이의 귓속으로 사납게 파고들었다. 여자는 새하얀 외투를 입고 말 위에 올라탄 채 나는 듯이 달려왔다. 여자는 광장 중앙에 도착하기도 전에 말 위에서 뛰어내려 자신을 막으려는 제1군 군관의 얼굴을 주먹으로 한 대 치고 바람처럼 사람들 속으로 파고들어 큰 소리로 외쳤다.

"다들 무슨 짓이냐!"

"대인!"

"대인께서 오셨다!"

서남진부사의 병사들이 이구동성으로 외쳤다. 그들의 두 눈에 희망의 빛이 타오르기 시작했다. 초교는 한 무리로 뭉쳐 있는 병사 몇 명을 밀어 버리고, 성큼성큼 하소 앞으로 걸어 나왔다. 그러더니 하소가 입을 열기도 전에, 채찍을 들어 그의 등을 내려치며 노한 목소리로 외쳤다.

"병사들을 이끄는 것이 어찌 이러한가!"

순식간에 모든 이가 당황하고 말았다. 하소는 얼굴을 붉혔고, 그의 뒤에 있던 서남진부사도 모두 돌처럼 굳어 버리고 말았다. 제1군 병사들 역시 멍한 표정을 지었다. 초교는 다시 노한 목소리로 외쳤다.

"내가 너희들에게 군대와 군번, 군기를 지키라고 명했다. 그러나 내가 언제 너희에게 제1군 군영을 공격하라 했더냐? 지금 너희들이 감히 전하 앞에서 무력을 행사하는 것은 대체 무엇을 하고자 함이냐? 병변이라도 일으키려는 것이냐?"

말을 마친 초교는 몸을 돌려 연순에게 말했다.

"전하, 오늘의 일은 모두 저의 잘못입니다. 모든 명령은 저에게서 나왔으며, 하소 등은 제 명대로 행한 것에 불과합니다. 제가 최근 중병으로 일어나지 못하여 그들을 엄격하게 관리하지 못했습니다. 결국 이렇게 큰 실수를 저지르게 되었으니, 군법에 따라 처벌받기를 원합니다!"

초교가 나타난 순간부터 연순의 안색은 점차 냉랭해지고 있었다. 그는 중군 대막사 주장의 자리에 앉아, 두 눈을 가늘게 뜨고 초교를 지그시 바라보며 아무 말도 하지 않았다.

구의가 미간을 찌푸리며 앞으로 나왔다.

"제 기억에 따르면 초 대인께서는 서남진부사의 직속 상사가 아니십니다만? 초 대인께서는 참모부의 작전참모이시지, 병사들을 이끄는 장수는 아니십니다. 서남진부사가 무엇 때문에 대인의 명령을 들어야 합니까?"

초교는 냉랭한 표정으로 고개를 돌려 구의를 바라보며 차갑게 말했다.

"너는 대체 누구냐? 내가 전하께 말씀을 올리는데, 네가 어디라고 감히 끼어드는 게냐?"

"저는……."

"아초!"

연순이 침울한 표정으로 말했다.

"문제를 일으키지 말고 돌아가라."

"전하, 서남진부사가 경거망동한 것은 마땅히 군법에 따라 처벌해야 합니다. 그러나 저는 그날 북삭성 방어의 총통령으로서, 제2군과 서남진부사 병사들을 이끄는 책임을 맡았습니다. 지금 서남진부사가 잘못을 범한 것은 모두 저의 잘못입니다. 저는 전하께, 제가 병사들을 엄히 이끌지 못한 죄를 다스려 주시기를 청합니다. 또한 서남진부사가 적도와 북삭의 전투에서 공이 있음을 감안하시어 그들을 가볍게 벌해 주시기를 바랍니다. 서남진부사가 만든 손실에 대해서는, 속하가 책임을 지기를 원합니다."

초교는 두 손을 공손히 모은 채 광장 중앙에 서 있었다. 수만이 넘는 눈들이 모두 그녀를 보고 있었지만, 그녀는 전혀 깨닫지 못했다. 그녀는 그저 연순을 물끄러미 바라보며 진지한 표정을 짓고 있었다.

구의가 노하여 말했다.

"서남진부사는 무슨 서남진부사! 서남진부사는 사흘 전에 이미 군번이 취소되었습니다. 우리 연북군이 어찌 반란도들의 기치를 용납할 수 있다는 말입니까?"

이 말을 듣자 서남진부사의 병사들은 대로하였다. 8년 전 화뢰원 전투에서 서남진부사는 연북을 배반하고 대하에 투신했다. 그로 인해 연세성은 패하게 되었고, 연북군 사상자는 수십만에 달했으며, 선혈이 북삭성을 붉게 물들였다. 당시 쓰러진 시신들은 지금도 그 불타오르는 화운화의 자양분이 되어, 해마다 들판은 붉은 꽃으로 뒤덮이고 있었다.

8년이 지난 후, 대하의 수도인 진황성에서 서남진부사는 다시 한 번 대하를 배반하고 연북에 투항했다. 그들은 연북의 세자 연순이 진황에서 탈출하는 것을 돕고, 연북으로 돌아오면서 대륙 전체를 놀라게 한 '진황의 변'을 일으켰다. 그때 이후로 '배반'이라는 단어는 서남진부사의 대명사와 같은 것이 되었다.

그들의 전투력이 아무리 강하다 해도 대륙의 군인들은 그들을 배제하고 경멸했다.

그러나 생각지도 못하게 그들은 연북을 지키기 위하여 무거운 대가를 치렀다. 그럼에도 불구하고 그들은 아직도 자신들의 치욕을 씻어 내지 못하고 있었다. 구의의 입에서 나온 반란도라는 말은, 서남진부사의 병사들을 분노하게 하기에 충분했다.

초교가 차갑게 고개를 돌려 눈썹 끝을 올리며 노한 소리로 말했다.

"허튼소리! 서남진부사가 연북에 돌아온 것은 전하께서 직접 허락하셨기 때문이다. 전하께서는 우리 연북의 왕이시니, 전하의 말씀은 금보다 귀하고 옥보다 귀한 법. 한 번 입 밖에 내신 말씀은 결코 되돌릴 수 없는 법이다. 예전의 일은 말소된 지 오래인데 네가 계속 반란도라고 저들을 부르다니? 그것은 바로 전하를 신의를 지키지 않는 분으로 몰아세우는 것이 아니냐? 정말로 가증스러운 언사를 일삼는 것을 보니 네 마음이 다른 데 가 있는 것이 분명하다. 내가 보기에는 너야말로 바로 대하의 세작이다!"

구의의 이마에 힘줄이 튀어나왔다. 그는 울컥하여 외쳤다.

"다시 한 번 말해 보시지!"

그러나 초교는 무시하듯 코웃음 쳤다.

"군번이란 일군의 영예와 같은 것이다. 서남진부사는 100년 전 제1대 연왕께서 직접 창건하신 부대다. 유구한 역사가 있거늘 어찌 가벼이 폐할 수 있다는 말이냐? 하 통령은 서남진부사를 이끌고 전하를 따라왔다. 진황에서 기의를 일으킨 그날부터 환난을 함께하며 수많은 전투에서 생사를 걸고 싸웠다. 그 혁혁한 공로로 말할 것 같으면, 적도성에서는 7천의 병사로 대하군 20만을 붕괴시켰고, 북삭에서는 4천의 병사가 보통 병사 4만만큼의 전투를 치렀다. 이러한 군대의 군번을 어찌 폐하고, 그 군기를 훼손할 수 있는가? 전하께서 일이 번잡하신 틈을 타서 너희처럼 수치를 모르는 소인배들이 작당하여 우리 연북군 사이를 이간질할 음모를 꾸민 것이 분명하다. 이 사악한 자들, 너희들의 마음이야말로 베어야 마땅하다!"

구의가 대로하여 허리춤의 칼을 뽑아 들고 외쳤다.

"나를 중상모략하다니!"

하소 등이 이 광경을 보고 모두 앞으로 나와, 충혈된 눈으로 초교의 앞을 막아섰다.

"감히 대인께 달려드느냐?"

"모두 멈춰라!"

연순이 천천히 자리에서 일어났다. 젊은 연북왕은 군장을 입고, 그 위에 다시 검은 외투를 걸치고 있었다. 그가 천천히 걸어 나오자 모든 이들이 뒤로 물러섰다. 마침내 그는 초교 앞까지 다가와 살짝 고개를 숙이고, 그녀의 새하얀 얼굴을 바라보며 나지막하게 물었다.

"누가 너를 불러왔지?"

초교가 고개를 저었다.

"아무도 속하를 불러오지 않았습니다. 속하 스스로 온 것입니다.”

“저택으로 돌아가라. 여기 일은 너와 관계가 없다.”

“연북의 일은 곧 저의 일입니다. 저도 군대의 일원으로서, 그리고 서남진부사를 통솔했던 자로서 마땅히 수하가 저지른 잘못에 대해 함께 책임을 질 것입니다.”

연순이 천천히 미간을 찌푸렸다. 그의 눈가에 불쾌한 빛이 스쳐 갔다.

“아초, 지금 무엇을 하고 있는지 아는 건가?”

초교는 고개를 숙이고 답했다.

“속하는 잘 알고 있습니다.”

“나에게 맞서려는 것이냐?”

“전하의 말씀이 과하십니다. 속하는 그저 스스로 범한 잘못을 인정하는 것뿐입니다.”

사방팔방에서 사람들이 몰려들었다. 제1군과 제2군의 병사들 대부분이 광장에서 인산인해를 이루고 있었다. 모두 숨을 멈춘 채 광장 중앙의 남녀 한 쌍을 바라보았다. 대설이 분분히 흩날리고 천지간은 새하얗게 변했다. 연순의 눈빛이 바다처럼 음울해졌다. 그는 물끄러미 초교를 바라보고 있었다. 그에게서는 분노의 빛이, 그리고 차가운 기운이 뿜어져 나오고 있었다. 아주 오래, 아주 오랫동안 초교를 바라보기만 하던 그가 갑자기 고개를 돌리더니 성큼성큼 막사를 향해 걸어가며 말했다.

“초 참모는 병으로 인해 직위에서 해직하였으니, 예전부터 이미 북삭성의 주장이 아니다. 서남진부사가 범한 죄는 다른 이와 무관하다. 형을 집행하라!"

"전하!"

초교가 놀라 사납게 고개를 들고, 두 눈을 휘둥그렇게 뜬 채 외쳤다.

"대인, 더 이상 저희들을 위해 마음 쓰지 마시고, 돌아가십시오!"

문양이 입가에 피 칠갑을 한 채, 굳세게 고개를 들고 큰 소리로 외쳤다. 다른 병사들도 가슴을 펴고, 슬픈 목소리로 말했다.

"대인! 돌아가십시오!"

그러나 초교는 그들의 외침에 구애받지 않고 앞으로 몇 걸음 나아가다가 금위군에게 제지당했다. 그녀는 간절하게 외쳤다.

"전하, 서남진부사에게 죄가 있다 해도 죽여야 할 죄는 아닙니다! 저들은 진황에서부터 계속 전하께 충성을 다해 왔습니다. 그들의 충성심은 해와 달도 모두 아는 바입니다!"

연순은 등을 돌린 채 서 있었으나, 그녀의 말을 듣자 천천히 몸을 돌렸다. 그리고 근처에 있는 사람만이 들을 수 있을 정도의 목소리로, 무시하듯 말했다.

"아초, 솔직하게 말해 봐라. 저들이 충성하는 사람이 내가 맞는지."

순식간에 머리 하나가 떨어졌다. 초교의 온몸이 굳어 버린 것만 같았다. 그녀는 그저 믿을 수 없다는 표정으로 연순을 바라보았다. 무슨 말이라도 하고 싶었지만 목이 꽉 막힌 것처럼 아무 말도 나오지 않았다. 바람은 너무나도 차갑게 초교의 얼굴을 칼처럼 베어 왔지만 그녀는 아무것도 느낄 수 없었다. 그녀의 심장은 마치 설원 위에 떨어져 차갑게 굳어 버린 것만 같았다.

대설이 자욱하고, 광장은 바늘 떨어지는 소리조차 들릴 것처럼 고요했다. 초교는 두 무릎을 꿇고 눈을 붉혔다. 병색이 완연한 얼굴이 붉게 달아올랐다. 그녀는 쉰 목소리로 말했다.

"전하, 제 생명을 걸고 보장하겠습니다. 서남진부사 병사들의 충성심은 전하를 향한 것입니다. 만약 저들에게 조금이라도 다른 뜻이 있다면, 저 초교는 달갑게 죽음을 맞이하겠습니다."

"아?"

연순이 작은 소리로 말했다.

"네가 보장하겠다고?"

"예."

"그렇다면 너를 제외하고, 누가 저들을 믿고 있지?"

초교는 즉시 고개를 돌려 사방을 둘러보았다. 제1군의 장수들은 모두 무표정한 얼굴로 그 자리에 서 있었다. 그들에게는 동요하는 빛이라고는 전혀 없었다. 이상한 일도 아니었다. 그들은 모두 연순의 심복이니까.

서남진부사와 어깨를 나란히 하고 전투를 치렀던 제2군은 갑자기 머뭇거리며 겁에 질린 것 같았다. 그들은 고개를 숙이고 초교의 눈빛을 피하려 했다. 그들이 사지에 몰렸을 때 생명을 구해 준 것이 누구였는지 모두 잊어버린 것 같았다. 제2군, 북삭의 민군, 자위단, 각 부족장이 보낸 가문의 군대, 심지어는 조맹동의 친위대까지도. 이 2만 명은 과거 서남진부사와 함께 전투를 치렀고, 초교의 지휘를 따라 조제를 죽였으며, 수차례에 걸쳐 조양의 공격을 막아 냈다. 그러나 지금 이 순간, 그들은 마치 초교를 알지 못하는 것처럼 멀리 서서 지켜볼 뿐이었다. 그들의 눈에 전우애라는 것은 전혀 보이지 않았다.

초교는 점차 절망했다. 차가운 바람이 그녀의 여린 몸으로 불어왔고, 이 거대한 설원은 아득하니 새하얗기만 했다. 그녀는 연순을 바라보았다. 8년 동안 그녀와 같은 곳에 서 있었던 남자를.

초교는 한 마디, 한 마디, 힘을 주어 말했다.

"저는 그들을 믿고 싶습니다. 전하에 대한 저의 충성을 걸고 맹세합니다."

말을 마친 그녀는 바닥에 머리를 부딪치기 시작했다. 윤기나는 이마가 차가운 설원 위에 떨어지고, 항상 곧게 펴고 있던 허리가 구부러졌다. 거센 바람이 그녀의 외투를 펄럭여, 그녀는 더욱 연약하고 수척해 보였다.

"대인!"

처형대 위에서 병사 하나가 울기 시작했다. 그들은 죽음은 두렵지 않았다. 그러나 이 순간, 더욱 무거운 무엇인가가 그들의 마음속을 맴돌고 있었다. 그들은 큰 소리로 외쳤다.

"대인! 일어나십시오. 사람은 각자의 몫이 있는 법, 저희는 달갑게 죽겠습니다!"

초교는 움직이지 않고 계속 바닥에 무릎을 꿇고 있었다. 들려오는 소리는 점차 시끄러워지고 눈보라는 더욱 거세지고 있었다. 사람들이 떠드는 소리가 사방에서 들려와도 그녀는 아무

것도 듣지 못하고 있었다. 그녀는 그저 머리 위에서 들려올 그의 목소리만을 기다리고 있었다.

마침내, 나지막한 한숨 소리가 들려왔다. 그 순간 초교는 몸을 떨면서 자신이 성공했다고 믿었다. 그러나 다음 순간 연순이 차갑게 말했다.

"형을 집행하라!"

획! 동시에 칼날 움직이는 소리가 들려오고, 그 뒤를 따라 무거운 물건이 굴러떨어지는 소리가 들려왔다. 칼은 너무나 빠르고 너무나 날카로웠다. 사람들은 심지어 비명 한 번 지르지도 못했다. 그들의 목에서 뿜어져 나온 선혈이 높이 솟구쳐 새하얀 설원 위로 흩뿌려졌다. 마치 활짝 피어난 매화처럼.

고요했다. 너무나 고요했다. 그 순간 초교의 피도 얼어붙었다. 그녀의 온몸으로 바람이 스며 들어와 불고 있었다. 그녀는 무엇이라도 잡고 싶어 손에 힘을 주었다. 그녀의 손바닥 위로 뭉쳐진 눈은 너무 차가웠다. 그래, 마치 그녀의 심장처럼, 체온을 잃어 가는 그녀의 심장처럼.

"하소 통령은 군을 다스림에 엄격하지 못했으며, 휘하 병사들은 그를 따라 하극상을 범하고 군법을 무시하였다. 끌어내어 모두에게 80대씩 매질하라. 그 후 제1군에 넘겨 잠시 구류하도록 한다."

연순의 목소리가 머리 위에서 들려왔다. 광장에 있는 그 누구도 입을 열지 않았다. 반항하는 사람도 없었다. 병사들은 모두 명을 듣고 움직이기 시작했다. 그들이 신은 장화가 눈을 밟는 소리만이 들릴 뿐이었다.

"대인."

뒤에서 하소의 목소리가 들려왔다. 그는 땅에 무릎을 꿇고 평온한 어조로, 그러나 도저히 가릴 수 없는 슬픔이 밴 어조로 말했다.

"속하들이 대인을 부끄럽게 만들었습니다. 청컨대 대인께서는 스스로를 아껴 주십시오."

발걸음 소리가 멀어져 가고, 사람들은 점차 흩어졌다. 바람이 갑자기 크게 불어왔다. 얼마나 지난 것일까. 꿇어앉아 있던 초교의 무릎은 마비되었고 손과 발은 굳어 움직일 수도 없었다. 그러나 그녀는 여전히 그 자세로 무릎을 꿇고 있었다. 눈이 그녀의 몸 위에 두껍게 쌓이고 있었다.

하얀 낙타털로 만든 군화가 그녀에게 다가왔다. 연순이 손을 내밀어 그녀의 어깨를 부축했다. 그러나 초교는 마치 불에 데기라도 한 듯 몸을 튕겼고, 비틀거리다가 하마터면 쓰러질 뻔했다.

금위군은 그들에게서 등을 돌린 채 멀리 서 있었다. 연순은 검은 외투를 입고 그녀 앞에 선 채 오래도록 아무 말도 하지 않았다. 그저 그녀를 부축하려는 자세를 계속 취하며, 어색하게 그녀를 향해 손을 뻗고 있었다.

"아초."

연순이 불렀지만 초교에게는 들리지 않았다. 그녀는 비틀거리며 몸을 돌려 자신의 말을 찾아 올라탔다.

이날은 무척 추운 날씨였다. 초교는 갑자기 며칠 전을 떠올렸다. 연북이 변당보다도 따뜻하다고 생각했었지. 얼마나 가소로운 일인가. 지금 그녀는 갑자기 연북이 얼마나 추운 곳인지 깨닫고 있었다. 연북은 추웠다. 너무 추워서 사람의 심장마저 차갑게 얼어붙게 하고, 사람의 피마저 굳게 만들고 있었다. 연북은, 마치 얼음 호수에 빠져 있는 것처럼 추운 곳이었다.

이날 밤, 초교의 병이 심해졌다. 그녀는 군영을 나서기도 전에 말에서 굴러떨어져 저택으로 실려 왔다. 녹류는 당황하여 울기까지 했다. 시녀는 내내 초교의 침상을 지키면서 몇 번이고 그녀의 이름을 불렀다.

초교는 몽롱한 가운데 눈을 떴다. 그녀는 녹류에게 말해 주고 싶었다. 걱정하지 말라고, 나는 죽지 않을 거라고. 나는 아직 하지 못한 일이 많다고. 그러나 입을 벌려도 말이 소리가 되어 나오지 않았다.

한밤중에 깨어났을 때, 녹류는 여전히 곁을 지키고 있었다. 그녀가 깨어난 것을 보자 녹류는 눈물을 흘리며 웃었다. 초교가 약을 마시고 나자 이미 시간은 이경이었다. 녹류는 초교에게, 연순이 한참 전에 저택에 왔지만 방에 들어오지 않고 계속 문 앞에 서 있노라고 말해 주었다. 이미 예닐곱 시진을 그러고 있노라고.

"밖에는 대설이 내리고 있어요."

녹류가 속삭이며 슬며시 초교의 눈치를 살폈다.

초교는 자리에 누웠다. 머릿속에 수많은 장면들이 하나하나 스쳐 갔다. 그 과거들은 마치 흐르는 물과 같이 차가운 파도를 일으키고 있었다. 8년 동안의 고난 속에서, 그 흐르는 물이 하나하나 모여 굽이치는 강을 이뤘다. 그녀는 스스로가 이해해야 한다고 생각했지만, 그녀에게는 원망의 말이나 분노조차 남아 있지 않았다. 남아 있는 것은 그저 차가운 실망뿐이었다.

진황성에서, 서북의 대지에서, 적도성에서, 또 북삭에서, 서남진부사의 병사들은 피와 젊은 생명으로 그들의 충성 서약을 써 내려갔다. 젊고 쾌활했던 풍정, 침착하고 신중하던 모용, 지모가 뛰어나고 꾀가 많았던 오단유, 인내심이 강했던 문양. 제 시신을 돌 대신 성벽 아래로 내던지고, 제 몸을 방패로 삼았던 병사들. 그들은 결코 성인이 아니었다. 그들은 과거 잘못을 범했고, 그들의 부친들은 과거에 연북을 배반하는 대죄를 범했으며 누차에 걸쳐 피의 빚을 쌓았다. 그러나 진황성, 그들이 초교의 기치를 따른 그날부터 그들은 이미 생명과 미래를 모두 초교에게 건넸다.

연순의 말이 옳았다. 그들은 연순에게 충성하고 있지 않았다. 그들이 충성하는 것은 바로 그녀, 초교였다. 그리고 초교에게는 그들을 비호할 능력이 없었다.

그녀는 이 외로운 군대의 희망을 짊어지고 있었다. 그녀는 그들에게 치욕을 씻어 내게 해 주겠다고 약속했다. 그녀는 적도의 성루에서 외쳤다. 그들이 용맹하게 싸워 대하를 물리치기만 하면 그들은 연북의 영웅이 될 것이라고. 그들의 이름이 연북의 군공보 위에 새겨지리라고! 그리하여 그들은 그녀의 말을 따랐고, 그들을 미워하고 무시하던 연북의 땅을 지켰다. 그들은 굴하지 않고, 자신들보다 수십 배에 달하는 적들에 맞서 싸웠다.

그러나 지금, 그녀의 석상이 연북의 충의당에 세워지고 가가호호 그녀를 영웅으로 숭배하는 지금, 그들은 자신이 가장 사랑하는 이의 손에 죽었다.

나는 대체 무엇을 한 거지? 그들의 젊은 목숨을 나는 대체 무엇과 바꾼 것일까?

심장 위에 거대한 바위가 얹힌 것만 같았다. 목구멍에서 피비린내가 풍겨 왔다. 병사들이 그녀의 등 뒤에 쓰러져 있었지만, 그녀는 고개를 돌려 그들 한번 바라볼 용기조차 없었다. 그자리를 떠나며 그녀가 본 것은, 온통 낭자한 선혈뿐이었다.

"아가씨! 아가씨!"

녹류가 당황하여 그녀의 손을 떼어 냈다. 주먹을 꽉 쥐고 있던 초교의 손은 피에 물들어 있었다. 너무 힘을 주고 있다 보니 손톱이 손바닥을 깊이 파고들었던 것이다.

"나가 있어. 혼자 있고 싶어."

초교의 나지막한 목소리가 방에 울려 퍼졌다. 목소리가 너무 쉬어 제대로 나오지 않았다.

녹류는 한참을 머뭇거리다 결국은 물러 나갔다. 방 안은 즉시 고요해졌다.

하늘에 달이 걸려 있고, 바깥의 바람이 점차 세졌다. 그녀는 알고 있었다. 그는 여전히 밖에 있을 것이다. 그녀가 나가지 않

는다면 그는 계속 그곳에 있을 것이다. 그는 계속, 그렇게 고집
스러운 사람이었다.

어린 시절 그가 그녀에게서 칼을 쓰는 법을 배울 때, 아무리
복잡한 무공이라 해도 그는 한 달이면 모두 해내곤 했다. 그는
밤을 새워 연습했고, 손과 발이 모두 마비되다 못해 물집까지
잡혀서도 멈추지 않았다. 지금까지도, 그녀는 항상 그때의 그
정원을 기억하곤 했다. 그는 기둥 앞에 서서 힘차게 날아오르
고 칼을 연습했다. 그때 연순의 눈길은 마치 호랑이처럼 단호
했다.

그의 마음속에는 너무나 많은 무거운 것들이 숨어 있었다.
그녀는 그 모든 것을 이해하고 있다고 생각했다. 그러나 지금
그녀는 점차 그 사실을 의심하고 있었다.

초교의 눈길이 점차 냉랭해졌다. 그리고 단호한 빛이 요동치
기 시작했다. 그녀는 바로 침상에서 내려와 홑옷만을 걸친 채
그 자리에 서서 숨을 두어 번 깊이 들이마셨다. 그리고 그녀는
문가로 달려가 문을 열고 뛰어나갔다. 여전히 단단한 그의 품속
을 향해.

그녀의 체온을 느낀 그 순간, 연순은 당황했다. 그는 그녀
가 나오리라고는 생각지 못했다. 아니 최소한, 이렇게 빨리 화
가 풀어지리라고는 생각지 않았던 것이다. 가느다란 팔이 그의
허리를 단단히 감싸는 것을 느낀 순간에야 연순은 겨우 정신을
차리고 힘차게 그녀를 끌어안았다.

"아초!"

그가 나지막하게 탄식했다.

"네 마음을 아프게 했지."

초교는 그의 품속으로 파고들며 그를 꽉 끌어안고 아무 말도 하지 않았다. 연순이 나지막하게 말했다.

"나는 너를 질투하는 것이 아니야. 그리고 서남진부사를 미워하는 것도 아니고. 그들은 지금 2천 명도 되지 않아 편제하기에는 수가 적어. 그들의 군번을 취소하는 것도 필연적인 일이고. 다만 그들은 너무 고집스러워. 뜻밖에도 제1군 군영을 공격하다니. 내가 만약 그들을 처벌하지 않으면 군의 기강이 서지 않아."

초교가 슬픈 목소리로 말했다.

"알고 있어. 나는 전부 이해해. 연순, 내가 당신을 힘들게 한 거야."

연순이 그녀의 턱을 잡고, 눈을 바라보며 말했다.

"그런 것은 상관없어. 나는 그저 네 마음이 상했을까 봐 두려웠어. 네가 나를 보러 나와 주었으니 나는 안심이야."

초교는 눈을 붉히며 입술을 꽉 깨물었다.

"서남진부사는 수차례에 걸쳐 나를 구해 준 은혜가 있어. 연순, 나는 정말로 견딜 수가 없어."

연순이 희미하게 미간을 찌푸리더니, 마침내 어쩔 수 없다는 듯 말했다.

"알았어. 내가 하소 등을 놓아주겠어. 하지만 그들이 다시 한 번 군율을 어긴다면, 나도 더 이상 손에 정을 두지 않겠어."

초교는 고개를 끄덕였다.

"연순, 고마워."

밤은 어둡고 바람은 거칠게 불어왔다. 구부러진 달이 창백한 빛을 발하고 있었다. 달빛 아래에서 끌어안고 있는 두 사람은 그렇게나 가까이에 있었지만, 마음은 아주 먼 곳에 있었다.

연순이 방으로 돌아간 후 초교도 자신의 방으로 돌아왔다. 방문을 닫은 순간 그녀의 얼굴이 차가워졌다. 그녀는 조용히 두어 걸음 걸어 침상의 기둥을 잡고 앉았다.

편제하기에는 수가 적다고? 군번을 취소하고 군기를 빼앗고? 그들이 하극상을 범하고 난리를 일으킨다고? 연순, 당신이 어떻게 그렇게 나를 속이려 할 수 있지?

군인에게 있어 군번을 취소한다는 것은 얼마나 수치스럽고 굴욕적인 일인가. 전쟁터에서도, 비록 최후의 한 사람만이 남았다 해도 군기만은 지키려 하는 법이다. 군기가 존재하는 한 군대는 해산하는 것이 아니다. 사람을 모아 편제를 보충하는 것은 또 얼마나 간단한가? 제1군에는 30만이 넘는 인마가 있다. 문양 등은 겨우 서른 남짓의 문관으로, 대체 어떤 무공이 있어 제1군에 뛰어들어 군기를 빼앗아 성 밖으로 도망쳤다는 것일까? 서남진부사의 사람들이 처결을 받을 때, 하소 등은 분명 먼저 제압했어야 했다. 그런데 어째서 그들을 형장에 불러 모아 일부러 떠들썩하게 만들었을까?

당신은 차라리 서남진부사가 과거 연북을 배반한 것을 증오하고 있다고 말하는 편이 나았어. 그런 듣기 좋은 말로 나를 속이는 것이 아니라.

초교의 눈에서 맑은 눈물이 천천히 흘러내렸다. 창밖에서 달빛이 쏟아져 들어와 방 안을 은빛으로 물들이고 있었다. 그녀는 조용히 침상에 기댔다. 수만 가지 생각이 마음속에 솟구치고 있었다. 그러나 도대체 어디서부터 잘못된 것인지 알 수 없었다.

이때, 차가운 옥패가 갑자기 침상에서 바닥으로 떨어지는 소리가 들렸다. 초교가 주워 보니 그녀의 장수를 비는 옥패였다. 아마 녹류가 방금 여기에 두고 간 것 같았다. 풍치와 녹류가 이 옥패를 들고 왔을 때를 떠올리자 그녀의 마음은 갑자기 얼음물이라도 뒤집어쓴 듯 차가워졌다.

어찌 되었건 하소 등은 잠시 동안은 안전할 것이다.

그녀는 씁쓸하게 웃었다. 내가 이런 방법을 쓰는 날이 올 거라고는 생각지도 못했는데.

어둠 속에서 그녀는 끊임없이 눈물을 흘렸다.

연순, 연순. 당신은 대체 어찌 된 거지?

긴 밤은 끝이 없는 것만 같았다. 그녀는 결국 더 이상 견디지 못하고 소리 내어 울기 시작했다.

제14장 적과 만나다

밤이 깊었다. 머리 위로 들새들이 스쳐 나는데, 그 발톱 사이로 썩은 고기가 보였다. 말발굽은 대체 몇 천 년, 몇 만 년 동안 쌓였을지 모를 빙하층을 밟고 있었다. 먼 곳에서 바람이 불어왔다. 건조하고도 차가운 공기 때문인지 날은 점점 더 차가워졌다. 북풍은 마치 미쳐 버린 호랑이처럼 하루 종일 울부짖고 있었다.

초교는 목을 움츠리고 혀를 내밀어 바싹 마른 입술을 핥았다. 그리고 멀리 보이는 등불을 따라갔다. 다만, 가까이 접근하지는 않았다.

또 얼마나 갔을까. 대오가 마침내 멈췄다. 초교도 말에서 뛰어내렸다. 얼굴 근육 하나하나가 얼어붙은 것만 같았다. 그녀는 손으로 얼굴을 비비며 말 등에서 행낭을 끌어내렸다. 그리고 보따리를 풀고 장작을 모아 불을 지피기 시작했다. 동시에 멀지 않은 앞쪽, 새까맣게 모여 있는 군대에서도 밥 짓는 연기가 피어오르기 시작했다.

연순의 막사에 달아 놓은 모피 휘장이 흔들렸다. 아정이 머리 가득 눈이 쌓인 채로 들어오다가, 연순 곁의 젊은 장수가 작은 소리로 무엇인가 이야기하는 것을 보고 즉시 표정이 굳어졌다.

연순이 아정을 힐긋 보았는데, 그 건조한 눈빛에서는 어떤 감정도 찾아볼 수 없었다. 연순은 그저 젊은 장수의 이야기를 들으며 때때로 고개를 끄덕일 뿐이었다. 아정은 어색하게 문가에 서 있었다. 그러나 얼굴은 점차 붉게 달아오르고 있었다. 한참 후에야, 그는 일부러 기침을 한 번 한 후 큰 소리로 말했다.

"전하, 속하가 보고드릴 일이 있습니다."

연순은 지금에야 그의 존재를 발견했다는 듯 냉담하게 그를 바라보며 아무 동요도 없이 말했다.

"밖에서 기다리도록."

아정의 얼굴이 더욱 붉어졌다. 그는 화가 난 듯 연순 곁의 젊은이를 바라보았다. 허리를 굽히고 공손한 모양새를 취하고 있는 젊은 장수는 아정이 들어와도 눈길 한 번 주지 않았다. 아정은 마음 가득 노기가 치밀어 올라 거친 목소리로 답하고는 몸을 돌려 막사를 나왔다. 그의 신발이 땅에 닿을 때마다 소리가 울렸다.

바깥은 기이할 정도로 추웠다. 북풍이 대설을 말아 올리고, 소나무 기름을 묻힌 횃불이 바람 속에서 타오르고 있었다. 아정이 문가에 서자 양옆에 있던 시위는 그를 보면서 아무 말도 하지 않고 그저 경례하는 것으로 인사를 대신했다. 아정은 마음이 불편했다. 지금의 금위군 중 그가 아는 이는 단 한 명도 없었다. 그는 금위대장이었지만 겉만 그럴듯하고, 실제로는 쓸모없는 장식품에 불과했다.

얼마나 지났을까. 아정은 추위 때문에 계속 그 자리를 맴돌고 있었다. 손을 휘두르며 계속 제자리에서 걷다 보니 짙푸른 군복을 입은 군관이 침착하게 안에서 걸어 나왔다.

"에……취!"

아정은 일부러 기침을 한 번 하고는, 그의 발아래 힘주어 가래침을 뱉었다. 가래침은 아주 정확하게 그 군관의 신발 위로 떨어졌다.

군관이 발걸음을 멈추고 천천히 고개를 돌렸다. 도전하는 듯한 아정의 눈길을 보고도 군관은 무표정하게 눈을 반짝인 후, 아무 일도 없었다는 듯 몸을 돌려 짙은 어둠 속으로 사라졌다.

"겁쟁이! 쓸모없는 자식!"

아정이 큰 소리로 욕했다.

"저러니까 탈영이나 했겠지!"

칠흑처럼 어두운 밤이었다. 아무리 보아도 그자의 그림자도 보이지 않게 된 후에, 아정은 두어 번 코웃음 치고 몸을 돌려 막사 안으로 들어갔다.

연순은 등불 아래에서 지도를 보고 있었다. 연순은 그가 들어오는 소리를 듣고도 고개를 들지 않고 그저 나지막한 목소리로 물었다.

"무슨 일이냐?"

아정은 정신을 집중하고 서둘러 말했다.

"전하, 아가씨께서 따라오고 계십니다. 이렇게 추운 날인데 막사도 없이 밤을 새우시면……."

"뭐라고?"

연순의 잘생긴 미간이 서서히 일그러졌다. 그는 고개를 들고 검은 눈을 빛내며 아주 낮은 목소리로, 명확한 분노의 뜻을 담고 말을 길게 끌며 물었다.

"아초는 돌아갔다고 하지 않았느냐?"

아정이 머리를 긁적이며 나지막하게 말했다.

"그렇습니다. 아가씨께서 북삭으로 말 머리를 돌리는 것을 제가 직접 보았습니다. 하지만 밤새도록 다시 따라붙으셨습니다."

"쓸모없는 자식!"

연순이 탁자의 지도를 집어던지며 노한 소리로 말했다.

"사내 여럿이서, 여인 하나도 제대로 감시하지 못하다니."

아정은 억울한 듯 고개를 숙이고 아무 말도 하지 않았다. 그러나 속으로는 혼자 중얼거리고 있었다. 아니, 그 여인이 바로 전하께서 가장 사랑하시는 분 아닙니까. 우리가 어떻게 손을 대냐고요. 거칠게 대할 수도 없고, 꽁꽁 묶어서 돌려보낼 수도 없고. 그저 배웅을 나온 것이니 돌아가시겠다고 하고는 다시 오신 것을 어쩌란 말입니까!

연순은 외투를 걸치며 밖으로 향했다. 아정은 만면에 기쁜 빛을 띠고 서둘러 앞장서며 말했다.

"전하, 제가 말을 준비해 두었습니다. 어서 가시지요. 늦으면 아가씨가 꽁꽁 얼어 버릴 테니까요. 속하가 말씀드리지 않았습니까? 전하께서 어찌 아가씨에게 신경을 안 쓰실 수 있겠습니까? 우리 연북에서 전하를 제외하면 아가씨야말로 이인자가 아니십니까. 아가씨께서는 전하와 진황에서 함께 고통을 나누시었으니, 어디 그 신의를 저버린 늑대 떼들과 비할 수 있겠습니까? 속하는 알고 있었습니다……."

그러나 아정의 말이 끝나기도 전에 갑자기 뒤에서 따라오던 연순이 발걸음을 멈췄다. 아정이 돌아보니 연순이 막사 중앙에 서 있는 것이 보였다. 그의 얼굴은 촛불의 빛을 받아 빛나고 있었지만, 희미하게 옅은 회색의 그림자가 그의 뺨 가장자리에서 흔들리고 있었다. 마치 속을 꿰뚫어 볼 수 없는 안개에 뒤덮인 것처럼 보이기도 했다.

"전…… 전하?"

아정이 탐문하듯 작은 소리로 불렀다.

연순은 그대로 그 자리에 서 있었다. 그의 눈길은 고요한 것이 마치 하늘 위에 떠도는 구름 같았다. 마침내, 그는 방금까지 외투의 띠를 묶고 있던 손을 내리고 평온하게 말했다.

"금위 스물을 데려가서, 그녀를 데려오너라."

"아?"

아정은 깜짝 놀라 입을 벌리고 멍하니 있다가 되물었다.

"전하께서는 가지 않으십니까?"

연순은 대답하지 않고 담담하게 몸을 돌린 후 외투를 벗었다. 그리고 천천히 서탁 앞으로 다가가 그 거대한 연북의 지도를 어루만지며 오래도록 아무 말도 하지 않았다.

　연순의 뒷모습은 수많은 등불 가운데 있었다. 빛이 너무도 찬란하여 차마 똑바로 쳐다볼 수도 없었다. 한순간, 아정은 갑자기 눈이 어지러운 것을 느꼈다. 그는 연순의 뒷모습을 보며 갑자기, 아주 오래전 성금궁에서 있었던 날을 떠올렸다. 그 하늘이 눈부시던 아침, 대하의 황제가 수많은 전각 사이에서 천천히 걸어 나왔다. 아정은 사람들 사이에 엎드려 있다가 몰래 고개를 들어 보았는데, 그 황금빛 찬란한 용포에 눈이 멀어 버릴 것 같았다.

　"예, 속하가 명을 따르겠습니다."

　아정이 대답하고 나서려 할 때, 연순이 나지막한 목소리로 말했다.

　"이후 전령을 거치지 않고 마음대로 막사 안으로 들어오지 말도록."

　젊은 연북의 전사는 조용히 고개를 끄덕였다. 이제 아정에게서 처음의 활발한 모습은 보이지 않았다. 그는 경직된 자세로 답했다.

　"예, 속하는 명을 따르겠습니다."

　초교가 아정을 따라 영지로 왔을 때, 연순은 잠들어 있었다. 아정은 불이 꺼진 연순의 막사를 보자 정신이 나간 듯 멍해지고 말았다. 풍치가 달려오더니 조금 어색한 말투로 말했다.

"전하께서 하루 종일 오시느라, 아주 피곤하신 모양입니다."

"그래."

오히려 초교는 별다른 감정이 없는 듯한 말투로 조용히 고개를 끄덕였다.

"그럼 나도 가서 쉬어야겠다."

막사 안으로 돌아왔을 때 초교의 손과 발은 얼어서 감각이 없었다. 아정이 사람들을 데려와 뜨거운 물을 주었다. 전사들은 대부분 그녀를 직접적으로는 알지 못했지만, 그녀의 이름과 그간의 행적을 들어 알고 있었다. 병사들이 바깥에서 고개를 들이밀고 그녀를 살펴보다가 아정의 질책을 듣고 바로 흩어졌다.

얼마 지나지 않아 막사의 휘장이 흔들리더니, 작은 머리 하나가 쑥 들어와 웃으며 외쳤다.

"초 대인!"

"평안?"

초교는 살짝 당황했다. 평안은 작은 군복을 입고 있었다. 며칠 보지 못한 새에, 평안은 또 키가 조금 큰 듯했다. 그날 북삭의 전투가 끝난 후 그녀는 병이 들어 그를 돌보지 못했다. 그런데 오늘 여기서 보게 될 줄은 상상도 못했던지라, 초교는 서둘러 물었다.

"여기서 뭘 하고 있지?"

"병사가 되었어요."

"네가? 병사라고?"

초교는 아연실색했다.

"네가 지금 몇 살이지?"

"대인, 사람 무시하지 마시라고요. 방금 아정 장군께서, 바로 이 두평안이 아가씨의 근무병이 될 거라고 말씀하셨어요. 뭐든 시킬 일이 있으시면, 바로 저에게 맡겨 주세요."

근무병? 그렇다면 괜찮았다. 최소한 전장에는 나갈 일이 없을 테니까. 초교는 희미하게 웃으며 아이의 머리를 쓰다듬었다.

"아정에게 가서, 내가 많이 고마워하고 있다고 전해 주렴."

"장군은 오늘 밤 경비를 서지 않으시고, 정 대인이 경비를 서실 거예요."

초교가 눈썹 끝을 살짝 추켜세웠다. 아정은 연순의 심복인 금위였다. 가장 충성스러운 아정이 아니라면 대체 누가 밤에 경비를 선단 말인가? 그녀는 작은 소리로 물었다.

"정 대인? 어느 정 대인?"

"저야 모르지요."

평안은 어쨌든 아직 어린아이였다. 평안은 아이답게 인상을 썼다.

"저는 그저 그 대인의 성이 정씨라는 것만 알아요."

"그래."

초교는 고개를 끄덕였다.

"시간이 늦었네. 너도 얼른 가서 자거라."

"예!"

평안이 해맑게 답했다. 아무래도 무척 즐거운 모양이었다. 초교는 평안이 깡충거리며 뛰어나가는 것을 보자 갑자기 마음이 아파 왔다. 지금이 현대라면, 저만한 아이는 당연히 매일 책가방을 메고 학교에 가야 했다. 무슨 일이 생기면 부모의 품으로 달려들어 애교를 떨고, 울음을 터뜨려야 하는 나이였다! 그러나 이곳에서 평안은 너무 빨리 여동생을 돌봐야 하는 책임을 짊어지고, 칼날에 묻은 피를 핥아야 하는 나날을 보내고 있었다.

초교는 얼굴을 씻었다. 조금 전까지만 해도 아주 뜨겁던 물이 이미 꽤 식어 있었다. 그녀는 힘들게 신발을 벗고 발을 물에 담갔다. 발은 이미 얼어서 빨갛게 부풀어 있었다. 따뜻한 물에 담그니 바로 가려움이 몰려왔고, 그녀는 깊이 숨을 내쉬었다. 그녀는 방금 받은 마른 양식을 한입 먹은 후 따뜻한 이불에 기대어 생각에 빠졌다.

그날의 일로 두 사람의 마음속에는 응어리가 남아 있었다. 그녀가 아무리 그런 기색을 보이지 않으려 해도, 또 연순이 아무리 열심히 상황을 조정하고 만회하려 해도, 어떤 감정은 마치 도자기처럼 일단 깨지고 나면 되돌리려 해도 되돌릴 수 없는 것이다.

그녀가 아프다는 이유로, 연순은 대군이 움직이는 날짜를 무려 이틀이나 미뤘다. 그 이틀 동안 그는 밤낮을 막론하고 병상을 지켰다. 연순은 직접 그녀에게 밥을 먹이고, 물을 마시게 하고, 심지어 약을 달이기까지 했다. 연순이 어찌나 극진한지 주위 사람들이 모두 섬뜩해할 정도였다.

그러나 초교가 자신도 군대를 따라가겠다는 이야기를 했을 때 그는 단호하게 거절했다. 그가 거절하는 이유는 너무나 충분했기에 초교로서는 도저히 반박할 수 없었다. 그러나 그 이유들이 아무리 연순이 초교를 걱정하는 마음에서 나온 것이라 한들, 그리고 그 이유들이 아무리 합리적이라 해도, 초교의 머릿속에는 계속 연순이 그날 했던 말이 메아리치고 있었다.

'하지만 그들이 다시 한 번 규율을 어긴다면, 나도 더 이상 손에 정을 두지 않겠어.'

그 말은 경고였다. 또한 신호일 수도 있었다. 이런 생각을 떠올릴 때마다 초교는 자기 자신에게 부끄러웠다. 나는 언제부터 이렇게 그를 경계하게 된 것일까?

그날을 제외하고 연순은 그녀에게 지난날과 다름없이 대했다. 심지어 초교는 그날의 모든 것이 그저 꿈이 아닐까 생각할 정도였다. 그러나 대군이 떠나던 그날, 초교는 결국 갑옷을 입고 성문 앞에서 막아서며, 무릎을 꿇고 자신도 종군하게 해 달라고 간청했다. 그리고 연순은 화를 냈다.

연순이 초교에게 화를 낸 것은 처음이었다. 그는 분노하여 소리치거나 하지 않고 오래도록 그녀를 바라보았다. 그녀의 연약한 어깨를 넘어 아주 많은 것을 보고 있는 것 같았다. 마침내 그는 그저 가볍게 한마디 반문했다.

'아초, 대체 무엇 때문에 안심하지 못하는 거지?'

그리고 그녀가 대답하기도 전에 그는 고개 한 번 돌리지 않고 말을 달려 지나갔다.

병사들이 그녀가 저택으로 돌아가도록 호위했다. 초교는 조용히 연순이 떠나가는 뒷모습을 보다가 갑자기 처량함을 느꼈다. 그는 모든 것을 알고 있다. 뭐든지 알고 있어! 그는 생각이 그리도 많은 사람이다. 그런 그가 그녀에게 물었다. '대체 무엇 때문에 안심하지 못하는 거지?'라고.

그러나 연순, 그렇다면 당신은? 당신은 무엇 때문에 안심하지 못하는 거지?

그녀는 결국 그를 따라오고 말았다. 그가 말한 그대로였다. 그녀는 안심할 수 없었다. 그랬다. 그녀는 마음을 놓을 수 없었다. 연순이 서남진부사를 전부 죽여 버릴까 봐 두려웠다. 전장에서 군대 하나를 소리도 없이, 어떤 흔적도 없이 소멸시킬 방법은 정말 너무나 많았다.

서남진부사의 병사들은 모든 희생을 치러 가며 그녀를 따라왔다. 초교는 그들이 아무 이유도 없이 죽도록 내버려 둘 수는 없었다.

아마도 자신이 소인의 마음을 갖고 있기 때문일 것이다. 하지만 연순, 당신은 내가 무엇을 두려워하는지 알면서…… 어째서 나에게 약속해 주지 않은 걸까? 아니면 아예 근본적으로 약속을 할 수 없는 것일까? 내가 두려워하는 모든 미래가 이미 당신의 계획 속에 포함되어 있기 때문에?

바닥에서 숯불이 조용히 타오르고 있었다. 상등품 백탄을 쓰고 있었기 때문에 희미한 연기만 올라오고 있었다. 초교는 조용히 숯불을 바라보았다. 눈가가 점차 쓰라려 왔다. 그녀의 병은 아직 완전히 낫지 않았고, 차가운 바람 속 길을 하루 종일 왔기 때문에 피로가 물밀 듯이 엄습해 왔다. 그녀는 흰 옷을 입고 침상에 웅크린 채 촛불을 불어 끄고, 조용히 잠에 빠져들었다.

달이 밝게 빛나며 설원을 비춰 온 세상이 새하얗게 빛나고 있었다. 그러나 막사 안은 칠흑처럼 어두웠다. 바람이 불어오는 야영지에는 나무 한 그루 없었다. 그저 쏙독새 우는 소리만이 조용한 밤하늘을 가를 뿐이었다.

얼마나 지났을까. 사방이 어두운 가운데 발아래에 갑자기 차가운 감촉이 느껴졌다. 초교는 눈을 감은 채 살며시 미간을 찡그리다가 사납게 몸을 일으키며 차갑게 외쳤다.

"누구냐?"

어둠 속에, 키가 큰 그림자 하나가 침상에 앉아 있었다. 희미한 빛을 통해 그의 얼굴 윤곽을 볼 수 있었다. 연순이 동상 입은 초교의 다리를 가볍게 문지르고 있었다. 침상 가장자리에는 그릇이 하나 있었는데, 그곳에서는 농밀한 약 냄새가 풍겼다.

"깼어?"

연순이 조용히 묻고는 몸을 일으켜 촛불을 켰다. 따뜻한 불빛이 그의 얼굴을 비췄다. 고요하고 평화로운 분위기였다. 그는 돌아와 앉아 긴 손가락에 약을 묻힌 후, 그녀의 다리에 세심하게 바르기 시작했다. 그의 손가락은 마치 봄바람처럼 따뜻하고 부드러웠고, 가볍게 그녀의 발끝이며 발등을 스쳐 갔다. 연순은 고개를 들지 않았다. 그의 눈빛은 마치 호수처럼 아무 동요도 없어 보였다.

"네 발은 매일 약을 발라 주어야 해. 군대에는 시중을 들어 줄 시녀도 없어. 그리고 일도 복잡하지. 너무 바쁘게 굴면 안 돼. 그러면 자신의 몸을 돌보는 것도 잊어버릴 테니까."

약은 서늘했다. 다리에 바르니 매우 편한 기분이 들었다. 초교의 발바닥은 작고 귀여웠고, 그 위로는 새하얀 다리가 드러나 있었다. 연순은 한 손으로 약을 바르고, 다른 한 손으로는 그녀의 복사뼈를 잡고 있었다. 그 물 흐르는 듯한 목소리는 두 사람 사이의 어색함을 조용히 털어 내고 있었다.

"응, 알았어."

초교는 고개를 끄덕이며 살며시 입술을 깨물었다. 대체 무슨 말을 해야 좋을지 알 수 없었다. 그녀는 대하 황궁에서 지내던 때를 떠올렸다. 겨울이 오면 그녀의 발은 항상 동상에 걸려 발갛게 부어올랐고, 곪아 터지기도 했다. 가장 심할 때는 바닥에 발을 디딜 수도 없었다. 그러나 그들에게는 상처를 치료할 약도 없었기에 연순은 술로 그녀의 발을 문질러 주었다. 그리고 그녀가 고통스러워하는 것을 보며 그녀를 술에 담가 버리겠다고 놀리기도 했다. 그러면 더 이상 고통을 느끼지 않을 거라고 하면서. 그때의 연순은 눈을 빛내며 눈동자를 굴리고 있었지. 지금도 밤이 되면 그녀는 여전히 그의 그런 모습을 꿈에서 만날 수 있었다. 그렇게나 또렷하게. 그 꿈속의 연순이 너무나 또렷해서, 그녀는 그가 지금 어떤 모습인지 모두 잊어버릴 정도였다.

"잘 쉬도록 해."

약을 다 바르고 난 후, 연순이 약그릇을 들고 일어섰다.

"이만 가 볼 테니."

"연순…….."

연순이 몸을 돌렸을 때, 초교가 하얀 손을 내밀어 그의 옷자락을 잡았다. 그 손은 너무나 말라 있었다.

초교의 목소리를 듣자 연순의 심장이 갑자기 부드러워졌다. 그는 고개를 돌려 그녀의 눈을 보며 조용히 물었다.

"왜?"

"화난 거야?"

연순은 그녀를 바라보며 평온하게 물었다.

"내가 화를 내야만 할까?"

막사 안은 너무나 답답했고, 초교는 조금 숨이 차올랐다. 그녀는 입술을 비죽이며 말했다.

"모르겠어."

분위기가 갑자기 차가워졌다. 두 사람 중 누구도 말을 하지 않았고, 어색한 기운이 감돌 뿐이었다. 연순은 몸을 쭉 펴고 먹빛 머리카락을 늘어뜨린 채 두 눈을 흑요석처럼 빛내며 조용히 그녀를 바라보았다. 초교는 마침내 창백한 얼굴을 천천히 들고 연순의 눈을 바라보며, 그의 소매를 잡고 작은 소리로 말했다.

"따라가게 해 줘. 응?"

연순은 한참 동안 말없이 초교의 얼굴을 바라보며 아무 말도 하지 않았다. 여러 가지 감정이 머릿속을 스쳐 갔지만 그 자신도 자신의 진심을 잡을 수가 없었다. 연북 정권은 너무 빨리 일어났고, 지금은 물을 거슬러 오르는 배와 같았다. 매 걸음마다 조심스럽게 행동해야 했다. 그는 미간을 찡그린 채 조용히 자신의 미래 계획을 생각했다. 하나하나 거르고 고심한 끝에, 그는 입을 열었다.

"아초, 지금 연북에서 가장 큰 고질병이 무엇인지 알고 있어?"

초교는 고개를 들었지만 아무 말도 하지 않았다. 연순이 그녀에게 답을 요구하는 게 아니라는 것을 알고 있었기 때문이다. 과연, 그가 자문자답하듯 말하기 시작했다.

"군벌이 할거하고, 각자 정권을 잡으려고 하지. 대동의 세력은 복잡하게 뒤엉켜 해결하기 쉽지 않고, 군대 내의 명령 체계도 안정되지 않았어. 사람들에게는 각자 충성을 다하는 주군이 따로 있지. 이것들은 연북에게 치명상을 입힐 수 있어."

연순을 손을 뻗어 초교의 머리카락을 귀 뒤로 넘겨 주었다.

"이런 것들을 정돈하고 깨끗하게 씻어 버려야 해. 설령 피를 보는 일이 있더라도. 이건 한 정권이 안정적인 기반을 갖추기 위해 반드시 걸어야만 하는 길이야. 옳고 그름을 따질 수 없는 일이지. 그저 형세가 나에게 이렇게 하라고 시키고 있는 거야. 나는 네가 이런 상황 속에 말려드는 것을 바라지 않아. 이해할 수 있겠어?"

초교는 고개를 끄덕였다.

"이해하고 있어, 연순. 나는 군대를 통솔하려는 것이 아니야. 그저 네 곁에 있고 싶은 거야."

그녀의 말을 들은 연순이 잠시 멈칫했다. 그는 초교가 따라오는 것이 분명히 서남진부사의 일 때문이라고 여기고 있었다.

일순간 그는 그녀의 의도를 판별할 수 없었고, 마음속에는 천천히 따뜻한 불길이 타오르기 시작했다. 그는 고개를 끄덕이며 부드럽게 말했다.

"그런 거라면 좋아."

연순이 초교의 손을 놓고, 떠나기 위해 푸른 바람막이를 입었다. 그는 좀 말라 보였다. 초교의 마음 깊은 곳에서 갑자기 쓰라린 고통이 생겨났다. 그녀는 입술을 깨물고 말했다.

"연순, 나를 믿고 있어?"

연순은 발걸음을 멈추었지만 고개를 돌리지 않고, 마치 끊임없이 자잘하게 밀려오는 파도처럼 희미하게 말했다.

"아초, 나는 너를 의심한 적 없어. 나는 그저 동란이 일어나기 전에, 너를 이 다툼이 많은 곳에서 멀리 떨어지게 하고 싶을 뿐이야."

막사의 휘장이 살며시 흔들리고, 연순은 곧 사라졌다. 초교는 여전히 침상에 앉아 있었다. 갑자기 잠이 사라져 버렸다.

모래시계에서 모래가 떨어지는 소리가 들리고, 모든 것은 고요하고 평화로웠다. 그녀는 아주 오래전에 주고받았던 말을 떠올렸다.

'서로 간에 비밀이 있어서는 안 돼. 영원히 서로에게 솔직해야 해. 서로 간에 비밀을 가지면 오해하기도 쉽고, 사이가 소원해지기도 쉬우니까!'

그러나 안타깝게도 그 모든 것은 결국 꿈이었을 뿐이다. 이 세상에는 다른 이에게 차마 말할 수 없는 너무나 많은 일들이 있는 것이다. 특히 사랑하는 사람에게는 결코 말할 수 없는 일들이.

그녀는 그를 믿어야 했다. 초교는 조용히 입술을 깨물었다. 연순을 믿지 않는다면, 대체 세상 누구를 믿을 수 있을까?

그녀는 스스로를 열심히 설득한 후 자리에 누웠다. 하지만 눈을 감기 전 어렴풋하게 그날 광장에서 머리가 잘리는 광경을 다시 본 것만 같았다. 선혈이 튀어 올라 바닥을 적시던 그 장면을.

7일 동안 말을 달려 겨우 요성 내에 있는 혈규하에 도착했다. 본진은 산에 기대어 지을 예정이었고, 주둔병은 20만이었다. 멀리서 바라보면 강철 갑옷의 빛깔밖에는 보이지 않았다.

초교가 서남진부사의 지휘권을 포기한 데는 이유가 있었다. 북삭의 전투 이후, 연북에서 초교의 명성은 연순을 위협할 정도였다. 군대에서도 그녀에게 표창을 해야 한다는 이야기가 많았다. 게다가 그녀가 오랫동안 연순과 함께하며 전공이 혁혁한 점을 들어 암암리에 연북의 이인자로 여기는 분위기가 있었다. 그리고 서남진부사는 예전에 연세성이 패하는 직접적인 원인을 제공한 반란군이었기에, 그들에 대한 연북 백성들의 감정은 극단적이면서 또한 복잡했다. 수년 간의 원한이 있었지만, 그들이 연북을 지켜 준 데에 대한 감사의 마음도 있었다. 이런 감정을 다른 이들이 이용할 가능성이 아주 높았다.

서남진부사가 초교에게 충성을 다하고 있다는 사실은 온 천하가 다 아는 바였다. 일단 그녀가 계속 군대에 남아 있으면,

연순은 서남진부사에 대한 지휘권을 상실하는 것이나 마찬가지였다. 이 부대는 명실상부하게 그녀의 개인 군대나 마찬가지였다. 이러한 일은 어떤 제왕이라도 용납할 수 없는 것이다. 그러므로 그녀는 군권을 버리고 연순 곁에 머물러야 했다. 그래야만 어떤 일이 벌어진다 해도 그녀는 중립을 지킬 수 있었고, 그것이 서남진부사에게도 그녀 자신에게도 좋은 일이었다.

그녀의 생각은 본래 이렇게 타당했다. 그러나 서남진부사의 신임 장관을 본 그녀는 얼이 빠지고 말았다. 그녀의 눈빛이 칼처럼 날카로워졌다. 남색 군복을 입은 젊은 장수는 희미하게 미소 지으며 예의 바르게 말했다.

"초 대인, 오랜만입니다."

"정 장군."

초교는 차가운 눈으로 냉소하며 천천히 말했다.

"북삭에서 헤어진 후, 설치원 장군이 참혹한 죽음을 당하고 정 장군은 하안 장군을 따라 떠났지요. 저는 평생 장군의 귀한 얼굴을 다시 볼 기회가 없을 줄 알았답니다. 그런데 오늘 이렇게 다시 만나게 되다니, 정말이지 기쁨을 주체하기 어려울 정도군요."

정원이 미소 지으며 담담하게 말했다.

"인생이란 언제 어디에서 다시 만날지 알 수 없는 것이지요. 저와 대인은, 아마도 제법 인연이 있나 봅니다."

초교는 코웃음 치며, 몸을 돌려 연순의 막사 안으로 들어가며 차갑게 말했다.

"하소, 대오를 잘 보고 있도록. 내가 돌아오기 전에 그 누구라도 서남진부사를 멋대로 지휘하는 것을 허락하지 않겠다!"

"예!"

하소가 큰 소리로 대답했다.

차가운 바람이 초교의 분노한 얼굴에 불어왔다. 설 장군, 마침내 당신의 복수를 할 수 있게 되었다!

제15장 그 사람은 어디에

연순은 다시 그 꿈을 꾸었다. 이마에서 땀이 배어 나왔고, 어두운 눈동자는 깊은 연못처럼 고요했다. 바깥에는 햇빛이 찬란했다. 그는 탁자에 엎드려 있었고 속옷자락은 이미 흠뻑 젖어 있었다.

그는 긴 손을 내밀어 찻잔을 들어 올렸다. 손톱은 깨끗하게 정리되어 있었고, 다년간의 무술 훈련 덕에 손엔 굳은살이 박여 있었다. 그는 힘주어 새하얀 찻잔 바닥을 잡았다. 손목이 조금씩 떨리고 있었다.

아주 오래전, 삼월의 이른 봄이었다. 호수에 비가 내리고 있었다. 멀고 가까운 곳의 경치가 뒤엉켜 모호한 그림자를 만들어 냈다. 그는 진황성에서 수년 동안 꾹 참았던 일들에 대해 망각하는 법을 익혔노라고 생각하고 있었다. 그러나 이 꿈 하나만은, 그간의 노력을 전부 헛된 것으로 만들어 버렸다. 그가 가슴 깊은 곳에 묻어 둔 그 기억들은 다시 사납게 말려 올라와, 마치 잔인하고 날카로운 칼처럼 그의 피부를 베어 내고 그의 골수를 찔렀다. 그가 피를 흘리지 않으면 멈추지 않았다.

꿈속에서는 매번 선혈이 낭자했다. 부모와 친지들 눈은 차가웠다. 그들 눈에서는 마치 포도주가 흐르듯 검붉은 액체가 흘러내렸다.

오랫동안, 그는 스스로를 잘 통제하고 있다고 생각했다. 그러나 그가 연북의 땅을 밟은 이래, 수년 동안 잠복하고 있던 감정이 다시 솟구쳐 올라왔다. 마치 동면하던 뱀이 눈을 감고도 본능적으로 상대의 어디를 물어야 하는지 알 수 있는 것처럼. 그는 마침내 깨달았다. 연북은 결코 그의 구원이 아니었다. 오히려 정신적인 마약이나 마찬가지였다.

그는 초점 없이 멍하니 앞을 보고 있었다. 호흡이 점차 평온해졌다. 그러나 짙은 원한이 다시 마음속에 생겨나고, 머릿속에 피에 대한 갈망이 솟구쳤다. 그는 간절하게 칼을 잡고 싶었다. 칼을 휘둘러 사람들을 베는 쾌감을 누리고 싶었다.

바로 이때, 문밖이 시끄러워졌다. 여인의 분노한 목소리가 날카롭게 들려왔다. 그는 마음을 차갑게 가라앉혔다. 누가 왔는지 생각할 필요도 없었다. 그가 소리치자 문을 지키던 시위가 초교를 안으로 들여보냈다.

그녀는 여전히 그 새하얀 외투를 입고 있었다. 요즘, 그녀는 키가 꽤 큰 것 같았다. 그 아름다운 모습은 이미 다 큰 처녀였다.

연순은 방금까지의 기분을 숨기고 부드럽게 말했다.

"시위들이 바뀌어 너를 알아보지 못한 모양이다."

"정원이 어떻게 군대에 있을 수 있지?"

초교는 바로 본론으로 들어갔다. 시위가 밖에서 자신을 막았던 일은 전혀 신경 쓰지 않는 태도였다.

연순은 그녀가 공적인 태도를 취하는 것을 보고, 그 자신도 앉은 몸을 쭉 편 후 정색하고 말했다.

"그는 공을 세웠다. 도망치던 북삭의 전 성주인 하안을 죽이고, 북삭의 수비군을 이끌고 돌아왔지. 표창해 주어야 마땅하다."

초교가 눈을 빛내며 연순을 사납게 노려보았다. 마치 그의 표정에서 허점이라도 찾고 싶은 듯한 표정이었다. 그러나 연순은 태연자약하게 상석에 앉아 조금도 동요하지 않았다.

"나는 그를 죽일 거야."

초교가 천천히 말했다. 그녀의 목소리는 아주 평온했지만 눈빛 속에는 잔혹한 살기가 번득이고 있었다.

연순이 눈꼬리를 살짝 추켜세우고 조용히 그녀를 바라보면서 아무 말도 하지 않았다. 두 사람 사이의 분위기는 더욱 음울해졌고, 문밖에서 북풍이 쌓인 눈을 말아 올리는 소리까지 들을 수 있을 정도였다.

"분명히 이야기했어. 이만 가 볼게."

초교는 나지막하게 말하며 몸을 돌렸다.

"잠깐."

연순이 살짝 눈을 가늘게 뜨고 불쾌한 듯 그녀를 바라보았다. 그는 미간을 찡그리며 천천히 말했다.

"정원은 지금 서남진부사의 장군이지. 만약 그에게 일이 생긴다면 서남진부사가 제일 먼저 자신들의 장군을 지키지 못한 책임에서 벗어날 수 없을 거다."

초교가 고개를 돌렸다. 그녀는 양미간을 찌푸리며 물었다.

"지금 나를 위협하는 거야?"

"네가 잘못을 저지르지 않기를 바랄 뿐이야."

"그는 설치원을 죽였고, 서남진부사의 병사들을 죽였어. 그리고 나를 죽일 뻔했지. 그가 아니었다면 연북의 전쟁이 그렇게 큰 손실을 입지도 않았을 거야. 그는 음험하고 악랄해. 형세를 보아 가며 태도를 바꾸고, 죽음을 두려워하는 소인배지. 그런 사람을 비호하는 거야?"

연순은 격분한 초교를 고요하게 바라보며 담담하게 말했다.

"연북에는 죽음을 두려워하지 않고, 상황에 따라 처신을 바꾸지 않는 자가 너무 많아. 나는 이런 것이 그렇게 자랑할 만한 품성이라고 생각지 않아."

초교가 노하여 물었다.

"그렇다면 이익을 탐하느라 의를 저버리고 죽음을 두려워하는 것이 자랑할 만한 품성이라는 거야?"

"누구에게나 바라는 것은 있고, 두려워하는 것도 있는 법이야. 그리고 그런 사람이야말로 쉽게 제어할 수 있지. 아초, 네가 마음을 가라앉히고 다시 잘 생각해 주었으면 좋겠어."

초교는 진지하게 연순을 바라보았다. 머릿속에는 북삭성 아래에서 참혹하게 죽어 간 병사들의 모습이며, 설치원이 죽기 전 외쳤던 고함 소리가 다시 한 번 메아리쳤다. 갑자기 온몸의 피가 타오르는 것 같았다. 그녀의 눈빛이 칼처럼 날카로워졌다.

"만약 내가 반드시 그를 죽여야겠다면, 당신은 나에게 어떻게 할 거지?"

"알고 있잖아. 네가 무슨 짓을 저지르더라도 나는 아무 짓도 하지 못해."

연순이 그녀를 바라보며 평온하고 담담하게 말했다.

"다만 그런 일이 생기면 다른 이들이 너 대신 대가를 치르게 되겠지."

밖에서 들어오는 빛이 갑자기 너무도 자극적이라 눈이 아플 지경이었다. 화롯불이 소리 내며 방 안을 따뜻하게 덥히고 있었다. 그러나 초교의 피는 조금씩 얼어 갔다. 그녀는 그대로 얼어서 얼음 기둥이 되어 버릴 것만 같았다. 초교의 눈빛이 빠르게 흔들렸다. 그녀는 마치 연순을 보고 있는 것 같기도 하고, 연순을 넘어 더 먼 곳을 보고 있는 것 같기도 했다.

연순의 눈매는 이미 풍상에 물들어 있었고, 눈빛은 더 이상 맑지 않았다. 예전에 적수 호반에서 별처럼 눈을 반짝이던 명랑한 소년은 사라진 지 오래였다. 성금궁에서 자신과 함께 서로를 의지하던 몰락한 왕자도 이미 사라져 버렸다. 시간은 그들 사이에 거대한 도랑을 파 놓았다. 그녀는 그 도랑을 건너갈 수 없었고, 그도 더 이상 건너오려 하지 않았다. 세세히 생각해 보면, 이 모든 일이 겨우 1년도 되지 않는 사이에 벌어진 일이었다. 권력이란 것이 대체 무엇인지, 그녀는 오늘에야 겨우 알게 되었다.

"알겠습니다."

초교는 담담하게 고개를 끄덕이며 어깨를 살짝 으쓱했다.

"속하는 물러가겠습니다."

"아초."

초교가 쓸쓸해하는 것을 보자 연순도 견딜 수가 없었다. 마치 작은 짐승이 날카로운 발톱으로 가슴을 할퀴고 있는 것처럼 아련하게 아파 왔다.

"그러지 마, 아초."

초교는 고개를 숙이고 무표정하게 답했다.

"속하는 비록 우둔하지만, 전쟁터에서 도망친 것도 모자라 모시던 장수를 살해하고, 생을 탐해 죽음을 두려워하는, 그런 장점은 아직 가지고 있지 않습니다. 전하께서는 그런 인재들을 잘 찾으셔서 연북 중흥의 희망을 그들에게 걸어 보십시오. 속하는 아직 남은 일이 있으니 이만 물러나겠습니다."

말을 마친 그녀는 연순의 표정을 보지 않고 막사를 나왔다.

모피 휘장이 천천히 흔들리고, 밖에서 불어오는 바람이 갑자기 커졌다. 연순은 계속 앉은 채로 넋이 나간 듯 문가를 바라보았다. 무엇인가를 기대하고 있는 것 같기도 했다.

초교가 처음으로 그에게 화를 냈다. 오랜 세월에 걸쳐 그가 어떤 일을 저지르더라도, 무슨 잘못을 범하더라도 그녀는 침묵하며 그의 모든 행동을 용서했다. 얼마 전 그가 연북 백성 전체를 포기하려 했던 일에 대해서도 그녀는 별다른 분노를 표시하지 않았다.

서남진부사, 서남진부사. 연순은 이 이름을 두어 번 불러 보았다. 감당할 수 없는 기억이 다시 한 번 밀려왔다.

"이 이름은 항상 너무 거슬린단 말이야."

연북의 새로운 왕이 천천히 미간을 찌푸렸다. 그는 자신도 모르는 새 손가락으로 가볍게 책상을 두드리며 깊은 생각에 빠져들었다.

연북은 언제나 바람이 거셌다. 그들은 이미 연북 경계를 벗어나 있었지만, 날씨는 조금도 따뜻하지 않았다.

초교가 막사 밖으로 나와 보니 멀지 않은 곳에 짙푸른 외투를 입은 젊은 남자가 조용히 서 있었다. 꼿꼿한 몸을 일부러 살짝 굽혀 겸손하고 공손해 보이는 자세를 취하고 있었지만, 그는 결코 졸렬하고 천해 보이지 않았다. 정원은 오히려 보통 이에게는 없는 기운과 식견이 있지만 일부러 기세를 억누르고 있는 것 같아 보였다. 그는 초교가 나오는 것을 보자 살며시 고개를 들더니 눈을 가늘게 뜨고 미소 지었다.

"초 대인, 고생하셨습니다."

초교는 그를 보려 하지 않고 자신의 막사 쪽으로 향했다. 그때 그가 다시 담담하게 웃으며 말했다.

"대인의 모습을 보니, 막사 안에 들어가셨던 일이 그다지 순조롭지 않으셨던 모양입니다!"

초교는 천천히 발걸음을 멈추고, 미간을 찌푸리며 고개를 돌려 나지막하게 말했다.

"정원, 내가 너를 죽이지 못할 것 같은가?"

"대인께서는 어찌 그런 말씀을 하시는지요? 대인께서는 진 황성에서 8년 동안 전하 곁에 계셨고, 수차례 전쟁에서 승리하 셨으니, 그 공에 비할 자가 아무도 없지요. 게다가 전쟁터에서, 마치 주머니에서 물건을 꺼내듯 쉽게 대하 삼황자의 수급까지 취하신 분인데, 속하가 대체 뭐라고 감히 대인께 맞설 수 있겠 습니까?"

초교는 아무 말도 하지 않고 차가운 눈으로 이 수려하게 생 긴 남자를 바라보았다. 구역질이 계속 올라왔다.

정원이 웃음을 머금고 그녀를 바라보며 계속 말했다.

"숲에 있는 나무가 너무 빼어나면, 바람이 반드시 부러뜨리 려 하는 법입니다. 대인께서는 스스로가 지금 너무 높이 올라가 있다고 생각지 않으십니까? 그러나 연북의 왕은 전하이십니다!"

초교는 차갑게 웃으며 무시하듯 남자를 훑어보았다.

"정 장군, 나와 전하의 사이를 이간질하고 싶은 모양이지만 그대에게는 그럴 만한 자격이 없다. 내가 오늘 그대를 장군이 라 부르는 것은 전하의 결정을 존중하기 때문이다. 그러나 이 것이 그대가 내 앞에서 난폭하게 굴어도 된다는 의미는 아니 지. 그대는 내 마음이 평온하기를 기도하는 편이 좋을 거다. 아 니면 나도 어느 날 그대의 막사에 잠입해서 그대를 벨지 모르겠거든. 일단 그대가 죽고 나면 전하께서 고작 그대 하나 때문에 굳이 나와 얼굴을 붉히실 것 같은가? 천진난만하군. 스스로를 너무 과신하고 있어."

정원이 좁은 눈을 가늘게 뜨고 말없이 초교를 바라보았다. 초교는 더 이상 그를 보지 않고 몸을 돌려 망망한 눈보라 속으로 사라져 갔다.

정원이 연순의 막사 안으로 들어갔을 때, 연순은 여전히 탁자 앞에 멍하니 앉아 있었다. 무슨 생각을 하고 있는지 도무지 알 수가 없었다. 정원은 눈치 빠르게 아무 말도 하지 않고, 두 손을 공손히 모은 채 고개를 숙이고 한옆에 서 있었다.

시간이 흐른 후, 연순이 그를 바라보지도 않고 가라앉은 목소리로 말했다.

"그녀에게서 멀리 떨어지도록."

정원이 서둘러 고개를 끄덕였다.

"속하는 마땅히 전하의 지시를 따를 뿐입니다."

"만약 그녀를 화나게 하면, 나도 너를 도울 수 없다."

"예."

저녁 식사를 알리는 호각 소리가 들렸다. 수많은 병사들이 눈을 밟으며 걷는 소리도 들렸다. 풍치가 문밖에서 연순에게 언제 식사할 것인지 몇 번 물었다. 연순은 아무것도 듣지 못한 것처럼 그저 조용히 지도를 바라보고 있었다. 그의 눈빛이 마치 날카로운 매의 눈처럼 대하의 광활한 국토를 하나하나 훑고 있었다.

막사에 돌아온 정원의 안색이 차갑게 가라앉았다. 그는 침상 위로 바람막이를 던지고, 미간을 찌푸린 채 고민에 빠졌다. 그의 시위인 강승은 이미 그와 몇 년이나 함께했기에 정원에 대한 충성심이 깊었다. 강승이 정원의 모습을 보고 물었다.

"장군, 무슨 일이십니까?"

"반드시 그녀를 제거해야 한다."

그가 이를 갈며 말했다. 정원이 누구인지 말하지 않았지만 강승은 그녀가 누구인지 바로 눈치채고, 안색이 바뀌어 서둘러 말했다.

"장군, 세 번 고려하십시오. 일단 그녀의 실력 자체가 무시할 수 없다는 점은 둘째 치고라도, 장군께서 그녀를 제거하면 전하께서 그대로 넘어가시지 않을 것입니다."

"나도 안다."

정원의 눈이 악랄하게 빛났다.

"하지만 이 화근을 그대로 남겨 둘 수는 없어. 일단 그녀와 전하의 사이가 다시 좋아지면 나는 그녀 손에 죽게 될 테니까."

"그러나 전하가……."

"안심해라. 당분간은 그녀의 목숨을 노리지 않을 테니까."

정원은 천천히 의자에 앉아 네모나고 투명한 옥패를 가지고 놀기 시작했다. 그것은 아주 흔한 형태였고, 옥도 품질이 좋은 게 아니었다. 그러나 그 위에는 초교의 이름이 새겨져 있었다. 바로 초교의 장수를 비는 옥패였다.

"일단 그녀의 날개부터 잘라 내야지. 분명 전하께서도 기뻐하실 것이다."

큰 소리를 내며 정원의 손에 있던 옥패가 깨졌다. 그는 안색 하나 바꾸지 않고 손을 흔들어, 작은 조각으로 깨진 옥패를 소리 나게 바닥으로 던져 버렸다. 옥패가 깨지는 소리는 마치 쟁소리처럼 매우 맑았다.

"고작 여인 하나 때문에 속수무책이어서야 무슨 큰일을 할 수 있겠나? 전하께는 내 미래와 희망이 달려 있단 말이다!"

혈규하는 적수의 지류로, 응명관 상류에 위치하여, 응명관과는 강을 사이에 두고 마주 보고 있었다. 지금 강은 얼어 있고, 그 위로 대설이 쌓인 상태였다. 연순의 주둔지에서 건너편 응명관까지는, 말을 달리면 차를 한 잔 마실 시간도 걸리지 않았다. 그러나 연순도, 조철도, 제1차 북벌 전쟁처럼 경솔하게 돌진하려 하지 않았다. 도착한 지 닷새가 되도록 쌍방은 소규모 척후 부대를 제외하면 전투를 전개하려 하지 않았다. 그들은 조심스럽게 상대의 실력을 탐문하며 합당한 시기를 노리고 있었다.

눈은 점점 더 많이 내렸고, 하루 종일 바람 소리가 들렸다. 척후병들은 눈 쌓인 강 위를 왕복하며, 때때로 상대의 소식을 가져왔다. 참모부는 밤을 새우며 유리한 정보를 하나하나 분석했다.

초교는 며칠 동안 피로했기 때문에 크게 수척해졌다. 그러나 그녀의 군사적 소양은 다시 한 번 연북 제1군과 제2군, 그리고 철응군의 장령들마저 감탄하게 하였다. 사흘이 지나지 않아 그녀는 참모부의 총지휘를 맡게 되었다.

이날 오후, 현현과 소화가 양식과 건초를 운반해 왔다. 자루 위에는 회송에서 온 것이라는 표지가 있었다. 수레 안에는 양식과 건초가 충분할 뿐 아니라, 현재 군대에 모자라던 채소와 말린 돼지고기도 있었다. 연순은 매우 기뻐하며, 바로 그날로 아정 등에게 막 후방에서 캐 온 광물을 회송으로 운반할 것을 명했다.

곧 전쟁이 있을 것이 명백했기에, 아정은 떠나고 싶지 않았다. 이런 일은 보통 장수에게 시켜도 충분한 일이었다. 그러나 연순은 다른 이는 믿을 수 없다고 매우 정중하게 이야기했다. 아정은 어쩔 수 없이 회송으로 떠날 수밖에 없었다.

떠나기 전, 아정은 초교를 만나러 왔다. 이곳까지 오는 동안 마주치는 얼굴은 모두 젊고 낯선 장수들이었다. 예전부터 익숙했던 얼굴들은 대부분 이곳에 있지 않았다. 후방에서 병사들을 징집하거나, 백성들을 이끌고 마을을 건설하고, 농경이며 목축을 발전시키러 갔던 것이다. 아정의 마음은 편하지 않았다.

그러나 초교는 아정을 만나지 않고, 문을 지키던 평안에게 자신이 척후영에 정보를 분석하러 가서 언제 돌아올지 모른다고 이야기하라고 하였다.

아정은 유감스럽다고 이야기하고, 고개를 숙인 채 마음이 상한 상태로 떠났다.

아정이 떠난 후, 평안은 왜 아정을 만나려 하지 않는지 초교에게 물었다. 초교는 한참 동안 침묵하다가, 마침내 천천히 말했다.

"그를 위해 그런 거야."

아정이 떠난 다음 날, 80리 밖 웅서파에서 전투가 발생했다. 규모는 크지 않았지만 결과는 상당히 좋지 않았다. 2백 명의 척후군이 1백 명의 대하 보급병을 만났는데, 양방 모두 갑작스럽게 만난 것이었다. 누구도 서로를 만날 거라고는 생각지 못한 어둠 속에서의 만남이었다. 그들 모두 한참동안 눈을 크게 뜨고 있다가 결국 어쩔 수 없이 무기를 뽑아 들고 싸우기 시작했다.

이치대로라면, 척후병들은 전 군대에서 소양이 가장 높은 병사들이었다. 그들은 정보를 취합하는 데 있어 고수기도 했고, 잘 훈련받은 기병이기도 했으며, 검술도 뛰어났다. 또한 원거리에서 활을 쏘는 법도 제대로 익히고 있었다. 그에 비해 양식을 운반하는 보급병은 대부분 군사들 중 늙거나 약한 자들, 혹은 병이 든 자들이었다. 2백 명의 척후병이 1백 명의 보급병을 만났다면, 승리하는 것은 의심할 여지가 없는 바였다.

그러나 연북의 척후병들은 참담하게 패했다. 살아서 돌아온 이가 10, 20명에 지나지 않았다. 초교는 그들을 보고 당황하여 얼이 빠지고 말았다. 그리고 그들이 묘사하는 전투 상황을 듣고는 심장이 철렁 내려앉았다. 그녀는 재빠르게 참모부로 돌아가 작전 참모 하나를 붙잡고 물었다.

"이번 대하의 후방 보급 대장이 누구지?"

그 관원이 이런 군사 기밀을 어찌 알겠는가. 그는 이미 수염이 반백이 되어 있었는데, 멍하니 초교를 보며 아무 말도 하지 않았다.

초교가 노하여 말했다.

"말해라!"

"바로 너와 나의 옛 지인이지. 제갈가의 사공자, 제갈월."

뒤에서 나지막한 목소리가 들려왔다. 초교가 몸을 돌려 보니 연순이 문가에 서 있었다. 그가 쓰고 있는 모자 위에는 눈꽃이 가득 내려 있었다. 그의 안색은 평온했지만 눈에는 차가운 빛이 어려 있었다.

그는 예리한 눈길로 초교를 노려보았다. 마치 그녀의 얼굴에서 어떤 동요의 흔적을 찾으려 하는 것 같았다. 그러나 그는 실패하고 말았다. 초교는 여전히 같은 얼굴로 미간을 찌푸리고 그를 바라보았다. 그녀의 표정은 마치 연순에게 왜 그가 이곳에 있는지 묻고 있는 것 같았다. 이 며칠 동안, 그들은 계속 냉전 중이었다.

"말해 봐. 대체 언제까지 나와 이리 지낼 생각인지?"

연순이 한숨을 쉬며 앞으로 나와 그녀의 손을 잡았다.

초교는 힘을 주어 손을 빼내려 했지만 빼낼 수 없었다. 그녀는 미간을 찌푸리며 손을 갈고리처럼 만들어 다시 빼내려 했지만 연순이 재빨리 그녀의 동작을 막고, 계속 그녀의 손을 꽉 쥐고 있었다.

"아초, 화내지 마."

초교가 냉랭하게 말했다.

"속하가 어찌 감히 전하께 화를 내겠습니까?"

연순이 안색을 가라앉히며 질책하듯 말했다.

"그러지 마."

초교는 양미간을 찡그렸다.

"연순, 내가 지금 아이처럼 떼쓰는 것으로 보여?"

연순의 안색이 나빠졌다. 그가 이렇게 몸을 굽히고 사과하려 하는데 그녀는 이렇게 화가 전혀 풀리지 않은 듯한 말을 하니 그대로 지나갈 수가 없었다. 그는 화를 내며 말했다.

"아초, 내가 너를 너무 제멋대로 굴게 한 것은 아닌지 모르겠군. 평소에는 이러지 않았잖아."

이 말을 들은 초교는 그저 웃고 싶었다. 제멋대로 군다고? 어린 시절부터 지금까지, 아니 전생부터 이번 생까지 초교는 이런 말들이 자신과 어울린다고는 단 한 번도 생각해 본 적이 없었다. 그녀는 냉소했다. 그러나 연순을 조소해야 할지, 아니면 스스로를 조소해야 할지 알 수 없었다. 나는 평소에 이러지 않았지. 그렇다면 당신은 예전에 이랬었던가? 대체 우리 중 누가 변한 것일까?

"전투가 곧 시작될 거야. 연북은 지금 사람을 써야 할 때야. 지금 가장 중요한 일은 대하의 군대에 응전하는 것이지. 사적인 원한에 사로잡혀서는 안 된다고. 잘 생각해 보도록 해!"

말을 마친 연순은 바람막이를 휘두르며 막사를 나갔다. 초교는 그 자리에 가만히 서 있었다. 그녀의 눈이 점차 차가워졌다.

며칠 동안 마음에 가득하던 분노가 거대한 얼음물로 변했다.

사람을 써야 할 때라고? 그렇다면 왜 제1군의 늙은 장령들은 모두 바뀌고 말았지? 오 선생이 수년에 걸쳐 키워 낸 군관들은 모두 연북 본토로 유배라도 떠나듯 돌아가 백성들과 회회산에서 양을 치고 있잖아. 어째서 우 아가씨는 한직에 방치되고 있는 거야? 어째서 아정은 멀리 보내고? 그리고 나는, 어째서 하루 종일 이렇게 별로 중요하지도 않은 군사 정보들을 분석하면서 제갈월이 후방 보급 대장이라는 사실조차 알지 못하고 있었던 걸까?

연북군은 점차 단단해지고 있어. 하지만 연순, 당신은 어째서 나조차도 더 이상 믿으려 하지 않는 걸까?

무어라 표현할 수 없이 마음이 쓰려 왔다. 그에게서 배제당한 고통이 그녀를 무너지게 만들었다. 초교는 의자에 앉았다. 몸에 한기가 계속 밀려왔다.

제갈월도 군대를 따라온 것일까? 그건 정말 좋은 소식이 아니었다. 그의 군사 능력은 조철 아래에 있을 수준이 아니었다. 그는 와룡 선생의 제자였고, 오도애, 우와 동문 출신이었다. 게다가 제갈이라는 문벌의 강대한 재력이 그를 지지하고 있을 터였다. 그리고 그의 뒤에 있는 제갈 일족뿐만 아니라, 더 나아가 대하의 모든 문벌이 이 일을 대하는 태도를 짐작할 수 있었다. 그가 왔다는 것은 대하의 문벌이 이 전쟁에 손을 쓸 마음을 먹었다는 전조는 아닐까?

그러나 또 나쁜 소식만은 아니었다. 이제 제갈월은 더 이상 가족들에게 배제당하고 있지 않은 것이다. 비록 전쟁 중이었지만 진황성의 소식은 어느 정도 그녀의 귀에까지 들려왔다. 하물며 제갈월과 관련한 소식은 대단한 기밀도 아니었다.

제갈월은 가문에서 세력을 잃었다. 바로 변당에서의 일 때문이었다. 그는 황실과 장로회의 압박을 받아 군대의 계급과 관직을 삭탈당하고 황성에 연금당하고 있었고, 반걸음도 성 밖으로 나갈 수 없었다. 제갈목청은 그가 아예 제갈부 밖으로 나가지 못하도록 했다. 제갈월은 대하 상류 사회의 웃음거리로 전락한 상태였다.

초교는 이런 일들을 깊게 생각하지 않으려고 노력했다. 그녀가 양심의 가책을 느낀다 한들 아무 도움도 되지 않을 것이다. 그녀로서는 그에게 아무런 보답도 할 수 없었다. 그녀는 언제나 이런 사람이었다. 단호하게 자신의 길을 선택하고, 그 길에 가시가 가득하고 비바람이 들이친다 해도 결코 동요하지 않는 그런 사람이었다. 그러나 때때로 그녀는 깊은 밤 꿈속에서 그 집요한 눈동자를 보았다. 그 불타는 듯한 목소리를 들었다.

'아직도 모르겠어? 나도 네가 필요하다!'

그저 원컨대, 그가 후방에서 보급 일만 하기를. 그와 다시는 만나지 않을 수 있기를. 제발, 제발.

초교는 이미 너무나, 너무나 피곤했다. 그녀는 더 이상 아무 쓸모 없는 정보들을 보고 싶지 않았다. 그녀는 피곤한 몸을 이끌고 막사로 돌아가 머리를 묻고 한잠 자기로 결정했다. 그러나 그녀가 서영 쪽으로 걸어가고 있을 때, 두 병사의 목소리가 갑자기 귓속으로 들어왔다.

"내 생각엔 전하께서 분명 그들을 죽이시려는 거야. 당초 제 1군의 유 소장도 회의에서 말을 좀 많이 했다가 후에 이유 없이 전장에서 실종되었잖아. 그가 들어갔던 그쪽 전장은 적이 아예 없는 곳이었다고. 내 생각엔, 십중팔구 제거당한 거야."

"그렇고말고. 하물며 그들이 그렇게나 흉악하게 굴었으니. 만약 참모부의 초 대인이 비호하지 않았다면 아마 예전에 염라대왕을 만나러 갔을걸."

한 노병이 한탄했다.

"전하의 성격은 대왕 전하와는 완전히 다르시더군. 지금 생각하면 오 선생이 일할 때가 훨씬 편했어. 아니면 초 대인도 너그러우신 편이고."

"누가 아니래요."

누군가가 맞장구쳤다.

"초 대인은 얼굴도 아리땁고, 말을 할 때도 아주 듣기 좋단 말이야. 또 공정하고 능력도 출중하지. 그들이 그렇게나 초 대인을 비호하는 것도 이상한 일이 아니라고."

초교는 미간을 찡그리며 가볍게 기침하고는 천천히 걸어 나갔다. 그들은 야간 경비를 서는 병사들이었다. 초교를 발견한 그들은 혼비백산하여 서둘러 몸을 일으키고는, 어쩔 줄 몰라하며 그녀를 바라보았다.

"뒤에서 전하에 대해 이야기하는 것은 죽을죄다."

"대인, 대인, 잘못했습니다. 대인께서 관대하게 봐주셔서 우리에게 살길을 열어 주십시오."

그들이 쿵 소리가 나도록 땅에 무릎을 꿇고 애걸했다.

초교가 그들을 바라보며 천천히 말했다.

"군에 최고 사령관은 단 한 사람뿐이다. 연북에는 단 한 분의 지도자만이 계신다. 전하께서는 연 대왕 전하의 아드님이시고, 우리 연북의 주인이시다. 너희들은 자신의 충성심을 보일 대상이 누구인지 명백하게 알아야만 한다. 이곳은 군대지 자선당이 아니다. 잘못을 저질렀으면 처벌을 받기 마련이다. 전장에서는 사람이 죽을 수 있고, 그런 것은 이상한 것이 아니지. 이후로 내가 다시 너희들이 뒤에서 전하에 대해 이야기하는 것을 들으면, 모두 군법으로 처벌할 것이다!"

그들은 무릎을 꿇은 채 서둘러 답했다.

"예, 예, 소인은 명을 받들겠습니다."

"오늘 밤이 지난 후 군법부에 가서 각 서른 대씩 맞도록. 그래야 오래도록 기억할 테니까. 가서 내가 너희들을 보냈다고 해라."

"예, 예."

초교는 안색도 변하지 않은 채 몸을 돌렸다. 그러나 그녀는 자신의 막사로 돌아가지 않고 신속하게 서남진부사의 영지로 향했다.

대체 무슨 일이 벌어지고 있는 거지? 저들이 왜 그런 말을 하는 걸까? 정원은 그들에게 어떤 임무를 맡긴 거지?

모든 것은, 도착하면 알게 될 것이다.

"대인?"

젊은 병사가 초교를 보자 기뻐하며 앞으로 달려 나왔다.

"대인께서 어찌 이런 시간에 저희를 보러 오셨는지요?"

"하소는? 하소에게 내가 왔다고 전해라."

초교가 서둘러 말했다.

젊은 병사가 잠시 당황하더니 입을 열었다.

"하 통령과 형제들은 지금 영에 없습니다."

"없다고? 어디에 무엇을 하러 갔지?"

"척후영이 최근 긴박하다고 들었습니다. 우리가 차출되어 척후영으로 편입되었습니다."

초교가 미간을 찡그리며 나지막하게 물었다.

"누가 내린 명령이지?"

병사의 표정에 약간 무시하는 빛이 어리더니 그가 차게 코웃음 치며 말했다.

"그 공을 세우려고 눈이 벌게진 정 장군이 아니면 누구겠습니까."

"오늘 밤 그들은 어디로 갔지?"

"웅서파라고 들었습니다."

과연!

초교의 눈이 날카로운 검처럼 빛났다.

정원, 만약 네가 감히 경거망동한다면, 나는 네가 내일의 태양을 볼 수 없게 해 주지.

서남진부사의 군영에서 말을 한 필 끌어낸 초교는 말 위에 올라타고 나지막하게 말했다.

"남은 형제들은 모두 나를 따라라."

차가운 바람이 마치 매서운 칼날처럼 불어왔다. 말발굽이 눈밭을 헤치고, 어두운 밤을 뚫고 가고 있었다.

바로 이 순간, 80리 밖 웅서파에서는 이미 시끄럽게 소란이 일고 있었다.

"습격이다!"

위병이 횃불을 높이 들고 진영을 돌아다니며 고함쳤다.

"경계! 전군 경계!"

"누구지? 누가 온 것이냐?"

하소는 눈이 충혈되어 있었다. 말이 진영이지, 실제로는 1천명으로 조성된 진에 불과했다. 그들은 막 명령을 받고 이곳에서 휴식을 취하려던 참이었다. 그런데 어째서 이렇게 빨리 적들에게 행적을 들킨 것일까?

"모릅니다. 장군."

위병이 큰 소리로 외쳤다.

"적은 우리 군 서북 방향에서 습격해 오고 있습니다. 피아 구분이 어려운 상태입니다. 어떻게 해야 할까요?"

이 말에는 너무나 깊은 뜻이 숨어 있었다. 서북 방향이라고? 그렇다면 상대편이 대하의 군대인지, 연북의 본토군인지 분별할 수 없었다. 서남진부사는 지금 곤란한 입장에 처해 있으니, 두 가지 모두 가능성이 높았다. 아니, 사실 연북 본토군일 가능성이 더 컸다. 이것은 정말이지 절묘한 풍자극이었다.

하소는 미간을 찌푸리며 천천히 소리쳤다.

"전군은 병력을 집중하라. 잠시 적과 상대하지 말고 일단 상대의 신분을 살펴라!"

"대인, 고 장관이 이미 선봉대를 이끌고 돌격했습니다!"

하소는 높은 비탈로 내달렸다. 도처에 하늘을 밝힐 듯한 불빛이 가득했다. 고함 소리, 경보 소리가 온통 가득했고, 전군의 병사들은 각자 전투에 임하고 있었다. 만약 서남진부사가 수차례에 걸쳐 전투를 경험하고 전투력이 강한 것이 아니었다면, 이 순간 이미 적들에게 내부를 뚫리고 말았을 것이다.

아직은 기회가 있다, 아직. 하소는 미간을 찌푸리며 세세히 생각하다가 물었다.

"정 장군의 인마는?"

"한 시진 전에 떠났습니다."

"제기랄!"

하소는 큰 소리로 저주하며 외쳤다.

"나에게 말을 준비해 다오, 어서!"

그러나 바로 이때였다. 날카로운 화살 한 대가 갑자기 파공음을 일으키며 날아왔다. 화살은 성대한 바람 소리를 내며, 피를 탐하는 맹수처럼 하소의 얼굴로 날아왔다!

피할 곳이 없었다. 물러날 곳도 없었다. 빨랐다. 정말이지 너무 빨랐다. 짙은 살기가 마치 하늘을 무너뜨릴 홍수처럼 밀려와 잔인하게 모든 것을 휘몰아쳤다. 검광이 번쩍이더니, 도처에 빛나던 횃불이 일순간에 모두 어둠 속으로 빠져 버린 것 같았다. 남은 것은 그 화살 한 대의 화려한 빛, 그리고 어두운 밤에 울려 퍼지는 고함 소리뿐이었다. 그야말로 잔혹한 피의 연회였다.

하소의 동공이 커졌다. 눈빛이 사나워졌다. 자신의 이마에 화살이 꽂히는 고통마저 느낀 것 같았다. 그 자신도 궁술의 대가였고, 팔의 힘도 강해 당대에는 적수를 만나기 어려우리라 생각하고 있었다.

그러나 이 화살을 마주한 순간 그는 자신이 마치 예닐곱 살 어린아이인 것처럼 느껴졌다. 전혀 반격할 수 없었다. 마치 무술이라고는 전혀 배워 보지 못한 농부가 검술이 뛰어난 검객을 만난 것과 같은 상황이었다. 농부가 바보처럼 주먹을 휘둘렀지만 그저 쓸데없이 허공을 칠 뿐이었고, 검객은 절묘하게 검을 휘두르며 농부를 조상들이 고생 끝에 일구어 놓은 땅에 장사 지내려 하는 것과 마찬가지였다.

너무 빨랐다. 하소는 몸을 움직일 여유도 없었다. 그 화살이 지척 거리까지 와 있었다. 그는 부하의 외침을 들을 수 있었다. 주변 사람들이 날카롭게 비명을 지르는 것도, 눈을 크게 뜨는 것도 느낄 수 있었다. 그러나 그는 아무 말도 할 수 없었다. 죽기 직전의 마지막 순간, 그는 생각했다. 대체 누구기에 이렇게 대인과 겨룰 만한 궁술을 지니고 있는 것일까? 이런 인물의 손에 죽는다면, 그렇게까지 억울할 것도 없었다.

획!

날카로운 휘파람 소리가 울려 퍼졌다. 곧, 죽음과 같은 적막이 내려앉았다.

초교가 말에서 내려 비탈 위로 뛰어가 하소 앞에 서서는 활시위를 당겼다. 그녀의 말 아래에 화살 두 대가 교차하고 있었다. 톱밥을 흩뿌리고 있는 것이 마치 피어난 꽃 두 송이 같았다.

"대인!"

서남진부사의 병사들이 모두 환호했다.

"대인이 오셨다!"

뜻밖에 적들도 공격을 멈췄다. 쌍방은 밀약이라도 주고받은 것처럼 천천히 병력을 모아들였다. 그리고 서로 구분이 되도록 서서 횃불을 밝혔다. 곧 온 천지가 밝아졌다.

초교는 미간을 찌푸렸다. 화살이 너무나 눈에 익은 것이었다. 심장이 쿵쿵, 요동치기 시작했다. 그녀는 걱정스럽기도 하고 두렵기도 했지만 또 희미하게 기쁜 마음이 배어 나왔다. 만약 정말이라면, 만약 정말이라면, 그렇다면 오늘 밤, 아마도…… 빠져나갈 수 있을까…….

상대편 무리가 양옆으로 갈라지더니, 병사들 뒤에서 백마한 필이 천천히 나왔다. 말 위의 젊은 남자는 검은담비로 만든 외투를 입고 화려한 복장을 하고 있어 조금도 군인 같지 않아 보였다. 그의 눈빛은 차고 맑은 샘과 같았다. 그는 나른하게 초교 등을 하나하나 훑어보더니, 만 년이 지나도 변하지 않을 고상하고 냉담한 표정을 지었다. 그리고 마침내 담담하게 입을 열었다.

"난민들일 뿐이다. 철수."

"대인!"

한 군관이 뛰쳐나와 서둘러 말했다.

"저들이 어찌 난민입니까? 저들의 전투력을 보십시오. 절대적으로 연북의 정예군입니다."

말을 들은 남자는 눈썹 끝을 가볍게 추켜세우더니, 턱을 살짝 숙이고 그를 흘깃 보며 물었다.

"내 판단과 다른 의견이란 말이지?"

그 군관은 즉시 멈칫하더니 서둘러 무릎을 꿇었다.

"속하가 감히 그럴 수 없습니다."

"그렇다면 내가 적과 내통해 나라를 배반한다고 생각하나? 아니면 내 머리에 문제라도 생겼다고 여기고 있나?"

군관의 이마에서 점차 땀이 흐르기 시작했다. 그는 긴장해서 계속 말했다.

"속하가 어리석었습니다. 속하는 감히 그러지 않습니다."

남자는 고개를 들고 그를 제대로 보지도 않고 담담하게 말했다.

"감히 그럴 수 없다면 어떻게 해야 할지도 알겠군."

"예, 예, 속하가 알고 있습니다."

그는 서둘러 몸을 일으키더니, 뒤에 있는 병사들에게 외쳤다.

"철수하라! 철수! 후군이 먼저 철수하고, 다른 이들은 차례대로 따른다."

검은담비의 남자가 천천히 말을 돌렸다. 떠나기 전, 그의 담담한 눈길이 초교의 얼굴을 스쳐 갔다. 흰 외투를 입은 초교는 수척해져 있어 안 그래도 큰 눈이 더욱 커 보였다. 그녀는 말고삐를 잡은 채 아무 말도 없이 남자를 보고 있었다. 바람이 불어와 그녀의 아름다운 머리카락을 흩날리는 모습은 마치 물속에 떨어진 먹물이 아름답게 곡선을 그리며 춤을 추는 것 같았다.

3천은 충분히 넘어 보이는 적들이 무장을 한 천 명 이상의 '난민'을 남겨 두고 그들 앞에서 이렇게 철수했다. 전투의 시작도 기이했지만 결말은 더욱 괴상했다. 그제야 누군가가 작은 소리로 물었다.

"저들, 저렇게 그냥 가는 건가?"

모두 눈을 휘둥그렇게 뜨고 있다가, 한참 후에야 누군가가 말을 받았다.

"대인께서 오셨잖아. 저들이 대인을 보고 놀라서 도망치는 거지."

"하소, 일단 군대를 정돈하도록. 내가 잠시 가 보고 다시 오겠다."

하소는 초교가 적들이 철수한 방향으로 가려 하는 것을 보고 깜짝 놀라 서둘러 그녀의 말고삐를 잡고 외쳤다.

"대인, 아니 됩니다. 만약 적들의 수중에 떨어지시기라도 하면, 우리는 만 번 죽어도 속죄하지 못할 것입니다."

"안심해도 돼."

초교가 미소 지었다.

"아무 일 없을 테니까. 그 사람은……."

여기까지 말한 그녀는 잠시 말을 멈췄다. 어떤 단어로 두 사람의 관계를 설명해야 할까? 그녀로서는 도무지 알 수가 없었다. 원수라고 할까? 아니면 맞수? 그도 아니라면······.

"그 사람은 내 친우니까."

직접 보지 않았다 해도, 초교는 상대방의 신분을 짐작할 수 있었을 것이다. 이 세상에서 그녀와 함께 자란 연순을 제외하면, 누가 그녀의 화살을 받아 낼 수 있을까?

향 하나 피울 시간도 달리지 않아 먼 곳 나무 아래 두 사람이 서 있는 것이 보였다. 그중 한 사람이 초교가 오는 것을 보자 기쁜 표정으로 달려왔다.

"성아 아가씨께서 오셨군요. 도련님께서 오실 것이라 했지만, 저는 여전히 걱정하고 있었답니다."

달빛이 투명한 밤이었다. 아득한 설원 위의 커다란 나무는 마치 우산처럼 제 가지를 펼치고 있었다. 비록 나뭇잎은 말라 떨어지고 있지만, 나무는 이상하게도 곧았다. 제갈월은 그 나무 아래에 서서, 조용히 그녀를 바라보며 아무 말도 하지 않았다. 그의 곁에서 한가로이 걷고 있던 백마가 초교를 보자 마치 익숙한 사람을 만난 것처럼 기쁘게 울었다.

월칠이 수다스럽게 이야기하며 자연스럽게 그녀의 말고삐를 잡았다. 초교는 말에서 뛰어내리고는 월칠을 향해 웃으며 말했다.

"여기서 만날 줄은 생각도 못했는데, 여전히 잘 지내고 있는 거지?"

"아가씨께서는 누구를 물으시는 건지요? 저 월칠의 안부를 물으시는 겁니까? 저는 아주 잘 지냅니다. 밥도 잘 먹고, 잠도 잘 자고, 얼마 전엔 부인도 얻었어요."

그가 싱글거리며 말했다.

초교는 조금 난처했지만, 여전히 웃으며 답했다.

"정말 축하해야 할 일이네."

"월칠, 가서 우소에게 천천히 가라고 해라. 부주의하게 눈구덩이에 빠지는 일이 없도록 하라 전하고."

월칠이 고개를 돌려 나무 아래의 남자에게 말했다.

"도련님, 우소는 서북 출신입니다. 도련님께서 우소를 걱정하시는 것보다는, 제가 말을 전하러 가는 길에 눈구덩이에 빠질 것을 걱정하시는 것이 맞을 텐데요."

제갈월이 눈썹을 올리며, 눈빛에 노기를 띠었다. 월칠은 서둘러 손을 들고 연달아 말했다.

"알겠습니다, 알겠어요. 속하가 가겠습니다. 도련님께서 속하들에게 관심을 가지고 계시다고 표현하는 것도 참 좋은 일이지요."

말을 마친 월칠은 제 말에 올라타더니, 말고삐를 잡고 나는 듯이 달려갔다.

사실, 겨우 두 달 남짓 만나지 못했을 뿐이다. 그러나 왜인지 모르게 초교는 아주 오랫동안, 정말이지 아주 오랫동안 만나지 못한 얼굴을 보는 것 같았다. 최근 너무 많은 일들이 있었고, 대하와 전쟁을 시작한 후로 수많은 일들이 몰아쳐 왔다. 특

히나 연순과의 사이는 날로 틈이 벌어지고 있었고, 제갈월이
과거에 했던 말은 하나하나 진실이 되어 갔다. 그녀는 이제 발
걸음조차 내딛기 어려운 상황이었다. 이런 상태에서 지금 그를
다시 보게 되니, 수많은 생각이 마음속에서 소용돌이치기 시작
했다.

　그녀는 도저히 자신의 마음을 정리할 수 없었다. 그들의 관
계는 너무도 부자연스러워, 무슨 말을 해야 할지 알 수 없었다.
그래서 그녀는 그저 멍하니 그 자리에 서 있을 수밖에 없었다.
마치 황무지의 한 그루 외로운 나무처럼.

　"그쪽 내부에 무슨 문제가 있는 모양이지?"

　제갈월이 갑자기 입을 열었는데, 뜻밖에도 기밀에 속하는
정보를 물었다. 초교는 깜짝 놀라 기이하다는 듯 그를 바라보
았다. 제갈월은 무슨 말을 하고 싶은 걸까? 설마 연북군의 정보
를 탐문하려는 것은 아니겠지?

　"너희 쪽 사람이 나를 이곳으로 유인했다."

　제갈월이 천천히 말했다.

　"누군가가 내 손을 빌려 부대 하나를 제거하려 하는구나 추
측했지. 다만 그게 네 부대일 줄은 몰랐다."

　예상했던 바이긴 했지만, 실제로 이 말을 듣고 나니 초교의
마음속에 분노가 타오르기 시작했다. 그녀는 입술을 깨물고 주
먹을 꽉 쥔 채 땅만 내려다보며 아무 말도 하지 않았다.

　"조심하는 편이 좋을 거다. 이번에는 나를 만났지만, 다음엔
조철일 수도 있으니까."

제갈월이 말을 마친 후 말고삐를 잡고 몸을 돌렸다. 초교가 깜짝 놀라 서둘러 두어 걸음 따라가며 외쳤다.

"제갈월!"

제갈월이 고개를 돌리더니 고개를 기울이고, 미간을 찌푸리며 그녀를 바라보았다. 초교는 말없이 한참을 생각하다가 마침내 입을 열었다.

"지금 일이…… 당신에게 영향이 가지는 않을까?"

제갈월이 피식 웃었다.

"네가 장로회에 서신이라도 보내지 않는 한, 아마 아무 문제없을 거다."

초교는 깊이 숨을 들이마신 후, 별처럼 눈을 빛내며 그를 뚫어지게 바라보았다. 그리고 마침내 나지막하게 말했다.

"고마워."

제갈월은 말을 끌고 떠나며 되는 대로 손을 내젓고 말했다.

"스스로 손을 쓰기 어려우면 돌아가 연순에게 이야기하도록. 내부가 안정되지 않으면 너희들도 전쟁을 이끌어 나가기 어려울 테니."

설원이 달빛을 반사하여 밝게 빛났다. 긴 외투를 입은 제갈월은 더욱 화려하고 준수해 보였다. 그는 설원을 밟으며 한 걸음 한 걸음, 천천히 나아가고 있었다.

초교는 계속 그 자리에 선 채 그의 뒷모습을 바라보았다. 그가 멀어졌다. 멀어져 갔다. 마침내 그는 눈 비탈 아래로 사라져 다시는 보이지 않게 되었다.

그녀의 목이 메어 왔다. 하고픈 말이 천 마디고 만 마디고 가득했지만 토해 낼 방법이 없었다. 그 복잡한 기분이 그녀의 이성을 붕괴시켜 버릴 것만 같았다. 그녀는 그렇게 서서 오래도록 움직이지 않았다. 마침내 안심하지 못한 하소가 병사들을 이끌고 달려왔을 때에야 그녀는 겨우 정신을 차렸다.

"대인, 돌아가시지요."

초교는 고개를 끄덕이며 말했다.

"돌아가 형제들에게 말하도록. 오늘 밤의 일은, 누구에게도 이야기해서는 안 된다고."

하소가 고개를 끄덕였다.

"예, 대인께서는 안심하십시오."

그리고 생각하더니, 그가 다시 탐문하듯 물었다.

"그렇다면 이번에는, 우리도 이대로 넘기는 것입니까?"

초교의 얼굴이 갑자기 잔혹하게 변했다. 그녀는 차갑게 코웃음 치며 말했다.

"당연히 이대로 넘길 수는 없지."

그녀는 군더더기 없는 동작으로 말 위에 올라탔다. 말이 길게 울부짖으며 어두운 밤의 고요함을 깼다. 적막한 바람이 불어오고 눈꽃이 흩날리는 가운데 스산한 흔적만이 남아 있었다.

초교는 고개를 돌려 아득한 설원을 바라보았다. 창백할 정도로 새하얀, 끝이 없는 바다 같은 설원을. 그 나무는 조용히 그 자리에 서 있었다. 저 나무는 얼마나 오랜 세월을 홀로 살아온 것일까. 얼마나 많은 사람들이 저 나무 곁을 지나갔을까. 그

녀의 눈빛이 그리움을 품고, 끝없는 시공을 뚫고 먼 곳을 보고
있었다.

"주둔지로 돌아간다!"

제16장 그대, 건강하기를

바람이 구슬프게 불어오고, 눈이 끊임없이 내리고 있었다. 짙은 먹빛처럼 어두운 밤이었다. 서남진부사의 군대는 영문 앞에 서 있었다. 번방에 통보가 오자 영문이 천천히 열렸다. 어두운 문은 마치 야수의 피를 탐하는 입처럼 흉악해 보였다. 하소는 말 위에 올라탄 채 초교 곁에 있었다. 칼은 얌전하게 그의 허리에 매달려 연푸른빛을 흩뿌리고 있었는데, 달빛 아래 더욱 눈부시게 빛나고 있었다.

"대인, 전하께 보고를 올릴까요?"

하소가 가라앉은 목소리로 물었다. 초교는 말없이 고개를 저었다. 차가운 바람이 그녀의 머리카락을 넘겨 주었다. 그녀는 살며시 미간을 찌푸린 채 심오한 눈빛으로 등불이 빛나는 주둔지를 바라보며 말했다.

"그럴 필요 없다. 일이 복잡할수록 곡절이 생기는 것을 피하기 어려우니, 먼저 벤 다음 말씀드리느니만 못하다."

하소가 조금 머뭇거리며 물었다.

"그리하면 전하께서 화를 내시지 않을까요?"

"알 수 없지."

초교가 담담하게 말했다.

"일단 끝내고 다시 이야기하자."

말을 마친 그녀는 먼저 말을 달려 나갔다. 문을 지키던 병사들이 가지런히 그녀에게 경례했지만, 그녀는 마치 아무것도 보지 못한 것처럼 말을 달려 주둔지 안으로 달려갔다. 그녀 뒤로 사지에서 살아 돌아온 서남진부사의 병사 1천여가 따르고 있었다. 그들은 마치 회오리바람처럼 주둔지를 쓸고 지나갔다. 말발굽 소리가 우레처럼 울리고, 그들이 닿는 곳마다 눈꽃이 춤을 추며 자욱한 눈안개를 만들어 냈다.

깊은 잠에 빠져 있던 병사들이 놀라서 깨어났다. 그들은 적이 침입해 왔다 여기고 서둘러 옷을 챙겨 입고 무기를 들고 각자의 막사에서 뛰쳐나왔다. 그러나 영지 밖으로 나왔을 때 머리까지 차오르는 눈보라 속에서 그들이 본 것은 서남진부사의 병사들이 기세등등하게 동영으로 향하는 장면이었다. 그들의 얼굴에 순간 기이한 표정이 스쳐 갔다. 마흔이 넘은 노병이 옷도 제대로 걸치지 못하고, 바지의 띠조차 반만 묶은 채 주름 가득한 얼굴을 실룩이며 말했다.

"저 녀석들 왜 저리 화가 난 거지? 십중팔구 사고를 칠 것 같군. 어서 가서 전하께 말씀드려야겠다."

"준비!"

초교가 차갑게 외쳤다. 스물이 넘는 갈고리가 마치 현을 떠난 화살처럼 날아갔다. 휙 소리와 함께 갈고리는 막사의 기둥 꼭대기에 걸렸고, 병사들은 즉시 말을 채찍질했다. 말들이 길게 울부짖으며 말발굽을 들어 올리고, 사방팔방으로 달리기 시작했다. 다음 순간, 거대한 막사가 바로 갈기갈기 찢어졌다. 정원이 옷조차 제대로 입지 못한 상태로, 그러나 여전히 가슴을 펴고 고개를 든 채 막사 중앙에 서 있었다. 그는 검은 든 채 초교를 바라보며 분노하여 소리쳤다.

"초 대인! 이게 무슨 뜻입니까!"

"정 장군, 당신은 거짓으로 군령을 전했으며, 적과 사통하여, 적의 칼을 빌려 살인을 저질렀다. 수단이 그리도 악랄할 줄이야!"

하소가 분노하여 소리치며 검을 쥔 손의 골격을 움직여 소리를 냈다.

정원은 미간을 찌푸리더니 일부러 모르는 척 물었다.

"무슨 소리를 하는 건가? 이해할 수 없다!"

하소가 다시 이야기하려 하자 초교가 손을 들어 그를 막고 차갑게 말했다.

"저자와 쓸데없이 말을 섞을 필요가 없지."

"초 대인, 아무래도 오해가 있는 것 같습니다만, 하실 말씀이 있으시다면……."

그러나 그의 말이 끝나기 전도 초교가 갑자기 허리에서 장검을 뽑아 들고 냉랭하게 외쳤다.

"저자를 죽여라!"

말이 떨어지자 서남진부사의 병사들이 즉시 몰려들었다. 정원의 시위들이 앞으로 나왔으나 갑옷조차 제대로 갖추지 않은 상태였다. 그들은 차가운 북풍을 맞아 얼굴이 창백해지고, 입술마저 파랗게 질려 칼을 들었다. 그러나 그들이 찌를 수 있는 것은 말뿐이었고, 그나마 피를 보지도 못했다.

그들 중 하나의 머리가 베였다. 날카로운 고함 소리가 전 군의 적막함을 부수고 있었다. 정원은 소리 높여 외쳤다.

"지원! 지원! 서남진부사가 또 반란을 일으켰다!"

가까이에 있던 위대가 전속력으로 달려오고 있었다. 그들의 발걸음은 마치 밀려오는 홍수와 같이 모든 이의 마음을 무겁게 두드리고 있었다.

제2군 제3위대의 시위장 장충이 병사들을 이끌고 달려와 돌진하려 했다.

초교는 중앙에 꼿꼿하게 선 채 높은 소리로 외쳤다.

"제2군의 전사들이여, 그대들이 나 초교와 적이 되려는가?"

장충은 즉시 넋이 나가고 말았다. 그가 어찌 초교가 어떤 사람인지 모를 수 있겠는가? 북삭의 전투 이래 초교는 모든 이가 다 아는 영웅이었다. 더군다나 그는 그녀와 어깨를 나란히 하고 전투에 임했던 것을 평생의 긍지로 생각하고 있었다. 이 순간 그녀가 서남진부사 앞에 서 있으니, 그는 그저 멍한 상태로 서둘러 위대를 정돈하고 큰 소리로 외쳤다.

"초 대인, 이게 무슨 일입니까?"

"나는 반역도를 처리 중이다. 잠시 경거망동하지 마라. 이 일이 끝나면 내가 모두에게 설명할 테니."

한쪽은 배반이라는 대죄를 지은 적 있는 서남진부사였고, 한쪽은 북삭의 전투에서 도망친 적 있는 정원이었다. 어느 쪽이건 군대 내에서는 민감할 수밖에 없는 화제였다. 장충은 잠시 생각하다가 즉시 명을 내렸다.

"어서 이 구역을 봉쇄하라. 만약 어느 한쪽이라도 도망치거나 이 문제가 퍼져 나간다면, 바로 죽음을 맞을 것이다!"

장충이 더 이상 돌격하려 하지 않는 것을 보고 초교는 일단 마음을 놓고, 다시 장검을 들며 하소에게 말했다.

"가자. 향 하나 피울 시간 내로 해결하지 못하면 이런 기회는 다시 얻기 어려울 것이다."

초교가 말을 마치자 서남진부사 최후의 부대는 앞으로 달려 나갔다. 삽시간에 고함 소리가 사방에서 일어나고 말발굽 소리가 울렸다. 정원의 위사들은 절망하여 참혹한 비명을 질렀지만 피할 곳이라고는 없었다. 강승이 검을 잡고 정원의 곁에서 큰 소리로 외쳤다.

"장군을 지켜라! 장군을 보호하라!"

말이 끝나자마자, 날카로운 화살이 날아오더니 바로 그의 가슴을 꿰뚫었다.

백 명도 안 되는 위대는 가지런히 땅에 쓰러져, 말발굽에 밟혀 고깃덩어리가 되었다. 커다란 외침이며 무기들이 부딪치는 소리가 서로 교차하여 귀가 멀 정도로 시끄러웠다. 서남진부사는 정원 등을 단단히 포위하고 화살을 날렸다. 사람들은 시신이 되어 피 웅덩이 속에 쓰러졌다.

고함을 질러도 아무 소용이 없었다. 정원은 충혈된 눈으로 초교를 바라보았다. 그의 계획대로라면 서남진부사는 이미 세상에서 사라졌어야 했다. 그렇게 되면 초교가 아무리 분노하더라도 이빨 빠진 호랑이에 지나지 않았을 것이다. 1백이 넘는 위병이면 상대하기 어려운 이 여인에게도 대응할 수 있을 것이라고 생각했다. 그러나 그의 상상과는 달리 서남진부사는 죽지 않았을 뿐 아니라 감히 그의 막사로 돌격해 왔다. 이 여인은 정말이지 제정신이 아니다. 그는 오늘 이곳에서 죽게 되는 걸까?

"전하께서 명을 내리셨다! 모든 이들은 즉각 손을 떼라! 사적인 싸움을 벌이는 자는 모두 군법에 의거해 처리하겠다!"

전령병의 목소리가 들려왔다. 정원은 즉시 기쁨에 젖었다. 그러나 초교는 듣지 못한 것처럼 제 검을 한 병사의 가슴에 꽂았다. 그리고 말에서 뛰어내려 보검을 뽑았다. 병사의 가슴에서 피가 즉시 사방으로 튀었다. 그녀는 단호하게 그를 제거할 생각이라는 것을 드러내고 있었다.

희디흰 백설이 내리는 영지는 마치 거대한 고기 분쇄기 같았다. 피와 진흙이 뒤섞이고, 온통 난잡하게 어수선했다. 서로 싸우고, 베고, 베이는 소리가 칠흑 같은 하늘 위로 메아리쳤다. 연일 눌러 왔던 분노가 마침내 폭발했다. 서남진부사의 병사들은 검을 쥐고 달려들었고, 얼마 지나지 않아 모든 장애물을 제거했다.

"전하께서 명을 내리셨다! 모두 즉시 손을 떼라!"

전령병은 여전히 고함을 치고 있었다. 초교는 한 다리로 정원을 발로 차서 땅에 굴리고는 선혈이 흐르고 있는 장검을 들었다. 차가운 공기에 응고된 핏방울이 새하얀 설원 위로 떨어졌다. 이 순간, 수많은 이들의 얼굴이 그녀의 눈앞에 스쳐 갔다. 설치원의 잘생긴 얼굴, 북삭성 아래에서 그녀를 구하고 죽었던 젊은 전사의 얼굴, 북삭군이 도망쳤기 때문에 북삭성에서 죽었던 병사의 얼굴, 그리고 연순의 그 의심에 가득 찬 눈길…….

그녀는 장검을 들어 올렸다. 번지르르한 말 따위를 할 생각은 없었다. 그녀는 그저 사납게 눈빛을 번쩍이며 남자의 목을 향해 장검을 맹렬하게 휘둘렀다!

순간, 정원의 동공이 커졌다. 공포에 질려 벌어진 입에서는 비명도 나오지 않았다. 이런 검 앞에서는 도망칠 여지란 존재하지 않았다. 더군다나 그는 지금 화살도 몇 대 맞아 힘이 빠진 상태였다.

장검이 그의 목을 꿰뚫으려던 순간, 날카로운 화살이 파공음을 내며 날아왔다. 마치 공중에 불길이라도 붙을 것처럼 빠른 속도였다. 화살은 날카로운 소리를 내며 날아와 검을 맞혔고, 초교는 손목이 저려 와 마지막 순간에 겨냥이 빗나가고 말았다. 초교의 검은 눈 속에 들어온 것은 정원의 목에 흐르는, 겨우 한 줄기 혈흔뿐이었다.

"전하! 살려 주십시오!"

초교는 두 눈에서 불이 나올 것만 같았다. 그녀는 다시 검을 뽑아 찌르려 했다. 그러나 검을 찌르기도 전에 화살이 다시 한 대 날아왔다. 이번에는 그녀의 수중에 있는 검이 아니라 그녀 곁에 있던 하소에게로 향하고 있었다. 하소는 칼을 들어 막았지만 화살의 기세가 너무 센 나머지 계속 뒤로 몇 걸음 물러섰다. 그리고 그가 제대로 자리를 잡기도 전에 화살 한 대가 다시 날아왔다!

초교가 검을 휘둘러 화살을 쪼갰다. 눈앞에 화살이 교활하게 방향을 틀며 기이한 각도로 끊임없이 쏟아졌다. 그녀는 검을 들고 민첩하고 유려한 동작으로 막아 냈는데, 마치 바람 속에서 화려하게 춤을 추는 것 같았다. 그녀는 마치 수년 전으로 돌아간 것만 같았다. 어둡고 깊은 궁중에서 두 아이 중 하나는 활을 당기고 다른 하나는 검으로 막아 내곤 했다. 그러나 당시의 화살은 끝을 잘라 뭉툭하게 만든 것이었지만 오늘의 화살은 날카로웠다. 화살에서 전해져 오는 한기는 초교의 뼈에 스며들었고, 그 차가운 빛에 눈이 멀 것만 같았다.

상황이 평온해졌을 때는 정원이 도망간 후였다. 연순은 검은 모피를 걸치고 높디높은 말 위에 앉아 있었다. 그의 손에는 금빛 활과 날카로운 화살이 들려 있었다. 그리고 그의 뒤에는 철응군이 있었다. 그들은 모두 얼음처럼 차갑게 빛나는 갑옷을 입고, 차가운 눈빛으로 이 어지러운 전장을 바라보고 있었다.

거센 바람이 그들 사이로 불어 가며 땅 위에 있던 눈을 서서히 말아 올렸다.

"아초, 대체 뭘 하고 있는 거지?"

연순의 목소리는 아주 평온했다. 너무나 평온한 나머지 무슨 생각을 하는지 도저히 알 수 없을 정도였다. 그의 표정은 극히 냉담했다. 그의 눈앞에 있는 사람이 그와 8년을 함께 지낸 죽마고우가 아닌 것처럼.

초교의 뺨에서 피가 한 방울 떨어져 새하얀 목으로 미끄러졌다. 그녀는 고개를 들고 그를 바라보았다. 정원이 공손하게 그의 곁에 서서 입을 열고 사실을 왜곡하고 있는 것이 보였다. 연순은 정원에게 어떤 질책도 반박도 하지 않았다. 그녀의 마음 깊은 곳에 조금씩 눈이 쌓이는 것 같았다. 초교는 입술을 움직이려 했지만 아무 말도 나오지 않았다.

그녀는 그들 사이에 오해가 존재할 리 없다고 여겨 왔다. 서로에게 언어를 사용하여 보기 좋게 꾸미거나 설명할 필요도 없노라고. 그러나 지금, 그녀는 갑자기 깨닫고 말았다. 지금 그녀가 변론하지 않는다면, 설명하지 않는다면, 그녀는 정말로 속이 음흉한 반역자가 될 것이다. 이것은 정말이지 절묘한 풍자극 같았다.

하소가 앞으로 한 걸음 나가 사정을 하나하나 설명하기 시작했다. 그러나 대하군이 그들을 놓아준 사정을 숨기려 하다 보니, 그들이 미리 대하군을 발견하고 죽기 살기로 포위를 뚫었다고 이야기하게 되었다.

연순은 계속 조용히 듣고 있었다. 하소와 정원이 서로 공박을 벌이는 것을 듣고, 서남진부사의 병사들이 분노에 차 소리치는 것을 들으면서도 한 마디도 하지 않았다. 주위에 병사들이 점차 많이 모여들었고 밤바람은 더욱 거세졌다. 하늘은 그렇게나 춥고, 초교는 그저 그 자리에 서 있기만 했다. 손과 발이 모두 얼어 감각이 없었다. 주변의 아무 소리도 듣지 못했다. 그녀는 그저 연순의 눈을 보고 있었다. 저렇게 검고, 저렇게 밝고……. 그런데 왜 연순의 눈은 차가운 서리에 덮여 있는 것일까?

"아초."

연순이 나지막하게 말했다. 큰 목소리는 아니었지만, 주위의 모든 번잡한 소리가 즉시 멈추고 말았다. 그는 진지하게 초교를 바라보며 평화롭게 물었다.

"정말인가?"

초교는 말없이 그를 바라보았다. 그도 그녀를 바라보았다. 그들의 눈빛은 길고 긴 세월을 넘어 그들의 과거를 따라가고 있었다. 아무것도 존재하지 않고, 이곳에는 서로의 눈만이 남아 있는 것 같았다. 대하의 인간 사냥터에서 처음 눈을 마주친 이후, 불안한 세월은 본래 아무 교집합도 없었던 두 생명을 함께 묶어 놓았다.

초교는 자주 그런 생각을 했었다. 그녀가 오랜 세월을 뛰어넘어, 도저히 계산할 수 없는 공간을 뛰어넘어 온 것은 그를 만나기 위해서가 아니었을까? 그런 생각 덕분에 그녀는 아무리 고통스러워도, 아무리 힘든 일이 있어도, 그와 함께하며 비틀거리면서도 결코 서로를 버리지 않을 수 있었다. 서로를 굳게 믿을 수 있었다.

초교는 고개를 끄덕였다. 그녀의 눈빛은 여전히 냉정했지만 심장은 점차 뜨겁게 불타오르고 있었다. 마치 자신이 가진 모든 돈을 걸고 도박을 하는 심정으로, 그녀가 말했다.

"정말이야."

주변의 시끄럽던 소리가 갑자기 조용해졌다. 연순이 천천히 눈을 가늘게 뜨더니 입술을 움직여 무슨 말인가를 했다. 그러나 초교에게는 제대로 들리지 않는 것 같았다. 연순의 목소리가 저렇게나 큰데, 그녀의 귓가에서 그렇게나 크게 울리고 있는데도, 그녀가 똑똑하게 들을 수 있는데도…… 그 말들은 마치 아무 의미도 없는 소리로 변한 것 같았다. 그녀는 연순의 말이 대체 어떤 의미를 품고 있는지 이해할 수가 없었다.

연순은 묻고 있었다.

"정말 그러했다면, 서남진부사의 사상자가 왜 저리 적은 것이지? 너희들의 말대로라면 적은 3천이 넘었고, 먼저 정 장군의 정보까지 얻어서 포위까지 했는데, 너희들의 사상자가 이리 적은 까닭은 무엇인가?"

"전하, 속하 생각에는 분명 오해가 있는 것 같습니다. 속하는 당초 북삭에서 초 대인께 죄를 지었습니다. 간악한 자에게 눈이 멀어 오해로 초 대인의 부하를 상하게 했습니다. 또한 설 장군은 초 대인의 좋은 친우였는데, 설 장군의 죽음에는 속하 또한 책임이 있으니 초 대인께서 저에게 편견을 가지는 것도 당연한 일입니다."

제1군에 막 뽑혀 온 젊은 장수들도 잇달아 자신의 의문을 늘어놓았다. 어떻게 서남진부사의 전투는 그렇게 빠르게 끝났는가? 만약 적이 3천이었다면, 아무 생각 없이 행동한다 해도 적이 서남진부사를 포위하지 못할 리가 없는데, 서남진부사는 어찌 이렇게 쉽게 도망칠 수 있었던 것인가?

시끄러운 소리가 점점 더 커져 귓가에서 파리 떼처럼 윙윙거리고 있었다. 초교는 입이 있어도 아무 말도 할 수 없었다. 제갈월이 옛정을 생각해서 자신을 놓아주었다고 말해야 하는 것일까? 이렇게 사람이 많은 곳에서 이 일을 입 밖에 낸다면, 제갈월은 대하의 징계를 받게 될 것이다. 그리고 그 무엇보다도, 그녀는 이미 반박할 힘을 잃어버린 상태였다. 연순을 바라보는 초교의 눈이 마침내 조금씩 죽어 가고 있었다. 그녀의 목소리는 구름 속을 떠도는 것 같았다. 그녀는 차갑게 웃으며, 자조하듯 말했다.

"나를 믿지 못하는구나?"

연순이 말했다.

"나에게 합리적인 설명을 해 줘."

합리적인 설명? 정원이 징발령을 내렸다. 그리고 서남진부사는 여덟 명이 죽었고 20여 명이 상처를 입었다. 이것이 합리적인 설명이 되지 못하는 걸까? 전군이 몰살당해야만 사실을 증명할 수 있는 진정성을 확보하게 되는 걸까?

초교는 아연한 나머지 실소했다. 거대한 실망과 고통이 잔인한 칼날처럼 그녀의 심장을 조금씩 잘라 내고 있었다. 그녀는 입술을 깨물었다. 명치끝에서 피가 흐를 것만 같았다. 그녀가 겨우 입을 열었다.

"연순, 당신과 알고 지내는 동안, 내가 단 한 번이라도 당신에게 불리한 일을 한 적 있어?"

연순은 미간을 찌푸리며 아무 말도 하지 않았다.

초교는 계속 웃었다. 차가운 바람이 그녀의 얼굴로 불어왔고, 입가마저 단단하게 굳어 가고 있었다. 그녀의 눈은 점차 얼어붙은 호수처럼 변해 갔다. 그녀의 눈에 비친 맑은 그림자는 쓸쓸하게 떨어져 마침내 흩날리는 매화로 변했다. 그녀는 마치 가을의 적막한 바람이 부는 것과 같은 눈길로 모든 이를 하나하나 훑어보았다.

그들 사이에 의혹과 틈이 생겨났다. 모든 것은 이미 변해 버렸다. 연순은 연왕이 되었고, 더 이상 아무것도 가진 것 없던 몰락한 세자가 아니었다. 지금 그의 곁에는 사람들이 아주 많았다. 그리고 그녀는, 더 이상 그에게 있어 유일한 존재가 아니었다.

"나의 말에 대하여, 저 하늘이 증인이 될 것이며, 해와 달이 비춰 줄 것이다. 만약 믿을 수 없다면, 모반의 죄로 나를 죽여!"

말을 마친 그녀는 더 이상 주변 사람들의 표정을 바라보지 않고, 그저 피곤하게 발걸음을 내딛기 시작했다. 그녀가 비틀거려 하마터면 넘어질 뻔하는 것을 보고 하소 등이 달려와 부축했으나 그녀는 그들을 밀쳐 냈다. 초교의 몸은 너무나 연약하고 수척했다. 새하얀 목은 안의 혈관까지 들여다보일 것 같았다.

갈까마귀가 머리 위를 날아가며 구슬프게 울부짖었다. 모든 이들이 그녀의 등 뒤로 물러났다. 초교는 조용히 걷고 있었다. 그녀는 이런 방식으로 연순을 핍박하여 결정을 내리게 하려는 것 같기도 했다. 연순이 고함을 치며 만류하지는 않을까? 아니면 반역도라고 그녀를 죽이려 할까? 아니면 혹시, 그녀를 따라와 안아 주며 그녀의 말이 틀렸노라고, 그가 어찌 그녀를 믿지 않겠느냐고 말해 주지는 않을까?

그러나 연순은 그중 어떤 행동도 하지 않았다. 그는 그저 조용히 그 자리에 있을 뿐이었다. 수많은 이들에게 둘러싸인 채. 횃불의 불빛이 그의 얼굴을 비추고 있었다. 크고 밝은 빛이, 눈을 찌를 듯 밝은 빛에 둘러싸여 있었다. 그는 가라앉은 눈길로 그녀를 바라보았지만 따라오지는 않았다. 동시에 아무 말도 하지 않고, 누군가를 죽이려 하지도 않았다.

그들 사이에서 시간은 조용히 흘러갔고, 대설이 흩날리기 시작했다. 그들은 점점 더 멀어졌고, 그들을 사이에 두고 수많은 산이 우뚝 서고 수많은 강이 흐르기 시작했다. 단 한 순간이었지만 이미 10년은 흘러 버린 것 같았다. 처음 서로를 알았을 때부터 손을 잡고 어깨를 나란히 하게 되었을 때까지, 서로를 의지하던 때부터 어깨를 나란히 하고 전투에 임했을 때까지, 과거의 말들이 모두 귀에 울려 퍼지고 있었다. 과거 천금보다도 무거웠던 맹세들은 지금 와서 생각하면 아무런 가치가 없는 것이었다.

연순, 우리는 화와 복을 함께 나누었지. 서로에게 생사를 의탁했어. 우리는 인생에서 가장 고통스러웠던 나날을 함께 걸어 갔었어. 우리는 함께 고향에 돌아가자고 이야기했지. 우리는 연북을 재건하자고 이야기했어. 함께 복수하자고. 그리고 우리는 서로를 믿어야 한다고, 영원히 서로를 떠나거나 버리지 않아야 한다고…….

그러나 세상일은 결국 우리가 생각했던 것처럼 평온하게 흘러가지 않았어. 당신이 말했지. 나는 네가 이 세상에서 최후까지 믿을 수 있는 유일한 사람이라고. 나는 당신이 그때 나를 속이지 않았다는 것을 알고 있어. 다만 그때 당신 자신도 몰랐던 거겠지. 수많은 일을 겪는 동안, 당신은 어떻게 사람을 믿는지 잊어버린 거야. 당신은 당신 스스로를 제외하고, 당신이 제어할 수 없는 것이라면 더 이상 그 무엇도 믿지 않기로 한 것이지. 그중에는 대동회도 있고, 도량이 넓어 민심을 얻은 오도애도 있고, 재능이 넘치는 우도 있고, 오랜 시간 당신을 따랐던, 당신의 과거를 너무 많이 알고 있는 아정도 있고, 또 나에게 충성을 보이는 서남진부사도 있지. 그리고 당연히 나도 그 안에 포함되어 버린 거지. 몇 번이나 전공을 세운, 그리고 당신과 복잡한 관계로 얽혀 있는 나, 초교도.

초교의 눈에서 눈물이 샘솟듯 흘러내렸다. 그녀는 무거운 모피를 벗어 바닥에 던졌다. 그리고 바로 이 순간, 서몽 대륙을 놀라게 하고 전 대하 황실을 두려움에 떨게 했던 명장은 사라지고 말았다. 그녀는 이제 그저 갈팡질팡하는 소녀에 불과했다.

초교의 얼굴은 창백하고, 몸은 수척했으며, 눈은 깊이 가라앉아 있었다. 그 무엇에도 구속받지 않던 팔이 무력하게 늘어지고 눈동자에는 아무 빛도 보이지 않았다. 눈물이 그녀의 창백한 볼로 흘러내리다 차가운 바람에 말라 버렸고, 그녀는 희미한 고통을 느꼈다.

이 순간이 되어서야 그녀는 깨달을 수 있었다. 연순에 대한 그녀의 마음은, 원래 이렇게 뼈에 사무치는 그런 마음이었다. 수년에 걸쳐 쌓아 온 그 감정은 이미 그녀의 일부분이 되어 있었다. 과거, 그가 조순아와 혼례를 치르기로 결정하던 순간에도 그녀가 깨닫지 못했던 감정이었다. 변당에서 지내며 그와 떨어져 있던 순간에도 알지 못했다. 생사가 갈리는 순간에도 그녀는 이해하지 못했다. 북삭 성루에 홀로 서 있을 때조차 그녀는 전혀 느끼지 못했다. 그때는, 그들이 아무리 멀리 떨어져 있어도 그들의 마음은 함께 있었으니까. 그녀는 그가 그녀를 사랑한다는 것을 알고 있었으니까. 그의 사랑은 그렇게나 깊었고…… 그래, 그렇게나 깊었다. 그가 핍박을 받아 다른 이의 곁에 서게 되더라도, 그들 사이에 아무리 먼 거리가 있다 해도, 설령 죽음이 임박하여 황천으로 가서 영원히 서로 보지 못하게 된다 해도 그는 그녀를 깊이 사랑하고 있었다.

그러나 지금, 그는 그녀 뒤에 서서 그녀가 비틀거리며 혼자 걷는 것을 보고 있었다. 그녀는 홀연히 깨달았다. 그녀가 겪어 온 모든 고통은, 그에게 의심받는 고통에 비하면 아무것도 아니라는 것을. 그의 의심으로 인해 온 마음이 후벼 파이는 이 고통에 비한다면!

그를 사랑했고 그에게 충성했다. 초교의 마음은 높은 산과 너른 바다처럼, 스스로 피를 흘리고 잿더미로 변하는 한이 있다 해도 변하지 않을 터였다. 그가 그녀를 믿어 주기만 한다면, 그녀는 설사 죽는다 해도 아무렇지 않을 수 있었다. 그렇기 때문에, 그가 진황성에서 서남진부사를 포기했을 때에도 그녀는 분노하지 않았다. 그가 다시 한 번 연북을 버렸을 때에도 그녀는 순식간에 그를 완전히 용서해 버리고 말았다.

그러나 그 후, 그는 다시 서남진부사의 병사들을 죽이고 정원을 비호했다. 그가 가는 길은 점점 더 멀어져 갔다. 이건 대체 누구의 잘못일까? 감당하기 어려웠던 그 괴로운 나날들이 문제인 걸까? 아니면 하늘을 삼킬 듯한 원한 때문인 걸까? 수년 동안 억류당하는 동안 그가 미쳐 버렸던 걸까? 그리고 그녀는…… 그녀에게는 그를 잡아 줄 능력이 없었던 걸까?

그녀는 조용하고 칠흑처럼 어두운 군영 안으로 들어갔다. 새하얀 막사는, 마치 흰 무덤 같아 보였다.

초교는 비틀거리다 설원 위에 넘어지고 말았다. 그녀는 팔을 내밀어 있는 힘을 다해 땅을 짚었지만, 몸을 일으킬 수 없었다.

억누르고 있던 울음소리가 흘러나오기 시작했다. 그녀는 땅에 엎드린 채 쌓인 눈을 손에 꽉 쥐었다. 눈은 차가운 칼날처럼 아프게 손을 얼리고 있었다. 그녀는 어깨를 떨면서 더 이상 슬픔을 참지 못하고 눈물을 흘렸다.

연순, 어떻게 나를 믿지 못하는 거지? 어떻게 나를 의심할 수 있어?

눈은 더욱 많이 내리기 시작했다. 초교는 흰 옷을 입은 채 눈 위에 엎드려, 입을 막은 채 울고 있었다. 눈이 그녀의 어깨 위로 떨어져 점차 높이 쌓였다.

다음 날 초교는 직접 연순에게 표를 올려, 서남진부사의 병사들을 이끌고 동쪽 전쟁터를 떠나 연북으로 돌아가고 싶다고 간청하였다. 그녀는 상신의 회회산으로 가서 수로를 중건하고, 농경을 발전시키며, 전쟁이 끝난 후 하게 되어 있던 중건 작업을 하고 싶다는 의지를 표명했다.

연순은 그 공손한 표를 받아 들고 한참 동안 멍하니 있다가, 결국은 말없이 허락한다는 의미의 '낙諾' 자를 적었다. 이 글자의 필획은 많지 않지만, 그가 이 글자를 적는 데는 아주 오랜 시간이 걸렸다. 그가 마침내 글자를 다 적었을 때 밖은 이미 환해져 있었다. 햇빛이 희디흰 눈 위를 비추고 있었지만 이곳은 더욱 쓸쓸해 보였다.

초교가 떠나던 그날, 하늘에는 구름 한 점 없었고, 며칠 전의 먹구름도 전혀 보이지 않았다. 평안을 제외하면 아무도 그녀를 전송하러 나오지 않았다. 연순 역시 오지 않았다. 그녀는 말 위에 올라탄 채 고개를 들고 새파란 하늘을 바라보았다. 새하얀 매가 하늘 위에서 빙빙 돌며 처량하게 울고 있었다.

연순, 나는 이만 갈 거야. 건강하도록 해.

제17장 마음은 뽕나무 밭과 같아

상신을 떠나던 날은 무척 쾌청했다. 곧 새해가 올 무렵이라 날씨는 추웠지만 하늘은 맑은 물처럼 새파랗게 빛나고 있었다. 햇빛도 온기를 품고 밝게 빛나며 세상에 황금빛 주단을 깔아 주고 있었다. 아득한 설원 위를 살찐 말을 탄 일행이 끊임없이 달리고 있었는데, 족히 2천은 넘어 보였다.

지금은 이미 백창력 779년 연말이었다. 보름만 더 있으면 새해였다. 오가는 길에 내지에서 물건을 사고팔러 오는 상단을 상당히 많이 만날 수 있었다. 부유함이란 어려움 가운데서 구하기 쉬운 것인지라, 지금 연북의 상업은 발달하고 있었다. 변경에서는 전쟁의 불길이 멈추지 않고 있었지만, 수많은 내지의 상인들은 남강 수로로 연북으로 들어와 물건을 사고팔곤 했다.

초교는 두툼한 모자를 벗고 고개를 들어 새파란 하늘을 바라보았다. 그녀의 눈은 물처럼 맑았다. 눈 깜짝할 사이에 또다시 1년이 지났다. 과거의 소녀는 또 훌쩍 자라, 얼굴 윤곽에 이미 성숙한 매력을 풍기고 있었다. 초교는 머리카락을 깔끔하게 묶어 올리고 푸른 모피를 입은 채 불처럼 붉은 말을 타고 있었다.

갈제가 앞쪽에서 말을 달려와 그녀에게 말했다.

"대인, 하소 통령이 우리에게 오늘 밤 민서산 아래에서 주둔하라는 소식을 보내왔습니다. 통령이 먼저 선발대를 이끌고 가서 준비를 해 놓았다고 합니다."

초교는 고개를 끄덕였다. 홀연히 머리 위에서 매가 길게 울었고, 그녀는 즉시 고개를 들어 아득한 눈길로 먼 곳을 바라보았다.

민서산을 지나면 화뢰원이었다. 그곳에서 다시 앞으로 가면 연북이 새로 정복한 서북의 변경이 나왔다. 그곳은 과거 대하의 국토였지만 지금은 연북의 땅이 되었다. 응명관의 전쟁은 이미 1년 동안 계속되고 있었다.

이 1년 동안 아주 많은 일이 발생했다. 778년은 서몽 대륙을 가장 소란스럽게 만들었던 해로, 사서에 기록될 수많은 일들이 벌어졌다. 대하는 연북과 전쟁을 시작한 후, 국내에서 연이어 북도의 민란과 칠왕의 난이 벌어졌다. 결국 서북 전쟁에 물자와 병사들을 투입하는 것을 극단적으로 제한할 수밖에 없었다. 조철은 본래 대규모로 공격하려던 계획을 어쩔 수 없이 방어로 바꾸고, 결사의 각오로 응명관을 사수하며 국내가 안정되었을 때 다시 전투를 시작하기로 했다.

분위기가 조금 누그러졌을 때, 돌연 변당 황제가 서거하고 태자 이책이 어지러운 가운데 황제의 자리에 올랐다. 음험한 세력이 반격하고 도발하는 바람에 대하와 변당은 변경에서 소규모의 전투를 벌였다. 만약 조양이 적시에 전투의 불길을 끄지 않았다면 대하는 아마 세 방향에서 전쟁을 벌이는 곤란한 상황에 처하게 되었을 것이다.

세상 사람들은 모두 보고 있었다. 짧디짧은 1년 사이에, 대하, 이 과거의 군사 대국은 명백하게 쇠퇴의 길을 걷고 있었다. 서쪽에서는 무력하게 연북에게 당하고 있었으며, 북쪽에서는 민중을 달래야 했다. 그리고 남쪽에서는 변당에게 굴복했다. 또한 동쪽으로는 회송의 경제적인 압박을 받고 있었다. 지금 서몽 대륙은 더 이상 예전처럼 하나의 강대국이 있는 상황이 아니었다.

반년 전, 연순은 낙일산에서 정식으로 황제의 위에 올랐다. 연북은 독립하여 나라를 세웠고, 국호는 연으로, 연호는 초원으로 하였다. 대하를 제외하면, 변당과 회송 두 나라는 어떤 이견도 제시하지 않았다. 이로써 그는 마침내 연북의 진정한 주인이 되었고, 명실상부하게 연북의 왕권을 안정시켰다.

그러나 초교는 의식에 참석하지 않고, 부하들마저 물린 채 혼자서 회회산에 올랐다. 회회산 꼭대기에는 납달궁이 있었는데, 과거 연세성이 왕비 백생을 위해 건축한 곳이었다. 새하얀 화조석 건축물은 화려하게 피어난 꽃들 속에 파묻혀 있어 마치 한 폭의 수묵화 같았다. 그곳은 언제나 고요하고 평화로웠으며 속세의 기척이 없었다. 높이 들린 처마며 두공은 선계의 것처럼 정교하고, 졸졸 흐르는 물소리는 그 현명했던 왕이 아내를 얼마나 사랑했는지 말해 주는 것 같았다.

초교는 회회산 꼭대기에 앉아 한여름의 목장에서 목동들이 여유롭게 노래하는 소리를 듣고 있었다. 그 소리는 구성지고 부드러워 사람의 마음을 매우 편안하게 해 주었다. 그녀는 지평선 아래 낙일산의 회색 그림자를 바라보며 희미하게 웃었다. 그들 사이에 아무리 먼 거리가 있다 해도 그녀는 휘황찬란한 용포를 입은 남자의 모습을 본 것만 같았다. 그녀는 입가를 살며시 들어 올리며 가볍게 웃고는 고개를 들었다. 맑은 바람이 얼굴을 스쳐 가고, 그녀의 푸른 옷이 마치 활짝 피어난 푸른 연처럼 나부꼈다.

오늘의 연북은 더 이상 예전의 연북이 아니었다. 회송의 경제적인 지원을 받으며, 연순은 전략적으로 우위를 점했다. 그리고 초교는 이 1년 동안 연북 내륙에서 건설과 개혁 작업을 하면서 이 제국이 분명 천천히, 우뚝하게 솟아오르고 있음을 예감할 수 있었다. 지금의 연북은 군사 무기 측면에서는 다른 세 나라를 멀리 따돌리고 있었다. 초교의 지휘하에 그들은 계속하여 대규모의 무기 공장을 세웠고, 서른 곳 이상의 대형 광맥을 개발했으며, 수로를 건설하여 농경에는 부적합했던 연북 자체를 바꿔 버렸다. 상신의 회회산에 수많은 양식산지를 개발했기 때문에 올해 연북의 양식 생산량은 작년의 두 배 이상으로 늘어났고, 덕분에 군대의 자급자족을 실현할 수 있었다. 그들은 적극적으로 의료 기구를 발전시켰고, 군사학교를 세웠으며, 회송, 변당과 다른 관외의 상단들과 연계하여 연북의 시장을 발전, 번영시키고 상단을 만들었다.

노예제를 개혁하고 싶다는 초교의 건의는 계속 묵살당하고 있었지만, 그녀가 관할하는 범위 내에서는 시장에 노예가 거의 보이지 않았다. 이런 진보적인 정책과 사회 제도는 수많은 백성들과 상인들을 끌어들였다. 1년도 되지 않아 회회산 일대에는 거대한 도시가 생겨났고, 과거의 불모지는 이제 서북 상업의 중요한 요지가 되었다.

서남진부사의 군번은 취소되었기 때문에 이미 연북의 정규군이 아니었다. 그들은 회회산 아래 수려강에 주둔했기 때문에 이름을 수려군으로 바꿨다. 연북의 백성들은 초교를 수려 대인이라고 불렀다. 수려군의 현재 편제는 9천 명이었고, 지금은 올해의 마지막 임무로 전선에 양식과 건초를 호송하는 중이었다. 곧 새해가 오기 때문에 전사들 역시 쉬어야만 했다.

하늘이 어두워지기 전, 초교 일행은 마침내 민서산에 도착했다. 연북의 내륙은 평원이 많았고, 민서산은 이름만 산일 뿐 실제로는 별로 높지 않은 산등성이였다.

초교 일행이 도착했을 때 하소는 사람들을 이끌고 장막을 세우고 음식을 준비하고 있었다. 열기가 올라오는 고깃국을 마시니 하루의 피로가 어느 정도 가시는 것 같았다.

연북의 밤은 언제나 아름다웠다. 오늘은 보름이었기 때문에 달은 크고 또 둥글었으며, 설원은 새하얗게 빛나고 있었다. 민서산은 적수의 지류에 속해 있는데, 지금은 이미 얼어 있었다.

전날 마미성을 지날 때, 성주가 예물을 건넸다. 초교는 거절하지 못하고 받았는데, 지금 수레에서 짐을 내리다 그 상자를 보게 되어 열어 보니 뜻밖에도 푸른 담비 털로 만든 외투였다. 아주 훌륭한 솜씨로 담비의 꼬리털만을 이어 만든 것으로, 모피는 반짝반짝 빛나고, 쓸어 보기만 해도 촉감이 아주 좋은 것이, 얻기 어려운 상등품임을 알 수 있었다.

막사 안에 화로가 넷이나 있어 오히려 답답했다. 초교는 모피를 걸치고 막사 밖으로 나가 산 아래로 향했다. 온 세상은 새하얗고, 산꼭대기에 몇 그루 늙은 매화나무가 보일 뿐이었다. 매화는 눈을 이기고 활짝 피어 있었는데, 극도로 아름다웠다. 그러나 그 모습을 보는 초교의 마음은 어쩐지 처량했고, 물처럼 맑은 달빛 그림자 아래 그녀는 더욱 쓸쓸해 보였다.

초교는 길을 안내하는 이에게서 산꼭대기에 연북 여신의 사당이 있다는 이야기를 들은 것을 떠올렸다. 아주 오래전, 연북의 선조들이 건축한 사당으로, 이미 수백 년 동안 비바람을 맞아 가며 연북 땅을 지켜 왔다는 것이다.

초교는 험한 산길을 따라 올라가기 시작했다. 길에는 눈이 많이 쌓여 있어 한 걸음 걸을 때마다 무릎까지 눈에 빠졌다. 덕분에 한 시진이 좀 넘게 오른 후에야 겨우 산 정상에 도착할 수 있었다.

이곳은 서란석으로만 지은 석전으로, 그렇게 크지는 않았다. 네 사람 정도의 키 높이에, 동서로 각각 문이 하나씩 있었다. 초교는 서문에 서 있었다. 지붕에 닿을 정도로 높은 키의 신상이 보였다. 신상은 전각 절반쯤을 차지하고 있었다. 전각은 이미 많이 낡고 부서져 있어 눈이 새어 들어오는 데다 곳곳에 마른 거미줄과 먼지도 수북해 아주 어지러웠다. 오로지 그 신상만이 먼지에 물들지 않고 우뚝 솟아 있었다.

여신의 연꽃처럼 희고 담담한 얼굴이 초교를 내려다보고 있었다. 초교는 문득 오래전 구유대에서 보았던 연순의 모친을 떠올렸다. 연순의 모친 역시 이렇게 고요한 눈빛에 물처럼 부드러운 여인이었다. 신상이 입고 있는 치마는 바람에 나부끼는 것 같았지만, 신상의 배는 높이 솟아 있었다. 아마도 임신하고 있는 것 같았다.

아주 어린 시절, 연순에게서 들은 적이 있었다. 연북에서는 여성을 신으로 섬기는데, 신은 두 가지 면으로 나뉜다고. 하나는 손에 도끼를 들고 있는 사나운 무신으로 정복과 살육을 상징하지만, 다른 하나는 아이를 배고 있는 온유한 어머니로 수호와 번영을 상징한다고. 오늘 보니 과연 그러한 것 같았다.

그녀가 다른 면을 보기 위해 돌아가려 했을 때 갑자기 가벼운 발걸음 소리가 들려왔다.

거센 바람이 대전 전체에 감돌고 있었다. 바람은 서문에서 들어와 신상 주위를 맴돌다 동문으로 나갔다.

초교의 그림자가 갑자기 조용히 멈춰 섰다. 그녀는 살며시 미간을 찌푸렸다. 섬세한 손가락이 천천히 허리춤의 파월검을 어루만졌지만, 뽑지는 않았다. 그녀의 검이 갑자기 울고 있었다. 마치 용이 울부짖는 듯한 검의 울음소리가 이 대전 안에 나지막하게 울려 퍼지고 있었다.

초교의 마음이 흔들리기 시작했다. 알 수 없는 충동이 그녀의 머릿속에 솟구쳤다. 그녀는 간신히 조금씩 움직여 신상의 왼쪽으로 걸어갔다. 그리고 조금씩, 아주 조금씩, 돌아가 보았다.

대설이 분분히 흩날리는 가운데 매화는 성대하게 피어 있고, 눈을 들어 보니 여유로운 그림자가 파도처럼 눈앞에 보였다.

여신의 다른 한 면이 들고 있는 도끼 아래, 은회색의 여우 외투를 입고 모자로 얼굴을 반쯤 가린 그가 있었다. 그 흰 그림자는 예전의 우아하고 풍류를 아는 모습 그대로였다. 눈빛은 차가운 호수처럼 깊고 고요한데 입술은 칠해 놓은 듯이 붉었다. 여전히 빼어나게 잘생긴 얼굴은 세상의 모든 어휘를 다 쓴다 해도 그대로 표현하기 어려울 정도였다. 한바탕 바람이 불어와 전각 밖 홍매가 떨어져 들어와 그의 어깨에 내려앉고, 그윽한 향이 감돌았다. 맑은 달빛이 천천히 그를 보여 주며 무심하게 이 순간을 비추고 있었다.

그도 조금 놀란 것 같았다. 이곳에서 그녀를 만나리라고는 상상도 하지 못했던 듯. 두 사람의 눈길이 교차하는 순간 세월은 흐르는 물처럼 되돌아갔다. 기억 속의 그림자와 눈앞의 얼굴이 점차 겹쳐졌다. 물처럼 흐르는 세월, 수시로 변하는 운명, 두 사람은 서로를 바라보며 아무 말도 하지 않았다. 두 사람 모두 무슨 말을 해야 할지 몰랐던 것이다.

노란 새 한 마리가 날개를 파닥이며 눈을 피해 들어와 한 바퀴 돌더니 신상의 어깨 위로 내려앉았다. 새까만 작은 눈이 두 사람을 살피더니 듣기 좋은 울음소리를 냈다.

남자는 대전 가득한 안개를 뚫고 그녀를 바라보며 살며시 미간을 찌푸리기 시작했다. 무슨 말인가 하고 싶은 듯했지만 결국 아무 말도 하지 않았다. 그 따뜻한 물과 같은 눈빛이 그녀의 연약한 어깨를, 그녀의 긴 목을, 그녀의 수척해진 볼을 스쳐 마침내 그녀의 놀란 눈동자에 고정되었다.

한참 후, 그는 평온하게 눈빛을 거두고 담담하게 몸을 돌렸다. 그의 뒷모습은 쓸쓸하고 외로워 보였다. 그가 입은 외투의 모피가 바닥의 자잘한 먼지를 쓸어 일으켜 그의 흰 장화 위로 떨어졌다. 그는 침착하게 발걸음을 옮겨 대전 밖 아득한 설원으로 걸어 나갔다.

"최근 내륙에 눈보라가 아주 컸으니, 조심해서 가도록 해."

제갈월이 문가에 도착했을 때 초교가 아주 평온하게 말했다. 마치 변당에서 나는 좋은 용정차처럼 온화하고 부드럽게, 그리고 감미로운 향을 품은 목소리였다.

제갈월은 자신도 모르게 발걸음을 멈추고 고개를 돌려, 살며시 미간을 들어 올렸다.

"걱정하지 않는 건가?"

초교는 솔직하게 고개를 끄덕였다.

"근심스럽지만, 나에게는 별다른 선택의 여지가 없잖아."

그녀는 어쩔 수 없다는 듯 어깨를 으쓱하며 매우 걱정스럽다는 몸짓을 해 보였다. 그러나 그녀의 말은 이른 봄처럼 온화했다.

제갈월의 눈도 따뜻하게 빛났다. 그는 평온하게 말했다.

"안심해도 좋아. 우리가 이번에 변장하고 연북 내륙에 들어가는 것은 전쟁과는 무관하니까. 너희들에게 손해를 끼치지는 않을 거다."

"그러면 괜찮네."

초교가 웃었다.

"내가 도울 일이라도 있을까?"

"있지."

제갈월도 솔직하게 고개를 끄덕였다. 초교는 정말로 도울 일이 있을 거라고는 생각지 못했기에 잠시 당황했다가 서둘러 물었다.

"어떤 일을?"

"나를 신고하지 마."

초교는 눈을 휘둥그렇게 떴다. 제갈월이 농담을 할 줄 아는 사람이라고는 생각한 적이 없었는데……. 초교는 한참 멍해 있다가 겨우 깨닫고 물었다.

"내가 어떻게 그럴 수 있겠어?"

그때, 새가 즐겁게 지저귀며 구석의 화로로 날아갔고, 갑자기 고기 냄새가 풍겨 왔다. 초교가 신상 쪽으로 걸어가 보니 대전 구석에 꽃무늬를 조각한 홍목 탁자가 있고, 그 탁자 위에 정교한 황동 냄비가 있었다. 냄비 아래에 불이 탕을 끓이고 있었는데, 그 냄새가 사방으로 퍼지고 있었다. 그리고 고기며 채소가 담긴 접시에 술이 담긴 은주전자까지 옆에 있었다.

초교가 미소 지으며 제갈월에게 말했다.

"그대로 갈 거야? 그럼 이것들은 다 내 것이네?"

제갈월은 잠시 생각하더니 뜻밖에도 탁자 앞으로 다가와 소매를 떨치고 앉아 담담하게 말했다.

"꿈을 꾸는 거야 자유겠지."

제갈월은 확실히 세가 대족 출신으로 금은보화에 둘러싸여 성장한 사람이었다. 이런 환경에서도 그는 여전히 평소의 분위기를 조금도 잃지 않았다. 그는 식사를 할 때도 극도로 정교한 것이 아니면 손을 대지 않았다. 양고기는 아주 얇게 편으로 썰어 둥글게 말아 놓았고, 채소는 심지어 위에 맺힌 물방울까지 아직 마르지 않은 상태라 대체 어떻게 이렇게 신선한 상태로 보관했는지 알 수 없을 정도였다. 젓가락은 은으로 만든 것이었는데, 그 위에는 정교하고 복잡한 꽃무늬가 조각되어 있었다.

제갈월은 젓가락으로 양고기를 집어 보글보글 끓고 있는 냄비 안에 넣었다가, 고기가 익으면 바로 두어 번 흔들고 꺼냈다. 탕에서 하얀 김이 올라오며 두 사람 사이를 자욱하게 채웠다. 이렇게 추운 날 이런 음식을 먹는 것은 과연 인생에 몇 번 오지 않을 즐거움이었다.

술잔은 여러 사람의 몫이 준비되어 있었다. 초교는 제갈월의 습관을 기억해 냈다. 청산원에 있을 때 그는 혼자 식사하더라도 항상 식탁 위에 여러 사람 몫의 그릇을 배치해 두곤 했다. 마치 여러 사람과 함께 식사하는 것처럼.

그녀는 술 주전자를 들어 그에게 한 잔 따른 후, 자신의 잔에도 따랐다. 제갈월이 그것을 보고 살짝 미간을 찌푸리며 물었다.

"술을 마시지 않았던 것으로 기억하는데?"

술잔을 든 초교의 손이 살짝 떨렸다. 그의 말이 옳았다. 그녀는 예전에는 결코 술을 마시지 않았다. 그러나 어느 순간부터 그녀도, 이 사람의 정신을 미혹시키는 음료를 좋아하게 되었다. 초교는 천천히 고개를 들고 평온하게 그를 바라보며 술잔을 들었다.

"당신의 술을 빌려서, 당신에게 한 잔 권하겠어."

제갈월은 짙은 눈빛으로, 술을 들지 않고 그녀를 조용히 바라보기만 했다.

초교는 단숨에 술을 마시고 담담하게 말했다.

"이 한 잔은, 당신이 누차 나를 죽이지 않았던 은혜와 도움의 손길을 주었던 은덕에 감사하기 위하여."

1년 동안 보지 못하는 사이에 초교는 조금 더 자라 있었다. 아름다운 얼굴에 가느다란 눈썹, 그리고 아주 커다란 눈, 그러나 그 눈은 마치 안개에 뒤덮인 것 같아 도저히 그 속을 알 수가 없었다.

제갈월은 술잔을 앞에 두고 마시지 않았다. 그저 조용히 젓가락으로 고기를 집어 냄비 안에 넣으며 눈도 들지 않고 말했다.

"식사할 때는 그냥 식사를 하도록 해. 말을 너무 많이 늘어놓지 말고. 연극이라도 하려는 것이 아니면."

초교가 미간을 찌푸렸다.

"밥을 먹는 것도 모두 연극일 뿐이지."

제갈월이 비웃듯 말했다.

"진황성에서 그 늙은이들 비위 맞춰 주는 연극만으로도 충분하지. 여기서 너와 함께 연극을 상연할 기력은 없다."

초교는 작은 소리로 투덜거리며 젓가락으로 고기를 집었다. 제갈월은 그녀의 움직임이 너무 빠른 것을 보고 당부했다.

"뜨거우니 조심해."

말이 떨어지자마자 초교는 비명을 질렀다. 아마도 혀를 덴 것 같았다. 제갈월은 그 모습을 보고 고개를 비스듬히 꼬고는 가볍게 말했다.

"그럴 줄 알았지."

혀를 데기는 했지만 맛은 정말로 좋았다. 두 사람은 처음에는 본심은 다른 곳에 둔 채 이야기를 나눴지만, 점차 이야기를 나누지 않고 먹는 데 집중하기 시작했다. 얼마 지나지 않아 그 많던 양고기가 바닥을 보였다. 초교는 아직 미진한 듯 젓가락을 들고 냄비 안을 휘저으며, 마치 토끼처럼 냄비 안의 채소까지 전부 먹어치웠다.

"관직이 올랐다고 들었어. 축하해."

그녀의 말에 제갈월이 담담하게 대답했다.

"그렇게 되었지. 연북 병사 1만 8천을 죽였더니, 그게 전공이라고 하더군. 너도 관직이 올랐다던데?"

"나도 미림관에 남아 있던 대하군을 송두리째 뿌리 뽑았거든. 그 대가로 관직이 올랐지."

초교는 그를 흘깃 보며 물었다.

"듣기로는 당신이 대하의 병마도독이 되었다던데, 그럼 지금은 조철의 휘하가 아닌 건가?"

"황상께서 버리지 않아 주셔서 보잘것없는 공이나마 세워 감당하기 어려운 영예를 얻었지."

제갈월이 담담하게 말했다.

"듣기로는 서남진부사는 군번이 취소되고 연북 정규군의 편제에서 쫓겨났다던데. 사용하는 무기도 제한받고 있고."

"수려군은 지방 치안을 담당하고 있으니 무기의 제약을 받는 것은 당연한 일이지. 그나저나 위씨 문벌이 위서엽을 응명관으로 보냈다는 이야기를 들었는데, 아무래도 위씨 쪽에서는 당신의 권력을 나눠 갖고 싶은 모양이지?"

초교가 웃으며 눈썹을 올렸다.

"희망이라는 건 항상 좋은 거지. 목표에 도달할 수 있을지는 모르겠지만. 나야말로 대동회의 영수인 오도애가 낙일성에 갇혀 있다는 소식을 들었지. 올 겨울 열병식에도 참가하지 못했다고."

"모든 조직은 내부에 마찰이 조금 있기 마련이지. 당신도 몇 번이나 기복을 겪었잖아? 하물며, 어떤 것들은 정확한 정보가 아닐 수도 있어. 예를 들자면, 나는 조양이 지금 남부 전선에서 병사들을 적극적으로 끌어들여 서부 전선으로 후퇴시키고 있다고 들었는데, 진실인지 거짓인지 모르겠거든."

"세 사람이 모여 거짓말을 하면 호랑이도 만들어 낼 수 있다고 하더니 과연 그런 모양이군. 나는 네가 연북 내륙에서 개혁과 건설 작업을 하고 있다고 들었는데. 문화와 교육을 발전시키고, 상업과 무역을 중시한다고. 대하의 상인들조차 너희들을 따라 몰래 장사를 하고 있다고 하니, 간단한 일이 아니었겠어."

"나는 그저 자잘한 일을 한 것뿐인걸. 나는 당신이 조구, 금휘 두 전역에서 연북군을 대파하고, 제2군 제8대의 병사 1만 명 이상을 포로로 잡았다고 들었는데. 그렇지 않았다면 우리는 아마 대하의 북방에 난리가 난 틈을 타서 대하의 내륙으로 돌진했을 텐데."

"대하는 건국한 지 300년이 넘었다. 누가 쳐들어와 휩쓸고 싶다고 휩쓸 수 있는 곳이 아니지. 북방 견융족이 올 겨울 수만이 굶어 죽었다고 들었다. 견융이 지금 북로에서 연북과 전쟁을 시작할까 걱정되지는 않아?"

"어차피 올 거라면 오기 마련이지. 걱정한들 무슨 소용 있겠어. 그저 준비를 잘하고 있어야 할 뿐이지. 하물며 나도 대하 동북 산맥 쪽의 여진인들이 연북을 따라 독립하려고 주먹을 비비는 중이라고 들었어. 당신 보기에 그들이 성공할 것 같아?"

"대동회의 우도 실권을 잃었다더군."

"지난달 대하의 장로회에서 비어 있던 한 자리를 하서의 모용가에게 주었다지. 정말이지 서른 해는 하동에, 서른 해는 하서에."

"연북에서 아주 단단한 금속을 새로 연마해 냈다는데, 강철

보다 단단한 무기를 만들 수 있다고. 네가 한 일인가?"

"진황에서 제46호 쇄관첩을 통과시켰다더군. 시장에서 전투와 관련된 물자의 유통을 제한하고, 회송에 대해 병사를 일으킨다고. 당신의 제안이야?"

"네가 이번에 연북 대본영에 가는 것은 양식과 건초를 호송하기 위해서라던데. 이 양식이 도착하지 않으면 대본영은 분명 굶게 되겠지."

"당신이 지금 연북 경내로 들어가는 것은 무역 관련 소식을 정탐하기 위해서겠지. 연북과 관련된 세력들을 정탐해서 증거를 잡으면, 대하 내에서 청소하기 위해."

웅…….

때때로 용의 울부짖음 같은 소리가 두 사람의 대화를 끊었다. 자리에 놓아 둔 두 자루의 검이 가볍게 떨리며 울고 있었다. 마치 검들조차도, 이 공간에 흐르는 일촉즉발의 분위기를 느끼고 있는 것 같았다.

그 노란 새는 예전에 이미 사라져 버렸고, 이곳에는 두 사람만이 남아 있었다. 숯불이 타닥 소리 내며 타오르고, 냄비에서는 탕이 끓고 있었다. 탕에 떠오른 검붉은 고추는 마치 전사들이 흘린 피 같아 보였다.

그들은 입장이 달랐고, 결국은 적의 신분이었다. 방금까지 그들은 일부러 그런 기분을 내려놓고 있었지만, 최후에는 스스로에게 자신의 신분을 일깨울 수밖에 없었다. 그들은 친구가 아니었고, 또 다른 무엇도 아니었다. 그들에게는 각자의 책임이 있었다.

"설이 지난 후에 네가 연순과 혼사를 치를 거라고 들었어."

제갈월이 마침내 술잔을 입가로 가져가며 담담하게 말했다.

초교도 고개를 들고 가슴속 복잡한 기분을 가라앉히며 말했다.

"나도 당신이 낙형 장군부의 아가씨와 혼사를 약속했다고 들었어."

제갈월이 고개를 끄덕였다.

"응, 혼례 날짜도 멀지 않았지."

"몽 장군은 이미 연로하고, 낙형 장군은 조정에서 세력이 견고한 편이니, 그의 딸을 맞이한다면 당신의 벼슬길도 크게 열리겠군."

제갈월이 담담하게 미소 지었다.

"다음에 너를 볼 때는, 아마도 연왕비라고 불러야겠지."

초교는 고개를 젓고 정색했다.

"연북은 이미 독립을 선포했어. 정확하게 말하면, 나를 연황후라고 불러야 할 거야."

제갈월이 조소하며 홀로 술을 들이켰다. 바람이 얼음처럼 차가운 기운을 품고 두 사람 사이를 스쳐 갔다. 초교는 제갈월을 바라보았다. 모든 과거가 어렴풋하게 스쳐 갔다. 그녀는 멍한 표정으로 다시 술잔을 잡았다. 무슨 말을 해야 할지 도무지 알 수가 없었다.

"그자를 봤어."

"누구?"

초교가 물었다.

"나를 유인해 서남진부사를 치게 했던 자."

제갈월이 고개를 들고 천천히 말했다.

"이름이 정원이라지. 지금 연북군 제1군을 통솔하는 장수고, 오도애의 지위를 이어받은 자지. 현재 연순을 제외하면, 연북에서 가장 큰 실권을 지닌 인물이지."

초교는 묵묵히 고개를 숙이고 아무 말도 하지 않았다. 제갈월은 그녀를 바라보며 한참 생각에 잠겨 있다가 고개를 끄덕이며 말했다.

"네가 연북 내륙으로 돌아간 것은 잘한 일이야. 연북군 내의 세력은 너무 뒤엉켜 있어. 네가 버틸 만한 곳이 아니야."

초교도 웃었다.

"그래, 1년 동안 나는 아주 잘 지냈어."

"그럼 된 거지."

제갈월이 명랑하게 웃었다.

"어떤 자리에 있으면 그 자리에 맞는 정치를 해야 하는 법이지. 연북군의 세력은 복잡하고, 대동회는 기반이 튼튼해. 만약 우리 군의 위협이 아니었다면 연순은 오히려 예전에 폐출되었을 거야. 식견이 있는 자나 선량한 무리는 한 명도 기용하지 않으니, 그 소인배들이 권력을 다투는 것도 필연이지. 너는 그 안에 숨은 연유를 충분히 이해할 수 있을 거야. 네가 내륙으로 들어간 것은…… 너에게는 정말로 다행한 일이다."

초교는 고개를 끄덕였다.

"나는 어떤 목표를 달성하기 위해서는 반드시 대가를 치러야 한다는 것을 알고 있어. 약간의 좌절 정도는 나를 무너뜨리지 못해."

제갈월은 웃기만 했다. 외투의 모피가 그의 푸르스름한 턱을 감싸고 있었다. 그는 너무도 잘생긴 나머지 조금 사악해 보이기까지 했다. 지금 그들은 서로를 마주 보고 앉아 두 사람만이 이해할 수 있는 대화를 주고받고 있었다.

초교는 갑자기 깨달았다. 제갈월은 자신을 너무나 잘 이해하고 있었다. 연순조차 이해하지 못한 부분을, 심지어 그녀 자신조차 직시하고 싶지 않은 부분까지. 제갈월은 그녀에 대한 것이라면 작은 실마리도 놓치지 않고 속속들이 알고 있었다. 그녀의 꿈, 그녀의 신념, 그녀의 희망, 그녀의 즐거움, 그리고 그녀의 번뇌까지도…….

제갈월은 무서운 사람이었다. 날카로운 전투 감각도 있고, 무술의 고수기도 했다. 또한 예술적으로 계책을 세우는 사람이었고, 든든한 가문의 배경도 있었다. 그러나 초교는 단 한 번도 그를 제대로 꿰뚫어 본 적이 없었다. 이렇게 오랜 세월 동안 그는 대체 무엇을 바라며 살아온 것일까?

연순은 복수를 원한다. 대하를 밟고 천하를 쟁패하고 싶어 한다. 조철은 황위에 올라 부국강병을 이루고 일세의 영민한 군주가 되기를 원한다. 이책은 대하를 쳐서 잃어버린 땅을 수복하여 변당의 웅대한 기세를 다시 펴고 싶어 한다. 하지만 제갈월은, 그는 대체 무엇을 원하는 것일까? 제갈월이 바라는 것이 무엇인지, 아무도 알지 못하고 아무도 제대로 보지 못했다.

그의 그 검은 눈을 바라보고 있노라니 초교는 그저 빠져들 것만 같았다. 그의 눈빛은 소용돌이치듯 그녀를 바라보았다. 겉으로 보기에는 여유로워 보였지만, 그 안에는 활활 타오르는 불이 있었다.

아마도, 그래, 아마 그도 자신이 원하는 것을 말한 적이 있을 것이다. 안개비 내리는 강남의 변당에서, 그는 그녀를 안고, 자신의 오만함과 분노를 억누르며 나지막하게 말했었다.

'나도 네가 필요하다.'

그 말은, 그의 입에서 도저히 나올 것 같지 않은 말이었다. 그리고 그 말은 결국 그녀에게 있어 일종의 시련이 되었다. 그녀가 평생 노력해도 도저히 벗어날 수 없는 악몽이 되고, 영원히 대답할 수 없는 농담이 되어 버렸다.

"제갈월, 전장의 검에는 눈이 없고, 조정의 풍운은 예측하기 어려운 법이지. 스스로를 잘 보살피도록 해."

제갈월이 따뜻하게 웃었다. 평소에는 거의 보이지 않는 부드러운 표정이었다. 그는 대전 중앙의 여신상을 바라보며 천천히 말했다.

"그런 것들로 상처 입지는 않아."

모든 이에게는 자신만의 사혈이 있기 마련이다. 그러나 그에게는 다른 이를 제압할 수 있는 성씨가 있었다. 그러니 그에게는 사혈이라는 것이 없을 것이다.

제갈월이 몸을 일으켰다. 달빛 아래 그에게서 세속을 초월한 듯한 아름다움이 묻어 나왔다. 사람 전체가 마치 대리석으로 조각한 것 같았다. 그는 조용히 고개를 들어 그 거대한 신상을 바라보았다. 여신의 아름다운 얼굴에는 사람들을 두려움에 떨게 만드는 기개가 서려 있었다. 홍운석을 사용해 정교하게 조각한 검붉은 갑옷에는 오랜 세월이 남긴 자잘한 흔적들이 있었는데, 마치 안에서 여신의 핏줄이 움직이는 것 같았다. 여신의 손에는 날카로운 도끼가 들려 있었고, 아이를 임신한 여신과 서로 등을 지고 서 있었다. 여신의 눈에 서린 날카롭고 매서운 빛은 꼭 분노한 화염 같았다.

제갈월은 순간 황홀한 기분을 느끼고 있었다. 그는 이 신상을 처음 보았을 때의 감정을 스스로도 설명할 수 없었다. 어렴풋하게, 그는 이 여신을 통해 누군가를 본 것 같았다. 그 누군가는 이 여신처럼 견고한 신념과 숭고한 이상을 가진 존재였다.

예전의 제갈월은 그러한 신념과 이상에 대해 들을 때마다 코웃음 쳤다. 어린 시절 세도가와 문벌 사이에서 자라며, 서로 음모와 함정에 빠트리는 일에 익숙해져 있었다. 그렇기에 제갈월은 인간의 본성은 악하다고 생각했다. 계산과 추측은 삶에 있어 필수품이나 마찬가지였다.

그러나 후에 그는 점차 이해하게 되었다. 인간은 결코 자기 자신만을 위해 살아가는 존재가 아니라는 것을. 인간은 위대한 이상을 품을 수 있는 존재였다. 아니, 인간은 이상을 위해 노력할 때 가장 아름다울 수 있는 존재였다.

과거의 그는 초교를 지탱하고 있는 것이 어떤 힘인지 이해하지 못했다. 대체 무엇 때문에 그녀는 그렇게 단호한 것인지, 어째서 단 한 순간도 흔들리지 않는 것인지. 그는 운명을 믿지 않았지만, 심지어 가끔은 그런 생각까지 했다. 아마도 하늘이 그녀 편에 서신 모양이라고. 이런 사람은 아마 하늘이라도 저버리기에는 아까웠던 것이라고!

그에게 원한을 품게 하고, 심지어 그를 수치스럽게 만드는 감정은 예전에 이미 그의 마음속에서 싹을 틔웠다. 그는 자신의 유약함을 혐오했다. 그러나 마음속에서 하루하루 커져 가는 그 불타는 마음에 저항할 수가 없었다.

대체 언제부터였을까. 그것만은 그 자신도 알 수 없었다. 처음 만났을 때 그들은 너무 어렸고, 그녀는 심지어 말의 다리만큼도 자라지 못한 어린아이였다. 그런데 어떻게 그들 사이에 이렇게 감당할 수 없는 감정이 자라 버렸던 것일까?

그날 이후의 그 수많은 밤, 그는 꿈을 꿀 때마다 초교가 떠날 때의 그 시선과 만나곤 했다. 굳건하게 인내하던 그 눈길, 결코 무너지지 않을 것 같던 그 눈길. 그녀는 마치 영원히 사냥꾼의 채찍에 굴복하지 않을 한 마리 분노한 표범 같았다. 제갈월은 자신이 홀린 것이 분명하다고 생각했다. 그래, 그 오랜 세월 동안 홀려 있었던 거다. 그 견고한 신념에 홀리고, 그 날카로운 눈빛에 홀리고, 그리고 그녀가 몇 번이고 외쳤던 그 말에 홀리고.

'제갈월, 지켜보라고!'

그래서 그는 그렇게 지켜보았다. 계속 지켜보기만 했다. 그녀가 고치를 벗고 나비가 되어 가는 것을, 그녀가 절정에 오르는 것을, 그녀가 피로해하는 것을, 그녀가 조금씩 무너지고 좌절하는 것을, 그리고 무너지고 좌절할 때마다 다시 일어서는 것을. 그녀는 온몸이 상처투성이가 되어서도 동요하지 않고 일어섰다.

이 세상에서, 그가 연옥에 빠진다 해도 그를 버리지 않고 곁에 있어 줄 이가 있을까? 그가 아무것도 갖지 못했다 해도 그와 서로의 생명을 의탁하려고 하는 이가 존재할까? 누가 자신의 생명을 버릴 각오로 그를 따라올까? 그런 냉대를 받으면서도 여전히 동요하지 않고 그의 곁을 지켜 주려 하는 이가 과연 이 세상에 있을까?

연순, 너는 얼마만 한 행운을 지닌 것인가. 그러나 너는 그것이 얼마나 소중하고 귀한 것인지 알지 못한다.

제갈월은 조소하며 몸을 돌려 밖으로 향했다. 거센 바람이 불어와 그의 외투를 펄럭였다. 그는 똑바로 걷기 시작했다. 얻을 수 없다면 손을 털고 일어서는 것이 가장 좋은 방법이다. 제갈월의 인생에, '애원'이라는 단어는 없었다.

"제갈월!"

초교가 갑자기 고함을 질렀다. 제갈월이 몸을 살짝 떨며 발걸음을 멈췄다. 초교가 눈에 빠져 가며 급하게 달려왔다.

제갈월이 고개를 돌리고 살짝 미간을 찌푸렸다.

"남은 일이 있나?"

초교는 허리의 파월검을 풀어 손 위에 올려놓고는, 그에게 내밀며 정중하게 말했다.

"건강해야 해."

제갈월은 그녀의 손에 놓인 검을 바라보았지만, 받지 않았다. 자신의 허리에 있는 잔홍검을 돌려줄 생각은 더더구나 없었다.

초교는 조금 당황하면서도, 여전히 고집스럽게 검을 들고 그를 응시하고 있었다. 그런 그녀의 모습은 마치 사탕을 얻지 못한 아이가 울컥하여 밥을 먹지 않겠다고 떼를 쓰는 것 같았다.

"이건 무슨 뜻이지?"

초교는 입술을 깨물고 잠시 생각한 후 마침내 말했다.

"연북과 대하의 전면전이 곧 있을 거야. 그때가 되면 우리가 전쟁터에서 만나는 일도 피하기 어렵겠지. 나는 손에 정을 남겨 둘 수 없고, 당신도 나를 더 이상 봐줄 필요가 없어. 그러니까 우리는……."

제갈월의 표정이 갑자기 차가워졌다. 그는 고개를 숙이고 살짝 미간을 찌푸렸다. 초교는 그의 시선을 받아 어색하고 당황스러운 나머지, 목소리가 점차 작아졌다.

"성아, 냉정하게 말해서, 만약 전쟁터에서 나를 만나면 정말로 내 목을 벨 수 있겠어?"

제갈월의 목소리는 나지막하고 온화했다. 이 말은, 그의 목에서 나와 초교의 귀로 들어온 것이 아니라 서로의 심장에서 심장으로 전해진 것 같았다.

초교의 손바닥이 아주 차가워지며 땀마저 배어 나오기 시작했다. 그녀의 입술도 말라 있었다. 그녀는 겨우 숨을 깊이 들이마신 후, 마음속 괴로운 감정을 억누르고 천천히 말했다.

"나는 당신을 죽일 수 없어. 하지만 나는, 당신을 격파하기 위해 최대한 노력할 거야."

나지막한 웃음소리가 천천히 들려왔다. 제갈월은 고개를 숙이고 가볍게 머리를 흔들며 아무 말도 하지 않았다. 그러더니 초교의 손에 들린 검을 받아 들고, 한 걸음 한 걸음 눈을 밟으며 떠나가기 시작했다.

"안타깝군. 나는 그럴 수 없거든."

할 수 없는 것이 아니라 그러고 싶지 않은 것이다. 그는 언제나 알고 있었으니까. 가끔 그들에게 있어 실패란 죽음과 같은 말이었다. 그러나 그가, 또 어떻게 그녀가 생존하기 위한 유일한 희망을 빼앗을 수 있을까?

초교는 입술을 깨물었다. 가슴에 억눌러 둔 것들이 그녀를 너무나 아프게 했다. 그녀는 그의 곧은 등을 바라보며 뼈에 스며드는 한기를 느꼈다. 그녀는 고개를 숙이고 한 글자 한 글자 정성 들여 외우기 시작했다.

"사람이 세상을 살아간다는 것은 가시나무 속에 있는 것과 같으니, 마음을 움직이지 않아야 사람도 망령되이 움직이지 아니하며, 움직이지 않아야 상처받지 않을 것이니라. 만약 마음이 움직인다면 사람도 망령되이 움직여 그 몸을 상하게 되어 고통이 뼈에 사무칠 것이며, 세상의 모든 고통을 맛보게 되리니……"

제갈월의 발걸음이 갑자기 멈췄다. 그도 아직 이 구절을 기억하고 있었다. 아주 오래전, 아주 오래전의 일이었다. 그가 아직 음울하고 냉담한 소년이었던 시절. 그녀가 아무것도 가진 것 없는 아이였던 시절. 상원절의 등불이 반짝이던 그 밤. 그는 그녀에게 이 구절을 읽게 했었다.

정말 가소롭다! 제갈월은 차갑게 입 끝을 들어 올려 웃었다. 움직이지 않으면 상처받지 않는다고?

"나는 이미 가시나무에 찔리고 있는걸."

가라앉은 목소리가 산 정상에 메아리쳤다. 거센 바람이 불어와 그 목소리를 순식간에 지워 주었다.

눈이 다시 내리기 시작했다. 민서산 동쪽, 보통의 상단으로 변장한 일행이 진을 치고 있는 것이 보였다. 아마도 제갈월 일행인 듯했다. 초교는 사당 문 앞에 서서 남자의 뒷모습이 눈보라 속으로 천천히 사라지는 것을 지켜보았다. 갑자기 추워서 견딜 수가 없었다. 그녀는 사당으로 들어와, 탁자에 있던 술 주전자를 들어 한 모금 마셨다. 따뜻한 액체가 목을 태우며 내려갔다.

고개를 들어 보니 여신이 잔혹한 눈길로 그녀를 바라보고 있었다. 여신은 초교가 대국을 보지 않고 마음대로 행동하는 것을 탓하고 있는 것 같았다. 그러나 다른 한 면의 어머니 여신은 따뜻한 눈길을 보내 주고 있었다. 마치 초교의 모든 고통을 이해하는 것처럼.

그녀는 피곤한 나머지 거대한 기둥에 기대어 천천히 주저앉았다. 무릎을 끌어안으니 너무나 말라 있었다. 마치 아직 다 자라지 않은 아이처럼.

다음 날 출발할 무렵, 갑자기 다급한 말발굽 소리가 들려왔다. 새하얀 설원 위를 말 한 필이 다급하게 달려오고 있었다. 말 위의 여인은 은회색 여우 모피를 걸치고 있었는데, 그 모피 외투는 그녀에게 조금 커 보였다. 그녀는 초교의 부대를 보자 쉬지 않고 직진해 왔다.

하소가 눈썹을 세우며 말을 달려 앞으로 나가 외쳤다.

"누구냐? 이름을 대라!"

여자는 그를 흘깃 보더니 눈썹을 치켜세우고는 하얀 이를 드러내고 생긋 웃었다. 그러더니 힘차게 채찍을 두어 번 휘둘러 앞으로 달려 나왔다. 하소가 미간을 찌푸리며 막으려 했지만, 그 여인은 아름다운 눈썹을 세우며 맑은 목소리로 외쳤다.

"길상, 저자를 차 버려!"

그녀가 타고 있던 말이 그녀의 말을 알아들은 듯 앞다리를 세우며 길게 울더니, 하소가 그녀에게 접근하는 찰나 바로 두 다리로 하소의 말을 힘차게 발길질했다. 하소의 말이 깜짝 놀라 울부짖으며 눈 위로 쓰러졌다.

하소는 민첩한 편이었기 때문에, 땅에서 한 번 구른 후 바로 일어났다. 다만 투구가 벗겨지는 바람에 머리에 눈이 가득 묻어, 아주 낭패한 몰골이 되었다.

"대체 누구냐?"

하소는 수치스러운 나머지 분노하여 소리쳤다. 그러나 그 여자는 그를 제대로 보지도 않고, 초교에게 미소 지으며 물었다.

"당신이 초교인가요?"

초교가 고개를 끄덕이며 여자를 살펴보았다. 미목이 수려하고, 피부는 탄력 있었으며, 눈길은 온화하고 표정도 부드러웠다. 그리고 눈처럼 새하얀 얼굴에 별처럼 반짝이는 눈동자가 마치 수련과 같이 맑고 아름다웠다. 그녀의 얼굴에는 은은하게 영웅적인 기개가 넘쳐흘렀다. 여자는 명랑하고 호방하게 초교를 살펴보았다. 자신이 다른 이에게 가늠당하고 있다는 사실도 전혀 신경 쓰지 않는 태도였다.

그러나 초교의 주의를 끈 것은 그녀의 얼굴이 아니라 그녀가 걸치고 있는 외투였다. 초교의 기억이 틀리지 않았다면, 그 옷은 전날 밤 제갈월이 입고 있던 옷이었다.

초교가 이맛살을 살짝 찌푸리기 시작했다.

"우리 가문의 도련님께서 이것을 전해 드리라 하셨습니다."

여자가 내민 것은 잔홍검이었다. 초교는 검을 받으며 고개를 끄덕여 감사를 표시했다.

"고마워요. 아가씨의 성함을 여쭤도 될는지요?"

"제 성은 몽씨랍니다. 제 생각엔 우리가 얼마 있지 않아 만나게 될 것 같네요. 그럼 저는 이만 가 보겠어요."

말을 마친 여자는 말고삐를 잡았다. 말이 빠르게 고개를 들더니, 화가 나서 씩씩거리고 있는 하소를 남겨 두고 떠나 버렸다.

"대인, 저 여인은 누구입니까?"

주위에 있는 이들은 모두 서남진부사의 정예로, 초교가 가장 신임하는 수하들이었기에 초교도 숨기지 않고 담담하게 말했다.

"아무래도, 최근 반년 동안 대하와 연북의 전쟁터를 놀라게 한 몽풍 소장인 것 같다."

"몽풍? 몽전의 그 어린 손녀 말입니까?"

초교는 대답하지 않고 고개를 숙여 잔홍검을 바라보았다. 예리한 칼날에 그녀의 검은 눈동자가 희미하게 비치고 있었다. 이미 2년 동안이나 보지 못했던 검이었다. 2년 동안, 그녀는 파월검을 사용했다.

갈제가 옆에서 작은 소리로 말했다.

"몽전의 손녀라고요? 그런데 어째서 몽전과는 하나도 안 닮은 겁니까? 솔직히 말하자면, 제 눈에는 우리의 백생 왕비 마마와 닮은 것 같습니다."

"허튼소리는 하지 마라!"

하소가 서둘러 설명했다.

"저 여자는 원래 고아인데 몽 장군이 수양손녀로 삼은 거다. 어릴 때부터 남자처럼 키워서, 몽가의 남자아이들과 함께 상무당에서 공부했지. 제갈월이 병마도독으로 뽑힌 후 몽풍도 그의 수하가 되었다고 들었다. 이 반년 동안 전장에서 아주 활발하게 움직이고 다니더니, 어찌 여기까지 온 것이지? 대인, 우리가 추격해서 상세하게 알아볼까요? 어쩌면 속임수일지도 모릅니다."

초교는 대답하지 않고 그저 넋을 잃은 듯 검을 바라보고 있었다. 하소가 다시 두어 번 부른 후에야 그녀는 겨우 평온한 얼굴로 담담하게 대답했다.

"오늘 일은 모두 보지 못한 것으로 해 줘."

이 말이 떨어지자 모든 이들은 즉시 상황을 이해했다. 초교 일행은 계속 움직이기 시작했다.

이와 동시에, 몽풍도 마침내 변장하고 길을 가던 제갈월 일행을 따라잡았다. 그녀는 몰래 외투를 벗어 제갈월의 시위에게 건넨 후 옷을 갈아입고, 태연자약하게 제갈월 곁으로 다가가 말했다.

"물건은 전했어요."

제갈월은 마치 아무것도 듣지 못한 것처럼 계속 움직였다. 몽풍은 웃음을 머금고 그의 뒷모습을 바라보았다. 그녀는 재빠르게 이 상황을 분석하고 있었다. 보통 말이 끝나자마자 가 버리는 사람은 두 종류다. 하나는 이 일에 근본적으로 흥미를 느끼지 못하는 경우, 또 하나는 다른 이에게 자신의 떨리는 속마음을 들키기 싫은 경우.

그녀는 상무당에서 함께 공부했던 남자를 바라보며 한가롭게 휘파람을 불었다. 제갈 대도독이 무슨 생각을 하고 있는지, 사실 세상사람 모두 다 알거든!

"헛되이 다녀온 것이 아니네. 다녀온 보람이 있어."

사흘 후, 초교는 마침내 혈규하 하류의 연북 군영에 도착했다. 양식과 건초를 풀어 내리고 나니 날은 이미 어두워져 있었다. 초교는 남아서 식사를 하고, 동료들과 한담을 주고받은 후 자신의 막사로 돌아갔다.

1년 동안 보지 못하는 새에 평안은 다시 한 뼘이나 자라 있었다. 이제 엄연한 젊은이였다. 그는 즐거운 표정으로 그녀에게 물을 끓여 주고, 수다스럽게 이런저런 이야기를 늘어놓았다.

연순은 군중에 없었다. 지금 혈규하 근처에 중요한 관을 하나 만드는 중인데, 용음관이라는 이름이었다. 바로 응명관과 같은 강을 사이에 두고 바라보는 곳으로, 연북 대군이 전부 그 관으로 모여 있다고 했다. 군부의 대본영이 용음관으로 옮겼기 때문에 연순은 평소 이곳에 있는 일이 적다고 했다.

설원 위에서 며칠을 보냈기 때문에 오랫동안 편안하게 목욕도 하지 못했다. 욕조 안에 누우니 편안한 나머지 잠이 쏟아졌다. 그러나 처리해야 할 공문이 있었기 때문에, 초교는 마치 전투를 앞둔 군인처럼 재빨리 씻고 나와 피로한 몸을 이끌고 등불 아래에서 세세하게 공문을 살피기 시작했다.

밤은 점점 깊어 갔다. 공기에는 군대 특유의 냄새가 풍기고 있었다. 등불이 초교의 수척해진 얼굴을 비춰 장막에 투사했다. 밖에서 바라보면 아름다운 그림자가 보였다.

초교는 이미 1년 동안이나 연순을 만나지 않았다. 이 1년 동안, 정상적인 공문 왕래를 제외하면 그들은 어떤 교차점도 없었다. 때때로 서신이 왔지만, 역시 공식적인 문투를 사용한 서신이었다.

얼마 전, 한 늙은 여인이 갑자기 회회산으로 와서 초교를 찾더니, 연순이 그녀에게 보내는 물건들을 하나하나 늘어놓았다. 그리고 갑자기 온갖 좋은 말로 초교를 칭찬하기 시작했다. 그 여인과 반나절을 이야기한 후에야 초교는 겨우 깨달을 수 있었다. 그 여인은 연순이 보낸 매파였다.

매파라니, 얼마나 우스운 일인가. 거의 평생을 함께 생활해 온 두 사람 사이에 다른 이가 끼어들어 세 치 혀를 놀리지 않으면 안 되다니. 그들의 관계는 이렇게 매파를 필요로 하는 지경까지 이르러 버렸다.

그 늙은 여인은 말로야 중매를 서러 왔다고 했지만 실제로는 그녀에게 통지하러 온 것이었다. 여인은 초교의 방을 온갖 예물로 채우고, 그것으로도 모자라 회랑을 따라 정원에까지 늘어놓았다. 모두 보기 드문 보물들이었다. 어린아이 주먹만 한 진주며, 한 사람 키 높이의 산호, 입김만 불어도 날아갈 듯 얇은 비단옷, 비취와 옥으로 조각해 만든 신발, 명랑산에서 나온다는 계혈석을 꿰어 만든 목걸이, 남쪽에서 들여온 화려한 도자기, 그리고 서역에서 들여온 진기한 보물이며 보기 드문 가죽과 모피 등이 있었다. 이 세상에서 화려하고 아름다운 것들이 모두 눈앞에 모여 있는 것 같았다. 어찌나 휘황찬란한지 보는 이가 눈이 부셔 눈을 감을 지경이었다.

그리고 연순은 낙일산에, 후에 그녀의 거처가 될 납달궁이라는 궁전을 하나 짓고 있다고 했다. 이때에야 초교는 알게 되었는데, '납달'이라는 두 글자는 연북 사투리로 '열애'라는 의미였다.

세상 사람들이 상상할 수 있는 모든 화려한 것을 눈앞에 두고 있으니 아마 그녀는 감동해야 했을 것이다. 눈에 눈물을 담고 연순의 은혜에 감사해야 마땅했을 것이다. 그러나 그녀의 마음속에는 어떤 기쁨도 없었다. 그녀는 대나무를 엮어 만든 의자에 앉아 그저 그것들을 바라보기만 했다. 손가락 끝까지 창백하니, 얼음처럼 차가웠다. 1년 전이었다면 그녀는 아마 기뻐서 팔짝팔짝 뛰었을 것이다. 그러나 지금은, 이 모든 것이 연순이 스스로가 변한 것에 대한 보상으로 보낸 것으로밖에 느껴지지 않았다.

연순은 점차 변했다. 너무 많이 변한 나머지, 그녀로서는 이제 그를 알아볼 수 없었다. 그녀는 스스로 했던 모든 행동에 과연 어떤 의미가 있는지 의심하고 있었다. 연순이 전쟁에서 이긴다 해도, 연씨가 조씨를 대신하고 한 왕조가 다른 왕조를 대신하는 것에 불과했다. 그녀가 과거에 꿈꾸었던 것은 모두 다른 궤도로 가는 것이었건만.

그리고 그녀는 수치도 모르고 그 선량한 백성들을 속였다. 그들에게 나라를 건설하라고, 전쟁터에 나가라고, 용맹하게 적을 죽이라고 용기를 북돋아 주었다. 그들이 목숨을 내던지고 뜨거운 피를 쏟았던 것은, 자신의 자손들에게 새로운 시대를 열어 주기 위함이었다. 그러나 그것은 아마도 헛된 희생에 불과했을 것이다. 순박한 백성들은 그들과는 전혀 관계 없는 전쟁터로 끌려가 싸우고 있었다. 그리고 그들은, 내막조차 알지 못했다.

초교는 자신이 정말 나쁜 사람이라고 생각했다. 그야말로 철두철미한 사기꾼이었다.

그녀는 조용히 탁자에 머리를 묻었다. 피곤했다. 촛불은 희미하게 흔들리고, 때때로 불티가 튀었다. 모든 것은 평화로웠고, 그녀는 자신도 모르는 사이에 잠이 들고 말았다.

연순은 초교의 장막 밖에 이미 오래도록 서 있었다. 그녀가 하루 전에 도착했다는 이야기를 듣고 그는 겨우 스물 남짓한 시위들을 이끌고 밤새 말을 달려 대본영으로 돌아왔다. 현재의 형세를 생각하면 이성적이지 못한 행동이었다. 지금 그의 목숨을 원하는 자는 정말이지 너무도 많았다. 대하와 견융뿐 아니라 심지어 연북에서도, 표면적으로는 그에게 충성을 바치는 듯한 신하들 중에도 그의 목숨을 노리는 자들이 있었다.

그러나 아초의 얼굴을 보고 싶은 마음이 너무도 간절했다. 그는 결국 모든 이성을 잃어버리고 미친 듯이 달려오고 말았다. 그러나 그녀의 막사 앞에 도착했을 때, 그는 차마 그 안으로 들어갈 수가 없었다.

천하를 위협하는 연북의 왕이, 연북이 위험한 상황에서도 인마를 이끌고 대하의 내륙으로 쳐들어갔던 연순이, 지금 작은 막사 앞에서 두려워하고 있었다. 연순에게는 그녀에게 가까이 가는 것조차도 사치스러운 갈망으로 느껴졌다.

매파는 아초가 혼사 이야기를 듣고 기쁨이 극에 달해 눈물을 흘리고, 땅에 엎드려 은혜에 감사하였다고 이야기했다. 그러나 그것은 매파가 그를 즐겁게 하기 위해 내뱉은 말에 지나지 않는다는 것을 알고 있었다. 아초와 같은 사람이, 어떻게 사람들 앞에서 기뻐하며 눈물을 흘렸겠는가? 어찌 땅에 엎드려 감사하겠는가? 그들은 오랜 세월을 함께해 왔고, 그는 그녀가 혼사에 관한 이야기를 들었을 때 어떤 표정을 지었을지 충분히 상상할 수 있었다.

그녀는 분명히 냉담한 얼굴로 그곳에 앉아 있었겠지. 매파가 쉴 새 없이 이야기하는 동안 조용히, 한 마디 말도 하지 않았을 것이다. 그녀의 눈빛은 빠르게 흔들리고, 그래, 마치 매파의 말을 듣는 둥 마는 둥하고 있었겠지. 그리고 매파의 말이 끝나면 그저 가볍게 고개를 끄덕이며 '알겠다'고 한마디만 던졌을 것이다.

그래, 그랬겠지.

연순의 머릿속에 그 광경이 그려졌다. 그녀 곁에는 아직 펼쳐진 서책이며 문서들이 있었을 것이다. 탁자 위에는 차갑게 식은 차가 있고, 그녀는 평소에 입는 무명옷을 걸친 채 의자에 앉아 있었겠지. 긴 머리카락은 양옆으로 늘어뜨리고, 마치 모든 것이 그녀와 아무 관계가 없는 것처럼, 무관심하게!

그게 그들의 혼사라고 해도. 그들이 진황에 있던 시절 셀 수 없이 꿈꾸었던 그들의 혼사라 해도.

연순은 어디서부터 잘못된 것인지 알 수 없었다. 아니, 그는 알고 있을 것이다. 그러나 그는 직시하고 싶지 않았다. 연순은 스스로가 여전히 아초를 믿고 있다고 생각했다. 이 세상 모두가 그를 배신하더라도, 아초만은 그럴 수 없을 것이다. 그리고 바로 그러했기 때문에, 그는 더더욱 그녀를 군대에 남겨 두고 싶지 않았다. 그녀가 서남진부사와 친밀하게 접촉하게 하고 싶지 않았다.

이 세상은 항상 변하기 마련이다. 비록 한 사람이 변할 생각이 없다 해도 다른 이들이 변하고, 다른 일들이 변하면 그 다른 세상이 결국 그 사람을 변하지 않을 수 없는 길로 내몰게 되는 것이다. 연순은 두려웠다. 어느 날, 그와 그녀가 대립하는 입장에 서게 되지나 않을까? 그때 그들의 뒤에 각각을 지지하는 세력이 있다면 그들은 서로 물러설 수 없는 상황에 처하게 될 것이다.

아초는 걸출한 군사의 귀재였지만 훌륭한 정치가는 아니었다. 정치에는 얼마간 어둠이 있기 마련이다. 아초는 영원히 그 어둠을 이해하지 못할 것이다. 그가 원하는 바를 달성하기 위해서는, 또 얼마나 많은 피의 강을 건너야 할까? 얼마나 많은 이의 머리로 높은 산을 쌓아야 할까?

그는 지금까지 해 온 모든 일을 결코 후회하지 않았다. 이 모든 것은 그가 원한 것이었고, 결코 누군가의 강요로 이루어진 일이 아니었다. 아무도 그에게 그리하라 하지 않았고, 그는 심지어 그 안에서 기쁨도 느끼고 있었다. 그는 이 모략과 살육의 과정을 진심으로 누리고 있었다. 오래도록 마음 깊은 곳에 쌓아 두었던 원한과 복수심은 마치 벌레처럼 매일 그를 좀먹고 있었다. 과거의 굴욕은 그에게 있어 일생 잊을 수 없는 악몽이었다. 그러므로 그는 그가 이 모든 일을 해치울 때 그녀가 곁에 있지 않기만을 바라고 있었다. 그녀가 그 검은 눈동자로 그를 노려보고, 또 점차 희망을 거두고, 절망하도록 하고 싶지 않았다.

그녀가 지금은 화를 내더라도, 시간이 모든 것을 평온하게 해 줄 것이다. 그는 남은 평생의 시간을 통해 그녀에게 보상하고 이해를 구할 것이다.

연순은 확신에 가득 차 웃었다. 그가 천하를 얻게 되는 그날, 그녀는 그가 오늘 했던 모든 일들을 이해해 줄 것이다.

막사 안의 등불이 수척한 그림자를 비추고 있었다. 그 얼굴의 윤곽이 너무나 뚜렷해서 그는 심지어 어디가 코인지, 어디가 눈인지, 또 어디가 손인지도 구분할 수 있었다.

달빛이 연순의 몸을 비추고 있었다. 검은 외투는 유난히도 무거웠고, 그의 모습은 외로워 보였다. 그의 등 뒤에는 황폐한 설원이 펼쳐져 있고, 멀리 전사들이 부르는 연북의 노래가 들려왔다. 그 곡조는 은근하고도 감미롭게 하늘 위로 퍼져 나가고 있었다.

연순이 천천히 손을 내밀었다. 달빛이 비추는 가운데 희미한 그림자가 장막에 비쳤다. 그는 손을 높이 들어 가까이로, 점점 더 가까이로 다가갔다. 마침내 그의 손이 만들어 내는 그림자가 장막에 비친, 장막 안 등불이 비춰서 만들어 낸 아초의 코를, 볼을, 그림자를 어루만지고 있었다. 마치 연인의 손처럼.

그는 그녀의 손을 그렇게라도 잡고 싶었다. 그러나 그의 손이 만들어 내는 그림자가 초교의 손 그림자에 닿으려 했을 때, 검은 구름이 갑자기 몰려와 달을 가려 버렸고, 세상은 온통 어둠에 묻혀 버리고 말았다. 연순은 난처한 듯 손을 뻗은 채 그 자리에 서 있었다. 땅 위에 쌓인 눈은 바람에 말려 그의 외투까지 흩날려 왔다. 그는 그렇게 그 자리에서 멈춰 서 버리고 말았다.

군영에서 사흘을 기다렸지만 연순을 만날 수는 없었다. 나흘째 되던 날, 마침내 그가 관에서 내려왔다.

연순이 도착했을 때 초교는 짐을 꾸리고 있었다. 연순은 병사를 시켜 통보하지 않고 갑작스럽게 안으로 들어왔다. 그의 등 뒤에서 눈을 찌르는 듯한 빛이 들어왔고, 초교는 역광 때문에 순간 눈앞이 흐려졌다.

연순은 황금빛 용을 수놓은 검은 장포를 걸치고 있었다. 그의 눈은 깊은 연못처럼 조용하게 그녀를 바라보며, 오래도록 아무 말도 하지 않았다.

빛이 너무 밝았다. 희미한 먼지가 떠돌아다니는 것까지 보일 정도였다. 초교는 연순을 보며 오래전 앵가원에 있던 시절과 비슷하다는 생각을 했다. 연공을 마친 후 돌아온 소년은 땀을 가득 흘리며, 그녀가 발견할 때까지 항상 소리 없이 뒤에 서 있는 것을 좋아했다. 그때의 그들은 그렇게 외로웠고, 곁에는 서로밖에 없었다. 그러나 지금은 수많은 사람에게 둘러싸여 있었고, 서로에게 멀어져 가고 있었다. 지금은 그때와 같지 않았다.

초교는 무릎을 굽혀 예를 행했다. 그러나 그 '황상'이라는 단어는 어떻게 해도 입 밖으로 나오지 않았다.

연순이 앞으로 다가와 그녀의 손을 잡았다. 초교는 피하지 않았지만 고개를 들지도 않았다.

연순은 두 팔로 그녀를 천천히 끌어안았다. 초교의 이마가 그의 가슴에 닿았고, 힘찬 심장 박동 소리가 들려왔다. 초교는 북삭성에서 울리던 북소리를 생각했다. 핏빛 태양이 대지를 황금빛으로 비추고, 막사의 휘장들은 바람에 펄럭였지.

초교는 눈을 감았다. 한여름의 푸른 목초지가 보이는 것 같기도 했다. 그녀의 마음은 그렇게 이미 멀리 떠다니고 있었다. 아주 멀리로, 이곳을 제외한 어디로든.

"아초, 가려는 거야?"

연순이 나지막하게 물었으나 초교는 오래도록 대답하지 않았다. 연순이 손을 풀었다. 초교의 눈은 초점 없이 어딘가를 떠돌고 있었다. 그녀의 눈은 도저히 그 안을 알 수 없는 깊은 연못 같았다.

"아초?"

초교는 고개를 들고 고개를 끄덕였다.

"응, 내일 갈 거야."

"곧 설이잖아. 남아 있어."

"그럴 수 없어. 돌아가 해야 할 일들이 있으니까."

연순이 고집스럽게 말했다.

"일은 다른 사람들에게 맡겨. 너와 설을 보내고 싶어."

"견융인들이 미림관을 치려고 하고 있어. 안심할 수 없어."

"견융인들도 설은 쇨 거야."

연순이 그녀를 바라보며, 마치 그들 사이에 아무 일도 없었던 것처럼 고집스럽게 말했다.

"뭐든지 네가 직접 할 필요 없어. 내가 다른 사람을 시킬게."

초교는 말없이 고개를 숙이고, 빛과 그림자가 만들어 내는 바닥의 얼룩덜룩한 무늬를 바라보고 있었다. 연순은 갑자기 기분이 좋아져서 웃으면서, 그녀를 데리고 서령성에 가서 설을 보내겠다고 이야기했다. 그곳은 그가 새로 건설한 도시였다.

"그곳이 얼마나 번화한지 알아? 그곳에 사람들은 또 얼마나 시끌벅적한지?"

그는 이미 그곳에 편한 저택도 준비해 두었고, 그녀를 위해 직접 방도 꾸며 두었다고 했다. 그는 그곳에서만 먹을 수 있는 간식을 강조해서 이야기했다.

"그건 바로 내가 어린 시절 먹던 것이라고. 나는 연북을 수복한 후 그 먹을거리를 만들었던 이를 찾아 전국을 뒤졌지. 그런데 말이야, 그는 전란 중에 이미 죽었더라고. 다행히도 그의 아들이 아직 살아서 제 아비의 기술을 잇고 있지 뭐야. 그 아들이 지금 서령성의 별원에 있거든."

그는 그렇게 많은 말을 했다. 심지어 자질구레하게 느껴지는 이야기들을.

초교는 한참 동안 듣고 있다가, 갑자기 고개를 들고 조용히 말했다.

"연순, 나는 여기 있고 싶지 않아."

연순은 갑자기 멈칫했다. 혀도 제대로 돌아가지 않는 듯, 끊임없이 쏟아 내던 이야기도 모두 멈춰 버렸다. 그는 한참 동안 초교를 바라본 후 겨우 천천히 물었다.

"아직도 나를 원망하고 있어?"

초교는 고개를 저으며 아무 파란도 없는 눈빛으로 이야기 했다.

"나는 그저 이곳에 있고 싶지 않을 뿐이야. 나는 이곳에서 당신과 태평함을 가장하고, 아무 일도 벌어지지 않았던 것처럼 있을 수는 없어. 언제라도 당신이 깨닫고 나면, 그리고 전부 내려놓고 더 이상 나를 경계하거나 의심하지 않게 되면, 내가 다시 올게."

연순의 표정이 냉담하게 변했다. 그는 초교를 물끄러미 바라보더니 몸을 돌려 나갔다. 그 보폭이 어찌나 큰지 눈 깜짝할 사이에 그의 그림자조차 보이지 않게 되었다.

초교는 침상 위에 주저앉았다. 갑자기 너무 피곤했다. 이런 냉전은 그녀에게 아무 의미도 없는 것 같았다. 그러나 지금 이 순간, 그녀는 자신에게 다른 출로를 찾아줄 수가 없었다. 견융인들은 여전히 관외에서 도전해 오고, 설이 지나면 곧 얼음이 녹고 강물이 불어날 것이다. 그녀는 미리 조심할 생각이었다. 그리고 초봄에 무역 교환도 예정되어 있으니 해야 할 일이 아주 많았다. 아니, 사실은 그녀에게 할 일이 있어 다행이기도 했다.

초교는 어쩔 수 없다는 듯 쓴웃음을 지으며 짐을 계속 정리했다. 이 군영은 정말이지 너무도 답답하게 그녀를 억누르고 있었다. 그녀는 단 한 순간도 더 이곳에 머무르고 싶지 않았다.

연순은 중군 대막사 안에 앉아 있었다. 대장들은 양측으로 나뉘어 앉아 있었고, 막사 내의 분위기는 조금 답답했다. 장수들은 모두 고개를 숙이고 있었고, 설을 맞이하는 즐거운 기색은 전혀 보이지 않았다.

"전투를 시작한다면, 우리 제2군은 10만에서 15만의 대하군을 당해 낼 수 있습니다. 운이 좋다면, 대하 병력의 반수가 이틀 연속 공격해 와도 막아 낼 수 있을 것입니다. 그러나 그 전제는 상대 지휘관이 제갈월이 아니어야 한다는 것입니다. 그는 지난번 곽서곡에서 우리 병사 2천 이상을 섬멸했습니다. 병사들은 지금 그를 깊이 두려워합니다. 저는 사기가 저하되면 전투에 영향을 끼칠 수 있으리라 생각합니다."

한 대장이 분석했다.

다른 이가 앞으로 나서서 말했다.

"정탐한 바에 의하면, 제갈월은 현재 군대 내에 없다고 합니다. 아무래도 진황성으로 돌아간 것 같답니다. 대하 황제의 병이 위급하다는데, 그는 조철의 동맹이니 당연히 조철이 제위에 오르도록 지지하겠지요. 하지만 또한 전언에 의하면 대하 황제는 이미 황위 계승인을 내정했는데, 조철은 아니라고 합니다."

"곧 설이니, 대하군의 마음도 불안정할 것입니다. 제갈월도 없다니, 우리가 만약 이 기회를 타서 응명관을 친다면 가능성이 없는 것도 아닙니다. 폐하, 이것이 우리 참모부가 만든 작전 계획도입니다."

연순은 차가운 눈길로 그 작전 계획도를 훑어보았다. 그 위에는 울긋불긋한 표식이 그려져 있었다. 무슨 기병이 선발대로 가고, 방패병이 배후에 있고, 그런 자질구레한 표식투성이지만, 결국은 정면에서 공격하면 측면에서 돕고 하는 식의 전술이었다. 그는 미간을 찌푸리며 그 서른 남짓한 나이의 장수에게 차갑게 말했다.

"너희 참모부에서 열흘이 넘게 밤을 새워 가며 만든 작전 계획이 바로 이것이냐?"

당황한 장수가 이마에서 식은땀을 흘리며 얼버무렸다.

"저희는 두 군대의 강약을 비교하고 연구하느라……."

"됐다."

연순이 거칠게 그의 말을 자르고 계속 물었다.

"좀 더 실질적인 내용을 보고할 자는 없나?"

연순의 심기가 이리 안 좋은 것이 뻔히 보이는데, 대체 누가 눈치 없이 계속 이야기하겠는가? 얼마 지나지 않아 사람들은 하나하나 물러 나갔고 연순 혼자만이 남았다. 그의 안색은 아주 좋지 않았다.

그러나 얼마 지나지 않아, 한 사람이 갑자기 안으로 들어와 쿵 소리가 나도록 바닥에 무릎을 꿇고, 나지막한 목소리로 말했다.

"다행히도 명을 욕되게 하지 않고, 속하가 아주 중요한 정보를 폐하께 가져왔습니다."

눈을 찌를 듯한 오후의 빛이 그의 옷에 그려진 붉은 구름을 비추고 있었다. 그 붉은 구름은 과거 서남진부사의 군기에 그려져 있던 표지로, 지금은 수려군의 표식이었다.

그날, 연순은 저녁도 먹지 않고 밤을 새워 자신의 심복들을 소집했다. 그리고 5천 금위군을 이끌고 대본영을 떠났다. 심지어 초교에게 인사조차 하러 오지 않았다.

그들이 영문을 나서는 순간 서탁 위에 놓여 있던 잔홍검이 갑자기 울기 시작했다. 초교는 의심스러운 눈빛으로 고개를 돌렸다. 그러나 보이는 것은 그저 향로 안에서 피어오르는 푸른 연기뿐이었다.

어쩐지 초교의 심장이 굉장히 빠르게 뛰고 있었다. 그녀는 찻잔을 들어 차를 한 모금 마셨다. 차게 식은 차가 목을 타고 내려가는 순간 마음 깊은 곳에서 도저히 억누를 수 없는, 이유 없는 공포심이 올라왔다.

무엇 때문일까? 그녀는 슬며시 미간을 찌푸렸다. 막사 밖으로는 대설이 분분히 날리고, 온 천지가 쓸쓸하게 변해 가고 있었다.

제18장 전투가 다가오는데

연순은 대평에 도착할 무렵 소식을 받았다. 전투가 끝나 제갈월 일행은 이미 떠났다고 했다. 남은 것은 시신들, 도검들뿐이었다. 수년 동안 연순이 공들여 키워 온 암살단은 전멸당해, 5백 명 중 단 한 명도 살아 돌아오지 못했다. 땅에 널린 시신을 보며 연순은 태양혈이 불룩해지는 것을 느꼈다.

"폐하."

정원이 몸을 구부린 채 공손하게 말했다.

"속하가 돌아가 병사들을 소집해 오면 어떨까 합니다. 우리 영역에 들어온 제갈월을 살아서 돌아가게 할 수는 없지 않겠습니까?"

연순의 눈빛이 깊이 가라앉았다. 그는 눈도 감지 못한 시신들을 바라보기만 할 뿐 아무 대답도 하지 않았다.

정원이 다시 조급하게 물었다.

"폐하?"

"바로 소집해 오도록."

연순이 승낙하자 정원은 기쁜 마음에 고개를 연신 끄덕였다.

"폐하, 얼마나 소집하면 되겠습니까?"

"철응군 전체를 데려오도록."

"예?"

꿍꿍이가 깊은 정원조차 이 말을 듣자 깜짝 놀라 자신도 모르게 반문했다.

"폐하, 철응군은 모집과 재편성을 막 끝냈기 때문에 10만이 넘습니다. 제갈월의 무리는 3백도 채 되지 않는데, 그, 그렇게 많이 소집할 필요가 있겠습니까?"

연순은 차갑게 코웃음을 치며 아득한 설원 저편, 보이지 않는 적을 응시하듯 음울한 눈을 가늘게 떴다.

"그를 죽이면 조철의 머리 절반을 베는 것이나 마찬가지다. 대하의 팔 하나를 베는 거지. 대하군 20만을 죽이는 것보다 효과가 크다. 병사들에게 일러라. 제갈월을 발견하면 그 자리에서 죽이라고. 누구든 그의 머리를 베는 자는 장군으로 삼을 것이다."

"예!"

정원이 힘차게 대답하고 자리를 떠났다.

말발굽이 설원을 밟으며 새하얀 눈을 파도처럼 말아 올렸다. 연순은 조용히 서 있다가 한참 후 작은 소리를 냈다.

"제갈월, 네게 날개가 있다 해도 이번에는 도망칠 수 없을 것이다."

이날, 연북 동쪽 전선에는 대규모 병사 이동이 있었다. 정원은 새로 재편한 철옹군을 야전 훈련을 핑계로 이끌고 나가 실제로는 연북 내륙으로 향했다. 연북군을 감시하던 대하 관원들은 기괴하게 여기며 이를 군기처에 보고했다.

군기처 문관들은 반나절 동안 분석한 끝에, 연북에 대규모 눈사태가 일어났을 가능성이 높다는 결론을 내렸다. 백성들 중 사상자가 많아 부득이하게 군대를 이동시켜 재난을 진압하려는 것이리라. 그들은 이 결론을 내린 후 열정적으로 박수를 쳤다. 연순에게 재수 없는 일이 생기고, 동쪽 전선에 대군의 위협이 줄어들었다는 안도감에서 나온 박수였다.

이 즐거운 소식은 적시에 대하 북벌군 중군 대영으로 보내졌다. 그러나 조철의 군무관은 생각이 달랐다. 철옹군이 없다 해도, 북벌군은 연북 제1군과 제2군 연합군에 대항할 능력이 없었다. 대하의 작전 계획은 이미 정해져 있었는데, 바로 내년 봄까지 북방과 변당 국경에서의 전투가 끝나기를 기다리는 것이었다. 그러므로 군무관은 이 '중요하지 않은' 소식을 굳이 조철에게 전하지 않기로 했다. 황자는 안 그래도 근심거리가 많으니까.

역사는 이처럼 아무 상관 없는 사람의, 아무 상관 없는 생각 때문에 바뀌는 경우가 종종 있다. 제갈월의 소재를 알고 있는 유일한 사람인 조철은 이 중요한 정보를 놓칠 수밖에 없었고, 적시에 병사들을 증원하여 제갈월을 엄호할 기회도 사라져 버렸다.

그러나 그렇다고 해서 연순의 계획이 순조롭게 풀렸던 것만은 아니었다. 상황 보고가 올라올 때마다 자리에 앉아 있는 장수들은 눈을 붉혀야만 했다.

철응군 경기군 제1대대 제3중대 5백 명이 몰살당해 단 한 사람도 생환하지 못했다.

경기군 제4중대 5백 명도 기습을 받아 난전 중에, 모두 가루를 치는 체가 된 것처럼 화살을 잔뜩 맞고 사망하였다.

경기군 제17척후대는 흔적도 없이 실종되었다. 참모부는 분석 끝에 7백 명 모두 눈보라 속에서 길을 잃었다는 결론을 내렸다.

척후 소분대 여섯이 잇따라 실종되었다. 분대는 각각 스무 명으로 구성되어 있었는데, 그중 누구도 신호를 보내거나 돌아오지도 않았다.

궁수대는 송로령으로 들어갔다. 그들이 왜 송로령으로 들어갔는지 아는 사람은 아무도 없었다. 또 무엇 때문에 다시 나오지 않는지 아는 사람도 없었다. 그들을 찾아 나선 보병대 둘도 역시 같은 방식으로 실종되었기 때문이다.

붕괴, 패전, 전멸, 실종…… 전투 보고가 하나하나 돌아올 때마다 연순의 안색은 점점 더 나빠졌다. 장수들도 긴장하고 있었다. 한 노장군이 전전긍긍하다가 말했다.

"그렇다면, 병력을 한곳으로 모으는 것은 어떻습니까? 이대로 병사들을 나누어 공격하는 것은 너무 위험한 것 같습니다."

"웃기는 소리!"

아정도 이들 사이에 있었는데, 그의 지위는 정원보다 한참 낮아 멀리 말석에 앉아 있었다. 아정이 차가운 소리로 말했다.

"상대는 채 3백도 되지 않는데, 우리는 10만 대군입니다. 이렇게 현격하게 차이가 나는데, 병사들을 합쳐야 한다고요?"

늙은 장군이 변명하듯 말했다.

"하지만 상대의 전투력이 강하고, 사람마다 일당백이라⋯⋯."

"저도 병사들을 합치는 데는 찬성하지 않습니다."

정원이 말했다.

"내륙은 땅이 넓습니다. 또한 눈보라 치는 날씨니, 3백 명이 어딘가로 달아나면 우리로서는 손쓸 방도가 없습니다. 10만 대군을 한곳에 모이게 한다면, 상대 입장에서는 우리를 피하는 것만 쉬워질 뿐입니다. 폐하, 속하는 그들을 포위하는 작전을 건의합니다. 그들이 빠져나갈 수 있는 길을 모두 막아 버리면, 그들이 나타나지 않더라도 두려울 것이 없습니다."

"정 대장군은 조구의 일전을 잊으신 모양이군요? 당시에도 장군은 그런 이야기를 했었지요."

아정이 차가운 눈길로 정원을 바라보며 조소했다.

"길마다 장애물을 설치하여 막는답시고 전군을 출동시키면서, 산의 오솔길까지 놓치지 않겠다고 하셨잖습니까? 장군께서는 자신만만하게 쥐새끼 하나 도망치지 못할 것이라고 해 놓고, 한 달 후 제갈월은 응명관에서 밥만 잘 먹고 잠만 잘 자고 있지 않았습니까? 우리 군만 개처럼 힘만 뺐고 말입니다."

순간 정원의 얼굴이 가라앉았다. 그러나 그는 한 마디 말도 없이 그저 고개를 돌려 연순을 바라보았다.

조구의 일전은 연순에게는 금기나 마찬가지였다. 조구의 패배는 정원에게 책임이 있지만, 당시 기습을 받은 영지를 통솔하던 주장은 연순이었다. 결국 연순도 책임을 피할 수는 없었다. 그러나 연순은 안색 하나 변하지 않고 아무것도 듣지 못한 듯 앉아 있었다. 그의 눈빛은 차가웠지만, 놀라는 빛이나 어떤 파란도 보이지 않았다.

무거운 철갑을 입은 아정이 제 앞의 탁자를 밀어 버리고 몸을 일으켜 연순 앞으로 두어 걸음 나와 나지막하게 말했다.

"폐하, 제갈월의 병사는 3백입니다. 그들이 우리 3천 병사를 다치게 하며 아무 부상 없이 빠져나갔다는 것은 불가능한 일입니다. 그러나 우리는 대하병 시신을 단 하나도 보지 못했습니다. 제갈월이 부상자들을 모두 데리고 가고 있다는 의미입니다. 적은 숫자에 부상자들까지 이끌고 있으니 전투력은 크게 떨어진 상태일 것입니다. 속하가 1천 명을 이끌고 그들을 추격하게 해 주십시오. 반드시 임무를 완수하겠습니다."

연순의 눈빛 속에 어두운 파도가 일렁이고 있었다. 그는 조용히 아정의 얼굴을 바라보았다. 막사 밖에서는 거센 바람이 들판 위의 눈꽃을 마구 말아 올리는 소리가 들렸다. 그러나 그 한기도 연순의 눈처럼 차가울 수는 없었다. 그는 마치 계략을 세우는 늑대들의 왕처럼 마음속으로 세세하게 저울질하는 중이었다.

아정? 그의 능력은 상당히 뛰어난 편이다. 연순은 아정의 모난 부분을 갈아내기 위해 일부러 그를 억누르고 있었다. 그러니 지금 아정이 전투에 나가겠다고 청하는 것은 단지 스스로를 증명하고 싶은 생각에서일 것이다. 그러나 역시 연순 입장에서는 경계하지 않을 수 없었다.

아정은 아초와 친하지 않은가. 만약 아초가 이 일을 알게 된다면 어떤 변수가 생길 것인가?

막사 안은 고요했다. 모두 연순의 지시를 기다리고 있었다. 모래시계 안에서는 가느다란 모래가 천천히 흘러내리고 있었다. 그때 갑자기 말들이 우는 소리가 들렸다. 아정이 몇 걸음 나가 보니 2백이 넘는 기병이 나는 듯이 달려오고 있었다. 맨 앞에 있는 장수는 온몸에 선혈을 묻힌 채 큰 소리로 외쳤다.

"적장을 사로잡았습니다!"

순식간에 막사 전체가 격동했다. 연순은 미간을 찌푸렸다. 그의 눈은 마치 얼어붙은 호수처럼, 보이지 않는 어둠 속에서 파도가 일어나 흐르는 것 같았다.

대설이 하늘을 가득 채우며 춤을 추고 있었다. 경기군 제1대 5백 명이 동시에 출정하였는데, 돌아온 이는 3백이 되지 않았다. 전황이 얼마나 참혹했는지는 그들 모습만 봐도 알 수 있었다. 제1대대의 대대장 육하는 온몸이 피범벅이었고, 어깨에는 화살도 박혀 있었다. 그는 말에서 뛰어내려 한쪽 무릎을 꿇고 연순에게 말했다.

"보고드립니다. 신이 다행히도 명을 욕되게 하지 않아, 대하의 서북병마원수 제갈월을 생포하였습니다."

이 말을 듣자 모두 환호성을 올렸다. 1년 동안 연북군은 제갈월 때문에 응명관에서 상당히 고생했다. 제갈월의 용병술은 귀신같았고, 종종 상식에 맞지 않는 패를 꺼내 들곤 했다. 게다가 대담했다. 휘하에는 맹장이 구름같이 모여 있었고, 병사들은 목숨을 걸고 충성했다. 제갈월과 전투를 벌이면 연북군은 열 번 중 아홉 번은 패배했다. 게다가 제갈월은 대하의 문벌 귀족들이 연북을 대하는 태도를 보여 주는 대표적 인물이었다. 여러 가지로 얽힌 인물이니, 일단 제갈월만 없애면 전황은 크게 변할 것이다.

연순은 어떤 표정도 드러내지 않았다. 그는 육하에게 명했다.

"끌고 와라."

"데려와라!"

육하가 고개를 돌리고 분부했다. 누군가가 밧줄로 묶은 남자를 끌고 나왔다. 남자가 몸에 걸친 검은 담비털 외투는 화려해 보였지만, 몸 여러 곳에 상처가 있었다. 오른쪽 다리에도 화살이 대여섯 대 박혀 있어, 제대로 서 있을 수도 없는 지경 같았다.

남자는 연순을 보자 천천히 고개를 들더니, 냉담한 눈빛으로 미소 지었다. 그리고 무시하듯 눈썹 끝을 들어 올리며 말했다.

"연 세자 저하, 오랜만입니다."

연순의 눈가가 순간 팽팽하게 긴장했다. 그가 우울한 목소리로 천천히 말했다.

"월칠?"

"세자 저하의 기억력이 아주 뛰어나시군요. 과연 우리 가문 도련님께 그런 비굴하고 음험한 수를 여러 번이나 쓰신 분답습니다. 본래 이렇게 머리가 좋은 분이셨으니."

월칠이 헤헤 웃었다. 칼에 베인 상처로 인해 얼굴 피부가 다 해지고 피가 흐르고 있어 예전의 잘생기고 호방한 모습은 찾아볼 수 없었고, 웃는 얼굴은 마치 귀신이나 도깨비처럼 보였다.

연순은 아무렇지 않은 듯 차갑게 말했다.

"제갈월은 어디에 있나?"

월칠이 큰 소리로 웃었다. 마치 세상에서 제일 우스운 농담이라도 들었다는 듯한 태도였다.

"세자 저하께서 혹시 미치기라도 하신 것인지? 그런 우둔한 질문을 하시다니 말입니다."

"끌어내 베어라."

연순이 차갑게 몸을 돌리며 나지막하게 분부했다. 금위군이 월칠을 제압했다. 월칠은 아무렇지 않은 듯 웃으며, 경쾌한 목소리로 외쳤다.

"연순, 너는 군인이 아니다. 너는 음모나 꾸미는 소인배에 지나지 않아. 너는 결코 우리 가문 도련님의 적수가 되지 못한다. 내가 먼저 황천에 가서 너를 기다리도록 하지."

"그래?"

연순의 목소리는 차가웠다. 마치 난리 속에 울리는 북소리 같기도 했다. 그는 천천히 고개를 돌려 칼과 같은 눈매로 월칠을 바라보며 말했다.

"그렇다면 제갈월과 함께 가게 해 주마. 조금만 기다려라."

연순은 차가운 얼굴로 눈보라 속에 서 있었다.

"폐하."

육하가 긴장하며 말했다.

"속하가 죄를 지었습니다. 너무 방심한 나머지 그만 속고 말았습니다. 그러나 속하는 이미 제갈월, 그 개자식이 도망친 방향을 알고 있습니다. 속하가 바로 추격하겠습니다."

연순이 그에게 눈길을 던지다가, 허리춤에 달린 패검에 시선이 멎었다.

"내놓아라."

육하는 더욱 깜짝 놀라 허리의 보검을 풀어 연순에게 바치며 식은땀을 흘렸다.

"저놈의 패검입니다. 속하는…… 속하는 폐하께 드리려던 참이었습니다."

검신은 4척이었고, 전체적으로 검푸른 빛이었다. 검신에는 희미하게 붉은 무늬가 있었는데, 마치 핏자국처럼 보였다. 이것은 바로 제갈월이 들고 다녔던 패검, 파월이었다. 그리고 연순은 이 검을 너무나 잘 알고 있었다.

"손재, 이 검을 가지고 가서 초 대인을 붙잡도록. 그녀는 지금 분명 상신으로 돌아가는 길일 것이다. 제갈월이 병사들을 이끌고 열공의 양식 창고를 공격했다고 하라. 마침 내가 열공에 있었고, 금위군 본부가 패했으며, 내가 검상을 입었다고 말이다. 지금 포위당했으니 그녀에게 바로 병사들을 이끌고 열공성을 지원하라고 하도록. 참, 남혁산을 통해 길을 돌아가는 것을 잊어서는 아니 된다. 열공성에서 도망쳐 나온 것처럼 꾸며야 한다. 알겠나?"

젊은 장수가 즉시 무릎을 꿇고 나지막하게 말했다.

"알겠습니다."

"염경, 즉시 열공성으로 가서 열공 수비군에게 내 조령을 전하도록. 그들에게 반드시 하루 내에 여러 번 병사들을 이동시키라고 일러라. 그리고 포위당하는 모습을 만들도록."

"예, 속하는 즉시 떠나겠습니다."

"정원, 바로 철웅군을 소집해서 병사들을 다섯으로 나누어 열공으로 향하도록. 그리고 초 대인의 뒤를 따라라. 기를 내리고, 북소리도 내지 말고, 비밀스럽게 추격하는 듯한 자세를 취하도록. 단, 정면으로 충돌해서는 안 된다. 알겠나?"

"알겠습니다."

"제치, 염경과 함께 열공으로 가면서, 가는 길목에 있는 모든 주와 현성에 성문을 닫으라고 명하도록. 그리고 병사들을 보내 방어진을 치라 이르라."

"예."

"곽안!"

"속하 여기 있습니다."

수려군의 군복을 입은 병사가 용감하게 옆에 서서 고개를 숙였다. 그리고 꿰뚫어 보기 힘든 눈빛으로 공손하게 말했다.

"분부를 내려 주십시오."

"육하를 따라 제갈월의 뒤를 밟아라. 그 다음에는 어찌해야 하는지 알겠지?"

곽안이 무릎을 꿇고 나지막하게 말했다.

"알겠습니다. 결코 성상의 기대를 저버리지 않겠습니다."

대군이 계속하여 자리를 떠났다. 연순은 홀로 그 자리에 서 있다가 천천히 말했다.

"아정."

아정이 서둘러 앞으로 다가와 흥분한 듯 말했다.

"예, 여기 있습니다. 성상께서는 분부를 내려 주십시오."

"회송에 다녀오도록. 내년 봄에 운반해 올 군량을 살펴보고 오도록 해라."

아정은 당황하여, 도저히 믿을 수 없다는 듯 목소리를 높였다.

"지금 말씀이십니까?"

"그렇다."

연순이 차가운 눈빛으로 몸을 돌렸다. 그의 입이 잔혹하게 한 글자 한 글자 뚜렷하게 말했다.

"지금 당장."

바람이 한바탕 스쳐 갔다. 연순이 입은 검은 외투가 바람 속에 펄럭였지만, 연순은 미동도 하지 않았다. 하늘의 태양은 어두운 구름 속으로 숨어 버려 사방이 어두웠다. 스산한 한겨울, 전투가 시작되려 하고 있었다.

폭설이 내리는 밤이었다. 초교 일행이 주둔 준비를 끝냈을 때 북쪽에서 급박한 말발굽 소리가 들렸다. 하소가 병사들을 이끌고 달려 나가 젊은 장령 하나를 데리고 돌아왔다. 온몸에 피가 묻은 데다 머리는 산발이었다. 그는 초교를 보자 마치 가족을 만난 듯 기뻐하며 바로 쿵 소리가 나도록 쓰러져 큰 소리로 외쳤다.

"정말 다행입니다! 초 대인께서 여기 계시다니. 어서 병사들을 이끌고 폐하를 구하러 가 주십시오. 더 이상 늦어서는 아니 됩니다!"

초교의 손에 들려 있던 잔홍검이 바닥에 떨어졌다. 그녀는 눈을 휘둥그렇게 뜨고 앞으로 한 걸음 나가 차갑게 외쳤다.

"무슨 뜻이냐? 다시 이야기해 보아라!"

"대하의 제갈, 그 개자식이 몰래 연북에 잠입하여 열공성의 양식 창고에 불을 질렀습니다. 마침 폐하께서 그 부근을 지나시던 중에, 상황을 알지 못하는 상태에서 병사 2천을 이끌고 열공을 지원하시다가, 제갈월에게 포위를 당하셨습니다. 이미 여러 번 검상을 입으셨고, 지금은 말에도 오르기 힘드신 지경입니다. 지금 대하는 5만 대군으로 열공을 포위하고 있고, 폐하께서는 안에 계십니다. 속하는 3백을 이끌고 죽음을 각오하고 포위를 뚫고 소식을 전하러 나왔으나, 중간에 모두 죽고 저 혼자만 살아남았습니다."

초교가 미간을 찌푸리며 나지막하게 말했다.

"대하의 5만 대군이 어떻게 소리 소문 없이 연북에 들어올 수 있다는 말이냐? 제대로 이야기해 보아라!"

먼지를 뒤집어쓴 젊은 사내는 눈을 붉히며 비분강개하여 외쳤다.

"속하도 그것까지는 모릅니다. 마치 하늘에서 떨어진 것처럼 나타났습니다. 제갈월의 검법은 너무나 신묘하여 일검에 폐하의 가슴을 꿰뚫었습니다. 만약 아정 장군이 목숨을 걸고 구하지 않았다면 아마 이미 불행한 일이 있었을 것입니다. 그 월칠이라는 장수가 세 번이나 성문을 공격했고, 형제들이 모두 죽었습니다……."

손재는 눈물을 흘리며 허리춤의 장검을 풀어 초교에게 공손하게 바쳤다.

"이게 바로 제갈월, 그 개새끼의 보검입니다. 바로 이 검으로 폐하를 찔렀습니다. 이 검이 폐하의 견갑골에 끼는 바람에 제갈월이 회수해 가지 못했습니다."

초교는 얼이 빠진 얼굴로 천천히 장검을 받아 들었다. 소박하고 예스러운 검신에 피가 묻어 있었다. 파월, 바로 파월검이었다. 그녀는 검을 꽉 쥔 채, 덜덜 떨고 싶은 욕망을 간신히 억눌렀다. 그녀의 눈길은 마치 눈에 뒤덮인 것처럼 아른거리고, 곧 눈이 녹아 물이 되어 흐를 것 같았다.

제갈월, 그가 왜? 그가 직접 말하지 않았던가. 이번에는 전투 때문에 온 것이 아니라고. 그가 무엇 때문에 열공의 양식 창고를 불태우고 연순을 죽이려 했을까?

하지만 아니라면, 이건 또 무엇인가. 파월 검신에 묻은 것은 누구의 피란 말인가?

"대인! 어서 가셔야 합니다. 자칫하면 늦습니다!"

손재는 바닥에 무릎을 꿇은 채, 쿵 소리가 나도록 머리를 땅에 찧어 가며 애걸했다. 초교는 깊이 숨을 들이마셨다. 심장마저 모두 얼어붙은 것 같았다. 연순에게 만약 무슨 일이라도 생긴다면, 결국은 그녀가 해치는 셈이 아닐까?

그녀는 재빨리 말 위로 뛰어올라 수하들에게 차가운 목소리로 외쳤다.

"전군 출발! 열공으로 간다!"

대군은 신속하게 이동하기 시작했고, 얼마 지나지 않아 아득한 설원 위로 사라졌다. 아주 빠르게, 다른 말발굽도 그 혼란스러운 설원을 뒤덮기 시작했다. 이 밤은, 확실히 편안히 잠들 수 없는 밤이었다.

이른 새벽, 곽안이 제갈월을 찾아왔다. 명서산 골짜기 안, 제갈월 일행은 2백여로 줄어 있었다. 그러나 고도의 경계심과 전투력은 여전했다.

명서산 골짜기 입구는 좁았기 때문에, 지키기는 쉽고 공격하기는 어려웠다. 골짜기에는 야생동물도 많아 양식 걱정도 할 필요가 없어 보였다. 제갈월이 사흘만 버티면, 조철이 분명 응명관의 연북군 수가 줄었음을 발견하고 때맞춰 전투를 시작할 것이다. 연순은 지원하러 돌아가지 않을 수 없을 것이고, 제갈월에겐 탈출할 기회가 생기는 셈이었다.

한번 훑어보는 것만으로도 곽안은 연순의 계획이 훌륭하다는 걸 깨달을 수 있었다. 이런 지형에 저런 병사들이라면, 강력하게 공격을 퍼붓는다 해도 막대한 대가를 치러야 할 것이다.

"제갈 장군, 저는 초 대인의 부하인 수려군 통령 곽안입니다. 전해 드릴 말씀이 있어서 왔습니다."

제갈월은 의관을 정제하고, 여전히 영리하고 냉담한 태도를 유지하고 있었다. 도망치는 와중에도 조금도 흐트러진 기색이 없었다. 그가 담담한 눈길로 곽안을 바라보며 말했다.

"내 기억이 틀리지 않다면, 수려군의 통령은 하소일 텐데."

"하소 대인은 전사하였습니다. 지금은 제가 직무를 대신하고 있습니다."

곽안은 평온한 눈길로 안색 하나 변하지 않고 나지막하게 말했다.

이 말을 들은 제갈월이 눈썹 끝을 살짝 치켜세웠다. 그러나 더 이상 캐묻지는 않고 담담한 눈길로 그를 바라보았다. 눈길 속에 숨어 있는 날카로운 빛이 칼과 같이 곽안에게 쏟아졌다. 곽안은 잠시 마음을 가라앉힌 후 입을 열었다.

"대인께서 말씀하시길, 장군의 행적이 드러났으니 어떤 일이 있으시건 잠시 버려두고 바로 떠나시라고 하셨습니다. 대인께서 하란산에 비밀 통로를 마련해 두셨습니다. 대인을 믿으신다면, 그 길로 연북을 탈출해 변당으로 가시면 됩니다. 다른 출로가 있으시다면 가능한 한 빨리 떠나십시오. 폐하께서는 이곳을 포위하라고 대군을 파견하셨습니다. 지금 가시지 않으면 아마 기회가 없을 것입니다."

"네 대인에게 무슨 일이 있는 것이냐? 하소는 무슨 일로 전사했지?"

곽안의 안색이 살며시 변했다. 그는 한참 생각에 잠겨 있더니 이윽고 입을 열었다.

"대인께서는 이 말씀만 전하라 하셨습니다. 다른 이야기는 하지 못하는 것을 용서해 주십시오."

말을 마친 그는 몸을 돌려 떠나려 했다. 제갈월이 소리쳤다.

"멈춰라!"

곽안은 발걸음을 멈추지 않았다. 그때 날카로운 소리가 들리더니 한 젊은 전사가 장검을 뽑아 들었다. 날카로운 검이 빠르게 곽안의 목을 겨누었다.

"도련님께서 부르시는 소리가 들리지 않느냐?"

곽안이 돌아보니, 겨우 열여덟 정도 되어 보이는 젊은 청년이었다. 청년의 눈빛에서는 검객 특유의 한기가 느껴졌다.

"월구, 제멋대로 굴지 마라."

제갈월이 나지막하게 말했다. 젊은 검사가 고개를 숙이고 물러난 후, 곽안은 제갈월을 평온한 눈길로 바라보며 천천히 말했다.

"장군, 제 부하 중에 배반자가 있습니다. 그가 장군과 대인을 모해했습니다. 폐하께서는 대인에게 장군을 죽이라 명하셨습니다. 대인께서 응하지 않으시고 병사들을 보내, 폐하께서 장군을 추살하기 위해 보낸 병사들을 막으려 했습니다. 대인께서는 폐하와 관계가 틀어진 것이나 마찬가지입니다. 지금, 저도 대인께 돌아가 용서를 빌 면목이 없습니다. 다만 장군께서 우리 대인의 말씀을 들으시기를 바랄 뿐입니다. 어서 떠나십시오. 그렇지 않으면 우리 서남진부사 9천 병사의 희생은 헛된 것이 될 것입니다. 우리 대인 또한 헛되이 희생하시게 될 것이고요."

말을 마친 곽안이 날카로운 검을 뽑아 자신의 목에 대고 그으려 했다. 제갈월이 재빨리 검으로 곽안의 검을 막았지만 조금 늦었다. 남자의 목에 긴 혈흔이 생기고 선혈이 흐르기 시작했다.

몽풍이 살펴보더니, 곧 고개를 들고 말했다.

"걱정할 필요 없어요. 죽지는 않을 거예요."

제갈월은 음울한 안색으로 텅 빈 설원을 바라보며 오래도록 아무 말도 하지 않았다. 부하들은 그런 제갈월을 바라보고 있었다. 그중 한 사람이 말했다.

"장군, 이자의 말을 전부 믿을 수는 없습니다."

제갈월이 고개를 끄덕였다.

"살펴보고 오도록."

"예!"

하늘이 밝아 올 무렵, 척후 하나가 나는 듯이 돌아와 나지막하게 말했다.

"장군, 탐문해 보았습니다. 백성 중에 초 대인의 군대가 전속력으로 열공성을 향해 가는 것을 보았다는 자가 있습니다. 아주 빠른 속도였고, 한 시진 전에 막 지나갔다고 합니다. 속하가 말발굽 자국을 살펴보니, 매우 급한 상황인 듯 몹시 어지러웠습니다. 그러나 연북은 초 대인을 수배하는 격문을 내리지는 않았습니다."

제갈월은 고개를 끄덕이며 아무 말도 하지 않았다. 그의 머리는 빠른 속도로 돌아가고 있었다.

얼마 지나지 않아 다른 척후 하나가 돌아와 말했다.

"장군, 지금 정원이 철응군을 이끌고 병사들을 다섯으로 나누어 모두 초 아가씨의 뒤를 추격하고 있습니다. 대략 10만이 넘습니다."

"도련님, 열공까지 가는 길에 있는 각 군현에서는 병사들을 증원하고 장애물을 설치하는 중입니다. 민병들이 도처에 검열 중이기도 합니다. 열공성은 계속 병사들을 이동시키는 중이고, 상황이 좋지 않습니다."

"장군, 연순도 열공으로 향하고 있습니다."

거센 바람이 불어와 온 천지가 더욱 소슬했다. 제갈월은 잿빛 여우 가죽을 걸치고, 몸을 일으켜 갑자기 말 앞으로 다가가, 나지막하지만 기운 찬 목소리로 말했다.

"열공으로 간다."

"장군!"

몽풍이 제갈월의 말고삐를 잡고 그의 앞을 막아서며 말했다.

"가실 수 없습니다."

제갈월은 담담하게 눈을 들고 아무 말도 하지 않았다. 몽풍은 그의 이런 눈빛이 무엇을 의미하는지 너무나 잘 알고 있었다. 그러나 몽풍은 평소와는 달리 매우 진지한 태도로 말했다.

"의심할 만한 부분이 너무 많습니다. 정말이라 해도, 우리 실력으로는 경거망동해서는 안 됩니다."

"그렇습니다, 장군."

부장인 심여가 말했다. 그는 원래 말을 돌보는 가노였는데, 제갈월이 재능을 인정하여 노비의 신분을 면해 주고 군대의 부통령까지 끌어올려 주었다.

심여가 가라앉은 목소리로 말했다.

"속하가 보기에 이 일은 지극히 이상합니다. 저들이 비밀리에 행동하는 것이라면 어떻게 우리가 이리 쉽게 정보를 얻을 수 있겠습니까? 게다가 시간도 너무 잘 맞아떨어지고 있지 않습니까?"

월구가 미간을 찌푸리며 말했다.

"도련님, 속하도 의심스럽습니다."

"장군, 이 일은 너무 공교롭습니다. 만약 정말이라면, 이 곽안이라는 자가 어떻게 우리를 찾아낸 것입니까? 그가 우리를 찾을 수 있었다는 것은 초교 대인이 계속 우리 뒤를 따라왔다는 의미가 아닙니까? 경계하지 않을 수 없습니다. 원래 정해 둔 계획에 따라 행동해야 한다고 생각합니다. 철수하는 것이 상책입니다."

"그대들의 말이 모두 옳다."

제갈월이 고개를 끄덕이며 천천히 말했다. 모두 활짝 웃으며 기뻐했다. 마침내 제갈월이 자신들의 말을 듣는다고 여겼기 때문이다. 그러나 바로 그 다음, 제갈월이 미간을 찌푸리며 매우 진지하게 그들을 바라보며 물었다.

"하지만 저자의 말이 사실이라면 어떻게 해야 할까?"

사람들은 모두 멍한 표정을 지었다. 그렇다. 만약 정말이라면, 연순의 태도를 보아하니 초교는 죽도록 되어 있는 것이 아닌가? 만약 정말로 그런 일이 벌어진다면 어떻게 해야 하는 걸까?

제갈월은 대답을 기다리지 않고 말 위로 뛰어올랐다. 모두 깜짝 놀라 앞으로 달려 나와 그를 막았다. 몽풍이 마음에서 우러나오는 말로 거듭 권했다.

"장군, 이 일은 십중팔구는 거짓입니다. 연순이 일부러 장군을 유인하기 위해……."

"십중팔구 거짓이라. 그렇다면 남은 일이나 이의 가능성은 어찌할 거지?"

몽풍은 그저 눈만 휘둥그렇게 떴다.

"그 하나나 둘의 가능성에, 생명의 위험을 무릅쓸 가치가 있습니까?"

제갈월은 대답하지 않고 조용히 고개를 저으며 말했다.

"완벽하게 확신할 수 없는 한……."

그는 더 이상 이야기하지 않았다. 무엇을 완벽하게 확신할 수 없다는 것인지도 말하지 않았다.

제갈월의 표정은 갑자기 흔들리고 있었다. 그는 조용히 고개를 들고 멀리 흩날리는 대설을 바라보다, 갑자기 입가를 들어 올리며 냉소했다.

"게다가 연순이 나, 제갈월의 목숨을 취하고 싶다 해도 그리 쉽지는 않을 것이다. 월구!"

제갈월이 얼음처럼 차가운 눈빛으로 월구를 불렀다. 그의 눈길 속에서 승부수를 던지는 잔혹함이 배어 있었다.

"월대에게 통지해라. 우리가 연북에 심어 둔 밀정들을 써도 좋다고."

밀정이라고? 월구의 눈길 중에 망연한 빛이 스쳐 갔다. 그리고 잠시 후, 그는 정신을 차린 듯 대답하고 재빨리 말 위로 올랐다.

말발굽 소리가 점점 멀어져 갔다. 제갈월은 말 위에서 눈을 가늘게 떴다. 그의 눈빛에는 어떤 감정도 보이지 않았다. 다만 어두운 물결이 천천히 흐르고 있을 뿐이었다. 그는 모든 것을 고려하며 가장 나쁜 상황까지도 생각했다. 그리고 그는 아득한 설원에서 누군가가 자신에게 손을 흔들고 있는 것을 본 것만 같았다.

만약 이 모든 것이 사실이라면, 혹시, 혹시 조금이라도 희망이 있는 것일까? 그녀가 나를 위해 연순과 사이가 틀어지는 것도 감수했다면, 혹시 그것은 내가 그녀의 마음속에서 아무것도 아닌 것만은 아니라는 사실을 증명하는 것은 아닐까?

제갈월은 조금은 어두운 생각을 하다가 말없이 고개를 흔들며 웃었다. 그의 사혈을, 또다시 다른 이가 누르고 있었다.

말이 나는 듯이 달리며 멀리 열공을 향해 가고 있었다. 해가 떠올랐지만 다시 어두운 구름에 가려져 온 세상이 어두웠다.
열공, 연북의 양식 창고는 오늘 역사적인 날을 맞이하려 하고
있었다.

제19장 마음은 재가 되었네

이날, 연북 하늘을 뒤덮을 듯한 눈보라가 몰아치고 있었다. 눈이 3척 높이로 쌓인 광야에서는 거친 바람이 잔혹하게 울부짖었고, 눈송이 하나하나가 마치 작은 돌멩이라도 되듯 얼굴을 아프게 때렸다. 가죽으로 배와 눈을 감싼 말들도 어쩔 줄 몰라 하며 얼굴을 돌렸다. 전사들은 가죽 갑옷을 입고 모자를 눌러 쓰고 있었지만 바람 때문에 눈도 제대로 뜨지 못한 채, 간신히 고된 여정을 계속하고 있었다.

말리강에 도착하자 초교는 전군에게 멈추라는 명을 내렸다. 손재가 다급하게 앞으로 나와 연유를 물었지만 초교의 뒷모습은 차가웠다. 젊은 여장군은 바람을 등진 채 눈 비탈 위에 서서 멀리 아득한 설원을 바라보고 있었다. 새가 놀라 날아가고, 눈 안개가 자욱하게 흩날리는 게 보였다.

그녀가 내려오자 손재가 화를 내며, 그를 잡고 있는 전사들을 밀어내고 앞으로 나와 말했다.

"초 대인, 대체 왜 그러시는 겁니까? 폐하께서 생사의 위기를 겪고 계신 이 화급한 상황에, 경치를 감상하실 마음이 드십니까?"

초교는 담담한 눈길로 그를 훑어보았다. 그녀에게서는 마치 한겨울의 한기 같은 것이 느껴졌다.

초교는 아직 젊었지만, 어떤 사람이건 그녀 앞에만 서면 그녀의 나이를 잊게 되곤 했다. 그리고 떨면서 허둥지둥했다. 날씨가 이리 춥건만, 손재의 이마에서는 땀방울이 배어 나오고 있었다.

"저자를 결박하라."

단 한 순간도 머뭇거리지 않고 손재를 꽁꽁 묶었다. 젊은 군관은 발버둥 치며 큰 소리로 외쳤다.

"뭣들 하는 것이냐? 초 대인, 반란을 일으키시려는 겁니까?"

초교는 차가운 눈길로 그를 바라보았다. 그녀는 겉으로 드러나는 손재의 놀람과 분노 아래 묻혀 있는 당황과 근심을 꿰뚫어 보았다. 초교의 마음이 점차 차가워지기 시작했다. 마치 얼음 아래 흐르는 물처럼 아주, 아주 차가워졌다.

"하소, 폭약을 모두 꺼내서 말리강을 폭파시켜라. 그리고 3백 명을 남겨 지키도록 하라. 내일 아침 전에 누군가가 건너편에서 나타난다면, 나를 보러 올 필요 없다."

"예!"

하소가 냉정하게 답했다.

초교는 말 위에 올라타 수하들에게 말했다.

"가자."

"초 대인! 지금 무슨 일을 하고 계신지 아십니까?"

초교는 천천히 고개를 돌려 차가운 눈길로 손재를 바라보며 평온하게 말했다.

"당연히 알고 있지."

"지금 우리 군대가 폐하를 구하러 가는 것을 막고 계신 겁니다. 이것은 반역입니다!"

초교가 담담하게 조소했다.

"손 대인, 당신들이 너무 천진난만한 것인지, 아니면 당신들이 나 초교를 그렇게 우둔하다고 생각하고 있는 것인지 모르겠군. 열공성에서 너 혼자 도망쳐 나왔다고 했던가? 그렇다면 어째서 후방에서 대군이 우리를 쫓고 있는 거지? 우리는 상신으로 돌아가기 위해 하루 먼저 출발했는데도 겨우 여기에 닿았을 뿐이다. 그런데 본부에 있어야 할 철응군이 어째서 이렇게 빨리 여기에 도착할 수 있었던 것일까? 제갈월이 5만 대군을 이끌고 귀신도 모르게 열공의 양식 창고를 습격하고, 폐하를 포위했다고 했지? 지금은 연말인데, 폐하께서는 왜 본부에 계시지 않고 천 리 밖 이곳까지 달려와 계셨던 것인가?"

손재는 말문이 막혀 눈을 크게 뜨고, 한 마디도 하지 못했다.

초교는 차갑게 냉소했다. 그녀의 눈빛이 더욱 차갑게 빛났다. 그리고 음산한 어조로 말했다.

"손 대인, 오늘 내가 그대를 잘못 탓한 거라면, 다른 날에 내가 모든 이들이 보는 앞에서 그대에게 머리를 조아리며 사죄하도록 하지. 하지만 오늘 그대가 나를 속인 거라면, 머리가 계속 붙어 있는지 잘 살펴야 할 거야. 가자!"

대군의 말발굽이 설원을 때리며 움직였다. 그 말발굽 소리는 마치 전투를 알리는 북소리 같았다.

얼마 안 돼 하늘을 진동시키는 천둥소리가 들렸다. 폭약은 비록 서투르게 제조된 것이었지만 양이 충분했기 때문에, 얼음층을 깨트리기에 충분했다. 말리강은 적수의 지류로, 물이 깊고 물결이 급했다. 다시 어는 데 하루 밤낮은 족히 걸릴 것이다. 게다가 3백 궁수까지 배치해 두었으니 철웅군은 쉽게 건너오지 못할 것이다. 앞쪽에 벌어지는 상황이 어떠한지는 역시 가서 봐야 할 것 같았다.

초교는 결심을 내렸다. 가늘게 뜬 그녀의 눈빛이 마치 사냥감을 앞에 둔 표범처럼 날카롭게 반짝였다.

"대인!"

하소가 말을 달려 그녀 곁으로 다가왔다. 오랜 세월 동안 환난을 함께 나누었기에 그들은 이제 단순한 주종관계가 아니라 친밀한 전우가 되어 있었다. 쾌활한 장수가 나지막하게 물었다.

"앞쪽에 무슨 일이 벌어지고 있는 걸까요?"

차가운 바람이 두 사람 사이를 스치고 지나갔다. 눈보라가 얼굴을 아프게 때렸다. 초교는 한참 침묵하다가 마침내 속삭이듯 말했다.

"아마도, 정원이 모반을 일으킨 것 같다."

하소가 다시 생각에 잠겼다. 앞뒤 사정을 맞춰 보니 과연 그럴듯했다. 하소가 정원을 욕했다.

"그 개새끼가 나쁜 놈인 건 예전부터 알았습니다!"

초교는 대답하지 않았다. 그저 앞을 바라볼 뿐이었다. 그리고 힘차게 채찍을 휘둘러 말을 재촉했다. 그녀는 제발 자신의 추측이 맞기만을 바라고 있었다. 그녀는 정말로, 다른 가능성은 생각하고 싶지 않았다.

아니야, 아닐 거야. 연순이, 나에게 이렇게까지 하지는 않을 거야.

"이랴!"

초교가 마음 가득한 근심을 깊이 억누르고 날카롭게 외쳤다. 말은 나는 듯이 망망한 설원을 달리기 시작했다. 마치 칠흑의 폭풍처럼. 태양은 점차 검은 구름에 뒤덮이고, 온 세상이 잿빛으로 물들어 가고 있었다. 마치 밤이 찾아온 것 같았다.

제갈월은 전혀 징조도 없이 나타났다. 연순의 원래 계획은 초교를 유인하고, 병사들로 하여금 그녀를 추격하게 하고, 열공성에서는 적극적으로 병사들을 징발하는 것이었다. 그리고 이 모든 것은 제갈월을 미혹하여 명서산 골짜기에서 끌어내기 위한 것이었다.

연순은 2만 궁수들을 골짜기 앞에 배치해 두었다. 제갈월과의 전투는 명서산 골짜기 앞에서 끝날 것이며, 절대로 연북 내

륙까지 퍼져 나가지 않을 것이다. 더욱이 열공성까지 파급될
일은 없을 것이다.

때문에 제갈월이 열공성에 나타났을 때 성 전체가 당황하여
술렁였다. 왜냐하면 연순이 열공성에 남은 최후의 군대를 이끌
고 명서산 골짜기로 매복하러 갔기 때문이었다.

열공성은 제갈월에 의해 잿더미가 되고 말았다. 연순이 소
식을 듣고 다급하게 돌아왔을 때, 제갈월은 푸른 갑옷을 입고
성 밖 헐마파 위에 서 있었다. 그리고 연순이 보는 앞에서 직
접, 불을 붙인 화살을 높디높은 성문을 향해 쏘았다. 공격 신
호를 받은 3백 대의 화살이 유동나무씨 기름에 흠뻑 젖어 있던
열공성을 향해 날아갔다. 하늘이 제갈월을 보우하사 거센 바람
이 불어오는 가운데, 성 안의 양식은 물론이고 그 안의 거리며
성곽까지 모두 대화재 중에 초토화되고 말았다.

연순의 2만 대군은 이 장면을 보자 눈이 튀어나올 것만 같았
다. 이들 중 절반은 열공성 출신의 군관들이었다. 고향이 무너
지고 부모와 처자식의 생사를 알 수 없게 되자 그들은 비분강
개하여, 연순의 명령을 기다리지도 않고 물이 용솟음치듯 앞으
로 달려 나갔다.

전투는 매우 촉박하게 시작되었다. 진열을 가다듬을 여유도
없었다. 그저 미친 듯이 목숨을 걸고 싸울 뿐이었다. 비분강개
한 병사들의 속도는 놀라울 정도로 빨랐다. 마치 울부짖는 굶
주린 늑대 떼 같았다. 그러나 그들이 접근하기도 전에 수백에
이르는 제갈월의 시위들이 쏜 날카로운 화살이 그들의 가슴을

꿰뚫어 버렸다. 화살은 하늘을 가르며 비처럼 쏟아졌고, 날카로운 소리를 내며 날아왔다. 피와 살을 지닌 몸이라면 대항할 방법이 없는 힘이었다. 향 하나 피울 시간이 지나자, 두 군대 사이 공간에는 더 이상 살아 있는 사람이 없었다.

북풍이 피비린내 나는 전장으로 불어왔다. 세찬 바람 소리 속에, 죽어 가는 이들의 거친 호흡 소리도 들을 수 있었다. 연순은 한편에 서 있었다. 방금 전 열공성의 수비군이 앞으로 달려 나갈 때 그는 제지하지 않았다. 아니, 제지할 여유가 없었다. 그래서 그는 앉은 채로 1만의 수비군이 화살을 맞아 죽어나가는 것을 지켜보았다. 마치 아무도 신경 쓰지 않는 가을 풀처럼.

이 순간, 연순의 금위군은 그의 등 뒤에 서 있었는데, 마치 어둡고 조용한 숲과 같았다. 그들은 1만 명이나 되었지만 아무 소리 없이 조용히 서 있었다.

연순과 제갈월은 처음으로 얼굴을 마주하고 있었다. 전쟁이 1년 동안 계속되며 크고 작은 교전이 무수하게 있었다. 제갈월이 병사들을 이끌고 연순의 본진까지 쳐들어온 적이 있긴 했지만, 그 둘은 얼굴을 볼 기회가 없었다. 그런데 지금, 허공에서 번개같이 번쩍이는 눈빛이 침묵 속에 교차했다.

그들 사이에는 어떤 날카로운 불꽃도 없었다. 모든 것은 마치 어두운 물속에 숨어 있는 암초 같았다. 조용히, 아무 기척도 없이, 무겁게 서로 부딪칠 뿐이었다. 그러나 물 표면에서는 그저 희미한 파도만 일렁일 뿐이지만 물 안에서는 어두운 물길이 소용돌이쳤다. 타인은 그 속에 숨어 있는 날카로운 빛을 알아볼 수 없었다. 그저 속사정을 깊이 아는 사람만이, 이것이 사람을 떨게 만드는 어떤 종류의 담력과 기백인 걸 깨달을 수 있을 터였다.

어린 시절 진황성 밖에서, 그리고 나이를 먹은 후에 여러 차례 교전하면서, 똑같이 재주가 뛰어나고 권세를 손에 쥔 남자들은 서로 대치할 수밖에 없었다. 그들은 군사적으로 뛰어났고, 세력은 균형을 이루고 있었다. 정치적인 면에 있어서 그들은 원수였고, 조화를 이룰 방법은 없었다. 그리고 더 큰 문제는 그들이 같은 여인을 사랑하고 있다는 것이었다. 그들이 부딪치면 필연적으로 뜨거운 피가 흐를 수밖에 없었다. 그들의 승패에는 언제나 생사가 걸려 있을 수밖에 없었다.

제갈월은 연순을 보자 높이 걸려 있던 심장을 내려놓았다. 그는 명서산 골짜기를 나서자마자 자신이 속았다는 사실을 깨달았다. 다만 이 일을 연순 혼자 주도했는지, 아니면 초교도 참여했는지가 궁금했다. 연순이 서남진부사에 침투한 것일까, 아니면 초교가 직접 그의 행적을 폭로한 것일까?

제갈월은 초교가 그런 사람이 아니라고 단호하게 확신할 수 있었다. 그리고 초교의 마음속에 자신이 결코 대수롭지 않은, 그저 지나가는 사람은 아니라고 자신할 수 있었다. 그러나 그는 그녀의 마음속에 연순이 어떠한 지위를 차지하고 있는지는 도무지 헤아릴 수 없었다. 그와 연순이 충돌했을 때, 그녀의 눈이 어느 쪽을 걱정스럽게 바라볼지 평가할 수 없었다.

제갈월은 자조하듯 냉소했다. 그녀가 자신을 위해 연순을 배신하지는 않았다 해도, 그녀가 연순을 위해 자신을 죽이러 오지는 않았다. 그래, 이것이면…… 이것이면 된 것이다.

그러나 연순은 제갈월처럼 진정할 수 없었다. 제갈월을 보는 순간 마음속에 혐오감과 원한이 등나무 덩굴처럼 자라 기어 올라왔다. 바로 눈앞에 있는 제갈월 때문에, 자신은 진황에서 도망칠 첫 번째 기회를 잃어야만 했다. 8년 동안 개나 돼지만도 못한 감금 생활을 버텨 내야 했다. 자신이 땅에 엎드려 개돼지처럼 머리를 숙이고 생존에 급급해하고 있을 때, 그는 제국 문벌 귀족의 영예며 비단옷과 산해진미 등 호사스러운 생활을 누렸다. 자신이 치욕을 참고 구차하게 살아남기 위해 괴롭힘을 당하고 있을 때, 그는 무관심하고 냉담한 태도로 방관했다. 자신의 가문이 무너지고 가족들이 죽어 흙으로 변해 버릴 때, 그의 가족들은 지상 가득한 백골과 피를 밟고 제국의 새로운 목소리가 되었다. 그리고 연순이 가까스로 위업을 달성하자, 그는 직접 연순의 불패 신화를 훼멸하고 연순에게 무거운 타격을 입혔다.

그리고, 그리고…… 아초.

여기까지 생각하자, 연순의 마음 깊은 곳 불길이 활활 타오르기 시작했다. 오랜 세월 억눌러 온 원한과 분노가 마치 화산이 폭발하듯 넘쳐흘러 더 이상 수습이 불가능한 상태가 되었다.

저녁 무렵이 되자, 석양이 서쪽으로 넘어가기 시작했다. 동쪽 지평선 위로 희미하게 검은 윤곽이 보였다. 연북의 전마들이었다. 멀고 험난한 길을 사이에 두고도, 공기 속에 전마들이 내뿜는 숨을 느낄 수 있었다. 먼지가 자욱한 것이 족히 3, 4만은 되어 보였다.

제갈월은 조용히 움직이지 않았다. 연순 역시 아무 말도 하지 않았다. 전쟁은 그들의 앞까지 다가와 있었다. 서로를 모욕하거나 저주하는 것은 너무 유치한 일이었다. 연순의 부하 중 하나가 말을 달려 진영을 빠져나가 제갈월의 대오 앞까지 달려가 큰 소리로 외쳤다.

"화살을 쏘지 마시오!"

제갈월의 시위들은 고요하게, 무관심한 눈빛으로 제법 담력이 있는 이 병사를 바라보았다. 병사는 긴장하여 혀로 입술을 핥으며 전쟁 전의 끊임없는 연설을 시작했다. 내용은 진부했다. 대하가 폭정을 하며, 의롭지 않고, 연북이 흥한 것은 정의의 군대이기 때문이다. 너희들은 우리 영토를 침범한 것이다. 이러한 도전에 대하여 우리 군대는 타협하지 않기로 맹세했다. 우리들의 원군이 앞에 있고, 너희가 살아날 기회를 원한다면 무기를 내려놓고 투항하라. 땅에 엎드려 용서를 빌어라, 운운.

항복을 권하는 병사는 제법 엄숙하게 이야기했다. 입에 침이 마르도록 이야기했지만, 제갈월은 어떤 반응도 보이지 않았다. 병사가 말을 끝내자 제갈월이 가볍게 손을 내저으며 감정 없는 목소리로 말했다.

"죽여라."

즉시 화살이 날아갔다. 용맹한 웅변가는 말벌집이 되어, 몸을 곧추세운 채 뒤로 넘어졌다. 발은 여전히 말의 박차에 끼워져 있었다. 말이 깜짝 놀라 뛰자 병사는 길에 질질 끌려갔다. 그 길을 따라 붉은 피가 땅을 물들였다.

연북 군대는 마침내 분노했다. 격분한 목소리가 전장을 가득 채웠다. 수만의 병사가 칼을 뽑았다. 눈처럼 희게 빛나는 칼날이 사나운 바다를 이루며 단숨에 모두의 눈을 뒤덮어 버렸다.

병사들은 서로를 바라보았다. 그들의 눈빛이 과거에서 현재까지의 시간을 꿰뚫고 있었다. 마침내, 호각 소리가 무겁게 울려 퍼졌다. 황토색 흙먼지가 대군을 뒤덮으며 누군가 큰 소리로 고함을 질렀다. 말들은 순식간에 말발굽을 울리고, 높이 솟은 칼날의 바다가 잔혹하게 상대방을 덮쳐 갔다. 어떤 예고도 없이 전쟁이 시작되었다.

석양이 서쪽으로 넘어가고, 하늘이 점차 어두워졌다. 제갈월의 기병대는 비록 적은 수였지만 마치 날카로운 보검과 같았다. 그들의 화살은 한 대도 헛되이 날아가는 법이 없었다. 그들은 상대에게 달려들며 활을 쏘았고, 활을 쏜 후에는 칼로 한 번 더 베었다. 그들은 전부 무예의 고수였고, 내력도 출중했으며, 초식도 절묘했다. 그들 중에 보통의 병사는 단 하나도 없었다. 그들이 지나가는 곳마다 모두가 쓰러졌고, 군영과 진지가 있던 곳은 평지가 되었다. 상대의 병사 수가 많다고 해서 두려워하는 빛은 전혀 없었다.

연순의 부대 역시 100리에 하나 뽑은 정예 부대였고, 수도 많았다. 또한 병기며 갑옷도 온전하게 갖추고 있었고, 하나하나 전쟁을 오래 겪어 온 병사들로 경험도 풍부하고 기세등등했다.

전투가 시작되자 두려울 정도로 잔인했다. 선혈이 사방으로 튀고, 잘린 사지가 여기저기 날아다녔다. 말들은 머리끼리 부딪쳤고, 말발굽은 허공에서 서로 교차했다.

하늘은 어두웠고, 구름은 지극히 낮게 깔려 사람들의 머리를 내리누르는 것만 같았다. 거친 광목과 가죽 양탄자로 간단하게 지은 막사 안에서, 연순은 조용히 앉아 있었다. 횃불에서 작은 소리가 들렸다. 전사들은 모두 놀라고 두려운 나머지 눈빛이 점점 더 불안해져 갔다. 말들은 사람들을 울적하게 만드는 울음소리를 냈고, 초조한 듯 말발굽으로 땅을 긁었다. 공기조차 울적한 것이, 공포와 억눌림의 기운으로 충만해 있었다.

반 시진은 충분히 지났다. 1만 대군이 3백 명을 당해 내지 못하고 있었다. 이렇게 차이가 크다면 근본적으로 정상적인 전투 상황이 아니었다. 아무리 제갈월의 재주가 뛰어나다 해도 지금까지 끌어서는 안 되는 전투였다. 제갈월 시위들의 화살은 이미 동난 지 오래였고, 칼날도 무뎌져 있었다. 그들은 중상을 입었고, 기병대가 타고 있던 말들도 모두 죽었다. 저들에게는 더 이상 민첩한 기동력도 없었다. 그저 한데 뭉쳐서 서로의 등과 등을 맞댄 채 수만 명을 상대로 창과 칼을 휘두를 뿐이었다.

연북군이 겹겹이 포위하고 있었다. 근접거리 육박전은 차마 눈 뜨고 볼 수 없을 만큼 격렬했다. 붉은 선혈이 설원을 물들이고, 연북군 선봉대와 제갈월의 시위들은 한데 뭉쳐 혼전을 벌이고 있었다. 두 세력이 함께 정면에서 격돌하니 칼은 희게 번득이고, 서로 죽고 죽이는 가운데 선혈이 끊임없이 흘렀다. 마치 눈 쌓인 옥토 위에 펄펄 끓는 용암이 흐르는 것만 같았다.

바람이 날카로운 소리를 내며 불어 하늘마저 떨리는 것 같았다. 말들의 울부짖음이며 병사들의 참혹한 비명 소리가 뒤섞여, 전장은 마치 펄펄 끓는 뜨거운 물 같았다. 계책, 책략, 그런 것은 이미 쓸모가 없었다. 외나무다리에서 만난 것처럼, 그들 중 용감한 자가 승리하리라.

이 순간, 모두 미쳐 버린 것만 같았다. 모두 눈을 붉히며 상대를 향해 도검을 휘둘렀다. 끊어진 팔다리며 사방으로 튀는 선혈, 베인 머리, 모든 이들이 가을 풀처럼 하나하나 쓰러졌다. 죽인 자는 즉시 다른 이에게 죽임을 당했고, 죽음을 앞둔 자는 적의 다리를 붙잡고 늘어져 자신의 전우에게 공격할 시간을 벌어 주었다.

연북군이 수에서는 우세를 점했지만, 시종 제갈월의 시위들 진영을 흩어지게 하지는 못하고 있었다. 바깥 전사들이 쓰러지면 안쪽 전사들이 즉시 뛰어나왔다. 그들은 아주 위급한 상황에서도 칼을 휘두르며 자리를 지키고 있었다. 보기에는 곧 전투 중에 하나하나 쓰러져 버릴 것 같았지만, 여전히 완강하게 버티고 서 있었다. 마치 떼려 해도 떼어지지 않는 엉터리 고약 같이, 지면서도 무너지지 않았다. 주위 전우들이 모두 쓰러지고 자기 한 사람만 남는다 해도 마치 독립적으로 전투를 벌이는 것처럼 혼자서도 목숨을 걸고 멈추지 않고 싸웠다. 자신의 피와 살이 흩어진다 해도, 사지가 끊긴다 해도, 그저 숨결만 남아 있다면 여전히 목숨을 걸고 싸웠다. 칼에 맞아 쓰러지면서도 입을 벌려 적의 살을 물어뜯었다!

이들은 모두 어린 시절부터 제갈월을 따르던 시위들이었고, 제갈가 종가의 자식들이었다. 제갈월이 네 살이 되었을 때 가문에서는 그를 위해 수십 명의 무예 사범을 청하고, 죽음을 각오하고 싸우는 5백 명의 시위대, 월위를 결성했다. 10여 년에 걸쳐, 그들은 제갈월을 따라 남북으로 종횡무진 하며 수백 번의 전장에서 살육을 계속하는 동안 한 번도 겁을 먹고 물러난 적이 없었다. 오늘 그들은 연북 군인 면전에서, 제국에서 그저 먹고 마시며 화려한 생활을 한다고 비판받던 소위 '패기 없는 공자들'의 열혈과 충성을 보여 주는 중이었다.

연순의 새로운 금위장인 섭고가 칼을 휘두르며 외쳤다.

"죽여라! 저들을 죽여 버려!"

월구가 온몸에 피칠갑을 한 채, 일검에 연북군 하나의 목을 꿰뚫었다. 그의 얼굴에는 더 이상 고수의 담담하고 침착한 풍모는 보이지 않았다. 그는 한 손으로 얼굴 위의 핏물을 훔치며 높은 소리로 외쳤다.

"형제들이여! 혈로를 뚫자!"

도처에 시신들이었고, 칼들이 가득했다. 그야말로 발 디딜 틈조차 없었다. 전사들은 칼을 휘두르며 발에 걸리적거리는 시체들을 발로 차 버렸다. 고함 소리며 비명 소리가 귀가 먹먹해지도록 울려오고, 핏물에 젖은 진흙 위로 사람들의 살점이 흩어져 있었다.

연북군 하나가 단칼에 월위의 허벅지를 베었다. 그 젊은 월위는 비명 한 번 지르지 않았을 뿐 아니라, 오히려 일검에 연북군의 가슴을 꿰뚫었다. 연북 전사는 쓰러지기 전에 죽을힘을 다해 월위의 허리를 감싸 안았다. 중상을 입고 죽음에 임박한 두 청년이 땅을 구르며 서로를 물어뜯기 위해 엎치락뒤치락하데, 그 모습이 마치 두 마리 들개 같았다. 마치 그들 사이에 무섭고 깊은 원한이라도 있는 것 같았다.

그러나 그들이 서로를 물어뜯기 전에 십여 필의 전마가 달려왔다. 말 위의 병사들은 여전히 죽음을 각오하고 싸우고 있었다. 아래 있던 두 사람은 말발굽에 밟혀 뇌가 부서지고 말았다. 뇌수가 사방으로 튀면서 전마의 말발굽에까지 튀었다.

전장은 붉은 소용돌이가 2백 명의 월위를 둘러싼 형상이었다. 양쪽의 진형은 완전히 혼란스러웠다. 바깥의 연북군은 안으로 달려들지 못하고, 울부짖는 말을 달리며 때때로 죽은 동료를 대신해 앞으로 나설 뿐이었다.

바로 이때, 월위의 서북쪽에 갑자기 틈이 하나 생겼다. 섭고가 환호성을 질렀고, 연북군은 피에 젖은 칼을 높이 들고 그의 뒤를 따르며, 마치 늑대처럼 울부짖었다.

"장군을 지켜라!"

월구가 소리쳤다. 젊은 얼굴은 피로 물들어 본래의 모습을 찾아보기 어려웠다. 월위들의 눈이 동시에 붉어져 모두 몸을 날리려 했으나, 곁에 있던 적들에게 발목을 잡히고 말았다.

섭고가 고함쳤다.

"가자! 제갈가 개새끼를 죽여 버려라!"

휙! 말이 떨어지자마자 한 줄기 새하얀 검광이 사납게 몰아쳐 왔다. 섭고의 목에 한 줄기 붉은 선이 생겼다. 1초 후, 젊은 금위장의 머리가 높이 날아갔다. 섭고의 몸은 여전히 꼿꼿한 상태로, 쿵 소리를 내며 피 웅덩이 속으로 넘어지고 말았다.

제갈월이 검을 들고 서 있었다. 푸른 갑옷은 옥처럼 윤기 나는 그의 얼굴을 더욱 돋보이게 하고 있었다. 검고 깊은 눈동자는 마치 깊은 연못처럼, 형형하게 빛나며 엉망진창인 전장을 바라보고 있었다. 관자놀이에서 핏방울이 천천히 흘러내려 구불구불 얼굴 윤곽을 타고 흘러내렸다. 등 뒤에는 1만이 넘는 시신이 쌓여 있었다. 그리고 더 먼 곳에는 검은 연기를 내뿜는 성이 보였다. 그리고 그보다 더 뒤에, 포화의 불길이 하늘을 뒤덮은 연북의 대지와, 보이는 곳마다 엉망이 되어 버린 대하의 국토가 있었다.

전쟁은 잔혹하고 백성들은 슬프게 울고 있다. 서몽 대륙 전체가 떨리는 가운데 온 천지가 피를 흘리고 있었다. 그는 검을 쥐고 피 웅덩이에 서 있었다. 살육을 저지르는 순간에도 그는 마치 거대한 설산처럼 꼿꼿해 보였다.

"장군!"

"훌륭하다!"

우레와 같은 환호성이 등 뒤에서 들려왔다. 제갈월은 피 웅덩이 중앙에 선 채, 종처럼 맑은 목소리로 외쳤다.

"너희들 중 누구라도 죽는 것을 허락하지 않겠다! 나와 함께 쓸어버리자!"

"존명!"

전사들이 이구동성으로 외쳤다. 제갈월은 앞으로 달려 나가 병사들 앞에 서서 직접 대대를 이끌었다. 그가 어찌나 민첩한지 사람들의 눈이 아찔할 정도였다. 그의 검날이 흰 눈을 말아 올리자 흰 파도가 출렁이듯 일어났다. 그가 스쳐 가는 곳마다 엉망진창이 되었다.

월위 중 최후 백여 명의 사기가 크게 진작되었다. 고함 소리가 귀청을 찔렀다. 그들은 연북군 사이를 종횡무진 했다. 본래 적이 없다던 연북군은 이 미친 듯한 월위들의 기세에 눌려 자신도 모르게 뒷걸음질 쳤다. 전투는 교착 상태가 됐다.

후방 군관들이 화가 나서 입을 벌리고 저주했지만, 그들이 어떤 욕을 하건 시체가 높이 쌓여 있는 그곳은 공략당할 기미가 보이지 않았다. 아무리 많은 병력을 투입해도, 저 비를 맞은 나뭇잎과 같은 백여 명은 죽지 않는 기계처럼 여전히 칼을 휘둘러 베어 버릴 뿐이었다.

연순은 안색 하나 변하지 않고, 눈을 점차 가늘게 뜨기 시작했다. 제갈월이 마침내 나왔다. 제갈월이 학살의 최전선에 서 있었다. 푸른 갑옷과 흰 검날, 마치 건강하고 힘찬 용과 같은 저 자태. 아스라한 순간, 연순은 그의 몸에서 반짝이는 금빛을 본 것만 같았다. 마치 제왕의 빛처럼 찬란한, 사람들의 눈을 멀게 만드는, 사람들로 하여금 차마 바라보지도 못하게 만드는 그러한 빛을.

연순의 눈에 음험하고 차가운 빛이 스쳐 갔다. 그가 목소리를 내리깔고 천천히 말했다.

"활을 가져와라."

시위들이 서둘러 연순의 커다란 활을 가져왔다. 눈을 찌를 듯 금빛 찬란한 활이었다. 연순은 칠흑빛 갑옷을 입고 있었다. 그의 얼굴에는 과거의 맑은 빛이나 온화함은 없었다. 이 순간의 그는 마치 난세에 내려온 사신 같았다. 그의 몸에 두른 검은 빛은 모두 피로 물들여 이루어진 것이었다.

그는 손가락으로 천천히 활을 매만지고, 네 손가락을 한데 모았다. 엄지손가락을 팽팽하게 끼우고, 화살을 더듬어 본 후, 활을 당겼다. 운명의 결박이 이 순간 회전하여 거꾸로 돌고 있었다. 옛 장면들이 머릿속을 빠르게 스쳐 갔다. 연순이 두 팔에 힘을 주었다. 활시위가 마치 불에 익힌 새우처럼 구부러졌다.

거센 바람이 불며 시체들을 더욱 차갑게 만들고 있었다. 하늘에는 검은 구름이 소용돌이치고, 눈꽃이 하늘을 가득 채우며 춤을 추고 있었다. 먼 곳에서 말발굽 소리가 점차 가까이 오는 것이 들렸다. 연순은 서릿발 같은 눈매로, 등을 곧추세우고, 병사들에게 둘러싸인 채로, 절대적인 우세를 점한 상태에서, 갑자기 활을 당기던 손가락의 힘을 풀었다!

금빛 찬란한 화살이 활시위를 떠나, 전장의 그 힘찬 몸을 향해 날아갔다!

수많은 눈이 삽시간에 모두 그 화살에 꽂혔다. 어스레한 태양이 어둑한 빛을 내리쬐는 가운데, 운명의 화살이 피를 탐하는 굶주린 늑대처럼 제갈월의 가슴을 향해 날아가고 있었다.

제갈월은 검을 휘둘러 연북 병사 하나를 베었다. 선명하게 붉은 피가 끓는 기름처럼 그의 손등에 튀었다. 볼 필요도 없다. 귀로 들으면 충분했다. 화살은 사나운 북풍 소리를 뚫고 고막까지 울리고 있었다. 그의 몸은 맹렬하고 절륜한 번개처럼 감각에 의지하여 급하게 그 자리를 피했다. 날카로운 화살은 그의 팔을 사납게 스치고 지나갔다. 두툼한 갑옷이 찢어지고 핏물이 배어 나왔다. 그리고 그가 채 일어서기도 전에, 화살이 또 순식간에 날아왔다.

잇따른 화살은 연북 초교의 이름을 드높였던 기예였다! 눈 오던 밤 황가의 사냥터에서, 서북의 전장에서, 그는 초교의 이 절기를 맛본 적이 여러 번 있었기에 더 이상 낯설지 않았다. 그러나 지금 이 순간의 화살은 연순에게서 날아오고 있었다. 절묘함은 초교에 비할 바 아니었지만, 힘은 훨씬 뛰어넘었다.

한 번에 일곱 대의 화살이 날아왔다. 모두 급소를 향하고 있었다. 제갈월은 마치 헤엄치는 교룡처럼 하나하나 피해 갔다. 마침내, 몸이 한 번 떨리더니, 미친 듯한 비바람처럼 쏟아지는 날카로운 화살 속에서 몸을 일으켰다. 서로의 눈빛이 번개처럼 빠르게 잠시 스쳐 갔다. 마치 그 순간에도, 두 사람이 적으로 대결해 온 일생이 지나가 버린 것만 같았다.

찰나의 순간, 제갈월의 몸이 마치 만월처럼 둥글게 구부러지더니, 팔을 둥글게 휘두르며 검을 던졌다. 제갈월의 검이 번개처럼 흰 빛을 번득이며, 수세에서 공세로 태세를 변환시켰다.

경악한 듯한 비명 소리가 멀지 않은 곳에서 들렸다. 검날이 향하던 남자의 입가가 살며시 위로 올라갔다. 그 누구도 알아볼 수 없는, 그런 웃음이었다. 연순은 몸을 피하지 않고, 심지어 전혀 당황하는 기색 없이, 오히려 최후의 황금 화살 한 대를 들어 사납게 쏘았다.

천지간이 마치 한순간 고요해진 것만 같았다. 두 사람 사이에 병사들이 있었지만, 그들은 침묵하며 서로를 바라보았다. 온 힘을 다한 최후의 공격을, 두 사람 모두 피하지 않았다. 그저 운명이 그들의 인생에 최후의 심판을 내려 주기를 기다리고 있는 것 같았다.

"폐하, 조심하십시오!"

"장군!"

놀란 비명 소리가 고막을 꿰뚫기도 전에, 전마의 울부짖는 소리가 갑자기 들려왔다. 새하얀 검망이 어두운 밤에 별처럼 반짝이고 있었다. 예리한 검이 아득한 눈보라를 헤쳐 오고, 연순 뒤에서 날카로운 파공음이 들려왔다. 제갈월의 칼이 연순의 심장을 꿰뚫으려는 최후의 순간, 그 예리한 검이 갑자기 나타나 제갈월 칼의 등을 때렸다.

제갈월의 칼은 신병이기가 아니라 보통 칼이었다. 두 힘이 한곳에 부딪치니, 그 칼은 버티지 못하고 굉음을 내며 산산조각이 났다. 보검은 제갈월의 칼을 박살 내고도 계속 날아갔다. 보검은 제갈월의 가슴을 향해 날아가는 연순의 화살 뒤를 쫓아가 맹렬하게 화살 끝을 꿰뚫었다. 그리고 그대로 제갈월의 가슴에 박혔다.

선혈이 구불구불 흘러내려 검신에 있는 붉은 문양을 따라 흘렀다. 제갈월의 선혈은 검 끝에 있는 두 개의 작은 글자까지 흘러내리며 붉게 타올랐는데, 그 글자는 바로 '파월'이었다.

제갈월의 입에서 핏물이 울컥 튀어나왔다. 그가 비틀거리며 뒷걸음질 쳤다. 그러나 그는 뒤로 넘어지지 않기 위해 강하게 참고 있었다.

월위들이 눈이 시뻘게져 앞으로 달려 나왔고, 그의 주위를 호위했다. 월구는 눈이 붉어진 채 그의 앞에 무릎을 꿇고, 눈에서 뜨거운 눈물을 흘리고 있었다. 젊은 검객은 사납게 고개를 돌리고, 눈에 미친 듯한 분노를 담은 채 대설 중에 나타난 검은 갑옷을 입은 부대를 노려보았다.

초교는 말 위에 앉아 있었다. 그녀 뒤에서 수려군이 타고 있는 2천 필의 말이 설원을 밟으며 달려오고 있었다. 초교의 동공이 커졌다. 마침내 그 희디흰 눈보라 속 얼굴을 확인했을 때, 사람 전체가 얼음 호수에 빠져 버린 것만 같았다. 사지가 차갑게 마비되어 오고, 누군가가 심장을 파내어 얼음과 눈으로 뒤덮인 세상에 던져 버린 것만 같았다.

연순이 담담하게 웃으며 손을 뻗어, 옷깃에 떨어진 눈꽃을 털어 내며 천천히 앞으로 걸어 나왔다. 그리고 초교에게 손을 내밀며 부드러운 목소리로 말했다.

"왔구나."

제갈월 몸 전신에 피가 묻어 있었다. 가슴의 상처는 너무나
흉악해 보였다. 그의 눈동자 속에 검은 파도가 세차게 출렁이
고 있었다. 그의 자부심과 자존감이 무너지고 있었다. 눈가가
차가워졌다. 눈을 뜨고 그녀를 바라보며, 억지로 목에서 올라
오는 피비린내를 참아 냈다.

제갈월, 너는 대체 어느 정도까지 스스로를 멸시하고 천대
할 작정이냐?

제갈월은 냉소했다. 그의 웃음소리는 마치 지옥에서 올라온
귀신처럼 쉬어 있었다. 제갈월이 웃음 끝에 중얼거렸다.

"결국은, 나 혼자만의 바람이었지."

그의 차가운 눈빛이 초교에게 쏟아지고 있었다. 초교는 숨
을 쉬는 것조차 힘겨워지고 있었다. 몸을 움직일 수도, 말을 할
수도 없었다. 그저 말 위에 앉은 채 무거운 숨을 내쉬고 있을
뿐이었다. 그녀의 눈에는 더 이상 연순의 위선 가득한 웃는 얼
굴이 보이지 않았다. 작은 산처럼 높이 쌓여 있는 시신들도 보
이지 않았다. 불에 타서 검은 연기를 내뿜고 있는 열공성도 보
이지 않았다. 천지간에 불어오는 눈보라도 보이지 않았다. 보
이는 것은 오로지 제갈월뿐이었다. 푸른 갑옷 위의 붉은 선혈
이 마치 날카로운 화살처럼 그녀의 가슴에 와서 선명하게 박히
고 있었다.

한순간에 9년 전으로 돌아간 것만 같았다. 9년 전, 진황성
밖 아득한 설원에서 그녀는 조금도 주저하지 않고 연순 곁에
서는 것을 선택했다. 원한에 가득 찬 눈길로 그 건방지고도 쓸

쓸했던 소년을 바라보면서. 그리고 9년이 지난 지금, 운명은 다시 한 번 그녀에게 선택의 기회를 주었다. 그리고 그녀는 여전히 주저하지 않고 그에게 검 끝을 들이대고야 말았다.

눈보라는 여전한데, 세상사 변화는 무상하기만 하다. 천지가 순간 아득하게 넓어진 것만 같았다. 바람 소리만이 남아 하늘 가득 눈을 흩날려, 이미 잠이 들어 가는 그 익숙한 얼굴 위로 떨어지고 있었다.

초교의 손가락이 구부러졌다. 그녀는 사납게 주먹을 쥐었다. 손톱이 손바닥을 파고들어, 피가 흐르는데도 고통을 전혀 느끼지 못하고 있었다.

그녀의 얼굴을 알아본 월구가 분노하여 소리쳤다.

"너, 이 배은망덕한 여인! 도련님께서는 너를 구하기 위해 오셨다. 그런데 이리 악랄한 수를 쓴단 말이냐. 오늘 이후로, 월위가 단 한 사람이라도 살아 있는 한, 맹세코 너에게 오늘의 대가를 치르게 할 것이다!"

"허풍을 떨기는."

연순이 담담하게 월구를 바라보며, 조용한 어조로 말했다.

"가라, 저들을 밟아 죽여라."

"예!"

금위들이 이구동성으로 답하고, 몸을 돌려 앞으로 달려 나갔다. 바로 이때, 설원에 갑자기 우르릉 꽝음이 울리더니, 수천 필의 전마가 울부짖으며 달려왔다. 말 위의 사내들이 입은 옷은 제각기였는데, 상인인 듯한 자도 있고, 유목민인 듯한 자도 있었으며, 거리의 노점상, 서생, 그리고 심지어 연북 관복을 입은 관원까지 있었다. 그들은 미친 듯이 말을 달려오며 각양각색의 무기를 휘둘렀고, 얼마 지나지 않아 제갈월의 뒤에 한데 뭉쳤다.

"도련님!"

마흔쯤으로 보이는 사내가 앞으로 달려 나왔다. 연북 정오품 문관의 관복을 입은 그는 손에 거대한 칼을 들고 있었다. 그가 말에서 뛰어내려 맹호와 같은 기세로 달려오며 외쳤다.

"월대가 늦었습니다. 월구, 어서 도련님을 모시고 떠나라! 형제들이여, 나와 함께 가자!"

9년 전, 연세성이 화뢰원에서 죽고 연순은 제도에 유폐되었다. 아직 소년이었던 제갈월은 정성껏 이 그물을 짜기 시작했다. 그 당시 그가 오늘의 국면을 예상했던 것은 아니었다. 그는 그저 조심스럽게 자신의 사람들을 심어 두고, 연북 경내에 잠복시켰다. 언젠가 다른 문벌들이 연북이라는 이 노른자위 같은 땅을 두고 다투기 시작하면, 자신에게 도움이 되리라는 계산에서였다.

그러나 연순이 연북으로 돌아왔고, 연북은 변란을 일으켰다. 이들은 연북에서 제갈월의 눈과 귀, 수족이 되었다. 지난번 조구에서 진영을 습격한 후에도, 그는 이들의 힘을 이용하여 안전하게 몸을 빼낼 수 있었던 것이다.

대전이 순식간에 시작되었다. 핏물이 사방으로 튀고, 고함 소리가 귀를 찢을 듯했다. 칼날은 눈부시게 빛나고 있었다.

하소가 조심스럽게 다가와 나지막하게 물었다.

"대인, 우리도 폐하를 도와 참전해야 하지 않을까요?"

초교는 넋이 나간 표정으로 전장을 바라보고 있었다. 머릿속에 수만 가지 생각이 하나하나 스쳐 갔다. 제갈월의 얼굴과 연순의 얼굴도 하나하나 스쳐 갔다. 어디서부터 잘못된 것인지 알 수 없었다. 내가 대체 무슨 짓을 한 거지?

온갖 연약한 감정이 밀려와 초교 전체를 뒤덮고 있었다. 분노, 상심, 회한, 쓰라림, 무어라 표현할 수 없는 감정들이 초교를 단단히 둘러싸고, 그녀의 눈을, 코를, 입과 귀를 막아 버리고 있는 것 같았다. 그녀는 너무나, 너무나 피곤했다. 너무 피곤해서 그대로 땅에 쓰러져 잠들고 싶었다. 바로 죽어 버리고 싶었다!

"대인? 대인?"

하소의 목소리가 귀에 들려왔다. 목소리는 점점 더 다급해졌다.

초교가 몸을 떨었다. 그녀는 정신이 돌아와, 하소의 칼을 뽑아 들고, 말에서 뛰어내려 앞으로 달려가며 외쳤다.

"모두 나를 따르라!"

수려군은 초교의 뒤를 따랐다. 끓는 물처럼 전의가 넘치고 있었다. 그러나 초교는 칼로 연북 군인의 가슴을 베었다. 선혈이 그녀의 수려한 볼에 튀었다. 초교의 꼿꼿한 자세는 마치 확고부동한 거대한 바위나 높은 나무 같았다.

한 명, 두 명, 다섯 명, 열 명……

전쟁터의 병사들이 모두 고요해졌다. 초교는 한 마디 말도 없이, 마치 미쳐 버린 귀신처럼 그녀 곁에 있는 연북 병사들을 공격했다. 제갈월 친위대의 눈빛도 그녀에게 못 박힌 것 같았다. 그녀와 일정한 거리를 지키면서. 연북의 병사들도 기이한 눈으로 그녀를 바라보며 감히 앞으로 다가오지 못했다. 수려군 전사들조차, 모두 멍하니 초교를 바라보며 어찌해야 할지 모르고 있었다.

"아초, 뭘 하고 있는 거지?"

연순이 사람들 뒤에서 걸어 나왔다. 그의 눈빛은 깊은 샘처럼 어두웠고, 그녀를 뚫어지게 응시하고 있었다. 그는 나지막한 목소리로 천천히 말했다.

초교는 대답하지 않고, 그저 손에 칼을 쥔 채 원래 있던 자리에서 그를 물끄러미 바라보았다. 자신이 온 마음을 다 주어 가며 쫓았던 남자를.

인생이란 그저 겉보기에만 화려한 꿈과 같은 것인가 봐. 비단실이 내 몸을 묶고 있는 것을, 나는 그리도 오랫동안 꼭두각시처럼 움직이면서도 깨닫지 못했네.

연북군 몇 명이 조심스럽게, 정탐하듯 앞으로 나왔다. 그러나 가까이 가자마자 초교의 칼이 즉시 날아왔다. 칼이 차가운 빛을 발하는 가운데, 핏줄기가 하늘로 솟구쳤다. 모든 이들이 경악하여 바라보는 가운데, 병사의 몸이 쿵 소리를 내며 설원에 쓰러져, 마치 죽음을 앞둔 들개처럼 몸을 꿈틀거렸다.

어떤 화려한 초식도 없었다. 허세를 부리는 고함 소리도 없었다. 그녀는 침묵 속에서 냉정하게 칼끝을 자신의 전우들에게 향한 채, 아득한 설원 위에 서 있었다. 그녀의 몸은 너무나 연약해 보였고, 주변에는 단 한 사람도 없이 홀로였다.

"초교! 대체 뭘 하고 있는 거지?"

연순의 목소리가 점차 더 낮아져 갔다.

이 모습을 본 월대가 수하들에게 후퇴를 명했다. 연순의 눈초리가 차가워졌다. 연북의 병사들이 추격하려 했지만, 초교는 군더더기 없는 동작으로 몇 번이나 오가며 앞에서 그들을 막았다. 연북군은 이미 눈이 벌게진 상태였다. 그녀가 자신들에게 칼을 휘두르니, 그들도 아무것도 돌아보지 않고 그녀를 죽이려 했다.

하소가 이 모습을 보고 대로하여, 칼을 주워 들고 외쳤다.

"형제들! 대인을 지켜라!"

전장이 혼란해지고 말았다. 이미 피아를 구분할 수 없는 지경이었다. 초교의 눈도 붉어져 있었다. 연북군의 피가 그녀의 옷을 물들이고, 그녀의 손도 격렬하게 떨리고 있었다. 그러나 초교는 단 한 걸음도 물러서지 않았다. 말발굽 소리가 멀어져 가고, 정신을 잃은 제갈월이 사람들에게 실려 가고 있었다. 칠흑의 전매가 하늘 위에서 아우성치고 있었다. 차가운 바람이 얼어붙은 칼날처럼 불어와, 그녀의 피부를 조금씩 베고 있었다.

광활한 평원 가득, 피비린내 나는 시신들이 온 대지를 뒤덮고 있었다. 교전은 여전히 계속되고 있었지만, 공기 속에는 축축하고 차가운 절망과 정적으로 가득 차 있었다.

얼마나 지났을까. 모든 것이 점차 안정되기 시작했다. 그녀는 칼에 몸을 지탱한 채 서 있었다. 다리 아래로는 온통 붉은 핏물이었다. 연순이 그녀 앞에 서서, 깊은 눈빛으로 그녀를 바라보고 있었다. 어렴풋하게, 그녀는 자신 앞에 있는 사람이 너무나 낯설다는 생각이 들었다. 마치 예전에 전혀 알지 못했던 사람 같았다. 그녀는 아무 말도 하고 싶지 않았고, 아무것도 묻고 싶지 않았다. 그녀는 피로한 몸을 끌고 비틀거리며 몸을 돌렸다. 그저 이 자리를 떠나고만 싶었다.

"멈춰."

뒤에서 나지막한 목소리가 들려왔다. 연순이 천천히 걸어 나왔고, 병사들은 조수와 같이 물러났다. 그저 하소만이 칼을 들고 그녀 앞에 서서, 호시탐탐 서서히 접근해 오는 연북의 왕을 주시하고 있었다.

"비켜라."

연순이 하소에게 차갑게 말했다. 젊은 장수는 고개를 들고, 조금도 두렵지 않은 눈빛으로 연순을 바라보았다. 그리고 침묵으로 그의 명령에 대답했다.

갑자기 연순이 허리춤에서 검을 뽑았다. 그리고 거의 동시에 초교가 칼을 휘둘렀다. 수년에 걸친 묵계는, 그녀로 하여금 눈을 뜨지 않은 상태에서조차 그의 초식을 막아 내게 했다. 서로 부딪친 도검 사이에 격렬한 불꽃이 튀며, 사람들의 눈을 부시게 했다.

연순이 냉랭하게 웃었다.

"어찌 된 거지? 이젠 하소를 위해 나에게 칼을 뽑는 건가? 나는 이 세상에서, 오로지 제갈월만이 너에게 그렇게 할 수 있으리라 생각했는데."

초교는 고개를 들고, 두 눈으로 연순을 바라보았다. 너무나 익숙한 얼굴, 그러나 그의 입매는 너무나 냉혹해 보였다. 그녀는 이제 눈앞의 그가 자신의 기억 속에 있는 잘생긴 소년과 같은 인물이라고는 도저히 믿을 수가 없었다. 이 순간, 연순이라는 사람이 마침내 그녀의 기억 속에서 떠나가고 있었다. 현실은 이렇게나 잔혹했다. 오랜 세월에 걸친 그녀의 집착과 집념이 무너져 내렸다. 마치 유리가 깨지는 것처럼 천 조각 만 조각으로 부서져, 더 이상은 다시 붙일 수 없게 되어 버렸다.

"연순, 당신은 나를 속였어."

연순의 얼굴에 부끄러운 기색이라고는 없었다. 그는 담담하게 말했다.

"너를 속이지 않으면, 어떻게 그를 끌어낼 수 있었을까?"

만 대의 화살에 심장을 꿰뚫린다 해도 이렇지는 않으리라. 초교는 쓰게 웃었다. 그러나 그녀의 눈은 여전히 말라 있었고, 눈물도 흐르지 않았다. 그녀의 목소리에는 표현하기 어려운 절망과 피로감이 담겨 있었다. 그녀는 이해할 수 없다는 듯 그를 바라보며 고개를 저었다.

"연순, 어째서 이렇게 되어 버린 걸까?"

그녀의 목소리는 몸을 의지할 가지를 잃은 작은 새처럼 비참하게 들렸다. 그녀는 더 이상 전장을 누비며 승리를 거두던 장군이 아니었다. 더 이상 재능이 뛰어난 절세의 장수도, 매섭고 과감한 수려 대인도 아니었다. 지금 이 순간, 그녀는 그저 속임을 당한 여자였다. 오랜 세월 마음을 다 주었건만, 그 마음을 흐르는 물에 던져 버린 것과 같았다. 마음은 물을 따라 떠내려가 버렸고, 모든 것은 허사로 돌아가고 말았다.

연순이 나지막하게 말했다.

"아초, 너는 내가 변했다고 말하지만, 사실 너도 변한 것 아닌가? 대하의 장수가 몰래 연북에 잠입한 것을 알면서도, 이런 중요한 군사 정보조차 보고하지 않았지. 그리고 중요한 시기에 자신의 편에게 칼끝을 돌리고 나에게 검을 겨누다니. 연북의 왕인 내가 대하의 군인을 죽이려 하는 것에 타당하지 않은 부분이라도 있나? 내가 미리 너의 반응을 예측하지 않았더라면, 나는 또 무엇 때문에 그런 수고를 해 가면서까지 너를 속이려 했을까? 연북과 나는, 대체 네 마음속에서 제갈월 하나만도 못하다는 말이냐?"

초교의 몸이 살짝 떨렸다. 그녀는 넋이 나간 듯 그를 오래도록 바라보다가, 갑자기 신경질적으로 쓸쓸한 웃음을 터뜨렸다.

"연순, 만약 연북이 언젠가 회송과 전쟁을 하게 된다면, 당신은 회송의 맹우를 끌어들이기 위해 계책을 세우고, 그녀를 죽일 수도 있을까?"

연순이 멈칫하더니 미간을 찌푸렸다.

"무슨 말을 하는 거지?"

"연순, 당신은 내가 당신에게 진심을 다하지 않는다고 책망하지만, 당신이 나를 믿고 있다고 말할 수 있을까?"

연순이 미간을 슬며시 찡그리며 나지막하게 말했다.

"너를 연북 내륙으로 보내 전쟁에 참여하지 않게 한 것은, 다 너를 위해 한 일이다."

"내 전우와 군대를 죽이고, 오랫동안 온 힘을 다해 왔던 일에서 내가 떠나도록 핍박하고, 나를 권력의 중심에서 몰아내고, 내가 함께 열었던 전장에서 나를 떼어 놓고, 나를 의심하고, 나를 믿지 않고, 나를 이용하고. 이게, 모두 나를 위해 한 일이라고?"

초교의 눈이 매섭게 빛났다. 거센 바람이 불어오는 가운데, 그녀의 목소리는 날카로운 칼과 같이 예리하게 끝이 없는 어둠 속을 찔렀다. 1년 동안 억눌러 왔던 괴로움과 슬픔이 물밀 듯이 용솟음쳤다.

"아초, 너는 내 여인이다. 어째서 다른 여인들처럼 내가 개선하기를 기다리면서 후방에 편안하게 남아 있을 수는 없는 거지?"

초교는 잠시 멈칫했다가, 곧 무엇인가를 깨달은 듯 실소했다. 그녀의 몸이 떨리기 시작했다. 그녀는 웃으면서도 계속 눈물을 흘렸다. 그녀는 손으로 제 가슴을 누르며, 입가에 맴도는 쓰디쓴 맛을 느끼고 고개를 저었다.

"본래, 당신은 이런 여인을 사랑했으니까."

초교의 눈은 찬란한 별처럼 빛나고 있었다. 그녀는 연순을 응시하며, 가라앉은 목소리로 말했다.

"어차피 이럴 거라면 무엇 때문에 나를 찾았던 거지? 연순,

당신은 제갈월을 죽여도 상관없었어. 하지만 나를 이용하지는 말았어야 했어. 더더구나 나와 그의 감정을 이용해서 이런 상황을 만들어서는 안 되었던 거야."

연순의 눈에 갑자기 무거운 실망의 빛이 스쳐 갔다. 그가 나지막하게 말했다.

"정원이 예전부터 나에게, 너와 제갈월의 관계가 심상치 않다고 했지. 안타깝게도 나는 계속 너무 자신하고 있었어. 오늘 네가 마침내 스스로 인정하는군."

초교는 이 말을 듣자 큰 소리로 웃고 싶었다. 정원? 연순은 지금 그 수치도 인의도 모르는 소인배를 믿을지언정, 그녀는 믿고 싶지 않은 것일까? 그녀는 그를 위해 생명의 위험을 무릅쓰고, 신중하게 온 힘을 다했으며, 온갖 심혈을 쏟아부었다. 오랫동안 그의 뒤를 따랐는데 결국 종일 아첨만 하는 소인배보다 못하다고?

그녀는 예전에 연순이 그저 잠시 미혹당한 거라고 생각했다. 원한에 머리가 흐려진 거라고. 그러나 지금, 그녀는 점차 절망하고 있었다.

연순은 이미 완전히 정치가로 변해 있었다. 그의 이상, 그의 신념, 초교를 연북으로 데려와서 행복한 나날을 보내고자 했던 그의 그 마음은, 이제 그의 야심을 뛰어넘을 수 없었다. 그는 패업을 위해 자신에게 합당한 일체의 이유를 찾을 것이다. 자신에게 유리한 핑계들을 믿을 것이다. 그는 그의 앞을 가로막는 모든 자들을 제거할 것이다. 그것이 그의 스승이라 해도, 친

466

우나 전우라 해도, 부하라 해도, 그리고 연인이라 해도…….

더 이상 이야기한다 해도 아무 의미 없다는 생각이 들었다. 초교는 냉랭하게 고개를 돌려 그 자리를 떠나려 했다. 연순이 그녀의 팔을 잡더니, 마침내 위엄 있는 제왕의 냉담한 얼굴을 벗어던지고 노한 목소리로 외쳤다.

"대체 무슨 생각을 하는 거지? 그를 찾으러 갈 건가? 그를 사랑하기라도 하는 거야?"

초교는 조용히 몸을 돌려 연순의 익숙한 얼굴을 바라보았다. 어렴풋하게나마, 그해 적수 호반에서 푸른 옷을 입고 있던 소년의 흔적을 본 것 같기도 했다. 그녀는 천천히 고개를 저으며 속삭였다.

"연순, 나는 나의 이 마음이 사랑인지 아닌지는 모르겠어. 내가 아는 것은 그저, 내가 당신을 마음에 두고 있고, 당신에게 마음을 쓰고 있다는 것뿐이야. 나는 다른 이가 당신을 상처 입히는 것을 견딜 수 없어. 나는 당신의 꿈을 나의 꿈으로 삼았지. 당신이 가는 발걸음을 따랐어. 나는 모든 일을 하기에 앞서 항상 당신을 먼저 고려했어. 당신이 행복하면 나는 즐거웠고, 당신이 낙담할 때면 나는 괴로웠어. 나는 당신의 잘못도 실패도 용서할 수 있었고, 당신이 범한 모든 잘못을 되돌리도록 도울 수 있었어. 내 가장 큰 꿈은 당신이 소원을 이루는 것을 보는 것이었어. 나는 고향을 잃고 떠도는 사람이고, 가족도 연고도 없는 사람이야. 오랫동안 당신은 내가 살아가는 모든 의미였고, 당신은 내 인생에서 가장 중요한 사람이었어."

연순은 이 말을 듣자 감동한 듯, 뜨거운 손으로 다시 한 번 초교의 팔을 꽉 잡았다. 그의 손은 격동한 것처럼 조금 떨리기도 했다. 초교가 이어 말했다.

"하지만 지금 나는 의심하고 있어. 내가 했던 모든 일은 대체 어떤 가치가 있었던 걸까? 나는 정말 당신을 제대로 보았던 걸까? 연순, 당신은 이미 권력의 노예가 되어 버렸어. 연북에 돌아온 후로 당신은 의심하기 시작했지. 당신은 나를 의심하고, 오 선생을 의심하고, 우 아가씨를 의심했지. 서남진부사를 의심하고, 대동회를 의심하고, 당신의 권력을 위협할 수 있는 모든 이들을 의심했어. 나는 당신이, 당신에 대한 나의 충성심을 모른다고 생각하지 않아. 오 선생이 당신을 어떻게 지켜 왔는지도 모르지 않겠지. 당신은 그저 우리의 존재가 당신의 지위를 위협할까 봐 무서운 거야. 그래서 당신은 당신 자신에게 온갖 방법으로 핑계를 찾아 주고, 우리를 배제하기 시작했지. 당신의 원한, 당신의 근심, 그 모든 것은 당신의 사심에서 생겨난 것에 지나지 않아. 당신은 스스로를 위해 모두를 처리할 번지르르한 이유를 찾아냈지. 오늘 제갈월이 없었다 해도 당신에게 핑계가 되어 줄 다른 누군가가 있었겠지. 당신은 언제나 나에게서 각종 잘못을 찾아냈어. 연순, 나는 당신이 제갈월을 죽인다 해서 탓하지 않아. 나는 당신이 쓴 수단이 너무 비열하기 때문에 화를 내는 거야. 당신은, 당신에 대한 내 충성심을 이런 식으로 짓밟지 말았어야 했어. 우리의 감정을 이렇게 짓밟아서는 안 되었던 거야. 그리고 나에게 이렇게 비열한 수단을 쓰지 말았어야 했어."

초교는 말에 올라, 떠나기 전 연순을 진지하게 바라보며 정중하게 말했다.

"당신이 바라는 대로, 나는 그를 찾으러 갈 거야. 마지막으로 경고하겠어. 만약 제갈월이 연북에서 죽는다면, 나는 이 생내내 결코 당신을 용서하지 않을 거야."

거센 바람이 불어와 그녀의 외투를 펄럭였다. 초교가 낮게 소리치자, 말은 순식간에 나는 듯 달리기 시작했다. 수려군 전사들은 그녀의 뒤를 따랐다. 눈보라가 미친 듯이 흩날리고 있었다.

연순은 외로운 표정으로 그 자리에 오래도록 서 있었다. 마치 굳어서 석상이라도 되어 버린 것 같았다.

그의 마음속 한곳이 갑자기 깨지고 있었다. 어렴풋하게 무엇인가 부서지는 소리가 들리는 것 같기도 했다. 제어할 수 없는 살기가 솟구쳐 흘러나와, 그의 먹빛 눈동자를 붉게 물들였다.

누군가가 조심스럽게 그의 뒤로 다가와 작은 소리로 물었다.

"폐하, 정 장군이 보냈던 척후가 돌아와서, 초 대인이 말리강 건너편에서 막고 있다고 합니다. 이제 어떻게 해야 할까요?"

차가운 바람이 연순의 옷자락을 스쳐 갔다. 그는 어렴풋하게 부모의 얼굴을 본 것 같았다. 그리고 구유대 앞에 있던, 화려한 옷을 입은 왕공 귀족들을⋯⋯.

"정원에게 바로 병사들을 이끌고 민서산 아래로 돌아가라고 해라. 적수의 얼음 호수에서 제갈월을 막아 내야 한다."

목소리가 살짝 머뭇거리다가 물었다.

"만약, 초 대인께서 도착하면 어떻게 할까요?"

가늘게 뜬 연순의 눈에 칼날같이 날카로운 빛이 스쳐 갔다. 한참 후, 그는 나지막한 목소리로 천천히 차가운 말을 내뱉었다.

"어떤 대가를 치르는 한이 있더라도, 반드시 제갈월을 죽여라."

매가 처량하게 울부짖었다. 어두운 하늘 아래, 사람의 피를 탐하는 듯한 붉은 빛이 떠올랐다.

제20장 이곳이 황천일까

격렬한 교전 소리가 앞에서 들려왔다. 하소가 눈이 붉어진 채 뛰어 돌아와 외쳤다.

"대인, 정원의 대군이 민서산 아래에서 막고 있습니다. 폐하의 군대는 이미 지나갔고요. 제갈 장군은 천장호 위에 있습니다."

차가운 바람이 한 번, 또 한 번 거세게 불어왔다. 온 세상 도처가 야수의 처량한 울부짖음으로 가득 찬 것 같았다. 초교는 입술을 꽉 깨문 채 고개를 숙이고, 온몸에 피를 뒤집어쓴 하소를 바라보다가 천천히 물었다.

"하소, 나를 위해 길을 열어 줄 수 있을까?"

"대인."

하소가 완강한 얼굴로 무릎 한쪽을 꿇고, 힘찬 목소리로 말했다.

"우리의 목숨은 모두 대인의 것입니다. 안심하고 가십시오. 서남진부사의 2천 전사는, 결코 대인을 실망시켜 드리지 않을 것입니다."

커다란 감동이 밀려왔다. 그녀는 하소 뒤에 있는 단호한 눈빛의 병사들을 바라보았다. 마음 깊은 곳에서 뜨거운 기름이 끓고 있는 것만 같았다.

그녀는 그저 그들의 목숨을 단 한 번 구해 주었을 뿐이다. 그리고 그것은 연순이 민심을 잃을까 봐 두려웠기 때문이었다. 그러나 이들은 그때부터 아무런 원망도 후회도 없이 그녀를 따랐고, 몇 번이나 그녀를 궁지에서 구해 주었다. 그녀가 명령을 내리기만 하면, 그것이 옳은 일이건 그른 일이건, 그들은 조금도 주저하지 않고 바로 따랐다. 그들은 그녀의 부하였고, 그녀의 칼이었으며, 그녀에게 가장 충성스러운 가족 같은 존재들이었다. 그녀가 무엇을 하건 그들은 결코 그녀를 배신하지 않았다. 영원히 그녀 뒤에 서서, 그녀에게 불리한 일을 하는 모든 적들에게 칼끝을 겨누고 있었다.

이러한 은정은, 너무 무거운 것이었다. 너무나 무거운 나머지 그녀는 숨조차 제대로 쉴 수 없었다. 초교는 말에서 내려 하소의 손을 잡고, 차오르는 눈물을 억누르며 진심을 담아 이야기했다.

"하소, 고마워."

"대인, 우리들에게는 대인의 안위가 서몽 대륙 전체보다 중요합니다. 하늘과 땅이 훼멸되고 강산이 무너진다 해도, 대인만 계시다면 우리는 계속 버틸 자신이 있습니다. 그러하니 대인, 우리를 위해서라도 스스로를 아껴 주십시오."

초교는 말없이 고개를 끄덕였다. 그녀의 눈빛이 말주변 없는 전사들의 얼굴을 하나하나 훑었다. 마침내, 그녀는 단호하게 민서산이 있는 방향을 바라보았다. 눈 쌓인 봉우리 높은 곳에 거대한 사당이 있다. 그리고 그 사당에는 두 여신이 서로 등을 맞댄 채, 아득한 눈빛으로 연북 대지 전체를 바라보고 있을 것이다. 마치 신성한 두 개의 등불처럼.

초교는 말 위로 뛰어오르며 크게 외쳤다.

"여러분! 부탁한다!"

병사들이 이구동성으로 고함쳤다.

"대인께서도 조심하십시오!"

처량한 바람에 그들의 옷이 펄럭였다. 초교가 고함을 지르자, 전마가 순식간에 말발굽을 들고 움직였다. 하소는 병사들을 이끌고 그 뒤를 따라 용감하게 그 아득한 설원으로 달려 나갔다.

호각 소리가 대지에 울려 퍼졌다. 정원은 철응군을 이끌고 천장호 밖 제방에서 제갈월의 부대를 단단히 포위하고 있었다. 빽빽한 궁수들이 마치 폭발하는 화산처럼, 혹은 번개처럼 빠르게 호수 중앙의 얼음 위에 있는 대오를 향해 화살을 날리고 있었다.

그 활과 화살은 과거 초교가 개량한 것이었다. 월대는 월위들을 이끌고 주군 곁에 모여 있었다. 가장 앞에 서 있던 사람이 순식간에 온몸에 구멍이 뚫려 버렸고, 참혹한 비명과 슬픈 울부짖음이 온 대지에 울려 퍼졌다. 월구가 검을 휘두르며 전투를 벌이자고 고함을 질렀지만 정원은 거들떠볼 가치도 없다는 듯, 그저 계속 활을 쏘라는 명령을 내릴 뿐이었다.

월위들 몸이 볏짚처럼 하나하나 쓰러졌다. 이러한 힘 앞에서 그들은 반격조차 할 수 없었다. 그러나 비록 그렇다 해도, 전사들은 여전히 계속하여 미친 듯이 앞으로 달려 나왔다. 방패도 없이, 엄호해 주는 이도 없이, 자신의 몸으로 주군에게 생존의 시간을 벌어 주려 했다.

선혈이 호수 중앙에서 번져 나가, 천천히 호수 위 전체 얼음층을 물들였다. 곽안이 소식을 전했기 때문에, 10여 만 철응군이 이곳에 일찌감치 매복해 있었다. 이제는 더 이상 전투가 아니라 피비린내 나는 학살이었다. 비처럼 쏟아지는 화살이 메뚜기 떼처럼 날아오고, 허공을 가르는 날카로운 소리가 온 공간을 가득 채우며 흘러넘쳤다. 힘의 차이와 지리적인 열세 때문에 월위들은 철저하게 반격할 능력을 잃어버리고 있었다. 죽음의 기운이 조수처럼 밀려오며 시체들이 점차 작은 산처럼 쌓이기 시작했다. 아직 죽지 않은 자들은 쓰러진 채 격렬하게 신음하고 있었다. 점차, 사람들 속에 파묻혀 있던 그의 모습이 가물가물하게나마 드러나기 시작했다.

정원이 입술을 혀로 살짝 핥으며 슬며시 고개를 돌려, 사람들 사이에 서 있는 연순을 바라보았다. 하늘 끝까지 치솟을 전공이 눈앞에 있었다. 서북 대륙을 종횡무진 했던 대하의 병마

원수가 내 손에 죽는다! 정원은 흥분한 나머지 손바닥에 살짝 땀까지 배고 있었다.

그러나 바로 이때, 날카로운 말들의 울음소리가 한바탕 들려오더니 동남쪽에 돌파구가 하나 나타났다. 크고 맑은 경종 소리가 귓가에 울려 퍼지며 사람들이 달려 나왔다. 온몸에 검은 갑옷을 입고, 손에는 칼을 들고 있는 모습이 누가 보아도 수려군의 차림새였다.

"서남진부사!"

군대에서 누군가가 놀란 비명을 질렀다. 정원의 눈길이 바로 차가워지며, 사납게 내뱉었다.

"또 저들이!"

정원은 바로 수하의 궁수들에게 즉시 수려군을 대적하라고 명령을 내리려고 했다. 그러나 그때, 나지막한 목소리가 귓가에 울려 퍼졌다. 연순이 언제인지 모르게 앞으로 걸어 나와 천천히 말했다.

"저들을 포위하되, 죽이지는 마라."

정원의 심장이 덜컹했다. 그는 서둘러 몸을 굽히며 말했다.

"존명."

"멈춰!"

맑고 날카로운 목소리가 갑자기 울려 퍼졌다. 모두 기이한 듯 고개를 들었다. 동남쪽 하늘에서 전마 한 필이 갑자기 달려 나와 병사들의 머리 위를 뛰어넘었다. 그리고 전투가 벌어지는 곳에 내려앉았다. 초교가 맹렬하게 말에서 뛰어내려, 두 군대 사이로 달려가며 큰 소리로 외쳤다.

"멈춰라!"

철옹군의 전사들은 모두 그녀를 알아보았다. 그들은 초교를 해치게 될까 두려운 마음에 바로 동작을 멈추고, 두려운 듯 연순을 돌아보았다.

"연순! 멈춰!"

초교가 중앙에 서서, 그를 응시하며 큰 소리로 외쳤다.

연순의 눈빛이 음침하게 빛났다. 한참 후, 그는 천천히 말했다.

"아초, 비켜라!"

초교는 천천히 두 팔을 벌리고, 차갑게 그를 바라보며 말했다.

"먼저 나를 죽여야 할 거야."

"성아, 비켜라."

뒤에서 나지막한 목소리가 들려왔다. 초교가 재빨리 고개를 돌려 보니 제갈월이 피 웅덩이 속에 서 있는 것이 보였다. 가슴의 상처는 흰 천으로 감싸고 있었지만, 여전히 붉은 피가 계속 배어 나오고 있었다. 그는 평온한 눈빛으로 그녀를 바라보았다. 그의 눈빛 속에는 어떤 격앙된 감정도, 습격당한 것에 대한 분노도 없었다. 그의 눈빛은 여전히 냉담하기만 했다. 그는 이미 패잔병이 된 수하들 사이에서 거만한 자세로 선 채, 두려움 없는 눈빛으로 연북군을 바라보았다.

초교의 눈시울이 갑자기 붉어졌다. 그녀는 고집스럽게 고개를 저으며 속삭였다.

"당신에게…… 미안해."

하늘과 땅은 모두 아득하게, 끝이 없는 눈꽃에 뒤덮여 있었다. 그 희디흰 세상에서 핏빛은 더욱 처참하고도 장렬해 보였다. 마치 눈을 찌를 듯 요염하게 피어나는 꽃처럼 그 핏물은 얼음 위에서 차갑게 피어나고 있었다.

그녀의 귓가에 바람 소리가 울려 왔다. 화살이 끝없이 이어진 눈보라를 뚫고 오는 소리였다. 그녀는 고개를 돌렸고, 마침내 연순이 자신의 뒤에서 활을 당기고 있는 모습을 보게 되었다. 황금빛 화살이 빠른 속도로 날아오고 있었다. 어렴풋하게 화살이 허공을 가르는 소리마저 들리는 것 같았다. 그녀는 피할 수도, 막을 수도 없었다. 차가운 바람이 그녀의 옷자락 속으로 들어왔고, 그녀의 심장 전체가 차갑게 얼어붙었다. 그녀는 눈을 크게 뜬 채 연순이 자신을 향해 쏜, 이 되돌릴 길 없는 운명을 바라보았다. 하늘을 가득 채운 눈보라 속에, 숙명이라는 이름의 손이 사납게 자신을 잡고 있는 것만 같았다.

모든 장면이 그녀의 눈을 뜨겁게 불태우고 있었다. 화살은 그녀의 볼을 스치며 기이한 혈흔을 남기고, 제갈월이 막 싸매고 있던 가슴의 상처에 적중했다. 순식간에 핏물이 용솟음쳤고, 허공 속에 폭발하는 듯한 그 붉은 빛은 눈을 찌를 것만 같았다. 몹시도 뜨거운 그 핏방울들이, 그녀의 차가운 얼굴 위로도 떨어졌다.

순식간에 그녀의 숨마저 멈춰 버린 것 같았다. 그녀는 넋이 나간 것처럼 그 자리에 서서, 차가운 바람 속 제갈월의 외로운 그림자를 바라보았다. 핏빛이 그녀의 눈을 가득 채우고 있었다. 눈앞에 보이는 모든 것이 새빨갛게 물들어 버렸다.

등 뒤에서 다시 한 번 활을 당기는 소리가 들렸다. 그녀는 재빨리 고개를 돌려, 연순의 분노한 얼굴을 바라보았다. 남자의 손은 날카로운 칼처럼 가슴 앞에 멈춰 있었다. 마치 당장이라도 힘차게 휘두를 것처럼.

더 이상 다른 것을 생각할 여유가 없었다. 존엄은 무엇이고 자부심은 또 무엇이란 말인가. 그런 것들은 모두 이 순간, 온 세상을 뒤덮은 듯한 공포와 두려움 앞에서는 아무것도 아니었다. 그녀는 쿵 소리가 나도록 땅에 무릎을 꿇고 연순을 향해 미친 듯이 고개를 조아리기 시작했다. 머리를 얼음에 몇 번 부딪치지도 않았는데, 이마에는 이미 선혈이 가득했다. 그녀는 얼굴 가득 눈물을 흘리며 슬프게 울부짖었다. 헛수고라는 것을 알면서도, 허공 속에 두 팔을 벌려 어떻게든 막으려고 했다.

"연순, 제발, 제발 부탁이야. 이러지 마, 연순, 제발……."

연순은 초교를 바라보았다. 핏물로 얼룩진 그녀의 이마를 바라보았다. 마음이 너무나 아파 왔다.

이 여인은, 자신이 고독하고 절망하던 시절, 아무것도 가진 것 없던 때에도 자신 곁에 있어 준 유일한 사람이었다. 이 여인은 그 진황성이라는 새장 안에서 그와 8년을 함께 있어 준 아초였다. 그는 그녀를 평생 지키겠다고 맹세했다. 그녀에게 행복하고 안락한 생활을 선사하겠노라 맹세했다. 그러나 그는 그 과거의 맹세를 자신의 손으로 무너뜨리고 있었다.

그는 희미하게 입 끝을 들어 올리며 담담하게 미소 지었다. 마치 오래전처럼. 밖에서 돌아오던 그녀가 서탁에 엎드려 글씨를 쓰고 있는 그를 보고 있었다. 그는 고개를 들고 문가에 서 있는 소녀를 보고 희미하게 미소 지었다. 등불 아래 그 미소는 마치 3월의 물처럼 따뜻하기만 했었는데.

아초, 사실 나는 전혀 변하지 않았어. 전혀.

그저 내가 진정으로 원하는 것이 무엇인지, 네가 계속 알지 못했을 뿐이야.

그리고 지금, 나는 이런 방식으로 나의 신념을, 나의 포부를, 나의 모든 것을, 그래, 모든 것을 하나하나 너에게 이야기하게 되는구나.

"쏴라!"

세상이 갑자기 너무나 조용하게 변했다. 눈보라마저 멈춘 것 같았다. 그녀의 귀는 더 이상 어떤 소리도 들을 수 없었다. 오로지 하늘을 날던 새가 날갯짓하며 그들의 머리 위로 날아가는 소리만이 들릴 뿐이었다. 저 새는 얼마나 자유로운가.

철응군 2만 명이 말 위에서 화살을 쏘았다. 빽빽한 화살들이 구름처럼 태양을 가리고, 하늘은 순식간에 어두운 밤이 된 것만 같았다. 금속의 폭포가 허공을 가르며 하늘에서 떨어졌다. 화살 꼬리에는 긴 밧줄이 묶여 있고, 화살촉은 반짝이는 날카로운 미늘이었다. 화살은 제갈월이 있는 방향으로 무서운 속도로 날아갔다.

"장군을 지켜라!"

월대가 온몸에 화살을 맞은 채로 외쳤다. 그의 다리 한쪽은 이미 베인 상태였지만, 그는 맹호처럼 뛰어올라 제갈월의 몸 앞으로 쓰러졌다. 남아 있는 월위들도 온몸에 피를 뒤집어쓴 채, 손가락 하나라도 남아 있는 한 온 힘을 다해 제갈월을 향해 기어왔다.

화살은 그들을 맞히려는 것이 아니었다. 화살은 하나하나 강철로 만든 손처럼, 단단한 얼음층에 깊이 박혔다. 미늘이 얼음 속으로 들어가, 온 힘을 다해 파내기 시작했다. 연순이 명령을 내리자 2만 전마가 동시에 몸을 돌렸고, 고개를 쳐들고 길게 울부짖었다. 병사들이 말채찍을 급하게 휘두르자, 말들이 신속하게 말발굽을 들고 울음소리를 남기며 달려 나갔다.

화살 꼬리에 달린 밧줄이 순식간에 팽팽해졌다. 쿵, 쿵, 소리가 끊임없이 귓가에 울렸다. 단단한 얼음층이 바로 무너지고 있었다. 얼음이 부서지고, 차가운 물이 순식간에 얼음 위로 올라오기 시작했다. 초교는 절망하여 고개를 돌렸다. 눈을 뒤덮은 핏자국 사이로, 그녀는 눈을 뜬 채 제갈월의 몸이 흔들리는 것을, 차가운 얼음물 속으로 빠져드는 것을 바라보았다.

적수의 단단한 얼음이 피부를 찔러 와 요염한 붉은빛을 내비쳤다. 그의 눈은 여전히 그녀를 바라보고 있었다. 그렇게나 평온하게, 원한이라고는 없이, 적대감도 없이, 그러나 기쁨도 없이, 또한 절망도 없이. 아주 오래전의 그날처럼, 그는 무표정하게 그녀를 바라보고 있었다. 그녀가 조금씩 멀어져 가는 것을 바라보고 있었다. 그녀가 한 번 또 한 번 자신을 저버리는 것을, 그리고 한 번 또 한 번 그의 반대편에 서는 것을 바라보았다. 초교는 활을 들고 검을 쥐었다. 그의 머리를 베기 위해 달려왔다.

초교는 제갈월 마음 깊은 곳, 결코 아물지 않는 상처였다. 제갈월은 그 상처 안에 독충을 한 마리 키우고 있었다. 그 독충에게 중독된 상처는 이미 썩어 버렸다. 그 고통은 골수 깊이까지 스며들어 죽음이 아니라면 결코 치유할 수 없었다.

시간은 너무나 짧았다. 초교는 그의 옷자락 하나 잡지 못하고, 그저 공포로 눈을 크게 뜬 채 땅 위에 엎드려 소리 없이 눈물을 흘리고 있었다. 그녀는 힘없이 앞으로 몇 번 기어갔다. 마치 어찌할 바를 모르는 장난감 인형처럼. 그녀는 힘없이 눈앞의 모든 것을 바라보았다. 그들의 눈빛이 한곳에서 마주쳤고, 천천히 가라앉았다. 차가운 바람이 울부짖는 야수처럼 땅 위의 흰 눈을 쓸어 갔고, 그들 사이에는 거대한 눈보라가 일어나, 마치 한 송이 한 송이 망자를 위한 흰 깃발처럼 피어나고 있었다.

차가운 물이 순식간에 그의 몸을 덮어 버렸다. 이제 더 이상은 그 냉담한 눈동자를 볼 수 없다. 더 이상은 그 고고하게 살짝 치켜 올린 턱을 볼 수 없다. 그 새까만 머리카락도 이제 볼 수 없을 것이다. 그 모든 것이 이 얼어붙은 세상, 만 길 얼음 호수 아래로 사라져 버릴 것이다.

초교는 입을 벌렸다. 고함을 지르고 싶었지만 소리가 나오지 않았다. 차가운 바람이 그녀의 폐에 가득 찼고, 그녀는 기침하기 시작했다. 그녀는 발버둥 치며 몸을 일으켜, 비틀거리며 달려갔다. 그리고 풍덩 소리와 함께 뼈에 스며드는 얼음 호수 안으로 뛰어들었다.

추워, 추웠다. 호수 물은 마치 날카로운 얼음 가시처럼 사납게 그녀의 발이며 다리를 찔러 오고, 다시 그녀의 허리와 목을 찔러 왔다. 그녀는 몸을 웅크리고 들어가 힘을 내어 헤엄쳤다. 물속에서 두 눈을 크게 뜨고 찾고 있었다. 햇빛이 머리 위에서 어두운 물 아래까지 비춰 주는데, 눈앞에는 부단하게 발버둥치는 그림자만이 스쳐 갈 뿐이었다. 피비린내 나는 맛이 물결 사이로 스며 들어왔다.

아냐, 아니야, 여전히 아니야. 그녀는 절망하여 울부짖었다. 눈물이 흘러내려 얼음 같은 물이며 선혈에 뒤섞이고 있었다. 몸은 점차 차갑게 굳어 갔고, 동작도 더 이상 민첩하지 않았다.

초교는 누군가가 그녀의 허리를 잡는 것을 느꼈다. 누군가가 그녀를 위로 끌어올리려고 하고 있었다.

아냐, 나는 올라가지 않을 거야. 초교는 허리춤에서 비수를 뽑아 들어, 언제부터인지 모르게 그녀의 허리에 묶여 있던 밧줄을 자르려 했다. 그러나 바로 이때, 아주 차가운 두 손이 그녀의 손목을 잡았다. 그녀를 둘러싼 이 물보다도 더 차가운 손이 그렇게나 힘차게, 그렇게나 단호하게 그녀의 움직임을 제지하고 있었다.

초교는 퍼뜩 깨닫고 고개를 돌렸다. 잘생긴 얼굴이 눈에 들어왔다. 검은 눈동자, 창백한 입술, 높은 콧날, 그가 불타는 눈빛으로 그녀를 바라보고 있었다. 그의 손이 그녀의 손을 잡고 힘차게 그녀를 위로 밀어내고 있었다. 그의 가슴 상처에서는 선혈이 계속 흘러나와 초교의 입과 코로 들어왔다. 그녀는 기쁨이 극에 달한 나머지 울면서, 두 팔을 벌려 그를 끌어안고, 손으로 죽어라고 그를 끌어당겼다. 어떻게든 그를 같이 끌고 올라갈 생각이었다.

제갈월은 초교의 비수를 빼앗고 그녀의 손을 잡아끌더니, 손가락으로 그녀의 손바닥에 한 번 또 한 번, 어지러운 글씨를 쓰기 시작했다. 살아남아……. 살아남아……. 살아남아…….

"나와 함께!"

초교는 입을 벌렸지만 소리를 낼 수 없었다. 그저 자잘한 물거품만을 토해 낼 뿐이었다.

그는 천천히 고개를 젓고 계속 적었다. 살아남아!

초교의 눈에서 눈물이 미친 듯이 흘러내렸다. 그녀는 있는 힘을 다해 고개를 흔들며, 죽어라고 그를 잡아끌었다.

나와 함께! 나와 함께! 나와 함께 살아남아!

나는 혼자 올라가고 싶지 않아. 나는 평생을 당신에게 빚진 상태로 살고 싶지 않단 말이야. 당신은 죽어선 안 돼! 안 된다고! 싫어!

위에서는 계속 그녀를 끌어올리려 하고 있었다. 그녀는 이미 얼어 온몸이 굳은 상태였다. 그저 손가락만이 여전히 죽어라고 그를 잡고 있었다. 지금까지는 알지 못했다. 그의 죽음이 그녀의 심장을 이렇게 뛰게 할 줄은. 지금까지는 그녀가 알지 못하는 사이에 그가 이렇게 그녀의 마음 깊은 곳에 들어와 있었다는 사실도 알지 못했다. 본래 모든 원한이라는 것은 그녀가 그를 제대로 직시하지 않기 위해 찾아낸 핑계에 불과했던 것이다. 그래, 그녀는 지금까지 알지 못했던 것이다. 그가 떠나가는 것을 보는 것이 이렇게나 고통스러운 일일 줄은.

제갈월, 제갈월, 제발, 제발, 이렇게 잔인하면 안 돼. 나에게 평생 고통을 짊어지고 살라고 하지 말아 줘. 내가 당신에게 진 빚을 갚을 수 없다면, 차라리 내가 당신과 함께 죽게 해 줘.

빛이 점점 더 성대하게 쏟아져 내렸다. 그녀는 소리 없이 통곡했다. 눈물이 그녀의 시야를 모호하게 만들고 있었다. 그녀가 볼 수 있는 것은 그의 온화한 눈동자뿐이었다. 그녀의 손가락은 절망적으로 그의 팔에 걸려 있었다. 도저히 입 밖에 낼 수 없는 그 수많은 말들이, 그 있는 힘을 다한 손가락을 통해 그에게 전달되고 있었다. 그녀는 여전히 고개를 젓고 있었다. 여전히 절망적으로 애원하고 있었다. 정신이 얼떨떨한 가운데에도 그녀는 후회하고 있었다. 어째서 마음 깊은 곳에 숨겨 두었던 말을 연순에게 내뱉어 버렸을까? 어째서 연순을 격노하게 했을까? 어째서 좀 더 일찍 스스로의 분노를 죽이고 연순에게 애원하지 않았을까? 만약 그랬다면, 제갈월은 죽지 않을 수 있었을지도 모른다.

고통과 공포는 마치 끝이 없는 심연과 같이 그녀를 함몰시켜 가고 있었다. 그녀는 그를 잡고 손을 놓지 않았다.

제갈월은 여전히 너무나 멋있어 보였다. 평생 처음으로, 그는 이렇게 부드러운 눈빛으로 누군가를 바라보고 있었다. 수년에 걸친 바람은 마치 아주 짧고 초라한 꿈과 같다고 생각했건만, 일순간 이렇게 응답을 듣게 되었다. 그는 온 힘을 다해 물을 가르고, 위로 올라가 두 팔로 그녀의 연약한 몸을 끌어안았다. 그리고 그녀의 입술에 부드럽고 얼음처럼 차가운 입맞춤을 남겼다.

초교의 눈에서 삽시간에 눈물이 쏟아져 제갈월의 입가를 적셨다. 절망이 한순간 그녀의 심장에 구멍을 내고, 차가운 물이 그 구멍을 가득 채우며 들어왔다.

그녀의 몸은 이제 완전히 얼어붙어 있었다. 위에서는 누군가가 계속 그녀를 끌어당겼고, 그녀는 천천히 위로 올라갔다. 천천히, 위로, 그녀의 팔은 계속 그를 향해 뻗어 있었지만, 제갈월은 조금씩 자신을 잡고 있는 그녀의 손가락을 떼어 냈다.

두 사람의 손이 마침내 서로 떨어지고, 교차한 후 점차 멀어져 갔다……. 초교는 힘없이 팔을 뻗었다. 그가 조금씩 아래로 가라앉는 것을 보면서, 그가 가라앉는 것을 보면서! 맑은 눈빛이 물결 속에 잠기고, 따뜻했던 입술은 종이처럼 창백해지다 못해 주변이 검게 얼어붙고 있었다.

가슴을 쥐어뜯는 고통에 그녀는 몸부림쳤다. 햇빛이 물속으로 비쳤지만, 그녀는 주위의 모든 것을 볼 수 없었다. 오로지 그의 눈동자만이, 그 부드럽고 단호하게 그녀를 바라보는 눈동자만이 보일 뿐이었다. 그의 눈동자는 한 번 또 한 번 그녀에게 질책하듯 말하고 있었다. 살아남아, 살아남아…….

살아남아. 잊어서는 안 돼. 너에게는 아주 많은 바람이 남아 있다는 것을.

언제였던가. 그녀 역시 다른 이에게 이런 말을 한 적이 있었다. 그러나 무심결에 고개를 돌려 보니 다른 눈동자가 자신을 바라보고 있다는 사실을 발견할 수 있었다. 그녀의 등 뒤에서, 언제나 묵묵히 그녀를 바라보고 있는 그 눈동자.

물 위로 끌어올려진 그 순간, 그녀는 자신도 이미 죽었다는 사실을 깨달았다. 햇빛이 그녀의 얼굴을 비추고, 일순간 그녀는 황홀감에 빠졌다. 연순이 긴장한 듯 그녀를 끌어안으며 큰 소리로 그녀의 이름을 불렀다. 그러나 그녀는 아무것도 듣지 못했다. 그녀의 모든 것은 얼음 호수 아래에서 죽어 버리고 말았다. 지금 연순이 끌어올린 것은, 그저 차갑게 얼어붙은 몸뚱이일 뿐이다.

설원에 바람이 고요히 불고 있었다. 하늘에 새하얀 새들이 날아가고, 햇빛이 산 너머로 지고 있었다. 눈보라는 이미 멈춰 있었고, 해는 핏빛으로 붉어져 낙일산 방향에서 만 리에 걸쳐 붉은 빛을 비추고 있었다. 정말 아름다웠다. 너무나 아름다웠다.

하지만 이 모든 것을, 그는 다시는 볼 수 없을 거야.

그녀의 심장이 갑자기 뛰기 시작했다. 온몸에 갑자기 기적처럼 힘이 넘쳐났다. 그녀는 아무것도 돌아보지 않고 연순을 밀쳐 내고 얼음이 깨진 곳을 향해 비틀거리며 뛰기 시작했다. 연순은 대경실색하여 몇 걸음 쫓아가 그녀를 단단하게 끌어안았다. 그녀는 얼음이 깨진 곳에서 채 다섯 걸음도 떨어지지 않은 곳에서, 한 걸음도 앞으로 나갈 수가 없었다. 그녀의 절망이, 그녀의 고통이 마치 온 세상을 뒤덮을 듯 밀려왔다. 그녀는 마침내 더 이상 자신을 제어하지 못하고 땅에 무릎을 꿇고, 슬프게 울부짖었다.

"올라와! 어서 올라오란 말이야!"

울컥, 초교의 입에서 튀어나온 피가 연순의 손목에 떨어졌다. 그녀는 절망한 채 땅에 쓰러져 울었다. 그녀의 몸은 마치 가을바람 속 나뭇잎처럼 격렬하게 떨리고 있었다.

"아초!"

연순이 귓가에서 계속 그녀의 이름을 불렀다. 그 목소리는 초교의 귀를 찔러 왔다.

그녀는 사납게 고개를 돌렸다. 그녀는 울음을 멈추고, 차갑게 그를 바라보았다.

그녀의 눈빛 속에 분노, 증오, 실망, 슬픔이 하나하나 스쳐갔다. 마침내 마지막까지 남은 것은 그저 다 타 버린 재와 같은 절망과 고통뿐이었다. 연순을 바라보는 초교의 눈에서 눈물이 주룩주룩 흘러내렸다. 오랜 세월에 걸쳐 쌓아 온 희망이 전부 부서지고 말았다. 단호하게 지켜 온 모든 꿈이 재로 변해 날아가 버렸다.

연순의 걱정과 두려움, 고통은 마침내 초교의 차가운 눈빛 속에 식어 버리고 말았다. 연순은 어색하게 손을 풀고, 몸을 일으켜 높은 곳에서 그녀를 내려다보기 시작했다.

대지에 차가운 바람이 불어왔다. 창백한 흰빛이 조금씩 그녀의 두 눈을 가리고, 그녀의 의식도 점차 흐려져 가기 시작했다. 어렴풋한 순간, 마치 어두운 호수 아래의 그 검은 눈동자를 본 것만 같았다.

살아남아, 살아남아, 살아남아······.

어두운 가운데, 나지막한 목소리가 귓가에 메아리쳤다. 그녀는 절망하여 두 눈을 감고 땅 위에 늘어지고 말았다. 이 끝이 없는 어둠 속에 떨어지니, 바라건대 꿈이나 한바탕 꾸었으면. 그리고 다시는 깨지 않았으면.

차가운 바람은 여전히 눈꽃을 말아 올려 천천히 깨어진 얼음층을 덮고 있었다. 천지가 스산하니, 이곳이 바로 황천 가까이인 모양이었다.

제21장 폭죽 소리마다

초교는 계속 깨어 있었다. 그저 눈을 뜨고 싶지 않았을 뿐. 그녀는 누군가가 자신의 주변에 있다는 것도, 누군가가 계속 작은 소리로 그녀를 부르고 있다는 것도, 또 누군가가 슬프게 울고 있다는 것도, 누군가가 그녀에게 약을 먹이고 있다는 것도, 또 누군가가 묵묵히 그녀를 바라보며 다가오지 않고 아무 말도 하고 있지 않다는 것도 알고 있었다.

그녀는 모두 알고 있었다. 그러나 깨고 싶지 않았다. 그녀는 계속 깊은 잠에 빠져 있었다. 그녀의 심장은 마치 차갑게 말라붙은 나무토막 같았다. 비쩍 말라 더 이상 어떤 양분도 없는 나무토막.

그녀는 반복해서 같은 꿈을 꾸었다. 꿈속의 세상은 얼음처럼 차가웠다. 그녀는 칠흑처럼 어두운 얼음 호수 속에 떠다니고 있었다. 주변은 그렇게나 차가웠고, 조각난 얼음들이 계속하여 가볍게 그녀의 피부를 건드리고 있었다. 제갈월은 그녀를 바라보며 조금씩 가라앉고 있었다. 그의 몸 뒤로 어두운 빛이 번쩍이고, 그의 얼굴은 더욱 창백해 보였다. 오로지 그 눈동자만이, 칠흑 같은 그 눈동자만이 별처럼 반짝이고 있었다. 희로애락을 구분할 수 없는 그 눈동자, 그저 그렇게나 고요하게 그녀를 바라보는 그 눈동자가 천천히, 조금씩 가라앉았다…….

태어나 처음으로 초교는 이렇게까지 연약해져 있었다. 너무나 피곤한 나머지 계속 잠에 빠져 있고 싶었다. 생명에는 더 이상 미련이 없었다. 그녀를 미친 듯이 집착하게 만들었던 그 꿈들조차, 순식간에 누군가에 의해 깨어지고 말았다. 그녀는 아무 생각도 하고 싶지 않았다. 무엇이건 생각할 힘도 없었다. 심지어 눈을 뜨고 현실의 모든 것을 대면할 용기조차 없었다. 그녀는 도망치고 싶었다. 그녀는 연약하게 눈을 뜨지 않고, 모든 일이 없었던 것처럼 여기고 싶었다.

이 순간이 와서야 그녀는 마침내 알게 되었던 것이다. 본래 자신도 여인이었다는 것을. 아파하고, 괴로워하고, 상처받고, 절망할 수 있는 사람이었다는 것을. 그녀는 식사도 약도 거절했다. 물 한 모금도 입 안으로 넘기지 않았다.

그러던 어느 날, 문밖에서 시끄러운 소리가 들렸다. 누군가가 큰 소리로 그녀를 저주하고 있었다. 수많은 독설이 잔인하게 날아왔고, 한 마디 한 마디 그녀의 심장을 파내고 있었다. 그 목소리는 너무나 익숙했고, 그녀는 결국 눈을 뜨고 말았다.

초교는 침상에서 기어 내려왔고, 덕분에 때맞춰, 초주검이 된 주성의 모습을 볼 수 있었다.

젊지만 무예를 할 줄 모르는 집사의 온몸은 상처투성이였다. 의복은 갈기갈기 찢어지고 얼굴은 핏물로 얼룩져 있어, 마치 미쳐 버린 사람 같았다. 팔 하나는 이미 잘려 나간 상태였지만 여전히 미친 듯이 그녀에게 달려들려고 했다. 선혈이 구불구불, 정원에 깔아 놓은 푸른 돌 위로 흘렀다. 그는 눈을 붉히며 큰 소리로 저주하고, 여전히 남아 있는 손으로 옆에 있는 시위들을 공격했다. 시위들은 결코 살수를 쓰지 않고, 그저 그가 방 가까이로 가지 못하게 제지하면서 그를 조금씩 땅으로 내리눌렀다. 그리고 다시 냉담하게, 그가 낭패한 몰골로 일어나는 것을 지켜보았다.

"흉악하고 잔인한, 배은망덕한 여자 같으니라고!"

주성은 갈라진 목소리로 미친 듯이 소리쳤다. 온몸엔 상처와 동상 자국이 가득했고 상처에선 고름이 흐르고 있었다. 한눈에 봐도 눈 아래에서 아주 오랜 시간 잠복하고 있다가 생긴 상처 같았다.

녹류가 초교를 끌어안고, 떨리는 손으로 그녀의 눈을 가리려고 애썼다. 그러나 초교는 날카로운 창처럼 꼿꼿하게 몸을 세우고, 미동도 없이 그 자리에 서 있었다. 주성이 계속하여 사람들에게 눌려 넘어지고, 다시 일어나는 것을, 그렇게 조금씩 그녀에게 다가오는 것을 바라보면서.

"놓아줘."

초교가 나지막한 목소리로 말했다.

"놓아주라고!"

그녀가 갑자기 큰 소리로 외치며, 녹류를 밀치고 비틀거리며 뛰어갔다. 바깥의 바람은 마치 날카로운 칼날처럼 차가웠다. 그녀는 미친 듯이 달려가 앞에서 가로막는 시위들을 밀어내며 큰 소리로 외쳤다.

"모두 멈춰!"

"널 죽여 버리겠다!"

주성이 외치며 어설프게 칼을 휘둘렀다. 초교는 멍하니 그 자리에 서 있었다. 그 순간, 그녀는 더 이상 그 뛰어난 현대의 특공대원이 아니었다. 앞에서 다가오는 칼을 보면서도 그녀는 피하거나 숨지 않고, 그저 눈을 뜬 채 제 머리가 베이기만을 기다리고 있었다.

그러나 칼날이 그녀의 옷자락에 닿는 그 찰나, 날카로운 화살 한 대가 하늘을 가르며 날아와 주성의 심장을 정확하게 꿰뚫었다. 젊은 집사의 입에서 선혈이 뿜어져 나와 초교의 얼굴에 쏟아졌다. 남자의 몸이 떨리고, 동공이 확대되었다. 무릎에서 힘이 풀린 듯, 곧 남자는 땅에 쓰러졌다. 초교가 그를 부축하자 남자는 혐오감 가득한 시선으로 그녀를 바라보며, 최후의 힘을 다해 피가 섞인 침을 초교의 얼굴에 뱉고 차갑게 저주했다.

"천한 계집!"

쿵, 주성이 땅에 쓰러졌다. 먼지가 날아올라 마치 날개를 펼친 작은 벌레처럼 핏물로 얼룩진 초교의 얼굴에 달라붙었다.

그녀는 천천히 고개를 들었다. 연순의 냉담한 얼굴이 보였다.

활을 내려놓은 연순이 음울한 얼굴로 다가와, 높은 곳에서 그녀를 내려다보며 말했다.

"천하에 명백하게 알렸다. 네가 올가미를 설치해 제갈월을 끌어들여 죽였노라고. 이자는 제갈월을 따라 연북에 온 자였지. 그래서 빨리 도착한 것이고. 내 예상에 며칠 후면 제갈가의 자객들이 죽음을 각오하고 하나하나 너에게 올 것이다. 그러나 내가 네 주변에 시위들을 배치했으니, 걱정할 필요 없다."

초교는 연순을 바라보았다. 눈앞의 이 사람이 대체 누구인지, 이름이 무엇인지조차 기억나지 않았다. 그녀는 열심히 생각했다. 눈을 크게 뜨고 그를 제대로 살펴보려 했다. 그러나 머리가 미친 듯이 아파 올 뿐이었다. 금빛 찬란한 햇빛이 그의 몸을 비춰 주고 있었고, 그녀는 눈을 제대로 뜰 수도 없었다.

시위들이 주성의 시체를 끌고 나갔다. 선혈이 길에 구불구불한 흔적을 남겼다. 원한에 가득 찬 그 눈은 여전히 뜬 채로, 표독스럽게 그녀를 바라보고 있었다. 가능하다면 그녀를 제 뱃속에 삼키고 싶은 듯한 시선이었다.

연순이 곧 사람들을 이끌고 떠났고, 정원은 고요해졌다. 하인들이 큰 통에 물을 담아 와 땅에 뿌린 뒤 핏자국을 지우기 시작했다. 초교는 그 자리에 선 채 움직이지 않았다. 누구도 감히 그녀를 건드릴 엄두를 내지 못했다. 녹류가 조심스럽게 다가와 떨면서 그녀의 옷자락을 잡아당기며 작은 소리로 불렀다.

"아가씨? 아가씨?"

차갑고 맑은 바람이 불어왔다. 추운 날씨였다. 녹류가 가볍게 그녀의 팔을 흔들었다. 시녀의 목소리에 점차 울음이 섞이기 시작했다.

문밖에서 갑자기 젊은 남자의 분노에 찬 욕설이 들려왔다. 아정이 자신을 가로막는 시위를 욕하면서 성큼성큼 들어왔다. 그러나 초교의 모습을 보더니 코끝이 시큰한 모양이었다. 그는 주위에 하인들이 있다는 것도 신경 쓰지 않고 대뜸 초교를 안아 올려 방 안으로 들어갔다. 바깥은 아주 추운데 초교는 그저 얇은 옷 한 벌을 걸치고 있을 뿐이었다.

시녀들이 당황하여 달려와 초교의 손이며 얼굴을 문지르며 따뜻하게 해 주었다. 그녀는 멍한 표정으로 시녀들이 하는 대로 내버려 두었다. 마치 이미 죽어 버린 사람 같았다.

"아가씨, 이러지 마세요."

아정이 눈시울을 붉히며 그녀에게 말했다.

"폐하를 탓하지도 마십시오. 모든 것은 정원, 그 간사한 소인배의 참언이 폐하를 미혹한 탓입니다. 아가씨, 강하게 버티셔야 합니다."

그의 목소리는 아주 멀리에서 들려오는 것 같았다. 아주 먼, 저 하늘가에서. 초교가 살며시 고개를 들어 의아한 눈빛으로 그를 바라보았다. 그리고 한참 후에야 천천히 물었다.

"하소는?"

초교의 목소리는 마치 깨져 버린 풀무처럼, 아주 많이 쉬어 있었다. 아정은 살짝 멈칫했다. 그리고 그녀의 말뜻을 제대로 이해하지 못한 것처럼, 바보같이 되물었다.

"네? 뭐라고 하셨습니까?"

"하소는? 수려군의 병사들은? 그들은 어떻게 하고 있어? 무슨 일이라도 있는 것은……?"

"아닙니다. 아무 일 없어요."

아정이 서둘러 대답했다.

"아무 일도 없습니다. 그들은 지금 위무소에 있어요. 다들 아가씨를 뵈러 오고 싶어 합니다만, 아가씨가 여전히 요양이 필요한 상태니, 폐하께서 다른 이들이 아가씨를 방해하지 못하도록 명을 내리셨어요."

"아."

초교가 조용히 고개를 끄덕였다. 표정은 매우 평온했다.

"제갈월 쪽 사람들은 전부 죽은 건가?"

"전부 죽었습니다. 시체도 끌어올리고 있고. 대부분 찾았습니다. 너무 깊은 곳에서는 끌어올리지 못했지만, 아마 살아 있는 이들은 없겠지요."

"제갈월은? 그도, 끌어올렸어?"

아정은 혀로 입술을 핥았다. 그는 초교의 표정이 평온한 것을 보고 나지막하게 답했다.

"끌어올렸습니다. 낙 장군이 대하까지 호송했지요. 조철이 직접 나와서 시신을 인수했습니다. 시신이 온전했기 때문에, 제갈가는 우리에게 황금 1백만을 냈습니다."

초교는 여전히 나무토막처럼 아무 표정도 짓지 않았다. 그저 굳어 버린 눈길로 계속하여 고개를 끄덕일 뿐이었다. 아정은 긴장한 목소리로 말했다.

"아가씨, 안심하십시오. 누구도 그의 시신을 훼손하지 않았습니다. 돌려보낼 때의 대우도 훌륭했고요. 폐하께서는 아주 상등품의 관도 준비해 주셨고……."

"사람이 죽었는데, 관은 해서 무엇 한다고."

초교가 담담하게 말하고 몸을 일으켰다. 그녀는 이미 6, 7일 정도 아무것도 먹지 않았다. 막 혼수상태에 빠졌을 때 사람들이 입 안으로 억지로 약을 흘려 넣었을 뿐이었다. 그녀는 하마터면 쓰러질 뻔하며, 비틀거리며 걸었다. 녹류가 부축하려 했지만 초교는 밀어냈다. 그녀는 휘청거리며 서탁 앞으로 다가가 종이와 붓을 꺼냈다. 무엇인가 쓰고 싶은 모양이었다.

"노비가 먹을 갈아 드리겠습니다."

녹류가 서둘러 달려갔다.

이때, 방문이 여전히 열려 있어, 바람이 불어 들어왔다. 서탁에 가득한 서책이 펄럭였고, 녹류가 조급하게 시녀에게 분부했다.

"어서 문을 닫아라!"

다시 고개를 숙였을 때, 초교는 이미 글을 다 적어 내려가고 있었다. 그녀는 서신을 잘 접어 아정에게 내밀며 평온하게 말했다.

"귀찮겠지만 이 서신을 하소에게 전해 줘. 그에게 여기 적힌 대로 하라고 해. 제갈가의 살수들이 연북에 들어오는 것은 반드시 막아야 한다고."

아정은 멍하니 서신을 받으며, 초교가 다시 손을 날려 빠르게 새로운 서신을 적어 내려가는 것을 지켜보았다.

"이것은 오 선생에게 전해 줘. 그리고…… 이 말을 꼭 전해 줘. 개인의 힘에는 한계가 있고, 신념을 달성하는 방식은 여러 가지가 있노라고. 나는 상신에 씨앗을 뿌려 두었고, 이제 그곳을 그에게 맡긴다고."

그리고 초교는 다시 한 통의 서신을 적었다.

"이 서신을 현현에게 전해 줘. 그녀에게 모든 것을 부탁한다고 전해 줘."

아정은 마음속에 불길한 예감이 들었다. 솔직한 그는 직설적으로 물었다.

"아가씨, 자진하려는 것은 아니시지요?"

초교가 고개를 들고 그를 바라보았다. 그녀의 눈빛은 여전히 맑았지만, 아정은 무엇인가 달라졌다는 느낌을 받았다.

그렇다. 무엇인가 달라져 있었다. 예전의 초교는 비록 냉정하고 담백한 사람이었지만, 그녀가 아정을 바라볼 때 아정은 그녀의 감정을, 그녀의 희로애락을 뚜렷하게 알아챌 수 있었다. 그러나 지금은, 초교가 자신을 바라보고 있는데도 그녀의 시선을 느낄 수가 없었다. 초교는 아정을 보고 있었지만 그 시선은 마치 그를 넘어서서, 아니 이 방을, 이 저택을 넘어서서, 아니 하늘에 흘러가는 구름이며 먼 달까지 넘어서서…….

"그럴 리 없잖아."

초교는 담담하게 말하고, 고개를 돌려 녹류에게 말했다.

"배가 고프다. 먹을 것을 가져와 다오."

녹류는 갑자기 멈칫하더니, 한참 후에야 기쁘게 답하고 나는 듯이 달려 나갔다.

식사는 계속 준비되어 있었기 때문에 따뜻했다. 하인들이 재빠르게 한 상 차려 내는 동안, 녹류가 초교 곁에서 흥분하여 이야기했다.

"이건 폐하께서 보내오신 음식이에요. 아가씨께서 큰 병에서 막 일어나신 셈이니 이걸 드시는 게 제일 좋다고 하더라고요. 이건 우 의원이 만든 약선 요리인데요, 비장과 위장을 보해 준다고 했어요. 아가씨께서는 며칠 동안 아무것도 안 드셨으니 너무 기름기가 많은 것은 드시면 안 된다고 하더군요. 이건 노비가 직접 끓인 닭고기 탕인데, 약한 불로 열한 시진이나 삶은 거예요. 어서 맛을 보세……."

녹류의 목소리가 점차 줄어들었다. 그녀는 당황하여 어쩔 줄 모르고 초교를 바라보았다. 초교는 밥그릇을 들고 기계적으로 밥을 한입, 한입, 입 안에 욱여넣은 후 재빨리 씹어 삼키고 있었다. 그렇게 재빨리 한 그릇을 해치운 후 스스로 일어나 한 그릇 다시 퍼서, 앉아 계속 먹기 시작했다.

초교가 식사하는 모양새는 사람들을 놀라게 했다. 마치 한참 굶은 거지라도 되는 것처럼, 그녀는 죽어라고 입 안에 먹을 것을 욱여넣었다. 녹류는 놀란 나머지 부들부들 떨면서 초교를 잡아당겼다. 그러나 초교는 고개를 묻고 그녀를 상대하지 않았다.

녹류는 입술을 깨물었다. 눈물이 한 방울 한 방울 흘러내렸다. 그녀는 힘차게 초교의 팔을 잡아당기며 슬프게 울부짖었다.

"아가씨, 괴로우면 차라리 우세요. 이렇게 참지 마시고요. 참으면 병이 된다고 했어요. 괴로우면 우시는 것이 나아요!"

그러나 초교는 한 마디도 하지 않고 여전히 기계적으로 음식을 씹어 넘겼다. 마치 마음속의 그 고통과 답답함을 함께 씹어 삼켜 버리려는 듯이.

방 안은 아주 고요했고, 녹류의 훌쩍이는 소리만이 들릴 뿐이었다. 아정은 세 통의 서신을 든 채, 그저 제 손가락이 차가워지는 것을 느끼고 있었다. 그는 아무 말이라도 하고 싶었지만, 초교의 한기에 가득 찬 눈길을 보자 아무 말도 하지 못했다. 초교는 차갑게 고개를 들고 담담하게 말했다.

"그만 가 보도록."

아정이 방을 나설 때, 초교는 이미 약을 먹고 있었다. 의원들이 줄줄이 들어왔다. 그들 모두 커다란 약상자를 등에 지고 있었다. 이 저택에 갑자기 생기가 도는 것 같았다. 그러나 왜인지 모르게, 아정은 더욱 스산한 느낌을 받았다.

문을 나서니, 백양목 아래에 연순이 서 있는 것이 보였다. 운벽, 이곳은 이름은 좋으나 아주 궁벽한 시골이었다. 토양은 황폐하고 기후가 나쁜 곳으로, 매년 커다란 눈 피해가 있었다. 이곳에서 생활하는 백성들은 언제나 배부르게 먹어 본 적이 없었다. 그래서 매년 살던 곳을 버리고 도망쳤고, 그런 시간이 길어지다 보니 연로한 노인들을 제외하면 남아 있는 것은 이런 백양목뿐이었다.

아정이 나오는 것을 보고서도 연순은 고개를 돌리지 않았다. 아정은 손에 들고 있던 서신을 연순에게 건넸고, 연순은 하나하나 열어 자세히 살펴보았다. 세 통의 서신은 모두 길지 않았지만, 연순은 반 시진 이상 읽고 있었다. 마침내, 그는 서신을 원래대로 접어 아정에게 건넸다.

"아초가 말한 대로 해라."

아정의 얼굴은 마치 도둑질을 하다 들킨 듯 붉어져 있었다. 그는 한참 동안 침묵하다가, 마침내 나지막하게 말했다.

"폐하, 아가씨께서 자진하실 생각은 아니겠지요? 마치 저에게 유서를 건네시는 것 같았습니다."

연순은 안색 하나 변하지 않고 아정에게 초교와 같은 답을 했다.

"그럴 리 없다."

"그렇다면……."

아정이 다시 물었다.

"무엇 때문에 아가씨께 제갈월을 죽였다는 죄명을 뒤집어 씌우신 겁니까? 제갈가의 시위들이 미친 듯이 복수하려 들 텐데요. 아가씨도 폐하를 미워하게 될 수도 있고요."

"나를 미워한다고?"

연순의 목소리가 올라갔다. 그러더니 나지막하게 킬킬거리며 다시 담담하게 말했다.

"나를 미워하는 것이 죽는 것보다는 낫지 않은가."

아정은 살짝 멈칫했다. 단숨에 그는 무엇인가를 깨달은 것 같았지만, 완전히 이해가 가는 것은 아니었기에 다시 물었다.

"폐하, 우리는 아무 시신으로나 대하를 속이고 제갈가를 속인 셈인데, 아무 문제 없을까요? 그들에게서 몸값도 받지 않았습니까."

연순은 대답하지 않고 그저 손을 뻗어 앞에 펼쳐진 아득한 설원을 가리키며 말했다.

"아정, 연북 지도에 무엇 때문에 운벽, 이 지역을 표시하지 않는지 아느냐?"

아정은 연순이 무엇 때문에 이런 것을 묻는지 알 수 없어 그저 고개를 저었다.

"모릅니다."

"그것은 여기가 아무 쓸모도 없기 때문이다."

연순이 나지막하고 냉담하게 말했다.

"이 지역은 너무 좁고, 바위들이 잔뜩 솟아 있어 밭을 갈 수도 씨를 뿌릴 수도 없지. 풀도 한 포기 자라지 않아 목장을 만들 수도 없고. 적수는 이곳을 지나지 않고, 천장호도 아주 멀리 떨어져 있지. 기후도 좋지 않아 겨울이 되면 눈 피해가 오고, 지리적인 위치도 편벽해. 견융족조차 관을 넘어 공격해 올 때 이곳으로는 오지 않는다. 이곳은 군사적으로나 경제적으로나 연북에게는 부담이지. 좋은 점이라고는 전혀 없고. 그래서 지도에조차 이곳을 표시하지 않는 것이다."

연순은 차갑게 소리 내어 웃었다. 그 웃음소리는 너무나 의

기소침하게 들렸다.

"지금 제갈월은 제갈가에 있어, 연북의 운벽과 같은 것이다. 그의 존재가 치욕이고 부담이지. 경솔하고 무모하게 행동하다가 전장에서 죽은 것도 아니고, 여인에게 반한 나머지 올가미에 걸려 죽게 된 제국의 장수라. 그의 퇴장 이후 기다리고 있는 것이 무엇이라고 생각하느냐? 제갈가의 사람은 그와 관계를 분명히 긋고 싶어도 이미 늦은 참이지. 대체 누가 와서 그의 시신을 수습하겠느냐?"

아정은 문득 깨닫고 말했다.

"아, 과연, 폐하께서 아가씨를 구실로 삼으신 것은 본래 제갈가 때문이셨군요."

연순은 무표정하게 멀리를 바라보며 천천히 말했다.

"제갈월의 죽음은 시작일 뿐이다. 제갈가, 조철, 낙형 장군, 그리고 당초에 그를 추천했던 몽전까지 모두 이 일의 영향을 받을 것이다. 대하는 지금 아주 어지러운 상태가 아니냐? 조제가 죽었고, 조숭은 다시 일어나기 어려운 상황이고. 위씨 문벌과 조양의 세력은 너무 약해져 있는 상태니, 내가 그들을 한 번 도와주어도 무방하겠지. 대하의 내부가 안정을 찾지 못할수록 나의 강산은 안정되어 갈 테니 말이다."

아정은 멍하니 아무 말도 하지 못하고 그 자리에 서서 연순을 바라보기만 했다.

"아정, 정원과 다투려 하지 마라."

연순이 그를 보며 미간을 찌푸리고 담담하게 말했다.

"너는 이미 민간 조직의 자객이나 살수가 아니다. 연북의 동쪽 정벌이 임박했고, 너는 내 심복이지. 정치를 하려면, 정치적인 수단과 태도를 가져야 하는 법이다. 수많은 이들이 희생당할 수밖에 없는 것이다. 만약 네가 이 점을 이해하지 못한다면, 아마, 너는 영원히 대동회의 그 현실을 모르는 망상가들과 똑같을 수밖에 없는 것이다. 영원히 덧없는 꿈이나 꾸는 자들 말이다. 그리고 평생 권력의 맛이라고는 전혀 볼 수 없겠지."

연순은 고개를 돌리고, 아정의 멍한 표정을 보려 하지 않았다. 연순에게는 끝까지 내뱉지 않은 말이 하나 있었다. 사자는 비록 용맹하고 쓸모 있지만, 제어하기가 어렵다. 어떤 경우에는 그저 개 떼들이 필요할 때도 있는 것이다.

아초라면, 그녀는 결국 이해해 줄 것이다. 제갈월의 세력을 죽이는 것은 필연이었다는 것을. 그녀의 명의로 이 함정을 판 것도 어쩔 수 없었다는 것을. 첫째로는, 제갈월은 상대하기 너무 어려웠다. 실제로, 평범한 수단으로는 그를 잡기 어려웠을 것이다. 둘째로는, 그는 확실히 이 사건의 후속 효과가 필요했다. 이 일로 인해 대하가 뿔뿔이 흩어질 때가 되면, 그녀는 연순이 옳았다는 것을 이해하게 될 것이다.

제갈월에 대한 그녀의 감정에 대해서라면, 연순은 코웃음을 쳤다. 그가 살아 있던 시절에도 연순은 제갈월을 두려워하지 않았다. 그런데 죽은 사람을 두려워할 이유가 있을까? 그녀가 비록 지금은 화를 내고 있지만 며칠 가지 않을 것이다. 시간이 모든 것을 희석시켜 줄 것이다. 그리고 그에게 시간은 얼마든지 있었다.

아정이 침묵하더니, 한참 생각하다가 갑자기 입을 열었다.

"폐하, 아가씨께서 매우 상심하셨습니다. 들어가 보셔야 하지 않겠습니까?"

"시간이 없다. 오늘 밤 바로 떠나야 한다. 조철이 이곳에 온지 너무 오래되었다. 그를 집으로 돌려보내 주어야 할 때지."

말을 마친 연순은 자리를 떠났고, 아정은 그 자리에 못 박힌 듯 서 있었다. 연순은 말에 올라타고, 금위군의 호위를 받으며 멀어져 갔다.

갑자기, 아주 오래전 성금궁에서 연순이 자신에게 했던 말이 떠올랐다.

아정이 연순에게 대국을 중시할 것을 권했을 때, 연순은 고개를 돌리고 아정에게 반문했었다.

'아초가 없다면, 내가 연북을 차지한들 무슨 쓸모가 있겠느냐?'

그 말을, 그는 아주 뚜렷하게 기억하고 있었다. 그 말은 지금도 그의 귓가에서 메아리치고 있었다. 그러나 지금, 폐하는 그 말을 모두 잊으신 걸까? 혹은 잊지는 않았지만, 연북이 처음부터 폐하의 안중에는 없었던 것은 아닐까. 폐하의 마음은 너무 크고, 지혜도 너무 깊으며, 폐하의 눈은…… 온 천하를 바라보고 있으니.

아정은 고개를 숙였다. 무엇이 옳고, 무엇이 그른지 알 수 없었다. 아마도 자신이 그를 따르기로 했던 그날부터, 오늘 같은 날이 올 것이 정해져 있었던 모양이었다.

그는 몸을 돌려 위무소로 향했다. 예전에 쭉 펴고 있던 등은, 어째서인지 모르게 조금 구부러져 있었다. 마치 어떤 물건이 그의 몸을 내리누르고 있는 것처럼, 더 이상 그가 몸을 쭉펴고 당당하게 걷지 못하게 하고 있었다.

초교는 닷새 동안 쉰 끝에 마침내 정신을 회복했다. 이 며칠 동안 그녀는 아주 정상적이었다. 밥도 잘 먹었고, 약도 잘 먹었다. 그리고 잠을 자지 않을 때면 정원에서 몸을 펴며 운동을 하기도 했다.

그녀는 얼마 전 큰 병을 앓았기에 볼이 아주 홀쭉해져 있었다. 어쨌든 지금 그녀는 점점 더 좋아지고 있었지만 안색은 여전히 창백했다. 녹류는 이상하다는 생각에 밤이 되면 몰래 와서 지켜보곤 했다. 그리고 초교가 침상에 누워 있어도 눈을 감지 않는다는 것을 알아차렸다. 초교는 날이 밝아 올 때까지 눈을 뜨고, 전혀 잠을 이루지 못했다.

오늘은 새해였다. 관의 전투도 사흘 전 이미 끝난 상태였다. 성금궁은 급히 팔면금패를 내려 조철을 수도로 소환했다. 조철은 어쩔 수 없이 병사들을 철수시켰다. 연순은 이 기회를 틈타 응명관을 공격했다. 비록 응명관을 점령하지는 못했지만, 대하는 5만이 넘는 사망자를 대가로 치러야 했다. 이 정도면 연북에게 있어 꽤 커다란 새해 선물이라 할 만했다.

연순이 하루 먼저 돌아왔다. 운벽은 갑자기 연북의 황제가 새해를 맞이하는 장소가 되었다. 지방 관원들은 감동한 나머지

흥분하여 도처에 등불을 밝히고, 비단 띠를 내걸었다. 어디에
든 기쁜 기운이 흘러넘쳤다.

아침이 되자 녹류가 새로운 의상을 가져왔다. 새빨간 바탕
에 백 송이의 백합을 수놓은 것으로, 보기만 해도 상서로움과
경축의 뜻을 담아 만든 옷이라는 것을 알 수 있었다. 그 옷을
보는 순간 초교는 마음이 편하지 않았다. 그 옷의 붉은색이 마
치 핏물 같았다. 핏빛이 점점이 흘러나와, 그녀는 손가락 끝조
차 그 옷에 대고 싶지 않았다.

모든 것을 안배해 두었다. 전해야 할 소식도 모두 전달한 상
태였다. 상신은 오 선생에게 부탁했다. 그리고 수려군은, 그녀
와 함께하는 한 어떤 미래도 없을 것이다. 오 선생과 우 아가씨
는 대동회의 중심인물이라 연순이 꺼리고 있었기에 그들을 부
탁하기에는 적합하지 않았다. 초교는 수려군을 연북의 혈통을
이은, 그러나 여자인 현현에게 맡기는 수밖에 없다고 생각했
다. 현현은 연북의 옹주로 화운군을 통솔하고 있으니, 수려군
에게 초교보다 좋은 앞날을 열어 줄 수 있을 것이다.

이제 이곳에 계속 있을 필요는 없었다.

연순이 들어왔을 때, 초교의 방 안은 이미 텅 비어 있었고,
모든 것은 평소처럼 깔끔하게 정리되어 있었다.

자신도 모르게, 그는 자신이 조순아와 약혼하던 그날 밤을
떠올렸다. 갑자기 그의 심장이 차갑게 굳어 가기 시작했다. 이
런 가능성을 상상하지 못했던 것은 아니었다. 다만 그는 희망

을 품고 있었다. 그녀도 이제 이해하지 않을까? 그녀도 더 이상 자신을 탓하지 않고 있지 않을까?

그들이 함께한 지 곧 10년이 된다. 그녀는 계속 그를 받아들여 주었다. 그가 무슨 짓을 하건, 그녀는 언제나 그를 용서해 주었다. 그가 서남진부사를 버렸을 때에도, 그가 연북을 버렸을 때에도, 그녀의 부하를 죽였을 때에도, 그리고 그녀를 의심하고 배제했을 때에도 그녀는 그를 떠나지 않았다. 단지 제갈월 하나 때문에, 그래, 고작 제갈월 하나 때문에 그럴 리 없다. 아초가 설령 제갈월에게 감사의 마음을 품고 있다 해도, 그 감정이 어찌 나와 10년에 걸쳐 지켜 온 정에 비할 수 있겠는가?

어쨌든 그들은 이야기를 나누어야 할 터였다. 그가 솔직하게 자신의 생각을 전부 말한다면, 그녀는 분명히 그를 이해해 줄 것이다. 화를 내더라도, 조만간 풀리리라. 그녀에게 다시 병사들을 맡기는 것도 대단한 일은 아니었다. 지금 대국은 이미 안정되었으니 염려할 일도 아니었다.

그는 자신이 왜 이리 확신에 차 있는지 알 수 없었지만, 이 며칠 동안 그는 마음속으로 이런 말을 수백 번은 반복하면서 스스로를 위로했다. 그러나 지금 이 순간, 깨끗하게 정리된 초교의 방을 보는 순간 그는 갑자기 당황했다.

그는 서둘러 밖으로 뛰어나오다가, 옷자락으로 서탁 위에 있는 작은 물건 하나를 바닥에 떨어트렸다. 맑은 소리가 그의 귀에 들려왔다. 연순이 고개를 숙였을 때, 희미한 등불 아래 순백의 옥으로 만든 반지가 바닥에 떨어져 있는 것이 보였다. 반지는 이미 여러 조각으로 부서진 채 어둡게 촛불의 빛을 반사하고 있었다. 그 희미한 빛이 연순의 눈에는 그렇게나 자극적이었다.

연순은 그 자리에 서서, 멍하니 반지를 바라보았다. 문득 아초가 그날 했던 말이 생각났다.

'만약 제갈월이 연북에서 죽는다면, 나는 이 생 내내 결코 당신을 용서하지 않을 거야.'

나는 이 생 내내 결코 당신을 용서하지 않을 거야…….

영원히…….

"아가씨?"

녹류가 문을 열고 뛰어 들어오며 즐거운 목소리로 외쳤다.

"나와서 꽃등을 좀 보세요! 아주 아름다워요!"

녹류는 멍하니 서 있는 연순을 보고 깜짝 놀라 서둘러 무릎을 꿇고 머리를 조아렸다. 한참 동안이나 연순의 목소리가 들리지 않자, 그녀는 조심스럽게 고개를 들었다. 연순은 여전히 그 자리에 꼿꼿하게 서 있었다. 그의 얼굴은 짙은 안개에 싸인 것처럼, 한없이 외로워 보였다.

———————⬧>

초교는 보통의 푸른 바람막이를 걸친 채 말을 끌며 거리를 걷고 있었다. 주변에는 모두 즐거워하는 사람들로 가득했다. 색색의 등이 높은 곳에 걸려 있고, 다들 화려한 옷을 입고 있었다. 아이들은 등을 들고 여기저기 뛰어다녔다.

그 색색의 등은 매우 정교했다. 용, 봉황, 호랑이, 잉어는 물론이고 흰 매화나무며 동해의 샛별도 있고, 강아지며 병아리, 영리한 고양이도 있었다. 그리고 귀여운 토끼도…….

하늘 위로 연기가 모락모락 올라갔다. 거리 전체에 농후한 술 냄새가 감돌고, 거리의 노점상들은 계속 소리치며 물건을 팔고 있었다. 길 양쪽으로는 알록달록한 등불이며 수수께끼를 적은 등들이 늘어서 있었다. 저 멀리 아득한 얼음판 위에, 뱃놀이용 배 모양의 꽃등을 등에 진 백성들이 춤을 추고 있는 것이 보였다. 모두 즐거워하며 악기를 연주하고 있었다.

초교 곁에 많은 이들이 있었지만 아무도 그녀를 바라보지 않았다. 사람들은 손에 손을 잡고 있었다. 남편은 아내를 잡아 끌고, 아내는 아이와 팔짱을 끼고, 아이는 고개를 돌려 할머니에게 인사하고, 할머니는 나이 든 할아버지를 부축하고……. 모든 이에게 집이 있고 가족이 있었다. 이 즐거운 날, 그들은 모두 가난한 집 밖으로 나와 시끌벅적한 거리에서 기쁜 얼굴로 웃으며 명절을 즐기고 있는 것이었다.

'아초, 내가 마음에 품고도 단 한 번도 하지 못했던 말이 있어. 그 말을 처음이자 마지막으로 할 테니까 잘 들어 줘. 고마워, 아초. 그 지옥에서 나와 함께해 주어서, 내 인생에서 가장 어두운 시기에 나를 포기하지 않아 주어서. 그 오랜 시간 동안 계속 내 곁에 있어 주어서 고마워. 아초, 만약 네가 없었다면 나는 아무것도 아니었을 거야. 아마 8년 전 눈 오는 밤에 이미 죽었겠지. 아초, 다시는 이런 말을 하지 않을 거야. 대신 이 고마운 마음을 내 평생을 걸고 갚아 갈 거야. 아초, 우리 사이에는 결코 말할 필요가 없는 말들이 있지. 서로 명백하게 알고 있기 때문에 입 밖에 낼 필요가 없는 말들. 아초, 너는 나, 연순의 사람이야. 너는 오직 나 한 사람만의 아초야. 나는 평생 너를 지켜 줄 거고, 너와 함께 떠날 거야. 8년 전 내가 너의 손을 잡았던 그날 이후로, 나는 단 한 순간도 너의 손을 놓을 생각을 한 적이 없어.'

'연순, 나는 고향을 가져 본 적이 없어. 당신이 있었기에, 나는 당신의 고향을 나의 고향으로 삼을 수 있었어.'

'아초, 나를 믿어.'

나를 믿어 줘, 너를 지켜 줄 거야, 너를 보살펴 줄 거야. 아무도 너에게 상처 입히지 못하게 할 거야. 너를 괴롭게 하지 않겠어. 나를 믿어 줘. 너를 행복하게 해 줄 테니, 나를 믿어 줘……

초교의 눈에서 눈물이 소리 없이 흘러내렸다. 눈물은 소리 없이, 그녀의 수척한 볼을 지나 뾰족해진 턱으로 미끄러졌다. 차가운 바람이 마치 얇은 칼날처럼 불어왔다. 그녀는 다시 말을 끌고 천천히 걷기 시작했다.

과거의 모든 것이 눈앞에서 산산이 흩어지고 있었다. 그 우람하던 몸이 마침내 산산이 부서졌다. 아주 많은 조각으로. 그리고 마치 가벼운 거위 털처럼 표표히 흩어져 갔다.

갑자기, 한밤중을 알리는 종소리가 들려왔다. 아이들이 재빨리 뛰어 돌아오다 그녀의 몸에 부딪쳤다. 작은 여자아이 하나가 땅에 넘어져, 손 안에 들고 있던 등을 부수고 말았다. 작은 물고기 모양의 등이었는데, 딱히 물고기 같아 보이지 않았다. 하얗고 눈이 빨간 것이 오히려 토끼를 연상시켰다. 물고기의 배에는 금원보도 하나 그려져 있었다.

아이는 부서진 등을 들고 울기 시작했다. 아이의 울음소리는 점점 더 커졌고, 초교는 멍하니 발걸음을 멈췄다. 그리고 몸을 굽혀 손을 내밀어 아이의 눈물을 닦아 주고, 품에서 은자 하나를 꺼내 아이의 손에 쥐어 주었다.

바로 이때, 귀를 찢을 듯한 폭죽 소리가 갑자기 들려왔다. 섣달그믐의 시간이 지나가고, 가가호호 모두 폭죽을 터뜨린 것이다. 아이는 당황하여 우는 것도 잊은 듯 멍하니 있더니, 귀를 막고 흥분하여 소리치기 시작했다.

초교는 마치 보이지 않는 거인에게 사납게 한 대 얻어맞은 듯, 얼굴에 핏기가 모두 사라지고 말았다.

'당신이 죽으면, 내가 폭죽을 백 발 쏠 거야. 당신에게 진 빚을 더 이상 기억하지 않아도 된다는 사실을 축하하면서.'

그는 오만한 기색을 전혀 숨기지 않고 활짝 웃었었지.

'너에게 폭죽을 살 기회가 없을 것 같은데.'

폭죽 소리는 점점 더 커졌다. 초교는 갑자기 샘이 터진 것처럼 눈물을 흘리기 시작했다. 기억 속에 묻혀 있던, 그녀가 억누르려고 했던 그 장면이 마치 홍수처럼 밀려와 터져 나오고 말았다. 가슴을 갈기갈기 찢는 듯한 고통이 순식간에 밀려오며 그녀의 자제력을 모두 부수고 말았다.

"언니……. 언니, 괜찮아요?"

아이가 깜짝 놀라 폭죽 소리 속에서 큰 소리로 외쳤다.

"언니, 울지 마요. 나에게 등 값을 물어 주지 않아도 괜찮아요!"

폭죽 소리는 점차 커졌다. 초교는 더 이상 참지 못하고 시끌벅적한 거리에 주저앉아 얼굴을 가린 채 큰 소리로 울어 버리고 말았다.

제22장 천 척의 배도 다 지나가고

바깥에 있는 연못에서 갑자기 물 흐르는 소리가 들렸다. 바람이 불어와 창문이 열렸다. 초교는 몸을 일으켜 창을 닫으려다, 창밖의 매화나무가 훌쩍 자란 것을 발견했다. 그녀는 자신도 모르게 멍하니 서 있었다. 허공으로 뻗었던 손도 그대로 멈춰 버렸고, 달빛이 초교의 손목에 쏟아져 얼룩덜룩한 그림자를 만들어 냈다.

눈 깜빡할 사이에 2년이 지났다. 이곳에 왔을 때 새로 심었던 매화나무가 처마 높이만큼 자랐다.

세월은 정말이지 세상에서 가장 무정한 것이다. 세월은 어떤 기쁨이나 슬픔 때문에 발걸음을 멈춘 적 없다. 그렇게 세월이 총총히 떠나 버리면 과거의 격렬했던 감정도 점차 차갑게 식어 버리는 것이다.

그날 저녁 그녀는 운벽성을 떠나 보름 동안 일직선 방향으로 쭉 이동했고, 마침내 북삭에 닿았다. 그리고 어느 새벽, 그녀가 차가운 북삭대가를 따라 북삭 성문을 빠져나오던 찰나, 수많은 연북 백성과 마주치게 되었다.

그들 중에는 북삭성 토박이도 있었고, 멀리 내륙에서 온 백성들도 있었다. 상신, 낙일산, 람성, 적도, 회회산, 미림……. 백성들은 그녀가 떠나려 한다는 소식을 듣고, 한 마디 말도 없이 무리지어 온 것이었다. 길을 오는 내내 그녀는 이러한 이들을 아주 많이 만났다. 그러나 그녀는 그들을 알지 못했고, 그들 역시 그녀를 방해하지 않았다. 그저 길을 가는 내내 이런 식으로 슬며시 따라왔다. 그리고 초교가 북삭성을 떠나려는 순간, 그들은 북삭성 문 앞에 모여 조용히 그녀를 바라보며 그녀의 최후의 일정을 배웅했다.

사람들 중에는 백발이 성성한 노인도 있었고, 아직 어린 아이도 있었으며 파란 눈의 관외 사람도 있었다. 또한 대륙 동쪽에서 장사를 하러 온 상인도 있었고, 그녀와 어깨를 나란히 하고 대하 군대에 맞서 항거했던 적도의 민병도 있었으며, 무엇보다도 그녀의 보호하에 죽음을 면한 북삭의 백성들이 있었다. 또한 그녀가 닦아 놓은 길을 따라 상업에 종사했던 상신의 백성도 있었고, 회회산 근처에서 말이며 양을 치던 유목민도 있었다.

이들은 아침 일찍 성을 나와 조용히 길 양쪽으로 나뉘어 서서, 중간에 길을 비워 두었다. 그녀가 성을 나왔을 때 모두 가지런히 그녀를 바라보았다.

초교는 지금까지도 그때 본 그 시선들을 잊을 수가 없었다. 안타까움, 괴로움, 만류, 상심, 걱정, 두려움도……. 그러나 그들의 그 시선들은 모두 침묵으로 변해 있었다. 서너 살 먹은 아이조차 한 마디도 하지 않고 그저 조용히, 아주 고요하게 그녀를 바라보기만 했다.

그 순간, 그녀는 괴로운 나머지 울고 싶었다.

그녀는 자신에게 주어진 책임이 무엇인지 알고 있었다. 1년 동안 그녀는 연북 대지를 두루 방랑했었다. 평화의 사상을 연북의 촌락마다 전하면서, 그녀는 그들이 마을을 건설하는 것을 돕고, 전투 후에 생산력을 회복시키기 위해 노력했다. 그들은 전심전력으로 그녀를 믿고 옹호했다. 100년에 걸쳐 핍박받던 이 민족은, 자유에의 갈망과 아름다운 삶에 대한 희망을 전부 다 그녀에게 걸었다.

그러나 지금, 그녀가 떠나려 하고 있었다. 그녀 스스로 그들에게 했던 약속을 저버리려 하고 있었다. 그녀가 떠난다는 것은, 더 이상 그녀가 온 마음을 다해 쟁취하고자 했던 꿈을 꾸지 않겠다는 의미였다.

하소는 수려군 9천을 이끌고 앞에 서 있었다. 그들은 모두 무장을 하고 행낭을 꾸린 상태였다. 그녀를 따라 멀리 가려는 모양새였다.

더 이상 어떤 말도 할 필요가 없었다. 그녀는 그저 석상으로 변한 것처럼 멍하니 그곳에 서서 그들을 바라보았다.

갑자기, 작고 보드라운 손이 그녀의 허리를 얼싸안았다. 고개를 숙여 보니 열 살 남짓한 여자아이였다. 아이는 한 마디 말도 없이 고집스럽게 고개를 들고 그녀를 바라보고 있었다. 아이의 눈가에는 눈물이 가득 고여 있었지만 울지는 않았다. 평안이 뒤에서 달려와 자신의 여동생을 데려가려 했지만, 어떻게 해도 아이는 초교에게서 떨어지려 하지 않았다.

평안은 그때 병사가 된 후 처음으로 연순에 의해 연북 내륙으로 파견되었을 때, 동생 청청을 초교에게 맡겼다. 청청은 초교와 1년이 넘는 시간을 함께했다.

"언니."

청청이 마침내 울먹이기 시작했다. 아이의 얼굴을 따라 눈물이 흘러내렸다.

"이제 내가 싫어요? 싫은 거야?"

아이는 울기 시작했고, 그곳에 있던 백성들은 누가 먼저랄 것도 없이 한 명 한 명 무릎을 꿇기 시작했다. 칠순을 넘긴 듯한 노인이 늙은 얼굴에 눈물을 흥건하게 흘리며 반복하여 물었다.

"대인, 이제 우리가 필요하지 않으십니까?"

"대인, 대인이 안 계시면 저는 또 잡혀서 노비가 되고 말 거예요."

"대인, 어디로 가시는 건가요? 저도 함께 가면 안 될까요?"

차가운 바람이 불어와 땅 위의 희디흰 눈을 말아 올렸다. 먼 길을 가던 초교가 말고삐를 느슨하게 말아 쥔 채 고개를 들어

516

밝은 태양을 바라보았다. 눈가에서 눈물이 흘러 귀밑머리 아래로 스며들었다. 무거운 책임이 그녀의 어깨를 짓눌러 와, 숨조차 제대로 쉬기도 힘들 정도였다.

그녀는 누가 이 모든 상황을 조종하고 있는지 알고 있었다. 그러므로 무력하게 도망칠 수밖에 없었다. 그는 그녀를 너무나 잘 알고 있다. 그는 이렇게 자잘한 수단으로 그녀를 떠나지 못하게 하고 있었다.

그날, 그녀는 평생 흘릴 눈물을 모두 흘려 버린 것 같았다. 그녀는 아득한 설원 위에 선 채, 자신이 누군가의 손에 잡힌 연과 같은 신세라고 생각했다. 실이 끊어졌건만, 도망치고 싶어도 어디로 도망쳐야 할지 모르는 연.

그녀는 그렇게 유약하게 남아 있을 수밖에 없었다. 그녀는 회회산 줄기에 자리를 잡고 2년의 시간을 보냈다.

2년 동안, 그녀는 눈을 뜨고 그를 지켜보았다. 그가 병사들을 징집하고 세금을 거두는 것을, 그가 성을 공격하고 전쟁을 벌이는 것을, 그가 대하보다도 더 가혹한 병역제도를 시행하는 것을, 그가 한 걸음 한 걸음 반대하는 이들을 뿌리 뽑고, 연북의 강산을 견고하게 만드는 것을.

그녀는 가끔 생각했다. 삶이라는 것은 정말 기묘한 것이라고. 삶은 언제나 절망에 빠져 있는 순간 희망을 주고, 계속 버텨 나가게 한다. 그리고 희망을 얻은 사람이 마침내 그 희망을 이루려 할 때가 되면, 다시 찬물을 뒤집어씌워 모든 꿈을 무너뜨리고 마는 것이다.

연순은 마침내 성공했다. 대하는 그에게 고개조차 들지 못하고 있었다.

제갈월이 죽은 후, 제갈가는 서둘러 제갈월과 거리를 두었다. 그를 족보에서 제명하고 가문에서 쫓아냈으며, 시신을 가족의 묘에도 매장하지 않았다. 그러나 그리한다 해서 그들이 연루되는 것을 막을 길은 없었다. 장로회에서의 지위는 과거보다 크게 떨어졌고, 제갈회 역시 관직을 강등당한 후 다시 올라가지 못했다. 제갈목청은 어떻게든 상황을 만회하려고 노력하며 적극적으로 방계의 자제들을 키우기 시작했으나, 효과가 딱히 보이지는 않았다.

그리고 제갈월의 직속 상사였던 조철 역시 폄하당하는 운명을 피해 갈 수 없었다. 여러 차례 기복을 거듭해 온 황자 조철은, 다시 한 번 동북의 변두리로 쫓겨나 불모지에서 필요 없는 군사 시설을 건설하는 것을 감독하게 되었고, 이로써 대하의 정권에서 멀어지고 말았다.

사람들이 꿈에도 상상하지 못했던 것은 십사황자 조양이 위씨 문벌과 결맹한 것이었다. 위광의 지지를 받아 조양은 대하에서 가장 큰 실권을 쥔 황자가 되었고, 주왕에 봉해졌다. 위서엽도 함께 세력이 커져, 응명관의 군사력을 장악하게 되었다.

대하의 권력 구조는 다시 한 번 쇄신되었다. 그러나 눈이 밝은 사람은 알아챌 수 있었다. 대하에서 예전의 패기가 점차 떠나가고 있다는 것을. 연북의 철기병을 앞에 두고, 그들은 점점 더 힘을 잃어 가고 있었다. 비록 위서엽이 자못 군사적 재능이 있다 하나, 어찌 연순보다 강할 수 있겠는가. 어쩔 수 없이 점점 공격에서 수비로 방향을 틀어야 했다. 1년 동안, 대하는 점점 더 자신의 약점을 많이 노출하고 있었다.

지금 서몽 대륙은 네 나라로 나뉘어 있었다. 변당의 이책은 이미 안정되게 황위를 차지했고, 회송은 장공주인 납란홍엽이 정권을 쥐고 있었으며, 연순은 서북에 웅거하며 대하와 강을 사이에 두고 서로 바라보고 있었다. 이제 한 나라가 다른 나라에 비해 세력을 떨치거나 하는 일은 없었다.

그러나 이런 상황에서도 연순은 시종 대하를 쉽게 공략하지 못하고 있었다. 그 이유는 하란산의 서남쪽에 갑자기 새로운 정권이 나타나 사람들의 시선을 끌고 있었기 때문이다. 그 누구도 그 정권의 내력을 알지 못했다. 심지어 사람들은 그들의 실제 인원수나 상황조차 알지 못했다. 그저 오가는 상인들이며 척후들이 은밀하게 알려 오는 바를 통해, 그 정권의 권력자가 스스로를 '청해왕'이라고 부른다는 사실만 알 수 있었다.

청해는 하란산 남쪽, 취미산 서쪽에 위치한 지역으로, 소문에 따르면 그 지역은 황량하고 척박하여 인기척이 없는 지대라고 하였다. 야수들이 제멋대로 다니고, 풀 한 포기 자라지 않는 지역이었다. 2천여 년 전부터, 대륙의 각 정권이 죄인들을 유배 보내던 곳이기도 했다. 또한 소문에 따르면 그곳은 사람들이 거의 살아갈 수 없는 곳으로, 야수의 밥이 되지 않으면 각종 괴이한 질병에 걸려 죽게 된다고 하였다. 결국, 청해로 유배 간다는 것은 죽음의 대명사와 같은 것이었다. 심지어 누군가는 서몽에서 죽을지언정, 청해에는 한 걸음도 들여놓고 싶지 않다고도 하였다. 때문에 수년 동안, 청해로 가고 싶지 않아 취미관에서 자살한 죄인들이 부지기수였다.

그러나 이렇게 독충이 널리 퍼져 있고, 야수들이 제멋대로 다니며, 풀 한 포기 자라지 않는 곳에서 유성처럼 갑자기 새로운 정권이 탄생한 것이다.

781년 7월 17일, 연순은 직접 7만 대군을 지휘하여 응명관 남문을 공격하였다. 곧 성공하려던 찰나, 서남쪽 후방에서 갑자기 적들이 나타났다. 그들의 무예는 고강하고, 전투력도 용맹했으며, 바람과 같이 움직였고, 늑대와 같이 재빨랐다. 그들은 마치 칼날처럼 연북군의 좌익을 찔러 와, 연북군의 공격을 파쇄했다. 연순이 급하게 말 머리를 돌려 반격하려 했을 때, 그들은 공기처럼 사라져 버렸다.

한참 후에야, 척후병이 취미관에서 그들의 흔적을 찾아냈다. 그리고 취미관은 이미 '청해왕'이라 불리는 자에게 점령당한 상황이었다.

이것은 연북 입장에서는 마른하늘에 날벼락 같은 불길한 소식이었다. 취미관은 하란산 부근에 위치하고 있었고, 적수의 서쪽이었다. 이는 미림관 너머의 견융인을 제외하고, 연북의 후방에 청해왕이라는 적들이 새로이 나타났다는 것을 의미했다. 게다가 취미관까지 손에 넣었으니, 이는 청해왕이라는 자가 언제든 마음대로 연북을 돌아다닐 수 있다는 것을 의미했다.

연북 입장에서는 청해왕을 잡을 방법이 전혀 없었다. 취미관이 있는 곳은 하란산과 취미산이 교차하는 지점이었고, 동쪽은 너른 평원이었기에 어떤 천연의 장벽도 없었다. 근본적으로 의지하여 방어할 만한 요새가 없었다. 만약 청해왕을 막고 싶다면, 취미관을 따라 수천 리에 달하는 장성을 건설하는 수밖에 없었다. 이것은, 간단히 말해 거대한 농담 같은 것이었다.

그러나 다행히도, 그때 이후 청해왕은 다시 나타나지 않았다. 마치 그는 그날 할 일이 없어 문밖에 나와 어슬렁거리던 중 연순에게, 자신이라는 이웃이 존재한다는 사실을 알려 주려 왔던 것 같았다.

그러나 연순은 결코 소홀하게 넘어가지 않고 계속 사람들을 파견하여 청해 쪽의 정보를 염탐했다. 몇 번이나 취미관에 사람을 보내 청해왕과 교섭하고 싶다는 뜻도 전했다. 그리고 그러는 한편, 서남쪽에 방어 체계를 설치하고, 병사들을 안배하여 주둔시켰다. 이것은 대하에게는 한숨 돌릴 좋은 기회가 되었다.

초교는 이런 사정들을 하소 등에게서 들었을 뿐 2년 동안 산 아래로 전혀 내려가지 않았다.

밤은 고요하여, 심지어 산 아래 집에서 개 짖는 소리까지 들을 수 있었다. 모두 잠든 밤, 초교는 하늘의 별을 바라보며 날이 밝아 올 때까지 홀로 외롭게 앉아 있었다.

일은 예고 없이 찾아오는 법.

대동회가 반란을 일으켰다는 소식은 끓는 기름과 같이 일시에 회회산 아래 날씨가 음울한 곳까지 번져 왔다. 초교는 어깨가 피로 물든 남자를 바라보며 이맛살을 찌푸리고, 이 놀라운 소식에 대해 깊이 숙고했다.

"대인, 산을 내려와 주십시오. 대인이 오시지 않는다면, 대동회는 분명 철저하게 사라질 것입니다!"

초교는 조용히 그를 바라보며 한참 동안 아무 말도 하지 않았다. 대동회가 반란을 일으켰다는 소식은 아침에 추란성 수비군이 와서 통지해 주었다. 그러나 그 뒤를 따라온 이 남자는 초교에게 연순이 대동회를 완전히 뿌리 뽑으려 하고 있고, 이미 우와 오도애의 병권을 빼앗았으며, 하집, 혜예 등 대동회 출신 장수들을 붙잡았다고 했다. 대동회의 근거지인 망성은 이미 폐허로 변했고, 지금 연순은 거짓으로 조서를 내려 현현의 화운군을 불러들이는 중이라는 것이었다. 연순은 현현조차 제거할 생각을 하고 있노라 했다.

초교는 믿고 싶지 않았다. 이성이 그녀에게 경고하고 있었다. 이렇게 경솔하게 저자의 말을 믿어서는 안 된다고.

연순은 수단이 악랄하지만 어리석지는 않았다. 지금과 같은 시기에 연순이 대동회를 제거한다는 것은 있을 법한 일이었다. 오도애와 우를 제거하려 하는 것까지도 초교는 마지못해 받아들일 수밖에 없었다. 그러나 무엇 때문에 현현을 제거한다는 거지? 현현은 그의 친척이었다. 비록 현현이 대동회의 신도였고, 대동회의 손에 자라기는 했지만, 대동회 때문에 자신의 오라버니와 반목할 사람은 결코 아니었다.

"먼저 내려가라."

"대인!"

남자는 쿵 소리가 나도록 땅에 무릎을 꿇고, 몇 번이나 머리를 바닥에 부딪쳤다.

"대인, 제발 대동을 구해 주십시오. 지금 우리를 구해 주실 수 있는 분은 대인뿐입니다."

머리를 바닥에 찧는 소리는 너무나 컸다. 얼마 지나지 않아 그의 머리에 선혈이 배어 나왔다. 초교는 미간을 찌푸린 채 그를 바라보다가, 마침내 조용히 몸을 돌려 집 안으로 들어가 문을 천천히 닫았다. 남아 있던 남자는 절망한 눈길로 슬프게 그녀를 바라보았다.

본래 초교는 대동회에 대해 그렇게까지 좋은 인상을 갖고 있지 않았다. 오도애와 우, 두 사람을 제외하면 나머지 사람들과는 교류도 매우 적은 편이었다. 그녀는 한때 그들이 그저 정권을 잡고 싶어 하는 음흉한 자들이라고 생각했다.

그러나 모두가 그렇지는 않았다. 회원들은 대부분 집착적인 신도와 전사들이었다. 그들은 중국 고대의 묵가 사상을 따르던 신도들과 비슷했다. 전투에 능하고, 학문을 즐기며, 마음이 선량한 이들. 그리고 그런 이들은, 잘 이용하여 인도한다면 분명 크게 쓸 수 있는 이들이다. 죽일 거라고? 연순이 그럴 리 없었다.

초교는 이렇게 생각하며 억지로 마음속 불안을 억눌렀다. 그리고 조용히 뒤따라올 소식을 기다리고 있었다.

그러나 초교의 예상은 완전히 빗나가고 있었다. 이틀이 지나지 않아, 연북 내륙에서 계속 전투가 벌어졌다. 수많은 대동회 회원들은 포위당해 토벌당했고, 대동회의 영도자들도 모두 목숨을 잃는 재난을 당했다. 살육은 너무나도 빨리 다가왔다. 마치 오래전부터 준비한 것처럼 밀려와 모든 것을 무너뜨리고 있었기에, 누구도 이 상황에 대처할 시간이 없었다.

다음 날 저녁, 구원을 청하는 사자가 다시 회회산을 올랐다. 스무 명이 출발했으나, 살아서 산 위로 오른 자는 단 하나였다. 말 위의 남자는 온몸을 피로 목욕한 듯했다. 그의 팔 한쪽은 채 다 베이지 않아 어깨에 덜렁거리고 있었는데, 언제라도 끊어질 것만 같아 보였다.

그가 초교를 바라보았다. 그는 이미 아무 말도 할 수 없는 것 같았다. 그저 남은 손으로 힘들게 옷깃을 열고, 이미 땀과 피로 얼룩져 더러워진 내의를 보여 주었다. 초교는 그 붉게 물든 내의에 적힌 가느다란 글씨체를 알아볼 수 있었다.

아초, 우리를 도와줘요. — 우.

초교는 한참 동안 침묵하다가, 마침내 천천히 몸을 일으켰다. 차가운 밤바람이 그녀의 마른 몸을 스쳐 갔다. 그녀는 깊이 숨을 들이마신 후, 나지막하게 외쳤다.

"하소, 말을 준비하도록. 하산한다!"

기병의 눈에 갑자기 섬광 같은 빛이 스쳐 갔다. 그 다음, 그는 땅으로 곤두박질쳤다. 그의 등에는 날카로운 화살 한 대가 깊이 꽂혀 있었다. 대체 그는 이런 몸으로 어떻게 회회산을 올라왔던 것일까.

초교는 시위 스물만을 이끌고, 바람막이와 우비를 걸친 채 아득한 밤의 경치 속을 달리기 시작했다. 차가운 비가 그녀의 눈을 씻어 내렸다. 불길한 예감이 점차 그녀를 함몰시키고 있었다. 그녀는 이미 더 이상 아무 생각도 하고 싶지 않아, 그저 나는 듯이 말을 달릴 뿐이었다. 밤의 빛깔은 농밀하고, 그녀가 가야 할 길은 너무나도 멀어 보였다.

우의 3천 호위병은 지금 백 명도 남아 있지 않았고, 모두 중상을 입은 상태였다. 그러나 초교 일행이 도착한 것을 본 순간, 그들은 여전히 맹수처럼 바닥에서 뛰어오르며 호시탐탐 그들을 살폈다.

폭우가 쏟아지는 가운데, 우는 초가집 안에 누워 있었다. 초교가 문을 열고 들어가자, 잠들어 있던 우가 인기척을 느꼈는지 천천히 눈을 떴다. 창백한 얼굴은 약간 파랗게 질려 있었다. 우는 초교를 보고도 전혀 놀라지 않고, 조용히 웃으며 말했다.

"와 줬군요."

날카로운 화살이 우의 가슴을 꿰뚫은 상태였다. 비록 잘 감싸 놓기는 했지만, 약이 없기 때문에 아무도 그 화살을 우의 가슴에서 뽑아내지 못하고 있었다.

이 모습을 본 평안이 눈이 붉어져 코를 훌쩍이며 말했다.

"가서 달렬 아저씨를 모셔오겠어요."

말을 마친 평안은 문을 열고 뛰어나갔다.

방 안이 점차 고요해졌다. 남아 있는 것은 흰 옷을 입은 두 여자뿐이었다. 초교는 반쯤 꿇어앉았다. 초교로서는 우의 상처가 얼마나 심한지 모를 수가 없었다. 그녀는 마음 깊은 곳 고통을 억누르며, 작은 소리로 속삭였다.

"우 아가씨, 대체 무슨 일이 벌어진 건가요?"

우는 깊이 숨을 들이마신 후, 두어 번 기침했다. 그녀의 얼굴에 건강하지 않아 보이는 붉은빛이 떠올랐다.

"장경 지역의 세금이 너무 가혹해서 그 지역 백성들이 반란을 일으켰죠. 대동회 사람들 몇이 반란에 참여했어요. 사정이 드러났을 때는 이미 되돌릴 수 없었지요."

"아가씨도 반란에 참여했나요?"

초교는 미간을 꽉 찌푸린 채 나지막하게 물었다.

"어째서 그런 어리석은 짓을 한 거죠? 백성의 반란에 참여한다는 것은 직접 반란을 일으키는 것과 같아요. 연순은 본래 대동회를 믿지 않는데, 어째서 그렇게 경솔한 행동을 했던 거죠?"

"하하."

우가 가볍게 웃었다. 그녀의 가슴이 슬며시 오르락내리락하고, 그녀의 눈빛은 빠르게 흔들리고 있었다. 우는 초교를 보고 있는 것 같기도 하고, 그녀를 넘어 더 먼 곳을 보고 있는 것 같기도 했다. 우가 조용히 말했다.

"보지 못했나요? 장경은 작년에 눈 피해를 입어 올해 봄에는 목초가 제대로 자라지 않았어요. 가축들이 대량으로 죽어 갔죠. 이럴 때, 그들이 겨울을 보낼 마지막 양식마저 빼앗아 가다니. 그건 그들을 죽이려는 것과 마찬가지였어요."

우가 초교를 흘깃 보더니 계속 말을 이었다.

"폐하께서는 전쟁을 준비하고 계세요. 겨울이 오기 전에 취미관을 공략할 생각이시죠. 그래서 양식과 병사 들을 징발한 거예요. 백성들 중에는 이미 굶어 죽는 자가 나오는데 말이에요. 나는 이렇게 될 줄 몰랐던 것이 아니에요. 하지만 그렇게 하지 않을 수 없었어요."

초교는 입술을 깨물었다. 코끝이 시큰해져 그녀는 우의 손을 꽉 잡고 아무 말도 하지 못했다.

"아초, 당신은 좋은 사람이에요. 그저 삶이란 게 너무 힘들 뿐이죠. 나는…… 당신이 이해하기를 바라요. 이 세상 모든 일이 결코 당신의 희망대로 흘러가지만은 않는다는 것을. 아주 많은 경우, 우리가 아무리 노력한다 해도, 꼭 소원을 이루리라는 법은 없는 거예요. 당신은 아직 젊어요. 그리고 아주 좋은 시간들이 당신을 기다리고 있을 거예요."

우는 온유하게 미소 지었다. 눈가의 잔주름이 마치 부드러운 바람 무늬 같았다. 그녀의 눈은 맑은 물이 흐르는 연못 같았고, 그녀의 목소리는 저 높은 하늘 위에서 들려오는 것 같았다. 초교는 돗자리 위에 앉아 손으로 우의 가슴을 누르고 있었다. 선혈이 흘러나와 초교의 새하얀 장포를 붉게 물들였다. 초교는 입술을 깨문 채, 눈물이 그렁그렁하여 창백한 얼굴로 우를 바라보았다.

"우 아가씨, 조금만 더 버텨 줘요. 평안이 의원을 부르러 갔어요."

"안 되겠어요……."

우는 가볍게 고개를 저었다. 그녀의 안색은 높은 정상 위 새하얀 눈처럼 창백하고, 어깨는 앙상했으며, 팔은 얼음처럼 차가웠다. 그녀는 고개를 들고 낡은 천장을 바라보았다. 바깥에서는 거센 바람이 불어오고 폭우가 쏟아지고 있었다. 그녀는 정신이 없는 상황에서도 아주 많은 일을 떠올리고 있었다.

생명이 최후를 맞는 그 순간, 그간의 세월이 우의 눈앞에 빠르게 지나갔다. 15년 전으로 돌아간 것만 같았다. 와룡산에서, 그리움으로 단풍이 붉게 물들고 꽃송이가 분분히 떨어지던 그때. 그녀는 초가을의 단풍 숲에 서서, 청삼을 입고 먹빛 머리카락을 늘어뜨린 사람을 바라보고 있었다.

그녀는 그날의 햇빛도 기억하고 있었다. 그녀의 팔 위로 쏟아지던 햇빛은 마치 어머니의 따뜻한 손길 같았다. 곁에 있는 돌 탁자 위에는 칠현금이 하나 놓여 있고, 단풍잎 몇 장이 그 위에 떨어져 있었다. 햇빛이 나뭇잎 사이로 스며들어 얼룩덜룩한 그림자를 만들고, 때때로 밝아졌다 어두워졌다 하는 빛 무리를 만들어 냈다. 그는 하늘 가득한 단풍 속에서 고개를 돌렸다. 그리고 따뜻하게 웃어 주었다. 그 물과 같은 눈빛이, 부드럽게 그녀를 바라보고 있었다. 그녀에게 손을 내밀어 주었다……

'우, 어째서 이렇게 일찍 일어났지?'

아무도 모르는 사실이었지만, 그녀는 사실 소위 권모술수라는 것을 좋아하지 않았다. 병법이니 책략이니 하는 것에도 흥미가 없었다. 어린 시절부터, 그녀는 그저 가족을 갖고 싶다는 소망을 품고 있었다. 보통 여인들처럼, 여인의 일이며 시를 공부하다가 자란 후에는 자상한 남편에게 시집을 가는 그런 삶. 봄이 되면 꽃을 꺾어 머리에 꽂고, 차가운 밤이면 빗소리를 듣는 그런, 그런 평온하고 조용한 삶을 원했다. 세상을 구할 사람이니, 천지를 장악하니 하는 일은 결코 그녀의 꿈이 아니었다.

그러나 그는 거대한 지향과 포부를 품은 사내였다. 그는 억조창생을 마음에 품었고, 이 세상의 모든 불공평한 일들을 그냥 지나치지 못했다. 와룡산에서 배움을 구한 것도 세상을 구하기 위해 용을 죽이는 법을 배우기 위함이었다. 그가 병법을 공부했기에, 그녀는 곁에서 권모술수를 깊이 연구했다. 그가 실학을 공부하면 그녀는 상업의 도를 탐구했다. 그가 민생을 체험하고 관찰할 때면 그녀는 깊이 헤아리고 뜻을 표명했다. 그가 사람들에게 너그러웠기 때문에 그녀는 더욱 엄격한 사람이 되었다. 그녀는 침식을 잊고 병법의 속임수와 권모술수를 배웠다. 그것은 언젠가 그가 자신의 길을 내디딜 때, 함께 가기 위해서였다.

사부는 세상사에 통달한 사람이었다. 사부는 한눈에 그녀의 마음을 알아차렸다. 그러나 사부는 그런 그녀를 막지 않았을 뿐 아니라 오히려 모든 것을 전수해 주었다. 다만 그녀가 하산하던 때, 사부는 서신 한 통을 그녀의 행낭에 슬며시 넣어 주었다. 아주 한참 후에야 그녀가 서신을 발견하고 열어 보니, 서신에는 단 한 단어만이 적혀 있었다.

어리석구나.

눈 깜빡할 사이에 15년이 흘렀다. 그녀는 그동안 전쟁터에서 온 힘을 기울여야 했다. 몇 번이고 생사의 곡절을 겪는 동안, 다행히도 그는 항상 그녀 곁에 있었다. 바깥에 아무리 바람이 거세고 비가 쏟아지더라도, 차가운 눈이 흩날리고 서리가 언다 해도, 그들은 언제나 함께 있었다. 세월이 흘러가고, 시대가 바뀌고, 세상 만물이 모두 변하는 가운데서도, 권력을 위해 아비와 아들이 원수가 되고, 가족들끼리 반목하고, 연인들끼리 배신하는 이 세상에서도, 그들만은 언제나 처음의 모습에서 변하지 않았다. 그들은 마음 깊은 곳의 신념을 굳게 지키며, 조금도 동요하지 않았다.

그러나 마음 깊은 곳에 꺼내지 못한 말이 남아 있었다. 10여 년 동안, 그들은 계속 이런 식으로 만남과 작별을 거듭했다. 그녀는 언제나 이후에 기회가 있으리라 믿었다. 하루하루, 그들은 언제나 마음속 몽상과 집착을 위해 분주하게 뛰어다녀야 했다. 그러면서도 정말로 더 이상 기회가 없는 날이 올 거라고 생각한 적은 없었다. 입 밖에 내지 못한 그 말들은, 20년에 걸쳐 마음 깊이 억눌러 두었던 그 감정들은, 이른 봄 뽕나무가 있던 그 길처럼 고요하던 심사는, 마침내 영원히 표현할 기회를 잃고 말았다.

"알아요. 내 시간이 다 되었다는걸."

그녀는 가볍게 한숨을 쉬고, 조용히 속삭였다.

"이런 날이 오리라는 걸 알고 있었어요. 다만, 이렇게 빠를 줄은 몰랐지요."

눈앞에 갑자기 온화하고도 담백한 얼굴이 어렴풋하게 떠올랐다. 우는 가볍게 미소 지었다. 상처에서는 피가 계속 흘러 시내를 이루고 있었다. 그녀는 힘들게 손을 뻗었다. 마치 그 얼굴을 만지고 싶은 듯이. 그녀는 황홀하게, 아주 오래전 그들이 처음 만나던 그 순간을 떠올렸다. 그때의 그들은 아직 어렸고, 그녀는 도망치다가 주인에게 잡혀 길에서 맞고 있었다. 그녀는 온몸에 상처를 입은 채로 울지 않고 참고 있었다. 그는 사부와 함께 다리를 건너다가, 갑자기 쭈그리고 앉아 그녀에게 상처약을 한 병 내밀고는 미간을 찌푸리며 말했다.

'아침저녁으로 한 번씩 발라 주어라. 상처를 잘 치료해야 한다.'

우는 웃었다. 웃으며, 피곤한 목소리로 말했다.

"아초, 좀 자야겠어요. 사형이 도착하면 꼭 깨워 줘요."

초교는 입술을 깨물고, 간신히 고개를 끄덕였다. 우는 안심했다는 듯 눈을 감았다. 그녀의 얼굴에는 피로가 가득했다. 그녀가 나지막하게 속삭였다.

"아주 조금만 잘 거예요. 너무 피곤해서, 아주 조금만."

긴 속눈썹이 새하얀 얼굴에 희미한 그림자를 만들고 있었다. 우의 심장 박동이 점차 느려지더니, 마침내 더 이상 들리지 않게 되었다. 그녀의 손가락이 미끄러져 초교의 팔에 무겁게 늘어졌다.

바깥의 바람이 갑자기 더욱 거칠어진 것 같았다. 작은 초가 안, 초교의 몸도 점차 굳어 갔다. 그녀는 고개를 숙인 채 눈물을 흘렸다. 눈물이 우의 차가운 얼굴에 떨어져 흘러내려, 바닥의 피 웅덩이에 가볍게 섞여 들어갔다.

"대인!"

하소가 갑자기 아무것도 돌아보지 않고 들어오다가, 우가 이미 죽어 있는 것을 발견했다. 온갖 시련을 다 겪어 온 하소도 그만 넋이 나간 채 멈춰 서고 말았다.

초교가 천천히 눈을 들어 조용히 그를 바라보며 쉰 목소리로 물었다.

"무슨 일이지?"

하소가 한참을 침묵하다가 천천히 말했다.

"오 선생이 도착했습니다."

초교가 오도애를 보았을 때, 하늘에서는 여전히 비가 내리고 있었다. 초교는 우비를 입고 하소 등의 호위를 받으며 추란 평야의 경계까지 나아갔다. 칠흑처럼 어두운 광야에, 전사들이 유동나무 기름을 바른 횃불을 밝히고 있었다. 길에는 비에 불어 희게 부풀어 오른 시체들이 가득했다. 하기가 우산을 들고 백양목 아래에 서 있었다. 오도애는 그곳에서 초교 일행이 오는 방향을 바라보고 있었다.

오도애의 등에는 화살이 세 대 꽂혀 있었다. 그중 하나는 정확하게 심장을 꿰뚫고 있었다. 그의 안색은 창백했고, 입가에는 한 줄기 핏물이 흘러내리고 있었다. 살아 있는 기척은 전혀 없었고, 그저 무엇인가를 응시하듯 눈을 뜨고 있을 뿐이었다. 비록 이미 죽었지만 쓰러지지 않고 있는 사내의 눈빛은 여전히 절절했다.

"우리가 도착했을 때, 선생은 이미 가신 뒤였습니다."

하소의 나지막한 목소리가 귀에 들려왔다. 밤, 이렇게 어둡다. 너무 어두워 빛이 한 점도 보이지 않는구나.

초교는 등을 편 채 말 위에 앉아 있었다. 이미 눈물은 다 말라 버린 것일까. 한 방울도 나오지 않았다.

'이 세상에, 사랑과 자유 외에도, 당신의 모든 것을 걸고 수호할 가치가 있는 것이 하나 있지요.'

1년 전, 오도애가 회회산에 올라와 했던 말이 들리는 것 같았다. 밤바람이 불어오고, 폭우가 쏟아지는 가운데 초교는 눈을 감고 고개를 들었다. 얼음처럼 차가운 비가 마치 날카로운 칼날처럼 그녀의 얼굴 위로 쏟아졌다.

우 아가씨, 잠시만 기다려요. 기다리던 사람이 왔어요. 당신들의 이번 생은 너무나 힘들었지요. 다음 생에는, 결코 이런 사명을 맡지 말아요. 그저 두 사람, 다시 만나서 행복하게 살아요. 아무것도 생각하지 말고.

온 세상이 적막한 가운데 광풍이 불어왔다. 기나긴 밤은 이

제 시작이었다.

밤이 깊었다. 어두운 구름이 낮게 깔리고 바람은 구슬피 울고 있었다.

"가라!"

나지막한 목소리가 계속 단조로운 공격 명령을 내리고 있었다. 산골짜기에 포위당한 병사들은 점차 줄어 갔다. 도처에 선혈이 흐르는 가운데, 무수한 화살이 붉은 군복을 입은 병사들을 향해 날아오고 있었다. 전장에서는 사람을 절망케 하는 고함 소리가 계속 울려 퍼지고, 날카로운 종소리가 높게 울리고 있었다. 구원을 청하는 신호는 이미 스무 발도 넘게 쏘았다.

이곳은 화뢰원의 남쪽 비탈이었고, 북삭성에서 말을 달리면 향 하나 피울 시간도 걸리지 않는 곳이었다. 그들은 도무지 이해할 수 없었다. 어째서 북삭의 수비군이 그들을 구하러 오지 않는 것인지? 북삭이 누군가에게 포위당하기라도 했단 말인가? 대체 어디서 온 것인지도 알 수 없는 이 적들은 대체 누구란 말인가?

"대체 누구지?"

소화의 어깨 위에는 날카로운 화살이 한 대 박혀 있었다. 그곳에서 선혈이 시냇물처럼 흘러내렸다. 곁에 있는 전우는 마치 추수당하는 보리처럼 계속 쓰러져 갔다. 소화의 눈은 붉게 물들어 있었다. 이해할 수 없었다. 분명 폐하의 명령을 받들고 온 것인데, 북삭으로 돌아오면 표창을 받을 거라고 했는데, 어째서 이 내력도 알 수 없는 적들이 기습해 오고 있는 것일까?

소화는 눈앞의 미친 듯한 광경을 바라보았다. 마치 가장 두려운 악몽 속으로 빠져 버린 것만 같았다. 산 위에서 굴러 내려오는 거대한 바위처럼, 이 상황은 그 누구도 막을 수 없었다. 두 손을 뻗어 보려고 하는 모든 이들은 바로 고깃덩어리로 변해 버렸다.

그들은 지금 적들에게 제대로 손도 쓰지 못하고 있었다. 이곳은 연북의 본토였고, 그들은 책봉을 받으러 오는 길이었다. 먼 거리를 공격할 수 있는 날카로운 병기 따위는 애초에 지니고 있지 않았다. 방패도, 활도 없었다. 그들 5천 명은 이 움푹 팬 산골짜기에 포위당해 있었고, 사방팔방, 도처에 적이었다. 화살은 눈이라도 달고 있는 것처럼 쏟아져 내렸고, 그들은 피할 도리가 없었다. 물러나려 해도 물러날 곳이 없고, 막으려 해도 막을 수가 없었다. 앞으로 달려 나가려고 시도하는 전사들은 모두 화살에 맞아, 지표면에 못 박힌 것처럼 쓰러져 버렸다. 선혈이 잔혹하게 흐르고, 시체는 작은 산을 이루고 있었다. 전사들은 갈라진 목소리로 울부짖었다.

"대체 누구야? 어째서 우리를 공격하는 거냐고?"

"어째서 아무도 우리를 구하러 오지 않지? 북삭 수비군은 어디 있는 거야?"

"저들이 연궁노를 사용하고 있어. 우리 군대라고?"

"대체 누구야? 누가 우리를 죽이려 하는 거지?"

소화의 눈이 붉게 달아올랐다. 그의 부장이 칼을 쥔 채 그의 앞을 막아서며 큰 소리로 몇 번이나 외쳤다.

"장군을 지켜라! 장군을 보호하라!"

그러나 말이 끝나기도 전에, 날카로운 화살이 그의 목을 꿰뚫었다. 그의 목소리는 마치 바람이 빠진 풀무처럼 변해 버렸고, 선혈은 소화의 얼굴 위로 쏟아졌다.

소화는 부장의 몸을 끌어안았다. 서른이 갓 넘은 사내는 공포로 눈을 크게 뜬 채, 소화의 바람막이를 꽉 잡았다. 그의 입에서 선혈이 계속 솟구쳤다. 부장은 계속 중얼거렸다.

"누가…… 누가…… 우리를 죽이려고……."

온전하게 남지도 못한 시신들이 한 층, 또 한 층 쌓여 갔다. 소화의 다리 아래로 점차 시신들이 산을 이루고 있었다. 상처의 통증조차 이미 느끼지 못할 정도였다. 삼경 무렵, 비가 내리기 시작했다. 비가 지상에 떨어지자, 피가 섞인 진흙과 합쳐졌고, 전사들은 진흙탕 속에서 비틀거리며 저항했다. 전우의 시신을 참호와 방패로 삼아, 그 매서운 화살들을 피했다.

도처에 참혹한 비명 소리가 가득했다. 도처에 분노의 욕설이 가득했다. 얼마나 지났을까. 상대의 공격이 갑자기 누그러졌다. 하늘을 가득 채운 화살비도 점차 줄어들었다. 그러나 그들은 여전히 조용히 포위하고 있었다. 그 누구도 아무 소리도 내지 못했다. 마치 침묵하는 바위가 되어 버린 것 같았다.

화운군 제2대대는 거의 죽었다. 살아남은 자라 해도 그저 숨만 쉬고 있을 뿐이었다. 그들은 이미 더 이상 대적할 힘이 없었다. 그들은 마치 간신히 살아남은 들개처럼 거칠게 숨을 쉬고 있을 뿐이었다.

고요하다. 너무 고요하다. 마치 죽음 같은 적막이다.

갑자기, 나지막한 소리가 천천히 들려왔다. 전사들은 공포에 젖어 눈을 크게 뜨고 맹렬하게 고개를 들었다. 하늘을 덮을 듯이, 원거리 강궁에서 쏘아진 화살이 날아오고 있었다. 그 길이는 하나하나 날카로운 장창과 같았다. 휙 소리와 함께, 그 화살들은 시신들로 쌓아 올린 참호마저 꿰뚫어 버렸다.

"악!"

"개새끼들, 내가…….”

다들 격렬하게 욕설을 퍼부었다. 그러나 욕을 끝내기도 전에 그들은 멈추고 말았다. 소화의 몸에 서너 대의 화살이 와 박혔다. 그의 온몸은 이미 피투성이였고, 얼굴 역시 본래의 형태를 알아볼 수 없었다. 그는 검을 휘두르며 고함을 질렀다. 날카로운 화살이 사납게 날아와 단숨에 그의 어깨를 꿰뚫었고, 그의 몸을 화운군의 군기 위에 못 박아 버리고 말았다.

"장군!"

이 장면을 본 병사 하나가 비틀거리며 달려왔다. 그리고 그가 소화 곁으로 오려 했을 때, 날카로운 화살 한 대가 그의 등을 꿰뚫었다. 병사의 동공이 순간 커졌다. 그는 이해할 수 없다는 듯 고개를 숙이고, 손을 뻗어 제 몸을 꿰뚫은 화살을 어루만졌다. 그리고 마치 단순한 아이처럼 미간을 살며시 찌푸린 채 무릎을 꿇었다. 그는 화살에 꽂힌 채, 그렇게 소화 앞에서 죽었다.

젊은 장수의 눈에서 눈물이 끊임없이 흘러내렸다. 소화는 마치 흉악한 사자처럼 포효했다.

"으아아악!"

"장군을 지켜라!"

전사들이 벌떼처럼 달려들었다. 적들은 이쪽의 동향을 눈치 챈 듯, 화살을 이쪽으로 집중하여 쏘기 시작했다.

소화가 본 적 없던 병사 하나가 고개를 돌려 그에게 웃어 보였다. 그 맑고 투명한 눈빛은, 아무 근심도 없는 듯 깨끗했다. 그가 웃으며 말했다.

"너희는 대인을 지켜라. 내가 한 발 먼저 갈 테니."

그리고 그는 몸을 돌려 쏟아지는 화살비 속으로 걸어갔다. 셀 수 없이 많은 화살이 그의 가슴을, 그의 머리를 꿰뚫었다. 그는 마치 화살의 과녁이라도 된 것처럼, 그렇게 그 자리에 서 있었다. 그는 죽어 가면서도 쓰러지지 않았다.

심장이 갈기갈기 찢기는 것만 같았다. 소화는 포효하며 사납게 앞으로 뛰어나갔다. 그의 몸에 길디긴 화살이 사납게 날아와 박혔다.

젊은 장수는 미친 듯이 칼을 휘둘렀다. 화살은 계속 그의 몸 위로 떨어졌지만, 그는 멈추려 하지 않았다. 어둠 속에 숨어 있던 적들조차 놀랄 정도였다. 병사 하나가 놀란 나머지 살며시 손을 멈추고, 온몸이 피투성이가 된 채 포효하며 달려오는 소화를 멍하니 바라보고만 있었다.

바로 이때, 칼 한 자루가 갑자기 날아왔다. 휙 소리만 들렸을 뿐인데, 칼은 소화의 다리를 베었다. 소화의 몸이 흔들리더니, 결국 한쪽 무릎을 꿇었다. 그는 멀지 않은 적의 진영을 바라보았다. 눈에 피와 같이 붉은 빛이 스쳐 갔다. 그것은 어떤 눈빛일까. 절망으로 가득 찬, 미칠 듯한 분노로 가득 찬 눈빛.

그의 시선이 검은 갑옷을 입고 있는 상대편 병사들을 칼날처럼 훑어 내렸다. 갑자기, 그는 입에서 피를 토해 냈다. 젊은 소화는 사람들을 놀라게 할 의지력으로 다시 한 번 몸을 일으키고는 소리 지르며 앞으로 달려 나왔다.

"대체 누구냐? 누가 우리를 죽이려 하는 거냐?"

하늘을 뒤덮을 듯한 화살이 동시에 발사되었다. 소화는 그렇게 땅 위에 못이라도 박힌 것처럼 죽어 갔다. 그의 얼굴조차 이제 알아볼 수 없었다. 온 세상이 음침하게 흔들리고, 차가운 비는 계속 그 식어 가는 시신들 위로 쏟아졌다. 선혈은 빗물을 따라 흘러내리고, 하늘에 천둥소리가 울렸다. 마침내, 더 이상 서 있는 시신이 하나도 없게 되었다.

"태워라."

나지막한 명령이 천천히 들려왔다. 전사들이 나무통을 가지고 앞으로 달려 나와, 소나무 기름을 한 통 한 통 죽은 전사들의 시신 위로 부었다. 소나무 기름 냄새와 피비린내가 함께 섞여 구역질나는 냄새로 변했다.

전사들은 횃불을 던졌고, 거대한 불길이 시끄럽게 일어났다. 격렬한 비로도 끌 수 없는 거대한 불길이었다. 검은 옷의 전사들은 그 자리에 서서, 불길이 모든 달갑지 않은 사상을 삼키는 것을 조용히 보고 있었다.

그렇다. 살육으로 사상을 없앨 수는 없다. 그러나 그 사상을 따르던 이들을 없앨 수는 있다.

비 오는 밤은 여전히 칠흑처럼 음산하고 추웠다. 전사들은 몸을 돌려 북삭성으로 향했다. 더 이상 누구도 등 뒤에 있는 것에 눈길 한 번 줄 흥미를 느끼지 못하고 있었다.

하늘에는 샛별이 천천히 오르고 있었다. 통신병이 달려와 큰 소리로 외쳤다.

"장군, 현현군주가 이미 성문 앞에 병사들을 이끌고 와 있습니다! 서둘러 오라고 폐하께서 명하셨습니다."

살육은 아직 끝나지 않았다. 모든 것은 여전히 계속되고 있었다.

"대인, 앞에 사람들이 있습니다. 대략 3백 정도인 것 같습니다. 아마 북삭의 척후병일 것 같습니다. 모두 극히 빠른 말입니다. 잠시 몸을 피하는 것이 좋을까요?"

초교는 미간을 찡그렸다. 비가 막 멈춘 후였다. 어두운 구름이 서서히 걷히고, 온 천지에 우윳빛 안개가 깔려 있었다. 그녀는 이맛살을 찌푸리며 하늘의 매처럼 날카로운 눈초리로 바라보았다.

"대인! 화운군입니다. 뒤에 수많은 추격병이 있습니다. 보아 하니 5천은 넘는 것 같습니다!"

정찰병이 달려와 외쳤다. 초교는 눈썹 끝을 들어 올리며 과감하게 결단을 내렸다.

"하소, 병사들을 이끌고 바로 현현 군주를 구하고, 뒤쪽의 추격병을 막아라."

"예!"

하소가 짧게 답하고, 4천 병사를 정돈하여 채찍을 휘두르고 떠났다.

초교는 병사들을 이끌고 뒤에 남아 있었다. 말발굽이 달리는 진흙 섞인 길에는, 희미하게 붉은 빛이 비치고 있었다.

두 군대는 신속하게 교차했다. 참패하고 있던 화운군은 포위당해 있었고, 아주 멀리에 떨어져 있었다. 초교는 한눈에 현현의 그 불처럼 붉은 말을 알아보았다. 그녀는 재빨리 말을 달려 앞으로 나갔고, 눈앞에 펼쳐진 모습에 깜짝 놀라 얼이 빠지고 말았다.

현현의 불처럼 붉은 바람막이는 선혈로 흠뻑 젖은 채 갈기 갈기 찢어져 있었다. 현현의 폐부에는 날카로운 화살이 꽂혀 있고, 몸에도 몇 군데 칼에 베인 상처가 있었다. 그녀는 서른 살 남짓한 여장수의 품에 안긴 채 미약한 숨소리만을 내고 있었다.

"어찌 된 거지?"

초교는 말에서 뛰어내려 진흙탕 속에 무릎을 꿇고, 미간을 찌푸린 채 현현의 무서운 상처들을 바라보았다. 그리고 고개를 돌려 큰 소리로 외쳤다.

"군의! 군의는 어디 있지?"

"초 대인!"

여 장수는 초교를 보자 눈물을 흘리며 말했다.

"황상께서 우리 군주 마마를 죽이려 하셨습니다. 소화 장군은 이미 전사하셨고, 군주 마마께서도 매복을 만나서……."

"소화……."

연약한 목소리가 들려왔다. 현현은 폐의 떨림에 따라 입에서 피를 왈칵 토해 냈다. 여장수가 대경실색하여 손으로 그녀의 상처를 세게 눌렀다. 그러나 어떻게 해도 그 붉은 피를 막을 수는 없었다.

"소화……."

현현이 괴로운 듯 미간을 찌푸리고 나지막하게 불렀다. 그녀의 안색은 창백했고, 이미 이성을 잃은 것 같았다.

아련하게, 그녀는 꿈을 꾸고 있었다. 그녀는 흐릿하게나마 소화가 명랑하게 웃는 얼굴을 본 것만 같았다. 10리에 걸친 봉화를, 소화가 그녀를 업은 채 그 아득한 설원을 걷고 있던 그때를, 등에 업힌 채 계속 울먹이고 있는 그녀에게 계속 우스운 이야기를 해 주려고 노력하던 소화를. 소화는 계속 현현을 이런 말로 위로해 주었다.

'현현, 너는 죽지 않을 거야. 죽지 않을 거라고. 누구라도 너를 죽이려 하면 내가 그자를 물어뜯어 죽여 버릴 테니까.'

"소화, 소화……."

피로 얼룩진 현현의 눈가에 눈물이 방울방울 떨어져 내렸다. 그녀의 무거운 호흡 사이로 피가 끊이지 않고 새어 나왔다. 그녀는 혼미한 가운데에서도 슬프게 울고 있었다. 소화가 죽었어, 소화가 죽었다고. 그가 소화를 죽였어!

"마마! 마마!"

여장수가 현현을 안고 통곡했다. 그녀는 마치 죽은 새끼를 끌어안고 있는 어미 짐승 같았다.

'현현, 전쟁이 끝나면 우리가 무엇을 하기로 했는지 기억해?'

'전쟁이 끝나면? 내 오라버니는 황제고, 그러니까 나는 공주고. 하하, 그때가 되면 나는 온 천하에서 부마를 선발할 수 있겠지. 가장 재능 있는 남자를 찾아 내 남편으로 삼는 거야, 하하!'

'색정광! 양심도 없지. 네 남자나 찾으러 가!'

날카로운 통증이 조금씩 밀려왔다. 누군가가 심장을 꽉 잡고 쥐어짜는 것 같았다. 현현은 제대로 숨을 쉴 수도 없었다. 피 거품이 그녀의 기관지를 막고 있었다. 그녀는 입을 벌리고 피를 한참 토해 냈다. 그녀는 간신히 눈을 뜨고, 미망에 잠긴 눈으로 사방을 둘러보았다. 저 파란 하늘, 붉게 피어난 꽃, 그리고 하늘 위의 저 새하얀 매들.

연북, 연북…….

나는 평생을 걸고 너를 위해 싸웠다. 그런데 어째서, 어째서 나를 버리는 거야?

소녀는 이해할 수 없다는 듯 미간을 찌푸리고, 천천히 고개를 돌렸다. 그리고 초교를 발견했다. 현현은 무심결에 두려운 표정을 지었다. 그녀는 어떻게든 손을 내밀어, 무엇이라도 잡고 싶은 것 같았다. 초교는 간신히 눈물을 참으며 서둘러 현현의 손을 잡고, 울먹이며 말했다.

"현현, 버텨야 해요. 곧 의원이 올 테니까."

현현은 초교의 손을 꽉 잡았다. 꽉, 아주 꽉. 그리고 갑자기 사납게 고개를 숙여 초교의 손목을 깨물었다. 현현의 이 사이로 핏물이 흘러내리고, 양쪽에 있던 수하들이 공포에 질려 비명을 질렀다. 초교는 마비된 것처럼 그저 현현의 눈 아래 깔려있는, 하늘을 덮을 듯한 원한을 바라보고 있었다.

"어째서? 어째서지?"

현현은 고통스러워하며 울부짖었다. 입에는 피 칠갑을 한 채, 붉어진 눈으로 그녀를 향해 소리쳤다.

"어째서 우리를 죽이려는 거야? 어째서?"

"군주 마마! 마마! 이분은 초 대인이세요!"

여장수는 그녀를 끌어안고 큰 소리로 외쳤다. 그러나 현현은 이미 듣지 못하는 상태였다. 현현은 분노로 가득 차 미친 듯이 울부짖었다.

"우리가 무엇을 잘못했기에? 어째서 우리를 죽이려 해? 배은 망덕한 자! 의리를 저버린 자!"

초교는 멍하니 현현을 바라보았다. 손목의 상처는 날카롭게 아팠고, 그녀의 안색은 창백했다. 현현을 처음 만났을 때의 모습이 떠올랐다. 현현은 아낌없이 야생마들의 왕을 그녀에게 선물했다. 그리고 작은 주먹을 휘두르며, 전쟁이 끝나면 함께 변당에 가자고 했었지. 그리고 아도라는 말을 가리키며, 아도가 증인이라고 했다. 그 순진하고 귀엽던 소녀가, 연북 고원에 불어오는 바람처럼 상쾌하고 명랑하던 소녀가……

"당신들이 미워!"

현현은 다시 한 번 입에서 피를 토해 내며 울부짖었다. 마침내 현현의 목소리는 점차 줄어들었다.

"소화, 소화……."

소화, 현현은 너에게 시집갈 거야. 그런데 너는 어디로 가 버린 거야?

소화, 너를 찾으러 갈래. 그러니까 천천히 가고 있어야 해. 나 다리에 상처를 입었단 말이야. 나를 업어 줘야 해.

소화, 나는 아직 아침도 먹지 않았어. 양다리를 구워 줄 거지?

소화, 소화, 소화……

현현의 목소리가 마침내 사라져 갔다. 그녀는 차가운 땅 위에 누워 있었다. 흐트러진 그녀의 붉은 치마가 마치 요염한 꽃이 피어난 것 같았다. 현현은 아직 너무나 젊은 스무 살이었다. 그녀의 젊은 눈은 영원히 수정처럼 반짝이고, 피부는 말의 젖처럼 새하얗게 빛날 것이다. 그런 모습으로 영원히 잠들어 버렸으니까. 그녀는 일생을 바친 대지 위에서 깨어나지 않을 잠에 빠져들었다.

초교의 마음은 이미 마비되어 버린 것 같았다. 그저 죽고만 싶었다. 한 번, 또 한 번의 충격이 그녀를 산산조각 내고 있었다. 그녀는 입술을 깨문 채 현현의 시신을 바라보았다. 초교 자신도 얼음 연못에 빠져 버린 것만 같았다.

연순, 대체 무슨 짓을 하고 있는 거지?

"대인!"

하소가 침착하게 다가와 무표정한 얼굴로 말했다.

"그가 도착했습니다."

그는 더 이상 연순을 폐하라고 부르지 않았다. 초교는 살며시 고개를 돌렸다. 대군이 물밀 듯이 밀려오는 것이 보였다. 새벽의 햇빛이 상대편의 웅장한 군대를 비추고 있었다. 마치 검은 바다 같았다. 젊은 제왕은 군대에 둘러싸여 중앙에 있었다. 금사로 용을 수놓은 먹빛 장포를 입고, 검은 머리카락은 묶어 올리고 있었다. 눈은 마치 서리처럼 차가웠고, 코는 우뚝했다. 가늘게 뜬 눈 아래 어두운 눈빛이 보였다.

2년 만이었다. 마침내 그들은 다시 얼굴을 마주하게 되었다. 그러나 무슨 연유일까. 초교는 자신이 그를 안 적이 없었던 것만 같았다. 눈앞의 이 사람은 그렇게나 낯선 사람이었다. 그의 얼굴, 그의 신분, 그의 행동, 그의 기척마저, 모든 것이 낯설었다. 어렴풋한 가운데, 그녀는 갑자기 깨달을 수 있었다. 눈앞에 있는 이 사람은 이미 연북의 황제였다. 더 이상 진황성에 있던, 아무것도 가진 것 없는, 그녀와 서로 목숨을 의지하던 소년이 아니었다.

"아초."

조용한 벌판에 나지막한 목소리가 들려왔다. 그 목소리는 차가운 바람을 품고 초교의 귓속으로 들어왔다.

연순은 마치 깊은 물 같은 눈빛으로 그녀를 보고 있었다. 2년의 세월이 두 사람 사이를 스쳐 갔다. 세상일이 핍박한 끝에 그들은 마침내 다시 만나게 되었다. 바로 이런 상황에서.

아마 운명과도 무관하고 세상일과도 무관할 것이다. 그들의 마음속에 있는 인성에 대한 집착이, 생명에 대한 태도가, 그들이 언젠가는 이렇게 대립되는 길을 가도록 예전부터 결정하고 있었을 것이다.

연순의 마음은 갑자기 텅 빈 들판으로 변했다. 거친 바람이 그 안으로 불어 들어왔다. 그는 초교를 바라보며 무슨 말인가 하려 했으나, 결국은 하나하나 삼켜 버리고 말았다. 그는 마침내 제왕의 위엄을 지키며 천천히 물었다.

"너는 또 이 상관없는 사람들 때문에 나와 적이 될 생각인가?"

상관없는 사람들이라고?

초교의 입가에 조소가 서리기 시작했다.

오 선생이 없었다면, 당신이 어떻게 진황에 유폐되어 있던 시절, 연북의 전폭적인 지지를 얻어 8년에 걸쳐 계획을 세우고, 움직이고, 자신의 세력을 키워 낼 수 있었을까?

우 아가씨가 없었다면, 당신이 어떻게 진황성을 탈출할 수 있었을까. 당신이 어떻게 그 차가운 뇌옥에서 도망쳐 연북의 대지를 얻고, 지금, 세상을 놀라게 하는 군왕이 될 수 있었을까?

그리고 현현, 그녀는 이 세상에 남은 당신의 마지막 혈친이었다. 그녀는 오랫동안 당신을 신뢰했고, 당신을 따랐다. 당신을 사랑했던 여동생이었다.

언젠가, 나 초교도 당신 앞에 섰을 때, 이렇게 상관없는 사람으로 변해 버리지는 않을까?

냉소뿐이었다. 냉소를 제외하면, 그녀는 자신이 어떻게 반응을 보여야 하는지 알 수 없었다. 그녀는 마치 누군가에 의해 심장이 갈기갈기 찢겨진 인형 같았다.

초교는 차가운 눈빛으로 그를 바라보았다. 과거 자신이 온 마음을 다해 사랑했던, 온 마음을 다해 비호했던 남자를. 지난 일들이 마치 꿈처럼 스쳐 갔다. 그 모든 것이 물에 비친 달이며 거울에 비친 꽃처럼, 더 이상은 현실이 아니었다.

그녀는 자신의 충성심과 사랑을 바쳐 지금의 상황을 얻었다. 과거 진실한 마음으로 그녀를 사랑하고 지키던 남자는, 지금 그녀의 머리에 칼을 겨누려 하고 있었다. 감시, 의심, 이용, 배제. 이것들이 바로 그가 그녀에게 준 보답이었다. 그는 모든 부귀영화를 그녀에게 던져 주며, 마치 개에게 상을 내리는 것과 같은 방식으로 그녀를 유혹했다. 그러나 그는 그 모든 것이 초교의 눈에는 아무것도 아니라는 사실을 알지 못했다. 그녀가 온 힘을 다해 추구하고 분투해 온 믿음이, 그의 눈에는 일고의 가치도 없는 미몽에 지나지 않았다. 그녀의 꿈은 그에게 있어 무지몽매한 백성들을 속이기 위한 구실에 불과했다.

황제가 대체 무엇이기에? 만인지상의 존귀한 지위는 또 무엇이고? 그녀에게 있어 그는 이제 과거에 온 마음을 다했으나, 결국은 자신을 철저하게 저버린 남자에 지나지 않았다.

그는 그녀의 마음이 변했다고 탓하고, 마음을 다른 이에게 주었다고 탓했다. 그러나 그는 모르고 있었다. 만약 그의 핍박과 계획이 아니었다면 그녀는 영원히 그를 사랑했을 것이다. 영원히 그만의 아초였을 것이다. 그가 직접 그녀를 한 걸음 한 걸음 떼밀었고, 그녀로 하여금 그의 진짜 모습을 보게 만들었다. 그런데 그가 어찌 배반이라는 단어를 입에 담는 것일까?

연순, 당신을 알기까지 10년의 세월이 걸렸어. 그리고 그동안 나는 나 자신에 대해서도 알게 되었지. 과거의 일은 모두 바람결에 흩어져 버린 거야. 나는 더 이상 당신에게 어떤 감정도 남아 있지 않아. 남아 있는 것은 그저 헤아릴 수 없는 고통과 후회뿐이야.

"아초, 과거의 맹세를 잊은 건가?"

연순의 차가운 목소리가 귓가에 들려왔다. 초교는 냉랭하게 웃으며, 무시하듯 눈썹 끝을 치켜세우고 말했다.

"당신이 우리가 꾸었던 꿈을 배반했는데, 내가 무엇 때문에 그 맹세를 지켜야 하는 걸까?"

날카로운 화살이 연순의 심장을 꿰뚫은 것 같았다. 차가운 바람이 그 안으로 스며 들어왔다. 견딜 수 없는 고통을 머금고.

마침내, 그녀가 이런 말을 내뱉고 말았다. 과거의 그녀는 아무리 달갑지 않더라도, 아무리 분노하더라도, 언제나 그런 기분을 마음속에 숨기고 침묵을 지켰다. 그러나 지금, 이 적막한 천지에, 이 처량한 땅에서, 그녀는 마침내 그에게 이런 말을 하고 만 것이다.

"연순, 이제부터 당신과 나는 각자의 길을 가는 거야. 우리는 더 이상 아무 상관도 없는 사람들이야. 당신이 죽든 살든, 왕이 되든 도적이 되든, 이제 모두 나와는 관계없는 일일 거야. 그리고 당신 역시 나와 관련한 일에 대해 더 이상 참견할 수 없어."

거센 바람이 불어와 초교의 옷자락을 펄럭였다. 그녀의 수척한 얼굴은 서리 내린 듯 차가웠고, 눈길은 산 정상에 쌓인 희디흰 눈과 같이 차가웠다. 그녀는 냉담하게 세상의 모든 사랑과 미움을 반사하고 있었다. 있어서는 안 될 모든 감정을 내던지고, 멀리 천 리 밖으로 떠나가고 있었다.

그 순간, 연순은 갑자기 깨달았다. 이제 그는 영원히 그녀를 잃게 되는 것이다. 이 생각이 그를 당황하게 했다. 그는 의기소침한 어조로 물었다.

"아초, 어떻게 이렇게 무정할 수 있지?"

"연순, 더 이상 정이라는 글자를 입에 올리지 마."

초교는 냉담하게 그를 바라보며 평온하게 답했다.

"당신에게는 그럴 자격이 없으니까."

그렇게나 짧은 순간, 눈길이 교차하는 가운데, 변해 버린 세월이 스쳐 가며 운명의 불꽃을 피워 냈다. 11년, 한 그루 나무가 재목이 되기에 충분한 시간이었다. 하나의 시대가 전복당하고, 한 제왕이 일어나기에 충분한 시간. 시간은 그렇게나 무정하게, 차가운 칼날처럼 그들 사이의 모든 과거를 베어 버렸다. 그들의 머릿속에 있던 기억들을 깊은 경계선 저편으로 밀어내 버렸다.

하늘에 흰 매들이 날고 있었다. 그 날개는 흉악하게 하늘을 가득 채우고, 금빛 찬란한 태양을 가리고 있었다.

검은 갑옷을 입은 2만 금위군이 천천히 칼을 뽑았다. 이미 적을 기다리고 있던 수려군은 무표정하게 그들을 바라보았다. 평원에서 불어온 거센 바람은, 마치 나지막하게 울려 퍼지는 오래된 장송곡 같았다.

온 세상이 스산한 가운데, 새들조차 더 이상 보지 못하고 날개를 펼쳐 날아가 버렸다. 오로지 독수리만이 남아 하늘 위를 맴돌고 있을 뿐이었다. 독수리는 곧 펼쳐질 피비린내 나는 성대한 연회를 기다리고 있는 것 같았다.

연북, 너는 결국 내가 편안히 쉴 수 있는 곳이 아니었구나. 나는 너를 위해 온 마음을 다해 분투했건만, 결국 나를 한 불구덩이에서 다른 불구덩이로 밀어 넣었을 뿐이었어.

거센 바람이 불어와 초교의 머리카락을 흩날렸다. 모든 것이 허무하고 모호하게 변해 버리고 말았다.

이 세상이 이리도 큰데, 구태여 한곳을 바라볼 필요가 있을까? 당신의 마음이 그리 차가운데, 이제 그 누가 당신을 상처 입힐 수 있을까?

'아초, 내가 너를 지켜 줄 거야…….'

언제였더라. 누군가가 나의 귀에 이런 말을 속삭였던 때는?

'아초, 나를 믿어 줘…….'

초교는 두 눈을 감고, 최후의 눈물 한 방울을 간신히 삼켰다. 그녀가 다시 눈을 떴을 때, 그녀의 눈빛은 이미 맑고 투명해져 있었다. 하늘은 쓸쓸하고 매들도 날아간다. 10년의 세월이 순식간에 지나가 버렸다. 그 세월 속에 힘들게 걸어온 이는 누구였을까? 그리고 어둠 속에서 차가운 눈으로 방관하고 있던 이는 또 누구였을까?

연순, 안녕.

<특공황비 초교전> 5권에서 계속